詞學

第四十七輯

華東師範大學出版社・上海

圖書在版編目(CIP)數據

詞學. 第四十七輯/馬興榮等主編. —上海: 華東師範大學出版社, 2022
ISBN 978-7-5760-2877-5

Ⅰ. ①詞… Ⅱ. ①馬… Ⅲ. ①詞(文學)—詩詞研究—中國 Ⅳ. ①I207.23

中國版本圖書館 CIP 數據核字(2022)第 080533 號

詞學 第四十七輯

主　　編　馬興榮　方智範　高建中　朱惠國
項目編輯　時潤民
審讀編輯　劉效禮
特約編輯　王　静
責任校對　時潤民
裝幀設計　劉怡霖
出版發行　華東師範大學出版社
客服電話　021-62865537
行政傳真　021-62572105
門市(郵購)電話　021-62869887
門市地址　華東師大校内先鋒路口
社　　址　上海市中山北路 3663 號　郵編 200062
網　　址　www.ecnupress.com.cn
網　　店　http://hdsdcbs.tmall.com
印　　刷　上海商務聯西印刷有限公司
開　　本　890×1240　32 開
印　　張　14.875
字　　數　560 千字
插　　頁　4
版　　次　2022 年 6 月第 1 版
印　　次　2022 年 6 月第 1 次
書　　號　ISBN 978-7-5760-2877-5
定　　價　58.00 元

出 版 人　王　焰

大厂居士遗像

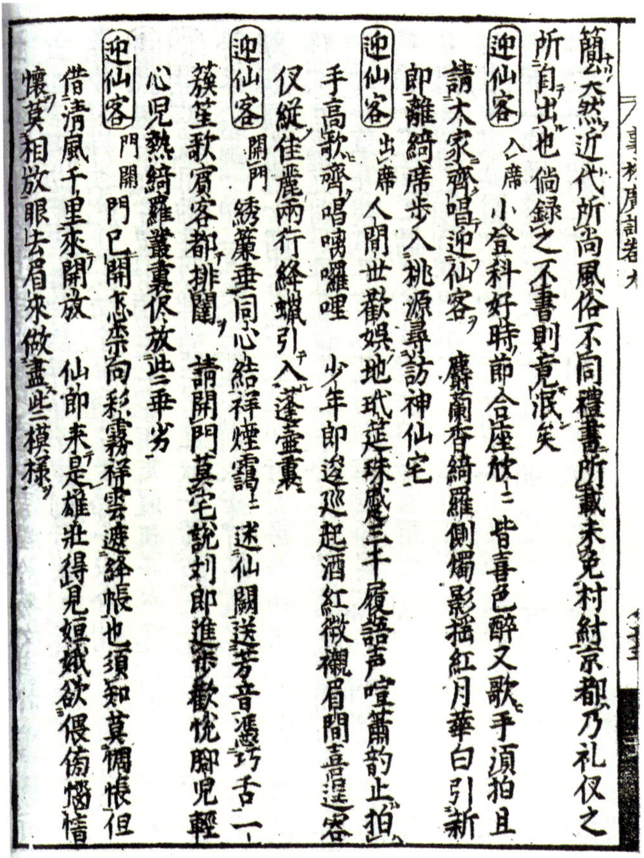
簡默然近代所尚風俗不同禮書所載未免村紂京都乃礼仪之所自出也倘録之不書則竟泯矣

迎仙客 公席 小登科好時節合座欣々皆喜色醉又歌手須拍且請太家齊唱迎仙客 麝蘭香綺羅側燭影揺紅月華白引新郎離綺席歩入桃源尋訪神仙宅

迎仙客 出席 人間世歡娯地玳筵珠履三千履語声喧簫韵止拍手高歌齊唱囉哩囉哩 少年郎逡巡起酒紅微襯眉間喜迎客仪縦佳麗兩行絳蠟引入蓬壷裏

迎仙客 開門 綉簾垂同心結祥煙靄々迷仙關送芳音憑巧舌一々簇笙歌賓客都排闥 請開門莫宅貌刘郎進步歡悦脚児軽心児熱綺羅叢裏仪放些々乖劣

迎仙客 門開 門已開飛來向彩霧祥雲遮絳帳也須知莫惆悵但借清風千里來開放 仙郎来是雄壮得見姮娥欲偎倚惱情懷莫相放眼去眉來做盡些々模樣

和刻本《事林廣記》書影

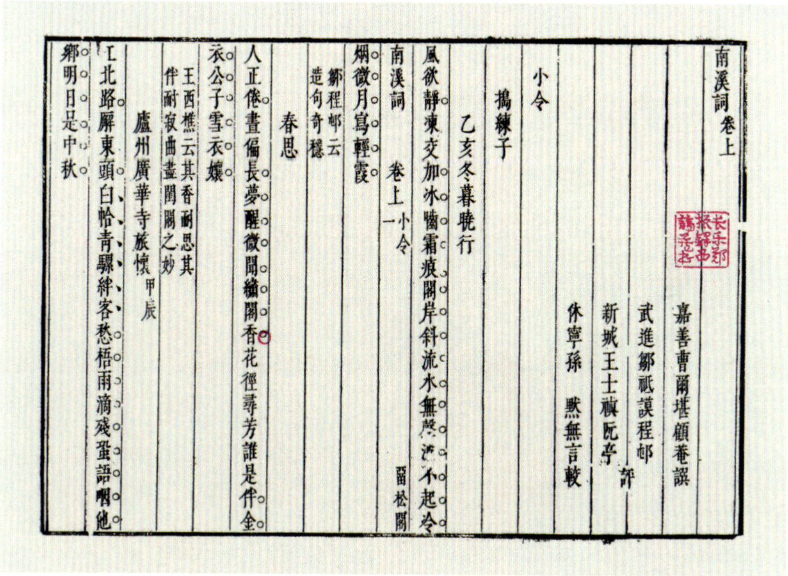

南溪詞卷上

嘉善曹爾堪顧菴譔

武進鄒祇謨程邨

新城王士禛阮亭 評

休寧孫　默無言較

小令

搗練子

乙亥冬暮曉行

風欲靜凍交加冰嚙霜痕閣岸斜流水無聲流不起冷烟微月寫輕霞

鄒程邨云造句奇穩

春思

人正倦晝偏長夢醒微聞繡閣香花徑尋芳誰是伴金衣公子雪衣孃

王西樵云其香耐思其伴耐寂曲盡閨閣之妙

盧州廣華寺旅懷 甲辰

江北路廨東頭白帢青騾絆客愁梧雨滴殘蛩語咽他鄉明月是中秋

南溪詞　卷上　小令　一　留松閣

曹爾堪《南溪詞》（清康熙間孫氏留松閣《國朝名家詩餘》刻本）

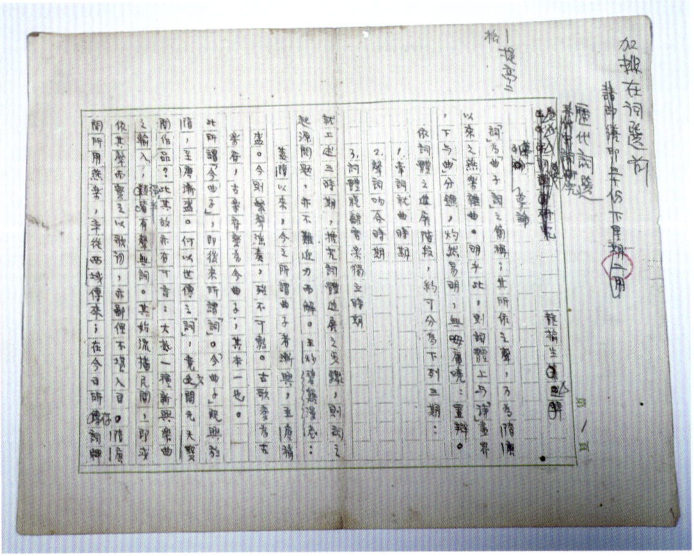

龍榆生《歷代詞選》講義手稿

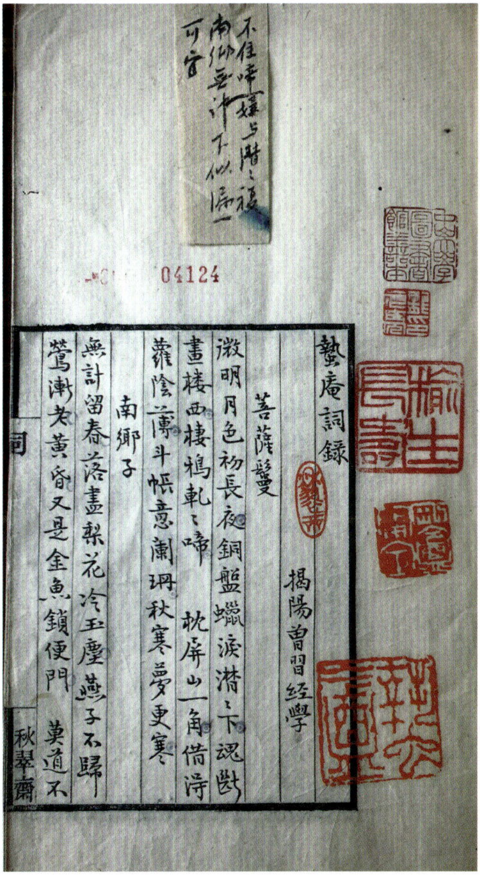

朱祖謀手批稿本《蟄庵詞録》書影

1994.6.5.

施蛰存教授

谨启者，哲本年三月遵从〈停年规定〉辞任东北大学，而四月调任（私立）奥羽大学教授。肃此奉告，併祷仍旧赐教，是所至幸。

顺颂

文安。

村上哲见 顿首

甲戌歳三月、将引年辞官偶成、

春風料峭鶯声和
青葉城頭三月天
頽倦読書将退隠
猶勤覆瓿定因縁
已経華甲過三歳
衍列儒官卅五年
解佩得閑殊不悪
仰看帰鳥影聯翩

村上哲見先生手蹟

詞學

第四十七輯篇目

論　述

海外詞壇

詞壇漫步

年譜

文獻

論詞書札

詞苑

叢談

編輯後記

稿約

圖版

詞作章法的藝術辯證法講究

劉慶雲

內容提要　詞的創作，往往由江山風雨等外物的觸發而引起某種情思，如何表達，則各有不同構想，而章法的講究又因作者經歷遭遇不同，藝術追求有異，而會呈現出不盡相同的面貌。前人對此作出相應總結，强調一篇之中，在結構方面，宜講究矛盾的對立與相互轉化，最後達致完美的統一，以避免過於直接、單調、粗疏，以致缺少韻味和美感。

關鍵詞　章法　相反相成　藝術辯證法

筆者前曾議及「詞作中相反相成藝術辯證法的運用」（見《詞學（第四十二輯）》，第二六至三八頁），係從詞作的整體構思著眼，論述某些詞作藝術風格與情思意趣，往往帶有兩不相侔的特色，此文則側重縷述詞之章法與佈局的講究。前人對此亦多有論述。如劉熙載在《詞概》中談到，「詞之章法，不外相摩相蕩」，「如奇正、空實、抑揚、開合、工易、寬緊之類是也」。[一]所謂摩蕩，即指二者相互矛盾對立、轉化，而最終仍達致統一。蔣兆蘭《詞説》亦云：「填詞之法，首在煉意。……次曰佈局。虛實相生，順逆兼用，摶扼緊湊，或離或即，波瀾老成，前有引喤，後有妍唱，方爲極佈局之能事。」[二]陳匪石在《聲執》卷上談詞的結構亦云：「有曲直，有虛實，有疏密，在篇段之結構，皆爲至要之事。」[三]均强調在章法結構方面運用相反相成的藝術辯證法，以便在篇幅短小的詞作中，更完滿地表情達意。茲略舉數例於下。

一　抑揚互轉

抑揚互轉，指詞之結構或先抑後揚，或先揚後抑，以使詞作於跌宕起伏中，帶來强烈的藝術衝擊力。但在傳統詞作中，多爲悲苦之音，愈唱愈高之作相對來説，數量較少，更多的是高唱之後或抒發牢愁失意之情，或抒發家國興亡之感。

詞作由低抑而復高揚者，顧隨曾舉歐陽修《玉樓春》爲例：「人生自是有情癡，此恨不關風與月。……直須看盡洛陽花，始共春風容易别。」説「恨」是由於「情癡」，與「風月」無關。「東風」爲春天的代表，雖然不長久，但總還有。我要在這短短幾十天中拚命地享樂，即是「在消極中有積極精神，悲觀中有樂觀態度」，並認爲「六一詞調子由低至高，只稼軒似之」。〔四〕

稼軒（辛棄疾）先抑後揚之作可以其《水龍吟·爲韓南澗尚書壽甲辰歲》爲例：

渡江天馬南來，幾人曾是經綸手？　長安父老，新亭風景，可憐依舊。　夷甫諸人，神州沉陸，幾曾回首？　算平戎萬里，真儒事、君知否？　況有文章山斗。　對桐陰、滿庭清晝。　當年墮地，而今試看，風雲奔走。　綠野風煙，平泉草木，東山歌酒。　待他年，整頓乾坤事了，爲先生壽。

此係一首祝壽詞，但却與一般歌功頌德的寫法有别，而是將國家形勢的危急與對壽者的期待緊密聯繫在一起。上闋寫宋室南渡之後，大形勢不如人意，少有治國之良才，而真有「平戎萬里」之遠志高才者，却難得到重用。下闋具寫元吉之才學、門第、昔日功勞以及對他的期盼，以唐代賢相裴度、李德裕及東晋的謝安相喻，謂暫時的隱退是爲復出建不朽之功業做準備的，結以待「整頓乾坤事了，爲先生壽」，可謂是愈唱愈高，沉厚而兼豪快。

至於先揚後抑，愈唱愈低，在低抑中寓含悠遠的喟歎、深沉的悲涼，在各類詞集中往往俯拾即是。

慢詞如北宋秦觀的《望海潮》(梅英疏淡)寫遭受遷謫的落寞情懷，先以極大篇幅描寫昔日春遊的賞心樂事和參加皇家宴會的盛況：「長記誤隨車。正絮翻蝶舞，芳思交加。柳下桃蹊，亂分春色到人家。……西園夜飲鳴笳，有華燈礙月，飛蓋妨花。……」以此反襯今日遭受遷謫的落寞情懷：「但倚樓極目，時見棲鴉。無奈歸心，暗隨流水到天涯。」往昔景物愈是美好，情緒愈是高揚，愈能反襯出眼前情緒的低黯。又如宋元之際遭遇國變的劉辰翁的《寶鼎現·春月》，始云：「紅妝春騎。踏月影，竿旗穿市。望不盡，樓臺歌舞，習習香塵蓮步底。簫聲斷，約彩鸞歸去，未怕金吾呵醉。甚輦路，喧闐且止，聽得念奴歌起。」呈現出一派太平盛世的歡樂景象，而結以「暗滴鮫珠墜。便當日，親見《霓裳》，天上人間夢裏」，昔時的欣忭惟有夢中或可再見，情緒大起大落，令讀之者唏噓不已。

至於小令，如南北宋之交陳與義的《臨江仙》亦屬情緒大起大落之作：

憶昔午橋橋上飲，坐中多是豪英。長溝流月去無聲。杏花疏影裏，吹笛到天明。

二十餘年如一夢，此身雖在堪驚。閑登小閣看新晴。古今多少事，漁唱起三更。

寫往昔的京洛相聚，何等歡快、美好，所發爲豪縱之高音，而今歷盡劫波，時勢大異，乃以蘊藉遥深之筆，寓示無盡盛衰之感。讀其詞，如觀潮漲潮退，感受到的是巨大的情緒落差，具有極强的衝擊力。

而詞中之龍辛棄疾，尤擅於短幅中大起大落，僅舉《破陣子》爲例：

醉裏挑燈看劍，夢回吹角連營。八百里分麾下炙，五十弦翻塞外聲。沙場秋點兵。

馬作的盧飛快，弓如霹靂弦驚。了却君王天下事，贏得生前身後名。可憐白髮生！

一連用三組對仗，寫戰鬥前的情緒、氣勢和征戰的場面，何等高揚、雄快、豪健！而最後結以「可憐白髮生」，形象何其委頓，情緒何其悲抑！兩相對照，形成巨大的情緒落差，令讀之者無不迴腸盪氣，扼腕痛惜。

二　工易轉换

張炎在《詞源》「雜論」中説：「詞之語句，太寬則容易，太工則苦澀。如起頭八字相對，中間八字相對，却須用功著一字眼，如詩眼亦同。若八字既工，下句便合稍寬，庶不窒塞。若莫寬易，又著一句工致者，便覺精粹。此詞中之關鍵也。」〔五〕

宋人所作慢詞長調，往往於散句中雜以駢語。駢語或三言、或四言、五言、六言、七言不等，又有隔句對、句中對、鼎足對等特殊形式，七言對既有四、三節奏，又有三、四節奏，如《滿庭芳》、《望海潮》、《過秦樓》、《玉蝴蝶》、《永遇樂》、《蘇武慢》、《齊天樂》、《高陽臺》、《解語花》等，均能通過駢散結合，顯示出於流利之中雜以工飭之美。這種散行與駢偶的錯雜固然可能有樂曲方面的要求，但與詞人的審美追求往往有更爲密切的關係。宋代詞人中的柳永、秦觀、周邦彦、姜夔、史達祖、吴文英、張炎、王沂孫等尤爲擅長。如柳永《望海潮》(東南形勝)之寫錢塘的繁盛與逸樂，其中的「煙柳畫橋，風簾翠幕」、「市列珠璣，户盈羅綺」、「三秋桂子，十里荷花」、「羌管弄晴，菱歌泛夜」的對句，極盡形容，取得爲之增色添彩的效果。又如其《玉蝴蝶》寫秋日懷人，上闋以「水風輕、蘋花漸老，月露冷、梧葉飄黄」的對句渲染淒清、衰憊的處境；下闋以「念雙燕、難憑遠信，指暮天、空識歸航」的對句，透露其孤寂、落寞情懷，在詞中對情感的表達起到重要的烘托作用。慢詞中駢偶句的置入，從詞的形體來説，於參差中點綴著整齊美；從文辭來説，往往於平易中點綴著精麗之美；從音律來説，於流暢中增添了一種特殊的節奏美。

至於小令，短幅之中，既要求凝煉，也須講究變化。工致和流利，節奏的快與慢，均須注意加以把握。在令詞中善工易互轉者，可舉北宋大、小晏詞爲例。如晏殊《破陣子》：

燕子來時新社，梨花落後清明。池上碧苔三四點，葉底黄鸝一兩聲。日長飛絮輕。　巧笑東鄰女伴，采桑徑裏逢迎。疑怪昨宵春夢好，元是今朝鬥草贏。笑從雙臉生。

此詞寫生機勃勃的明媚春光，上闋已經用了兩聯極爲精工的對仗，點明時節，從視覺、聽覺兩方面描摹有聲有色的美景，至下闋便改用散句轉叙快樂的人事，將其作爲春景的一個組成部分，顯得輕倩而又活潑。

晏幾道的《臨江仙》則係側重寫人事的變化：

夢後樓臺高鎖，酒醒簾幕低垂。去年春恨却來時。落花人獨立，微雨燕雙飛。記得小蘋初見，兩重心字羅衣。琵琶弦上説相思。當時明月在，曾照彩雲歸。

小晏詞上闋也用了兩聯對仗，極寫眼前的冷清落寞，情緒低黯，至下闋則用「記得」領起，寫往昔歌妓的穿著，善以琵琶傳達相思情愫，以及她在明月下飄然遠去的情景，可謂一片神行。唐圭璋《夢桐詞話》評曰：「感舊懷人，精美絶倫。」「上片文字頗致密，换頭乃易之以疏淡。」〔六〕對其稱賞有加。

三　順逆交錯

蔣兆蘭《詞説》云：「詞之爲文，氣局較小，蓋不過百許字，然論用筆，直與古文一例。大抵有順筆，有逆筆，有正筆，有側筆，……中間轉接疊用虚字，須一氣貫注。無虚字處，或用潛氣内轉法。」〔七〕陳洵《海綃説詞》云：「清真格調天成，離合順逆，自然中度。」〔八〕均强調詞作行文順逆交錯的重要。

順逆交錯，係指事情發生時間的先後倒置或交叉。有些作品是將事情的發生置之於前，最後才讓主人公登場，即先設置懸念，後解懸疑，往往收到出人意外的藝術效果，在詩詞創作中被人稱之爲「逆挽法」。最早使用此法的當是唐代白居易的《長相思》：

汴水流，泗水流，流到瓜州古渡頭。吴山點點愁。思悠悠，恨悠悠，恨到歸時方始休。月明人倚樓。

先是借景抒情，然後直抒胸臆，最後方點出主人公的處所、姿態及夜月朗照的自然景觀。又如范仲淹的《蘇幕遮》：

碧雲天，黄葉地。秋色連波，波上寒煙翠。山映斜陽天接水，芳草無情，更在斜陽外。黯鄉魂，追旅思。夜夜除非，好夢留人醉。明月樓高休獨倚，酒入愁腸，化作相思淚。

佈局與白詞大體相同，詞中描繪之景觀與流露之情思均係「明月高樓」、「獨倚」時之所憶所思所感，此亦平常所説之「倒叙」。

逆挽之法，亦用於慢詞長調之中，如我們熟知的柳永的《八聲甘州》（對瀟瀟暮雨灑江天）寫傍晚時分面對長江的氣候變化、秋日的凋殘景物，引發長年漂泊的異鄉之感、渴望與家人團聚之念，而結拍方點出「争知我、倚欄杆處，正恁凝愁」，將主人公「我」之形象突出於詞之末尾，即是顯例。運用逆挽筆法，往往能收到豁然警醒或出人意表的效果。

逆挽筆法既有用於結尾者，亦有用於中間者，有明點者，亦有暗示者。前所列舉多屬用於結尾與明點者，讀之易見而明瞭。而慢詞中之逆挽，有時用於詞之中間。有的會用較醒豁的詞語提示，如李清照《永遇樂》（落日熔金）寫元宵，中間插入一段對北宋節日的回憶：「中州盛日，閨門多暇，記得偏重三五。鋪翠冠兒，捻金雪柳，簇帶争濟楚。」即用「記得」的字樣點醒。有的慢詞並不用相關詞語提示，故理解時須細心尋繹，方可領會。如周邦彦的《夜飛鵲》：

河橋送人處，凉夜何其？斜月遠墮餘輝。銅盤淚燭已流盡，霏霏凉露沾衣。相將散離會，探風前津鼓，樹杪參旗。花驄會意，縱揚鞭、亦自行遲。迢遞路回清野，人語漸無聞，空帶愁歸。何意重經前地，遺鈿不見，斜徑都迷。兔葵燕麥，向殘陽、影與人齊。但徘徊班草，欷歔酹酒，極望天西。

此詞寫重經舊地對一次送别的回憶，運用倒折法，上闋至换頭處，全係回憶之詞，幻化之境。詞從送别地點、時分寫起，繼寫時間推移而引起的室內、室外景物與氣候的變化；離別在即，又打探風中渡口催喚行人的鼓聲，察看樹頂參旗星的位置；不得不啟程時，連花驄也解會人意，行步遲緩。換頭三句轉寫送別之後，返回時感覺原野清曠，人去空寂，愁襲心頭。至「何意重經前地」，才是全詞一大轉折，由過去時態轉爲現在時態。此時重履舊地，欲覓伊人舊跡而不可得，連路徑都尋找不到，只能徘徊於布草而坐之處，向遠在天西之人唏噓感歎。此詞將去年涼秋別離之事置前，而又不用「憶」、「念」等詞語點醒，故乍讀一時難明就裏，細繹方能得其要領。陳廷焯在《白雨齋詞話》中說：「美成詞操縱處有出人意表者。」〔九〕當即指此類作品。

四　虛實相生

近人宣雨蒼《詞讕》云：「填詞須通首詞氣勻配。或前虛後實，前實後虛。」〔一〇〕特別是慢詞，尤宜虛實相生，方能顯頓挫變化，避免平鋪直敘。如南宋洪皓《江梅引》：

天涯除館憶江梅，幾枝開？使南來，還帶餘杭、春信到燕臺。准擬寒英聊慰遠，隔山水，應銷落，赴愬（同「訴」）誰？　空憑遐想笑摘蕊。斷回腸，思故里。漫彈綠綺，引《三弄》、不覺魂飛。更聽胡笳、哀怨淚沾衣。亂插繁花須異日，待孤諷，怕東風，一夜吹。

作者洪皓在南宋建炎三年（一一二九）使金，被金羈留十五載，始終不屈。紹興十一年（一一四一），宋金議和成，宋高宗對金稱臣，歲貢銀絹，並割讓大片土地，以換取金國送回宋徽宗棺木及高宗母韋后。詞人聞南宋使者將至，感而賦「憶江梅」。詞之首句「天涯除館憶江梅」點題，是爲實寫。「幾枝開」乃是由「憶」引起的對南方梅花的關切。下面由「使南來」至「隔山水，應銷落」均係擬想之詞：一方面想像使者來此會帶來梅花與春的信息，代表朝廷慰問自己，另一方面又深感路途遥遠，希望極不現實，因此上闋結以「赴愬誰」，内心充滿矛盾與痛苦，却無人可以訴説。至换頭用「空憑遐想笑摘蕊」承上啟下：盼望使者帶梅慰遠，與親人笑摘梅花，都是虚幻的空想。以下轉寫對家鄉的思念，以緑綺琴彈奏《梅花三弄》之曲，魂飛故里，繼而聽胡笳哀怨之音，淚水沾衣，情緒一漲一落，均爲實寫。至「亂插繁花須異日」，又轉入想象。結拍則又轉寫心潮起伏不定，憂心忡忡。全詞既有據實描寫之句，尤多憑虚構象之語，且以後者爲多。虚實交錯，一波三折，將一腔愛國熱忱寫得極爲纏綿、悲壯、沉鬱。

又如大家熟知的南宋姜夔的自度曲《揚州慢》，抒寫過揚州時感慨今昔的黍離之悲，張炎在《詞源》中稱其「不惟清空，又且騷雅」。騷雅，多偏重於情思；清空，當更偏重於藝術表現。詞云：

淮左名都，竹西佳處，解鞍少駐初程。過春風十里，盡薺麥青青。自胡馬窺江去後，廢池喬木，猶厭言兵。漸黄昏、清角吹寒，都在空城。　杜郎俊賞，算而今、重到須驚。縱豆蔻詞工、青樓夢好，難賦深情。二十四橋仍在，波心蕩、冷月無聲。念橋邊紅藥，年年知爲誰生。

詞之上闋側重寫經歷兩次戰火後的揚州，依時間順序，從白天寫到黄昏，偏重於實寫，但實中有虚。所謂「名都」、「佳處」、「春風十里」，均爲昔日繁華之揚州，在叙事中帶出，帶有虚寫性質，與現實中的「盡薺麥青青」、「廢池喬木」，兩兩相形，顯含今昔對照之意。到「漸黄昏、清角吹寒，都在空城」，則純用實筆，一個「空」字，含有多少感慨！下闋則多用虚筆：「杜郎俊賞，算而今、重到須驚。縱豆蔻詞工，青樓夢好，難賦深情。」轉而即景發論。因爲晚唐杜牧曾作淮南節度使掌書記，在揚州有過一段風流浪漫的生活，並寫下許多著名的詩篇，故借杜牧之眼觀今蕪敗之城，今昔兩相比照，真有天壤之别；杜牧縱然有生花妙筆，也難表達今日悲催掩抑之情。借言杜牧，而實自抒情懷。以下又承接「漸黄昏」實寫眼前之景：「二十四橋仍在，波心蕩、冷月無聲。」一派寂寥，暗含有與昔日遊人如織熱鬧非凡景象的對照之意。結拍「念橋邊紅藥，年年知爲誰生」，以「念」字領起，化實爲虚，感慨紅藥無人觀賞，將前面「空城」之「空」寫足，意味深長！

此詞所用之法偏重前實後虛，而又能虛實交錯，今昔相形，極具頓挫變化之妙。在虛實交錯中，既具有很長的時間跨度，又擇取了最具代表性的景象，因而具有厚重的歷史感。

五　開合有致

開與合，主要指時空的大幅度轉換，不限於一時一地，尤其是慢詞長調，因篇幅較大，更便於在時空的拓展中，表達自己內在的思致與意趣。但在令詞中，也會偶有此類詞作，如相傳爲李白所作《憶秦娥》詞：

簫聲咽，秦娥夢斷秦樓月。秦樓月。年年柳色，灞陵傷别。　樂遊原上清秋節，咸陽古道音塵絶。音塵絶。西風殘照，漢家陵闕。

依時間言，由夢斷之「月」夜而及「年年」，由「柳色」青青之春日而至適於登眺的「清秋」時節，而在「清秋」之日又由白天延佇至「西風」驟起「殘照」當樓之時；依空間言，由「秦樓」而及當年分别之地「灞陵」，再由别後之「咸陽古道」而及「漢家陵闕」。時空闊遠，已超出一般閨怨，而具有一種悲壯的氣質與沉厚的歷史感。故徐世俊《古今詞統》卷五評云：「悲涼跌蕩，雖短詞中具長篇古風之意氣。」〔一一〕

至於慢詞長調的講究開合有致，宋代的柳永實有開拓之功，蔡嵩雲《柯亭詞論》云：「其寫景處，遠勝其抒情處。而章法大開大合，爲後起清真、夢窗諸家所取法。」〔一二〕柳永尤善於寫闊大淒清之秋景，以表寥落失意的孤獨淒寂之情。如前面提到的《八聲甘州》（對瀟瀟暮雨）以及其他詞作如《戚氏》（晚秋天）、《夜半樂》（凍雲黯淡天氣）、《玉蝴蝶》（望處雨收雲斷），景多曠遠而又蒼茫，往往由此闊大之空間，而引發對人生長年失意、淹留在外的感歎，以對佳人的想望作爲收束。

再以大家熟知的蘇軾《念奴嬌・赤壁懷古》（大江東去）爲例，他要表達的是自己「早生華髮」、老大無成的失意情懷，可是却從「大江東去，浪淘盡千古風流人物」説起，由千古而三國，由三國而赤壁，由赤壁之戰而周瑜，最終落脚到以周瑜的年少英發、建立不朽之功績來反襯自己眼前的落魄、心中的悲慨。真可謂是善於大開大合中表情達意之傑作，被人譽爲「古今絕唱」。

具有這種特點的佳什，不僅前朝多有，即現當代亦不乏傑出之作，如毛澤東之《沁園春》詠雪，上片用如椽大筆寫北國雪景，有静態，有動態，有虚擬的想像，將雪景寫得無比壯闊、瑰麗，如果僅止於此，只能算是一首寫景詞。故詞人於下片在「指點江山」之外，更放筆歷數前代被人稱頌的帝王豪傑之士，均有不足：「江山如此多嬌，引無數英雄競折腰。惜秦皇漢武，略輸文采；唐宗宋祖，稍遜風騷。一代天驕，成吉思汗，只識彎弓射大雕。」最後結以「數風流人物，還看今朝」，大氣磅礴，更突過前人。如此大開大合，格調高昂，可謂前無古人，堪稱典範。

由此可見，詞作之能「合」，往往可得題中之精蘊，能「開」，往往可得題外之遠致。

六　遠近相交

近人宣雨蒼《詞讕》云：「填詞須通首詞氣匀配。……或前遠後近，前近後遠。」〔一三〕此處所言遠近，兼指時空，有的甚或具有一定的時空跨度，但其重點在於以遠襯近，以昔襯今，往往深含對照之意，如前面列舉的秦觀的《望海潮》、陳與義的《臨江仙》即是如此，而南唐李後主的《破陣子》尤爲典型：

> 四十年來家國，三千里地山河。鳳閣龍樓連霄漢，玉樹瓊枝作煙蘿。幾曾識干戈。　一旦歸爲臣虜，沈腰潘鬢消磨。最是倉皇辭廟日，教坊猶奏別離歌。垂淚對宫娥。

此詞上片回顧往昔：南唐王朝的統治時間延續「四十年」之久，空間的闊遠，則擁有「三千里」的江南富庶之地，與北方或其他國家相比，顯示出相對的安定與繁榮，作爲一國的統治者何等志滿意得；而作爲帝王生活的享受，龍樓鳳閣，歌舞昇平，更達至尊榮富貴的極點。下片轉寫眼前作爲「臣虜」的遭遇：形容憔悴，辭廟倉皇，傷慟無極。前後對比，不啻天壤！正因爲有對往昔尊榮的回顧，才更凸顯出今朝的落魄哀傷。且此詞在表現藝術上，還注意工易互轉，整飭與流動相結合：上片用兩聯對仗，氣象開闊、華貴；下片用「一旦」、「最是」遞進，將眼前之委頓、狼狽形象及愧悔心態表露無遺。這種作法對北宋大、小晏等人的令詞創作，具有一定的影響。

如果說，李後主之《破陣子》等詞的佈局重在前遠後近，那麼有更多的作品則偏重於前近後遠或時空前後遠近交錯。令詞如辛棄疾的《南鄉子・登京口北固亭有懷》的佈局，即屬前近後遠：

何處望神州？滿眼風光北固樓。千古興亡多少事？悠悠，不盡長江滾滾流。年少萬兜鍪，坐斷東南戰未休。天下英雄誰敵手？曹劉，生子當如孫仲謀。

詞一開始，即明確點出當下登眺「神州」的所在地：北固樓，描寫景物只用「滿眼風光」概括，特爲拈出者是「不盡長江滾滾流」。「不盡長江」句既是眼前景，更是自古以來之景，曾見識無數不同的歷史劇在此上演，在詞中應是「千古興亡多少事」的象喻。至下片，於「千古興亡多少事」中又特爲拈出一個千年前的人物「孫仲謀」，即三國時東吳的孫權（一八二—二五二），以作爲「興」的代表。孫權在漢獻帝十三年（二〇八）即與劉備聯手，破曹操兵於赤壁，從此形成三國鼎立之勢，並於四十歲時稱帝於建業，雄踞於江東，可謂業績非凡，少壯有成，令人仰慕不已。作者在其《永遇樂・京口北固亭懷古》詞中也曾抒發相同的傾慕與嘆惜情懷：「千古江山，英雄無覓，孫仲謀處。舞榭歌臺，風流總被雨打風吹去。」詞人對遠古英雄的仰慕，實爲借古傷今，嘆惜自己雖滿懷雄圖壯志與文韜武略，却年華虛度，老大無成。這既是個人的悲劇，也是時代的悲劇。

這種時空的遠近交錯，在慢詞長調中尤多運用，特別是一些感今懷古之作多用此法。如大家熟知的王安石《桂枝香・金陵懷古》。其詞上片云：「登臨縱目，正故國晚秋，天氣初肅。千里澄江似練，翠峰如簇。征帆去棹殘陽裏，背西風、酒旗斜矗。彩舟雲淡，星河鷺起，畫圖難足。」放筆描寫眼前金陵的山川形勝與商旅的繁華。至下片，思接千載，感慨曾於此建都的六朝：東吴、東晋、宋、齊、梁、陳，因沉迷「繁華競逐」而相繼滅亡。但詞人的「懷古」，深層意在警示當今，故結以「至今商女，時時猶唱《後庭》遺曲」，全詞寄寓着孟子「生於憂患，死於安樂」的深意。在結構上由今而古，復由古轉今，運思極爲嚴密。

這種時空流轉之法，不僅用於重大的歷史事件，即其他懷舊感今、離懷别苦一類，亦多用之，如柳永的《雨霖鈴》（寒蟬凄切）之寫别情的由眼前而轉向「經年」的别後，在時空的拓展中，展示出人生的深沉憾恨；周邦彦的《瑞龍吟》（章臺路）寫追懷舊時蹤跡，由今而昔，復由昔轉今，感慨人事的變幻無常，等等，都是典型例證。

詞之章法，當宜講究，其體式本多種多樣，不拘一格，對此，前人已多有提示、概括，以上僅就其較爲常見者列舉數種，略加縷述，或可供詞作者在創作中有所借鑒，或可爲研究古今詞者提供一些參考。

〔一〕〔二〕〔三〕〔五〕〔七〕〔八〕〔九〕〔一二〕 唐圭璋編《詞話叢編》，中華書局一九八六年版，第三六九八頁、第四六三五頁、第四九五一頁、第二六五頁、第四六三四—四六三五頁、第四八四一頁、第三七八九頁、第四九一一頁。

〔四〕 顧隨講，葉嘉瑩筆記，顧之京整理《顧隨詩詞講記》，中國人民大學出版社二〇一〇年版，第一一六頁。

〔六〕〔一〇〕〔一三〕 朱崇才編《詞話叢編續編》，人民文學出版社二〇一〇年版，第三三九二—三三九三頁、第二四七三頁、第二四七三頁。

〔一一〕 張璋、黄畬編《全唐五代詞》，上海古籍出版社一九八六年版，第三七頁。

（作者單位：湘潭大學文學與新聞學院）

論詞樂「均拍」對詞體格律之投影

杜慶英　張明明

內容提要　「均拍」是重要的詞樂概念，學界對此歷來訴訟紛紜，多因文樂關係邏輯未清之故。「均」與「拍」對舉合稱，是爲「均拍」，一均而兩拍，分别對應著樂段與樂句。在限定條件下，「均」即是「韻」。從音韻學角度看，均拍可視爲一種詞韻的分級。同时，均拍的音韻學屬性又從屬於音樂學屬性，因此，均拍可以理解爲詞樂對詞體格律的投影。均拍具有節制词體「令」、「引」、「近」、「慢」的功用，拍与均分别對應樂節的「大頓」與「小住」位置。起源於《詞源》、《碧雞漫志》的均拍理論在歷代流存詞作中得以體現，且爲詞體的分韻、斷句提供了依據。

關鍵詞　均拍　詞樂　文樂關係　詞源　碧雞漫志

一　「均」爲樂段之韻

詩、詞、曲，起初都是文（體）樂（體）合一的韻文。相對於詩而言，詞、曲的音樂文學屬性更爲顯著，無論是創作層面的倚聲填詞，體式層面的依曲定體，曲唱層面的依字行腔，都以文樂一體爲前提。「曲調是

本文爲二〇一九年國家社科基金項目「援書論詞批評理論研究」（項目編號：19CZW002）階段性成果。

一首歌曲的音樂形式，詞調則是符合某一曲調的歌詞形式。」〔一〕詞調與曲調互爲表裏。具體到詞體來説，是以闋(片)爲樂章，以均爲樂段，以拍爲樂句。王易先生所説的「調以均爲節」〔二〕即是此意。「均」爲詞調的一個小節，也就是樂段。「均」與「拍」對舉，一均而兩拍，均拍即句拍，這裏的「句」有文句、樂句兩重含義。均拍可以理解爲詞樂在詞體格律上的一種投影。〔三〕對於「均拍」概念的探討，歷來詞論家對此訴訟紛紜，審之未清。現結合前人諸論，勾稽如下：〔四〕

㈠字拍説。清人鄭文焯在《詞源斠律》中引趙子昂「歌曲八字一拍」之語，提出「六均者，六字一拍……八均者，八字一拍，慢曲字多於引、近，其音悠緩」。〔五〕即以字爲拍。按，張炎《詞源·謳曲旨要》云「歌曲令曲四指勻，破近六均慢八均」〔六〕，後人討論均拍之數多源自《詞源》。鄭文焯誤以爲「歌曲八字一拍」中的「拍」就是「破近六均慢八均」的「均拍」，所以才會以六均、八均分別對應六字、八字。任半塘引方成培《詞麈》曰：

元戚輔之《佩楚軒客談》記趙子昂説：「歌曲八字一拍，當云樂節，非句也。夫樂不同板拍，以鼓爲節。」戚云：「當改曰板與鼓同節尤佳。」觀此，知元曲以八字爲一拍，板以鼓爲節。〔七〕

趙孟頫所言「歌曲」應該就是指詞樂，也即《詞源》中「歌曲令曲四指勻」之「歌曲」。「以鼓爲節」意爲詞樂以鼓作爲節制音樂的工具，所謂「歌曲八字一拍」並非樂句之均拍，而是板眼。不過，若是解作板眼，「八字一拍」顯然違背樂理常識。以現存昆曲工尺譜來看，一板三眼加贈板的慢板中，一字唱八拍的情況是有的，反之，八字只唱一拍，則無從唱起。故推測這裏所説的「字」或是宋人俗字譜中的一個譜字符號，而非詞中文字。所謂「八字一拍」，或許是以「八」這個字符爲截板，即樂曲煞音在「八」上。與工尺譜中「上尺工凡六五乙」中的「六」、「五」類似。所謂「八字一拍」之「拍」並非「均拍」，不宜混淆。

㈡節拍説。童斐《中樂尋源》曰：「慢曲之拍八均，蓋即一板七眼之説也。」〔八〕此説以戲曲「板眼」爲參照，慢曲以一板三眼爲正板，加上贈板，則爲一板七眼。實際上，均拍雖然具有節奏意義，但是並不等同於節拍。均拍與節拍的等級不同，其對應關係爲：拍子——板眼；板拍——樂節；均拍——樂句。此説直接將均拍理解爲板眼，並不可取。

㈢均勻説。任中敏先生在前人基礎上，提出「八均乃前後片八拍均勻説」。其以《詞源》有「前九、後十一，内有四艷拍」之語，認爲前九、後十一相加爲二十拍，除去四個艷拍（贈拍），剛好爲十六拍。而前後兩片均勻，則爲每片八個官拍（正拍），以公式形式表示爲：

（前9＋後11－4）÷2＝8〔九〕

當然，任先生注意到均拍不可能完全「均勻」分佈於上下闋，所以他又解釋是官拍、艷拍在詞體中的調節，造成了「均勻」中的「不均勻」現象：《詞源》所謂「大頭花拍居第五」就是前九拍中第五拍爲艷拍，而「疊頭艷拍在前存」則是説下闋的後十一拍中另有三個艷拍居於前三，即第十至十二拍。今依其意，圖示如下：

上闋：○○○○◎○○○○

下闋：◎◎◎○○○○○○○○〔一〇〕

按，慢詞字數的多寡，並不完全遵守上下各八拍的規律。慢詞一般字多調長，但是慢詞不必一定是長調，「詞調的長、短是按照各調的字數多寡來分的，曲子的急、慢則是按照其音樂節奏來分的。兩者既有聯繫，也有區别」。〔一一〕可見「均勻」説適用於常規慢詞，却不能涵蓋所有。

㈣「均即韻」説。沈義父《樂府指迷》曰：「詞腔謂之均，均即韻也。」〔一二〕韻可以從文句之韻與樂句之韻兩個維度去理解。文句之韻，是通常所説的叶韻之韻，即詞律中具有音韻學意義的那個「韻」。王易《詞曲史》曰：「一均略如詩之一聯，有上下句，下句住韻。起、轉韻不計。」〔一三〕一均之末有一大韻，一般恰與文韻重合，正如《詞源》所謂：「法曲、大曲之次，引近輔之，皆定拍眼。蓋一曲有一曲之譜，一均有一均之拍。

若停聲待拍，方合樂曲之節。所以衆部樂中用拍板名曰『齊樂』，又曰『樂句』，即此論也。」〔一四〕不少學者認爲「均」就是文韻，那麼就無法解釋何以在格律規定的韻脚之外，又有其他叶韻現象的發生。因此「均即韻」一説，需要將其限定在「文樂合一」的前提下，考量文體、樂體兩個維度。不能望文生義地將「均」對等「文韻」之「韻」。

㈤以「均」等同「十二均」説。中國傳統樂理中所説的以十二律爲「均」，是指分别以十二律爲起始音的音階變化，遂有將均拍理解爲樂調、樂腔之説〔一五〕。「黄鐘」、「大吕」、「太簇」、「姑洗」等十二律配以宫、商、角、徵、羽五音（或加變徵、變宫的七音）形成十二組音階變化，是爲「十二均」。舉例而言，黄鐘爲宫，則太簇爲商，姑洗爲角，蕤賓爲變徵，林鐘爲徵，南吕爲羽，應鐘爲變宫，這個以黄鐘爲始的音階就是黄鐘均。大吕均、太簇均、姑洗均等等，皆可類推。這裏所説的「均」與「均拍」之「均」並無關係。王易先生所言「調以均爲節」，明確指出均是節制樂調節奏的工具，但並不意味著均就等同於樂調。此外，前文所引沈義父《樂府指迷》「詞腔謂之均，均即韻也」之語，這裏的「詞腔」是指「主腔」或「結腔」，是詞體音樂旋律中最具穩定性的部分，而非整體性的「樂腔」。「詞腔謂之韻」與「均即韻也」一樣，都是在限定條件下成立的一種説法。蔡嵩雲箋注《樂府指迷》「詞腔」條曰：「聲即腔，故知詞腔所在，即均拍所在也。凡韻必逢腔，《謳曲旨要》云：『大頓小住當韻住』其例也。凡韻必應拍，《指迷》前條所謂『歌時最要叶韻應拍』，其例也。故曰：『詞腔謂之韻，均即韻也。』」〔一六〕固知，腔之所在與均，拍相對應，在曲則爲「均」，在文則爲「韻」，在唱（或奏）則爲「腔」，乃三位一體，又各自獨立的存在。後人對沈義父「詞腔謂之均」之語不加辨析，妄以均拍等同樂腔，則謬也。總之，由樂理上的「十二均」推導均拍乃樂調、樂腔等説，亦不可取。

均拍的概念不能僅從訓詁上去尋求解释，樂體均拍反映在文體上，正好對應了文句的韻脚，但是文句之韻並不能完全與樂體均拍劃等號。「詞樂中的拍，其特點恰恰是因詞句本身的韻律和樂曲情感表達到需要這一對關係而構成，其中的每一句，可以是一均（韻）之拍，也可以是多均（韻）之拍，但這些變化仍然是建立在「曲拍爲句」的基礎之上。」〔一七〕所謂「曲拍爲句」，就是我們所説的「樂句」之概念。吴熊和《唐宋詞通論》謂：「曲中一均，猶詞中一韻，因此曲之均拍，一般即表現在押韻上。」〔一八〕將「曲」與「詞」對舉，「均」與「韻」對舉，很好地解釋了文樂關係在均拍上的體現。在詞樂分級中，樂句之韻可視爲一種「大韻」，而韻脚之韻則爲「小韻」。「詞的韻位則要依據曲度，韻位大都是音樂上停頓的地方。每個詞調的音樂節奏不同，停頓之處不同，所以他們的韻位也就跟著不同。」〔一九〕詞體以「闋」應樂章，以「均」應樂段，以「拍」應樂句。釐清詞體中樂體與文體的關係，則「均」與「均拍」自不費解也。

二 「均拍」對詞體音樂節奏的節制作用

「均拍」對於詞體之功用，王易《詞曲史》曰：「拍者，所以齊樂，施於句終，故名曰齊樂，又曰樂句。拍之多少以均而定，約兩拍爲一均。令則以四均爲正；引近則以六均爲正；慢則以八均爲正。然令有不及四均者，亦有延至六均者；引、近亦有延八均者；慢亦有延至十均十二均十六均者。蓋四均六均八均之限，乃南宋以來就其大較區耳；若詞調則多倡於北宋，此時均拍之數固未刻定若是也。故不少六均之調明稱爲令，八均之調明稱爲引近者，至於八均以上之慢，又不勝數也。」〔二〇〕均拍具有區分「令」、「引」、「近」、「慢」等詞體音樂節奏的功用。《詞源》所謂「歌曲令曲四揞匀，破近六均慢八均」之均數是針對上下兩闋而言，如果就單闋來説，均數便是「令二、近三、慢四」。按拍數計算，一均二拍，一般情況下，單闋的拍數是「令四近六慢八」，雙闋的拍數則爲「令八近十二慢十六」。夏承燾、吴熊和在《讀詞常識》中言道：「令、引、近、慢的意義不能用訓詁的方法來説明，他們之間的區别首先還是由於音樂節奏的不同、曲調來源的不同」〔二一〕是爲的見。「令四近（引）六慢八」多爲詞之正體，譬如四均之令的《探春令》、《惜雙雙令》等；六均之引、近，如《千秋歲引》、《祝英臺近》等；八均之慢如《聲聲慢》、《木蘭花慢》、《揚州慢》、《長亭怨慢》等。當然，詞體之繁複遠不止於此，故跳脱「令四近六慢八」均拍規則的詞作亦不乏其例。如三均之令《如夢令》、《何滿子》；六均之令《唐多令》、《且坐令》；八均之引、近如《陽關引》、《隔浦蓮近》；雙闋十均之慢如《破陣樂》、《玉女摇仙佩》，十二均之慢《六州歌頭》、《穆護砂》，更有十六均者如《戚氏》。若從「援詩論詞」的角度看，詩體、詞體基本上都是以上下句構成一韻的，「唐人詩以上下句叫做『一韻』，宋人詞調以上下句爲一均（韻）」。〔二二〕詞調之「均」若比照詩體的話，實際上就是韻。只是，詞調的音樂節奏更爲複雜，不如詩體整飭，反饋在音韻學上，造成了用韻的複雜多變，不如詩體那樣醒目。因此詞韻與均拍的關係就遠遠比齊言體的詩歌複雜了。倒是同爲曲牌體的曲，與詞更接近，鄭孟津先生提出：「『韻段』是一闋曲詞的組成單元，『樂段』是一首曲腔的組成單元。一上句一下句組成一個『韻段』，一前樂句一後樂句組成一個『樂段』。韻段、樂段二者依聲樂所賦予的音樂功能，在互相結合時，一個韻段的下句句尾『韻』字，和一個樂段後樂句句尾『煞聲』的必然相應，是構成南北曲牌韻段、樂段的一條基本規律。」〔二三〕頗能作爲我們「援曲論詞」的借鑒。以慢詞爲例，《碧雞漫志》曰：「大石調《蘭陵王慢》，殊爲舊曲。周、齊之際，未有前後十六拍慢曲子耳。」〔二四〕可見普通慢曲的官拍爲十六，所謂「一均有一均之拍，宋代慢曲一般是十六拍，一均就是兩拍。」〔二五〕試以姜夔平韻格《揚州慢》、仄韻格《長亭怨慢》兩首慢詞爲例：

㈠《揚州慢》

上闋

第一均：淮左名都，竹西佳處。（拍）

解鞍少駐初程。（韻）

第二均：過春風十里，（拍）

盡薺麥青青。(韻)

第三均：自胡馬、窺江去後，(拍)

廢池喬木，猶厭言兵。(韻)

第四均：漸黄昏，(拍)

清角吹寒，都在空城。(韻)

下闋

第一均：杜郎俊賞，(拍)

算而今，重到須驚。(韻)

第二均：縱豆蔻詞工，青樓夢好，(拍)

難賦深情。(韻)

第三均：二十四橋仍在，(拍)

波心蕩，冷月無聲。(韻)

第四均：念橋邊，(拍)

紅藥年年，知爲誰生。(韻)〔二六〕

㈡《長亭怨慢》

上闋

第一均：漸吹盡、枝頭香絮。(拍)

是處人家，緑深門户。(韻)

第二均：遠浦縈回，(拍)

暮帆零亂向何許。（韻）

第三均：閲人多矣，（拍）

誰得似、長亭樹。（韻）

第四均：樹若有情時，（拍）

不會得、青青如此。（韻）

下闋：

第一均：日暮，望高城不見，（拍）

只見亂山無數。（韻）

第二均：韋郎去也，（拍）

怎忘得、玉環分付。（韻）

第三均：第一是、早早歸來，（拍）

怕紅蕚、無人爲主。（韻）

第四均：算空有並刀，（拍）

難剪離愁千縷。（韻）

以上二首皆是尋常慢詞。上下闋各四均，每均爲一樂段，分爲上下兩個樂句，一個樂句即是一拍，二詞皆爲八均十六拍，正是任半塘所説的上下片均匀之義。需要指出的是，如果按文句之韻來斷句别韻，《長亭怨慢》中的「絮」、「矣」、「暮」則雖在上樂句，却也叶韻。除去「絮」爲首句入韻之例，餘下「矣」、「暮」二字究竟是否算是韻脚？如果算是，均數就不止八均，拍數也跟著發生變化。因此如上文所言，「均即韻」一説，首先要明確此韻是否爲樂句之韻，僅從文本去論均拍是不可取的。南吕先生《詞調之研究》吸收《詞源》中的「丁住」之説，將慢詞結構分解爲：

小頓（打）大頓（第一均第一拍）小頓（打）小住（第一韻第二拍合起韻）
小頓（打）大頓（第二均第一拍）小頓（打）小住（第二韻第二拍合叶韻）
小頓（打）大頓（第三均第一拍）小頓（打）小住（第三韻第二拍合叶韻）
小頓（打）大頓（第四均第一拍）小頓（打）小住（第四韻第二拍合叶韻，殺聲、前半闋終）
抗（打）大頓（第五均第一拍）小頓（打）小住（第五韻第二拍合叶韻）
小頓（打）大頓（第六均第一拍）小頓（打）小住（第六韻第二拍合叶韻）
小頓（打）大頓（第七均第一拍）小頓（打）小住（第七韻第二拍合叶韻）
小頓（打）大頓（第八均第一拍）小頓（打）丁住（第八韻第二拍合叶韻，殺聲、曲終）〔二七〕

南呂的詞體結構論頗值得借鑒。樂段之韻是宏觀層面的大韻，而樂句以下則相對而言要視爲「小韻」，如上述引文《長亭怨慢》中的「矣」乃是樂句之韻，「暮」乃是句中之韻。一均之韻所對應的正是樂段之韻，乃第一等級的大韻，也就是所謂「小住」的位置。樂句之韻乃「大頓」，至於分句之、乃至句間之韻，則是「小頓」、「抗」的位置，對應「打」的節奏。以上分析了慢詞的均拍之作用，至於令、引、近等詞體則可舉一反三，不再覼縷。

三　「均拍」對應詞韻分級

前文所言之「小頓」、「大頓」等位置皆可以入韻，這些韻在文體音韻學上屬於「旁韻」、「小韻」之類，一般並不體現在格律譜中。因此，在具體的詞作分析中，往往很難判斷其到底是不是韻脚，歷來對於具體詞作用韻的争議，其癥結往往在此。鄭孟津、王守泰等先生在曲律學研究中，都曾不同程度上提出過曲韻分級。曲體的用韻一如詞體，也可視爲音樂學在音韻學上的投影，概言之就是文樂關係在具體押韻問題上的體現。基於「援曲入詞」的理念，我們也可以將詞韻進行分級。從樂段之韻到句間之韻大致可以分爲四級韻制，分別爲一均之韻、一拍之韻、分句之韻、單詞（詞素）之韻（句間之韻，如曲體之「短柱」）。試以△、○、▲、●、◎來表示各級韻位，〔二八〕再援上文《長亭怨慢》爲例：

上闋

第一均：漸吹盡、枝頭香絮▲。（拍）是處人家，緑深門户△。（韻）

第二均：遠浦縈回，（拍）暮帆零亂向何許△。（韻）

第三均：閱人多矣○，（拍）誰得似、長亭樹△。（韻）

第四均：樹若有情時，（拍）不會得、青青如此△。（韻）

下闋

第一均：日暮◎，望高城不見。（拍）只見亂山無數△。（韻）

第二均：韋郎去也，（拍）怎忘得、玉環分付△。（韻）

第三均：第一是、早早歸來，（拍）怕紅萼、無人爲主。（韻）

第四均：算空有並刀，（拍）難剪離愁千縷。（韻）

一首詞不必一定要啟動四級韻制，上詞就是啟用了一、二、四級韻，也就是樂段韻、樂句韻、以及句間韻。四級詞韻分級法是就邏輯關係而言，其意義在於指出除此之外不能再有更多一層的用韻方式。一般情況下，如果詞調並不很長，又是一韻到底，不涉及轉韻的話，多數只用到一、二級韻而已。對於更爲複雜的詞作，同時啟用了四級詞韻的，亦不乏其例。夏承燾先生在《詞律約例》一文中引五代薛紹蘊共用五部韻之《離別難》一詞，來説明「一首多韻」的情況：

寶馬曉鞴雕鞍㊀，羅帷乍別情難㊀，那堪春景媚㊁，送君千萬里㊁，半妝珠翠落，露華寒㊀。紅蠟燭㊂，青絲曲㊂，偏能鈎引淚闌干㊀。良夜促㊂，香塵緑㊂，魂欲迷㊃，檀眉半斂愁低㊃。未別㊄，心先咽㊄，欲語情難説出㊄，芳草路東西㊃。摇袖立㊄，春風急㊄，櫻花楊柳雨淒淒㊃。〔二九〕

按夏承燾先生的劃分，此詞用了五部韻：「鞍」、「難」、「寒」、「干」爲第一部韻；「媚」、「里」爲第二部；「燭」、「曲」、「促」、「緑」爲第三部；「迷」、「低」、「西」、「淒」爲第四部；「別」、「咽」、「出」、「立」、「急」爲第五部。夏承燾先生謂之曰「交互錯雜，最爲罕見」。〔三〇〕萬樹《詞律》則將其標爲六部韻：

寶馬曉鞴雕鞍韻，羅帷乍別情難叶，那堪春景媚换仄，送君千萬里叶仄，半妝珠翠落豆，露華寒叶平。紅蠟燭三换仄，青絲曲叶三仄，偏能鈎引淚闌干叶平。良夜促叶三仄，香塵緑叶三仄，魂欲迷四换平，檀眉半斂愁低叶四平。未別心先咽五换仄，欲語情難説叶五仄，出芳草豆，路東西叶四平。摇袖立六换仄，春風急叶六仄，櫻花楊柳雨淒淒叶四平。〔三一〕

《詞律》的韻部劃分，前四部與夏説並無齟齬，但分第五部爲「咽」、「説」；第六部爲「立」、「急」。《詩餘圖譜》以「促」、「緑」與「燭」、「曲」爲不同部，《詞律》非之曰：「凡六易韻，《圖譜》以『促』、『緑』爲更韻，非也，此是叶『燭』、『曲』耳。若『立』、『急』，則與『咽』、『説』不同，乃爲更韻也。」〔三二〕按，依《詞林正韻》，「立」、「急」屬詞韻第十七部，「咽」、「説」屬第十八部，顯然是換韻了，不該算作一部。此外，斷句也有不同，對於「欲語情難説出，芳草路東西」一句，《詞律》斷爲：「欲語情難説，出芳草，路東西。」因此有「説」與「咽」二字爲一部，是爲的見。總體而言，《詞律》的劃分更爲精准，當依其説。不過，「未別心先咽」一句，尚有一個句間韻「別」字，此句斷作「未別，心先咽」更爲妥帖。總之，若只從文句上解讀，這些韻紛繁複雜，難以理清頭緒。這六部韻之間是何種關係？同一韻部的用字是否應歸爲一部？上下闋之間的用韻有無聯繫？這些問題若以「均拍」詞韻分級來解釋，則豁然開朗：

上闋

第一均：寶馬曉鞲雕鞍▲（拍），羅幃乍別情難△（韻）。

第二均：那堪春景媚○，送君千萬里○（拍）。半妝珠翠落，露華寒△（韻）。

第三均：紅蠟燭○，青絲曲○（拍），偏能鉤引淚闌干△（韻）。

下闋：

第一均：良夜促●、香塵緑●，魂欲迷▲（拍）。檀眉半斂愁低△（韻）。

第二均：未別、心先咽，欲語情難說（拍）。出芳草，路東西（韻）。
◎　○　○　△

第三均：搖袖立，春風急（拍），櫻花楊柳雨淒淒（韻）。
○　○　△

如上所標示，依《詞林正韻》，此詞的用韻可分爲：

一級韻：樂段之韻。含首句入韻情況。上闋「鞍」、「難」、「寒」、「干」——第七部平聲「二十五寒」。下闋「迷」、「低」、「西」、「淒」——詞韻第三部平聲「十二齊」。

二級韻：樂句之韻。媚、里——第三部去聲「六至」、上聲「六止」通押；燭、曲——入聲十五部「三燭」；咽、說——入聲十八部「十六屑」、「十七薛」通押；立、急——入聲十七部「二十六緝」。

三級韻：分句之韻。換頭處兩個自成分句之韻，「促」、「綠」——入聲十五部「燭」，與二級韻中「燭」、「曲」相呼應。

四級韻：句間韻。此處爲單詞之韻，如曲體之所謂「短柱」，與第三級韻的性質有一定差異，故此另立爲第四級韻。「別」——十八部「十七薛」，與二級韻中的「咽」、「說」相呼應。

要之，對於《離別難》一詞，前人所認爲的五部韻，或是六部韻，皆是音韻學層面的探討，囿於文意之節奏，自然就只能見仁見智，無法獲得統一的認知。基於樂體均拍理論的詞韻分級，則能將紛繁複雜的用韻現象導向合乎詞律學邏輯的釋讀方式。詞韻分級不僅有助於釐清詞韻層級關係，在理解詞情方面的作用也是顯而易見的。清人沈雄《古今詞話》輯録沈璟《古今詞譜》評《離別難》曰：「中吕宮曲，多隔韻叶者，且長調過變，亦作兩韻。況又有平仄韻，隨作，隨轉，隨叶，當警切而出之以響亮可也。」〔三三〕在「均」之大韻上，上闋「寶馬曉鞴雕鞍」、「羅幃乍別情難」、「半妝珠翠落，露華寒」、「偏能鉤引淚闌干」等句抒發了淒惻之離緒，緊扣「離别難」之主旨。上闋在將别之時，下闋則是直言送别情境，「檀眉半斂愁低」、「出芳草，路東西」、「櫻花楊柳雨淒淒」等句在均拍處换第三部平韻，在意境上也轉了一層，愈見低迷、傷感。前後兩個平韻所構成的均拍之韻奠定了整首詞的基調，也使意蘊上也保持連貫。第二級韻用换仄聲韻，上闋「那堪春景媚，送君千萬里」、「紅蠟燭，青絲曲」，下闋「心先咽，欲語情難説」、「搖袖立，春風急」便屬於「隨作，隨轉，隨叶」。對一均之大韻而言，起到轉捩作用，詩詞創作中「起承轉合」的基本法則，須與樂理相合，方能催生出音樂文學的魅力。最能體現詞體文、樂契合之處是分句韻與句間韻的使用。分句之韻「良夜促，香塵緑」連用兩仄韻，與下文「魂欲迷」相連，言良辰短促，夢魂迷離之意，仄起平收，婉轉高揭後又使其低回。「未别，心先咽，欲語情難説」的「别」字屬於句間韻，從文句上看是以一個詞彙押韻，從音樂節奏上看，則應該視爲「小頓」，即所謂「打」之位置。句間韻「别」緊接著「咽」、「説」二韻，同爲入聲十八部，此句將之前所積攢的情緒於瞬間迸發，情感上達到高潮，湯顯祖評曰：「咽心之别愈慘，難説之情轉迫；平生無淚落，不灑别離間，應是好話。」[三四]足見此句高妙，尤其能體現「警切而出之以響亮」的意味。可以想見詞樂未亡的時代，音韻與文字、聲樂相結合的美聽效果。此詞是《花間集》中字數最多的一首詞，雖然用韻極其複雜，却層次分明，長而不冗，繁而不亂。從本質上看，這是先天的音樂基因使然。我們所看到詞韻上跌宕起伏，又兼克制的節奏美感便是樂體文體格律上的投射。

四　餘論

詞體介於詩體與曲體之間，如吴梅先生所言：「作詞之難，在上不似詩，下不類曲，不淄不磷，立於二者之間。」[三五]從案頭化的角度來看，詞與詩的文本長久以來作爲獨立存在的文學樣式，不必一定要受音樂的束縛。不過，詩律乃通用律，脱離音樂形式之後，僅從音韻格律上也可以完成創作、傳播，可以説格律詩在文樂關係上的粘合度不高。而詞曲作爲牌調體（長短句體）音樂文學，執行非通用律，即一牌一體，依曲定體，其文、樂的粘合度顯然要高於齊言體的詩歌。一個牌調生成的那一刻起，自然帶有音樂屬性，樂體在不同層面投射於文體，於是出現了均拍等具有文、樂雙重屬性的詞體結構單元。詞的上下兩闋，從樂體來看，就是上下兩個樂章。文體的段、句、分句、句間詞彙與樂體的樂段、樂句、分樂句、句間「短柱」形成對應關係。在詞樂未亡的時代，音韻與文字、聲樂的結合十分緊密，從而産生了優美動聽的詞調。宋人作詞乃「倚聲填詞」，後人則可以通過投影化的詞律來「按譜填詞」，宋人之填詞法可謂之「量體裁衣」，後人作詞是「量衣裁衣」。這裏的「量體」就是「倚聲」，是音樂，或樂譜。而「量衣」則是音樂投影於文體後所産生的詞體格律，即文字格律譜。詞樂衰亡後，幾乎没有新的詞調、詞牌之産生，正是「體」之不存的真實反映。詞曲學是「本體」加「立體」的研究，所謂立體研究强調多維建構，在詞學中是詞史、詞論、詞律的三足鼎立，在曲史中乃曲史、曲論、曲律的三位一體。本體研究，是三者中最爲核心層面的詞律學、曲律學，需要加以説明的是，這裏所説的律學不是狹義的音韻之學，而是音律之學。我們提出所謂「最爲核心層面的詞律學、曲律學」只是爲了説明律學乃研究史、論的基礎，正如傳統儒家以訓詁、音韻等爲小學，以經史爲大學一樣，律學可以視作詞曲學中的「小學」，没有小學的功夫，大學便「其實難副」。因此，詞學研究需要堅持「文樂一體」的核心觀點，只有兼顧音樂與文學兩個維度，方能深入詞學本體研究，而本體研究又是決定立體研究之深度與廣度的根基所在。

〔一〕〔一八〕〔一一〕 吴熊和《唐宋詞通論》，浙江古籍出版社一九八九年版，第五一頁、第一〇〇頁、第九七頁。

〔二〕〔一三〕〔二〇〕 王易《詞曲史》，岳麓書社二〇一一年版，第一七六頁、第一七五頁、第一七六頁。

〔三〕 許莉莉《論明至清初曲依「活腔」、「定腔」填詞》一文提出：「格律譜中的句格只是曲牌音樂投影在文字上，它能够方便作家填詞，但不能完全包含其音樂涵蓋的全部内容，不能取代音樂而成爲最終目的。」這裏説的「投影率」不僅適用於曲，亦適用於詞。參見許莉莉《論明至清初曲依「活腔」、「定腔」填詞》，《東南大學學報（哲學社會科學版）》二〇一〇年第六期，第一一六頁。

〔四〕關於「均拍」論者甚多，歸納最爲詳盡、切實者當屬任半塘先生《南宋詞之音譜拍眼考》，任中敏《詞學研究》，鳳凰出版社二〇一三年版，第一—二八頁。

〔五〕鄭文焯《詞源斠律》卷二，《大鶴山房全書》，書帶草堂刊本。

〔六〕〔一四〕張炎《詞源》，唐圭璋編《詞話叢編》第一册，中華書局一九八六年版，第二五三頁、第二五七頁。

〔七〕〔九〕任中敏《詞學研究》，第一三頁、第一六頁。

〔八〕童斐《中樂尋源》，山西人民出版社二〇一八年版，第一四八頁。

〔一〇〕按，○表示正拍，◎表示贈拍。

〔一二〕沈義父《樂府指迷》，唐圭璋編《詞話叢編》第一册，中華書局一九八六年版，第二八三頁。

〔一五〕參見李飛躍《唐宋詞體名詞考詮》，文化藝術出版社二〇一五年版，第一七—一九頁。

〔一六〕沈義父著，蔡嵩雲箋釋《樂府指迷箋釋》，人民文學出版社二〇一八年版，第九〇頁。

〔一七〕修海林《宋代詞樂的創作特點》，《音樂研究》二〇〇三年第一期，第一四頁。

〔一九〕〔二一〕〔二五〕夏承燾、吴熊和《讀詞常識》，中華書局二〇〇〇年版，第八頁、第三九頁、第四二頁。

〔二二〕〔二三〕鄭孟津《昆曲音樂與填詞》，學海出版社二〇〇〇年版，第一四頁、第一頁。

〔二四〕彭東焕、王映珏《碧雞漫志箋證》，巴蜀書社二〇一九年版，第一六六頁。

〔二六〕按，此詞上下闋結句，萬樹《詞律》斷句爲：「漸黄昏清角，吹寒都在空城。」「念橋邊紅藥，年年知爲誰生。」分别爲五、六字格。注曰：「此調前後結，有作三字一豆，四字兩句者。」可知斷作三、四、四亦通。龍榆生《唐宋詞格律》便斷爲：「漸黄昏，清角吹寒，都在空城。」「念橋邊，紅藥年年，知爲誰生。」更能襯托詞情，本文從之。

〔二七〕南吕《詞調之研究》，任中敏《詞學研究》，第一七—一八頁。

〔二八〕首句入韻，從韻部來看，與一級韻相同，但從結構來看，又是在上樂句之末，實爲二級韻，首句入韻當區别對待，故以▲來表示。

〔二九〕〔三〇〕夏承燾《夏承燾集》第二册，第二五—二六頁、第二六頁。

〔三一〕〔三二〕萬樹《詞律》，上海古籍出版社二〇一三年版，第二九四頁、第二九五頁。

〔三三〕沈雄《古今詞話》，上海古籍出版社二〇〇九年版，第二五一頁。
〔三四〕王兆鵬編《唐宋詞彙評·唐五代卷》，浙江教育出版社二〇〇四年版，第二九八頁。
〔三五〕吴梅《詞學通論》，《吴梅詞曲論著四種》，商務印書館二〇一〇年版，第三二一頁。

（作者單位：揚州大學文學院）

上下分片與詞的時空佈局

宋學達

内容提要　分片是詞體特有的文體樣式，雙片詞在上片與下片之間，天然具有一處可供時空轉換的關節點，因此不同的上下片關係，必然構成不同的文本空間結構，形成不同的時空佈局。唐圭璋先生曾總結出十二種上下片關係，而這十二種上下片關係，在時空佈局角度可進一步整合爲四種：上下相續、上下斷裂、上下平行、上下相逆，分别構成「承續」、「拼湊」、「並置」、「倒接」四種文本空間結構。其中上下相續的「承續」結構，屬於以往唐宋詞時空結構研究中常被提及的「綫性結構」，而後三者則屬於「板塊結構」。「板塊結構」的發現，不僅豐富了我們對唐宋詞的藝術認知，更可作爲一種文本分析思路，應用於更廣泛的文學闡釋之中。

關鍵詞　唐宋詞　上下分片　文本空間

分片是詞體的特有文體樣式，以上下兩片的雙片詞最爲普遍。不同的上下片關係，會形成不同的文本空間結構。唐圭璋先生在《論詞之作法》一文中，曾列舉十二種上下片關係，「有上景下情者，有上情下景者；有上今下昔者，有上昔下今者；有上外下内者，有上去下來者，有上晝下夜者，有上問下答者，有上虚下實者，又有上下相連者，上下不連者，上下相反者」〔一〕，在這十二種上下片關係中，前九種的主要關注點皆在内容層面，而後三者則側重於上下片之間的邏輯關係。事實上，内容層面的九種上下片關係，大體上可以納入邏輯層面的三種之中：上昔下今、上去下來、上晝下夜、上問下答等符合時間綫性的結構，都可視爲上下相連者；上今下昔之類的下片不在時間綫上承接上片的結構，則可視爲上下不連者，亦可謂之上下相逆者。此外，另有上下片在時間關係上平行的結構，如上景下情與上情下景，雖然詞人將對情與景的書寫分別安排在上下片之中，但情乃因景而興發，觀景與生情的過程在時間上是同步的，如此便有了上下片平行的結構。基於此，本文從時空關係這一角度重新歸納出四大類上下片結構：上下相續、上下斷裂、上下平行、上下相逆。

一　上下相續的時空結構

上昔下今、上去下來、上晝下夜、上問下答等上下片結構關係，皆屬於上下相連者。相連，也就是相續，即詞之下片在時間運行上與上片是順向承接的關係。上下片雖或有今昔、晝夜之別，但皆附著在同一條時間綫上。可舉李煜的《菩薩蠻》爲例：

花明月暗籠輕霧，今朝好向郎邊去。剗襪步香階，手提金縷鞋。　畫堂南畔見，一向偎人顫。奴爲出來難，教君恣意憐。〔二〕

這首詞是作者實寫與小周后幽會偷情的情境，唐圭璋先生在《唐宋詞簡釋》中曾解讀過詞中之劇情：「起點夜景，次述小周后匆遽出宮之狀態。下片寫相見相憐之情事，景真情真，宛轉生動。」〔三〕詞之上片中，小周后尚處於「剗襪步香階，手提金縷鞋」的「匆遽出宮之狀態」，而下片已與「情郎」李煜相會於「畫堂南畔」，雖然空間場景發生了變化，但人物行動的時間綫是前後相承相續的，仿佛以小周后爲核心人物進行「一鏡到底」式的「跟拍」，其時空結構自然也就是「上下相續」。

「叙事閑暇，有首有尾」〔四〕的柳永詞，亦多見這種下片在時間綫上承接上片的時空結構，如名作《雨霖鈴》：

寒蟬淒切。對長亭晚，驟雨初歇。都門帳飲無緒，留戀處、蘭舟催發。執手相看淚眼，竟無語凝噎。念去去、千里煙波，暮靄沈沈楚天闊。　多情自古傷離別。更那堪、冷落清秋節。今宵酒醒何處，楊柳岸、曉風殘月。此去經年，應是良辰、好景虛設。便縱有、千種風情，更與何人說。〔五〕

這首傷別之作重在以情動人，而其中的故事情節並不複雜。詞中上片之全部與下片「今宵」之前，皆不見標識時間的詞彙，但從景物、天氣與人物情態中，依然能够看到時間的綿延推進。對此，借用陳匪石在《宋詞舉》中的分析：

「長亭」是啟行之地。「驟雨」未歇，舟不能發，「初歇」則爲下文「催發」張本也。……「都門帳飲」，借用二疏事，點出別筵，即詞所由作。「無緒」近影「凝咽」，遠影「傷離別」。「留戀」是不忍別，「催發」是不得不別，半句一轉……「執手」兩句，「留戀」情狀。「相看」、「無語」，形容極妙。「念去去」二句，於「無語」之時想到別後之望而不見。「煙波」之上，又有「暮靄」，「沈沈」字、「闊」字，皆「凝咽」之心理。話到正面，至此説盡矣。過變推開，先作泛論，見離別之情不自我始。「更那堪」，用時令拍合，上應首句，於此處則爲進一層。〔六〕

詞之上片乃環環相扣，「驟雨」之「未歇」與「初歇」，「蘭舟」之「未發」與「催發」，人物之「留戀」與「傷別」，皆前後相繼之情狀，時間的綫性流動自然暗含其中；下片首句「多情自古傷離別，更那堪、冷落清秋節」爲抒情，下片時間綫的開端則在其後的「今宵」二字，是以「『今宵』以下，亦推想將來」〔七〕，劉永濟稱：「今宵別酒醒時恰是明早舟行已遠之處」〔八〕，故此一句不僅以「推想將來」接續此前的時間綫，其本身亦暗含時間的綫性流逝。而「此去經年」則更屬明顯的「未來時態」，「此去」即是劉永濟所謂「舟行已遠」，接續「今宵」甚爲緊密，「經年」則將時間綫向遠處大筆蕩開而去，陳匪石云「至由『今宵』以推到『經年』，亦見層次」〔九〕，曾大興亦指出「由『今宵』之『曉風殘月』慮及『經年』之『良辰好景』，更由這一『良辰好景』推衍到『千種風情』」〔一〇〕，正揭示出此處時間運行之綿延接續。通過分析，我們可以把這首詞的時間綫大體劃分爲「今宵」之前的「現在時態」與之後的「未來時態」，兩種時態的綰合，關鍵即在於「今宵」一詞的提掇，使下片在時間上接續上片，全詞首尾相接、前後相續，擁有一以貫之的時間綫。

這首《雨霖鈴》雖不像李煜《菩薩蠻》那樣以一種「跟拍」式的手法記録人物的行動，但其叙事的「鏡頭」始終以抒情主人公爲核心，營造了十分强烈的親歷感，這也是詞作可以「環環相扣」的重要原因所在。不過，在柳永筆下，並不是每首詞都像《雨霖鈴》這樣「環環相扣」，而是在時間運行上存在一定的空隙。但是，這些詞作讀來並不會讓人感到跳躍，反而同樣具有「叙事閑暇，有首有尾」的平順感。如《駐馬聽》：

> 鳳枕鸞帷。二三載，如魚似水相知。良天好景，深憐多愛，無非盡意依隨。奈何伊。恣性靈、忒煞些兒。無事孜煎，萬回千度，怎忍分離。　而今漸行漸遠，漸覺雖悔難追。漫寄消寄息，終久奚爲。也擬重論繾綣，争奈翻覆思維。縱再會，只恐恩情，難似當時。〔一一〕

在這首詞中，我們同樣可以看到一個「有首有尾」的故事：男女情人從相聚到分别，再到别後相思以及設想未來。下片以「而今」二字起首，表明上片所寫從「盡意依隨」到「分離」的過程，乃故事中「回憶過去」的部分。由此，詞之上下片便構成了上昔下今的順向相承結構。但是，上片之「昔」與下片之「今」雖然在時間的運行上符合綫性原則，但從「分離」到「漸行漸遠」之間並非緊密無間的銜接，而是存在一些空隙。不過，這種時間上的跳躍，很大程度上因上下分片而自然消弭了，因爲詞體的上片與下片之間本來就在體式上存在分割，所以就算是時間承接緊密的詞作，在换頭處依然會讓讀者感到一處間歇或停頓，只要下片對上片是承接關係，特别是時間綫上的承接，這種間歇或停頓便不會導致時空承接上的跳躍感，張炎《詞源》卷下云，「最是過片，不要斷了曲意，須要承上接下」〔一二〕，正是從創作角度説明這個道理。源于此，就算在部分叙事性較强的詞作中，上下片間的時空關係有所跳躍，也可以將跳躍感隱藏在詞體分片的間歇或停頓這一固有的閱讀經驗中，使得詞作文本空間的運行狀態依然呈現出流暢無滯的觀感。同樣的例子還可舉《少年遊》：

佳人巧笑值千金。當日偶情深。幾回飲散，燈殘香暖，好事盡鴛衾。　如今萬水千山阻，魂杳杳、信沈沈。孤棹煙波，小樓風月，兩處一般心。〔一三〕

詞之上片寫「當日」情事，下片寫「如今」狀況，同樣是典型的上昔下今結構。與《駐馬聽》相比，這首詞從上片「好事盡鴛衾」之「昔」，到下片「萬水千山阻」之今，其間的時間跳躍幅度更大，但借助上下分片的自然體式，却同樣使人感到叙事流暢、有首有尾。

利用上下片的體式固有間隔，抹去由「昔」到「今」兩處時空轉換之間的跳躍感，這種時空佈局效果的展現，在柳永詞之外還可以找到一個更加典型的案例，即歐陽修的《生查子》詞：

去年元夜時，花市燈如晝。月到柳梢頭，人約黄昏後。　今年元夜時，月與燈依舊。不見去年人，淚滿春衫袖。〔一四〕

在這首《生查子》中，上片「去年」之時空，與下片「今年」之時空，皆僅爲「元夜」這一夜的長度，二者之間實際相隔了整整一年的時間跨度。但是，在上下片自然的隔斷效果下，這長達一年的時間空洞，被悄無聲息地填平了，整首詞依然以一種「有首有尾」的方式呈現出一對男女情人由相聚到分離的完整故事。

詞體大多篇幅短小，在叙述完整故事方面存在天然的劣勢，但是詞人可以借助其上下分片的體式，將時間的縫隙暗藏其中，悄然抹平跳躍感，使作品中的時空運行呈現爲一種順向承續的綫性結構，迎合讀者在現實世界中對時間運行的一般感知。而與這種上昔下今相類似的上日下夜、上問下答等佈局方式，同樣符合現實世界中的綫性時間規則，且上下片之間的時間承接更爲緊密。

二　上下斷裂的時空結構

在有些詞作中，詞的上片與下片之間找不到必然的邏輯聯繫，或有所聯繫却使人感到齟齬，這類詞作在上下片之間的空間結構，便是斷裂的。可舉温庭筠的一首《菩薩蠻》爲例：

鳳皇相對盤金縷，牡丹一夜經微雨。明鏡照新妝，鬢輕雙臉長。　畫樓相望久，欄外垂絲柳。音信不歸來，社前雙燕回。〔一五〕

詞的上片除了「牡丹一夜經微雨」這一句，都是對女子妝容、飾物的聚焦描繪，而通過「明鏡照新妝」一句的「明鏡」二字，可判定女子身處室内的封閉空間；而詞的下片則轉寫女子由「畫樓相望」所見的室外景觀，其空間是開放的。所以，如果上片没有「牡丹一夜經微雨」，則這首詞就是典型的借用上下片結構分寫室内封閉空間與室外開放空間，而「牡丹」一句的存在，則使得室内與室外並非均衡分布於上下片，導致斷裂感的產生。在這首詞的上下片之間，從室内空間到室外空間的轉换，可以理解爲詞中女子的活動變化，但這種轉换連結更多是通過讀者的理解與領悟而得以完成，並非必然的邏輯聯繫。又如《河瀆神》，其上下片之間的斷裂感更加明顯，詞曰：

銅鼓賽神來。滿庭幡蓋徘徊。水村江浦過風雷。楚山如畫煙開。　離別櫓聲空蕭索。玉容惆悵妝薄。青麥燕飛落落。捲簾愁對珠閣。〔一六〕

這首詞上片描寫水村「賽神」的宏大場面，氣勢頗爲壯闊，然而下片筆鋒一轉，回到了温詞最常見的閨閣場景，所書寫的也是閨閣中應有的相思女子。縱觀全詞，上片與下片關係疏離，只有上片的「江浦」與下片的「櫓聲」在物象上略可聯繫，此外找不到任何情感轉合的脈絡。因此，這首詞雖然在上片與下片中分別構建了不同的文本空間，但二者並没有合理的邏輯聯繫，正如蕭繼宗所言：「前半誠《九歌》遺韻，後半則八叉本色矣，微覺不侔。」〔一七〕這種上下片之間呈斷裂狀態的文本空間，很明顯屬於一種「拼合」的佈局結構，詞之上下片被機械地硬湊在一起，其連接處存在着難以填平的空隙。另有一首《菩薩蠻》，略可見出温詞上下斷裂的藝術原因，詞曰：

滿宮明月梨花白。故人萬里關山隔。金雁一雙飛。淚痕沾繡衣。　小園芳草緑，家住越溪曲。楊柳色依依，燕歸君不歸。〔一八〕

浦江清在《詞的講解》一文中曾指出這首詞上下片的齟齬之處：「此章上下兩片，隨意捏合，無甚關聯。『小園芳草緑』之『小園』，與『滿宮明月梨花白』之『滿宮』是否爲一地，抑兩地，不可究詰。由小園芳草之緑，憶及南國越溪之家，意亦疏遠。」〔一九〕這一解讀完全説明了這首詞在上下片之間的斷裂，已無需再做解釋，而其中「隨意捏合」四字，正道出了詞作文本空間上下斷裂的關鍵所在。李冰若《栩莊漫記》曾指出温庭筠作詞的常用手法爲「以一句或二句描寫一簡單之妝飾，而其下突接别意」，因而導致「詞意不貫，浪費麗字，轉成贅疣」〔二〇〕。可見，温庭筠填詞的主要手法，就是「捏合」〔二一〕，而當「捏合」而成的上下片出現時空上的錯位，就會導致上下斷裂的時空結構。

温庭筠作爲「花間鼻祖」〔二二〕，其「捏合」的創作方式自然也會影響到其他花間詞人，如張泌的《河傳》，亦屬於上下斷裂者，詞曰：

渺莽，雲水。惆悵暮帆，去程迢遞。夕陽芳草，千里萬里。雁聲無限起。　夢魂悄斷煙波里。心如醉。相見何處是。錦屏香冷無睡。被頭多少淚。〔二三〕

蕭繼宗評點此詞云：「後結亦有情思，但前節氣象遠勝，似不出一人手者。」〔二四〕詞之下片所寫，乃《花間集》中最爲常見的相思離别，其空間信息僅有「錦屏」、「被頭」二語，可見不出閨閣，甚至僅在床笫之間。而上片則境界開闊，起首「渺莽」二字已然鋪展開一片遼遠景象，其後以「暮帆」之「去程迢遞」進一步綿延空間的長度，最後又直接用「千里萬里」一語做一極有力度的空間擴展，可謂花間詞中少有的宏闊之作。這首詞的上下片之間雖有征人與思婦的離別意緒作貫穿，但上片空間的開闊與下片空間的狹小，確實會給人「似不出一人手」的斷裂感。這種斷裂感，並非源于詞人的失誤，因爲上下片之間的相思意緒是貫穿始終的，且下片换頭「夢魂悄斷煙波裏」之「煙波」二字，亦有照應上片的意思。所以，這首詞上下片文本空間的斷裂，只是因爲詞人使用了類似温庭筠的「揑合」式佈局，將分别描寫征人與思婦的兩塊皆與相思離别有關的空間如拼圖般拼合在一起，並没有過多考慮全詞整體風格是否一致。

「揑合」並不能簡單地被視爲一種失敗的創作方式，特别是應考慮到花間詞人是在「綺筵公子，繡幌佳人，遞葉葉之花箋，文抽麗錦；舉纖纖之玉指，拍按香檀」〔二五〕這樣的環境下進行創作。酒席宴上創作應歌之詞，必然需要時效性，考驗詞人思維的敏捷。在這種情況下，詞人很難做到縝密的謀篇佈局，以慣用的意象、情境去「揑合」，無疑是最優解，而在應歌這種即時性欣賞方式中，有限度的時空斷裂，也不會過多影響審美接受的效果。

當然，「揑合」而導致顯見的失誤，也是存在的，如温庭筠《酒泉子》：

楚女不歸。樓枕小河春水。月孤明，風又起。杏花稀。　玉釵斜篸雲鬟髻。裙上金縷鳳。八行書，千里夢。雁南飛。〔二六〕

楊景龍指出：「『雁南飛』的結句，詞作展開的季節背景是暮春，其時正值大雁北歸，斷無南飛之理。可能是詞人信手寫來，也可能是爲了楚女捎書方便，於是就留下了一處小小的筆誤。」〔二七〕由此可見，這首詞上下片之間在季節上的斷裂感，很可能是源於温庭筠的「筆誤」。又如柳永的一首《輪臺子》：

一枕清宵好夢，可惜被、鄰雞唤覺。忽忽策馬登途，滿目淡煙衰草。前驅風觸鳴珂，過霜林、漸覺驚棲鳥。冒征塵遠況，自古淒涼長安道。行行又歷孤村，楚天闊、望中未曉。　念勞生，惜芳年壯歲，離

多歡少。歎斷梗難停，暮雲漸杳。但黯黯魂消，寸腸憑誰表。恁驅驅、何時是了。又争似、却返瑶京，重買千金笑。〔二八〕

這首詞是典型的上景下情結構，但上片的繪景與下片的抒情之間却有明顯的斷裂感，正如錢鴻瑛所指出的：「柳永的不少羈旅詞『景』和『情』雖是交融而成，但分析起來兩者不够統一。」〔二九〕這首詞便是如此，錢先生謂此詞上片所寫景物「不僅形象生動，而且格調蒼涼」，但下片的抒情却用「又争似、却返瑶京，重買千金笑」這樣「過於淺露、近于格調不高的詞語表達」，使得整首詞「缺少一種和諧之感」。〔三〇〕這首詞屬於羈旅行役之作，若單看其上片，應當被納入柳永詞作中偏「雅」的那一部分，而下片在「又争似」之前的抒情，亦頗有「秋士易感」的境界。但是結尾處「却返瑶京，重買千金笑」一語，却徹底顛覆上片所描繪的蒼涼境界，亦消解了下片中此前的深沉意味，墜入到蕩子冶遊的輕薄趣味之中，也使得下片與上片之間的空間結構産生了斷裂。在最能代表柳永高超藝術成就的羈旅行役之作中，這首詞無疑是一首因結句的失誤而導致全篇失色的失敗作品。

從上述幾個例子中可以看出，「捏合」的寫作方式，很有可能造成上下片文本空間在整體結構上出現斷裂。這種上下片時空斷裂的詞作，往往不能用時間綫索來解讀，其上片與下片更像是相對獨立存在的兩個板塊，猶如被「拼湊」在一起的兩幅畫卷。如果這兩幅畫卷整體風格相對接近，則詞作的整體時空結構依然可以具有一定的統一性；而倘若二者存在明顯的齟齬，則無疑會導致藝術上的失敗。

三　上下平行的時空結構

上下片文本空間的平行結構，主要是指上下片之間的時間關係是平行的。可以一首温庭筠的《菩薩蠻》爲例進行説明，詞曰：

南園滿地堆輕絮。愁聞一霎清明雨。雨後却斜陽。杏花零落香。　無言匀睡臉。枕上屏山掩。時節欲黄昏。無憀獨倚門。〔三一〕

詞之上片繪景，是室外場景；下片寫人，爲室内場景。在上片中有時間綫索「雨後却斜陽」，下片亦有「時節欲黄昏」，「斜陽」與「黄昏」乃同一時間段。同時，上片的「雨後却斜陽」所展現出的是一種過程性的動態時間，而下片的「欲黄昏」之「欲」字同樣使此處的時間具備了延展的動態感。由此可見，這首詞的上下片各自具有獨立的時間綫，皆爲「斜陽」、「黄昏」之間，上片由「雨」而「斜陽」的天氣變化，與下片中女子由睡起到移門的行動變化是同時發生的，上下片各自的時間綫是一種齊頭並進的平行關係，從而構成了上下片平行的時空結構。與温庭筠這首《菩薩蠻》類似的例子，可再舉一首周邦彦的《漁家傲》：

灰暖香融消永晝，蒲萄架上春藤秀，曲角欄干群雀鬥。清明後，風梳萬縷亭前柳。　日照釵梁光欲溜，循階竹粉沾衣袖，拂拂面紅如著酒。沉吟久，昨宵正是來時候。〔三二〕

這首詞在上下片中各有點到時間信息的語辭：上片云「消永晝」，是一個帶有動態感的時間信息；下片先有「日照」一詞，表明與上片同屬白天，後則有「沉吟久」一語，將下片的時間綫動態延展開來。由此，上片「消永晝」的時間綫與下片日間「沉吟久」的時間綫，便形成了平行推進的態勢，也就形成了這首詞上下片之間相互平行的時空結構。上下片各自有相對清晰的時間綫，且二者以一種齊頭並進的形式運行，這是上下片平行的時空結構第一種呈現形式。

其二，上述周邦彦《漁家傲》詞，還可體現出上下片平行時空結構的另一種形式，即以上下片分述景物與人物，而人物可置於景物之中。這種形式的上下片平行結構，有時並不需要上下片各有清晰的時間綫，如韋莊的一首《浣溪沙》：

緑樹藏鶯鶯正啼。柳絲斜拂白銅堤。弄珠江上草萋萋。　日暮飲歸何處客，繡鞍驄馬一聲嘶。滿

身蘭麝醉如泥。〔三三〕

這首詞的上片純粹寫景，設置一個空間場景，下片則以聚焦法描寫一個酒後歸家之人。由於上片的繪景中並不包含任何時間信息，而下片中又有「繡鞍驄馬一聲嘶」可證其人身處室外。所以，這首詞下片中的人物是可以被納入上片場景之中的，即人爲景中之人，景爲人所處之景，但上片之景與下片之人又各自爲兩種形式的文本空間，具有各自相對獨立的空間感。由此，上片由景物描寫搭建的室外空間，與下片集中於人物的聚焦空間，便形成了平行結構。像韋莊《浣溪沙》這樣通過將景物與人物於上下片中分而述之的詞作，還可舉出周邦彥的《南鄉子》一詞：

晨色動妝樓，短燭熒熒悄未收。自在開簾風不定，颼颼，池面冰澌趁水流。　早起怯梳頭，欲綰雲鬟又却休。不會沈吟思底事，凝眸。兩點春山滿鏡愁。〔三四〕

詞人在上片中通過「妝樓」與「池面」等描寫搭設了一處閨閣庭院場景，而下片則聚焦於「妝樓」中「梳頭」的女子，與韋莊《浣溪沙》的空間佈置顯然是一致的，故而其上下片之間的文本空間結構無疑是平行的。此外，在這首詞中，上下片各有一致的時間信息，即上片之「晨色」與下片之「早起」，然而這兩處表示時間的語辭皆爲静態的時間點，而非動態的時間綫。因此，這首詞的上下片平行結構，還是要通過上片之景與下片之人的包容關係來體現。

其三，上下片平行的時空結構，還有一種將對方、己方於上下片中分而述之的形式，可看柳永的一首《歸朝歡》：

別岸扁舟三兩隻。葭葦蕭蕭風淅淅。沙汀宿雁破煙飛，溪橋殘月和霜白。漸漸分曙色。路遥山遠多行役。往來人，只輪雙槳，盡是利名客。　一望鄉關煙水隔。轉覺歸心生羽翼。愁雲恨雨兩牽縈，新春殘臘相催逼。歲華都瞬息。浪萍風梗誠何益。歸去來，玉樓深處，有個人相憶。〔三五〕

這首詞大體上也可視爲上景下情結構，但更應該解釋爲上片寫他人之行色，下片寫自己的感懷，他人即是對方，自己則無疑是己方。下片羈旅窮愁之感懷，乃由上片眼見他人行色匆匆而生發，二者雖有邏輯上的先後關係，但在時間上却是同時進行的。由此，詞之上片與下片自然就是一種平行的時空結構。柳永另有一首《少年遊》，同樣是在上下片中分別叙寫了不同人物，只是並非對方與己方，而是戀情中的女方與男方。詞曰：

日高花榭懶梳頭。無語倚妝樓。修眉斂黛，遥山横翠，相對結春愁。王孫走馬長楸陌，貪迷戀、少年遊。似恁疏狂，費人拘管，争似不風流。〔三六〕

上片寫以「懶梳頭」之女子，主要採用聚焦法，最後推出「春愁」二字，接近温庭筠《菩薩蠻》（小山重疊金明滅）的寫法；下片則轉寫一男子，突出其「走馬長楸陌」的瀟灑與「迷戀少年遊」的「疏狂」與「風流」。上片之女子與下片之男子，顯然是處於兩處空間，且沒有任何時間信息存在。雖然在這首詞的上下片之間很容易解讀出上片女子因下片男子而愁的因果邏輯，但從空間佈局的角度講，上下片則無疑是一種平行結構。

雖然在大部分上下片平行結構的詞作中，都可以解讀出上下片之間的邏輯聯繫，但這種邏輯聯繫的存在，反過來剛好證明其上片與下片並非「一塊」空間，而是相對具有一定獨立性的「兩塊」空間。而這「兩塊」空間，在時間綫的運行上並非「下一塊」接續「上一塊」，而是平行推進。因此，這種平行結構中的上片與下片，本質上也是兩個板塊，通過「捏合」的形式被「並置」在一起。只不過這種「捏合」，在藝術上要更加巧妙、更加圓熟。

四　上下相逆的時空結構

所謂上下片相逆，相對于上文所論之斷裂與平行而言，比較容易理解，即下片之時序在上片之前，比較常見的是上今下昔的文本空間結構。

晏殊《鵲踏枝》一詞即爲上今下昔結構，詞曰：

檻菊愁煙蘭泣露。羅幕輕寒，燕子雙飛去。明月不諳離恨苦。斜光到曉穿朱户。　昨夜西風凋碧樹。獨上高樓，望盡天涯路。欲寄彩箋兼尺素。山長水闊知何處。〔三七〕

上片所叙種種景物，是詞中抒情主人公在現在時態下的眼前所見，而下片换頭處跳躍至「昨夜」時分「獨上高樓」的所見所感，顯然是過去時態。雖然下片之「昔」距離上片之「今」並不遥遠，僅隔一夜，從上片到下片依然是一種時序上的逆轉，其空間結構是相逆的。晏殊筆下同樣屬於上今下昔結構的詞作，還可舉一首《采桑子》：

時光只解催人老，不信多情。長恨離亭。淚滴春衫酒易醒。　梧桐昨夜西風急，淡月朧明。好夢頻驚。何處高樓雁一聲。〔三八〕

詞之上片並無明顯的時態信息，但下片换頭有標示過去時態的「昨夜」二字，則上片自然就是現在時態，上下片時序相逆，不需做過多解釋。

歐陽修有一首詠荔枝的《浪淘沙》，同樣採用了上今下昔的結構，詞曰：

五嶺麥秋殘。荔子初丹。絳紗囊裏水晶丸。可惜天教生處遠，不近長安。　往事憶開元。妃子偏憐。一從魂散馬嵬關。只有紅塵無驛使，滿眼驪山。〔三九〕

這首詞行文十分流暢，上片刻畫成熟荔枝的樣貌，寥寥數語而有「窮形極相」之妙，「可惜天教生處遠，不近長安」一句，直接引出下片的歷史興感，「往事」二字將時空拉回到唐代開元年間，詠歎楊貴妃與唐玄宗之故事，抒發對歷史的反思。由眼前所見之荔枝，聯想到遥遠的歷史故事，並分别安排於上下片，上下相逆之時空結構甚爲分明。

晏殊之子晏幾道，是一位「多從『追憶』的角度來寫他的戀情」〔四〇〕的詞人。「追憶」本身就帶有時序逆向性的特點，因而在晏幾道的筆下，自然也會出現上下片相逆的空間結構，如其名作《臨江仙》：

> 夢後樓臺高鎖，酒醒簾幕低垂。去年春恨却來時。落花人獨立，微雨燕雙飛。　記得小蘋初見，兩重心字羅衣。琵琶弦上説相思。當時明月在，曾照彩雲歸。〔四一〕

詞之上片中雖有「去年春恨」一語，但整體上無疑是描寫「夢後」與「酒醒」之當下的所見、所思與所感；下片則直接進入對與「小蘋」初見時情景的追憶，進入了過去時態，在時序上與上片相逆。

上下片相逆是一種相對比較容易判斷與理解的時空結構，但是典型的上下相逆，在唐宋詞作品中數量較少。雖然很多詞人喜歡在下片換頭處引入回憶，但大多數會最終回到當下，抒發一種今昔對比的感慨，如蘇軾的名作《念奴嬌·赤壁懷古》，雖然下片起首以「遥想公瑾當年」進入過去時態，但隨即又以「故國神遊」返回當下，回到「早生華髮」的「我」身上〔四二〕，這種「今—昔—今」的時空佈局，並非以「昔」承「今」，而是在現在時態中插入一段過去時態的「閃回」結構。只有下片皆爲過去時態的詞作，才是上下片相逆的時空結構。「閃回」結構較之上下相逆，更便於抒情達意，體現出的今昔對比也更加强烈，且於詞史前期既達到藝術上的相對成熟，在柳永詞中已大量出現〔四三〕。因此，在書寫回憶、詠懷史事時，詞人自然更多會選擇「閃回」結構，上下相逆結構只能退居次席。

此外，由於上下相逆這種「回而不返」的特點，也決定了這種結構的文本空間並非時空回環的「環形結構」，而只是一種有回無環的逆向「綫性結構」。在這種逆向的「綫性結構」中，由於下片的時間綫在上片之前，因此上片與下片同樣可視爲各自具有獨立時間綫的「兩塊」空間，其彼此間是以一種「倒接」的組合方式被「捏合」在一起，上片與下片同樣可以被理解爲兩個時空板塊。

五　板塊結構之藝術發現

分片是詞體相對于詩文等其他文體而言最鮮明的體式特徵，分片之詞先天具有至少一處可供時空轉換的關節點，即片與片之間的換頭處。楊海明先生曾有如是比喻：「不分片的近體詩，好比是舞臺劇，它的全部演出只能局囿於一個舞臺之上而不能跳出這個舞臺，而分片的詞則有似於電影或電視，常可利用換片而開闢新境或轉換時空，充分發揮其『鏡頭組輯』的妙效。」〔四四〕又云：「詞的分片，往往能够造成『兩峰對峙』和『兩水分流』之妙，從而在其對比和轉折中顯示出主題思想。至於分片在寫景的轉換時空方面的妙用，則更可説是它的拿手好戲，隨處都可見到。」〔四五〕因此，詞人在創作時可以借助上下分片這一特殊的體式特徵，在章法藝術方面獲得更大的發揮空間，通過不同的上下片關係選擇打造出不同的章法結構，不同的章法結構則進一步産生出不同的時空佈局模式：相續、斷裂、平行、相逆。

這四種以上下片關係爲關鍵的時空佈局模式中，可進一步歸納出兩類結構模式：「綫性結構」與「板塊結構」。前者即上下相續的時空佈局模式，這類詞作的文本空間是依照自然狀態下時間的綫性規則運行的，文本空間的運行方向與作品文字的綫性排列相一致；而另外三種時空佈局，無論是斷裂結構的「拼湊」、平行結構的「並置」還是相逆結構的「倒接」，則都打破了時間的綫性邏輯。

在以往對唐宋詞作品進行的時空結構分析中，「綫性結構」是早已被前賢提出的結構模式，與之相應的，還有「環形結構」，如柳永詞平鋪直敘，多視爲「綫性結構」，清真詞回環往復，則多謂之「環形結構」〔四六〕。但是，很少有學者注意到，在「綫性結構」與「環形結構」之外，唐宋詞中另有「板塊結構」，且通過上下片關係即可表現爲三類結構模式。

「板塊結構」的發現，對於唐宋詞乃至整個詞史的研究，大體可以有如下幾個方面的意義：

首先，在對詞作的藝術闡釋方面，「板塊結構」可以作爲原有「綫性結構」與「環形結構」的重要補充。「綫性結構」與「環形結構」更多是針對時間維度的分析結果，這兩種結構模式，在用於解讀時間綫索比較明顯的詞作時，可以體現出較强的適用性，但一旦遇到時間綫索模糊不清或被作者有意隱去的情況，則往往捉襟見肘。如陸侃如、馮沅君在《中國詩史》中稱温庭筠的作品中有很多「前后舛错的作品」，並認爲這是「温词失败的处所」〔四七〕，而如果我們以「板塊結構」去理解温詞，則其「前」與「後」本來就是沒有嚴謹時間關係的兩個板塊，因此便無所謂「舛错」與否。雖然「板塊結構」只是唐宋詞作品中的一個部分，甚至可能是較小的一部分，但這一部分也是不容忽視的。

其次，「板塊結構」可以幫助我們開啟研究中的「空間思維」。相對於「綫性結構」和「環形結構」，「板塊結構」更多屬於空間維度的發現。如果以構成作品的綫性文字排列爲參照系，「綫性結構」的綿延承續與「環形結構」的回環往復都是以時間爲綫索的分析結果，而在「板塊結構」的作品中，與文字的綫性方向相參照，會發現作品中的時間運行存在隔斷處，時間的綫性邏輯被打破，以「綫段」的形式存在於作品中，而每一個「綫段」則代表一個相對獨立的空間單元。在雙片詞中，上片與下片即爲兩個時間「綫段」，即各自具有相對獨立的時間綫，因而也就互爲相對獨立的文本空間單元，無論其間的關係是「拼湊」，還是「並置」或「倒接」，上片與下片這兩個文本空間單元，無疑都是以一種「板塊」拼接的形式構成詞作的整體文本空間。在這種空間結構中，「綫段」之中的時間運行是次要的，而「綫段」與「綫段」之間的空間關係變成了主要的藝術問題。從時間維度去解讀唐宋詞乃至整個古典文學詩詞作品，已經取得了豐碩的成果，但也使我們陷入了前輩學人「影響的焦慮」中，在這種情況下，打開空間維度的藝術感觀，或許可以啟發新的思路。

再次，「板塊結構」提示了一種詞史中源遠流長的藝術創作手法——「捏合」。如前文所述，「捏合」是唐宋詞在「應歌」創作環境中，一種極爲有效的創作手法。雖然這種手法有時會造成作品中的敗筆，但我們並不能簡單地視其爲一種投機取巧的負面藝術手段，而是應該在對創作環境的還原中去理解。同時，「捏合」手法並沒有隨著唐宋詞由「應歌」走向「案頭」、作家思力安排與匠心結撰的日益突出而走向消弭，在夢窗詞的「七寶樓臺」中，依然暗藏著「捏合」手法的存在綫索，只不過較之温庭筠，吴文英對這一手法的運用已可謂爐火純青。在詞史的發展進程中，「捏合」手法經歷了怎樣的傳承，扮演了何種角色？這其中，應該有著相當豐富的話題可供進一步展開。

最後，認識到「板塊結構」的存在，無疑可以幫助我們加深對唐宋詞藝術的理解。更進一步，「板塊結構」作爲一種藝術思維方式，亦可推廣於詩體等其他文體的文本空間分析中，如近體詩對仗句的空間結構，實際上也可視爲一種兩兩相對的「板塊」並置模式。因此，「板塊結構」的發現，一方面豐富了我們對唐宋詞文本空間的藝術認知，另一方面也可作爲一種文本分析與闡釋的思路，嘗試更廣泛的應用。

〔一〕唐圭璋《論詞之作法》，唐圭璋《詞學論叢》，上海古籍出版社一九八六年版，第八五七頁。

〔二〕李璟、李煜著，王仲聞校訂，陳書良、劉娟箋注《南唐二主詞箋注》，中華書局二〇一三年版，第八五頁。

〔三〕唐圭璋編著《唐宋詞簡釋》，上海古籍出版社一九八一年版，第三二頁。

〔四〕王灼著，岳珍校正《碧雞漫志校正》，人民文學出版社二〇一五年版，第二八頁。

〔五〕〔一一〕〔一三〕〔一八〕〔三五〕〔三六〕柳永著，陶然、姚逸超校箋《樂章集校箋》，上海古籍出版社二〇一六年版，第一六八頁、第四三八頁、第四二三頁、第四四九頁、第二一三頁、第四二一頁。

〔六〕〔七〕〔九〕陳匪石《宋詞舉輯論》，葛渭君編《詞話叢編補編》，中華書局二〇一三年版，第三六六八頁、第三六六八頁、第三六六八—三六六九頁。

〔八〕劉永濟《唐五代兩宋詞簡析　微睇室説詞》，中華書局二〇一〇年版，第五八頁。

〔一〇〕曾大興《柳永和他的詞》，中山大學出版社二〇〇一年版，第一三二頁。

〔一二〕張炎《詞源》，唐圭璋編《詞話叢編》，中華書局一九八六年版，第二五八頁。

〔一四〕〔三九〕歐陽修著，胡可先、徐邁校注《歐陽修詞校注》，上海古籍出版社二〇一五年版，第七八頁、第三一六頁。

〔一五〕〔一六〕〔一八〕〔二三〕〔二五〕〔二六〕〔二七〕〔三一〕〔三三〕 趙崇祚編，楊景龍校注《花間集校注》，中華書局二〇一四年版，第四九頁、第一八〇頁、第五五頁、第六五四頁、第一頁、第一二三頁、第一二五頁、第六五五—六六頁、第三一四頁。

〔一七〕〔二四〕蕭繼宗評點校注《評點校注花間集》，臺灣學生書局一九九六年版，第五九頁、第一二五頁。

〔一九〕浦江清《詞的講解》，張耀宗選編《浦江清文存》，江蘇人民出版社二〇一六年版，第二五二頁。

〔二〇〕李冰若《栩莊漫記》，屈興國編《詞話叢編二編》，浙江古籍出版社二〇一三年版，第二三三四頁。

〔二一〕關於此，筆者另有專文論述，參見《碎片化： 温庭筠詞的特殊文本空間結構及其藝術功效》，《華夏文化論壇（第二十三輯）》，吉林大學出版社二〇二〇年六月版。

〔二二〕王士禛《花草蒙拾》，唐圭璋編《詞話叢編》，中華書局一九八六年版，第六七四頁。

〔二九〕〔三〇〕錢鴻瑛《周邦彦研究》，廣東人民出版社一九九〇年版，第一九三頁、第一九四頁。

〔三二〕〔三四〕周邦彦著，羅忼烈箋注《清真集箋注》，上海古籍出版社二〇〇八年版，第二〇頁、第二二頁。

〔三七〕〔三八〕〔四一〕晏殊、晏幾道著，張草紉箋注《二晏詞箋注》，上海古籍出版社二〇〇八年版，第三八頁、第五九頁、第二八二頁。

〔四〇〕楊海明《唐宋詞史》，江蘇古籍出版社一九八七年版，第二一六頁。

〔四二〕鄒同慶、王宗堂著《蘇軾詞編年校注》，中華書局二〇〇二年版，第三九八—三九九頁。

〔四三〕有關「閃回」時空結構在詞史中的發展脈絡，以及在柳永筆下的藝術成就，筆者另有專文論述，此處不贅。

〔四四〕〔四五〕楊海明《唐宋詞美學》，江蘇教育出版社一九九八年版，第二六三頁、第二六五頁。

〔四六〕清真詞的「環形結構」，是對柳詞藝術經驗的繼承，並將其進一步深化。關於此，筆者另有文章專門論述。

〔四七〕陸侃如、馮沅君《中國詩史》，山東大學出版社二〇〇〇年版，第四六一頁。

（作者單位： 華中農業大學文法學院國學部）

貫通作爲寫法：蘇軾《水龍吟》詞的詞調史考察

葉　曄

内容提要　《水龍吟》調作爲東坡詞早期版本中的開卷詞調，其中的四首詞，無論因置於詞集卷端而成爲後世有關東坡詞的基本知識之一，還是作爲《水龍吟》調聲情傳統之承變與轉换的發端，都是一組標志性的作品。其後歷代的同調創作，既通過對起句、結句之作法的承襲與新變，不斷生成新的調内聲情傳統；又借同調異名的方式，將新的聲情傳統進一步穩定下來。而首見於《重編東坡先生外集》的詠雁詞，隨着晚明詞譜中「又一體」觀念的興起，在較短的時間内借「變體例詞」的捷徑完成了經典化的過程，體現出以明清詞譜爲代表的尊體式選本在「製造」文學經典上的一種别樣優勢。學界對分調詞史的書寫，應追求在表現體式、聲情、題材等多種詞調特性時的高效與平衡。

關鍵詞　東坡詞　水龍吟　起結句　聲情轉换　變體例詞

詞調的研究，一直是詞學研究中最能體現詞「别是一家」的一個領域。詞調史的研究，固然以詞調的發生及其聲律、字句、平仄的變化爲主要對象，但無論是古人對詞調的學習、使用與新變，還是今人對詞調的歷時性認識，都離不開例詞的選定與串聯。否則，光靠黑白圈點、字句多寡，不僅詞調史將走向技術主義的傾向，我們對相關問題的思考也會愈加孤立。這關係到我們對詞調的研究立場，到底是以樂調或聲調爲本位，還是以詞作品爲本位。現在學界關於詞調史的考察，主要有三種形式：一是關注詞調的整體演變史，以田玉琪《詞調史研究》、祁寧鋒《詞調形態與詞學演進研究》、姚逸超《北宋前期詞調研究》〔一〕等爲代表；二是關注具體某一詞調的分調演變史，自清人《詞律》、《欽定詞譜》至今人《北宋詞譜》等，都是相類的模式，唯其區别在於是以静態體制還是以動態時間的方式來呈現這種演變；三是分調詞史的模式，主要表現爲對某一詞調作品的介紹與闡説。這又可以分爲兩種子類型：一是傳統意義上的分調詞選，既包括同調作品類聚的綜合性詞選，如明代的《花草粹編》、《古今詞統》，清代的《歷代詩餘》等，也包括只編録單個詞調作品的專調詞選，如一九九八年出版的《中國歷代詞分調評注》八種，二〇〇一年出版的《分調絶妙好詞》七册十四種等；另一種類型，則更體現現代詞學的研究精神，即討論某一詞調的用調情況，包括其使用頻次、用調習慣等，涉及詞調的體式、聲情、題材等類型化特徵的生成與演變。這需要建立在對大量同調作品的量化考察之上，代表性成果如林鍾勇的《宋人擇調之翹楚——浣溪沙詞調研究》，王兆鵬、劉尊明《唐宋詞的定量分析》中對《菩薩蠻》、《念奴嬌》、《浣溪沙》等調的專題討論，劉尊明《唐宋詞調研究》中對《望江南》、《鷓鴣天》、《滿江紅》等調的專題討論等〔二〕。以上幾種維度齊頭並進，近年來研究成果甚多。

但我們亦須留意，在詞調史的研究中，如何將詞調的整體演變史、分調演變史與分調作品史三者有效地結合在一起，至今仍是學界的一個難點。清人秦巘的《詞繫》，雖以《詞律》爲藍本，在體例上却「專以時代爲次序」〔三〕，可算是較早將詞調的整體演變史與分調演變史進行結合的一次嘗試。但如何將分調演變史與分調作品史結合起來，盡可能地覆蓋足够多的優秀詞作品，特别是以平和易懂的方式，將某一詞調的歷史轉化爲日常的文學知識，推廣至更多感興趣的非專業讀者，需要我們作更精細的考量。近來田玉琪、黄敏等撰《唐宋流行詞調譜傳》，主張「爲詞調體式立譜」、「爲詞調發展立傳」〔四〕，尤重視對某一詞調内部譜系的歷時書寫，算是一次有益的嘗試。在本質上，無論整體視野還是分調聚焦，詞調的生成、正變史是一種有關聲律規範的專題史，故尤重視詞調的創造與變體；而詞調的作品史是一種有關文學審美的專題史，仍須强調作品的藝術成就之高低。二者的區别，在很大程度上就是詞調之文學史意義中的創調（變調可視爲對「又一體」的創造）、壓調之别。而分調詞史尤其是分調作品史想寫得引人入勝，需要在創調、壓調之間尋求一種平衡。本篇以《東坡詞》中的開卷詞調《水龍吟》爲考察對象，嘗試探索如何用簡潔、高效的書寫方式，以作品爲基本單元，將詞調之體式、聲情的演變節點予以貫通；進而通過對最佳貫通點的探問，重新認識那些在整體詞史中被賦予好評的同調作品，就其中的差别及在分調視野下如何賦予詞作品獨特的「經典性」，作進一步的思考。

一　寫法有殊：「體調貫通文本」與「文本貫通體調」

據王兆鵬、劉尊明的《唐宋詞的定量分析》，現存宋人的《水龍吟》詞共三百十二首〔五〕，包括六個詞調異名，即《鼓笛慢》、《水龍吟慢》、《小樓連苑》、《莊椿歲》、《龍吟曲》、《豐年瑞》。又據王兆鵬等編著的《宋詞排行榜》，在歷代最有影響力的一百首詞作品中，《水龍吟》調有三首入列，分别是居第十一名的蘇軾「似花還似非花」，居第十三名的辛棄疾「楚天千里清秋」，居第九十四名的陳亮「鬧花深處層樓」〔六〕。以上資料，固然不能代表文學經典形成及其批評的複雜面貌，但在同樣的量化標準之下與其他詞調進行對比，《水龍吟》調在兩宋詞壇的創造及批評熱度，大致可以想見。另二〇〇一年出版的《分調絶妙好詞》七册十四種中，《水龍吟》已赫然在列，共收録了由宋至清的五十首作品，這也是至今爲止唯一一部以專書形式類聚《水龍吟》詞的圖書。雖然因爲讀者定位的緣故，這套書在學界的影響甚微，但從分調詞史的角度來説，自有其獨特的編選意義。而對《水龍吟》調的體式演變史以專文形式進行考察的，最新成果有郭鵬飛的《〈水龍吟〉詞調考原》一文，相關梳理已相當清晰，故實證意義上的調源與正變考訂，將不再是本篇的重點。

本篇所謂的「貫通」，並非「文學演變」概念下對「古今」的「貫通」，而是借用了井巷測量中的理論術語。

所謂的「貫通點」，即井巷測量預計中貫通誤差的最小點，代表着在安全、經濟等各方面的綜合考量下，井巷貫通的最佳位置。而合理貫通點所在的範圍，即「貫通域」。對分調詞史之特點的捕捉，私以爲需要考慮三層因素：首先，如何在代表體格的創調（或變調）與代表美感的壓調之間尋求整體的平衡；其次，如何通過文本對話承接不同的壓調之作，及如何通過體格演變承接不同的變調之作；最後，如何在文本對話與體格演變這兩條詞史書寫脈絡之間，尋求最合適的貫通點與貫通域。這裏的「點」和「域」可以是偉大的作家、作品，也可以是特點鮮明的「題—調」關係，其目的是爲了讓相關詞史知識落位於最優化的叙事結構之中。

詞調的體格，關係詞調的發生及其聲律、字句、平仄的變化；詞調的文本，關係在使用某一詞調時漸次養成的主題、風格等寫作傾向。連接這兩大創作系統的有很多路徑，在傳統文獻中多以「詞調聲情」統稱，但最早出現的，應是唐五代詞中原生的「緣題」、「本意」傳統。即詞調名的産生，源自與其本意相關的創作語境，反過來又在一定程度上規範了詞創作主題的延展。南宋黄昇《唐宋諸賢絶妙詞選》曰：「唐詞多緣題所賦，《臨江仙》則言仙事，《女冠子》則述道情，《河瀆神》則詠祠廟，大概不失本題之意。爾後漸變，去題遠矣。」〔七〕隨着北宋蘇軾以後詞境漸大，緣題寫作的方式漸趨小衆。但「緣題」淡出填詞舞臺，到底是一種化整爲零式的潤物細無聲，依然保持着新舊作品之間的隱性關聯；還是另起爐灶式的打破舊世界，與原生傳統決絶切割，以創造新的主題、風格樣式，我們的追問尚少。本篇主張的「題—調」關係，近乎古人所謂的「聲情」，並不局限於「緣題」式的調名櫽栝詞意，還可以是「固習」式的某一詞調内部的後生主題、風格的類型化傾向。如有學人指出《水龍吟》調自周紫芝「天申節祝聖詞」首開祝壽之先例，曹勳、辛棄疾、高觀國、劉克莊、李曾伯、吴文英等詞人因之，遂發展爲此調常見的第一種主題〔八〕，就屬於無關「本意」但又漸成「固習」的後生創作傳統。

就《水龍吟》調及其異名而言，除了「鼓笛慢」的出現早於「水龍吟」外，其他如「小樓連苑」、「莊椿歲」、「豐年瑞」等，本就是基於後生創作傳統而來的詞調新名。先形成了將《水龍吟》用於祝壽的用調習慣，辛棄疾擇調寫出「待從公，痛飲八千餘歲，伴莊椿壽」[九]方爲水到渠成之事，而後纔有方味道的效句「看他年、接武三槐，長是伴、莊椿歲」，並序稱「音寄水龍吟，名爲莊椿歲」（第二五二七頁）；而詞調異名曰「小樓連苑」，首見於宋楊樵雲詞，此調名源自秦觀名句「小樓連苑橫空」，而秦句或效自蘇詞起句「小舟橫截春江」。可見對同一詞調之起句、結句的學習與效仿，不止於主題、風格的承襲，還可以凝變出一種後生的創作典範。除了詞發展的早期階段「不失本題之意」，在詞發展的中後期，詞調內部的新興主題亦有機會製造出新的同調異名。至此，「題—調」已發展爲一種互生而非單向的關係。

體調貫通文本的寫法，至少可分爲兩大維度。首先，是借詞調的「詞牌意」將不同詞人的緣題之作串聯起來。蘇軾的六首《水龍吟》詞中，至少三首與鼓笛本意有關：「小舟橫截春江」，因夢「扁舟渡江，樓中歌樂雜作，乃作越調鼓笛慢」；「古來雲海茫茫」，因遇湛然先生梁公「善吹鐵笛，嘹然有穿雲裂石之聲」；「楚山修竹如雲」，則爲「詠笛材」或「贈趙晦之吹篴侍兒」[一〇]。另兩首詠楊花、詠雁詞，則屬於對「鼓笛」本意作詠物詞之理解的一種類通，我們可以將此視爲從創作主題（重在詠物之「物」）向創作手法（重在詠物之「詠」）的一次重心轉移。而南宋《水龍吟》詞中的次生創作傳統，如祝壽、應制等主題，之所以能形成新的調名「莊椿歲」、「豐年瑞」等並得以穩定下來，在一定程度上亦歸因於對應的次生傳統已足够强大。

其次，是借詞調的「又一體」將不同詞人的變體之作串聯起來。這又可以分爲基於詞調沿革的體式變化、基於詞調軌範的例詞摹仿兩種情況。對詞調沿革的研究，本質上就是對特定詞調之演變史的梳理，無論清人的《詞繫》，還是今人的《北宋詞譜》，都是在做類似的工作。但即使如此，仍有一個問題有待解決，即那些變體作品的創作者，是否意識到了其筆下之作已是相對於正體的「又一體」，這關係到詞人是在音樂語境還是文本語境中實踐其創作觀念。因爲在音樂環境中，參差句、添字、減字等行爲都是爲了配合歌曲演唱，而歌曲聲調本身並沒有新的變化，稱之爲「又一體」是比較勉强的；而一旦音樂環境消失，句式之間的長短與錯落就被無限放大，用近體格律詩的標準來衡量曲詞，任何細節上的差池都將溢出規則之外而被視爲一種體式變形，如果它作爲新的詞調軌範帶給後來讀者一些可資摹習的例詞經驗，那將是多米諾式的連鎖效應。我們可以借此將「新變」的詞作品與「襲變」的詞作品銜接起來，用詞體「襲變」中的創作自覺性來完善「新變」中的某些不穩定因素，確保詞調史的書寫在貫通點或貫通域之選擇上的相對穩定狀態。

在分調詞史的寫法上，既然可以用體調來貫通文本，自然也可以用文本來貫通體調。而在後一種情況中，最易想到的貫通之法，自然是基於詞學批評觀的經典受容史。蘇軾對章楶楊花詞的次韻，及後世詞人對章、蘇作品的步韻等現象，雖然我們也可以用聲律摹習這一形式特徵將它們串聯起來，但顯然詞人們的初衷在內在的文本對話，尋求與前輩經典作家的精神共鳴，而不僅是通過限韻等方式來開展寫作手法的競技。除此之外，基於詞學創作觀的作法摹習史，亟待被進一步重視。以前我們很關注起、結、過片等結構性句式在詞創作中的美學意義，但較少討論在同一詞調的內部，在高度一致的結構摹習與對比中，以起、結、過片等爲代表的詞之句法、章法特點，有否可能被進一步放大，從而與整體詞學視野下的「詞之作法」的通行准則區分開來。有關這一點，後文將有進一步的舉證與闡述。

當然，無論如何「貫通」，都只是一種專題史的寫法，並不同於歷史事實。但碎片化的歷史真實，總需要有人去發現其中關聯並作出取捨，方能轉化爲一般性的文學知識。更何況詞調研究自帶的技術主義傾向，很容易將視聲律爲天書的非專業讀者及追求美感體驗的文學愛好者拒之門外，如何在文學史的內部形成一種基於內生特點的歷史叙事，也是我們需要適當考量的。如果算上碩士學位論文的話，現在有關單個詞調的研究成果已經不少〔一一〕，但總的來説，多數成果還是陷入了體式、聲情、題材等維度分塊論説的模式，討論創調、變調的時候無問所選作品的審美特性，而討論壓調的時候並不考慮其體式在詞體演變中的位置。至於傳統詞譜中選名篇爲「正體」或「又一體」例詞的做法，又陷入了不能反映變體之發生樣貌的另一種批評。從這個角度來説，尋求合理的貫通點與貫通域，是詞史寫作不斷成熟的一種客觀需求。

二　起結句法的承變與《水龍吟》聲情傳統的轉换

歐陽修的《鼓笛慢》固然創作於蘇軾之前，但就實際影響而言，東坡詞纔是大多數《水龍吟》詞的文本起點。而且，《水龍吟》在東坡詞中還有一個特别的閲讀史意義，那就是在現存東坡詞的早期文獻如傅幹注本、曾慥編本、元本《東坡樂府》中，都是作爲整部詞集的開卷詞調而存在的。現存的蘇軾《水龍吟》詞共有六首，早期版本如傅本、曾本、元本中皆存録四首，依次爲「古來雲海茫茫」、「楚山修竹如雲」、「似花還似非花」、「小舟横截春江」。唯在最早集聚全部六首詞的明本《重編東坡先生外集》中，《水龍吟》調不是開卷詞（由《水調歌頭》開卷），而且作品序次亦不同，依次爲「古來雲海茫茫」、「小溝東接長江」、「露寒煙冷蒹葭老」、「小舟横截春江」、「似花還似非花」、「楚山修竹如雲」，此亦「小溝東接長江」、「露寒煙冷蒹葭老」二首的首見文獻〔一二〕。

有關《重編東坡先生外集》的版本來源，及是否反映了蘇軾詞的早期編次形態，曾祥波、趙惠俊等學人已有深入的討論〔一三〕。二人都認爲《重編東坡先生外集》中的四卷詞，其同調内部的編次關係，反映的是早期傳播中對蘇軾詞的一種編年努力。但這種編年努力到底精細到何種程度，在明人重編的過程中是否有新的損傷，尚須進一步討論。如較之曾祥波對此書反映早期編本面貌的整體信任，甚至將成書時間上推至北宋末年，趙惠俊認爲今傳外集本的詞調順序，是明代重編者爲了「保持各卷篇幅大體一致的需要」，

「根據每調不同之篇幅長短及詞作數量的統籌安排」的結果。筆者還有一些更細部的疑問，如副文本中有明確時間信息的兩首詞，「古來雲海茫茫」與「小舟橫截春江」，在《重編東坡先生外集》中是元豐七年（一〇八四）在前，元豐五年（一〇八二）在後，很難想象編者無視這些顯見的文本内容，而服膺於其他讀者無法獲知的絶密信息。反過來，如果我們堅信這些詞反映了早期學人對蘇軾詞的編年努力，那麽，至少這位早期編者没有看到被後人視爲「東坡自作」的題序文字。其實，「小溝東接長江」、「露寒煙冷蒹葭老」兩首新見詞亦無實質性的題序（後一首雖有「詠雁」二字，但須留意其爲調下小字題，有别於「次韻章質夫楊花」、「贈趙晦之吹篴侍兒」等换行大字題），與其將六首作品的詞題、詞序、山谷題跋等所有的副文本一概採信爲早期樣貌，不如思考另一種可能：正因爲後兩首的出現時間較晚，缺少在流通過程中不斷層累的批評文字，纔難以附着上有實質性内容的副文本；而前四首經歷了大量的批評考驗，産生了各種豐富的周邊材料，編者更有機會將之轉化爲與詞作距離較近的副文本類型。否則很難解釋，一同進入流通渠道的六首詞，爲何長久「消失」的那兩首正好就是缺少題序信息、至今尚未繫年的兩首。當然，這並不意味着後兩首詞的價值缺失，我們會將詠雁詞的後出問題置於詞調演變史中給予另一種考察。

在説明了東坡詞作爲《水龍吟》調的文本起點在實物文獻上的複雜性後，我們開始對同調之起結承變的討論。有關詞的起句與結句，宋人已有自覺的總結。沈義父《樂府指迷》云：「大抵起句便見所詠之意，不可泛入閑事，方入主意。詠物尤不可泛。」「結句須要放開，含有餘不盡之意。以景結情最好。」[一四]當然，更精細的分析見於清人的詞學批評文獻中，典型如劉熙載《藝概》云：「大抵起句非漸引即頓入，其妙在筆未到而氣已吞。」「收句非繞回即宕開，其妙在言雖止而意無盡。」[一五]類似的論説，在清人詞話中尤多。在二十世紀的詞學史中，唐圭璋的《論詞之作法》是較早的專題論文，在「章法」類下對起、結、换頭等結構性句式有精彩的例證[一六]；此後，朱德才、陶文鵬、趙雪沛等學人亦對詞的起、結之法有系統性的歸納與探討〔一七〕。

不同詞人的同調作品之間的關聯，除了詞的原生「本意」或後生「固習」所形成的特有聲情之外，在詞體結構中尤爲重要的起句與結句，亦深刻地介入到對同調的學習與效仿之中。如前面提到的《水龍吟》的同調異名，只要是基於後生創作傳統而來的新名，如「小樓連苑」、「莊椿歲」、「豐年瑞」等，皆源自詞内摘句，而且所摘的都是詞中的起結之句。如楊樵雲的「小樓連苑」調名，摘自秦觀詞的起句「小樓連苑横空，下窺繡轂雕鞍驟」，而秦觀此句或效東坡同調起句「小舟横截春江」而來。方味道的「莊椿歲」調名，源於自作結句「看他年、接武三槐，長是伴、莊椿歲」，已有學者指出，此句或仿稼軒同調結句「待從公，痛飲八千餘歲，伴莊椿壽」而來；吴琚的「豐年瑞」調名，源於自作結句「細看來、不是飛花，片片是、豐年瑞」，此句顯然效仿了東坡的同調結句「細看來、不是楊花，點點是、離人淚」。由此可見起句、結句的效仿之於同調聲情傳統之延展的重要性，甚至借局部的意象變化而製造出新的調名，進一步穩定了那些後生的聲情傳統。

前面已經提及，在同調的學習與效仿中，起句具有非同一般的魅力。如蘇軾首作《水龍吟》調的「楚山修竹如雲」，屬於緣題之作，但這首詞對後來同調作品的影響力，並不僅在基於詞調名的詠笛或詠竹主題，更在基於詞文本的起句之姿態。唐圭璋先生説過，「詞中起法，以寫景起爲多」，他尤爲贊賞「高空遠望，極顯外界偉大之氣象與作者浩蕩之胸襟者」〔一八〕。而「楚山修竹如雲」，雖然點明了「所詠之意」，但結合下一句「異材秀出千林表」，開闊之境蕩然於胸。縱觀整個宋代的《水龍吟》詞，以「楚」起句的頗多名篇，如周紫芝的「楚山千疊浮空」、「楚山木落風高」，辛棄疾「登建康賞心亭」詞「楚天千里清秋」等，我們應重視他們在創作時受到前人同調經典的潛在影響。更遑談還有曾覿的「楚天千里無雲」、曾協的「楚鄉菰黍初嘗」、李曾伯的「楚鄉三載中秋」等相對無聞之作，但作品的無聞只能説明在後世的接受情況，不能切斷他們在創作時與其所效名篇之間的文本關聯。

同樣的情況，還有秦觀的《水龍吟》名篇「小樓連苑横空」。筆者以爲，此起句效仿自蘇軾的「小舟横截春江」。秦觀作爲「蘇門四學士」之一，又是著名的詞家，對老師的作品自然爛熟於胸。二句都選擇了用小景貫聯大景的鋪展寫法，而且秦詞採用了「横空」這樣有爆發力的用詞，放在北宋，是典型的東坡式的開拓詞境之法，並不屬於秦觀詞的常見起句（整首作品仍是鮮明的秦觀風格）。且不論蘇軾在同調起句中已有「横截」的用法，就算只討論詞中的「横空」，整個北宋（不算南渡詞人）也只有兩位詞人使用過，在秦觀之前，唯有蘇軾《西江月》起句「照野瀰瀰淺浪，横空曖曖微霄」一句而已。秦觀的改造，就是將蘇軾詞中常見的自然意象，改爲自己更擅長或熱衷的有關冶遊的人工意象。甚至周紫芝《水龍吟·天申節祝聖詞》中的起句「黄金雙闕横空」，筆者亦傾向於有模仿蘇、秦的痕跡（周紫芝《太倉稊米集》中有「夜讀《淮海集》」的記載），此詞將城市中習見的「小樓連苑」换成宫廷中的「黄金雙闕」，進一步彰顯皇家氣氛。而周詞開啟的南宋文人的《水龍吟》祝壽傳統，稼軒又在此之上開拓了壽詞的新境，則是典型的同調聲情傳統之轉换、新生與壯大的情況。

有關詞的結句，前人認爲比起句更重要。越是重要的，越需要在學習上下足工夫，方能有所超越。我們以早期《水龍吟》詞中的詠物主題爲例，撇開有關「鼓笛慢」本意的詠笛詞不論，最早無關本意的詠物應是章楶的楊花詞。而他之所以創作這首作品，一般認爲是蘇軾將其「楚山修竹如雲」詞寄給了章楶，從這個意義上來説，章楶選擇詠楊花，本就有在詠物傳統的範圍内致敬詠笛之意。至於他是否知曉「水龍吟」的原調名爲「鼓笛慢」，我想應該是知道的，蘇軾云「章質夫家善琵琶者」，可見章楶有自己的伶人樂工，他對樂事理應精通；就算不知道，也無礙他通過李白的「笛奏龍吟水」名句，從文學文本的層面領會「水龍吟」三字有詠笛之意。章楶的結句「望章臺路杳，金鞍遊蕩，有盈盈淚」，對後來《水龍吟》調的影響尤大，蘇軾和詞云「細看來，不是楊花，點點是，離人淚」，其實略顯委婉，反倒其詠雁詞「念征衣未擣，佳人拂杵，有盈盈淚」，同樣效仿章楶結句，更爲神似。徽宗年間的晁端禮，不僅用《水龍吟》調詠桃花，以「念當年門里，如今陌上，灑離人淚」結句，還另有抒發政治失意的同調詞，以「憑欄干，但有盈盈淚眼，把羅襟揾」結句，雖然換了韻部，但結句的意象基本未變。更重要的是，這首意象穩定而韻脚新變的作品，後來成爲了辛棄疾「登建康賞心亭」詞結句「倩何人，喚取盈盈翠袖，揾英雄淚」的同調來源，雖然辛棄疾重拾了章、蘇等人的韻脚，但自晁端禮始的「羅襟揾淚」之詞意象（此前「以衣揾淚」的詞意象，僅有歐陽修《怨春郎》結句「空把相思淚眼和衣揾」，但未具體到羅襟、翠袖這樣的細物），被稼軒繼承了下來，繼而將原來的美人自揾淚改爲美人爲英雄揾淚，進一步凸顯了英雄失意的悲壯之感。考慮到南宋理宗時期的洪瑹專門寫過《水龍吟·追和晁次膺》詞，則晁端禮這首詞在當時並非寂寂無名之作，其見於理宗時編的《唐宋諸賢絶妙詞選》可爲佐證，至少在文本流通的層面，足以進入稍早的辛棄疾的閱讀視域。

另如方味道的「綸巾少駐家山」詞，因別調作《莊椿歲》而爲後人熟知，至晚在明後期的分調詞選《花草粹編》、格律詞譜《嘯餘譜》中已單獨成一調。從用調情況來看，此後便出現了陳維崧《莊椿歲·賀新城王太翁七十》、董元愷《莊椿歲·壽王煙客先生，并寄端士、茂京》、鄒祗謨《莊椿歲·壽徐坦齋年伯，并寄原一、公肅》等作品，可見在清初已成爲《水龍吟》調賀壽的專用調名。方詞上片的尾句「趁丹心未老，將整頓乾坤，手爲經理」，及全詞結句「看他年、接武三槐，長是伴、莊椿歲」，其實可以在稼軒給韓元吉的兩首《水龍吟》壽詞中各自找到身影，即「爲韓南澗尚書甲辰歲壽」詞結句「待他年，整頓乾坤事了，爲先生壽」，及「再和以壽南澗」詞結句「待從公，痛飲八千餘歲，伴莊椿壽」。雖然我們尚難考證方味道的生活年代（其詞最早見於《截江網》，《全宋詞》置於趙葵、黃機之間），但根據《截江網》中的常見文學素材，大致可以判斷爲晚宋時期的人物，對稼軒詞有所借鑒，應可成立。而學界一般將《水龍吟》調的賀壽傳統，追溯至周紫芝的

「天申節祝聖詞」，我們固然相信語涉皇家（南宋以高宗生辰爲「天申節」）的祝聖詞，其影響力勝過其他作品一籌，但就稼軒的兩首作品而言，學界贊賞的正在其一改壽詞的頌禱之習，而寄寓了慷慨報國的熱情。從這個角度來説，北宋黄庭堅的《鼓笛慢・黔守曹伯達供備生日》，起句云「早秋明月新圓，漢家戚里生飛將」，結句云「看朱顔緑鬢，封侯萬里，寫凌煙像」，更像是同調壽詞中接近稼軒氣象的早期資源，也切合笛曲亢爽響亮的聲情。當然，兩宋政治、軍事氣氛有别，稼軒詞中的悲壯、憤慨及急切之音，與山谷詞在端正、穩健中流溢出的豪壯之氣頗有不同，其風格的近似在論證力上也遠不及起結句中字詞、意象的摹同。但考慮到稼軒居江西時填詞最多，其作詞之法深受江西詩派的影響〔一九〕，其詞與山谷詞（而非詩）之間的關係，或可作進一步考察。

辛棄疾共創作了水龍吟詞十三首，可視爲此調寫作中的承上啟下之人。就起結之法而論，不僅其「登建康賞心亭」結句化用了晁端禮同調詞中「羅襟搵淚」的意象，而且另一首的起句「老來曾識淵明，夢中一見參差是」，在一定程度上效仿了蘇軾結句「料多情夢里，端來見我，也參差是」，可謂「以起應結」，别出心裁。在吸納前人同調資源的同時，他也在起結句上爲後人提供了新的資源。除了前面提到對方味道詞的影響外，其「爲韓南澗尚書甲辰歲壽」可以在晚明孫承宗的名篇《水龍吟》中找到明顯的影子。《稼軒長短句》是明代中後期相當流行的宋詞别集，我們從晚明詩人譚元春「廬居多暇，常攜《稼軒長短句》」〔二〇〕並爲之撰序，可知其流通範圍已溢出了狹義的詞壇，成爲整個詩界的公共養料。孫詞起句「平章三十年來，幾人合是真豪傑」，結句「看群公、撐住乾坤大力，了心頭血」〔二一〕，精准地呼應了辛詞的起句「渡江天馬南來，幾人真是經綸手」，及結句「待他年、整頓乾坤事了，爲先生壽」，可謂「起結雙應」。在孫承宗的筆下，水龍吟調的聲情傳統又一次轉换，由稼軒在壽詞内部的詞風改革，變成了完全捨棄祝壽主題而在特定詞風上的狂飆突進。

與起結之摹習發生在填詞的過程中不同，聲情的承襲在擇調之前就已形成基本的思路。《水龍吟》的詠物詞傳統，因由詞調本意衍生而來，可謂調内的首要傳統，對後世同調作品的影響尤大。從創作時間來看，蘇軾最早的《水龍吟》詞「楚山修竹如雲」，專詠笛材；從作品編次來看，在任何蘇詞版本中皆爲《水龍吟》調之首的「古來雲海茫茫」，源自蘇軾過臨淮時遇「善吹鐵笛，嘹然有穿雲裂石之聲」的湛然先生梁公。南宋葉夢得的「舵樓橫笛孤吹」，則是「與强少逸遊道場山，放舟中流，命工吹笛舟尾迎月歸作」（第七七九頁）。劉克莊的十七首《水龍吟》詞中，有四首的結句以「笛」字爲韻脚，全爲壽詞，且小序云「徐仲晦、方蒙仲各和余去歲笛字韻爲壽」，「方蒙仲、王景長和余丙辰、丁巳二詞，走筆答之」等，時在南宋寶祐四年（一二五六）左右，已非孤立之作，而是群體性的創作行爲。這種「笛字韻」的寫法，是否意在主題轉换的同時，用一種隱晦的方式保留詞調的本意，殊難辨别，但現存劉克莊的二百三十餘首詞中，結句以「笛」字爲韻脚僅此四首，確爲事實。另現存《水龍吟》詞最多的宋代詞人李曾伯，其二十三首《水龍吟》詞中亦有三首的結句以「笛」字爲韻脚，序云「丁未約諸叔父玩月，期而不至，時適臺論」，時在南宋淳祐七年（一二四七），創作時間與後村詞相近，而現存李曾伯的一百九十八首詞中，結句以「笛」字爲韻脚的僅此三首，這應該不是偶合而已。

在明詞中，劉基向被視爲國初詞人第一，而現存劉基詞的冠冕之作，首推《水龍吟》「雞鳴風雨瀟瀟」〔一二二〕，當代所有的明詞選本無一例外皆予選録。此詞通首八韻，依次押「表、繞、裊、少、小、了、杪、曉」字，雖未有題注，實步韻「楚山修竹如雲」。劉基此詞「激昂感慨，擇木之志見矣」〔一二三〕，其主題與蘇軾原詞的詠物、贈人皆無關係，看似只是簡單的韻脚襲用，但如果我們注意到他另有一首相對小眾的《水龍吟·次韻和陳均從吹簫曲》，同樣是通首依次押「表、繞、裊、少、小、了、杪、曉」八韻字，其結句云「又扶桑日上，靡蓱光散，蓬池春曉」〔一二四〕，化用杜甫《幽人》詩：「洪濤隱語笑，鼓枻蓬萊池。崔嵬扶桑日，照耀珊瑚枝。」隱寓杜詩篇末「五湖復浩蕩，歲暮有餘悲」之慨，則此中的聲情承變關係漸趨明朗。陳、劉二人的首創作品皆基於詞調本意（即「吹簫曲」），但劉基將前作中以幽人自居的詞旨，延續至日後的同調創作之中，纔出現了韻脚完全相同、又脱離本意的生面之作。可見在歷代的《水龍吟》經典中，即使同爲次韻之作，亦存在着較隱蔽的同調聲情傳統的轉换問題。

同樣的情況，還有章楶寄給蘇軾的楊花詞。前文從起句的角度，梳理《水龍吟》之創作傳統承變的某些痕跡，終究只是一條路徑而已。雖然從類型的角度來説，詠笛（材）與詠楊花皆屬詠物詞的範疇，但從調内傳統的演變來看，詠笛多少還是本意的創作路徑，後世更多的《水龍吟》詠物詞，其實是對章、蘇楊花詞的接受及致敬。不僅有李綱、陳霆、趙南星、徐士俊等著名詞家的同題或次韻作品，而且至早在北宋末年，已裂變出周邦彦詠梨花詞等經典作品，這與鼓笛並無直接的關係，而是宋人詠花傳統内部的一種創作類通。甚至《樂府補題》所詠五物之所以白蓮選用了《水龍吟》調，亦可在此思路下作出解釋：以《天香》調賦龍涎香、以《摸魚兒》調賦蓴、以《齊天樂》調賦蟬、以《桂枝香》調賦蟹，皆與所用調名的本意相關，唯《水龍吟》調的本意與白蓮之關係甚遠，只有承認楊花詞在詠花傳統之内的有力輻射，我們纔能解釋宋末詞人已經將用《水龍吟》調詠群芳視爲一種穩定的傳統，擁有與本意傳統近乎同等效力的用調慣性。甚至明初高啟的紅竹詞，雖爲規範的本意之作，但觀其結句「細看來，不是天工，却是那、春風筆」〔二五〕，却是對東坡楊花詞的效仿；同樣的情況也發生在晚明詞家俞彦的身上，其緣題而作的「聞笛」詞，上片尾句「甚天涯孤客，故園搖落，襟袖有、盈盈淚」〔二六〕，亦是對東坡詞結句的效仿（更像詠雁詞的結句，但詠雁結句亦源自楊花詞的結句）。足見楊花傳統的影響之大，連起步更早的本意創作傳統亦被裹挾其中。

更廣而言之，蘇軾詠雁詞的結句式，亦有效仿楊花詞的痕跡。其上片尾句「望極平田，徘徊欲下，依前被、風驚起」，全篇結句「念征衣未擣，佳人拂杵，有盈盈淚」，與楊花詞的上片尾句「夢隨風萬里，尋郎去處，又還被、鶯呼起」，及全篇結句「細看來，不是楊花，點點是，離人淚」頗爲相似。並不是説蘇軾陷入了同調創作的自我複製之中，而是説在共同的詠物詞傳統之内，同調作品因其相同的格律形式，而在意境營造、字句節奏及結構章法上，擁有可以類通的寫作原理。

從創作頻次來説，楊花詞至少裂變出三個亞傳統。首先，是周邦彦的梨花詞，其後陸續有樓枎、王惲、陳霆等人作品。這一支的最大特點，就是延續了東坡詞的風格，在體物與寄託之間遊弋，未指示具體的用意，即使可釋爲「離騷初服」之義，也没有如宋末《樂府補題》那樣指向確鑿的歷史本事。明人陳霆對東坡楊花詞、清真梨花詞皆有次韻，兩首和作體現出相類的風格，可見後人對其中的相似性早有察覺。其次，是宋代最具特點的詠梅詞。成書於南宋建炎初的專題詞選《梅苑》，其卷一收録《鼓笛慢》六首，以晁端禮詞「夜來深雪前村路」居首，晁端禮、孔夷、孔矩各録二首，基本上反映了《水龍吟》詠梅在北宋的流變情況；而作爲現存兩宋詠花文獻的重要彙編之作，成書於南宋理宗時期的《全芳備祖》的每一花部下，對每個詞調一般止録一首作品，唯詠梅花存録了兩首《水龍吟》詞；甚至作爲《水龍吟》同調異名的楊樵雲《小樓連苑》、史達祖《龍吟曲》，其主題亦詠梅；而蔣捷效稼軒「用些語再題瓢泉」詞，題作「招落梅之魂」，中又有「叫雲兮、笛淒涼些」句，更是直抵「水龍吟」的本意傳統。當然就《水龍吟》調而言，因其在南宋成爲祝壽的常用詞調之一，故以「歲寒三友」淩冬不凋的姿態，較順利地實現了與祝壽詞傳統的合流，如南宋李曾伯的《水龍吟・戊申壽八窗叔》（起句「歸來三見梅花，年年借此花爲壽」）、何夢桂的《水龍吟・和邵清溪詠梅見壽》、《水龍吟・和何逢原見壽》（起句「倚窗閑嗅梅花，霜風入袖寒初透」）等。第三，是元初宋遺民的《水龍吟・白蓮》詞。在王沂孫等人之前，詞詠白蓮並非没有先例，但所用《風流子》、《念奴嬌》、《隔浦蓮》等調，多少帶有本意之痕跡，也正因此，相關作品大多停留在對植物形態及其品性的描寫，以切調名之意，並没有意識去類喻詞人的生活經歷及人格。唯楊无咎、趙長卿各有一首《水龍吟》詠蓮詞，然亦止於對花歡醉之情。就算王沂孫等遺民詞人，他們對其他四物的題詠，仍選用了與本意相關的詞調，唯詠白蓮採用《水龍吟》調，或因爲晚至南宋後期，以《水龍吟》調詠群芳已成爲詠物詞的一種創作習慣，而且詞人們從東坡、清真諸詞中體察到了某些可予自覺寄託的文本空間，就此從楊花、梨花詞中發展出了更具深意的詠物模式，而不僅僅是詠物題材層面的裂變與擴容。

最後需要提一下，《高麗史·樂志》中有《水龍吟令》、《水龍吟慢》詞二首，其句式與後人尊爲「正體」的蘇軾、秦觀詞略有不同。《欽定詞譜》皆歸入《水龍吟》調的「又一體」，認爲《水龍吟令》「與秦詞同，惟前後段第九句各減一字，後段結句添二字異」，《水龍吟慢》則「與蘇詞、秦詞句讀全異」[二七]。謝桃坊曾舉此例，認爲「令」、「慢」無關詞體或詞調類型，而是歌譜中關於特殊歌法的符號或標志。[二八]《高麗史》成書於朝鮮文宗元年（一四五一），但其中的「唐樂」文本，一般認爲是經北宋神宗、哲宗、徽宗三朝傳入高麗的[二九]，基本上反映的是北宋後期的面貌。而現存兩宋文人的《水龍吟》詞中，與之最相似的是周紫芝的「天申節祝聖詞」，都屬於祝壽的主題，都與宮廷樂系統有密切的關係（如果我們認爲周詞作爲應制作品需要入樂的話）。考慮到天申節爲祝高宗生辰而設，則周詞當是南渡以後的作品，那麼，《水龍吟》調的祝壽主題，或可溯源至北宋宮廷宴樂中的儀式表演。蘇軾在神宗時期纔開始創用的《水龍吟》調，如何在短短的數十年間成爲宮廷宴樂中的常用詞調，恐怕絕難可能從《鼓笛慢》的前身、北宋教坊樂《鼓笛曲》演變而來，更有可能是宮廷樂受到了東坡詞及其周邊的潛在影響。不僅《高麗史·樂志》中闕調名的《行香子》爲蘇軾作品，可證蘇詞有機會滲入北宋後期的宮廷宴樂之中；而且大晟府名家晁端禮的《黃河清慢》詞亦見於《高麗史·樂志》，而晁端禮作爲用《水龍吟》調填詞最多的北宋詞人之一（僅次於蘇軾），他在這批東傳高麗的徽宗「新樂」中的創作參與度，我們亦不能完全排除（如《百寶裝》調首見於晁端禮《閑齋琴趣外篇》，而《高麗史·樂志》中有無名氏詞《百寶妝》）。

三　明清分調詞選的流通與變體例詞的經典化

雖然《水龍吟》在宋元時期留下了相當多的作品，但從現有的文獻來看，早期以宫調編次的選本如《金奩集》等主要關注唐五代詞，由於《鼓笛慢》或《水龍吟》調的出現時間較晚，並不在選録範圍之内。南宋以後的詞選，或偏向於以詞人時代編次，如《唐宋諸賢絶妙詞選》、《中興以來絶妙詞選》等；或偏向於以主題門類編次，如《草堂詩餘》等，同一詞調作品的集聚機會在很大程度上被壓縮。我們當然相信蘇、辛等名家對《水龍吟》的高頻次創作有利於分調經典的形成與詞壇後輩的摹習，現存數量有限的宋編詞選也未必反映宋人在分調閱讀上的全貌，但較之明清兩代詞樂消亡後大規模的分調詞選和格律詞譜，我們仍有一個問題需要追問，即宋元詞人對詞調的摹習，及對分調流變史的認識，到底源於對名家詞集的閱讀與貫通，還是某些更能集中展現不同作家同調作品的彙集型詞選。這關繫到宋元詞人與明清詞人對分調詞史的理解方式及其來源路徑，甚至由此來源路徑所隱約指向的不同的詞學知識結構。

宋元時期固有詞譜，但多爲有律無辭的宫調譜，「虚譜無詞」，主要爲器樂演奏而準備；也有聲樂演唱所需的樂譜，這應該是有辭的，如多部宋元書目中著録的《樂府混成集》，但其書不存，我們很難考知其原貌，而且其預期讀者主要爲音樂表演的歌者，而非文學審美的讀者。故總的來説，宋人對某一詞調作品的文本認識，主要還是源於作家的詞集，如《樂章集》、《東坡樂府》等詞别集皆分調編次，有據可循；反而南宋的文人詞選大多以人繫詞，同一詞調的作品不易類聚在一起。吴熊和先生説「以詞爲譜、或以名家詞代詞譜的現象是很普遍的」，「唐宋詞韻，蓋不在韻書而在唐宋兩代之詞」〔三〇〕，洵爲確論。

詞樂不存的明清時期的情況則不同，清詞昌盛，當時詞人主要從前代名家詞集開始學起，除了唐宋時期的詞樂環境不再（至於明清的曲樂環境是否會對詞調作品的類聚發生作用，尚待考論），其他的差别並不大。但宋詞別集或叢編在明代的流通程度，遠不及宋元及清代，故明人對詞的學習取徑，在很大程度上依賴於前代或當代的選本，一旦需要學習的對象精細到體格、聲韻等尚未系統總結的形式要素時，個人性的探索就占據了主要的板塊。直至《詩餘圖譜》等詞譜專書及《詞韻略》等詞韻專書的出現，技術層面的有跡可循、有法可據纔成爲詞人們的常態，不再需要借助前人詞集、詞選等基礎文獻，每每對某些普遍的詞法作出基於個體經驗的有限總結。至《文體明辯》甚至《詞律》、《詞譜》將「又一體」概念高度精細化之後，讀者們纔意識到原來宋人對詞的聲律及句法有如此細密的追求，前人作品中的所有「變體」及在此基礎之上的摹習，都應置於「詞法」的視域下予以理性的考察。這就涉及一個問題，宋人是否意識自己在變體，又是否知道自己就是某「又一體」的始作俑者？

現存的兩宋詞家中，創作《水龍吟》詞最多的是李曾伯二十三首，其次爲劉克莊十七首、趙長卿十一首等，蘇、辛的數量，只能説在他們年代可居上游；現存的宋元詞選中，選録《水龍吟》詞最多的是《中興以來絶妙詞選》二十四首，其次是《樂府雅詞》十二首，《草堂詩餘》九首，《梅苑》、《唐宋諸賢絶妙詞選》、《陽春白雪》各六首等，但我們亦須認識到，這些詞選除了《梅苑》外皆非分調詞選，《水龍吟》在詞籍中的分佈是較碎散的。事實上，第一次較大規模地以同調彙集的形式呈現《水龍吟》詞的流變史，始於明萬曆陳耀文的《花草粹編》，此書卷十一收録《水龍吟》詞二十三首，自蘇軾「楚山修竹如雲」，迄唐玨「淡妝人更嬋娟」；此後崇禎年間卓人月的《古今詞統》，收録《水龍吟》詞二十六首，自黄昇「少年有志封侯」，迄錢繼章「細風銛似吴刀」，其序次雖未嚴格地遵循詞人時代之先後，但其中收録了劉基、張綖等五首明詞，算是對《花草粹編》所呈現的同調流變史的一次續寫。真正集大成的詞選，是康熙年間御定的《歷代詩餘》，此書分調編次，將《水龍吟》調分爲十五體，共收録例詞一百六十七首，每一體内部的作品皆以詞人時代爲序。雖然後來的《欽定詞譜》部分採納了《歷代詩餘》的整理成果，甚至進一步將《水龍吟》調分至二十五體，但由於詞譜體例的緣故，只收録了二十五首例詞，不僅無益於讀者對分調流變史的認識，而且摹習者對例詞的學習，只能局限於格律之規範，再無關句法、章法等其他文學元素。從這個角度來説，像《歷代詩餘》這樣的大型分調詞選，且同調内部以詞人時代爲序，可以爲讀者提供更加豐富且立體的詞調學知識。遺憾的是，隨着清代詞學思想的進一步成熟，此後的大型通代詞總集的編纂，開始往分家經典的方向回歸，再也没有在「分調詞史」的書寫理念上繼續走下去，也由此確立了《歷代詩餘》在詞學觀念史中再無來者的獨特位置。

《水龍吟》調的體式之别，在蘇軾筆下已顯分歧。詠雁詞「露寒煙冷蒹葭老，天外征鴻寥唳」，其首句七字、二句六字，有别於其他五首的首句六字、二句七字。以東坡詞爲效法對象的歷代詞人，不難留意到這一參差句的變化。但另一方面，這首詠雁詞最早見於《重編東坡先生外集》，在傅本、曾本、元本中皆未出現；在現存宋元時期的詞學批評文獻中，也没有人明確指出過其中的區别。有理由相信，如果宋元人對《水龍吟》變體有足够自覺的認識，那麽，他們觀念中的「首句七字」體的例詞，更有可能是見於《草堂詩餘》的陸游或劉鎮作品。

現存最早的格律詞譜，是明成化年間周瑛的《詞學筌蹄》。因其體制初創，故所列舉的詞調並未區分變體的情況。《水龍吟》亦不例外，其所舉例詞既有章楶的「燕忙鶯懶芳殘」六字起句，也包括了劉鎮「弄晴臺館收煙候」、陸游「摩訶池上追遊路」七字起句，且未作區别性的説明或分隔〔三一〕，全賴讀者的火眼金睛。考慮到《詞學筌蹄》只是將宋編《草堂詩餘》的作品按照詞調名重新編排了一遍，並没有太多的自選空間，雖名曰詞譜，辨體意識其實很薄弱。但其後自起爐灶、少有依傍的張綖《詩餘圖譜》，同樣只介紹了《水龍吟》「前段十句四韻五十二字，後段十句五韻四十九字」一體〔三二〕，而所舉的三首例詞中，分明有陸游「摩訶池上追遊路」這樣不合體例之作，可見張綖對「又一體」亦缺少自覺的認識。最早提出「又一體」觀念的，是明人徐師曾的《文體明辯》，其所舉《水龍吟》調共三體，以陳亮「鬧花深處層樓」爲正體，詳細標注每字的平仄屬性，而第二體劉鎮詞、第三體秦觀詞，在例詞前有單獨段落，云「前段與第一體同，唯首句作七字，第二句作六字」，「前段亦與第一體同，唯第九句作八字，十句作七字」等〔三三〕，明確指出與第一體的字句差異，這已是相當自覺且精細的體式區分了。唯一遺憾的是，所選的三首例詞依然不出宋編《草堂詩餘》的窠臼，這種慣性直到萬樹的《詞律》纔有所改觀。

如上所示，就《水龍吟》調的變體而言，最具識別度的「首句七字」體，在最早區分「又一體」的詞譜及分調詞選中，多以陸游、劉鎮詞爲例詞。如《文體明辯》、《嘯餘譜》以劉鎮的「弄晴臺館收煙候」爲《水龍吟》「第二體」的例詞，云「前段與第一體同，唯首句作七字，第二句作六字」；《詞律》以陸游的「摩訶池上追遊路」爲「又一體」例詞，云「前詞首句六字，次句七字；此詞首句七字，此句六字，餘同」〔三四〕。而之所以選擇陸游或劉鎮，一個重要的原因，在於更早的尚未區分「又一體」的詞譜及分調詞選如《詞學筌蹄》、《詩餘圖譜》、《類編草堂詩餘》等，所選録的《水龍吟》詞中，「首句七字」的唯此兩首，從未溢出過。而之所以會出現如此穩定的情況，又在於明中期可以讀到的詞籍文獻相對有限，這幾部書在編纂過程中，都在很大程度上依賴於宋編《草堂詩餘》，而宋編《草堂詩餘》的體例基於作品題材的門類系統，這個時候，易被分門的類型化作品，反而更具被選録的優勢，如陸游、劉鎮二詞在宋編《草堂詩餘》中題曰「春遊」、「清明」，分別被歸入「春景」、「節序」二類。而在作家時代上更早的蘇軾詠雁詞，即使我們不考慮它在《重編東坡先生外集》之前如何流傳的問題，只要同屬於詠物題材的詠笛、詠楊花詞（皆見宋編《草堂詩餘》）珠玉在前，就難免失去了同時成爲分類例詞的機會，也就順帶着失去了通過重新洗牌被編入分調詞選、進而再借「又一體」觀念脱穎而出的機會。

另外，只要我們比較《詞律》與《欽定詞譜》的例詞情況，别説後者在「又一體」的數量上大幅增加，就算在同一體之例詞的選擇上，也表現出努力規避的用意。《詞律》中《水龍吟》一〇二字的兩種正體的例詞，首句六字的辛棄疾「楚天千里清秋」與首句七字的陸游「摩訶池上追遊路」，在《欽定詞譜》中皆未收録，趙長卿的「淡煙輕霧濛濛」被保留了下來，恐怕還在於一〇一字體相對來説不容易找到更經典的替代品（《詞律》云「各家俱不用此體」）。而《欽定詞譜》之所以如此明辨詞體，且在例詞選擇上作陌生化的嘗試，與王奕清等人此前通過編《歷代詩餘》積累了大量前期經驗有關。這兩部書的關係，本就是康熙帝「既命儒臣，先輯《歷代詩餘》，親加裁定；覆命校勘《詞譜》一編，詳次調體，剖析異同」〔三五〕，則《欽定詞譜》中例詞的選定，在一定程度上是基於《歷代詩餘》的廣泛作品。〔三六〕而《歷代詩餘》作爲中國古代規模最大的分調詞選，選録《水龍吟》詞一百六十七首，遠超過之前分調選詞較多的《花草粹編》、《古今詞統》，在審音辨體方面，爲稍後的《欽定詞譜》積累了比前代詞家遠多的文本素材。這當然歸功於官方文化工程對翰林院藏書的充分利用，及對大型圖書刊印的有力支援，但當需要從一百六十七首《水龍吟》作品精選出二十五體例詞的時候，《欽定詞譜》還是表現出了較明顯的陌生化旨趣，除了晁端禮「夜來深雪前村路」、秦觀「小樓連苑横空」、程垓「夜來風雨匆匆」、趙長卿「先來天與精神」、辛棄疾「聽兮清佩瓊瑤些」五首在前代詞選中曾經出現過，其他二十首從未見於《類編草堂詩餘》、《花草粹編》、《古今詞統》、《詞的》等分調詞選及《詞學筌蹄》、《詩餘圖譜》、《嘯餘譜》、《詞律》等格律詞譜，我們不妨説，正是因其「變體」的特殊性，纔獲得了作爲例詞的額外亮相機會。

就對《水龍吟》名家的表彰論之，像《花草粹編》對陸游、劉鎮詞的發掘（分别選二首、三首），或《古今詞統》對辛棄疾、劉克莊詞的顯著傾向（分别選六首、四首），在《欽定詞譜》中很難看到。反而是趙長卿這樣在前代近乎無聞的詞人被選了六首例詞，我們當然可以歸因於趙長卿在變體上的自覺追求，及其《惜香樂府》借毛晉編《宋六十家名詞》得以進入清人視野的客觀事實，但詞譜類書籍的選詞標準重在軌範，對填詞不問音律、缺少「正體」意識的那些詞人來説，無論其主觀意願是否爲了「破體」，都將在學者嚴苛的辨體意識下被追奉爲「變體」詞家。誠然，非名家或非創體的作品，尚難占據「正體」例詞的位置，如對《詞律》選詞「收趙、辛、陸三體爲式」，清人已有「獨不録蘇詞，可謂數典而忘祖也」〔三七〕的批評；而《欽定詞譜》云「此調句讀最爲參差，今分立二譜」，尊蘇軾「霜寒煙冷蒹葭老」、秦觀「小樓連苑横空」爲正體〔三八〕，指示路徑相當端正。但畢竟「正體」的唯一性與「又一體」的複數性，已經決定了偉大詞人或具有强烈正體意識的詞人，將失去展示其更多優秀作品的機會，而對那些無論其生前有否自覺變體訴求的詞人來説，却是一種被經典化的幸運。從這個角度來説，可惜清人對元明詞的整理尚欠規模，在《欽定詞譜》中未能有較多的舉例，如果我們秉持《欽定詞譜》的「又一體」態度，去梳理那些現已基本整理完成的元明詞文獻，恐怕將增添不少新的「又一體」作品。趙長卿的填詞態度，及其所反映的晚宋文人詞的發展進況，包括當時律詞與音樂的變化關係，到底更接近北宋，還是更接近元明，私以爲，即使我們根據後人觀念來作「又一體」的考察，還是可以發現一些新的問題。

在這個「又一體」經典化的過程中，最幸運的是蘇軾的詠雁詞。雖説東坡詞的經典化，不像其他詞人那樣需要太多外力的加持，但就詠雁一詞而言，既缺少同時代的批評聲音，又無逸事可資閑談，甚至連創作時間都無法考證，晚至《重編東坡先生外集》纔進入普遍讀者的視域，在稍後的分調詞選如《古今詞統》中依然没有機會登場。它的第一次重要機會，是在收詞最多的《歷代詩餘》中作爲一〇一字變體的例詞被單列出來。然《歷代詩餘》並非根據詞調正體字數編次，而是根據各體字數編次，《水龍吟》一〇一字體位於同爲一〇一字的《曲江秋》與《喜朝天》調之間，止録蘇軾一首，基本上不會被熱衷《水龍吟》調的讀者留意到。直到王奕清編《欽定詞譜》，將「望極平田，徘徊欲下，依前被、風驚起」一句補作「乍望極平田，徘徊欲下，依前被、風驚起」，由此擠入了一〇二字體的大部隊行列；又云「宋人精於審音，添字、減字、攤破句法，悉中律吕。其譜不傳，填者但以蘇詞、秦詞爲式，可也」〔三九〕，將之尊奉爲一〇二字中所有起句七字體的正宗，由此取代陸游、劉鎮的作品，獲得了與秦觀「小樓連苑横空」詞平坐的最高殊榮。《歷代詩餘》、《欽定詞譜》在變體例詞上的連續加速效應，對詠雁詞在清代的典範化起到了關鍵的作用。

由此我們返觀蘇軾詠雁詞的起結寫法，誠然有模仿章楶楊花詞的痕跡，但如果我們要測評的是這首詞在後世的流通情況，那麽，更應考察的其實是後來的同調摹效之作。如俞彦詠笛詞的結句「甚天涯孤客，故園摇落，襟袖有、盈盈淚」，應是效仿詠雁詞而來的。但我們仍須留意，俞彦的生活時代已經在明萬曆後期，他看到萬曆三十六年（一六〇八）刻本《重編東坡先生外集》的可能性很大，故這首詞並不能證明詠雁詞在北宋後期直至明隆慶年間的流通情況。如果我們找不出一首明顯模擬或呼應詠雁詞的更早作品，那麽，俞彦的詠笛詞反將成爲《重編東坡先生外集》推出兩首《水龍吟》新詞的力證。因爲「小溝東接長江」也是類似的情況，在宋元與明前期文獻中没有任何的迴響。這在一定程度上提醒我們，這兩首詞的長時間「消失」，未必就是早期詞集文獻的散佚那麽簡單，而是從一開始就不存在實質性的流通效應。從這個角度來説，《重編東坡先生外集》所收録的二十一首俱不見於傅本、曾本、元本的新詞，我們應該更有系統地考察其在明隆慶以前的隱性受容情況。雖然見録的最早文獻已是晚至十六世紀的《重編東坡先生外集》，但並不代表没有更早的已佚版本對宋元讀者産生過影響。而如果在宋元甚至明前期的同調詞中找不到一絲受其影響的綫索，那麽，所謂的作爲《重編東坡先生外集》底本的「蘇軾家藏手稿」，其作爲書籍的流通效應將被壓縮至非常小的範圍内。因爲在情理上，即使這部家藏稿中的作品序次在後世傳抄過程中發生變化至無法體現蘇軾自編或門人清編的程度，只要作爲東坡詞的局部還在流通，就無礙其中作品以獨立文本單元的形式對後世詞人産生一些影響。從這個角度來説，借同調作品的文本對話，從基於實物的書籍閲讀史進入到更狹窄、精微的作品閲讀史，不失爲我們提升古典詞受容樣貌之解析度的一種嘗試。

〔一〕田玉琪《詞調史研究》，人民出版社二〇一二年版；祁寧鋒《詞調形態與詞學演進研究》，南京大學博士學位論文，二〇一四年；姚逸超《北宋前期詞調研究》，浙江大學博士學位論文，二〇一七年。

〔二〕林鍾勇《宋人擇調之翹楚——浣溪沙詞調研究》，臺北萬卷樓圖書股份有限公司二〇〇二年版；王兆鵬、劉尊明《唐宋詞的定量分析》，北京大學出版社二〇一二年版；劉尊明《唐宋詞調研究》，鳳凰出版社二〇一九年版。

〔三〕秦巘編《詞繫·凡例》，北京師範大學出版社一九九六年版，第一頁。

〔四〕田玉琪、黄敏等《唐宋流行詞調譜傳》，河北大學出版社二〇二〇年版，第二頁。

〔五〕王兆鵬、劉尊明《唐宋詞的定量分析》，第一一八頁。

〔六〕王兆鵬、郁玉英、郭紅欣《宋詞排行榜·前言》，中華書局二〇一二年版，第七—十一頁。

〔七〕黄昇《唐宋諸賢絶妙詞選》卷一，唐圭璋等校點《唐宋人選唐宋詞》，上海古籍出版社二〇〇四年版，第五九二頁。

〔八〕郭鵬飛《〈水龍吟〉詞調考源》，《學術研究》二〇一六年第一期。

〔九〕辛棄疾《水龍吟·再和以壽南澗》，唐圭璋編《全宋詞》，中華書局一九六五年版，第一八六九頁。以下引《全宋詞》，將以文内注形式標注頁碼。

〔一〇〕蘇軾撰，傅幹注，劉尚榮校證《東坡詞傅幹注校證》，上海古籍出版社二〇一六年版，第一—十一頁。東坡詞的幾種早期版本未必都有所引的詞題或詞序，此處採用傅本。另，曾本用天津古籍出版社一九八九年影印《百家詞》本；元本用國家圖書館出版社二〇一九年「國學基本典籍叢刊」本。

〔一一〕檢索中國知網可知，近十年來，至少有關《臨江仙》、《菩薩蠻》、《西江月》、《浣溪沙》、《念奴嬌》、《漁家傲》、《江城子》、《滿江紅》、《南歌子》、《一剪梅》、《浪淘沙》、《洞仙歌》、《蝶戀花》、《定風波》、《賀新郎》、《青玉案》、《鷓鴣天》、《滿庭芳》、《蘇武慢》、《生查子》、《鳳凰臺上憶吹簫》、《點絳唇》、《喜遷鶯》、《玉樓春》、《蘭陵王》、《齊天樂》等詞調及作品的研究，已有專門的碩士學位論文。

〔一二〕《重編東坡先生外集》卷八二，《四庫全書存目叢書》集部第十一册，第五四一—五四三頁。

〔一三〕曾祥波《被忽略的現存最早東坡詞集「〈東坡外集〉收録詞」考論》，《中華文史論叢》二〇二一年第一期；趙惠俊《明刊〈重編東坡先生外集〉所收詞考論——兼論東坡詞現代通行文本的來源與形成》，《中華文史論叢》二〇二一年第二期。

〔一四〕沈義父撰，蔡嵩雲箋釋《樂府指迷箋釋》，人民文學出版社一九八一年版，第五四頁、第五六頁。
〔一五〕劉熙載撰，袁津琥箋釋《藝概箋釋》卷四《詞曲概》，中華書局二〇一九年版，第五四七頁。
〔一六〕唐圭璋《論詞之作法》，《詞學論叢》，上海古籍出版社一九八六年版，第八五四—八六一頁。
〔一七〕朱德才《宋詞的起結與過片》，《文史知識》一九八六年第八期；趙雪沛、陶文鵬《論唐宋詞起、結與過片的表現技法》，《西南民族大學學報（人文社會科學版）》二〇一〇年第二期。
〔一八〕唐圭璋《論詞之作法》，《詞學論叢》，第八五四頁。
〔一九〕彭國忠《稼軒詞與江西派詩》，《詞學（第十九輯）》，華東師範大學出版社二〇〇八年版。
〔二〇〕譚元春著，陳杏珍標校《譚元春集》卷三一《辛稼軒長短句序》，上海古籍出版社一九九八年版，第八二〇頁。
〔二一〕孫承宗《水龍吟》，《全明詞》，中華書局二〇〇四年版，第一三四九頁。
〔二二〕劉基《水龍吟》，《全明詞》，第七二頁。
〔二三〕徐釚撰，王百里校箋《詞苑叢談校箋》卷三，人民文學出版社一九八八年版，第二〇一頁。
〔二四〕劉基《水龍吟・次韻和陳均從吹簫曲》，《全明詞》，第七一—七二頁。
〔二五〕高啟《水龍吟・畫紅竹》，《全明詞》，第一六〇頁。
〔二六〕俞彥《水龍吟・聞笛》，《全明詞補編》，浙江大學出版社二〇〇七年版，第七五五頁。
〔二七〕王奕清等編《欽定詞譜》卷三十，中國書店二〇一〇年版，第五四三頁、第五四四頁。
〔二八〕謝桃坊《〈高麗史・樂志〉所存宋詞考辨》，《文學遺産》一九九三年第二期。
〔二九〕吴熊和《〈高麗史・樂志〉所載北宋詞曲》，《吴熊和詞學論集》，杭州大學出版社一九九九年版，第五四頁。
〔三〇〕吴熊和《唐宋詞通論》，浙江古籍出版社一九八九年版，第四八頁、第三八五頁。
〔三一〕周瑛《詞學筌蹄》卷一，《續修四庫全書》第一七三五册，第三九四—三九六頁。
〔三二〕張綖《詩餘圖譜》卷六，《續修四庫全書》第一七三五册，第五三四頁。
〔三三〕徐師曾《文體明辯》附録卷三，《四庫全書存目叢書》第三一二册，第五五一頁。
〔三四〕萬樹《詞律》卷一六，上海古籍出版社一九八四年版，第三七四頁。
〔三五〕王奕清等編《欽定詞譜》卷首《御制詞譜序》，第二頁。

〔三六〕 有關《欽定詞譜》與《歷代詩餘》的關係，最新觀點見王琳夫《〈欽定詞譜〉編纂始末》，《文獻》二〇二二年第二期。筆者以爲，詞調補訂與作品彙集是梳理二書關係的兩條路徑，不可偏廢。

〔三七〕 秦巘《詞繫》卷一三《水龍吟》條，第六〇七頁。

〔三八〕〔三九〕 王奕清等編《欽定詞譜》卷三十，第五三七頁。

（作者單位：北京大學中國語言文學系）

詩詞離合視野下的朱敦儒詞之嬗變及其詞史意義

郁玉英

内容提要 朱敦儒詞之抒情功能呈現出一條清晰的從侑酒佐歡、助興怡情至抒情志、述哲理的軌跡，同時亦具有明顯的波浪式演進的特點。在表現手法方面，朱敦儒詞的抒情主體自我化加强，場景事件紀實化，多用議論語作言志慨世的感歎，此皆可見題材日常生活化以及以文爲詩、以議論爲詩的宋詩對朱敦儒詞的影響。朱敦儒詞的審美風格則是從穠艷密麗到蒼涼悲愴，終變爲清新曉暢，詩之審美風神漸次滲透交融。作爲南渡時期存詞量最多且影響頗大的詞人，朱敦儒詞的嬗變，是詩詞離合之文體演進的典型樣本，彰顯着宋詞特質的嬗變軌跡，具重要詞史意義。

關鍵詞 朱敦儒詞　嬗變　詩詞離合　詞史意義

從小道末技到與詩並立，詞與詩的交錯融合是詞體演進中的重要現象。王兆鵬先生曾辨析詩詞離合之途，指出：「唐宋詞與詩的離合，大致經歷了四個階段：一是初唐至中唐，詞變於詩，詩詞混合；二是晚唐五代，詞體獨立，詞别於詩；三是北宋，詞體轉型，詩詞初步融合；四是南宋，詞的詩化，詩詞深度融合。」〔一〕這對於從文體離合的視角觀照詞史具重要意義。兩宋之間的朱敦儒便是詩詞離合中不容忽視的

本文爲國家社科基金項目「唐宋詞語匯深度信息化處理及研究」（項目編號 18XZW014）成果。

一位詞人，其詞之嬗變可謂是詩詞二體由離而合的標本，對於考察兩宋詞史的演進意義非凡。

兩宋之間，朱敦儒以二百四十九首傳世詞作名列南渡詞人創作榜首，而且他早年即獲詞壇盛名，被譽爲「詞俊」〔二〕，後其詞被稱爲「希真體」、「樵歌體」，爲包括辛棄疾、元好問在内的諸多詞人所效仿。他憑藉其獨具個性的詞作從衆多詞人中脱穎而出，獲得諸多贊許。譬如，宋人汪莘《詩餘序》有言：「余於詞所愛喜者三人焉。蓋至東坡而一變，其豪妙之氣，隱隱然流出言外，天然絶世，不假振作。二變而爲朱希真，多塵外之想，雖雜以微塵，而其清氣自不可没。三變而爲辛稼軒，乃寫其胸中事，尤好稱淵明。此詞之三變也。」〔三〕汪莘認爲朱敦儒詞具「清氣自不可没」的特質，是蘇、辛之間最爲重要的橋樑，這也是後代評論者的共識。如梁啟勳即認爲：「計兩宋三百二十年間，能超脱時流，飄然獨立者，得三人焉。在北宋則有蘇東坡。即胡致堂所謂一洗綺羅香澤之態，擺脱綢繆宛轉之度，逸懷浩氣，超脱塵垢者是也。在北宋與南宋之間則有朱希真。作品多自然意趣，不假修飾而丰韻天成。即汪叔耕所謂多塵外之想者是也。在南宋則有辛稼軒。即周止庵所謂斂雄心，抗高調，變温婉，成悲涼者是也。兩宋間有此三君，亦可作詞流光寵矣。」〔四〕另外，龍榆生談及兩宋詞風轉變時亦充分認可朱敦儒對蘇軾詞風的繼承與開拓，指出：「從全部《樵歌》的風格看來，它是沿着蘇軾這一個清剛豪放的道路向前發展的。」〔五〕陶爾夫與劉敬圻則指出朱敦儒「在蘇軾與辛棄疾之間架起某種橋樑」〔六〕。

綜觀朱敦儒的詞，其詞史意義確如前賢所言，是東坡和稼軒之間的橋樑。然朱敦儒歷承平安逸、經靖康戰亂，後寓居江南，他的詞並不限於以清氣承蘇啟辛。事實上，朱敦儒詞以其豐富的生命體驗和多元的藝術特色所彰顯的變化，是詩詞離合之文體演進的典型樣本，彰顯着宋詞特質的嬗變軌跡。

一　朱敦儒詞「娱樂性情——言志述理」與宋詞抒情功能的演變

隋唐之際伴隨着燕樂的流行而興起的詞成爲獨立文體後，其抒情功能基本上以助興佐歡的娱樂功能爲主，間或雜之以抒發個體身世之慨。從歐陽炯「不無清絶之詞，用助嬌嬈之態」〔七〕，到陳世修「娱賓而遣興」〔八〕，再到歐陽修的「敢陳薄伎，聊佐清歡」〔九〕及晏幾道的「析酲解愠」〔一〇〕，諸種論述無不强調詞體文學的娱樂功能。其間，雖有蘇軾的詞「一洗綺羅香澤之態，擺脱綢繆宛轉之度」〔一一〕而「新天下耳目」〔一二〕，抒發士大夫或豪放或曠達的情懷，但承襲者寥寥。正如劉熙載所言：「東坡詞在當時鮮與同調」〔一三〕而李之儀、趙令時等則「標舉『花間』詞風，繼續用小令建造他們的詞世界」〔一四〕，以至於到北宋徽宗時期，詞壇仍然充斥着艷情與戲謔。王灼所言「今少年妄謂東坡移詩律作長短句，十有八九，不學柳耆卿，則學曹元寵」〔一五〕，應當正是北宋後期詞壇風氣的寫照。王兆鵬先生亦指出，「故十二世紀一、二十年代（徽宗朝）的詞壇，則由周邦彦等大晟詞人唱主角，雖然李之儀、趙令時、毛滂等蘇門詞人仍繼續在創作，但力量和影響都難與周邦彦等抗衡」〔一六〕。綜觀唐宋詞的流變，從晚唐至徽宗朝，詞一貫被作爲小道、末技，實踐着它「要眇宜修。能言詩之所不能言，而不能盡言詩之所能言」〔一七〕的抒情功能。

靖康之變，國家民族遭受深重苦難和恥辱的世情促使宋詞特質發生變化。宋室南渡，不僅文人志士多作悲愴慷慨之詞，認爲「詞别是一家」的李清照南渡後詞作亦多濃鬱悲愴的家國之思。甚至歷來被視爲人品卑下，被認爲「專應制爲歌詞，諛艷粉飾」〔一八〕的康與之南渡後亦作有悲痛沉鬱的國事詞，如《訴衷情令》（阿房廢址漢荒丘）（鬱孤臺上立多時）、《菩薩蠻令》（秦時宫殿咸陽裏）（龍蟠虎踞金陵郡）等。一生心繫故國，志在恢復的英雄詞人辛棄疾則將詞帶入了一個更廣闊的抒情世界，詞真正不再局囿於娱樂性情而與詩一樣抒情言志，完成了抒情功能的蜕變。朱敦儒的詞則是這種變化中突出的典型。

（一）朱敦儒詞之主題選擇與抒情功能的詩化

朱敦儒詞之抒情功能的嬗變突出表現在其詞之主題的選擇與演化中。朱敦儒南渡前多寫遊宴相思，如下表所示。詞中書寫的酒樂之歡，肆意之游以及温柔鄉中的纏綿嗣響晚唐五代以來的「花間」之音，彰顯着娛樂性情的詞體功能。這一切顯然與理想志向、人格操守、家國情懷的抒發無關，遠離儒家詩教傳統，實踐着詞爲艷科，爲游戲小道的娛樂功能。至於《鷓鴣天》（我是清都山水郎）這樣的抒發其疏狂之致的詞作，在朱敦儒南渡前的傳世之作中，只是少數。而且該詞當作於宣和末，詞人已年過四十，正是朱敦儒入世日深而其詞之特質漸變的表現。而隨着靖康亂起，家國巨變，慘痛的南奔和之後的仕宦與歸隱，朱敦儒的詞發生重大變化，其抒情功能與詩歌合流，從娛樂性情爲主走向了抒情志、言哲理。

朱敦儒詞南渡前、南奔中、仕宦期、歸隱期四個時期〔一九〕以及不能確定創作時間的詞作主題統計情況如下表所示。

朱敦儒詞主題分期統計表

	南渡前	南奔中	仕宦期	歸隱期	未定期	合計
感時傷世	〇	三十五	五	二	〇	四十二
隱逸	〇	〇	〇	三十二	四	三十六
慨世	〇	〇	一	二十一	〇	二十二
詠懷	五	〇	五	〇	四	十四
詠史懷古	〇	〇	一	〇	二	三
詠節序物象	四	〇	十	十六	十三	四十三
狎飲遊宴	十	一	七	五	八	三十一
相思離怨	五	八	三	一	十五	三十二
傷春	一	二	〇	〇	四	七
壽詞	一	〇	〇	五	三	九
頌詞	一	〇	四	一	〇	六
遊仙	〇	〇	一	三	〇	四
合計	二十七	四十六	三十七	八十六	五十三	二百四十九

首先，從總體分佈看，朱敦儒詞作題材廣泛、主題多樣，但以抒情言志爲主，彰顯朱敦儒詞的抒情功能

從娛樂性情向言志抒情轉變。

一部《樵歌》，有爲世所津津樂道的寫山水田園之樂的隱逸主題，有看透紅塵、勘破世事的慨世主題，有述顛沛流離之苦、故國之思和傷時歎老的感時傷世主題，有吟詠歌妓、書寫其輕狂生活的狎飲遊宴主題，有相思懷人、悼亡宮怨、述送別之情的相思離怨主題。另外还有直接抒發個體情懷的詠懷詞，有吟詠節序物象之詞，有詠史懷古之詞，有傷春之詞，有壽詞，有頌詞，有遊仙詞。

朱敦儒二百四十九首詞雖所涉廣泛，但抒發文人士大夫懷抱及言志説理之作占大多數。如上表所示，頌詞、壽詞以及傷春、相思離怨、狎飲遊宴之作基本上屬娛樂性情的範疇，共八十五首，占比僅百分之三十四。其餘則爲感時傷世、隱逸、慨世、詠懷、詠史懷古之作，或抒發亂離之感、家國之思，或書寫超然世外之致與人生哲理。另外，四首遊仙之作均慨歎人生功名富貴如夢。再有詠節序物象之作則多托物抒情言志，以抒發高遠情懷、家國感慨、人生哲理爲主旨。也就是説這些彰顯詞之抒情、言志，甚至是説理功能的詞占比百分之六十六。朱敦儒詞作主題的總體選擇已然顯現出詞體抒情功能的明顯轉變。

其次，從主題的演化來看，數量在二十首以上的六大主題（感時傷世、隱逸、慨世、詠節序物象、狎飲遊宴、相思離怨）在各期的分佈明顯反映出朱敦儒詞抒情功能的轉變。

《樵歌》的二百四十九首詞，據人、事、時、地，可分期的共一百九十六首，各類主題在不同時期的分佈如朱敦儒詞主題分期統計表所示。源自晚唐五代「花間」傳統的狎飲遊宴主題的詞在朱敦儒南渡前有十首，占比在四期中最多。而同樣作爲詞家正宗本色的相思離怨主題，除不能明確創作時間的外，有十三首作於前兩期。其中，南奔中的相思離怨多寓亂世飄零之苦，如《采桑子》（一番海角淒涼夢）、《點絳唇》（淮海秋風）、《憶秦娥》（霜風急）、《點絳唇》（客夢初回）、《鷓鴣天》（畫舫東時洛水清）等，全然寫閨閣愁怨、男女相思的則亦集中於南渡前。狎飲遊宴、相思離怨這兩大主題彰顯着詞的娛樂性情功能，在詞人歸隱後基本退場。而寓文人士大夫情懷的感時傷世、隱逸、慨世、詠節序物象這四大主題，則基本上集中在詞人南渡之後。如述顛沛流離之苦、故國之思和傷時歎老的感時傷世之作集中在南奔時期，抒發人生哲理感悟的慨世之作基本作於致仕歸隱之後，寄寓文人士大夫個人情志、高標遠韻的隱逸詞亦是集中在歸隱期，大部分借物詠懷的節序物象詞亦大多作于南渡之後。《樵歌》中，言情志、抒哲理的詞是壓倒多數的，而且隨着朱敦儒年歲的增長，這類抒情言志之作所占比重越來越大，朱敦儒詞之抒情功能呈現出一條清晰的從侑酒佐歡、助興怡情向抒情志、述哲理轉變的軌跡。

（二）朱敦儒詞抒情功能詩化的波浪式演進

值得注意的是，朱敦儒詞之抒情功能變化具有明顯的波浪式演進的特點，這亦與宋詞特質變化的規律相契合。

據朱敦儒詞主題分期統計表，南渡前朱敦儒詞的主題以狎飲遊宴、相思離怨爲主。這一時期的詞或寫伊洛之間冶遊、狎妓的輕狂生活以及與友人賞美景、互唱和的疏狂生活；或多爲代言，寫春愁相思、離情別恨。譬如，《滿庭芳》（花滿金盆）、《菩薩蠻》（風流才子傾城色）等不少詞作記録的皆是風流才子冶遊狎妓、追歡逐樂的活動。這類詞在南渡前爲數最多，其抒情功能毫無疑問承襲「花間」餘緒，以資娛情侑觴。此間雖偶有詠懷之作，抒文人士大夫的情懷，有擺脱「花間」局囿的新變之處，但總體上以娱樂性情爲主。

靖康亂起，如上表所示，南奔中，其主題基本上爲感時傷世。其間之詞或抒沉痛悲涼的飄零之苦和家國之殤，如《相見歡》（金陵城上西樓）、《沙塞子》（萬里飄零南越）等；或發哀傷沉鬱的悲老傷時之歎，如《水龍吟》（放船千里淩波去）、《相見歡》（瀧州幾番清秋）等。其中即便是相思離怨之作，不同於南渡前居洛時的代言體，而是自傷身世，寂寥傷懷之時打上深深的亂離的印記，如《點絳唇》（客夢初回）、《采桑子》

（一番海角淒涼夢）。朱敦儒詞之抒情功能與詩之抒情功能呈現明顯合流之跡。

但自紹興三年（一一三三）朱敦儒接受朝廷徵召至紹興十六年（一一四六）遭彈劾罷職，朱敦儒詞的抒情功能則游離於娛樂性情及抒發文人志士情懷之間，較大程度向娛樂功能回歸。這從仕宦期詞作的主題選擇可知。一方面，此間有抒發詞人清高孤傲的世外之致與入世佐君之濟世情懷的詠物詞，如《清平樂・詠木犀》、《念奴嬌・梅次趙仙源韻》，以及寓時世之感慨的如《感皇恩・游洒文園感舊》，彰顯的均是詞作之言情志的功能。另一方面，《西江月・石夷仲去姬復歸》、《青玉案・坐上和智夫瑞香》則書寫安逸閑適之樂及風流浪漫之致，實踐着詞「用助嬌嬈之態」、「聊作清歡」的娛樂功能。此外，如上表所示，仕宦期有狎飲遊宴詞七首，頌詞四首，顯然是詞佐歡助興的娛樂功能的體現。而感時傷世五首及詠懷之作五首，或言故國家園之殤，或爲齎志空老之歎，又彰顯的是詞之抒情言志的詩化功能。

而晚年致仕歸隱後，朱敦儒詞的抒情功能又基本轉向了抒發文人士大夫的情志感悟。如上表所示，其間遊宴與相思之作共六首，在朱敦儒晚年的豐富創作中微乎其微。而這一時期朱敦儒創作隱逸詞三十二首、慨世之作二十一首，或吟山水田園間的清音，或爲勘破世情之歎，或爲悔恨之悲感。其間詠節序物象詞十六首，多寫山水之趣、高標遠韻。另有二首爲追思故國之情的感時傷世詞。三首遊仙詞則抒發的是詞人憤世之意。可見，朱敦儒晚年詞的抒情功能再度與詩歌合流。

由此可見，在朱敦儒詞創作的四個階段，所作之詞爲抒情言志者，主要集中在南奔期和歸隱期。所作爲娛樂性情者，南渡前表現得最爲明顯。仕宦期的詞，其抒情言志説理的功能弱化，娛樂功能明顯强於第二期和第四期。朱敦儒詞的抒情功能嬗變呈現明顯的波浪式遞進的趨勢。縱觀詞史，從花間詞到蘇軾詞，再到大晟詞人的詞，再至南渡詞，至辛派詞人的詞和格律詞派的詞，其中抒情功能在侑酒佐歡、助興怡情與抒情志、述哲理之間變換，其轉變之跡亦是波浪起伏的。朱敦儒詞與整個詞史的嬗變在這一層面的契合亦説明詩詞二體在抒情功能方面的離合並不是簡單的由此及彼，去彼存此，而是一個相互交融，波浪式遞進的過程。

二　朱敦儒詞的自我化、紀實化、議論化與宋詞表現手法的詩化

朱敦儒詞的主題表現及由此折射的抒情功能突顯了其詞在宋詞特質的嬗變中的重要意義。朱敦儒詞獨具特色的表現手法則是實現這一轉變的重要方式。這不僅擴展了朱敦儒詞的抒情功能，更從藝術表現的核心層面促進了宋詞的詩化，進一步促成了宋詞特質的改變。

（一）抒情主體的自我化

晚唐五代以来，不論是「綺筵公子」與「繡幌佳人」之間的即席即興之作，還是文人墨客們的身世遭際之慨，詞中抒情主人公往往非詞人自己，大多是男子作閨音，以女子口吻立言。其間，有李後主亡國後的血淚之詞以及東坡的詠逸氣浩懷之作的抒情主體自我化，其他詞人亦偶有作自我抒情者，如韋莊《菩薩蠻》（人人盡説江南好）、張先《天仙子》（水調數聲持酒聽）、歐陽修《朝中措》（平山闌檻倚晴空）、賀鑄《六州歌頭》（少年俠氣）等。但代言的傳統從晚唐五代的温庭筠、韋莊延綿至北宋的柳永、秦觀等詞壇名家，爲這一歷史時期詞體嬗變的主流。在這一傳統中，詞多由紅唇皓齒宛轉而歌，但創作者却基本上是男性詞人，詞中的抒情主人公則多爲女子。男性詞人們或直接詠歌妓舞女的容貌技藝，或寫閨閣女子的相思愛怨，或將自己的身世遭際之慨打並入艷情。

從代言抒情到抒情主體自我化，兩者的置换是詞體文學抒情功能轉變的一大標志。當抒情主體與創作者一致，作者生命經驗的興發感動與體悟會更高效便捷地得以表達，從而表現更深層的生命體驗以及更廣闊的社會風景。無論是李煜還是蘇軾，他們對詞體抒情功能的開拓均很大程度上得益于抒情主人公

的自我化。自我化抒情是詞之特質變化的重要表現，擴大了詞體抒情功能。朱敦儒的詞，基本以自我化抒情爲主，且隨着其生命歷程遞進，漸次加强。

朱敦儒《樵歌》中的代言之作基本見於詞人南渡前。其中抒情主人公爲閨中女子，書寫她們寂寞孤獨之情懷及纏綿悱惻之柔情者多，如《桃源憶故人》（玉笙吹徹清商後）、《杏花天》（殘春庭院東風曉）、《好事近》（春雨細如塵）等。南渡後，抒情主人公絶大多數是詞人自己，如南奔中寫相思離怨的《醉思仙》（倚晴空）、《點絳脣》（客夢初回）、《采桑子》（一番海角凄涼夢）等，仕宦期的《驀山溪》（東風不住）、《臨江仙》（直自鳳凰城破後）、《減字木蘭花》（閑人行李），歸隱期的《念奴嬌》（晚涼可愛）等，無不如是。至於其他各類主題，如述顛沛流離之苦、故國之思和傷時歎老的感時傷世之詞，詠閑適生活及高遠之致的隱逸之作，吟看透紅塵、勘破世事的慨世之詞以及其他直接詠懷、借物詠懷、遊仙詠懷之作，詞中的抒情主人公均自我化了。如此，朱敦儒生命中的各種體驗感悟，或直接噴薄而出，或以比興寄託之法傳達，皆延伸了詞的表現空間，改變了詞作爲艷科的特質，詞之表現漸如詩如文。詞壇風氣之變亦隨之悄然發生。

（二）場景事件的紀實化

正是由於朱敦儒詞之抒情主人公的自我化，因此，一部《樵歌》，堪稱朱敦儒的傳記，一部朱敦儒心靈的變遷史，折射出南渡時期士人心態的變化。與之相應，朱敦儒詞中的叙事抒情呈現出明顯的紀實化的特點。這亦是兩宋之間宋詞特質的深層轉化的重要表現。

詞從娱樂性情、應歌而作到抒個人情志、家國情懷的轉變過程中，紀實性是其中重要的一變。這種明顯的變化在蘇軾的詞中有較集中的表現，至南渡時期進一步加强。在南渡詞人的創作中，詞題、小序、明確的時間地點及具體的日常事件等紀實性書寫成爲詞常見的表現形式，其情感表現的紀實性强化。譬如，「李清照詞，無論情與景，都富於真實性、日常性和具體性」〔二〇〕。《全宋詞》所載葉夢得詞一百零二首，有八十六首詞都用詞題或小序説明詞作涉及的時、地、人等信息。而像張元幹《石州慢・己酉秋吴興舟中作》、趙鼎《行香子》「天涯萬里，海上三年」、李光《水調歌頭》「獨步長橋上，今夕是中秋。群黎怪我何事，流轉古儋州」等詞中的時間和地點彰顯了抒情的紀實性特徵。朱敦儒的詞也以具體的時地及日常生活細節描寫成爲了兩宋之間詞之紀實化的典型，深度促進了宋詞抒情功能的擴大及詞的特質的轉變，詞之詩化傾向加强。

《樵歌》中，有不少詞作時地人事明晰可見。譬如《鵲橋仙・康州同子權兄弟飲梅花下》、《醉思仙・淮陰與楊道孚》、《減字木蘭花・秋日飲酒香山石樓，醉中作》、《感皇恩・游洒文園感舊》、《浪淘沙・康州泊船》、《朝中措・曉起看雪》等，或時間、或地點、或人物、或事件均在詞題或小序中有所交待。而《好事近・清明百七日洛川小飲，和駒父》、《浪淘沙・中秋陰雨，同顯忠、椿年、諒之坐寺門作》、《望海潮・丁酉西内成，鄉人請作望幸曲》等，具體的時間、地點、人物一目了然。另有不少雖無詞題或小序，或題序未涉及時間、地點，但詞中亦可見現實時間或地點，而非虚擬時空。譬如《戀繡衾》「木落江南感未平」、《長相思》「海雲黄，橘洲霜，如箭灘頭石似羊」、《點絳唇》「淮海秋風，冶城飛下揚州葉」之類的，皆描寫的是詞人親歷親見的時空中的風景、事件。時間與地點的明晰彰顯着朱敦儒詞的紀實性特徵。正是這樣，《樵歌》中七成左右的詞或可明確地對其編年繫地，或可約略斷定其創作於某一時期。

另外，事件及細節描寫日常生活化亦突顯了朱敦儒詞紀實化的特點。這在朱敦儒晚年的詞中尤其突出。致仕隱居期，逍遥於山水田園間的朱敦儒，垂釣、種菜、煎餅、煮茶，看小孩嬉鬧，享兒女承歡之樂，但凡山水田園間目之所及、心之所感的尋常事件均一一呈現於朱敦儒的詞中。如《朝中措》（先生饞病老難醫）將農家活計如畦中種菜，甕中醃虀，香油慢焰炸蔥餅等日常的生活細節一一道來。再如「引枝添蔓」的「菊籬瓜畹」（《感皇恩》），暖帳中「横翻倒轉」（《鼓笛令》）的任性之眠，「攜酒提籃，兒女相隨到」（《點絳唇》）

的天倫之歡，這些尋常生活中的事件不時出現於朱敦儒晚年的詞中。這些日常生活細節，真實地紀錄了詞人晚年居嘉禾的閑適自得之情韻，具有明顯紀實化特質。朱敦儒正是以這種紀實性的筆法，將詞的表現領域從筵席酒邊、花前月下延伸到尋常生活，其表現功能與宋詩表現的日常生活化趨於一致。

（三）情感書寫的議論化

倚聲而歌的詞本貴情韻，「要眇宜修」，但在詞體文學發展變化過程中，詞與其他各文體的表現手法多有相互滲透之處。譬如，柳永以鋪叙展衍的筆法書寫俗世風情，以賦爲詞，詞呈現備足無餘的審美狀態。而隨着宋詩以文字、才學、議論爲詩之特色的形成，詞也漸漸受到宋詩之議論化特色的影響。綜觀南渡詞壇，向子諲一部《酒邊集》，自分《江北舊詞》和《江南新詞》，從描摹美人、吟詠相思，變爲悲慨時政、吟詠山水、體悟佛禪，此間便多議論語，如《西江月》中有言「世間萬事轉頭空」，其《驀山溪》曰「蝸角名，蠅頭利，着甚來由顧」。再如，張元幹《水調歌頭》「不羡腰間金印，却愛吾廬高枕，……且向漁樵爭席，與世共浮沈」，亦是用直接發議論的手法寫淡看富貴功名而追求自適自得的情懷。再譬如周紫芝《感皇恩》「人生須是，做些閑中活計。百年能幾許，無多子」，《西江月》「細算年來活計，只消一個漁舟」等詞句，均是以直白的議論語發人生感歎。當然直發議論的表現手法在南渡詞壇並未廣泛運用，黄海在《宋南渡詞壇研究》即認爲「用詞體直接反映社會現實，並融入議論是南渡詞人的新創，但尚未取得廣泛認可，只是少數作品流露出這一變化」〔二一〕。

以議論語入詞是朱敦儒詞尤其是其晚年詞作的主要特色。朱敦儒詞中的議論化傾向隨其年歲增長漸增，南渡前，只是偶然於詞中發一二議論之語，在歸隱期，則有五十餘首詞用了議論的表現手法，在其晚年詞作中占比近七成。議論化的手法常多見於朱敦儒感慨人情世態及書寫隱逸之志的詞作中，如《西江月》「世事短如春夢，人情薄似秋雲。不須計較苦勞心，萬事原來有命」，《桃源憶故人》「誰能留得朱顏住，枉了百般辛苦」等感歎人生的詞句皆屬此類。同時，述遊宴、吟節序、詠物象等詞一般習慣用比興、鋪敘手法，但朱敦儒此類詞中亦多有議論之語，如詠月時的「今夕何夕」（《柳梢青》）之歎，詠雪時的「終不似，天裁剪」（《水龍吟》）之感，遊宴時的「白日去如箭，達者惜分陰」（《水調歌頭》）之思，或諷或悟、或慨或歎，皆借質直自然、不假雕琢的議論語抒情言志。朱敦儒之後，這一特點在「乃是把古文手段寓之於詞」[二二]的稼軒詞中進一步加强。《樵歌》中明顯議論化傾向，亦彰顯着朱敦儒在宋詞特質變革中的重要意義。

概言之，隨着抒情主體自我化的加强，場景事件從虛擬化到紀實化，藝術表現手法從比興鋪敘到多用議論語作言志慨世的感歎，皆可見題材日常生活化，以文爲詩、以議論爲詩的宋詩對朱敦儒詞的影響。「佳處亦各如其詩」[二三]的朱敦儒詞表現出的上述新變，與宋詩的特點以及北宋詩文革新運動的一些主張暗合，究其本質實際上是詞之詩化的表現。

三　朱敦儒詞「穠麗——悲愴——清暢」之風的演變與宋詞審美風格的詩化

從徽、欽時期伊洛之地孤傲疏狂的才子詞人，到南渡時顛沛流離的難民，再至翼宣中興而幡然出仕的官員，最後到以淡然心寄水雲間的隱者，隨着生活境況和身份的變化，朱敦儒的詞不僅在主題功能、表現手法方面應時而動，與詩呈合流之跡，而且其審美風格亦應時而變，呈現出明晰的「穠麗——悲愴——清暢」的詩化軌跡。

（一）從穠艷密麗之風到蒼涼悲愴之調

在大衆視野中慣以「素心之士」[二四]的形象而被接受的朱敦儒，其詞集中實不乏「如此風情，周、柳定當把臂」[二五]者，如賀裳就拈出《念奴嬌》（別離情緒）一詞。事實上，朱敦儒南渡前的詞大部分是可堪把臂周、柳的。

朱敦儒南渡前的詞不論是書寫狎遊之樂、詩酒之歡，還是相思懷人、頌人稱世，甚至於一部分抒寫懷抱之作，大都重藻飾、風格艷麗、意象或事象密集，表現出穠艷密麗的主體特色。筆者統計南渡前的二十七首詞，鮮麗的意象和表示色彩的字頻繁出現。譬如：「玉」出現十五次、「香」十四次、「日」十二次、「花」十二次、「碧」十次、「金」十次、「紅」九次、「青」六次、「黄」五次、「紫」五次、「翠」四次、「瓊」四次。這些字詞與樓閣、筵席、佳人等人物場景組合使用，構築了穠艷多彩的審美風格。如「花滿金盆，香凝碧帳，小樓曉日飛光……雕鞍翠幰，乘露看姚黄」（《滿庭芳》）、「紫帔紅襟艷争濃，光彩爍疏櫳」（《眼兒媚》）、「金鞭柘彈趁芳塵……閑倚金鋪書悶字」（《定風波》），朱敦儒早年居洛期間諸如此類尋歡狎遊的詞穠艷綺麗。此時期的朱敦儒寫文人才士的雅集遊宴，如「坐間玉潤賦妍辭，情語見真樂。引滿瘿杯竹盞，勝黄金鑿落」（《好事近》）、「正遇時調玉燭，須添酒滿金杯。尋芳伴侶休閑過，排日有花開」（《烏夜啼》），風格亦精工富艷。可以説，朱敦儒南渡前雖得「詞俊」之雅譽，但其詞却並未形成獨具個性的特色，整體上穠艷密麗的審美風格明顯可見「花間」餘緒及大晟詞風的影響。

靖康亂起，金人鐵蹄，踏醉了無數人的富貴繁華夢。曾經的詩酒流連、歌舞升平、任性浪漫一時之間皆煙消雲散，繼之而來的是國破家亡後的顛沛流離、辛酸痛苦。朱敦儒憂時念亂，悲憤從肺腑間流出，温柔富貴鄉中的艷詞麗語爲南奔流離中的悲愴之詞所替代。朱敦儒南渡前的詞雖然總體上承襲「花間」、浸染大晟之風，多風花雪月的艷麗之詞，但也有少量詞作繼承了蘇軾以詞詠懷的傳統，如「我是清都山水郎……幾曾著眼看侯王」（《鷓鴣天》），便唱出了一種有別於當時詞壇流行之風的清疏之調。南奔途中，這種之前偶用之的東坡式的感事詠懷成爲朱敦儒書寫亂離苦難之生命體驗的主要抒情方式。這一時期，朱敦儒的近五十首詞作轉向莽蒼的自然山水和廣闊的社會生活，詞境擴大，審美風格由穠艷密麗變爲蒼涼悲愴。

一方面，審美風格變而爲宏闊蒼涼。譬如，「金陵城上西樓，倚清秋。萬里夕陽垂地大江流」（《相見歡》），由金陵西樓、垂地夕陽、浩浩大江建構了蒼涼的詞境，爲下闋抒發中原陸沉的沉痛之情作鋪墊，「筆力雄大，氣韻蒼涼，悲歌慷慨，情見乎詞」〔二六〕。再如，「淮海秋風，冶城飛下揚州葉。畫船催發，傾酒留君別」（《點絳唇》），亦只言秋風、落葉、畫船，便營造了宏闊的意境，蕭颯的離別氛圍，渲染下闋的亂離別情。又如：「連雲衰草，連天晚照，連山紅葉。西風正摇落，更前溪嗚咽。燕去鴻歸音信絶，問黄花又共誰折。征人最愁處，送寒衣時節。」（《十二時》），此詞寫秋日離愁「一片蒼涼之景，非此寫不出來」〔二七〕。諸如此類的詞作，皆走出了閨闈繡閣、酒筵席間，詞境擴大，疏而不密，蒼涼宏闊。

另一方面，南渡後朱敦儒的詞無一不充滿了悲涼之風。感慨中原陸沉，故國之殤的自是無限悲愴，即便是風情一類，也可以看到一條從妍麗之風到悲愴之調的嬗變軌跡。如南渡後的《卜算子慢》（憑高望遠），詞寫相思懷人的風月濃情，渲之以雲斷路迷、山簇暮寒、淒涼凍雨的情境，又抒之以散後難問信却萬里再尋音的深情，悲風繚繞，深入臟腑。南奔中，書寫飄零之苦和家國之殤的詞沉痛悲涼，懷人送別的詞亦是無限感傷哀怨。從温柔富貴中驚醒的朱敦儒南奔期間的詞憂時念亂，非悲即哀，字裏行間都流露出深深的悲愴。

縱觀詞史，建炎年間至紹興初亦是整個宋詞風格的轉折點。大批詞人唱出了國破家亡後的慷慨悲愴之調，「一時慷慨悲歌之士，莫不攘臂激昂，各抱恢復失地之雄心，藉展『直搗黄龍』之素願」〔二八〕。「時代的巨變，觸動着文學這根最敏感的時代神經，詞也自然彈奏起新的旋律，演唱出新的樂章。自此，兩宋詞史揭開了新的一頁，表現出沉重、悲壯的民族心聲。」〔二九〕南渡詞人們開啟的這種悲歌慷慨之調自此成爲了宋詞的書寫傳統之一。朱敦儒詞之外，陳廷焯在《白雨齋詞話》中列舉了趙鼎《滿江紅》（慘結秋陰），張元幹《賀新郎》（夢繞神州路）、《石州慢》（雨急雲飛），張孝祥《浣溪沙》（霜日明霄水蘸空），劉克莊《玉樓春》（年年躍馬長安市》，劉仙倫《念奴嬌》（艅艎東下），劉過《沁園春・御閱還上郭殿帥》、《八聲甘州・送湖北招撫吳獵》，黄機《虞美人》（十年不作湖湘客），王埜《西河》（天下事），曹豳《西河》（今日事），陳人傑《沁園春・丁酉歲感事》，方岳《滿江紅》（且問黄花）、《水調歌頭》（醉我一壺玉），張榘《賀新涼》（匹馬鍾山路），李演《賀新涼》（笛叫東風起），等等，文人志士的抒發家國天下之思的詞作，指出「此類皆慷慨激烈，髮欲上指」〔三〇〕。上述詞人中，有自北宋南來的朱敦儒、趙鼎、張元幹等人，也有生長於南宋活躍於中興詞壇的張孝祥、劉過等人，還有南宋後期的陳人傑、方岳等人。事實上，作慷慨悲歌的遠遠不止此處所列。管中窺豹，此中即可見從南宋建炎年間，一直到宋世末造，宋詞的審美風格終於不囿於紅唇皓齒宛轉而歌的模樣，這種悲歌慷慨之風已然成爲宋詞傳統的一部分。

由此可見，從穠艷密麗到蒼涼悲愴，這是朱敦儒詞風的嬗變軌跡，也是兩宋之際整個宋詞審美風格轉變的態勢。在這場詞風遽變的轉折中，朱敦儒以其數量衆多且感動人心的蒼涼悲愴之詞，成爲宋詞詞風轉變的典型樣本。

（二）由艷語悲歌至清暢之音

宋室南渡後，穠艷密麗變而爲蒼涼悲愴，是朱敦儒詞風的第一轉折。入仕後，其詞風再變，艷語、悲歌再變爲清音，最終形成了「清氣自不可没」的審美特色。

朱敦儒詞中的清氣，南渡前就有端倪。除了那首膾炙人口的《鷓鴣天》（我是清都山水郎）詞風清疏之外，爲數不多的幾首詠懷詞如《驀山溪》（瓊蔬玉蘂）、《鵲橋仙》（攜琴寄鶴）、《水調歌頭》（天宇著垂象）等也有清麗之美。入仕後，一方面，隨着生活的穩定安閑，其蒼涼悲愴之作漸少了。另一方面，艷詞麗語從一定程度上有所回歸，但已與南渡前不同，麗語由艷麗爲主變而爲清麗爲主，亦有一些詞作清雋可喜，如早梅詞《孤鸞》（天然標格），「清雋處可奪梅魂矣」〔三一〕。仕宦期朱敦儒詞清之美突顯。

致仕之後的隱居時期，「清」之美更爲突出。譬如：清冷者，「拂開冰簟，小床獨卧明月……銀河西去，畫樓殘角嗚咽」(《念奴嬌》)；清曠者，「插天翠柳，被何人推上，一輪明月……閑雲收盡，海光天影相接」(《念奴嬌》)；清空者，「溪清水淺，月朧煙淡，玉破梅梢未遍。橫枝纖瘦有如無，但空裏、疏花數點」(《鵲橋仙》)。另外值得注意的是清暢之風成爲了隱居期朱敦儒詞的主調。朱敦儒詞早年多麗語，而晚年詞多平易淺近語，善用白描，曉暢自然，大多通俗中透着一股清氣，不假雕琢，質樸清疏，形成清暢的審美風格。如「中秋一輪月，只和舊青冥。都緣人意，須道今夕別般明」(《水調歌頭》)。再譬如：朱敦儒晚年所作《好事近・漁父詞》，清新空靈，明麗曉暢，備受稱賞，如陳廷焯曰：「希真《漁父》五篇，自是高境。雖偶雜微塵，而清氣自在，煙波釣徒流亞也。」[三二]「希真《漁父》諸篇，清絶高絶，真乃看破紅塵，煙波釣徒之流亞也。」[三三]梁啟勳更具體地指出《好事近》六首、《雙鸂鶒》一首「不見斧鑿痕，又無煙火氣。真可謂天然去雕飾者矣。」[三四]接着承宋人汪莘之論，由這七首詞高度評價朱敦儒的詞史意義，尤其肯定其「清氣自不可没」的審美意趣。可見，經由南渡前的穠艷密麗，到南奔中的蒼涼悲愴，朱敦儒詞後期的風格已變爲清暢爲主，天然意趣，往往不假雕琢，清氣自溢，越來越具有鮮明的個性特色。

朱敦儒詞風晚年再變爲清音，一是朱敦儒個性氣質外化於詞中的表現。宣稱「我是清都山水郎」的朱敦儒的稟賦性情是其詞具「清氣自不可没」之審美風神的内在動因。再者，如同由穠艷密麗變而爲蒼涼悲愴是時代氣候影響作家創作的結果一樣，朱敦儒詞由艷詞而悲調，最後定型於清音，亦烙上了時代世風的印跡。

一方面，南渡之後，志士詞人尋求靈魂安慰而走向山林雲水成爲一時風氣。宋高宗紹興元年（一一三一），秦檜拜相，主和議，自此和戰之争起。主戰派在高宗紹興年間的三十餘年中多被排擠打擊，南渡文人志士的事功之願落空，在無望與憤懣中多走向山林雲水，以消解現實苦悶。「負天下之望，以一身用捨爲社稷生民安危」〔三五〕的李綱罷相後感歎：「幸有山林雲水，造物端如有意，分付與吾儕。」（《水調歌頭》）抗金名將韓世忠「自此杜門謝客，絶口不言兵，……自號清涼居士」〔三六〕。曾於湖南「率軍民以死守」〔三七〕抗金衛國的向子諲辭官隱居薌林，其間有詞曰：「蓑衣篛笠，更着些兒雨。横笛兩三聲，晚雲中、驚鷗來去。」（《驀山溪》）以忠義自許，因詞送胡銓而得罪秦檜的張元幹，其《漁家傲・題玄真子圖》、《八聲甘州・西湖有感寄劉晞顔》等詞皆有出塵之姿，清新灑脱。文人士大夫將山水自然作爲化解胸中苦悶的處所，他們的感物之心在江南秀美山水的感發下，詞中均不乏山水清音。

另一方面，東坡詞的清曠之風爲南渡士人所追擬。宋室南渡後朝廷解禁元祐學術，蘇軾的作品由禁學成爲一時士人追慕對象。高宗、孝宗本人極愛蘇軾文詞，「力購全集，刻之禁中」〔三八〕。士林學蘇，一時蔚然成風，「人傳元祐之學，家有眉山之書」〔三九〕，蘇軾的詞亦得到廣泛的傳播。與此同時，詞壇尊體復雅之聲漸漲，蘇軾詞受到高度的讚譽，有「逸懷浩氣，超然乎塵垢之外」〔四〇〕，「指出向上一路」〔四一〕之評。蘇軾詞成了文人效仿的對象，而且，這種效仿超越了品行、身份、政見〔四二〕。南渡名臣李光、李綱、胡銓「三公多近東坡」〔四三〕，其詞有東坡風神。陳與義《臨江仙》（憶昔午橋橋上飲）「筆意超曠，逼近大蘇」〔四四〕。「薌林居士步趨蘇堂而嚌其胾者也」〔四五〕。葉夢得「主持王安石之學，而陰抑蘇、黄，頗乖正論。乃其爲詞，則又挹蘇氏之餘波」〔四六〕，其早期詞多婉麗，「晚歲，落其華而實之，能於簡淡時出雄傑，合處不減靖節、東坡」〔四七〕，故論者以爲「後來學東坡者，葉少藴、蒲大受亦得六七」〔四八〕。「嬉笑之餘，溢爲樂章，則清麗婉曲」〔四九〕的周紫芝政治上與秦檜相交，但南渡後詞却類東坡，如《酹江月》（冰輪飛上）、《賀新郎》（白首歸何晚）、《水調歌頭・丙午登白鷺亭作》步趨蘇詞風神。朱敦儒亦在心性稟賦、家學交遊〔五〇〕及時代風雲巨變的合力作用下，受東坡詞法影響嗣響詞壇清風。

朱敦儒詞從穠艷密麗到蒼涼悲愴，最後定於清音，其風格與詩之審美風神交融。朱敦儒詞風的這種嬗變軌跡與兩宋之間詞風的轉變之跡高度契合，對宋詞審美風神之變亦有重要影響。

從才子詞人之歌、文人志士之調再至世外清音，詞在朱敦儒筆下，真正實現了從娛樂性情向抒情言志的轉變。他自我化抒情的表現方式，詞中場景事件的紀實化描寫，書寫内心情緒感動時的議論化傾向，雖然在一定程度上改變了「詞之爲體，要眇宜修」的特點，但亦很大程度上豐富和擴大了詞的表現手法，改變了詞的特質。而朱敦儒的詞風除了南渡前的穠艷密麗之外，不論是南奔中的蒼涼悲愴，還是之後的清暢通俗，在改變詞的特質的同時延伸了詞的審美表現空間。朱敦儒詞的嬗變實質上彰顯着從詞人之詞到詩人之詞的演進，亦即詞的詩化，確實是詩詞由離而合的標本，具有重要的詞史意義。不可否認，詞從花間閨閣、勾欄瓦肆到廣闊的江山塞漠，從爲綺筵之助興，抒發酒邊逸致豪興，到真真正正的無事不可入，無意不可言，南渡詞人們以群體的力量推動着宋詞的發展。而作爲南渡詞壇存詞量第一的詞人，其「希真體」、「樵歌體」更有不少的效仿者，在宋詞的詩化及由此導致的詞的特質之變中，朱敦儒詞的價值意義不可小覷。

〔一〕王兆鵬《從詩詞的離合看唐宋詞的演進》，《中國社會科學》二〇〇五年第一期，第一五一頁。
〔二〕宋人樓鑰《攻媿集》曰：「承平時，洛中有八俊：陳簡齋詩俊，岩壑詞俊，富季申文俊，皆一時奇才也。」樓鑰《跋朱岩壑鶴賦及送閭丘使君詩》，《攻媿集》，《全宋文》（二六四），上海辭書出版社、安徽教育出版社二〇〇六年版，第一九一頁。
〔三〕汪莘《詩餘序》，《方壺存稿》，《北京圖書館古籍珍本叢刊》（八八），書目文獻出版社一九九八年版，第七二二頁。
〔四〕〔三四〕梁啟勳《詞學・下編》，中國書店一九八五年版，第二頁、第三七頁。
〔五〕〔二八〕龍榆生《龍榆生學術論文集》，上海古籍出版社二〇一七年版，第六七二頁、第二八九頁。
〔六〕陶爾夫、劉敬圻《南宋詞史》，黑龍江人民出版社一九九二年版，第四七頁。

〔七〕歐陽炯《花間集叙》，施蟄存編《詞籍序跋萃編》，中國社會科學出版社一九九四年版，第六三一頁。

〔八〕陳世修《陽春録序》，施蟄存編《詞籍序跋萃編》，第一五頁。

〔九〕歐陽修《西湖念語》，唐圭璋編《全宋詞》，中華書局一九六五年版，第一二一頁。除朱敦儒詞據上海古籍出版社二〇一〇年版鄧子勉校注《樵歌校注》之外，本文所引其他宋代詞人的詞均據此版《全宋詞》。

〔一〇〕晏幾道《小山詞自序》，施蟄存編《詞籍序跋萃編》，第五二頁。

〔一一〕〔四〇〕〔四五〕胡寅《酒邊集序》，施蟄存編《詞籍序跋萃編》，第一六九頁、第一六九頁、第一六九頁。

〔一二〕〔一五〕〔二三〕〔四一〕〔四八〕王灼《碧雞漫志》，唐圭璋編《詞話叢編》，中華書局二〇〇五年版，第八五頁、第八五頁、第八三頁、第八五頁、第八三頁。

〔一三〕劉熙載《詞概》，孫克强編《清代詞話全編》（一〇），鳳凰出版社二〇一九年版，第九二頁。

〔一四〕〔一六〕〔二〇〕王兆鵬《唐宋詞史論》，人民文學出版社二〇〇〇年版，第一五頁、第一五頁、第一六三—一六四頁。

〔一七〕王國維《人間詞話》，孫克强編《清代詞話全編》（二〇），第三四六頁。

〔一八〕〔三九〕羅大經《鶴林玉露》，《宋元筆記小説大觀》，上海古籍出版社二〇〇一年版，第五二七七頁、第五一七七頁。

〔一九〕關於朱敦儒詞的創作分期，主要有三期説、四期説和五期説三種觀點。三期説以胡適及陸侃如、馮沅君等爲代表，他們將朱敦儒的詞分爲南渡以前的少年時期、南渡時期、晚年閑居時期。以張而今在《朱敦儒詞縱觀》一文和鄧子勉在《樵歌校注》一書中提出的觀點爲代表，將朱敦儒詞分爲南渡前、南奔期、仕宦期和歸隱期四個時期。另外，葛兆光《論朱敦儒及其詞》一文則將朱敦儒致仕隱居後分爲兩期，以秦檜强起朱敦儒復仕爲界，是爲五期説。這三種觀點中，三期説注意到了朱敦儒詞風的變化，但分段有值得商榷之處。其一，南渡後致仕前，朱敦儒經歷了南奔流浪和紹興間出仕爲官，其間存在着主題與風格的變化。其二，稱朱敦儒南渡前爲少年期似亦不妥，因爲靖康之變發生時，朱敦儒實際上已四十五歲。五期説注意到了晚年朱敦儒復仕影響了朱敦儒的心境和後世對他的評價，但其整個晚年期創作的詞的藝術表現却是一脈相承的。四期説相對而言具更大的合理性。筆者根據相關史料，在全面分析朱敦儒傳世之詞作的基礎上，亦按四期説對朱敦儒詞的主題作統計分析。

〔二一〕黄海《宋南渡詞壇研究》，貴州人民出版社二〇〇六年版，第三七頁。

〔二二〕陳模《論稼軒詞》，辛棄疾撰，鄧廣銘箋注《稼軒詞編年箋注》（增訂本），上海古籍出版社一九九三年版，第五九九頁。

〔二四〕〔二五〕賀裳《皺水軒詞筌》，孫克强編《清代詞話全編》（三），第九頁。

〔二六〕〔二七〕〔三三〕 陳廷焯《雲韶集輯評》，孫克强編《清代詞話全編》（一一），第一二〇—一二一頁。

〔二九〕 王兆鵬《宋南渡詞人群體研究》，鳳凰出版社二〇〇九年版，第五〇頁。

〔三〇〕〔四四〕 陳廷焯《白雨齋詞話》，孫克强編《清代詞話全編》（一二），第五四八頁、第四一〇頁。

〔三一〕 黄蘇《蓼園詞評》，孫克强編《清代詞話全編》（六），第三三一頁。

〔三二〕 陳廷焯《詞則輯評・大雅集》，孫克强編《清代詞話全編》（一二），第二六頁。

〔三五〕〔三六〕〔三七〕 《宋史》，中華書局一九七七年版，第一一二七三頁、第一一三六七—一一三六八頁、第一一六四一頁。

〔三八〕 李日華《六研齋筆記・三筆》卷三，文淵閣《四庫全書》本。

〔四二〕 錢建狀《宋室南渡時期的政局變化與詞壇風氣》：「蘇學盛於南宋，對於士人的創作直接產生了影響。品行不一、身份不同、政見不同的作家對於蘇軾的典範意義，意見是一致的。」（《厦門大學學報（哲學社會科學版）》二〇〇四年第三期，第六四頁）

〔四三〕 李慈銘《南宋四名臣詞序》，施蟄存編《詞籍序跋萃編》，第一七六頁。

〔四六〕〔四七〕 紀昀等《石林詞一卷提要》，施蟄存編《詞籍序跋萃編》，第一三五頁、第一三四頁。

〔四九〕 孫兢《竹坡老人詞序》，施蟄存編《詞籍序跋萃編》，第一三七頁。

〔五〇〕 朱敦儒的父親朱勃與蘇軾同朝爲官，其任京西北路轉運判官時，曾支持蘇軾，共同反對朝廷修建弊大於利且勞民傷財的潁州八丈溝（蘇軾《奏論八丈溝不可開狀》，《蘇文忠公全集》卷三三）。朱敦儒自己早年居洛時即與黄庭堅的外甥洪芻（駒父）交游，《樵歌》中即有《好事近・清明百七日洛川小飲，和駒父》詞，南奔到洪州時，又參與了洪芻之弟洪炎主持的黄庭堅詩文集《豫章集》的編撰。由此可見，朱敦儒在家學交遊方面，當與以蘇軾、黄庭堅等人爲代表的元祐之學更爲親近。

（作者單位：汕頭大學文學院）

朱敦儒《樵歌》的填詞選調及其聲情

鄭鑫　李静

内容提要　朱敦儒具有自覺的選聲擇調意識，在南渡詞壇用調風尚影響下，他繼承了唐五代及北宋經典詞調，並積極豐富其題材、聲情；其對僻調的探索及詞調新聲的開創具有重要的詞調史意義。朱敦儒兼愛清麗婉約與慷慨激越之調，所用詞調句式奇偶和諧，以四七言爲主幹，多用折腰句與駢偶句，聲情和雅流麗；用韻以平聲韻爲主，韻部情調多元和諧，韻位有疏有密且多换韻，聲情清雋疏朗。朱敦儒對詞調聲情的選擇根源於詞情表達的需要，以南渡爲界限，時代風雲與個人經歷決定了其心境與詞情之變。相應的，其前期用調以婉媚清麗之聲爲主，後期則多慷慨悲壯之音與曠逸超脱之調，其聲情與詞情大致相合。朱敦儒的選聲擇調對其清雋疏闊詞風之形成具有重要意義，也在一定程度上體現了南渡詞人的用調特點。

關鍵詞　朱敦儒　《樵歌》　選聲擇調　體式　聲情

龍榆生在《研究詞學之商榷》一文中指出：「詞雖脱離音樂，而要不能不承認其爲最富於音樂性之文學，即其句度之參差長短，與語調之疾徐輕重，叶韻之疏密清濁，比類而推求之，其曲中所表之聲情，必猶可睹。」〔一〕

朱敦儒〔二〕有詞集《樵歌》載録詞作二百四十九首〔三〕，不僅是南渡詞壇存詞量最多的詞人，更憑藉清雋

本文爲國家社科基金重大項目（19ZDA281）、教育部人文社科基金項目（19YJA751021）、吉林省社科基金項目（2019B131）階段成果。

疏闊的詞風自成一家，人稱「希真體」、「樵歌體」，阮元謂其「音律諧緩，情至文生，宜其獨步一時也」〔四〕。學界對朱敦儒的「神仙風致」、南渡經歷、思想變化及其詞作的主題流變、藝術風格關注較多，對其詞調運用及聲情特點的探究相對較少。因此，本文將以詞調爲切入點，梳理朱敦儒所用詞調及其源流，從體式角度剖析其選聲擇調之聲情傾向，總結詞情表達之需求與詞作聲情的關係，進而嘗試從詞調角度理解其清疏詞風的形成及其南渡名家的詞史地位。

一　承舊調，作新聲：《樵歌》所用詞調之源流

朱敦儒所用詞調共計七十七個，其用調數量在南渡詞壇僅次於曹勛〔五〕，與宋代所有詞人相比亦可排入前二十位〔六〕，具有一定代表性。劉尊明以朱敦儒爲南渡時期的用調「名家」之一，並肯定了其在新調創制和運用上的貢獻〔七〕。

（一）承襲舊調，開拓聲情

中晚唐時期「文人依調填詞的意識大大增强……令詞調在這一時期也走向全面成熟和繁榮」〔八〕，部分詞調由五代入宋後繼續流行，並逐漸實現了題材、聲情的豐富與拓展。「北宋是詞調發生的黄金期，也是詞調發展的轉折期」〔九〕，自宋初便有以柳永爲代表的詞人大量創制新調，促使詞調尤其是慢詞長調逐漸成熟繁榮，大大開拓了詞文學的表現領域。北宋中後期「時間最短，但產生的新調最多，是詞調新生的鼎盛期。一方面雖有大量俗樂調，另一方面更主要是詞調音樂在不斷地雅化」〔一〇〕。因此，在兩宋之交的詞壇，舊調新聲爭奇鬥豔，雅樂俗調並行於世，《浣溪沙》、《臨江仙》、《西江月》、《鷓鴣天》等小令與《水調歌頭》、《水龍吟》、《念奴嬌》、《滿庭芳》等長調作爲詞壇的流行之聲，深刻影響著詞人們的詞調選擇。

在此背景下，《樵歌》於詞調來源及類型上承襲北宋詞壇用調之餘風，以二十六個唐五代詞調（包括二

十二個小令、三個中調、一個長調）創作了八十八首詞；以四十四個北宋詞調（包括十七個小令、十個中調及十七個長調）創作了一百五十一首詞：

來源	類別	詞調	每調數量	總計
唐五代	小令	《西江月》、《如夢令》、《浣溪沙》、《臨江仙》	八	八十一
		《相見歡》	七	
		《清平樂》	六	
		《點絳唇》、《菩薩蠻》	五	
		《憶秦娥》	四	
		《浪淘沙》、《采桑子》、《玉樓春》〔一〕	三	
		《南歌子》〔二〕、《南鄉子》、《長相思》	二	
		《醉落魄》、《望江南》、《阮郎歸》、《生查子》、《烏夜啼》、《謁金門》、《柳枝》	一	
	中調	《洞仙歌》	三	六
		《蘇幕遮》	二	
		《定風波》	一	
	長調	《卜算子慢》	一	一

續表

來源	類別	詞調	每調數量	總計
北宋	小令	《減字木蘭花》	十七	九十九
		《鷓鴣天》、《好事近》	十四	
		《朝中措》	十一	
		《卜算子》	七	
		《鵲橋仙》、《桃源憶故人》、《柳梢青》	六	
		《訴衷情》	四	
		《眼兒媚》	三	
		《踏莎行》、《一落索》、《沙塞子》、《昭君怨》〔一三〕	二	
		《十二時》、《鼓笛令》、《燕歸梁》	一	
	中調	《驀山溪》	七	二十
		《漁家傲》、《感皇恩》	三	
		《醉春風》、《踏歌》、《青玉案》、《千秋歲》、《夢玉人引》、《行香子》、《憶帝京》	一	
	長調	《念奴嬌》	八	三十二
		《水調歌頭》	六	

續表

來源	類別	詞調	每調數量	總計
		《水龍吟》、《滿庭芳》、《木蘭花慢》	二	
		《雨中花》、《桂枝香》、《蘇武慢》、《滿江紅》、《風流子》、《望海潮》、《勝勝慢》、《芰荷香》、《沁園春》、《醉思仙》、《絳都春》、《秋霽》	一	

朱敦儒對詞調的選擇深受兩宋之交詞壇風尚的影響。一方面，朱敦儒所用詞調多爲唐五代及北宋熟調。《全宋詞》中排名前二十位的詞調依次爲：《浣溪沙》、《水調歌頭》、《鷓鴣天》、《念奴嬌》、《菩薩蠻》、《滿江紅》、《蝶戀花》、《西江月》、《臨江仙》、《沁園春》、《減字木蘭花》、《賀新郎》、《點絳唇》、《清平樂》、《滿庭芳》、《玉樓春》、《水龍吟》、《漁家傲》、《虞美人》、《好事近》[一四]，這些詞調多産生於唐五代及北宋，且在兩宋之交同樣占據流行地位，除《賀新郎》、《虞美人》外，其餘十八調均爲朱敦儒所用。《全宋詞》中存詞量在百首以上的詞調共計五十三調，其中三十八調被運用於《樵歌》中，有詞作共計一百八十一首，約占詞作整體的百分之七十三。而朱敦儒常用的十九個詞調：《減字木蘭花》、《鷓鴣天》、《好事近》、《朝中措》、《西江月》、《如夢令》、《浣溪沙》、《臨江仙》、《念奴嬌》、《相見歡》、《驀山溪》、《卜算子》、《水調歌頭》、《鵲橋仙》、《桃源憶故人》、《柳梢青》、《清平樂》、《點絳唇》、《菩薩蠻》顯然也以流行詞調爲主。

另一方面，在柳永、周邦彦等創調名家的推動下，兩宋詞調逐漸打破了唐五代時期小令近乎一枝獨秀的局面。兩宋之交堪稱詞調發展的過渡期，由北入南的詞人一則沿襲唐五代北宋詞人擅用小令的用調習慣，一則積極採用中長調發亂離之聲。如與朱敦儒處於同一時代且詞調數量相近的揚无咎即用小令三十五個、中調十四個、長調二十五個，使用頻率排名前五的詞調分別是《柳梢青》、《南歌子》、《水龍吟》、《點絳唇》、《夜行船》，只有《水龍吟》一個長調；張元幹用小令三十七個、中調十三個、長調二十二個，使用頻率排名前五的詞調分別是《浣溪沙》、《水調歌頭》、《點絳唇》、《菩薩蠻》、《青玉案》，只有《水調歌頭》一個長調；周紫芝用小令二十九個、中調十五個、長調八個，使用頻率排名前五的詞調分別是《鷓鴣天》、《浣溪沙》、《西江月》、《好事近》、《減字木蘭花》，皆爲小令；其他諸如向子諲、李清照等詞人亦擅用小令。朱敦儒所用小令共計四十四個，作詞一百八十七首，占比百分之七十五；中調十三個，作詞二十六首，占比約百分之十；長調二十個，作詞三十六首，占比百分之十四。使用頻率排名前五的詞調俱爲小令，其十九個高頻詞調中，也只有《念奴嬌》、《水調歌頭》兩個長調及《驀山溪》一個中調，其餘均爲小令；而在一百五十一首高頻詞調詞作中有共計一百三十一首令詞，占比更高達百分之八十七。

除此之外，朱敦儒對詞調的運用既承固有聲情，又因個人經歷與心路歷程的改變而多有變調。在朱敦儒的筆下，詞調本義並未限制其豐富的情感表達，他常能循聲韻而作新詞，在一定程度上豐富了各詞調的聲情表現。以宋調《訴衷情》爲例，關於這一詞調的聲情特點，田玉琪曾謂其「句式簡明，聲情清麗流美……多詠戀情相思」[一五]。該調最早見於柳永詞，詞中「思心欲碎，愁淚難收，又是黃昏」[一六]等句所言皆爲女子思戀情狀；黃庭堅曾以之詠漁父家風，借唐代船子和尚之偈語寫超脱於世的自由心境；而朱敦儒有《訴衷情》詞四首，其中不僅有：「居士竹，故侯瓜。老生涯。自然天地，本分雲山，到處爲家。」抒發曠逸自如之情者，更有：「悲故國，念塵寰。事難言。下了紙帳，曳上青氈，一任霜寒。」直言故國悲懷者，均已超出戀情相思之主題，個人情志愈發鮮明。

（二）探索僻調，開創新聲

朱敦儒在詞調史上的貢獻不僅在於沿著文人抒情化的道路賦予唐宋詞調以新的聲情，還表現爲其對僻調的使用及創調的嘗試，這在一定程度上體現了朱敦儒在詞調運用上的探索精神。

《聒龍謡》、《沙塞子》、《芰荷香》、《卜算子慢》、《醉春風》、《踏歌》、《促拍醜奴兒》、《醉思仙》、《夢玉人引》、《憶帝京》、《雙鸂鶒》、《鼓笛令》、《春曉曲》、《孤鸞》、《秋霽》等詞調在《全宋詞》中存詞量不足十首，是名副其實的僻調。朱敦儒利用這些詞調共創作了二十七首詞，約占全部詞作的百分之十。相對於對唐五代及北宋熟調的運用，《樵歌》對這些僻調的運用未成主流，但在一定程度上體現了朱敦儒對新聲僻調的積極探索，其在《樵歌》中的運用主要呈現出以下特點：

首先，題材較爲豐富。《秋霽》爲檃栝蘇軾《前赤壁賦》之作，詞作以百餘字將東坡暢遊赤壁之事一一道來；《聒龍謡》則爲典型的遊仙詞，詞人憑藉其想像力描繪出一派瀟灑自由的遊仙之事；《醉春風》爲記夢詞，上片寫夢中仙境，下片寫夢醒悵然之情；《醉思仙》爲送別詞，別友深情中含曠達之意，而《卜算子慢》、《踏歌》則道別後離情，狀百轉愁腸；《促拍醜奴兒》、《孤鸞》、《雙鸂鶒》爲詠物詞，分別摹寫水仙、早梅與鸂鶒；《沙塞子》、《芰荷香》於詞句跌宕間表達故國不見的悲切，是詞人飄零南國的真實寫照；《夢玉人引》寫隱居岩壑後的超逸心境；《憶帝京》、《鼓笛令》則直言人生感悟，聲韻頓挫，詞意暢達。

其次，聲情多元，詞意深沉。與豐富題材相對應的便是詞作的多元聲情，朱敦儒先後經歷了悠遊人世、「靖康之變」及南渡漂泊、出仕於朝、歸隱岩壑等不同重要事件，諸多深沉複雜的人生感受在以上詞作中也大多有跡可循。可見朱敦儒的選聲擇調思維比較開放，其詞調運用雖以熟調爲主，却並未拘泥於此，而是積極探求以新調僻調之獨特聲情寫無限感喟。

最後，詞調類型多樣，分佈均衡。與《樵歌》以小令爲主的情況不同，這二十一個僻調中有八個長調及五個中調，可知朱敦儒在繼承以小令爲主的熟調的同時，也在有意識地利用篇幅更長的中調與長調表情達意，如長調《芰荷香》作於朱敦儒南奔途中，所寫爲家國離亂之感懷，情辭哀婉動人。

與此同時，《樵歌》中有《孤鸞》、《聒龍謡》、《杏花天》、《戀繡衾》、《春曉曲》、《促拍醜奴兒》、《雙㶉鶒》七個首見詞調，除《促拍醜奴兒》與《雙㶉鶒》爲孤調，其餘五調均在後世有同調之作。《春曉曲》爲齊言句式，詞寫春事，後世有同調之作八首，多爲本調；《聒龍謡》詞用上去聲韻，寫瑰奇夢境，除朱敦儒的兩首詞作外，趙佶與汪莘也有同調之作，聲情與之一致；《孤鸞》詞詠早梅，韻用仄聲，句式以四字、五字、六字句爲主，亦有折腰句，聲情摇曳生姿，是朱敦儒衆多詠梅詞中格調不俗的一首。在朱敦儒之後，宋代有四位詞人效仿此作共寫了五首同調同題材之詞，至元代猶有張翥《孤鸞·題錢舜舉仙女梅下吹笛圖》詞頗具原調風情，至明代這一詞調開始在詠梅之外被用於更廣泛的詠物，並由詠物發展爲悼亡、紀夢、節序、羈旅等題材，詞調聲情不斷得到開拓，承載了詞人更廣博而動人的感懷；《杏花天》詞用仄韻，以六字句、七字句與七字折腰句構成，聲情跌宕婉轉，主要描寫詞人的離情别緒。後世同調之作近四十首，詞人或以之寫春思春恨，或以之詠風物節序，或言相思，或狀閑愁，情感細膩，詞境悠遠，在詞調史上具有一定影響力。其中，南宋詞人石孝友有《杏花天·借朱希真韻送司馬德遠》詞，爲朱敦儒之詞的和韻之作，詞作聲情也與之相似。而據夏承燾考證姜夔《杏花天影》，「比《杏花天》只多『待去』、『日暮』二短句；亦猶白石自度曲《淒涼犯》名《瑞鶴仙影》，與《瑞鶴仙》大同小異。依舊調作新腔，命名曰『影』，殆始於歐陽《六一詞》之《賀聖朝影》、《虞美人影》。殆謂不盡相合，略存其影耶？」[一七]《戀繡衾》詞用平韻，同樣以六字句、七字句與折腰句構成，詞調聲情婉轉哀怨，主要表達羈旅漂泊之情。朱敦儒之詞作於建炎二年（一一二八）秋天的江西，因此詞中既有「雨蕭蕭、衰鬢到今」的感時傷老之情，也有「甚處是長安路，水連空、山鎖暮雲」的故國哀思。後世同調詞作三十餘首，題材與聲情進一步豐富。

整體而言，朱敦儒對於詞調的選擇與運用十分靈活，在繼承中求變，於熟調之外另辟新聲，不僅嘗試以不同詞調表現同一主題，而且不拘泥於某一特定聲情，常利用同一詞調展現不同時期的心路歷程，《樵歌》所展現的詞人精神世界因此而生動鮮活。

二　句式與聲律：《樵歌》的用調體式與詞之清疏聲情

龍榆生在《談談詞的藝術特徵》一文中指出：「詞是依附唐、宋以來新興曲調的新體抒情詩，是音樂語言和文學語言緊密結合的特種藝術形式……它的長短參差的句法和錯綜變化的韻律，是經過音樂的陶冶，而和作者起伏變化的感情相適應的。一調有一調的聲情，在句法和韻位上構成一個統一體。」〔一八〕《樵歌》所用詞調體式嚴謹，絶大部分詞作的體式與《欽定詞譜》規定之正體相吻合，同時也有個別詞作被《欽定詞譜》定爲另一體，如《醉思仙》一調，《欽定詞譜》以吕渭老「斷人腸」詞爲正體，而朱敦儒「倚晴空」詞「與吕詞同，惟前段第八句、後段第七句各添一字，又兩結句作五字一句、四字一句異」〔一九〕；《夢玉人引》一調，《欽定詞譜》以沈會宗「追舊遊處」詞爲正體，朱敦儒「浪萍風梗」詞因「與沈詞同，惟後結作六字兩句異」而别成一體〔二〇〕：可見朱敦儒在恪守詞調形式的同時也根據詞情表達之需求做出了創新的嘗試。

總體而言，其句法、韻律與其聲情較爲相稱，朱敦儒巧妙地將複雜深沉的個人感懷融入平仄起伏間，並借由錯落和諧的句法與抑揚頓挫的韻律促進了詞調聲情之拓展。

（一）奇偶諧協的句式構成與《樵歌》的和雅流麗之態

詞雖爲雜言，其主幹句式之奇偶亦與詞調節奏及聲情密切相關，「所謂奇偶相生者，謂三、五、七及二、四、六諸種句法，相間用之，則和婉而多軟媚之態。若多用偶數或奇數之句，則音節往往轉爲倔强」〔二一〕。以長調爲例，「有的調子，是偶多於奇的，適宜於描寫雍容寬綽的氣度或纏綿舒緩的感情。有的調子，是奇多於偶的，適宜於表達曲折變化的感情或淒壯蕭颯的場面」〔二二〕。

南渡詞人向子諲即偏愛奇言句，因此七言句與五言句在其詞作中占據絶對優勢地位〔二三〕，以奇言句爲主幹的詞調更是多達二十六個，占比百分之六十；詞作一百二十七首，占比百分之七十二。《浣溪沙》、《鷓鴣天》、《生查子》、《虞美人》、《卜算子》、《菩薩蠻》、《玉樓春》、《桂殿秋》、《阮郎歸》、《望江南》、《長相思》諸調全篇皆由奇言句組成，聲情或柔婉流麗，或激切有力。如使用頻率最高的詞調《浣溪沙》上下闋皆爲三個七言句，向子諲以之作詞二十五首，不惟有春閨相思之吟，亦有詠物抒懷之篇，聲情婉媚清麗，自成風流格調；《鷓鴣天》句式以七言爲主，過片有兩個三字句，「題材以相思離別爲主，聲情淒婉感傷」〔二四〕，「與七言律詩之音響格律絶不相同，而有流暢、響亮、諧美之藝術效應」〔二五〕，向子諲以該調填詞十七首，其中不乏節序感懷之意與撫今思昔之歎，聲情自有頓挫，却全無滯澀之感；《卜算子》由五五七五句式構成，聲情「流美含蓄，平和婉轉」〔二六〕，同調之作六首無不節奏鮮明、輕快暢達；其他詞調如《南歌子》、《驀山溪》、《蝶戀花》、《臨江仙》、《梅花引》、《南鄉子》、《最高樓》等亦以奇言句爲主而雜以少量偶言句，聲情跌宕而流暢。

相較於向子諲對奇言句的偏好，朱敦儒則更加注重奇偶句式的平衡和諧，所用詞調句式大多奇偶參差、靈活多變，既有頓挫跌宕之句，又有屬對工切之言，總句數最多的七言句與四言句平分秋色、各擅勝場〔二七〕。在七十七個詞調中，除《鷓鴣天》、《浣溪沙》、《菩薩蠻》等十二個詞調，其餘詞調均由奇言句與偶言句參差交錯而成，其中奇言句與偶言句對半分佈的詞調就有六個，詞作三十五首。

而作爲奇偶句式的典型，七言句與四言句不僅在《樵歌》中使用頻次最高，在詞調運用中，四七言並用的詞調就有四十四個，詞作多達一百三十首，體現了朱敦儒對奇偶相生的句式組合之偏好。上四下三的常規節奏賦予七言句流麗自然、直暢疏曠的聲情，雙音步的四言句則和雅莊重、舒徐雍容，與七言句的流麗直暢相互補充。因此，在同一詞調中，七言句與四言句的搭配往往能於直暢與紆徐間取得平衡，拓展其表現能力，使詞人得以通過句式的奇偶錯落，將人生感喟、家國憂懷縱情道來而不致呆板。《樵歌》所用詞調如《減字木蘭花》、《踏莎行》、《采桑子》皆爲重頭曲，由四七言交錯而成：《減字木蘭花》句式結構爲四七四七，「每兩句爲一意群，詞意轉折，適於各種題材」〔二八〕，朱敦儒以之作詞十七首，深沉雋永，含聲情不盡之妙；《踏莎行》由四四七七句式構成，「適應之題材廣泛，可抒情、寫景、叙事、詠物、祝頌、議論，但仍以抒情寫景爲主」〔二九〕，朱敦儒以之分別作祝壽之詞與送別之語，情景交融，聲與意諧；《采桑子》則由七四四七句式構成，「宜於抒情與寫景，既可表現婉約風格，又可表現曠達與剛健的風格」〔三〇〕，朱敦儒借助該調句式的奇偶轉折，將沉痛鬱憤之意於緩急交濟間一一展現；其他諸如《鵲橋仙》、《憶秦娥》、《浪淘沙》、《眼兒媚》、《醉落魄》、《青玉案》、《滿庭芳》等詞調亦以四七言爲主幹，雜以六言、三言等不同句式，奇偶和諧，詞意和雅暢達。至於《點絳唇》、《滿庭芳》、《沙塞子》等使用頻次較高的詞調雖未以四七言爲主幹，奇偶分配亦相對平衡，聲情和婉流麗，常於悠然摇曳間藴急促跳脱之意。

如果説奇偶交錯的句式保證了諸多詞調的平穩和諧，那麼折腰句則通過打破常規意義上的語意停頓，使詞調在舒徐和諧的主旋律之外又生曲折跌宕之聲情。《樵歌》中有三十餘個詞調運用了數量不等的折腰句，詞調類型齊全，以《念奴嬌》、《驀山溪》、《柳梢青》、《洞仙歌》、《杏花天》、《聒龍謡》、《水龍吟》、《滿庭芳》、《雨中花》、《桂枝香》爲代表；句式以上三下四的七字句爲主，兼及上三下六、上五下四的九字句、上三下三的六字句及上三下五的八字句等句式。如《杏花天》中有三個七字折腰句，聲情跌宕婉轉，《促拍醜奴兒》上下闋各雜一七字折腰句，賦予詞調以靈動從容之聲情，《聒龍謡》爲朱敦儒之創調，「前後段各有三個上三下四句法之七字句連用，形成詞意不斷頓挫之勢；且前段結句與過變連用兩個三字句，使音節略有急促變化，故宜於描述變化多端之夢境」〔三一〕；《滿江紅》中則同時有六字至九字折腰句，與頗具急驟之意的入聲韻相呼應；《洞仙歌》中多有八字、九字折腰句，該調聲情本自飄灑超逸，折腰句的運用更添其頓挫之致，正與詞作主題相合，表現了詞人的超然心境。

除此之外，朱敦儒還常以駢偶句式調控節奏，使詞作於流麗勁切中生出頓挫之意，增其諧協婉轉之致。如《沙塞子》有三言對句「山引淚，酒添愁」、「蠻樹遠，瘴煙浮」摹寫飄零之苦，《沁園春》以四言對句「閑調綠綺，默誦黃庭」、「蓮社輕輿，雪溪小棹」表現隱逸雅興，《臨江仙》以五言對句「一雙新淚眼，千里舊關山」言閨門愁緒，《西江月》以六字對句「世事短如春夢，人情薄似秋雲」與「幸遇三杯酒好，況逢一朵花新」抒人事感懷，即便是全篇皆爲奇言句的詞調如《浣溪沙》，過片亦有「脱籜修篁初散綠，褪花新杏未成酸」之七字對句狀時節氛圍。

總體而言，《樵歌》所用詞調的句法極爲靈活，以七言與四言句式爲代表的奇言句與偶言句聲情各異，配合之下往往呈現出緩急相濟、和雅深婉之聲情，爲詞人的言志抒情提供了充足的空間；折腰句與駢偶句式的運用則進一步促成了以清雋和雅爲主旋律而並生波瀾跌宕的聲情特點。

（二）字聲、韻律與《樵歌》的清雋疏朗之風

夏承燾認爲：「詞之樂律，雖非字聲所能盡，而字聲和諧，亦必能助樂律之美聽。即四聲之分愈嚴，則合樂之功益顯。」[三二] 朱敦儒對平仄四聲的運用偏重去聲，上去、平去之連用則較爲靈活，並未拘泥於上下片相對句四聲完全一致，具體而言：

第一，《樵歌》對去聲的重視集中表現爲去聲領字的運用。以去聲字爲領字振起聲韻可强化詞的跌宕聲情，並在內容上有效串聯起多層次的寫景狀物與情感表達，主要見於《念奴嬌》、《聒龍謠》、《水龍吟》、《木蘭花慢》、《滿庭芳》、《雨中花》、《桂枝香》、《蘇武慢》、《風流子》等長調中，如《木蘭花慢·和師厚〈和司馬文季虜中作〉》：

> 指榮河峻嶽，鎖胡塵、幾經秋。歎故苑花空，春遊夢冷，萬斛堆愁。簪纓散、關塞阻，恨難尋杏館覓瓜疇。淒慘年來歲往，斷鴻去燕悠悠。拘幽。化碧海西頭。劍履問誰收。但易水歌傳，子山賦在，青史名留。吾曹鏡中看取，且狂歌載酒古揚州。休把霜髯老眼，等閑清淚空流。

詞調用平聲韻，句式以四、五、六言爲主，去聲領字增加了詞作的節奏感，同時也將多重感懷嵌入這一結構中，爲複雜情感的抒發搭建起框架。「指」字開篇，領起黄河峻嶽，兩個三字句緊隨其後，説明司馬文季隨徽欽二帝被虜北上之事，奠定全篇慷慨悲壯之氣。「歎」、「但」分别領起三個四字句，意脈貫通，蘊含無限歎惋深情；「恨」、「且」領起七字句，蕩氣迴腸，悲涼憤慨滿浸紙上。這五個領字分别從表達對司馬文季之經歷的悲歎悵恨，層次分明，情感濃烈。至於其他較爲典型的領字句如「正風亭霽雨，煙浦移沙」（《芰荷香》），「但愁敲桂棹，悲吟梁父，淚流如雨」（《水龍吟》），「且喜面前花好，更聽林外鶯新」（《西江月》）等在詞中的作用亦與之相似。

第二，上去連用、平去連用相對靈活。「蓋上去二聲，歌法不同，去聲由高而低，上聲由低而高。故必『上去』或『去上』連用，乃有累累貫珠之妙。」〔三三〕「去聲最爲拗怒，取介在兩平之間，有擊撞戛捺之妙；亦雖詞樂失傳，但依字聲讀之，猶含異響。」〔三四〕朱敦儒雖注意平仄錯落，但並未刻意講求四聲的絶對對應，如：

溪雨岩雲不飽帆。　犀箸敲殘玉酒船。（《減字木蘭花》）

到處笙歌擁路迎。　引入深山百丈坑。（《減字木蘭花》）

花添金鑿落，風展玉東西。　從今排日醉，醉過牡丹時。（《臨江仙》）

以上幾組詞句皆爲上下片之對句，除去聲嚴格對應外，平上聲並非完全一致。

就韻字平仄及韻部分佈而言，以《廣韻》爲標準視之，《樵歌》選用詞調用韻以平聲韻爲主，上去韻次之，同時擅長運用入聲韻；所用韻部分佈廣泛，常用韻部則相對集中，不同韻部各有其宜抒之情，聲情與詞情因此相得益彰。

具體而言，平聲韻總體聲情舒緩和暢，《樵歌》所用平聲韻韻部將近五十個，其高頻韻部根據通押原則可分爲幾組：真、文、魂、諄；庚、清、青；寒、山、先、仙、恒；侵；陽、唐；支、之。其中，真、文諸韻緩，多含凝重之意，如《鷓鴣天・極目江湖水浸雲》；庚、清諸韻清，多發振厲之聲，如《戀繡衾・木落江南感未平》；寒、山諸韻雅，多作清新之言，如《朝中措・夜來聽雪曉來看》；另有沉静之侵韻，爽朗之陽、唐韻，縝密之支、之韻，盤旋之尤韻，主要分佈在《鷓鴣天》、《朝中措》、《浣溪沙》、《臨江仙》、《浪淘沙》、《菩薩蠻》、《長相思》、《聲聲慢》等詞調中，近百首詞作共同奠定了《樵歌》聲情舒緩、清麗灑脱的主基調。

「去聲勁而縱，上聲柔而和，交濟方有節奏」，「宜抒纏綿往復，或清新婉麗之情」。〔三五〕《樵歌》所用上去聲韻韻部將近八十個，其高頻韻部根據通押原則可分爲：至、止、志；皓、笑、小；霰、願、阮；御、暮、噳、遇，等等。至、止諸韻縝密，如《驀山溪・瓊蔬玉蕊》；皓、笑諸韻飄灑，如《柳梢青・水雲晚照》；霰、願諸韻清新，如《洞仙歌・何人不愛》；御、暮諸韻幽咽，如《蘇幕遮・酒壺空》。另有《水龍吟》、《感皇恩》、《桃源憶故人》、《洞仙歌》、《杏花天》、《漁家傲》等詞調，近八十首上去聲韻詞作抒情婉轉含蓄而不乏沉鬱之氣。

入聲韻則激越峭拔，「宜抒淒壯激烈，或幽潔險峻之情」〔三六〕。《樵歌》用入聲韻韻部二十個，其高頻韻部根據通押原則可分爲：陌、職、昔、德、緝、錫；薛、月、葉，等等。陌、職諸韻多含急驟之意，薛、月諸韻頗具跳脱之風，諸韻分佈於《好事近》、《如夢令》、《念奴嬌》、《柳梢青》、《憶秦娥》、《滿江紅》、《踏歌》、《醉落魄》等詞調中，將近五十首入聲韻詞作多含慷慨悲愴之意、多抒迫促清峻之情。

另外，《樵歌》中有近四十首詞用平仄韻轉遞之調，如《清平樂》上片用上去或入聲韻，下片用平聲韻，朱敦儒以之作詞六首，無不嫵媚婉暢，如：

多寒易雨。春事都相誤。愁過黄昏無著處。寶篆燒殘香縷。　低鬟暗摘明璫。羅巾浥損殘妝。檐外幾聲風玉，丁東敲斷人腸。

該詞句式參差錯落，聲韻和諧流暢，黄昏、殘香、明璫、羅巾等皆爲唐五代詞之經典意象，朱敦儒對相思情緒及閨閣愁緒的刻畫也頗具唐五代小令之委婉柔媚風致。

其他詞調如《菩薩蠻》上下闋皆由入聲韻與平聲韻轉遞構成，《昭君怨》則四换韻，上下闋皆由去聲韻與平聲韻轉遞構成，故詞調聲情多曲折變化，羈旅之苦與人生感懷皆在頓挫轉折間得以呈現。

就韻位安排而言，龍榆生曾謂：「大抵兩句或三句一叶韻，聲情最爲和適，句句叶韻，則聲情緊促，宜抒迫切情感。」〔三七〕《樵歌》所用詞調韻位疏密不一，總體聲情則在舒緩沉静中含激切之意。韻位較稀者如《驀山溪》、《洞仙歌》，音節散緩，聲情舒徐；用韻較密者如《桃源憶故人》、《漁家傲》、《相見歡》，聲情緊促。以《相見歡》爲例，「此調每句用韻，後段與前段句式略異。……李煜兩詞則抒寫沉痛之情，最能體現此調聲情特點。南宋朱敦儒七首，多抒寫感時傷世之情」〔三八〕。

另外，如前文所言，《樵歌》中多换韻之調，典型詞調如《減字木蘭花》，此調每句用韻，每兩句爲一層，興寄感懷自然灑脱。朱敦儒善於利用兩個看似對立的韻部實現情感抒發的平衡，如《減字木蘭花・有何不可》運用以端莊爲主要聲情的上去聲韻與以爽朗爲主要聲情的平聲韻，表達隨緣自喜、暢意人生的感慨。韻部的變化賦予詞調以靈動跳脱、富於變化的聲情特點，爲詞作複雜情感的抒發創造了適宜的條件。

總體而言，朱敦儒所用詞調的韻字平仄、韻部分布與韻位疏密情況在一定程度上爲其奠定了抒情總基調，流暢婉轉構成了詞作的主旋律，韻部選擇與平仄轉遞造成的頓挫激昂則使詞作抒情更加有力，對《樵歌》清雋疏朗詞風的形成具有重要意義。

三　由婉麗入清曠：詞情演進過程中的《樵歌》用調流變

王易稱：「宮律詞調，聲響文情，皆屬一貫。就作者言：則本情以尋聲，因聲以擇調，由調以配律。就詞體言：「則本律而立調，由調而定聲，以聲而見情。」〔三九〕詞人對詞調聲情的選擇從根本上來説是由其情志決定的，最終目的是爲了一抒胸中塊壘，即詞調實爲連接感情與詞情的橋梁。如被劉揚忠稱爲「詞風轉變最自覺，階段性最明顯的」〔四〇〕南渡詞人向子諲以「靖康之變」爲界限，將其詞作分爲「江北舊詞」與「江南新詞」，並於《酒邊集》中「退江北所作於後，而進江南所作於前」〔四一〕。縱觀《酒邊集》，其詞調隨詞風詞情之演進而不斷變化：「江北舊詞」所用詞調以小令爲主，唯有《滿庭芳》、《梅花引》、《水調歌頭》三首詞以長調寫就，分別爲題詠京師大雪、席上梅花及戲代之作，整體聲情婉約柔媚；「江南新詞」所用詞調中長調比例大大增加，向子諲以《驀山溪》、《水調歌頭》、《八聲甘州》、《滿庭芳》、《水龍吟》、《洞仙歌》、《滿江紅》諸調創作了大量慷慨放曠之作，利用長調慢詞的容量充分表達鬱憤之意、愛國之情。

同爲「靖康之變」的親歷者，朱敦儒的創作亦以南渡爲界限劃分爲前後兩個時期，前期洛陽城裏的詩酒風流與後期的南奔倉皇及仕宦經歷與隱居生涯催生出朱敦儒深切複雜的人生感懷，諸般慨歎經由聲情各異的詞調組織成篇，展現出階段性特徵鮮明的詞情演進路徑。

（一）詩酒風流的居洛生活與婉媚清麗之聲

北宋末年，自稱「花間相過酒家眠」的朱敦儒以詞得「詞俊」之名，與陳與義等七人並稱「洛陽八俊」，黄昇稱其爲「東都名士」，謂其「天資曠遠，有神仙風致」〔四二〕，悠遊自適的人生態度決定了其創作心態與詞情風貌。該時期朱敦儒所用詞調類型以小令爲主，題材多相思戀情，聲情流美婉轉、纏綿悠揚。

常用詞調如《鷓鴣天》、《臨江仙》格律簡明，句式以三五七言爲主，錯落暢達，朱敦儒以之自叙生平，更顯瀟灑無羈；《桃源憶故人》一調於低沉中蘊流動之勢，適於表現百轉千回、纏綿悱惻的情意，「玉笙吹徹清商後」一詞即細致摹寫了女子苦等良人的孤寂情緒，頗具花間風味。《樵歌》中多有感時生情、即景抒情之作，朱敦儒分別選用《好事近》、《烏夜啼》與《朝中措》幾個詞調予以展現，《朝中措》（元宵初過少吹彈）

與《好事近》（春雨細如塵）皆爲上元詞，一則展露文人幽微閑情，一則代閨中思婦立言；另有《好事近》（春去尚堪尋）寫清明時節與友人相聚暢飲之事，《烏夜啼》（剪勝迎春後）寫立春後同花色天光共徜徉的怡然自樂。要之，朱敦儒多以時下流行之聲摹寫文人意趣，表達低回迂曲之思，展現自在灑脱的人生態度。

另外，《定風波》、《鷰山溪》、《念奴嬌》、《水調歌頭》、《滿庭芳》、《望海潮》一類的中長調在這一時期也主要用於書寫閑雅自得的情緒。如《滿庭芳》作爲長調聲情響亮靈動，「多用四字句、六字句與上三下四句法之七字句，但韻之稀密適度，常以四四六或六七句或組成句群，尤其兩結爲三四五句式之句群，故於含蓄頓挫中忽又流動奔放」〔四三〕。洛陽城裏快意縱横的詞人此時尚慣於表現「雲鬟就，玉纖濺水，輕笑換明璫」的閨情，與後期的「中秋月，披襟四顧，不似在人間」之清寒曠逸情調截然不同。至於《望海潮》一調本就「適於描述地方風物，抒情，言志，祝頌」〔四四〕，宋徽宗政和七年，西京即洛陽行宫建成，朱敦儒以之爲詞調作詞稱頌昇平盛世，其詞曰：

嵩高維嶽，圖書之淵，西都二室三川。神鼎定金，麟符刻玉，英靈未稱河山。誰再整乾坤。是挺生真主，浴日開天。御歸梁苑，駕回汾水鳳樓間。　昇平運屬當千。眷凝旒暇日，西顧依然。銀漢詔虹，瑶臺賜碧，一新瑞氣祥煙。重到帝居前。怪鵲橋龍闕，飛下人間。父老歡呼，翠華來也太平年。

詞作採用四四六爲主的句式層層鋪排，意境開闊，豪情激蕩，「誰」、「是」、「眷」、「怪」幾個領字，振起聲勢，賦予詞作飛揚的美感，滿卷昇平氣象，盡是祝頌之言。

（二）輾轉流離的南奔經歷與慷慨悲壯之音

「靖康之變」後，倉皇南奔的經歷促使南渡詞人將視綫更多投注於家國時勢與自身命運，詞作的現實意義與抒情特徵得到强化。王鵬運曾云：「希真詞於名理禪機，均有悟入，而憂時念亂，忠憤之致，觸感而生。擬之於詩，前似白樂天，後似陸務觀。」〔四五〕與向子諲於「江南新詞」中大量運用長調展露心跡一樣，朱敦儒亦在這一時期的創作中積極採用中調與長調抒情言志，並爲許多詞調增添了新的情感内涵，賦予了其新的表現功能。

朱敦儒所用中調以《踏歌》、《驀山溪》、《蘇幕遮》、《漁家傲》爲代表，長調以《水調歌頭》、《滿江紅》、《念奴嬌》、《雨中花》、《醉思仙》、《芰荷香》、《木蘭花慢》、《桂枝香》、《戀繡衾》、《水龍吟》爲典型。這些詞調多聲情抗墜，或於流暢中蘊低沉壓抑之聲情，如《漁家傲》用仄聲韻且韻位密集，朱敦儒便以之書寫「誰轉琵琶彈側調。征塵萬里傷懷抱」之慨歎；或「故於凝重之中含有激烈與感慨之情」〔四六〕，如《桂枝香》句式參差錯落，形成多處頓挫，朱敦儒以之表現身在異鄉偏遭病患之沉鬱悲涼；至於《雨中花》、《水龍吟》等詞調，則多慷慨之氣，寄託了詞人憂懷家國之意。

與此同時，在陵遷谷變的背景下，朱敦儒所用小令多有哀婉凝重之聲，可狀悲愴沉痛之感，可抒鬱憤難平之情，如《采桑子》、《浪淘沙》、《相見歡》、《沙塞子》、《十二時》等；即便是以相思戀情爲本調的詞調，如《臨江仙》、《鷓鴣天》、《卜算子》等，在此時亦於離愁别苦之外别具慷慨悲愴之氣。

以《采桑子》爲例，其調名本自唐教坊曲《楊下采桑》，《尊前集》注「羽調」，《張子野詞》入「雙調」〔四七〕，音韻和諧，聲情婉轉，最早爲後蜀花蕊夫人被迫離蜀入宋時所作，原詞以「初離蜀道心將碎，離恨綿綿」開篇，隨後以奇偶相生、參差有致的詞句表達了主人公的滿懷淒涼、千般無奈。

朱敦儒的三首《采桑子》分别作於建炎元年（一一二七）的彭澤、建炎四年（一一三〇）的兩廣地區及紹興三年（一一三三）的湖南，彼時倉皇南渡的悲苦如陰雲壓頂，去國離鄉的淒涼情緒難以言盡，詞人同樣選擇了《采桑子》這一詞調予以表達，其中的兩首詞云：

扁舟去作江南客，旅雁孤雲。萬里煙塵。回首中原淚滿巾。　碧山相映汀洲冷，楓葉蘆根。日落波平。愁損辭鄉去國人。

一番海角淒涼夢，却到長安。翠幃犀簾。依舊屏斜十二山。　玉人爲我調秦瑟，顰黛低鬟。雲散香殘。風雨蠻溪半夜寒。

朱敦儒與花蕊夫人皆迫於情勢、遠離故土，而與花蕊夫人的風流繾綣不同，朱敦儒的悲愴之意表達得更爲直接，輾轉流離於南渡途中的詞人觸景傷情，淒涼況味在七四四七的句式安排下，經由平聲韻緩緩道出，哀切之意愈顯，家國悲懷迴響於聲情哀婉間，悲愴慷慨的詞作整體風貌在一定程度上體現了朱敦儒對詞調聲情的繼承與拓展。

（三）優遊卒歲的隱居歲月與曠逸超脱之調

朱敦儒致仕後隱居嘉禾，有「一個小園兒，兩三畝地。花竹隨宜旋裝綴」（《感皇恩》），自稱「屈指八旬將到，回頭萬事皆空」（《西江月》）。《澄懷録》載：「陸放翁云：『希真居嘉禾，與朋儕詣之。笛聲自煙波間起，頃之，棹小舟而至，則與俱歸。室中懸琴、筑、阮咸之類。檐間有珍禽，俱目所未睹。籃缶貯果實脯醢。客至，挑取以奉客。』」〔四八〕可見當往日沉浮皆成舊事，年事已高的朱敦儒在山水田園間逐漸獲得了灑脱自如的心境。就詞的創作而言，《樵歌》中大部分詞作誕生於嘉禾時期。就詞調運用而言，朱敦儒所用詞調相對集中，多組詞形式；類型諸體兼備，而以小令爲主；題材多摹景抒情，頗具超逸之氣，典型詞調有《好事近》、《朝中措》、《如夢令》、《感皇恩》等。

《好事近》一調「各家多用入聲韻；調勢平穩，音節低沉，適應範圍較廣」〔四九〕。朱敦儒運用該調創作了漁父詞六首，其一云：「漁父長身來，只共釣竿相識。隨意轉船回棹，似飛空無跡。　蘆花開落任浮生，長醉是良策。昨夜一江風雨，都不曾聽得」，以簡短有力的語言活畫出一位跳脱於紅塵之外的煙波釣叟形象。《朝中措》一調「爲換頭曲，前段流暢，後段穩重，聲韻平和，宜於表達較嚴肅之主題。歐詞風格豪健，爲此調定勢，並爲通行之體」〔五〇〕，朱敦儒有詞十一首，「大都爲言志與閑適之作，風格曠達」〔五一〕，其中「新來省悟一生癡」、「胸中塵土久無奇」、「先生筇杖是生涯」四首即作於此時，均押平聲韻，後兩首詞云：

先生饞病老難醫，赤米饜晨炊。自種畦中白菜，醃成甕裏黃齏。肥葱細點，香油慢炒，湯餅如絲。早晚一杯無害，神仙九轉休癡。

先生筇杖是生涯，挑月更擔花。把住都無憎愛，放行總是煙霞。飄然攜去，旗亭問酒，蕭寺尋茶。恰是黃鸝無定，不知飛到誰家。

兩首詞所寫皆爲怡然自適的心境，第一首語言平淡樸素，句式以四六言爲主，細致刻畫了日常生活場景；第二首則更具詩情畫意，聲情開闊暢達。

《如夢令》「四個六字句，俱爲仄仄平平仄仄；兩個二字句爲平仄；六句用仄聲韻，僅一個五字句末字爲平聲。這樣使此詞聲情低沉凝重。此調於五代僅唐莊宗兩詞，宋人作者甚衆，一般用以抒情，自蘇軾用以遊戲和表曠達之情後，亦有用以言志與寫景者」〔五二〕。朱敦儒以之作「莫恨中秋無月」詞兩首，將中秋無月這一憾事寫得通透灑脱，與蘇軾之作一脈相承，其詞曰：

莫恨中秋無月。月又不甜不辣。幸有甕頭春，閑坐暖雲香雪。香雪。香雪。滿引水晶蕉葉。

莫恨中秋無月。多點金釭紅蠟。取酒擁絲簧，迎取輕盈桃葉。桃葉。桃葉。唱我新歌白雪。

「月又不甜不辣」之言平實而詼諧，顯示了詞人從容隨性的姿態，把盞閑坐，絲簧弄聲，同樣是良辰佳夜。

要之，朱敦儒的選聲擇調在一定程度上是其經歷與心境之變的必然結果，與詞情之表達需求相適應。這不僅表現於不同時期用調傾向之別，即便是同一詞調，朱敦儒對其運用也呈現出一定的階段性特點，整體上由婉約流麗演變爲清雋曠逸。

結語

張炎於《詞源》「製曲」一節曾言：「作慢詞，看是甚題目，先擇曲名，然後命意；命意既了，思量頭如何起，尾如何結，方始選韻，而後述曲。」〔五三〕從創作者的角度出發概括了填製慢詞之規範，明確了選調、命意、謀篇佈局與選韻之先後次序，也説明詞調作爲詞人創作的自覺選擇，是整個創作鏈條中至關重要的一節。生活於兩宋之交的朱敦儒深受詞壇流行詞調的影響，同時廣泛採用時下新聲、僻調，並積極創調，具有一定的創新意識。通過句法和韻律的巧妙安排，《樵歌》得以在和婉清暢的主旋律之外盡顯激越拗峭，從而爲清雋疏闊詞風的形成奠定了基礎，是以能得「多塵外之想，雖雜以微塵，而其清氣自不可没」〔五四〕之評。由北入南的經歷則深刻影響了其詞調的選擇，《樵歌》所用詞調類型以小令爲主而承北宋餘風、中長調漸多而藴風雷之聲，在一定程度上代表了南渡詞壇的用調傾向。

〔一〕　龍榆生《研究詞學之商榷》，《龍榆生學術論文集》，上海古籍出版社二〇一七年版，第二四三頁。

〔二〕　朱敦儒（一〇八一—一一五九），字希真，河南人，生活於兩宋之交，「靖康之變」後歷數年輾轉流離，曾出仕於高宗朝，後因戰和問題上疏請歸，晚年隱居於岩壑。素工詩及樂府，婉麗清暢。詳俱《宋史》本傳（《宋史》卷四四五）。

〔三〕　朱敦儒著，鄧子勉校注《樵歌校注》，上海古籍出版社二〇一〇年版。本文之統計數據及所引朱詞均出自該著作，下不另注。

〔四〕〔四二〕〔四五〕〔四八〕　孫克强編著《唐宋人詞話》，河南文藝出版社一九九九年版，第四四八頁、第四四五頁、第四四七頁、第四四七頁。

〔五〕〔七〕　劉尊明《唐宋詞調研究》，鳳凰出版社二〇一九年版，第九八頁、第一二一頁。

〔六〕　劉尊明以《全宋詞》爲標準，稱朱敦儒存詞二百四十六首，用調七十五個，在兩宋詞人用調數量排行榜上居於十五位。（劉尊明《唐宋詞調研究》，鳳凰出版社二〇一九年版，第九八頁）鄧子勉的《樵歌校注》較之《全宋詞》多出《孤鸞》、《絳都春》、《秋霽》三個詞調的詞作各一首，本文以之爲標準，並對同調異名予以合併處理，最終得朱敦儒現存詞作二百四十九首、詞調七十七個。

〔八〕〔九〕〔一〇〕〔一五〕〔二四〕 田玉琪《詞調史研究》，人民出版社二〇一二年版，第一一四頁、第一三〇頁、第一四四頁、第四〇一頁、第三六八頁。

〔一一〕 根據《樵歌校注》，朱敦儒有《木蘭花》兩首，《西湖曲》一首，皆爲七言八句結構。《欽定詞譜》云：「《花間集》載《木蘭花》、《玉樓春》兩調，其七字八句者爲《玉樓春》體，《木蘭花》則韋詞、毛詞、魏詞共三體，從無與《玉樓春》同者。自《尊前集》誤刻以後，宋詞相沿，率多混填。」（王奕清等編著《欽定詞譜》第一二卷，中國書店二〇一〇年版，第一九五頁）《西湖曲》則與《玉樓春》體制相同，實爲《玉樓春》之異名。故將此三首詞統一爲《玉樓春》詞調予以統計。

〔一二〕 據《樵歌校注》，朱敦儒有《南歌子》一首，《風蝶令》一首，爲同調異名，故統一爲《南歌子》。

〔一三〕 據《樵歌校注》，朱敦儒有《昭君怨》詞一首，《洛妃怨》詞一首，兩調實爲同調異名，故統一爲《昭君怨》一調，詞兩首。

〔一四〕 劉尊明、王兆鵬《唐宋詞的定量分析》，北京大學出版社二〇一二年版，第一一八頁。

〔一六〕 柳永著，陶然、姚逸超校箋《樂章集校箋》，上海古籍出版社二〇一六年版，第四百四一頁。

〔一七〕 姜夔著，夏承燾箋校《姜白石詞編年箋校》，上海古籍出版社一九九八年版，第二一頁。

〔一八〕 龍榆生《談談詞的藝術特徵》，《龍榆生學術論文集》，第六三一頁。

〔一九〕〔二〇〕 王奕清等編著《欽定詞譜》第二一卷，中國書店二〇一〇年版，第三六三——三六四頁、第三七二頁。

〔二一〕 龍榆生《填詞與選調》，《龍榆生學術論文集》，第三七六頁。

〔二二〕 龍榆生《談詞論曲》，北方文藝出版社二〇一八年版，第一七五頁。

〔二三〕 據初步統計，向子諲詞共有七言句五百八十八句，五言句三百八十一句，四言句二百七十八句，三言句二百句，六言句一百九十九句。

〔二五〕〔二六〕〔二八〕〔三〇〕〔四三〕〔四四〕〔四六〕〔四九〕〔五〇〕〔五一〕〔五二〕 謝桃坊編著《唐宋詞譜粹編》，四川人民出版社二〇一〇年版，第四九頁、第二〇頁、第一八頁、第一二三頁、第一六七頁、第一四七頁、第二二頁、第二九頁、第三〇頁、第八頁。

〔二七〕 據初步統計，朱敦儒詞共有七言句六百九十句，四言句六百七十九句，五言句五百五十二句，六言句四百七十七句，三言句二百六十三句。

〔二九〕〔三一〕〔三八〕 謝桃坊編著《唐宋詞譜校正》，上海古籍出版社二〇一二年版，第一九三頁、第四四八頁、第二五頁。

〔三二〕夏承燾著，陸蓓容編《大家國學·夏承燾卷》，天津人民出版社二〇〇八年版，第九二頁。
〔三三〕〔三四〕夏承燾《唐宋詞字聲之演變》，《唐宋詞論叢》，古典文學出版社一九五六年版，第六〇頁、第六八頁。
〔三五〕〔三六〕〔三七〕龍榆生《創製新體樂歌之途徑》，《龍榆生學術論文集》，第五三一頁。
〔三九〕王易《中國詞曲史》，吉林出版集團有限公司二〇一六年版，第一八一頁。
〔四〇〕劉揚忠《唐宋詞流派史》，福建人民出版社一九九九年版，第三三八頁。
〔四一〕胡寅《題酒邊詞》，毛晉輯《宋六十名家詞》，上海古籍出版社一九八九年版，第二二〇頁。
〔四七〕龍榆生《唐宋詞格律》，上海古籍出版社二〇二〇年版，第一九頁。
〔五三〕張炎著，夏承燾校注《詞源注》，人民文學出版社一九八一年版，第一三頁。
〔五四〕陳良運主編《中國歷代詞學論著選》，百花洲文藝出版社一九九八年版，第一三六頁。

（作者單位：吉林大學文學院）

南宋詞人吴文英家世補論

——從新發現翁逢龍傳記資料談起

王馨鑫

内容提要　南宋詞人吴文英家世生平中的種種問題，一直爲學界所關注。通過對國家圖書館藏清代《餘姚東門翁氏家乘》中有關翁逢龍及其父翁衡重要記載的考述，可知文英生母地位較低，當是事實。而夢窗之所以終身未第，一方面與其出身有關，另一方面，也與其兄翁逢龍在官場中的遭遇有一定關係。

關鍵詞　吴文英　翁逢龍　《餘姚東門翁氏家乘》　家世

吴文英是南宋詞壇上具有鮮明藝術個性的詞人之一，有關他的生平與家世，一直是學界研究的重點。但因記載寥寥，而始終存在著很多疑點和模糊之處。周密《浩然齋雅談》云："「翁元龍字時可，號處静，與吴君特爲親伯仲，作詞各有所長，世多知君特，而知時可者甚少。」〔一〕又夢窗有《探春慢·憶兄翁石龜》詞，厲鶚《宋詩紀事》："「逢龍號石龜，四明人。」〔二〕由此兩條材料，夢窗之「伯仲」翁逢龍、翁元龍進入了研究者的視野。但有關翁氏兄弟的記載同樣十分稀少，且夢窗與二人究竟是否是兄弟關係，近年來也有研究者提出了質疑。筆者近時通過查閲各時期的翁氏族譜、支譜，在國家圖書館所藏《餘姚東門翁氏家乘》中，檢出一條有關翁逢龍的重要記述，對夢窗身世生平中的一些問題有較大的啟發意義。故不揣簡陋，略考其生平事跡於下，在此基礎上，對夢窗家世問題作出一些補充與探討。

一

翁逢龍《宋史》無傳，有關他的生平履歷，前輩學者大多是從方志、别集中鉤稽出來的，如楊鐵夫《吴夢窗事跡考》：

（夢窗）父翁某生數子。（今雖不知其父名，但所生三子皆以文學顯，知必爲文學中人。）先夢窗而生者曰逢龍，字際可，號石龜（集中有憶兄石龜翁《探春慢》詞），丁丑吴潛榜進士（乾隆《浙江通志》）。嘉熙中，官平江通判（見戴復古《石屏詩鈔·諸詩人會於吴門翁際可通判席上》）。有詩集（《石屏詩鈔·閲四家詩卷》四家者，翁際可、薛沂叔、孫季蕃、高九萬也）。[二]

由《浙江通志》、夢窗詞、戴復古詩等材料，可以大致瞭解到翁逢龍的字號、科第、任官等情況。但具體到其宦跡升沉如何，任内有何作爲，最後又官終何職，則茫無可尋。恰恰在這方面，《餘姚東門翁氏家乘》中的《通奉大夫文清公傳》提供了一個非常詳細的記載：

公諱逢龍，字際可，叔平公子。少從朱子學，又與楊慈湖、張壽、張玉、蔣渚爲友，學問該博，聲名藉甚，世稱石龜先生。遠方之執經問難者，接踵而至。登嘉定十年吴潛榜進士特科，授官通、潤二州教授。造士有方，史相彌遠甚器重之。陞奉議郎，權知潤州。政平訟簡，作詩云：「幾日官閑封印早，今朝客少改詩忙。」改知紹興府。理宗初，進直龍圖閣，兼兵部員外郎。作詩云：「又逢年號重新改，只看春風似舊來。」端平元年，主管紹興府鴻禧觀。三年，入對，充龍圖閣待制。嘉熙二年三月，兼史館修撰，同修高、孝、光、寧四朝實録。與秘書監李心傳議論不合，心傳譖於帝曰：「翁逢龍秉筆多阿諛權要親戚。」由是翁氏之顯於宋者，雖文略武功，炳著簡策，皆削而不收。貶公雷州，編管萬安軍。四年正月，遇赦，罷爲本州司户。淳祐二年，史相嵩之進呈《中興四朝國史》，復召公，進朝奉大夫，知建昌軍，兼管勸農營田事，節制軍馬，賜緋衣魚袋。以老乞歸，進通奉大夫，龍圖閣直學士。所著有《龜巢稿》、《乾坤清氣集》。帝聞其學識，追謚文清，賜號中興吟鑑詩人。〔四〕

《餘姚東門翁氏家乘》（以下簡稱《家乘》），翁學涵輯，清咸豐二年（一八五二）刻本，共十册二十卷。半葉十行，行二十字，版心題「統宗堂」字樣。該書以干支順序編集，除叙本支世系外，亦旁涉其他支系，記述翁氏源流宗派頗爲詳明。且翁氏族中登朝入仕者，多有小傳，十分難得。《家乘》中有關翁逢龍的這段記載，即出自《巳集》的人物小傳，觀其行文，似由墓誌直接迻抄而來。所述翁逢龍之宦跡履歷、陞謫緣由，符合南宋官制、升轉規律；且與各府縣志中之記載，基本相合。兹逐條考之如下，以證其信而可徵：

㈠《家乘》云：「登嘉定十年吴潛榜進士特科，授官通、潤二州教授。」

《寶慶四明志》卷十「進士」：「嘉定十年吴潛榜：翁逢龍。」〔五〕《延祐四明志》同。州學教授，始設於北宋仁宗慶曆四年（一〇四四），神宗熙寧六年（一〇七三），諸路教授改由中書門下選京朝官、選人或舉人充。通州，今江蘇南通一帶；潤州，今江蘇鎮江一帶。

㈡《家乘》云：「陞奉議郎，權知潤州。……改知紹興府。」

奉議郎，寄禄官，秩正八品。孫逢吉《職官分紀》卷四十八：「國朝元祐令，……奉議郎，正八品。」〔六〕權知州，差遣官。《宋代官制辭典》：「文臣資任差一任（或品未及）而任州守者，帶『權』字。按條法，以知州資序人（第二任通判人）得薦舉堪充知州，如以通判資序人而差充知州，屬隔一等而升，即需帶『權』字。」〔七〕按：據傳文「造士有方，史相彌遠甚器重之」，則翁逢龍此次越級升遷，與史彌遠應有一定關係。

㈢《家乘》云：「理宗初，進直龍圖閣，兼兵部員外郎。」

直龍圖閣，職事官貼職。《宋史·職官志》：「祥符九年，以馮元爲太子中允、直龍圖閣。直閣之名始此。凡館閣之久次者，必選直龍圖閣，皆爲擢待制之基也。中興後，凡直閣爲庶官任藩閫監司者貼職，各隨高下而等差之。」〔八〕兵部員外郎，職事官，秩正七品。

㈣《家乘》云：「端平元年，主管紹興府鴻禧觀。」

主管鴻禧觀，祠禄官。無職掌，奉朝請、享廪禄而已。按：《至順鎮江志》卷十七《寓治》載：「幹辦公事：翁逢龍，承直郎，紹定三年至。謝奕修，朝散郎，紹定六年至。」〔九〕則際可之任幹辦官，始紹定三年（一二三〇），終紹定六年（一二三三）。端平元年（一二三四）任滿還朝後，因無闕可補，而被臨時安置爲祠禄官。承直郎，寄禄官，秩正六品。

㈤《家乘》云：「三年，入對，充龍圖閣待制。」

龍圖閣待制，秩從四品，無職守，爲文臣差遣貼職。按：際可此次入對所補之差遣實職，應爲平江府通判。《吴都文粹續集》卷八載王遂《通判西廳記》云：

平江通判西廳在子城西南最高處，宜隆而污，宜豁而拘，宜整齊嚴肅而雜處閭閻，甚不稱夫通都輔郡之體，治中別駕之居。翁君過遂，言曰：「余佐郡一年矣，而假室廬於人，其何以尊君命而寧親心？……會將斤而丈之，舍舊而圖其新，能無懼余力之不任乎？」……君名逢龍，字際可，甬東人，號龜翁，登嘉定丁丑第。詩思清越，出大曆、貞元畦逕之表，而長於吏才。……嘉熙改元七月丙辰，朝奉大夫、煥章閣待制、知平江軍府事兼管内勸農使、節制許浦水軍，賜紫金魚袋王遂記。〔一〇〕

據此，則翁逢龍到任平江，正在理宗端平三年（一二三六），嘉熙元年（一二三七）、二年（一二三八）在任。戴復古《諸詩人會於吴門翁際可通判席上》詩，亦正作於此時。

㈥《家乘》云：「嘉熙二年三月，兼史館修撰，同修高、孝、光、寧四朝實録。」

史館修撰，館職名。掌修日曆、國史。《宋代官制辭典》：「史館修撰次於集賢殿修撰、高於直史館，爲館閣官之高等。初由朝官充，大中祥符九年（一〇一六）八月後，須兩省五品官以上方能爲之。」〔一一〕

⑦《家乘》云：「與秘書監李心傳議論不合，心傳譖於帝曰：『翁逢龍秉筆多阿諛權要親戚。』由是翁氏之顯於宋者，雖文略武功，炳著簡策，皆削而不收。貶公雷州，編管萬安軍。四年正月，遇赦，罷爲本州司户。」

《宋史·理宗本紀》：「嘉熙二年三月壬子，以李心傳爲秘書少監、史館修撰，修高宗、孝宗、光宗、寧宗四朝國史實録。」〔一二〕李心傳，字微之，隆州（今四川井研）人，所著《建炎以來繫年要録》，獲譽甚廣。寶慶二年（一二二六），以魏了翁、崔與之等二十三人交章奏薦，以布衣應詔，差充秘閣校勘。紹定五年（一二三二），除秘書郎，專修《四朝帝紀》。紹定六年，因言者劾，罷職歸蜀，通判成都府。端平三年（一二三六）復召。嘉熙二年三月，除秘書少監，兼史館修撰，專修《四朝國史》及《實録》，並薦高斯得、杜範、王遂等爲史館檢閲。淳祐初罷職，寓居湖州。淳祐四年去世。端平三年復召以來，李心傳始終在朝中主持修史工作，帝眷甚隆，翁逢龍因被其所「譖」而遭貶雷州，完全可能。但其中緣由，則並非如《家乘》所言，僅僅是因「議論不合」所致，其背後實際隱藏着理宗朝圍繞修史發生的一系列政治鬥争——嘉熙二年（一二三八），李心傳受命撰修《四朝國史》、《實録》，其中光宗、寧宗《帝紀》由其助手高斯得分修。據《宋史》本傳，高斯得在修撰《寧宗紀》時，曾在末卷附記理宗與濟王事。高氏原稿今已不存，《宋史·鎮王竑傳》載：

鎮王竑，希瞿之子也。初，沂靖惠王薨，無嗣，以竑爲之後，賜名均，尋改賜名貴和。太子詢薨，乃立貴和爲皇子，賜名竑。……竑好鼓琴，丞相史彌遠買美人善鼓琴者納諸御，而厚廩其家，使美人瞯竑動息，必以告。美人知書慧黠，竑嬖之。宮壁有輿地圖，竑指瓊厓曰：「吾他日得志，置史彌遠於此。」又嘗呼彌遠爲新恩，以他日非新州則恩州也。……寧宗崩，彌遠始遣清之往告昀以將立之之意。……昀既至，彌遠引入柩前，舉哀畢，然後召竑，……宣制畢，閤門贊呼，百官拜舞，賀新皇帝即位，竑不肯拜，震捽其首下拜。皇后矯遺詔：竑開府儀同三司，進封濟陽郡王，判寧國府。帝因加竑少保，進封濟王。……

（寶慶元年正月）彌遠令客秦天錫託召醫治竑疾，竑本無疾。丙戌，天錫諭旨逼竑縊於州治。〔一三〕

趙竑死後，廷臣真德秀、魏了翁、洪咨夔、胡夢昱等都曾上書極力論諫，而先後遭到斥逐，後遂漸無人敢言。此事一旦被記入史册，對史彌遠和史氏家族所産生的負面影響，是可以想見的。因此，淳祐二年（一二四二）《帝紀》修成進呈時，當時的丞相、也是史彌遠從子的史嵩之便對其進行了篡改：

淳祐二年，《四朝帝紀》書成，上之。嵩之妄加毁譽於理宗、濟王，改斯得所草《寧宗紀》末卷。斯得與史官杜範、王遂辨之，範報書亦有「姦人勦入邪説」之語，然書已登進矣。〔一四〕

這件事引發了高斯得、杜範、王遂等人的激烈反對，但結果已經無法改變。李心傳同樣爲此感到不平，事後，他「藏斯得所草，題其末曰『前史官高某撰』而已」，用這種做法保存事實真相以及表示抗議。而正如來可泓先生在《李心傳事跡著作編年》中所説：「李心傳是主編，高斯得之所以能對理宗與濟王事如實記載，自然得到李心傳的首肯和支持。」〔一五〕在修史的過程中，李心傳、高斯得等人與史嵩之一派之間的矛盾是顯而易見的。

史彌遠，字同叔，明州鄞縣人，於寧宗、理宗朝獨攬大權長達二十六年，紹定六年（一二三三）去世；史嵩之，字子由，史彌遠從子，嘉熙四年（一二四〇）拜相，後返鄉家居，寶祐五年（一二五七）去世。史彌遠、史嵩之在朝時，都曾積極提拔同鄉士子，以至於民諺稱「滿朝朱衣貴，盡是四明人」。翁逢龍亦不例外，上文已述，其官州學教授時，就因「造士有方」而受到史彌遠的器重，其後以奉議郎權知潤州，應也與史彌遠的有意提拔不無關係。大概也正是因此，他被李心傳等視爲史氏一黨。李氏所謂「翁逢龍秉筆多阿諛權要親戚」，這裏的「權要親戚」，恐怕也並非泛稱，而是專指史彌遠。這句話的意思，幾乎就是明言翁逢龍在修史過程中有爲史彌遠曲筆遮掩、美化的行爲。依人情事理推斷，翁氏確實有這樣做的可能，李心傳劾其「阿諛」，當也未必無因。但站在翁氏族人（或傳文原作者）的立場上，李心傳的進言不但令逢龍被貶至極荒遠之地，更使「翁氏之顯於宋者，雖文略武功，炳著簡策，皆削而不收」，其行爲自然近於「譖」了。

另按：嘉熙三年（一二三九），逢龍曾一度以添差通判任職寧國府。杜範《清獻集》卷九《薦通判尹煥、翁逢龍劄》：

臣自領郡事，適當民力凋瘵、郡計空乏之餘，有奉議郎、通判軍府尹煥，朝散郎、添差通判翁逢龍相與協力裨贊，不避煩難，實不負關決之寄，臣固已知其爲佳貳車矣。近者淮甸流民與逃卒雜襲入境，持弓挾刀，縱火掠財，……而尹煥、翁逢龍乃肯以身任備禦招捕之責，訓練士卒，保護城壁，日夜撫循，備極難苦。既而設計用間，擒其渠寇，撫其餘黨，千里士民，藉以獲全。……臣竊照尹煥學識敏博，謀略深長；翁逢龍性姿端凝，臨事善斷，使之内在王廷，必能彌綸庶務；外爲牧守，必能保障生靈，實爲有用之才。〔一六〕

《宋史·杜範傳》：「嘉熙二年，差知寧國府，明年至郡，適大旱，範即以便宜發常平粟，又勸寓公富人有積粟者發之，民賴以安。……兩淮饑民渡江者多剽掠，其首張世顯尤勇悍，擁衆三千餘人至城外，……陰有窺城之意，範以計擒斬之，紿其衆，使歸。四年還朝。」〔一七〕此劄後一篇爲《嘉熙四年被召入見第一劄》，又文中所言正擒張世顯事，可知應是嘉熙三年杜範知寧國府時所作。據此，則逢龍之被貶雷州，有可能是直接由寧國府任上落職而去。

㊇《家乘》云：「淳祐二年，史相嵩之進呈《中興四朝國史》，復召公，進朝奉大夫，知建昌軍，兼管勸農營田事，節制軍馬，賜緋衣魚袋。」

《宋史·理宗本紀》：「淳祐二年春正月戊戌，右丞相史嵩之等進玉牒及《中興四朝國史》、《孝宗經武要略》、寧宗玉牒、日曆、會要、實録。」〔一八〕遭貶三年之後，翁逢龍又得以復召還朝，顯然有賴於嵩之之力。或者也可以説，是史氏在修史一事上最終壓倒李、高等人，獲得勝利的其中一個體現。

朝奉大夫，秩正五品。建昌軍，今江西南城。按：吴熊和《唐宋詞彙評·兩宋卷》吴文英《探春慢·龜翁下世後登研意》詞下注：「《江西通志》卷十一：『翁逢龍，字際可，慶元府鄞縣人。嘉定七年進士。知建昌軍。』李之亮《宋兩江郡守易替考》定其知建昌軍爲淳祐元年。」〔一九〕二書所記於時間各有所誤，但皆指出際可曾知建昌軍，可見《家乘》所言可信。

又按：夢窗《柳梢青》詞，題「與龜翁登研意觀雪，懷癸卯歲臘朝斷橋並馬之遊」〔二〇〕，癸卯爲淳祐三年（一二四三），是年臘月初八，二人並馬遊西湖斷橋，則逢龍之赴建昌軍，當在是年冬之後。而據夏承燾先生《吴夢窗繫年》，夢窗此前數年，一直寓於蘇州，至此方離蘇遊杭，則其原因，很有可能就是因兄長從雷州還朝，故特來相見。

⑨《家乘》云：「以老乞歸，進通奉大夫，龍圖閣直學士。」

通奉大夫，寄禄官，秩從三品。龍圖閣直學士，秩從三品，無職事，備侍從、顧問，以示榮寵而已。據傳文，其離世似距乞老未久，則其逝世應在理宗淳祐、寶祐年間。

二

由《餘姚東門翁氏家乘》中的這篇《通奉大夫文清公傳》，可以清晰地看到翁逢龍一生的宦跡升沉。具體到他的詩歌，雖然其逝後被賜號爲「中興吟鑑詩人」，但因《龜巢稿》與《乾坤清氣集》都已散失不存，其詩風詩藝究竟如何，今日已難知全貌。不過與之相關的一些方志中，還保留著他的一些作品。這些作品中也隱約透露出與其生平履歷相關的信息。如：

金山寺

波濤湧處浮雙塔，塔影高低樹影邊。山下雖無歸寺路，門前却有過淮船。石峰隔水難尋水，井脉通泉易得泉。聞説老龍歸洞口，幾番驚起定僧禪。（《京口三山志》）〔二一〕

天津橋

下馬過天津，聽傳禁漏頻。惟憐一橋月，曾照六朝人。金剎宮門字，江飛粉壁塵。中官來宿内，因問帝鄉親。（《景定建康志》）〔一二二〕

這兩首詩大概率是在其權知潤州或任鎮江幹辦官時所作。又如《曹娥廟》二首：

再拜靈娥廟，魂清若可招。幡風吹古渡，帆月落殘潮。碑有行人讀，香多遠客燒。迎神漢朝曲，時聽起雲霄。

何朝無朽骨，此地尚清陰。塚上獨根樹，江邊孤女心。化錢燒石燥，落葉積泥深。長有英靈在，風平煙浪沉。（《（萬曆）會稽縣志》）〔一二三〕

則應是權知紹興府時所寫。又《（正德）建昌府志》卷十一載：

雲門石壁，在麻源三谷，壁間有宋郡守翁逢龍祈雪詩：谷中草木幾經春，勑額猶存古隸文。千里耕桑安土俗，一爐香火奉山君。多留姓字溪邊石，慣見旌旗隴上雲。太守若賢神自感，夜來入夢雪繽紛。〔一二四〕

這首《祈雪詩》，明顯是其知建昌軍時所作。此外，《翁氏家乘·未集》中，也記録了他的幾首作品：

潤州五州山

五州山下路，樵牧自成群。澗淺林交徑，岩高石礙雲。老松前代寺，異草貴人墳。更陟重岡望，江淮地勢分。

道中上馬入潤州

因行作遊計，上馬未須忙。舊路往來熟，新秋早晚涼。看圖尋古跡，聽語認同鄉。一帶陂塘近，西風菱藕香。

除夜懷弟

爲官與爲客，相望各天涯。明日同添歲，何年共在家。梅飄幾片雪，燈結兩心花。前月書無報，多應道路賒。

史館夜歸

官事歸來夜雪埋，兒童燈火小書齋。人家不必問貧富，纔有斯聲懷便開。

其中《除夜懷弟》一首，頗值得注意，據詩意，逢龍有弟，且其弟正在異地爲「客」。此「弟」指的究竟是文英，還是元龍，不得而知；但從詩中可以看出，其兄弟之間的關係還是十分親密融洽的。

三

通過以上對翁逢龍宦跡履歷及詩歌作品的簡要考述，可對其人生歷程形成一個大致的印象。在此基礎上，對於吴文英家世生平中尚存在的一些問題，似可産生新的理解與探討。

首先，關於夢窗的身世問題。自周密《浩然齋雅談》言其與翁元龍爲「親伯仲」以來，夢窗爲何姓吴不姓翁，便成爲了其身世問題中最大的一個謎團。夏承燾先生《吴夢窗繫年》引劉毓盤《處静詞跋》云：「其以異姓爲親伯仲，或者出爲他人後也；否則其所出也微。」並採取了前一種意見，以爲：「夢窗蓋本翁氏而出爲吴後。」〔二五〕村上哲見則認爲「後一説，即由於母親出身低賤而改姓，較有説服力」，並指出夢窗没有功名的原因是「由於母親出身卑微，如果不改翁姓，吴家没有應舉資格」。〔二六〕

從《餘姚東門翁氏家乘》來看，應該説後一種説法的可能性更大。《翁氏家乘·巳集》中，翁逢龍之父翁衡亦有傳，名《朝散大夫叔平公傳》：

公諱衡，字叔平，輔德公長子。嘉定（按：當爲「嘉泰」之誤）二年以恩蔭補承務郎，監臨安府長林酒庫、紹興糧科院。嘉泰（按：當爲「嘉定」之誤）中，差福建安撫司幹官，轉宣義郎，遷宣教郎。丁父憂，服滿，補上元縣令。五年，轉通直郎、寧國府通判。七年，主管寧國明道宮。入爲秘書郎，改諸王宮大小學教授。磨勘，轉朝奉郎。遷崇政殿説書。上以飛白書賜之。十五年，授經筵侍講兼國史院編修。乞老，以朝散大夫致仕。杜門讀書，躬行踐實之學，又十餘年而卒。秘閣修撰劉克莊志其墓。

又丑集「世系」云：

> 衡字叔平，行千三二，天祐長子，嘉定（按：應爲嘉泰）間以恩蔭仕至經筵侍講，元配何氏，繼余氏，澤州知州輔之女。合葬太平里龍山之原。子逢龍。

可惜的是，筆者遍檢劉克莊《後村先生集》及其他相關資料，並未找到他爲翁衡所作的這篇墓誌。如能找到，或可對夢窗之家世有更明晰的瞭解。從現有資料來看，翁衡家世清貴，正妻、繼配亦出身名門。族譜所載其子息，僅逢龍一人，但逢龍詩明言「懷弟」，元龍之姓、字亦明顯與之序齒，可知他並非没有兄弟，只是未載入族譜罷了。可見夢窗、元龍之地位，必低於逢龍。而其主要原因，很大可能就是其生母的出身較爲微賤。由此，則文英爲何姓吴不姓翁，便主要可歸結爲兩種可能：其一，文英爲翁氏之子，但因母親出身微賤而不得隨父姓，元龍與之同父而異母，其母之出身大約較夢窗生母爲高，故得以隨父姓翁。但二人皆非嫡子，故未能入譜；其二，文英爲吴氏之子，其母先嫁吴氏，後改適翁衡，元龍與之同母而異父，故文英姓吴而元龍姓翁。此説由朱德慈先生於一九八八年在《吴夢窗事跡補辨》一文中率先提出〔二七〕，這也是筆者認爲目前爲止最合乎情理的一種判斷。至於劉、夏二先生的前一種説法，即夢窗「本翁氏而出爲吴後」，可能性則較小：若文英爲翁衡親子，這樣一位曾經供奉經筵的官員，似乎不大可能會讓他成爲别人的後嗣，除非他本來就是其族的後代。

在此基礎上，夢窗一生當中爲何没有取得科第的問題，也可得到解答：一方面，正如村上先生所説，由於母親的緣故，他在科舉問題上可能會遇到一些阻礙。（不一定是「没有應舉資格」，也有可能是由於養子的尷尬身份。）不過，若文英真的想躋身官場的話，以他的才情天賦及其所交遊之高官貴族，當也不至於完全没有辦法。但他依然選擇了以幕客的身份作爲自己主要的謀生手段，這又是何緣故呢？筆者認爲，這或與其兄翁逢龍在官場中的遭遇有一定關係。

陳邦炎先生在《吴夢窗生卒年管見》一文中認爲：「（夏承燾）《繫年》定夢窗集中《聲聲慢·陪幕中餞孫無懷於郭希道池亭，閏重九前一日》詞爲紹定五年作，從而考證夢窗此年『在蘇州，爲倉臺幕僚』。這應當是不易之論。……根據《繫年》，此年夢窗三十三歲，已是壯年；但薛礪若在《宋詞通論》中則認爲夢窗『早歲居蘇，壯年（三十餘歲）以後始居杭』，據以推算，其初入倉幕時尚在弱冠之年。……從紹定四年上溯二十年，夢窗出生之歲應在嘉定五年左右。」〔二八〕

若陳先生的推測無誤，則夢窗自少年至中年這段性格思想形成的關鍵時期，即寧宗嘉定年間至理宗淳祐年間，也正是其兄翁逢龍在宦海中飽經沉浮的時期。這十餘年中，他見證了自己的兄長因史彌遠的器重而升遷，却又因爲同樣的原因而被貶至荒遠之地，最後還是要依靠史氏的力量才能够復召還朝。身爲四明士子，逢龍與史氏家族很難脱離關係，但他又以自己的才幹，而先後得到吴潛、王遂、杜範等清流士人的交好與看重，身處各方勢力之間，爲其所裹挾而不能自主；又兼朝政日非，黨争日熾，耳聞目睹於這種情況之下，夢窗對於科第的熱情，恐怕並没有多高。再加上由於兄長的關係網，他在蘇杭一帶幕府中的生活，大概稱得上是如魚得水。吴潛、尹焕、杜範，都是逢龍知交。文英二十餘歲即受知於潛，追陪遊宴，交誼甚篤；他與尹焕之間的關係，則更爲親善，其集中酬答梅津之作多達十一首，梅津亦極推崇夢窗之詞，言「求詞於吾宋者，前有清真，後有夢窗，此非焕之言，四海之公言也」〔二九〕；杜範則是文英弟元龍的座主。可見文英兄弟即便没有入仕，也能够獲得與達官顯貴結交的機會，並得到他們的照拂，這是一般的江湖遊士所完全不能比的。而蘇杭一帶，自古繁華，西湖風月，東華香土，初至蘇州時，夢窗不過二十歲左右，少年俊賞，爲繁華所迷，耽溺於冶遊之中，不樂仕進，也是頗可理解之事。這也是他這一時期的詞作中鮮少流露出沉淪下僚的失意情緒的原因所在。

只是没有想到，兄長去世較早，之後不久，吴潛遭到貶斥殺害，他又離開了嗣榮王門下，這一系列的變故，使他後期的生活逐漸陷入了困境。晚年重到都城，復經舊居，他忍不住感慨：「春夢人間須斷。但怪得、當年夢緣能短。」〔三〇〕前塵舊事，恍如一夢，其中包含了多少身世之感。

由於資料的缺乏，我們今天對於宋代不少詞人身世行跡中存在的問題，都很難得出確定的結論。但這並不妨礙我們依據新發現的證據與材料，不斷作出更接近歷史真實的判斷。希望本文能够對夢窗生平問題的研究有所裨補，其中尚存在的種種問題，也請海内方家不吝賜教。

〔一〕周密《浩然齋雅談》卷下，遼寧教育出版社二〇〇〇年版，第三七頁。

〔二〕厲鶚輯撰《宋詩紀事》卷六十五，上海古籍出版社一九八三年版，第一六三九頁。

〔三〕楊鐵夫箋釋《吴夢窗詞箋釋》，廣東人民出版社一九九二年版，第一八至一九頁。

〔四〕翁學涵輯《餘姚東門翁氏家乘》，清咸豐二年（一八五二）刻本。本文所引該書原文皆出自此版本，不再另外出注。

〔五〕羅濬等《寶慶四明志》卷十，宋刻本。

〔六〕孫逢吉《職官分紀》卷四十八，文淵閣《四庫全書》本。

〔七〕龔延明編著《宋代官制辭典》，中華書局二〇一七年版，第五八八頁。

〔八〕《宋史》卷一百六十二，清乾隆武英殿刻本。

〔九〕俞希魯《至順鎮江志》卷十七，清道光二十二年（一八四二）丹徒包氏刻本。

〔一〇〕錢穀輯《吴都文粹續集》卷八，清文淵閣《四庫全書》補配文津閣《四庫全書》本。

〔一一〕龔延明編著《宋代官制辭典》，第一六二頁。

〔一二〕《宋史》卷四十二。

〔一三〕《宋史》卷二百四十六。

〔一四〕《宋史》卷四百九。

〔一五〕來可泓《李心傳事跡著作編年》，巴蜀書社一九九〇年版，第二五二頁。

〔一六〕杜範《清獻集》卷九，清文淵閣《四庫全書》本。

〔一七〕《宋史》卷四百七。

〔一八〕《宋史》卷四十二。

〔一九〕吴熊和主編《唐宋詞彙評》兩宋卷，浙江教育出版社二〇〇四年版，第三四六二頁。

〔二〇〕吴文英撰，陳邦炎校點《夢窗詞》下編，上海古籍出版社一九八九年版，第一七三頁。

〔二一〕張萊《京口三山志》卷四，明正德七年（一五一二）刻本。

〔二二〕周應合《景定建康志》卷十六，清嘉慶六年（一八〇一）刻本。

〔二三〕張元忭《（萬曆）會稽縣志》卷十四，明萬曆刻本。

〔二四〕夏良勝《（正德）建昌府志》卷十一，明正德刻本。

〔二五〕夏承燾《唐宋詞人年譜》，商務印書館二〇二一年版，第四一二頁。

〔二六〕村上哲見《吴文英及其詞》，《詞學（第九輯）》，華東師範大學出版社一九九二年版，第七五—七六頁。

〔二七〕朱德慈《吴夢窗事跡補辨》，《寧波師院學報》一九八八年第二期，第六七—六八頁。

〔二八〕陳邦炎《吴夢窗生卒年管見》，《文學遺産》一九八三年第一期，第六六—六七頁。

〔二九〕黄昇輯《花庵詞選》，遼寧教育出版社一九九七年版，第三四五頁。

〔三〇〕吴文英《三姝媚·過都城舊居有感》，《夢窗詞》上編，上海古籍出版社一九八九年版，第一五九頁。

（作者單位：唐山學院文法系）

清代女性詞學生態芻議

喬玉鈺

内容提要 清代是詞學復興期，也是女性文學繁榮期，女詞人的創作主張及針對她們作品的批評作爲清代詞學的重要組成部分，至今缺少全面深入之研究。本文一方面依據清詞選本探討對女性詞史地位的確認，依據詞學批評考察清人對女性詞的經典化建構和所持的評判標準；另一方面，結合具體作品，分析女詞人在取法對象、作品風格等方面體現出的詞學主張，尤其是如何效仿與挑戰李清照這一經典。由此展現清代女性詞學生態，對基於男詞人創作與男性詞批評而建構的清詞體系和詞壇面貌起到補充作用。

關鍵詞 清代 女性詞學 生態

清代是詞學復興期，隨著對相關文獻的發掘、整理和再審視，學者或從詞史發展的宏觀角度建構清詞譜系，或針對具體流派和作家作品，從細微處推演清詞體貌，不斷將研究引向新高度，關於清詞經典化的問題，也引發了學者的深入思考〔一〕。清代又是女性文學繁榮期，胡文楷《歷代婦女著作考》（增訂本，上海古籍出版社二〇〇八年版）著録女作家四千餘人，清代有三千五百多人。目前可見的清代女詞人及詞作，僅徐乃昌輯《閨秀詞鈔》就收録五百多家，詞作近一千六百首，另有《小檀欒室匯刻閨秀詞》又彙集了百位女性的詞集。對於徐燦等成就突出的女詞人，相關研究已逐步展開，而清代女性詞學在詞學復興中居於何種地位，有何獨特之處，至今仍鮮有論及。

本文依據清詞選本及作家作品評論，探討當時對女性詞史地位的確認，以及對女性詞的經典化建構和所持的評判標準，同時結合具體作品，分析女詞人的詞學主張，由此呈現清代女性詞學生態，亦即清代女性詞産生與生長的土壤。

一　選本中女性詞史地位的確認

清代選詞之學極盛，依據清代幾部較有代表性的綜合型清詞選本〔二〕，統計女詞人收録情況如下〔三〕：

㈠《倚聲初集》（鄒祗謨、王士禛編，清初刻本）共收詞人四百七十六家一千九百十四首，人均四首，未收女詞人。

㈡《今詞苑》（陳維崧等編，康熙十年南磵山房刻本），共收詞人一百零九家四百六十一首，人均四首；其中女詞人六家二十六首，入選數（括弧内爲作品數）排名前三者爲徐燦（十六）、賀潔（三）、葉小紈（三）、王朗（二）。

㈢《今詞初集》（顧貞觀、納蘭性德編，康熙十六年刻本）共收詞人一百八十四家六百十七首，人均三首；其中女詞人二十三家四十七首，排名前三者爲顧貞立（十）、徐燦（九）、沈樹榮（三）。

㈣《瑶華集》（蔣景祁編，康熙二十五年刻本）共收詞人五百零七家二千四百六十八首，人均五首；其中女詞人三十一家五十九首，排名前三者爲徐燦（十）、葉小鸞（七）、徐媛（四）、賀潔（四）。

㈤《亦園詞選》（侯文燦編，康熙二十八年刻本）共收詞人二百八十家九百二十六首，人均三首；其中女詞人四十六家九十八首，排名前三者爲徐燦（十）、龔静照（七）、朱中楣（六）、葉小鸞（六）。

㈥《草堂嗣響》（顧彩編，康熙四十八年辟疆園刻本）共收録詞人一百二十家六百八十三首，人均六首；其中女詞人四家八首，爲徐燦（五）、張蘩（一）、王朗（一）、葉小紈（一）。

㈦《昭代詞選》（蔣重光編，乾隆三十二年經鉏堂刻本）共收詞人五百七十四家三千四百十二首，人均六首；其中女詞人六十三家一百三十五首，排名前三者爲顧信芳（十一）、徐燦（十）、王瑗（九）。

㈧《國朝詞綜》（含二集）（王昶編，嘉慶七年王氏三泖漁莊刻本）共收詞人七百八十六家二千八百三十五首，人均四首；其中女詞人五十五家一百零一首，排名前三者爲徐燦（十四）、侯承恩（九）、張學雅（五）。

㈨《國朝詞綜續編》（黄燮清編，同治十二年刻本）共收詞人五百八十六家一千六百八十五首，人均三首；其中女詞人九十一家二百零九首，排名前三者爲吴藻（十九）、賀雙卿（十）、孫雲鳳（九）。

㈩《國朝詞綜補》（含續編）（丁紹儀編，成書於光緒年間，據中華書局一九八六年排印本）共收詞人一千九百七十一家四千四百三十二首，人均二首；其中女詞人二百零二家四百零九首，排名前三者爲吴藻（十五）、袁綬（十三）、袁嘉（十二）、左錫璇（十二）。

㈡《篋中詞》（譚獻編，據人民文學出版社二〇一五年排印本）不計《復堂詞》共收詞人三百七十五家九百七十三首，人均三首；其中女詞人十三家三十四首，排名前三者爲關鍈（五）、徐燦（四）、顧信芳（四）、莊盤珠（四）、李佩金（三）、吴藻（三）、錢斐仲（三）。

以上選本中，《今詞苑》和《今詞初集》是清初兩部具有承前啟後意義的重要詞選；《倚聲初集》和《瑶華集》被夏承燾先生讚爲「清詞人最善之選本」〔四〕；《草堂嗣響》是「清初康熙年間最後一部專門爲當代詞壇進行整體性總結的綜合型選本」〔五〕；《昭代詞選》以「教忠」爲旨歸，「寓序爵於序齒，秩然不亂」〔六〕，編排上具有史家色彩；「詞綜」系列雖受浙派詞風影響，但廣收博取，蔚爲大觀；《篋中詞》「至精審，學者奉爲圭臬」〔七〕。諸選本可勾勒出清代詞壇概貌，除《倚聲初集》外，皆收女詞人作品，部分女詞人的入選數還大大超過平均值。《倚聲初集》雖未收女性詞，但王士禛明確指出該集「網羅五十年來薦紳、隱逸、宫闈之製，匯爲一書」〔八〕，可見本有「宫閨」之選，只是「初集」中未及選入女性詞。由此可知，清人借選本推尊詞體、對本朝詞進行經典化建構，並未忽視女詞人。

非但如此，一些選家還對女詞人頗爲重視，《今詞初集》、《亦園詞選》、《昭代詞選》、《國朝詞綜續編》、《國朝詞綜補》（含續編）收録女詞人數量比例皆在百分之十以上。特别是《亦園詞選》，編者侯文燦出身梁溪望族，該地女性文學繁榮，涌現出以顧貞立爲代表的一批女作家，且侯、顧二氏世爲姻戚，耳濡目染下對女詞人給予了較多關注，收録比例達百分之十六點四。《今詞苑》與《篋中詞》收録女詞人整體比例雖不高，但前者録徐燦詞十六首，僅次於陳維崧（十七首）；後者所收十三位女詞人中有半數以上（七人）入選作品數超過平均值。此外，清代還出現了《林下詞選》（周銘編，十四卷）、《古今名媛百花詩餘》（歸淑芬等編，四卷）、《衆香詞》（徐樹敏、錢嶽編，六集）、《本朝名媛詩餘》（顧嘉容、金壽人編，四卷）、《閨秀詞鈔》（徐乃昌編，十六卷）等通代或當代女性詞選，以及《小檀欒室匯刻閨秀詞》（徐乃昌編）這樣的大型女性詞集合刊。《林下詞選》編者周銘自述「欲輯宋末以逮國初，繼花庵詞客所未及，名曰『草莊絶妙詞選』，業經校定。……搜覽之餘，先訂歷代閨秀爲林下集，以公諸世，要亦嘗鼎一臠也」〔九〕；顧嘉容深感「自宋以來，閨人之作，非無專選，而《花間》、《尊前》諸集，已多缺略。……今我朝作者如林，上而臺閣，下至閭閻，其姓字不少概見，而藻思綺語，皆足以發人神智、娱人心目，亦有足多者焉」〔一〇〕，由此編定《本朝名媛詩餘》。都可見出借詞集編選爲女性在詞史中保留一席之地的用心。

詞選編者將女詞人這一群體導入詞學界視野的同時，也試圖通過遴選確立個中典範。例如徐燦，被譽爲「南宋以來，閨房之秀，一人而已」〔一一〕，「閨秀工爲詞者，前則李易安，後則徐湘蘋」〔一二〕，成爲清代女詞人中與李清照分庭抗禮者，周銘甚至認爲她更勝一籌：「其冠冕處，即李易安亦當避席，不獨爲本朝第一也。」〔一三〕徐燦經典女詞人地位的確立，於選本中亦可見佐證，其入選作品數均爲第一或第二。再如吴藻，時人讚其詞「纖厲(鶚)、吳(錫麒)而起」〔一四〕，俞樾之孫、近代學者俞陛雲將她與徐燦、顧太清並稱爲清代閨秀詞「三大家」〔一五〕，她也正是《國朝詞綜續編》、《國朝詞綜補》(含續編)中入選作品最多的女詞人。至於多數女詞人在選本中收録情況參差不齊，則是由於作品搜求不易、流傳未廣，選家只能就寓目所及加以擇取。

雖不免受限於選源，選家甄録女性詞却並非信手爲之。以《篋中詞》爲例，入選作品居首的女詞人爲關鍈(五首)，顧信芳、莊盤珠以四首之數與徐燦並列第二，這並非偶然。譚獻將納蘭性德、蔣春霖、項鴻祚之詞界定爲「詞人之詞」，稱三人「二百年中分鼎三足」〔一六〕，入選數在《篋中詞》中排名前三。他評納蘭小令「極纏綿婉約之致」〔一七〕，評鹿潭詞「固清商變徵之聲，而流別甚正，家數頗大」〔一八〕，更盛讚項鴻祚「古之傷心人也。……以成容若之貴，項蓮生之富，而填詞皆幽豔哀斷，異曲同工，所謂別有懷抱者也」〔一九〕，可見出對「纏綿婉約」、「清商變徵」、「幽豔哀斷」詞風的偏愛。莊盤珠與關鍈皆爲多愁多病、夭年不遂的「古之傷心人」。丁紹儀評莊盤珠：「正如飲水詞人，身處華膴，而詞極淒戾。」〔二〇〕黄燮清評關鍈詞：「種淚於枕，絡愁以輪。其起也無端，其滅也何逝。索解不獲，誰喻斯懷？則秋芙女士《夢影》之詞也。」〔二一〕關鍈爲莊盤珠詞集作序，也强調了同病相憐之感：「君真窮子，情天之況味應知；僕本恨人，文海之漂流奚極。此古人所謂『既傷逝者，行復自念』也夫。」〔二二〕可見莊、關詞風接近，皆纏綿哀豔，與譚獻推崇的納蘭等人有相通之處，譚獻以「忽聞變徵」〔二三〕評關鍈的《高陽臺・夕陽》，也與評鹿潭詞的「固清商變徵之聲」相若。

至於顧信芳，生平不詳，僅知字湘英，號生香居士，翰林秉直女，吳縣貢生程鍾室，夫婦俱能詩，與袁枚同時〔二四〕。《篋中詞》録其四首《浣溪沙》，前三首皆是譚獻推崇的淒婉纏綿之詞，而第四首雖寫閨人柔腸却能入高曠之境：

一雁横飛萬里秋。西風人倚木蘭舟。蕭蕭南浦碧雲稠。　腸是有情牽別恨，心因無蒂殢離愁。夕

陽影裏憑危樓。〔二五〕

譚獻對該詞褒以「幾可抗手梁汾」〔二六〕之語。《篋中詞》收梁汾詞五首，有《南鄉子・擣衣》上闋曰：「嘹嚦夜鴻鳴。葉滿階除欲二更。一派西風吹不斷，秋聲。中有深閨萬里情。」〔二七〕該詞被讚以「清空若拭」〔二八〕，與顧信芳《浣溪沙》（一雁横飛萬里秋）意境上頗有相近之處，所謂「抗手梁汾」或許正謂此。顧信芳詞雖以十一首的入選數在《昭代詞選》的女詞人中排名第一，卻並不爲人廣知，譚獻從《昭代詞選》中擇取四首《浣溪沙》編入《篋中詞》〔二九〕，不但高於人均二點六首的入選數，且與經典女詞人徐燦相埒，可謂提供了一個女詞人被再發現的範例。

二　評論中的女性詞經典化建構

在卷帙浩繁的清代詞話詞論中，不乏涉及女性詞的內容。清人褒揚女詞人往往以李清照、朱淑真作比，如徐燦「娣視淑真，姒畜清照」〔三〇〕，莊盤珠詞「馨逸不減《斷腸》，高邁處駸駸入《漱玉》之室矣」〔三一〕。特別是由於李清照在清代不僅確立了經典女詞人的地位，更躋身經典詞人之列，「不徒俯視巾幗，直欲壓倒鬚眉」〔三二〕，「爲詞家一大宗矣」〔三三〕。清人對本朝女性詞進行經典化建構，便往往强調其頡頏易安：朱中楣「穠纖倩麗，不減易安」〔三四〕；徐燦「宛轉嫻雅，麗而不佻，足以並肩李易安」〔三五〕；李佩金「詞律最細，深情雅韻，足可與漱玉抗手」〔三六〕；許德蘋「以纏綿之思而出以輕圓之筆，逼真漱玉後身」〔三七〕；吴藻曾作《浪淘沙》一闋，「輕圓柔脆，脱口如生」，後「著《花簾詞》一卷，逼真《漱玉》遺音」〔三八〕。「嫻雅」、「麗」、「深情」、「纏綿」、「輕圓」諸特徵爲女性詞習見，據此擬之易安，與其説是對技法、源流的判定，毋寧説是一種寬泛的讚譽。有時，甚至無關作品實際水準。王韻梅（字素卿）彌留之際將手稿托之於母，囑曰「必丐孫太史一言」，孫原湘後遵其遺願作序，稱：「朱晦庵嘗論：『本朝婦人能文，只有李易安與魏夫人。』由此兩家之名始顯。今世有晦庵其人者，素卿不當在屈指中歟。」〔三九〕更多是哀憫其志，寄望素卿其人不至湮没。又如俞樾搜羅次女繡孫遺作付梓，痛心疾首曰：「詞則僅得十五首，視易安居士《漱玉集》更少二首矣。」〔四〇〕也無涉詞作的藝術風格，僅在數量上以易安爲參照。直至民國初年，向迪琮爲吕鳳《清聲閣詩餘》作序曰：「尊作《清聲閣詩餘》……七百年來能得半唐翁心法，此爲僅見，故未可求之於字句間也。吾友淳安邵次公謂漱玉、斷腸、魏夫人後，兹集當推第四，洵非過情之譽、阿好之言，質諸並世詞流，當無不同聲相應者也。」〔四一〕向迪琮盛稱吕詞七百年來最得王鵬運「拙、重、大」心法，將之經典化的同時，不忘强調自漱玉、斷腸、魏夫人而下的女性詞譜系，也可謂使之進入經典範疇的一種努力。

對於「詞」這一體裁，清代作家「體現出更大的自信，往往求新求變，認爲能够超越唐宋，展示全新的風貌」〔四二〕。清初顧貞觀已自詡「吾詞獨不落宋人圈䙡，可信必傳」〔四三〕，晚清文廷式更直言清詞有宋詞不及之處：「有清以來，此道復振。國初諸家，頗能宏雅。邇來作者雖眾，然論韻遵律，輒勝前人。而照天騰淵之才，溯古涵今之思，磅礴八極之志，甄綜百代之懷，非窘若囚拘者所可語也。」〔四四〕在本朝女性詞的經典化建構中，清人一方面强調對易安遺風的繼承，另一方面，也試圖説明有所超越。前文已提及，周銘盛讚徐燦詞「其冠冕處，即李易安亦當避席」。王朗《浣溪沙・春愁》有「抱月懷風繞夜堂。看花寫影上紗窗」之句，陳維崧評曰：「『抱月懷風』四字，非温尉、韋相不能爲也，『緑肥紅瘦』何足言警。」〔四五〕陳廷焯稱賀雙卿《鳳凰臺上憶吹簫》（寸寸微雲）之疊字運用不輸易安名作《聲聲慢》：「其情哀，其詞苦。用雙字至二十餘疊，亦可謂廣大神通矣。易安見之，亦當避席。」〔四六〕「疊至四五十字，而運以變化，不見痕跡。長袖善舞，誰謂今人不逮古人。」〔四七〕況周頤將隨園女弟子席佩蘭（字道華）的《聲聲慢・題風木圖》與易安之作對比曰：「易安詞，只是棖觸景光，排遣愁悶。道華此作，尤能綿纏悱惻，字字從肺腑中出。雖渾成稍遜，不當有所軒輊也。」〔四八〕諸評是否過譽姑且不論，從中皆可見出强調「誰謂今人不逮古人」的用心。再如清代藏書家范鍇爲丁采芝詞集作序，深感「自易安後，千百年來芳媛之集，間得一二殘闋，卒未有與易安別樹一幟者」，又惋惜隨園、碧城女弟子詩作雖盛，却未有詩餘之輯，故對丁詞刊行寄予厚望：「俾李易安不得擅美於前。他日傳諸江左、浙西，我知雲伯明府之女弟子，亦必興起繼倡。君其爲嚆矢乎！」〔四九〕這是對女詞人的期許，也應隱含將本朝詞發揚光大、與宋詞一較高下的願望。更有甚者，一反擬之漱玉、斷腸爲女詞人標抬聲價的套路，如李映庚爲劉清韻（字古香）的詞集作序曰：

十五國風，多出婦人女子，降至典午之季，吴歌、子夜，風焉靡矣。有唐樂府，詞家權輿，降至易安、淑真之作，蕩魄豔心，淫哇滿耳，雅音微矣。古香之意，蓋以爲詞之降也，濫觴於婦人，亦必有璿閨之傑、不櫛之豪，爲之起衰而振落。故其詞方軌白石，並駕清真，任舉一闋，拈一韻，皆挾天水紫雲之盛，而注之不竭，而不滓，夷然以和，而其格彌正，其趣彌博。〔五〇〕

該序文中，易安、淑真非但不再被尊爲典範，反而成了「雅音微矣」的象徵，相比之下，古香詞得性情之正、格調之高，不僅對「蕩魄豔心」、「淫哇滿耳」的女性詞撥亂反正，對詞體復興亦功不可没。而古香認爲詞既「濫觴於婦人」，起衰振落的使命亦必將由女子肩負，可謂對詞體發展進程中女性功用的高度自信。

清代女性文學盛況空前，有「乾嘉之間，文昌星掃牛女度，故閨秀詩詞，極一時之選」〔五一〕之説，某些女子的詞學造詣和詞作水準甚至令文士嘆服，黄燮清盛讚吴藻「嘗與研訂詞學，輒多慧解創論，時下名流往往不逮」〔五二〕；況周頤將納蘭詞與顧太清詞相較，認爲「若以格調論，似乎容若不逮太清」〔五三〕。因此清人對女性詞進行經典化建構，就不局限于以易安爲代表的女性詞統序，而是推本溯源至五代、北宋。如：陳廷焯評徐燦《踏莎行》中「碧雲猶疊舊河山，月痕休到深深處」句「既超逸，又和雅，筆意在五代北宋之間」〔五四〕；吴衡照評孫雲鳳詞「小令尤佳致，有南唐北宋意理」〔五五〕，郭麐認爲雲鳳《相見歡》、《菩薩蠻》諸詞「皆可入《金荃集》中」〔五六〕。又或者，將之與經典男詞家相提並論，如金鴻佺評錢斐仲詞「祖玉田、白石，獨尚清真」〔五七〕；蔣學堅盛讚同宗蔣英承襲竹山翁家風，「小令近南唐後主，長調抑揚婉轉，奄有清溪、白石之長……雖纖弱女子，亦能操旗鼓以與詞壇角勝也」〔五八〕。陳文述爲吴藻詞作序，遍舉宋代一流詞人詞作比擬之：「疏影暗香，不足比其清也；曉風殘月，不足方其怨也。滴粉搓酥，不足寫其纏綿也；衰草微雲，不足宣其湮鬱也。顧其豪宕，尤近蘇、辛。寶釵桃葉，寫風雨之新聲；鐵板銅弦，發海天之高唱。」〔五九〕有些還具體對比前代或本朝名家名作加以品評，如王端淑評張小蓮《如夢令》中「只催春去」四字曰：「敵辛稼軒作者，以爲何如？」〔六〇〕小蓮詞「鶯囀欲留春住。儂意只催春去。何事爲春來，添得許多愁句」〔六一〕中蘊含的惜春難留、故催春去之情，與辛棄疾名作《摸魚兒》中「惜春長怕花開早」之句，確有異曲同工之處。又如儲慧《哦月樓詞》有「婀娜花枝，也向東風瘦」、「寂寞黄花，也似人消瘦」、「連宵夢見分明瘦」之句，況周頤讚曰「可與毛三瘦齊名」〔六二〕。無論追溯到源頭以説明其得詞之正聲，盛讚其瓣香經典男詞人，還是對照膾炙人口的名作加以品評，都是試圖强調女性之作與詞之正統一脈相承，具備高超的藝術水準，繼而在經典建構中突破女性詞一隅，進入更廣闊的詞之領域。

三　創作中對經典的追摹與挑戰

雖然清人在對本朝女性詞進行經典化建構時，並不局限於以易安爲代表的女性詞統序，但作爲女性詞史上的標杆，易安始終是女詞人創作中難以擺脱的影子。尤其是「緑肥紅瘦」、「人比黄花瘦」、「才下眉頭，却上心頭」諸名句，因極能體現女子婉曲心事，出現諸多效法甚至直接襲用之作：「風雨連宵窗外驟，也不管、緑肥紅瘦。」〔六三〕「人天木，緑肥紅瘦和誰説。」〔六四〕「莫漫捲珠簾，有黄花共瘦。」〔六五〕「不道捲簾人更瘦，憔悴皆同。」〔六六〕「酒盈觴。句盈囊。瘦比黄花費較量。黄花瘦更香。」〔六七〕「妒花昨夜風偏驟。片片香盈苔甃。幾處緑肥紅皺。把酒消春晝。」〔六八〕「菊瘦霜寒。重簾不捲，風太淒酸。才上心頭，總來眼底，又綴眉端。」〔六九〕這種「易安情結」固然是出於對經典女詞人的景仰和技法學習的需要〔七〇〕，却也隱藏著更深層的心理動因。

對於女詞人而言，易安不僅是詞史上的楷模，還是同性間有著相似情感體認的知己。才女曹慎儀嫁與才士顧清昕，「閨房酬唱，一時媲孅」〔七一〕，她步韻易安的《鳳凰臺上憶吹簫》襲用閨情主題又不囿於傾吐相思，「莫問海棠開謝，零紅淚、似我盈眸」〔七二〕之語，隱括了李清照的「試問捲簾人，却道海棠依舊」，不妨看作數百年後與易安的隔空對話。至於婚姻不幸的女詞人，遥想趙、李姻緣，更添彩鳳隨鴉之悲。隨園女弟子孫雲鳳因其夫「見筆硯輒憎」〔七三〕而夫妻反目，被遣回母家，哀歎「緑肥紅瘦和誰説」〔七四〕。才女張學象「因所配非偶，其詩詞多哀怨之音」〔七五〕，發出「三生緣淺。鳳臺不遇吹簫伴。寫恨盈篇。幾度追思李易安」〔七六〕的悲鳴。熊璉爲信守婚約嫁給有「廢疾」之夫，她在《祝英臺近・殘菊》中寫道：「休説消魂，人瘦有誰管。趁它疏影殘香，餘情同訴，依舊把、黄昏簾捲。」〔七七〕這顯然打上了易安「莫道不消魂，簾捲西風，人比黄花瘦」的烙印，「餘情同訴」是對菊，也是對易安這一精神契友。無論明言「幾度追思李易安」，還是使用「莫問」、「似我」、「和誰説」、「有誰管」、「同訴」等預設了潛在對象的表述，都體現出女詞人試圖以詞爲媒介，跨越時空與易安神交，而女性詞學之統序，也正是在這種創作的仿效和情感的共鳴中得以傳承不息。

正如男詞人不甘於對前代經典亦步亦趨，清代女詞人將易安作爲效法對象、隔世知己，也將之視爲潛在的競争對手。由「緑肥紅瘦」、「人比黄花瘦」等警句，衍生出：「睡起紅留枕上紋。病餘緑減鏡中雲。」〔七八〕「紅榴還比儂眉縐。花會添肥，儂却添消瘦。」〔七九〕「紅」與「緑」、「人」與「花」、「肥」與「瘦」皆是相對的表達。爲媲美易安名作《聲聲慢》（尋尋覓覓），女詞人也推敲運用疊字：「寒寒暖暖，雨雨晴晴，無端催攢紅緑。濕燕雙雙語語，似憐幽獨。」〔八〇〕「切切淒淒，蕭蕭瑟瑟，聽來都是酸辛。」〔八一〕「慘慘淒淒，幾回覓覓尋尋。」〔八二〕「蕭蕭瑟瑟，慘慘淒淒，嗚嗚哽哽咽咽。」〔八三〕「冷冷清清，風風雨雨，寂寂寥寥。密密疏疏，蕭蕭颯颯，暮暮朝朝。」〔八四〕爲擺脱窠臼，有些還故意反用易安詞意，或對詞境加以深化。如顧翎《漢宮春・簪花》中有「自向緑瑛瓶底，悵芳華欲墜，花瘦於人」〔八五〕，將「人比黄花瘦」顛倒爲花瘦於人，更顯惜花之心。錢斐仲有《卜算子》詞云：「自悔種芭蕉，故故當窗户。葉葉淒淒策策聲，夜夜添愁緒。隔院有梧桐，落葉紛難數。自是離人易得愁，那處無風雨。」〔八六〕雖脱胎易安的《添字醜奴兒・芭蕉》，但同是渲染蕉窗夜雨、淒境愁心，易安的「愁損北人，不慣起來聽」只是觸景傷情，錢詞却宕開一筆，表達了「自是離人易得愁，那處無風雨」的哲思。

與易安爭勝，也成爲女詞人步趨經典的内驅力和橋樑，淩祉媛正爲此提供了參照。在《春閨》詩中，她自述：「薛濤箋滑界烏絲，自寫深閨漱玉詞。一字推敲嫌不穩，碧桃花底立多時。」〔八七〕將己作比成「漱玉詞」，體現高度的自我期許，因而推敲苦吟。她詞中的：「銜泥飛燕壓簾衣。無人庭院緑陰肥。」〔八八〕「漁舟歸晚，沙邊鷗鷺飛起。」〔八九〕對比易安詞中的「緑肥紅瘦」，以及：「興盡晚回舟，誤入藕花深處。爭度。爭度。驚起一灘鷗鷺。」不只是字句上的效仿，還應隱含比肩漱玉的願望。再如張緡英《鳳凰臺上憶吹簫・擬李易安》云：

風暖雲屏，春深翠幄，博山香篆沉沉。怎春光一霎，愁入離亭。可奈韶華飛度，西風緊、又做秋聲。江天遠，微茫梁月，約住離魂。　青青。年時雙鬢，却霜華一度，半褪香雲。但藥爐茗碗，鎮日相親。目斷天涯尺素，征鴻過、空聽哀鳴。黄昏也，小窗夢冷，數盡殘更。〔九〇〕

雖然男性的同調詞中標明「擬李易安」者並不罕見，但如王士禛、王士禄、彭孫遹、李雯諸人，都選擇了和韻，内容也大多承襲閨情主題，帶有「戲仿」色彩。張詞雖曰「擬李易安」，却絲毫不見易安《鳳凰臺上憶吹簫》（香冷金猊）中少婦香豔深閨的旖旎相思，而是著力刻畫老病頹唐、韶華虚度的悵恨，用韻亦不同。身爲張琦長女、張惠言侄女，緡英對「詞」之一物充滿「此事吾家有正聲，千秋詞苑辟榛荊」〔九一〕的自信和「傳書我愧中郎女，卅載耽吟苦未成」〔九二〕的愧疚，爲蘇穆的遺稿題詩時，也以「易安老去風流絶，寥落空閨七百年」〔九三〕之語，表達對振起閨秀詞的摯友亡故的痛惜，同時流露出深感自身不足踵武易安、在詞史爭得一席之地的焦慮。她「擬李易安」，用意既不在於題材之模擬，亦不同於男詞人使用相同韻部、近乎文字遊戲的仿作，應更多是嘗試對易安名作有所突破。又如沈善寶，詞中雖有：「休驟。休驟。忍見緑肥紅瘦。」〔九四〕爲效仿易安之處。但其廣爲傳頌的《滿江紅・渡揚子江感成》、《滿江紅・重渡揚子江》諸作悲歌慷慨，別開生面。同爲女詞人的顧太清敏鋭體察到這一點，故評沈善寶《鴻雪樓詞》曰：「不容漱玉擅風流，一卷新詞記勝遊。鴻爪雪泥留印處，悲歌豈效女兒愁。」〔九五〕再如吴藻詞，有哀怨纏綿的愁腸百結，亦不乏豪邁的胸襟氣魄，龔自珍之妹、女詞人龔自璋稱讚她：「百幅濤箋揮翠翰，要與錦機鬥巧。覺漱玉、當年才小。」〔九六〕正是指出吴藻詞境界比易安更開闊。由此可知，清代女詞人在創作中以易安爲取法對象，是追摹經典，同時也潛藏著媲美前賢、將自身納入詞史經典範疇的願望，而評論無論稱揚其溯接易安，還是强調其有易安未到之境，都是出於同樣的經典化目的。

四　風格上女性氣質的强化與超脱

詞自誕生起，便與歌兒舞女、閨幃柔情密切關涉，到了清代，題材及創作手法雖多有開拓，但仍有諸多批評家以婉約爲正宗。如：「詞之爲體如美人，而詩則壯士也。」〔九七〕「詩求沉鬱，抒壯夫磊塊之思；詞貴柔靡，寫曼臉媌嫇之態。」〔九八〕「詞之意、之調、之語、之音，揆其所宜，當是閨中十五六歲柔嫵婉孌好女，得之於繡幕雕闌，低鬟扶髻，促黛微吟，調粉澤而書之，方稱其意、其調、其語、其音。」〔九九〕由於詞先天的女性色彩，清人多據此爲女詞人創作尋求合理解釋、進行經典建構。尤侗在《眾香詞》序言中有「前身織女，解賦鵲橋之仙；下世嫦娥，工奏霓裳之序；若耶溪上，舊唱浣紗；長信宮中，新翻搗練；虞美人分明畫影，祝英臺仿佛呼名；長歌寫念奴之嬌，小令譜昭君之怨」〔一〇〇〕之語。在《林下詞選》序中又曰：「小窗工課，吟詠爲宜，而詩餘一道，尤爲合拍。」〔一〇一〕《林下詞選》的編者周銘也認爲：「幃房旖旎之習，其性情於詞較近，故詩文或傷於氣骨，而長短句每多合作。」〔一〇二〕清中期的藏書家范鍇亦持相同意見：「紆徐隱約，可以發之長短句間，斯又宜閨閣中人抒寫襟抱也。」〔一〇三〕直至晚清，王鵬運爲《小檀欒室匯刻閨秀詞》作序，仍强調：「詞始於晚唐，盛於兩宋。其初多托之閨襜兒女之辭，以寫其鬱結綢繆之意。誠以女子善懷，其纏綿悱惻，如不勝情之致，於感人爲易入。」〔一〇四〕

披覽女性詞集，觸目多是「幃房旖旎」、「寓情花月」，風格也大抵纏綿悱惻。雖然假託女子聲口的男性詞並不罕見，綢繆繾綣亦不遜色，但某些具有女性特質的表述，却非親身體悟者不能發。例如寫春遊：「長日尋春趁暖颸。雙鬟不用强扶持。柳腰花骨尚能支。自製弓鞋便穩步，手裁蕉葉稱題詩。却抛妝閣已多時。」〔一〇五〕寫刺繡：「指冷于冰，著手成花片。更兒轉，唾絨吹罷，顔色評深淺。」〔一〇六〕皆是足踏弓鞋、手自縫紉的女子才能道出的個中甘苦。又如細述染甲：

覷纖長指爪，未褪嫣痕，女兒花又開遍。懶理金針，慵抽彩筆。愛傍芳叢頻揀。小摘繁英，細删攢蒂，輕研霞片。卷袖羅、蘸上春葱，仿佛珊瑚成串。多少深閨蘭媛。慣燈前月下，比評深淺。認紅豆初拈，幾誤鸚哥偷咽。金盆和露，玉纖流豔。染了又還重染。怪小婢、道是啼痕，一樣凝成紅點。〔一〇七〕

麂眼籬邊，蛩聲砌畔，又見鳳仙開矣。尋遍露叢輕摘，碎搗金盆，染成霞膩。似唾絨點點，早一夜、春生纖指。惹檀郎、時泥人看，驚笑是彈紅淚。七夕星期又是。乞巧筵前，女伴穿針偷比。更較脣間脂暈，臂上砂痕，一般妍媚。怕猩紅易褪，遮莫向、銀塘頻洗。試瑶琴、月底攜來，彈作落花流水。〔一〇八〕

男詞人亦有詠女子指甲之作，尤其是劉過的《沁園春・美人指甲》，被視爲宋詞詠物名篇，清人時有效仿。

但這類作品多描述假想出的香豔或哀怨場景，女性是被觀看者，往往被物化爲没有主體性的客體，如：「漫摘青梅，戲抛紅豆，禁得麻姑瘦也憐。閑調笑，書生背癢，欲借纖纖。」〔二〇九〕「想眉心芳恨，難揮血淚，燈頭凝怨，懶剔丹花。」〔二一〇〕「向露閣風亭，偷挑密信，蓮莖荷蓋，輕剔殘煤。」〔二一一〕相比之下，上舉兩位女詞人之作，無論染甲過程中的採摘研搗，還是染甲後的閨中比評，都是親歷者自述，與作爲旁觀者的男詞人有不同視角。

女性詞雖有隸屬於自身的特質，但囿於閲歷局限，不免題材單一瑣屑，風格也易流於纖弱。況周頤歎息：「夫詞之爲體，易涉纖佻。閨人以小慧爲詞，欲求其深穩沉著，殆百無一二焉。」〔二一二〕才女王端淑在《名媛詩緯》中，亦以「女士家有脂粉氣」爲「未脱凡性」。〔二一三〕據此標準，評價女子之作「不類女子」，就成了一種褒美。陳廷焯盛讚徐燦詞「有筆力，有感慨，偏出自婦人手，奇矣」〔二一四〕，郭麐評顧貞立詞「語帶風雲，氣含騷雅，殊不似巾幗中人作者」〔二一五〕，都是此種文學觀的反映。爲擺脱脂粉氣這一「凡性」，女詞人時常於筆下著意展露名士氣，葉宏緗在《減字木蘭花·自適》中寫道：「不衫不履。一任春歸秋又至。十二時中，念句彌陀事事空。」〔二一六〕「不衫不履」本形容男子不拘小節，葉氏藉以表現自己有狂士之態。與之相類，顧太清自詡「深閨雅效群賢集，盛世能容我輩狂」〔二一七〕，金蕊更直言：「愚姊妹登山攬勝，過候興居，……浄几無塵，琴書滿架，誠閨秀而兼名士者矣。」〔二一八〕這種向「士」的歸附，還體現在將屈原、阮籍、嵇康諸人引爲同調：「惟應冰紈寶鈿，料天公、誰妒塵俗。試看取，古今來、嵇嘯阮哭。」〔二一九〕「伊涼吟罷離騷曲，倚屏山、只哭靈均。」〔二二〇〕「自顧此身如倦鳥，棲息枝頭垂翅。只披讀、離騷銷志。不信詞人都薄福，看千秋、得意曾能幾。」〔二二一〕這種感傷與憤懣超越性別界限，成爲一種對人生、對命運的追問，可謂古往今來才人不遇的同聲一哭。

爲擺脱作品中的脂粉氣，女詞人還刻意顛覆自身的性別特徵。顧貞立曾直言對女性妝束的抗拒：

「掠鬢梳鬟，弓鞋窄袖，不慣從來。」〔一二二〕「墮馬啼妝，學不就、閨中模樣。」〔一二三〕宗婉則以豪情壯語盡洗女兒態：「萬頃琉璃人倒影，濯盡脂香粉膩。振袖臨風，飛觴酹月，大有髯蘇意。銅琶鐵板，許儂也吐豪氣。」〔一二四〕更典型的是吴藻的兩首《金縷曲》：

英雄兒女原無別。歎千秋、收場一例，淚皆成血。待把柔情輕放下，不唱柳邊風月。且整頓、銅琶鐵撥。讀罷離騷還酌酒，向大江、東去歌殘闋。聲早遏，碧雲裂。〔一二五〕

願掬銀河三千丈，一洗女兒故態。收拾起、斷脂零黛。莫學蘭臺悲秋語，但大言、打破乾坤隘。拔長劍，倚天外。〔一二六〕

爲表現「英雄兒女原無別」、「一洗女兒故態」，吴藻還創作了雜劇《喬影》，託名「自慚巾幗，不愛鉛華」〔一二七〕的才女謝絮才，改著男裝讀《離騷》痛飲狂歌。生不爲男子的憾恨，在其他女詞人筆下亦多有體現，吴尚憙喟歎「壯懷空有鬚眉志」〔一二八〕，徐淑則痛陳幽閉深閨的無奈：「男兒如憶舊雨，一任揮鞭鼓棹，飄然行矣。各鎖深閨，只有夢牽魂繫。」〔一二九〕可見，女詞人在作品中向「士」靠攏，是試圖在風格上擺脱「脂粉氣」，也是深切意識到性別身份的制約後，以文學創作言平日所不能言，構造性別置换的「白日夢」。

矛盾的是，「殊不似巾幗中人作者」之類的褒詞，恰恰抹殺了女詞人的特色，一些女作家對此提出了異議。如王端淑雖以「女士家有脂粉氣」爲「未脱凡性」，却也認爲「以鉛粉寫鉛粉，安得不爲之當行、謂之本色乎」〔一三〇〕。閨秀彭儷鴻則强調：「羅幃女伴，繡幕風光，止以抒遣性情，揮灑興會。必使操鐵棹板、除玉連環，有擊筑拊缶之風，無拂草依花之致，兹又乖其面目，無當體制者矣。」〔一三一〕雍乾時期的女詞人沈彩身爲側室，筆下多有涉及女性獨特體驗的香豔内容，如：「無謂甚，竟屈玉弓長。牢縛生臍渾似蟹，朗排纖指不如薑。何味問檀郎。」〔一三二〕「費却紅閨多少力。一字千金值。若比换鵝經，打點儂書，要换鴛鴦只。」〔一三三〕某夫人盛讚其作「蒼老高古，一洗綺羅香澤之習」，沈彩却作書札辯駁曰：

身既爲綺羅香澤之人，乃欲脱綺羅香澤之習，是其辭皆不根乎性情。不根乎性情，又安能以作詩哉？……顧今之評婦人詩者，不曰「是分少陵一席」，則曰「是絶無脂粉氣」。洵如是，以偎紅曳翠之姝，而唱鐵板大江東，此與翰音登天、牝雞司晨何異？其爲誕且怪孰甚，尚安得謂之詩哉？〔一三四〕

女詞人爲擺脱脂粉氣而刻意向「士」靠攏，但一旦背離自身的性别角色，又可能面臨「不根乎性情」乃至「牝雞司晨」之譏，這體現了女性在探索創作道路時面臨的兩難處境。但無論作品「不類女子」還是有鮮明的女性特色，男性評論家皆予以了正面評價，並提出評騭女性詞應更加寬容，採用與男性不同的標準。如唐夢賚稱：「詞家有二病：一則粉黛病。柔膩殆若無骨，李清照爲之則是，秦淮海爲之則非矣。」〔一三五〕將李清照與秦觀亦即將男女詞人區别對待。再如況周頤，提出「評閨秀詞，固屬别用一種眼光」〔一三六〕，並承認「評閨秀詞，無庸以骨幹爲言。大都嚼蕊吹香，搓酥滴粉云爾。亦有濬發巧思，新穎絶倫之作」〔一三七〕。據此標準，他稱道錢斐仲的《綺羅香・詠枕》中「慣偷窺雙靨偎桃，也曾上半肩行李」二句曰：「如此等巧對入閨秀詞，但當賞其慧，勿容責其纖。」〔一三八〕又誇讚浦合仙寫初笄的《臨江仙》詞中「一樣敷來仙杏粉，難匀怪煞今番」句曰：「是真確語，亦未爲奇。第非其人，非其時，雖百思不能道。」〔一三九〕這都是考慮到女詞人創作的特殊性，採取了較通達的態度。

餘論

女作家大多困守閨幃，不免造成詞作題材單一，加之缺乏系統專業的訓練，很難大成。朱中楣的《鳳棲梧・自嘲》正道出女子填詞之難：「但學填詞稱綺語。未按宫商，那識其中味。一豔次工三體制，飄飄匆帶纖沉滯。閨閣拈題尤不易。字諱推敲，争得尖清句。」〔一四〇〕前文提及，清代男性評判女性詞時採取了較寬容的態度，表面看來是對女性創作的提攜，實際上却是預設了女性之作天生遜色一籌。故而況周頤雖聲言「評閨秀詞，固屬別用一種眼光」，但對於他認爲在閨秀詞中「近於上乘」的席佩蘭詞，却採取了較爲嚴苛的評判標準：「大略自長真詞以上，未可置格調於勿論矣。」〔一四一〕到了清末民初，提倡興女權、辨女學的呂碧城，於「世多訾女子之作，大抵裁紅刻翠，寫怨言情，千篇一律，不脱閨人口吻者」之説，針鋒相對曰：「若言語必繫蒼生，思想不離廊廟，出於男子，且病矯揉，詎轉於閨人，爲得體乎？……至於手筆淺弱，則因中饋勞形，無枕葄經史、涉歷山川之工，然亦選輯者寡識而濫取之咎，不足以綜概女界也。」〔一四二〕呂説對女性創作多有回護，却依然承認了女性「手筆淺弱」的缺陷。

無論認爲評價女性詞當採取較寬容的態度「別用一種眼光」，還是爲女性詞「手筆淺弱」辯解，都默認了兩個前提條件：一是女性詞多不涉蒼生廊廟；二是内容的單一瑣屑會影響美感。關於第一點，中國文學自古有比興寄託的傳統，特别是詞這一體裁，「極命風謡里巷男女哀樂，以道賢人君子幽約怨悱不能自言之情」〔一四三〕，據此解讀男性詞之例不勝枚舉。相比之下，除了徐燦等少數身經離亂的女詞人，大多數女性詞並未得到更深入的解讀。這固然由於女作家大多身世沉隱不彰，無法知人論世以意逆志，與閲讀女性作品時的偏見也有關。例如，張惠言的五首《水調歌頭》聯章詞被譚獻盛讚爲「胸衿學問，醞釀噴薄而出。賦手文心，開倚聲家未有之境」〔一四四〕，第五首曰：

長鑱白木柄，劚破一庭寒。三枝兩枝生緑，位置小窗前。要使花顔四面，和著草心千朵，向我十分妍。何必蘭與菊，生意總欣然。　曉來風，夜來雨，晚來煙。是他釀就春色，又斷送流年。便欲誅茅江上，只恐空林衰草，憔悴不堪憐。歌罷且更酌，與子繞花間。〔一四五〕

同是春感，女詞人高篃的《浪淘沙》與張詞頗有相通之處：

愁鎖雨聲中。花事匆匆。苔痕煙暈篆煙濃。試問屏山深幾許，消盡殘紅。　明月可重逢。香冷枝空。葳蕤草意緑東風。千里相思人不見，獨繞芳叢。〔一四六〕

囿於單篇小令的容量，高詞在意藴的豐富性上較之張詞或有不逮，但將眼前景與意中人融爲一體，在情緒起伏的濃淡渲染上頗有可觀。苔痕、篆煙、屏山、草意，視角由室外深入閨幃，再由閨幃延展至室外，愁聽雨聲、花事將闌是現實，明月重逢、香冷枝空是想像，千里相思空勞悵望，最終又回到孑然一身的當下。在遠與近、虚與實的結合中，惜春懷人之情縈回往復。而「獨繞芳叢」，比諸張詞的「與子繞花間」更添孤寂，也更顯執著與隱忍。高篃曾爲夫婿朱綬的詞集作序，朱綬後來爲高篃的《繡篋詞》題詞時回應曰：「曩曾序所作『意蓄語中，韻溢弦外，綺靡之餘，別有懷抱』，則其自爲之詞，所趨向者可知矣。」〔一四七〕由此推測，高篃作詞亦「別有懷抱」，也就是有所寄託。朱綬曾入梁章鉅幕，梁氏是抗英禁煙的代表人物，朱綬作爲其幕僚，對時局應有較敏鋭的把握。上舉題詞作於道光五年，距鴉片戰爭爆發雖尚有十餘年，但山雨欲來，有識之士對時局憂心忡忡，在這樣的背景下創作出的《繡篋詞》很可能寓有時代的投影，那麽這首《浪淘沙》於惜春懷人之外，也可能別有寄託，只是讀者出於解讀女性作品的慣性，容易忽略詞中的弦外之音。

至於第二點，則涉及文學作品審美標準的問題。有學者已指出：「從理論上説，詩意是無窮的，如果有女作家能在這個看似平淡的生活中進行開掘，當然也就能建立新的文學傳統，把女性文學史向前推進一步。」〔一四八〕看似平淡瑣屑的閨秀詞，這是否就不具備詩意和審美價值？ 李慎溶有「颯颯牆蕉，恐是秋來路」（《蝶戀花》）之句，「當時傳誦，稱之爲『李牆蕉』」〔一四九〕；莊盤珠有「蕩破斜陽，影落風箏影」（《醉花陰》）、「犬吠一簾花影」（《滿宮花》）、「一路垂楊到畫橋，過盡春衫影」（《卜算子》）之句，丁紹儀讚其與「張三影」皆「善用『影』字」〔一五〇〕； 關鍈的《高陽臺・夕陽》一詞，王藴章評曰「閨中若準張春水之例，正可稱爲『關夕陽』也」〔一五一〕。可見女性詞在藝術上亦得前人認可。至於：「無端觸緒。楊柳如帷鶯對語。欲寫春詞。 謔浪深防大婦知。」〔一五二〕「諱病强支千日恙，食貧勉學三分俗。向悄無人處一憑闌，呑聲哭。」〔一五三〕諸作或寫小妾嬌憨之態，或記寡婦淒苦況味，雖純是閨人日常，却刻寫生動、感人至深。

正如易安詞在後世被諸多男詞人模擬效法，女性詞對男性創作的影響雖隱伏不彰，却也應當是存在的。蔣敦復妻支機有寄夫《鷓鴣天》詞，敦復擊節稱賞並「答以短調」，却自愧「不復能工，聊衍其意，故遜一籌」〔一五四〕。再如馮蘭貞《南柯子》詞有「春盡寒猶在，愁多夢不成」〔一五五〕之句，寫少婦心境的孤清造成身體上「寒猶在」的錯覺，這讓人聯想到俞樾畢生的得意之句「花落春仍在」，二者立意、境界雖有别，但都是以主觀感受顛覆客觀時令。馮詞收入《國朝詞綜續編》，該選本在清代流傳較廣，雖無法證明俞樾受其啟發，但也不能完全排除此種可能。我們如今閱讀清代女性詞，如果能有更開放的視角、更多元的標準，清代詞學應能更加多姿多彩。

〔一〕參見沙先一、張宏生《論清詞的經典化》，《中國社會科學》二〇一三年第十二期，第九六—一一九頁。

〔二〕蕭鵬《群體的選擇——唐宋人選詞與詞選通論》（臺北文津出版社一九九二年版，第一頁）將詞選分爲廣義與狹義兩類，狹義詞選是選家「按照一定的取捨標準或角度進行有選擇的輯録」，即綜合型選本，本文選取狹義詞選，不涉及《國朝名家詩餘》等專集叢刻類選本。

〔三〕部分詞人生活於明代或明清之際，爲反映選本原貌，予以保留。

〔四〕夏承燾《天風閣學詞日記》「一九三一年四月二十一日」，《夏承燾集》第五册，浙江古籍出版社、浙江教育出版社一九九七年版，第一九九頁。

〔五〕閔豐《清初清詞選本考論》，上海古籍出版社二〇〇八年版，第一五四頁。

〔六〕《昭代詞選》卷首凡例，乾隆三十二年（一七六七）經鉏堂刻本。

〔七〕龍榆生《近三百年名家詞選》，上海古籍出版社一九七九年版，第一四六頁。

〔八〕《倚聲初集》卷首王士禛序，《續修四庫全書》第一七二九册，上海古籍出版社二〇〇二年版，第一六四頁。

〔九〕〔一三〕〔七五〕〔七六〕〔一〇一〕〔一〇二〕《林下詞選》，《續修四庫全書》第一七二九册，第五五五頁、第六二二頁、第六五四頁、第六五四頁、第五五〇—五五一頁、第五五五頁。

〔一〇〕《本朝名媛詩餘》卷首顧嘉容序，康熙五十七年（一七一八）金氏秀實軒刻本。

〔一一〕〔三〇〕〔四五〕 陳維崧《婦人集》,《叢書集成初編》第三四〇一册,商務印書館一九三六年版,第七頁、第七頁、第十六頁。

〔一二〕〔四六〕〔四七〕〔五四〕 陳廷焯《白雨齋詞話》卷五,唐圭璋編《詞話叢編》,中華書局一九八六年版,第三八九五頁、第三八九七頁、第三九四三頁、第三八九五頁。

〔一四〕〔五九〕〔一二五〕〔一二六〕 吳藻《花簾詞》卷首魏謙升序,《花簾詞》卷首陳文述序,吳藻《金縷曲》(悶欲呼天説),《金縷曲》(生本青蓮界),《吳藻集》,浙江古籍出版社二〇二一年版,第一二一頁、第一一八頁、第一三〇頁、第一四二頁。

〔一五〕 俞陛雲《清代閨秀詩話》卷四,《同聲月刊》一九四二年第二卷第三期,第十四頁。

〔一六〕〔一七〕〔一八〕〔一九〕〔二三〕〔二五〕〔二六〕〔二七〕〔二八〕〔一四四〕 譚獻《篋中詞》,人民文學出版社二〇一五年版,第二六四頁、第四十一頁、第二六四頁、第二〇四頁、第三二六頁、第三一七—三一八頁、第三一八頁、第三十三頁、第三十三頁、第一四六頁。

〔二〇〕〔一五〇〕 丁紹儀《聽秋聲館詞話》卷五,《詞話叢編》第二六三四頁、第二六三三頁。案:正文注一五〇中「影落風箏影」,莊盤珠《秋水軒詞》作「響落風箏影」,丁氏恐有誤記。

〔二一〕 關鍈《夢影樓詞》卷首黃燮清序,咸豐四年(一八五四)蔣氏刻本。

〔二二〕 莊盤珠《秋水軒詞》卷首關鍈序,咸豐五年(一八五五)蔣氏刻本。

〔二四〕 袁枚《哭逸園主人》所附小序載:「主人姓程名鍾,字在山,吴之隱君子也。與其妻生香居士同有詩名。所居逸園在西磧山下。」袁枚《小倉山房詩集》卷二十五,王英志編纂校點《袁枚全集新編》第三册,浙江古籍出版社二〇一五年版,第五四八頁。

〔二九〕 依據《〈篋中詞〉選源一覽表》,沙先一、張暉《清詞的傳承與開拓》,上海古籍出版社二〇〇八年版,第一八〇頁。

〔三一〕〔三四〕〔一〇四〕 《小檀欒室匯刻閨秀詞》,光緒二十一年(一八九五)刻本,一集卷首王以敏《題詞》自注,九集卷首詞人姓氏朱中楣條,一集卷首王鵬運序。

〔三二〕 李調元《雨村詞話》卷三,《詞話叢編》,第一四三二頁。

〔三三〕 《四庫全書總目》卷一九八,中華書局一九六五年版,第一八一四頁。

〔三五〕 陳廷焯《雲韶集》卷二三,南京圖書館藏稿本。

〔三六〕 沈善寶《名媛詩話》卷四,《續修四庫全書》第一七〇六册,第五八七頁。

〔三七〕 許德蘋《和漱玉詞》卷首姚椿評,同治三年(一八六四)刻本。

〔三八〕 梁紹壬《兩般秋雨盦隨筆》卷二,上海古籍出版社一九八二年版,第六一頁。

〔三九〕孫原湘《問月樓詩詞稿序》，《天真閣集》卷四十二，《續修四庫全書》第一四八八册，第三二九頁。

〔四〇〕俞樾《次女繡孫慧福樓幸草序》，《春在堂雜文》四編卷五，《續修四庫全書》第一五五〇册，第四三八—四三九頁。按：崇禎三年（一六三〇）毛晋汲古閣刊《詩詞雜俎》有《漱玉詞》一卷，自云係據洪武三年（一三七〇）抄本，收詞僅十七首，俞樾之言當本此。

〔四一〕吕鳳《清聲閣詩餘》卷首向迪琮序，民國刻本。

〔四二〕張宏生《清詞探微》，上海古籍出版社二〇〇八年版，第三五頁。

〔四三〕諸洛《彈指詞序》，張秉戍《彈指詞箋注》，北京出版社二〇〇〇年版，第五四六頁。

〔四四〕文廷式《雲起軒詞鈔》卷首自序，光緒三十三年南陵徐氏刊本。

〔四八〕〔六二〕〔一三六〕〔一三八〕〔一三九〕〔一四一〕況周頤《玉棲述雅》，《詞話叢編》，第四六一三頁、第四六一一頁、第四六一三頁、第四六〇六頁、第四六一五頁、第四六一三頁。

〔四九〕〔一〇三〕丁采芝《芝潤山房詞稿》卷首范鍇序，《清代閨秀集叢刊》，國家圖書館出版社二〇一四年版，第二十四册，第五〇六—五〇七頁。

〔五〇〕劉清韻《瓣香閣詞》卷首李映庚叙，天津圖書館藏光緒自定本。

〔五一〕徐康《前塵夢影録》卷下，光緒二十三年（一九〇七）江標刻本，第十四頁上。

〔五二〕〔一五五〕黄燮清《國朝詞綜續編》，《續修四庫全書》第一七三一册，第六七〇頁、第六六五頁。

〔五三〕〔一一二〕顧太清《東海漁歌》卷首況周頤序，西泠印社一九一四年活字本。

〔五五〕吴衡照《蓮子居詞話》卷四，《詞話叢編》第二四八六頁。

〔五六〕〔一一五〕郭麐《靈芬館詞話》卷二，《詞話叢編》，第一五三八頁、第一五三七頁。

〔五七〕〔八六〕錢斐仲《雨花盦詩餘》卷首金鴻佺題辭、錢斐仲《卜算子》，《雨花盦詩餘》，同治刻本，卷首題辭、第一頁下。

〔五八〕蔣英《消愁集》卷首蔣學堅序，《清代閨秀集叢刊》，第五十三册，第八—十頁。

〔六〇〕〔六一〕〔一一三〕〔一三〇〕王端淑《名媛詩緯初編》，卷三十五第十頁下，卷三十五第十一頁上，卷三第七頁下，卷三第十五頁下。

〔六三〕〔一二九〕沈珂《雨中花》，徐淑《綺羅香》，《閨秀詞鈔》，宣統元年（一九〇九）刻本，卷十五第八頁下，卷一第二十二頁上。

〔六四〕〔七四〕孫雲鳳《憶秦娥・立夏寄仙品》，《湘筠館詞》卷上，《小檀欒室匯刻閨秀詞》，九集，第九頁下。

〔六五〕張玉珍《徵召・九日書感》，《晚香居詞》卷下，《清代閨秀集叢刊》，第十六册，第六四六頁。

〔六六〕 勞若華《賣花聲・菊花》、《緑萼仙居吟稿》，上海圖書館藏稿本。

〔六七〕〔六八〕 吴秀珠《吴山青・重陽》、《虞美人影・桃花》、《絳珠閣繡餘草》，《清代閨秀集叢刊》，第三十六册，第四三四頁、第四三三頁。

〔六九〕 王韻梅《柳梢青》，《問月樓遺集》，《江南女性别集二編》下册，黄山書社二〇一〇年版，第一一一九頁。

〔七〇〕 參見張宏生《經典確立與創作建構——明清女詞人與李清照》，《中華文史論叢》二〇〇七年第四期，第二七九—三一三頁；高峰《明清女詞人的易安情結》，《南京師大學報（社會科學版）》二〇一一年第五期，第一三一—一三五頁。

〔七一〕〔七二〕 曹慎儀《玉雨詞》卷首汪全德序，曹慎儀《鳳凰臺上憶吹簫》，《玉雨詞》，《小檀欒室匯刻閨秀詞》一集，第十二頁下。

〔七三〕 蔣寶齡《墨林今話》卷十一，周駿富編《清代傳記叢刊》第七十三册，臺北明文書局一九八五年版，第三一七頁。

〔七七〕 熊璉《祝英臺近・殘菊》，《澹仙詞》卷二，《小檀欒室匯刻閨秀詞》六集，第五頁上。

〔七八〕〔七九〕 莊盤珠《浣溪沙・初夏》、《一籮金・小飲石榴花下》，《秋水軒詞》，《小檀欒室匯刻閨秀詞》四集，第十七頁上、第十頁下。

〔八〇〕〔一一九〕 徐燦《聲聲慢・感懷》，《拙政園詩餘》卷下，《小檀欒室匯刻閨秀詞》二集，第七頁上。

〔八一〕〔一二〇〕 曹景芝《高陽臺・秋窗風雨圖》，《壽研山房詞》，《小檀欒室匯刻閨秀詞》九集，第六頁下。

〔八二〕〔一〇七〕〔一二四〕〔一五三〕 宗婉《高陽臺・憶梅》、《望湘人・染指》、《大江東去・海舶書懷》、《滿江紅・述懷》，《夢湘樓詞》，《小檀欒室匯刻閨秀詞》二集，第二頁上、第三頁上—第三頁下、第十三頁上、第八頁下。

〔八三〕 席佩蘭《聲聲慢・題風木圖》，《長真閣詩餘》，《小檀欒室匯刻閨秀詞》五集，第一頁上。

〔八四〕 趙我佩《柳梢青・重陽風雨口占》，《碧桃仙館詞》，同治程秉釗清寫底稿本，《清代稿本百種彙刊》第七十九册，臺北文海出版社一九七四年版，第二二一—二二三頁。

〔八五〕 顧翎《漢宫春・簪花》，《茝香詞》，《小檀欒室匯刻閨秀詞》一集，第五頁下。

〔八七〕〔八八〕〔八九〕 淩祉媛《春閨》、《浣溪沙》、《念奴嬌》，《翠螺閣詩詞稿》，《清代閨秀集叢刊》，第四十八册，第四五六頁、第五二七頁、第五一五頁。

〔九〇〕 張綰英《鳳凰臺上憶吹簫・擬李易安》，《澹蘜軒詞》，清道光二十年（一八四〇）宛鄰書屋刊本，第三頁上。

〔九一〕〔九二〕〔九三〕 張綰英《題周保緒先生姬人佇素樓詞稿》，《澹蘜軒詩初稿》卷四，清道光二十年（一八四〇）宛鄰書屋刊本，第一頁下。詩中自案：「先府君著《詞選》二卷，識者多宗之。」

〔九四〕沈善寶《如夢令》，《鴻雪樓詞》，《小檀欒室匯刻閨秀詞》一集，第五頁上。

〔九五〕〔一一七〕顧太清《再疊韻答湘佩》，《五月廿五雨中静春居阮劉夫人招同雲林、紉蘭過天寧寺看新麥，即席作》，《顧太清集校箋》，中華書局二〇一二年版，第二一九頁、第一〇七頁。

〔九六〕龔自璋《金縷曲・和吴蘋香夫人》，《國朝杭郡詞輯》，浙江圖書館藏抄本。

〔九七〕曹爾堪《峽流詞序》，見徐喈鳳《蔭緑軒詞證》，朱崇才編《詞話叢編續編》，人民文學出版社二〇一〇年版，第一〇一頁。

〔九八〕〔一〇〇〕《衆香詞》卷首吴綺序，《衆香詞》卷首尤侗序，《衆香詞》，大東書局民國二十二年（一九三三）影印本，第一頁上、第二頁上。

〔九九〕葉燮《小丹丘詞序》，《已畦集》卷八，《清代詩文集彙編》第一〇四册，上海古籍出版社二〇一〇年版，第四〇四頁。

〔一〇五〕〔一三二〕〔一三三〕〔一三四〕〔一五二〕沈彩《浣溪沙・春遊》，《望江南・戲詠纏足二闋》之二，《醉花陰・戲答主君倩書》，《與汪映輝夫人論詩書》，《減字木蘭花・春日》，《春雨樓集》，《清代閨秀集叢刊》第十五册，第二〇七—二〇八頁、第二一〇頁、第二〇一頁、第二三一—二三四頁、第二一一頁。

〔一〇六〕左錫嘉《點絳唇・寒夜諸女刺繡》，《冷吟仙館詩餘》，光緒刻本，第十七頁上。

〔一〇八〕孫蓀意《奪錦標・染指甲》，《衍波詞》，《檀》一集，第十一頁上。

〔一〇九〕周拱辰《沁園春・美人指甲》，《聖雨齋詩餘》卷二，清初刻本，第十二頁下。

〔一一〇〕傅占衡《沁園春・美人紅指甲效龍洲》，《湘帆堂集》卷二十六，《四庫禁毁書叢刊》集部第一六五册，北京出版社一九九七年版，第七二六頁。

〔一一一〕張塤《沁園春・美人指甲》，《竹葉庵文集》卷二十七，《續修四庫全書》第一四四九册，第二八八頁。

〔一一四〕陳廷焯《詞則・别調集》卷六評徐燦《滿江紅・將至京寄素庵》，葛渭君編《詞話叢編補編》，中華書局二〇一三年版，第二四二六頁。

〔一一六〕葉宏緗《減字木蘭花・自適》，《全清詞・順康卷》，中華書局二〇〇二年版，第一〇一七八頁。

〔一一八〕金蕊《謝李夫人書》，王秀琴《歷代名媛書簡》卷三，商務印書館一九四一年版，第七十一頁。

〔一二一〕江淑則《賀新涼・和韻答閨友》，《獨清閣詩餘》，咸豐刻本，第三頁下。

〔一二二〕〔一二三〕顧貞立《沁園春》，《滿江紅》，《棲香閣詞》，《小檀欒室匯刻閨秀詞》三集，第八頁上，第十四頁上。

〔一二七〕吴藻《喬影》，華瑋《明清婦女戲曲集》，臺北「中研院」文哲研究所二〇〇三年版，第二五一頁。

〔一二八〕吴尚憙《踏莎行·遣懷》，《寫韻樓詞》，《小檀欒室匯刻閨秀詞》四集，第十頁上。

〔一三一〕瘦鶴詞人訂《三閨媛詞合集》卷首彭儷鴻叙，上海圖書館藏嘉慶抄本。

〔一三五〕唐夢賚《聊齋詞集序》，《蒲松齡全集》第二册《聊齋詞集》卷首所附唐夢賚手稿，學林出版社一九九八年版。

〔一三七〕況周頤《蕙風詞話續編》卷一，《詞話叢編》，第四五五一頁。

〔一四〇〕朱中楣《鳳棲梧·自嘲》，《石園全集》卷十五，《四庫全書存目叢書》集部第一九六册，第九十八頁。

〔一四二〕吕碧城《女界近況雜談》，《吕碧城詩文箋注》卷四，上海古籍出版社二〇〇七年版，第四七六—四七七頁。

〔一四三〕張惠言《詞選叙》，《續修四庫全書》第一七三二册，第五三六頁。

〔一四五〕張惠言《水調歌頭》，《茗柯詞》，《續修四庫全書》第一七二五册，第五六二頁。

〔一四六〕〔一四七〕高篃《浪淘沙》，朱綬《繡篋詞題詞》，《繡篋詞》，柳棄疾抄本。

〔一四八〕張宏生《日常化與女性詞境的拓展——從高景芳説到清代女性詞的空間》，《清華大學學報（哲學社會科學版）》二〇〇八年第五期，第八〇—八六頁。

〔一四九〕李宗禕《雙辛夷樓詞》卷末李宣龔跋，光緒刻本。

〔一五一〕王蘊章《然脂餘韻》卷四，商務印書館民國七年（一九一八）版，第十四頁上。

〔一五四〕蔣敦復《芬陀利室詞集》卷四《青瑟詞》，光緒十一年（一八八五）刻本，第九頁上—第九頁下。

（作者單位：東南大學人文學院）

丁紹儀《聽秋聲館詞話》的文體特點和價值

孫克强

内容提要　丁紹儀的《聽秋聲館詞話》二十卷是清代中後期産生的一部規模宏大的詞話。其内容一是爲了增補朱彝尊《詞綜》、王昶《明詞綜》和《國朝詞綜》、陶樑《詞綜補遺》等詞籍，以補人補詞爲目的；二是爲了訂補萬樹《詞律》和《欽定詞譜》，以增補和正誤爲目的。與一般古典詞話形態不同，丁紹儀的《聽秋聲館詞話》是一部以文獻輯録考辨爲特點的新的詞話形態，在中國古典詞話史乃至詞學批評史上具有特殊的地位。

關鍵詞　丁紹儀　《聽秋聲館詞話》　詞學文獻

丁紹儀（一八一五—一八八四），字杏舲，又字原汾，無錫人。國子生，曾任東湖知縣，福建經歷，署汀州府同知。著有《東瀛識略》八卷等。丁紹儀在詞學方面著述甚豐，有《國朝詞綜補》（《清詞綜補》）正編五十八卷、續編十八卷，又有《聽秋聲館詞話》二十卷。

《聽秋聲館詞話》二十卷，卷帙浩繁，可謂皇皇巨著。關於此詞話的撰寫主旨，丁紹儀在同治八年（一八六九）的《聽秋聲館詞話自序》中説：「閑居無俚，就見聞記憶所及，或因詞及事，或因事及詞，拉雜書之，藉以消耗歲月。」[一]説此詞話是消閑文字，其實不過是丁紹儀的謙遜之語。丁紹儀的女婿胡鑑《聽秋聲館詞話跋》説：「惟兹彙集巨編，實足範圍後學。補《詞綜》之闕，博覽詳稽。正《詞律》之訛，辨同證異。網羅散佚，考遺聞於唐宋元明。採擷菁英，搜軼事於東西南朔。詩人之辭麗以則，均有指歸。春秋之義婉而明，可通比興。哀絲豪竹，中年自寫其胸懷。豔語清詞，大旨必原於風雅。倘謂閑情撥觸，亶其然乎。須知托興遥深，是之取爾。」（《聽秋聲館詞話》卷末）指出《聽秋聲館詞話》的寫作主要有兩大目標，其一是詞學文獻目標，以「補《詞綜》之闕」、「正《詞律》之訛」爲標志；其二是表達以風雅爲尚，豔語清詞寓以比興寄託的詞學思想。整體來看，《聽秋聲館詞話》是一部以文獻整理爲主、兼及詞學批評的詞話。在詞話史上《聽秋聲館詞話》別具一格而具有特殊的地位。

《聽秋聲館詞話》是一部以文獻輯録考辨見長的詞話著作。與一般詞話的漫筆、片段、隨性的文字結構相比，《聽秋聲館詞話》有一個總體的工作方向，即對歷代詞人詞作進行系統的文獻整理，對清初以來的詞學典籍進行補充修訂。丁紹儀云：「近日倚聲家咸奉《詞綜》、《詞律》爲金科玉律，余故詳加校勘，筆而志之，非敢議前賢，正恐誤後人耳。舊所傳《花庵》、《草堂詞》，暨《嘯餘譜》、《詩餘圖譜》已鮮有能舉其辭者。至潘氏《詩餘醉》、毛氏《詞學全書》、林氏《詞鏡》、夏氏《詞選》，訛舛尤甚，等之自鄶，咸不足論。」（卷十四）丁紹儀指出現存於世的各種詞學著作存在很多訛舛缺誤，被視爲金科玉律的朱彝尊的《詞綜》和萬樹的《詞律》也多有缺憾。《聽秋聲館詞話》就是爲了補缺糾錯而作。雖然《聽秋聲館詞話》也曾因結構編排缺乏精心周密的安排而引起批評，但從整體內容來看，無論是對詞學文獻的增補或修訂，還是對各個歷史朝代的詞人詞作的考察，皆井然有序且可勘可考。晚清人李慈銘説：「無錫丁紹儀杏舲寄閱所撰《聽秋聲館詞話》四册二十卷。丁君於詞學用力頗深，此書所校正爲萬紅友《詞律》之誤，朱氏《詞綜》，王氏《明詞綜》、《國朝詞綜》，陶鳧薌《詞綜補遺》諸書之闕漏，及所載宋元別體，皆有裨倚聲。其雜舉古今，因人論世，亦近出之佳書也。」[二] 概括指出了《聽秋聲館詞話》的主要內容和特點價值。

一　增補歷代詞人詞作

《聽秋聲館詞話》的主要内容是對歷代詞人詞作的輯録、整理，具體來説是對清代「《詞綜》系列」進行增補。所謂「《詞綜》系列」是指以「詞綜」爲名的詞總集的合稱，有彙編唐、宋、元詞的朱彝尊《詞綜》、陶樑《詞綜補遺》，彙編明詞的王昶《明詞綜》，彙編清詞的王昶《國朝詞綜》、黄燮清《國朝詞綜續編》等。丁紹儀編輯有《國朝詞綜補》，乃對王昶《國朝詞綜》的續補，亦屬「《詞綜》系列」。丁氏云：「余於《列朝詞綜》，向有續補之願。恐見聞淺陋，徒滋訕笑，力亦不逮，以故因循未果。今就所見，筆之於此。」（卷七）丁紹儀在編《國朝詞綜補》的基礎上，撰寫《聽秋聲館詞話》，目的是擴大增補的範圍，從「國朝」擴大到歷代。除了單純的文獻增補之外還要加以闡釋析評，從單純的文獻成爲詞話批評。《聽秋聲館詞話》記録增補的範圍涵蓋唐、五代、兩宋、遼、金、元、明、清。丁紹儀以整理歷代詞文獻爲己任，在《聽秋聲館詞話》中對以上各種「詞綜」進行了全方位的增補校訂。

（一）補唐宋元詞

在清代詞學史上，朱彝尊、汪森《詞綜》的出現具有劃時代的意義。清康熙年間朱彝尊（一六二九—一七〇九，字錫鬯，號竹垞，浙江秀水人）爲了改變明代以來詞壇頹勢，取代在明代及清初産生巨大影響的詞選本《草堂詩餘》，選編了《詞綜》。《詞綜》共三十六卷，朱彝尊編選二十六卷，汪森增補十卷。輯唐、五代、宋、金、元人詞，共收録詞人六百五十多家，詞作二千二百五十多首。《詞綜》刊行後不僅在詞壇産生了巨大影響，還引發了續編、增補的熱潮，各種續編、補遺本陸續出現。陶樑（一七七二—一八五七，字寧求，號鳧薌，江蘇長洲人）爲補朱彝尊《詞綜》而編《詞綜補遺》二十卷，凡朱氏原編中未選的詞人詞作予以補選，計録唐五代、宋、金、元四朝詞人四百五十五家，詞一千三百二十六首。

丁紹儀對《詞綜》的意義和存在的問題有深刻的認識，其云：「自竹垞太史《詞綜》出而各選皆廢，各家選詞亦未有善於《詞綜》者。惜彼時宋元善本書匿而未出，僅見毛氏所刻與世俗流傳刊鈔各本，每有錯脱，梓時又多帝虎之訛，均未校改。」（卷十二）在充分肯定《詞綜》的價值的基礎上，指出了《詞綜》存在文獻來源狹窄，刊刻校勘不精的問題。丁紹儀還特意提到了《詞綜》的增補者汪森和王昶：「汪晋賢農部暨王蘭泉司寇，於《詞綜》書成後，先後輯補人補詞八卷，亦有未經校正處。」（卷十三）丁紹儀又評論陶樑的《詞綜補遺》：「陶鳧薌宗伯（樑）以竹垞太史《詞綜》採摭未廣，竭數十年力搜羅薈萃，成《補遺》二十卷。雖經楊伯夔、吴更生諸君參詳校訂，而魯魚亥豕，尚所不免，且間有脱字、衍字，未經校定。」（卷十三）指出他們的增補諸書均有校勘不精文字訛誤的問題。

丁紹儀《聽秋聲館詞話》中記載補録了大量朱彝尊《詞綜》和陶樑《詞綜補遺》未收唐宋人詞四十五家，五十八首；金元人詞增補五家，五首。唐宋詞是後世學詞的典範。在詞學史上唐宋詞選一直受到重視，清代詞學家開始具備一代總集的意識。在朱彝尊、汪森、陶樑文獻工作的基礎上，經過丁紹儀的努力，唐宋詞、金元詞的全貌開始初步明晰起來，並爲後世《全宋詞》、《全金元詞》的編纂打下基礎。

（二）補明詞

朱彝尊在完成《詞綜》之後，曾有意别選明人詞爲一編。朱彝尊完成了明詞的選編工作，但遺稿未能刊行。王昶（一七二五—一八〇六，字德甫，號述庵，又號蘭泉。江蘇青浦人）亦有彙編明詞之志，在得到了朱彝尊的稿本後，合以生平所搜得之明人諸作，彙編成《明詞綜》十二卷，計録明代詞人三百八十家。丁紹儀評論《明詞綜》云：「青浦王蘭泉司寇，就竹垞太史所選《明詞》，益以平生所輯，成《明詞綜》十二卷。丁中如梁寅、張肯，乃故元遺老，而列入明初。陸冰修、周青士諸君，康熙中尚在，身歷本朝已三數十年，而列之明末，似有未協。遺珠亦復不少。」（卷八）指出《明詞綜》存在詞人身份斷代不準，詞人詞作缺漏較多的問題。《聽秋聲館詞話》對《明詞綜》進行了輯補，計五十家五十二首。明詞曾被視爲「中衰」，然而作爲詞史上的一環當然不可或缺。況且明代亦不乏傑出的詞人詞作，自當不可使之湮滅。《聽秋聲館詞話》對《明詞綜》的輯補，爲後世《全明詞》的編纂打下了基礎。

（三）補清詞

王昶在編纂《明詞綜》的同時，又選編了《國朝詞綜》。《國朝詞綜》四十八卷，上起清初順治年間，下至王昶生活的當代。《國朝詞綜》刊刻後，王昶又有所發現積纍，於是與其後輩又對《國朝詞綜》進行增補，增加了八卷，總成爲五十六卷之《國朝詞綜》。後增補之八卷亦單稱爲《國朝詞綜二編》。

王昶《國朝詞綜》刊行之後，又有黃燮清（一八〇五—一八六四），原名憲清，字韻甫，號韻珊，浙江海鹽人）編選的《國朝詞綜續編》。《國朝詞綜續編》二十四卷，收詞人五百八十六家。乃承王昶《國朝詞綜》之「續編」。關於這部《國朝詞綜續編》的編者，另有一說，丁紹儀《聽秋聲館詞話》卷六云：「嘉善黃霽青太守（安濤），有《續詞綜》之輯，所采定多佳什，覓其書不獲。周季貺司馬云：『戈氏詞未刊，黃氏《詞續》係藏黃韻珊大令（憲清）家，亂後存否，未由知矣。』」是説這部署名黃燮清編輯的《國朝詞綜續編》，其實是黃安濤（霽青）所編，書稿藏於黃燮清家，黃燮清署己名刊刻行世。對《國朝詞綜續編》的編者之争，學界多持審慎的態度，如譚獻説：「《詞綜續編》，嘉善黃霽青已成數十卷，海鹽黃韻珊繼之，有成書矣。」[三] 是説黃韻珊（燮清）在黃霽青（安濤）舊稿基礎上增補而成。譚説最爲合理。

丁紹儀的《國朝詞綜補》亦爲補王昶《國朝詞綜》而編。《聽秋聲館詞話》卷六曾有説明：「爰就耳目所及，凡司寇未入選而其人堪論定者，匯録爲《國朝詞綜補》。」丁紹儀《國朝詞綜補》原稿分兩部分：嘉慶以前者詞人之作爲「補」，意爲補王昶《國朝詞綜》遺漏者；嘉慶以後者爲「續」，乃王昶未及見者。丁紹儀開始輯《國朝詞綜補》時尚未知曉黃燮清也在續補，後來丁紹儀見黃燮清《國朝詞綜續編》刊行，遂將自己補、續《國朝詞綜》中與黄書重復者悉行删除，統名之曰「補」。丁紹儀訂補王昶《國朝詞綜》下了很大的功夫，並將《國朝詞綜補》的文獻考辨記入《聽秋聲館詞話》。《聽秋聲館詞話》大半的篇幅是記載清代的詞人詞作，有些還專門標注爲王昶《國朝詞綜》未收，計十六家，十六首。王昶《國朝詞綜》、黄燮清《國朝詞綜續編》、丁紹儀《國朝詞綜補》開創了清詞彙編的宏業，後人對清詞中興的認識與他們文獻工作的貢獻密不可分。三部「國朝詞綜」爲《全清詞》的編纂奠定了基礎。

（四）補閨秀詞

《聽秋聲館詞話》最具新意亦最有價值之處是對歷代閨秀詞的關注。在詞學史上，清代中期之前對於女性詞的關注度一直不高，無論是詞選還是詞話有關女性詞的話題零落稀見。丁紹儀的《聽秋聲館詞話》是首次對歷代閨秀詞的文獻進行了系統的搜集和整理並加以載録的。下面分類加以介紹：

㈠ 唐宋元閨秀詞，對朱彝尊《詞綜》、陶樑《詞綜補遺》中唐宋元閨秀詞加以輯録增補。朱彝尊《詞綜》卷二十五《宋詞》爲閨秀專卷，共收宋代女詞人二十八人；卷三十二、卷三十三又補宋元女詞人三人。《聽秋聲館詞話》增補的宋代女性詞人詞作，計二十八家，二十九首。

㈡ 明代閨秀詞，是對王昶《明詞綜》中閨秀詞人的增補，計五家，五首。

㈢ 國朝閨秀詞，是對王昶《國朝詞綜》、黄燮清《國朝詞綜續編》的增補五十八家。清代閨秀詞人藝術造詣有長足之進，不僅詞人、詞作大爲增加，還出現了大量閨秀詞别集。丁紹儀注意到這一現象，並在《聽秋聲館詞話》中加以記録：

熊芝霞（象慧）《芝霞閣詞》、楊蕊淵（芸）《琴清閣詞》、李紉蘭（佩金）《生香館詞》、浦黛華（青）《燕歸來軒稿》、吴興沈御蟬（宛）《選夢詞》、莊芙江（錫璿）《紅蕉仙館詞》、錢塘楊倩玉（琇）《遠山樓詞》、建安典曇生《蕭然居集》、陽湖莊蓮佩（盤珠）《紫薇軒詞》、柯心蘭（紉秋）《香芸閣剩稿》、灊山熊芝霞（象慧）《芝霞閣詞》、無錫龔静照《永愁人集》、仁和陳子淑（嘉）《寫麋樓詞》、江陰錢瑜素（潔）《蓉亭詞》、江陰錢瑜素（潔）《蓉亭詞》、張孟緹（緡英）《澹菊軒詞》、張若綺（紈英）《餐楓館詞》。盧倩雲（蘊貞））《紫霞軒詩附詞》、薛素儀（瓊）《絳雪詞》。

以上閨秀詞人多出自江浙地區，皆爲清朝當代詞人，這是閨秀詞創作繁盛的一道風景。丁紹儀注意到：「吴越女子多讀書識字，女工餘暇，不乏篇章。近則到處皆然，故閨秀之盛，度越千古。」（卷十九）因而他對清代女性詞的文獻搜集保存特别重視，「余輯《詞補》，復得一百七十餘人，兹録其尤雋峭者」（卷十九）。

丁紹儀《聽秋聲館詞話》對歷代閨秀詞文獻的整理具有重要意義。在此之前閨秀詞選如《衆香詞》、《林下詞選》等已經開始對閨秀詞加以關注，但在詞話中對閨秀詞進行大規模的整理，《聽秋聲館詞話》還是首功，民國之後閨秀詞話專著方才出現，其中有大量引用《聽秋聲館詞話》的内容，由此可見《聽秋聲館詞話》對後世的影響。

丁紹儀在對歷代詞人詞作進行增補考訂時，參考了大量的文獻，如《聽秋聲館詞話》卷七曾介紹，在增補朱彝尊《詞綜》、陶樑《詞綜補遺》時參考了《梅苑》、《花庵詞選》、《花草粹編》、《全芳備祖》、《吹劍録》、《詞緯》、《詞譜》、《歷代詩餘》、《冷齋夜話》、《詩詞剩語》、《寶慶四明志》、《高麗史·樂志》等書。除此之外還有「竹垞太史所未見」的《永樂大典》中所存「遺書」。增補王昶《明詞綜》時，參考了寧波袁陶軒的《四明近體樂府》、《堅瓠集》、《七修類稿》、《中洲草堂詩附詞》。在輯録清代詞時，除了搜集了大量詞人别集之外，還參考了各種詞選如《詞腋》、《七家詞》。增補閨秀詞時，參考了《記聞雜録》。尤爲可貴的是丁紹儀還十分留意地方志的藝文志，以及各地的「旅壁題詞」。説明丁紹儀是以嚴肅態度對待《聽秋聲館詞話》的寫作的，因而《聽秋聲館詞話》顯現出嚴謹的學術性，摒棄了一般詞話記軼事資閑談的遊戲習慣。

二 《國朝詞綜補》與《聽秋聲館詞話》

丁紹儀有兩部重要的詞學著作：《國朝詞綜補》和《聽秋聲館詞話》，前者爲清朝斷代詞集，屬於詞總集。後者爲詞話，屬於詞學批評論著。丁紹儀此二書既有密切的内在聯繫又有區别：其一，前者僅限清朝，後者涉及包括清朝的歷朝歷代；其二，前者專注於補人補詞，後者舉凡考訂詞調、考證辨析、背景本事、思想理論闡發、審美鑒賞等等無所不有；其三，前者在文獻搜集整理過程中爲後者打下了基礎，後者對前者的資訊加以拓展，豐富了詞人經歷、家庭家族、社會發展等背景資料綫索。

古人編纂當代詩詞文總集，一方面編者要廣而告之，多方採集，重點對象還要專程拜訪或專函相求；一方面，古代的詩人詞客普遍有立言傳世的願望，當得之有當代詞總集編纂的資訊，往往會毛遂自薦，或推朋薦友。《國朝詞綜補》的這項工作過程在《聽秋聲館詞話》中有豐富的記載。丁紹儀的《國朝詞綜補》是要輯録增補王昶的《國朝詞綜》。丁紹儀要編纂《國朝詞綜補》的消息傳播開來，各地詞人紛紛將詞作郵寄傳遞過來，以使自己詞壇留名或推薦友朋入選。《聽秋聲館詞話》記云：

> 余所見裒輯本朝人詞者，前有宜興蔣京少《瑶華集》，後有華亭姚茝汀《詞雅》。吴江沈時棟、吴門蔣重光二家詞選，均不免雅俗糅雜。惟青浦王蘭泉司寇《國朝詞綜》，選擇最爲美備。然其書成於嘉慶初元，迄今已六十餘年，即乾嘉以前，亦多遺漏。余念兵燹後，文字摧殘不少，詞雖無適於用，亦一時風雅所繫，爰就耳目所及，凡司寇未入選而其人堪論定者，匯録爲《國朝詞綜補》六十卷，計得一千五百餘家。生存各家，未忍屏置，亦仿王氏例，匯爲十集十二卷。終以僻處海澨，搜羅未廣爲憾。
>
> （卷六）

《聽秋聲館詞話》中記有大量各地詞人郵寄詞作的相關記載：

宜泉原名興義，隸旗籍，嘉慶己卯孝廉，任侯官令，蹶而復起，陞鹿港同知，卒於任。聞余輯補《詞綜》，由海外寄詞數十闋，囑爲點定。（卷二）

余於鍾仲山家識林君錫三（天齡），知其工爲詩，時困諸生，方爲仲山權記室。歲己未，始與余壻胡（鑒）同舉鄉試，次年同捷南宮，旋入詞林，乞假歸。知余輯補王氏《詞綜》，徒步見訪，出其友劉芑川孝廉、黄肖岩茂才、黄笛樓上舍詞，囑爲選録。（卷十六）

茶庵曾集近人詞得二百餘家，擬匯爲《詞腋》，未成，遭亂散失無存。前歲薄遊吴中，復得六十餘家，出以示余，半爲余所未見，亟鈔入《詞補》，並録其尤工者於此。（卷十六）

合肥趙野航對澄，官廣德學正，城陷，殉難。著有《小羅浮館詞》。陳叔安明府知余輯補《詞綜》，出以見示，囑選數闋，以彰忠節。奈通首完善者，百無一二。（卷十九）

丁紹儀編纂《國朝詞綜補》有一個整體、系統的考慮，除了補人補詞，還十分注意地域分佈，《聽秋聲館詞話》記云：「唐宋歌曲，每以邊地爲名，如甘州、伊州、涼州，皆隸今之甘肅，其人宜善歌，顧無聞焉。余輯《國朝詞綜補》，缺甘肅、廣西二省，無可採訪。」（卷二）填詞乃文人雅興，詞人多集中在江南經濟富庶，文教昌盛之地。甘肅、廣西等邊疆地區的詞人才更爲可貴。《國朝詞綜補》特別注意收録，《聽秋聲館詞話》則加以説明。

《聽秋聲館詞話》還對列朝詞綜以及《國朝詞綜補》應入選的標準予以説明：

第一，應收盡收，無大妨礙者盡予收録。丁紹儀對於那些可收可不收者採取寬容的態度。如：「仁和沈宣，字明德，「除夕」、「元旦」二詞《蝶戀花》，《明詞綜》未收，想因詞俚故。然不妨存之，藉見當時民俗，如同興紙畫鍾馗，正可作掌故用。」明人沈宣的二首《蝶戀花》有俚俗之嫌而未被王昶的《明詞綜》收録，但丁紹儀認爲這兩首描寫除夕、元旦的詞尚有表現民俗的作用，應予收入。又如「宋閨媛詞散見《記聞雜録》中者，《詞綜》亦多未録」，丁紹儀指出：「各詞雖不若《詞綜》所選純粹，且多出自稗説，未足盡信。然《補遺》一集，每因詞存人，胡竟遺之，爲録於此。」這些詞朱彝尊的《詞綜》和陶樑的《詞綜補遺》均因不够「純粹」，「出自稗説，未足盡信」，而未收録，丁紹儀則從「因詞存人」的角度考慮，應予收録。

第二，過於俚俗卑下者不收。如丁紹儀注意到「南宋劉氏《沁園春》（我生不辰）」一詞，《詞綜》及《補遺》皆未予收録，判斷其原因是「諒因語意粗淺未録」。又如在補王昶《明詞綜》時，「尚有萬曆間尚書薛文介三省詠歸來詞，腔係自度，語亦欠雅，不録」。又如：

尚有附見《文溪詞》之馬天驥《城頭月》，見《全芳備祖》之祝和父《金縷曲》，見《翰墨全書》之羅子衎《三登樂》，見《花草粹編》之簫回《應景樂》，江衎《錦纏道》，見鄜縣石刻之李如堅《沁園春》，詞率粗鄙，不録。（卷七）

從以上各例來看，《聽秋聲館詞話》在補録歷代詞人詞作時，對於那些「語意粗淺」、「腔係自度，語亦欠雅」、「詞率粗鄙」者均屏斥不録。丁紹儀論詞尚雅黜俗，對過於俚俗者自然排斥。

總體來看丁紹儀對於《國朝詞綜補》收録標準的態度是存在矛盾的。從學理來看，如果是一代總集，則無論優劣皆應收録，如當代學者編纂《全唐詩》、《全宋詞》、《全明詞》、《全清詞》，均以無遺漏爲原則；如果是選本，則應有選録標準，不合者不選。《國朝詞綜補》却没有明確是哪種性質的詞集，才會造成在收録標準上摇擺不定的矛盾。

三　校詞

丁紹儀在對歷代詞人詞作進行增補的同時，還特别注意對歷代詞作進行校勘。丁紹儀指出：「宋詞錯落之多，半誤於汲古閣本。蓋毛氏祇知刊書，不知校對，古籍雖藉以流佈，而誤入正復不淺。」（卷十三）

對明末毛晋汲古閣刻本的品質十分不滿。基於此，丁紹儀十分重視文獻校勘，《聽秋聲館詞話》中有很大篇幅記載了詞作校勘的内容。兹選取規模較大的系統校勘工作爲例加以説明：

其一，對朱彝尊的《詞綜》所收之詞進行校勘。丁紹儀指出朱彝尊在編纂《詞綜》之時，「彼時宋元善本書匿而未出，僅見毛氏所刻與世俗流傳刊鈔各本，每有錯脱，梓時又多帝虎之訛，均未校改」（卷十三）。丁紹儀利用可以見到的各種善本、新發現的版本加以校勘，如宋詞：

蘇東坡《醉翁操》云：「琅然清圓。」「圓」作「圜」。

夏均父《減字木蘭花》云：「笑指浯溪，漫叟雄文鎖翠微。」「鎖」作「銷」。

李元膺《茶瓶兒》云：「去歲相逢深院宇。」「歲」作「年」。

辛稼軒《木蘭花慢》云：「老來情味減。」「來」作「去」。

周美成《拜星月慢》云：「似覺瓊枝玉樹相倚，暖日明霞光爛。」「玉樹」下脱「相倚」二字。《瑞龍吟》云：「惟有舊家秋娘，聲價如故。探春盡是，傷離意緒。」「舊家」作「舊來」，「傷離」下脱「意」字。《荔枝香》云：「照水殘紅零亂，風喚去。愁看兩兩相依燕新乳。」「喚」作「掀」，「看」字上少「愁」字。

張子野《謝池春慢》云：「繚牆重院，時聞有、流鶯到。」「重院」下落「時」字，「聞」作「間」。

晁无咎《鬥百花》云：「與問階上，簸錢時節應記。」「記」字上脱「應」字。

韓元吉《薄倖》云：「歎白髮星星如許。」落「歎」字。

柳耆卿《夜半樂》云：「避行客，含羞笑相語。」倒作「相笑語」。

李甲《帝臺春》云：「飛絮亂紅，也似知人春愁無力。」「飛」作「暖」，並脱「似」字。

蔡伸《飛雪滿群山》云：「酒醒敧粲枕，愴猶有殘妝淚痕。繡衾孤擁，餘香未滅，還是那時熏。」「猶有」上多「然」字，「繡衾」作「繡被」。

又如校金元詞：

蕭列《八聲甘州》云：「可憐生、飄零到荼蘼。」「憐」作「恰」。

趙可《望海潮》云：「郵亭一別。」「亭」作「事」。

彭元遜《子夜歌》云：「待他年，君老巴山，共聽夜雨。」《漢宮春》云：「夢舊寒，淺醉同衾。便是門燈見月，看花對酒驚心。」「淺」作「殘」，「門」作「聞」。

張翥《多麗》云：「見一片水天無際。」落「見」字。

趙文《瑞鶴仙》云：「西湖上，多少愁思恨縷。風流憶張緒。痛絶長堤别後，淒涼意，向誰訴。」「多少」作「舊日」，「憶」作「似」，「堤」作「秋」，「淒涼」句作「淒涼孰訴」。

宋遠《意難忘》云：「春水夢爲龍。」「水」作「冰」。

尹濟翁《一萼紅》云：「惱亂人怎忍更凝眸。」脱「怎」字。

張半湖《掃花遊》云：「天外新蟾低掛。」「掛」作「佳」。

其二，利用不同刊本互校。《聽秋聲館詞話》卷九記載，丁紹儀用《花草粹編》與毛晉汲古閣本對校宋詞：「陳耀文《花草粹編》所輯詞章，與毛氏汲古閣所刊各詞，時有出入，堪以互校。惜余所見係不全鈔本，其中亦多脱誤。」内容如下：

朱敦儒《沙塞子》：「蠻樹」下落「遠」字。

宋媛梁意娘《茶瓶兒》：「麗色」上落「正」字，此詞「杳」、「悄」二字係「筱」、「有」二韻借叶。

無名氏《南歌子》：「怎向」下多一「人」字。

晏殊《玉樓人》：「還」字上多「又」字，「須」作「待」。

程垓《瑶階草》：「簾幕」上多「又還」二字，「減」作「膩」，「醒」作「醉」，「却悶」作「越悶」。

方千里《齊天樂》：「情閑」倒作「閑情」。」第三句增四爲六。《寒垣春》「堆滿」倒作「滿堆」，「音」字下落「調」字。

楊澤民《大酺》：「停車轂」一作「佇雙轂」。

其三，丁紹儀還核勘了王昶《國朝詞綜》所録清人詞的改動情況：

王氏《詞綜》録其（按：彭孫遹）《生查子》云：「薄醉不成歡，轉覺春寒重。鴛枕有誰同，夜夜和愁共。夢好恰如真，事往翻如夢。起立悄無言，殘月生西弄。」「鴛枕」本作「枕席」，蘭泉司寇爲易「鴛」字，詩詞之辨，正在乎此，非深得詞家三昧者不解。司寇所録各家詞，每多點竄，甚且改至二三十字。如李笠湖（漁）《浪淘沙》詞，後闋四句，竟全易之，若照原本，不堪入選。惜調舛字脱，未校改者，尚不勝枚舉。（卷二）

（趙懷玉）《浪淘沙》云：「茶熟酒微温。消盡黄昏。看燈情異去年人。只有半床殘月到，許客平分。寂寞杜司動。傷別傷春。自來好夢不曾真。依約畫簾風過處，昨夜星辰。」王氏《詞綜》二集，於第三句誤倒「情」、「人」二字，殊失詞意，録以正之。（卷四）

王昶的《詞綜》録入清人詞時有所改動，改動的原因又有兩種：其一，王昶的私自改動，如上面第一例，在録入彭孫遹詞句「枕席有誰同」時，認爲「枕席」一詞不雅，而擅自改爲「鴛枕」。其二，是訛誤的改動，實際上就是録入失誤，校對不精，如上面第二例顯示的，在録入趙懷玉詞二字誤倒。以學術的眼光來看，無論哪種没有根據的改動都是不可取的。

其四，對一些作者存有異説者加以記録備考：

連久道「贈漁父」《清平樂》：「此詞一作洪瑹空同作。」

江致和《五福降中天》：「此調與《齊天樂》別名《五福降中天》不同。」

胡明仲「過子陵釣臺」《水調歌頭》：「此詞或云朱文公作。」

湯正仲「詠梅」《柳梢青》：「此詞一作朱淑真作，《陽春白雪》繫列揚无咎下。」

劉處静「海棠」《燭影揺紅》：「《陽春白雪》列翁處静名下，微有不同。」

張景臣《西江月》：「此詞一作張武子作。」

僧皎《高陽臺》：「《陽春白雪》作王通叟作。」（卷七）

此外，丁紹儀對一些特殊情况提出校勘意見：「余謂《補遺》中采輯各詞，如與調未協，文義亦不貫串，必原本脱落字句，似宜計字留空，或於詞下注明，免致後人認爲另體。宗伯頗以爲然，尤以注明詞下，謂得虚衷論古之意。」（卷十三）丁紹儀校詞的基本原則是：第一不妄改，第二不簡單放過，或留空或注明，以引起讀者的注意。這樣既尊重古人，又留訛誤於後世。這種嚴謹的學術態度值得稱道。

四　增訂《詞律》、《詞譜》

丁紹儀在詞律方面頗有造詣，並有詞律建設的使命感。《續修四庫全書總目提要》云：「（《聽秋聲館詞話》）於各家《詞綜》及詞律、詞譜，皆考訂極細，駁正甚多。」[四]指出了《聽秋聲館詞話》的詞律、詞譜研究的貢獻。《聽秋聲館詞話》的主旨之一是在詞律詞譜方面有所修訂增補，首當其衝的是清初萬樹的《詞律》。《聽秋聲館詞話》卷一云：

格調之舛，明詞爲甚，國初諸家，亦尚不免。蓋奉程、張二家《嘯餘圖譜》爲式，踵訛襲陋，如行雲霧中。康熙初，宜興萬紅友（樹）斷斷辨證，定爲《詞律》，廓清之功不小。惜所收各調，錯漏尚多。

丁紹儀批評了明代至清初的詞律詞譜的舛誤亂像，在肯定了萬樹《詞律》「廓清之功」的同時指出尚有「所收各調，錯漏尚多」的問題。《聽秋聲館詞話》的重要内容就是要補正萬樹《詞律》的缺失。

《詞律》，萬樹（一六三〇—一六八八，字紅友，號山翁，常州府宜興人）撰，二十卷。收唐、宋、金、元詞六百六十調，一千一百八十餘體。《詞律》的編排改變了明人常用的按照小令、中調、長調的模式，而是按照詞調字數多少排列先後次序。萬樹反對詞有「襯字」之説，《詞律》中將詞調調名相同而字數、平仄有異者分爲「又一體」，「又一體」就成爲萬樹《詞律》標志性的模式，也是對後世産生重大影響且引起争議的模式。《詞律》之後，康熙五十四年（一七一五）王奕清等奉旨敕編《欽定詞譜》，簡稱《詞譜》。《詞譜》四十卷，收八百二十六調，二千三百零六體。每調選唐、宋、元詞一首，以創始之人所作爲正體。《欽定詞譜》編成於萬樹《詞律》之後，詞調、詞體有所增加，體裁、内容亦有所優化。

丁紹儀對《詞律》和《詞譜》十分重視，對兩書的缺陷也有深刻的認識，《聽秋聲館詞話》卷十四云：

> 萬氏《詞律》成於嶺外，所見之書無幾，採列各調，亦多録自汲古閣本，未經細校，即付手民，訛錯處較《詞綜》尤甚。……萬氏力攻《嘯餘圖譜》之謬，而不自知疏陋正復相似，所謂責人斯無難也。

《聽秋聲館詞話》卷十八還專論《欽定詞譜》：

> 萬氏《詞律》成於康熙二十六年，共六百五十九調，計一千一百七十三體。至五十四年，《欽定詞譜》成，共八百二十六調，計二千三百六體。較之萬《律》，增體一倍有奇。然校定爲譜者，僅居其半，餘皆列以備體而已。乃採取猶有未及。

《聽秋聲館詞話》中有大量篇幅對《詞律》、《詞譜》進行補充和增訂。《聽秋聲館詞話》中對《詞律》、《詞譜》的增訂可分爲以下三個方面：

第一，補《詞律》、《詞譜》未收入的詞調。如：

《玉樓人》，《黄河清慢》，無名氏仄韻《滿庭芳》，蘇小娘《飛龍宴》，吴師益《蠟梅香》，蒲宗孟《望梅花》，王益柔《喜長新》，元絳《映山紅慢》，吴奕《升平樂》，江致和《五福降中天》，郭子正《舜韶新》，劉浚《期夜月》，李光《莊簡集》之《瓊臺》，王質《雪山集》之《紅窗怨》、《無月不登樓》，吴則禮《北湖集》之《江樓令》，潘元質之《孟家蟬》，譚宣子之《鳴梭》、《西窗燭》，曹邍之《惜余妍》，劉塤水《雲村稿》之《湘靈瑟》，王寂《拙軒集》之《紅袖扶》，仇遠《無言琴譜》之《睡花陰令》、《陽臺怨》，李宏模之仄韻《慶清朝》，杜良臣之平韻《三姝媚》，杜龍沙之平韻《雨霖鈴》，劉學箕《方是閑居士集》之《憶王孫》，朱耆壽之《瑞鶴仙》，文與可（同）《天香引》，元絳《映山紅慢》。

對於一些詞調的特殊性，《聽秋聲館詞話》還加以簡要的説明解釋，如：

陸游妻唐氏《釵頭鳳》：「此調平韻，《詞律》失收。」

《孟家蟬》：「此調係宋潘元質自度腔，《詞譜》、《詞律》均未收。」

《松梢月》：「此調中多拗句，《詞律》失收。」

《無月不登樓》：「此調諒係自度，《詞譜》、《詞律》均未收。」

《紅袖扶》：「此調諒係自度，《詞譜》、《詞律》均未收。」

對有些詞調則加以較爲詳細的分析：

《江南春》爲倪雲林高士自度曲，與宋裴《穆護砂》同爲元調。雖篇中均七言句，然前後四换韻，换頭係三字兩句，明明是詞非詩，乃《詞譜》、《詞律》均未收入，後人亦無填用者。（卷二）

第二，增補詞調「又一體」。萬樹《詞律》在列示詞調時，發明了「又一體」的標注方法，即同一詞調詞牌，却有字數、句式、平仄、句式等差異時，萬樹即標爲「又一體」，以加以區分。這一標示方法曾引起後世的議論乃至激烈批評，但是丁紹儀的《聽秋聲館詞話》却認同這一方式，並將歷代詞調中考辨出的「又一體」一一增補列示，如：

宋曹勳作《透碧霄》詞一百十七字，較柳永、查荎所填一百十二字體，句讀迥異。萬氏未見曹集，

致未收入又一體。（卷一）

《古今詞話》無名氏聽雁之作。《御街行》，又名《孤雁兒》……此詞較《詞律》所收范文正分詞多二字，應是又一體。（卷二）

李嬰「上東坡」《滿江紅》：「此調多一字，《詞律》失收又一體」。

諸葛章妻蟾英「寄外」《花心動》：「此詞平仄句讀不同，《詞律》失載又一體。」

《沙塞子》調亦未列入又一體。

《慶金枝》云：「莫惜金縷衣。勸君惜、少年時。花開堪折直須折，莫待折空枝。　一朝杜宇纔鳴後，便從此、歇芳菲。有花有酒且開眉。莫待滿頭絲。」較子野詞前後結均少一字，前段第三句不叶韻。前質諸趙丈艮甫，謂折字乃以入作平，至結句與子野詞異，當是另體。

宇文虛中之《迎春樂》，字數句讀均殊，亦未編入又一體。

第三，訂正《詞律》、《詞譜》的錯舛處。在《聽秋聲館詞話》卷十四中用整卷的篇幅集中查究《詞律》的各種錯、脱、衍之處，尤其是對「又一體」或本爲同調而被誤列異調的具體情況加以分析，如詞調《緑頭鴨》（《多麗》）：

《多麗》一名《緑頭鴨》，各家平韻詞俱一百三十九字，獨李漳詞少二字。蓋前段「頻慘啼痕」句，脱「頻」字，後段「帳冷衾寒」句，脱「冷」字。中如「枉勞」作「漫勞」，「塞雁」作「塞鴻」，「滯芳尊」作「清芳尊」，均誤。惟「今宵爲誰」句，「誰」字平聲，微與各家不同。其詞云：「好人人。去來欲見無因。記當時、竊香倚暖，豈期蝶散鶼分。到而今、枉勞夢想，嗟後會、頻慘啼痕。繡閣銀屏，知他何處，一重山盡一重雲。暮天杳、梗蹤萍跡，還是寄孤村。寂寥月，今宵爲誰，虛照黄昏。　細追思、深誠密意，黯然一晌銷魂。仗游魚、漫傳尺素，望塞雁、空憶回文。帳冷衾寒，香消塵滿，博山沉水更誰熏。斷腸也、無聊情味，惟是滯芳尊。沉吟久、移燈向壁，掩上重門。」又元人失名之傳按察「錢塘懷古」前調云：「静中看。迴圈興廢無端。記昔日、淮山隱隱，宛若虎踞龍蟠。下襄樊、指揮湘漢，鞭雲騎、圍繞江干。勢不成三，時當混一，過唐之數不爲難。誰知道、倉皇南渡，半壁幾何間。陳橋驛，孤兒寡婦，久假當還。　掛征帆、龍舟催發，紫宸初卷朝班。禁庭空、土花暈碧，輦路悄、呵喝聲乾。去國三年，遊仙一夢，依然天淡夕陽閑。縱餘得、西湖風景，花柳亦凋殘。昨宵也、一輪明月，還照臨安。」通首本屬完善，《詞綜》未經細考，於調名既訛爲《鴨頭緑》，前段脱落「迴圈」句六字，「誰知」二句十二字，遂祇有一百二十一字。後段「去國」三句，又誤在「縱餘」二句之下，致文理亦不貫，此錯落之最甚者。（卷一）

這裏指出兩個問題，一是《多麗》（《緑頭鴨》）詞調正體爲一百三十九字，南宋李漳的《多麗》詞少二字，萬樹《詞律》將其列入「又一體」，丁紹儀指出，其實李漳之詞是刊刻時脱字造成的，因而不應列入「又一體」。二是《詞綜》中選有一首元人傅按察的「錢塘懷古」《鴨頭緑》，其實此詞與《緑頭鴨》句式平仄完全相同，由於脱字造成只有一百二十一字，再加上倒字造成錯認爲是另一詞調《鴨頭緑》。丁紹儀據其他版本將此詞「復原」，正是《緑頭鴨》詞調。又如詞調《八六子》：

秦少游《八六子》云：「倚危亭。恨如芳草，萋萋剗盡還生。念柳外、青驄别後，水邊紅袂分時，愴然暗驚。　無端天與娉婷。夜月一簾幽夢，春風十里柔情。奈回首、歡娱漸隨流水，素弦聲斷，翠綃香減，那堪片片飛花弄晚，濛濛殘雨籠晴。正銷凝。黄鸝又啼數聲。」與李演詞云：「乍鷗邊，一番腴緑，流紅又怨蘋花。看晚吹、約晴歸路，夕陽分落漁家。輕雲半遮。　縈情芳草無涯。還報舞香一曲，玉瓢幾許春華。正細柳青煙，舊時芳陌，小桃朱户，去年人面，誰知此日重來繫馬，東風淡墨欹鴉。黯窗紗。人歸緑陰自斜。」字句平仄如一，惟李詞首句不起韻，第五句用韻，與秦稍異。《詞律》謂秦詞恐有訛處。未必然也。至秦詞「奈回首」作「怎奈向」，李詞「玉瓢」作「玉飄」，均係傳鈔之誤。又《詞律》因李詞脱「舊時芳陌」四字，遂列八十四字爲又一體，似尚未見《絶妙好詞》本，且誤李演爲李濱。考有宋詞家，無李濱其人，祇李演，號秋堂，有《盟鷗集》。（卷二）

指出《詞律》中詞調《八六子》有秦觀的正體和李演的「又一體」，其實李演詞只是脱字而已，此錯誤本可以通過《絶妙好詞》本得到糾正。因而李演的「又一體」應該取消。又如詞調《越江吟》（《瑶池宴》）：

蘇易簡《越江吟》云：「非煙非霧瑶池宴。片片。碧桃零落誰見。黄金殿。蝦鬚半捲。天香散。春雲和孤竹清婉。入霄漢。紅顔醉態爛漫。金輿轉。霓旌影斷。簫聲遠。」與東坡、方回詞，句讀如一，惟起句少押一韻而已。《詞律》脱「誰見」二字，致分句參差，失注二韻。並誤「春雲」爲「青雲」，遂謂無可查考，而另以東坡詞爲《瑶池宴》，且易「宴」爲「燕」。按賀詞云：「瓊鉤褰幔。秋風觀。漫漫。白雲聯度河漢。長宵半。參旗爛爛。何時旦。命閨人、金徽重按。商歌怨。依稀廣陵清散。低眉斂。危弦未斷。腸先斷。」東坡詞云：「飛花成陣。春心困。寸寸。别腸多少愁悶。無人問。偷啼自揾。殘妝粉。抱瑶琴、尋出新韻。玉纖趁。南風未解幽愠。低雲鬟。眉峰斂暈。嬌和恨。」三詞本一調，《瑶池宴》三字，即因易簡詞首句爲名，紅友分而二之，失考矣。詞僅五十一字，而叶十二韻，繁音促節，最不易填。易簡不以工詞名，不謂倉卒應制之作，精穩乃爾。（卷四）

《詞律》卷五有蘇易簡的《越江吟》，四十九字；卷六有蘇軾《瑶池燕》五十一字，賀鑄有詞調《宴（燕）瑶池》，亦名《秋風觀（歎）》詞「瓊鉤褰幔」，與蘇軾《瑶池燕》同調。丁紹儀指出，《越江吟》與《瑶池燕》本爲一調，《瑶池燕》之名本爲《瑶池宴》，乃由蘇易簡《越江吟》首句「非煙非霧瑶池宴」而來。《詞律》卷五蘇易簡《越江吟》只是因爲脱二字才成爲四十九字。不僅指正了《詞律》的錯誤，還清晰了其間變化的來龍去脈。

謝章鋌對丁紹儀《聽秋聲館詞話》的詞律考辨予以高度評價：「杳舲《詞話》採摭甚勤，校讎律譜，亦復精審。」〔五〕綜合來看丁紹儀的詞律詞譜的增訂，無論是文獻的涉獵範圍、考辨的細致深入，還是認真的學術態度和方法均值得稱道。然而丁紹儀詞律觀所存在缺陷却限制了詞學成就。丁紹儀認同萬樹的「又一體」模式，但對「又一體」的産生原因缺乏全面深入的認識。正如《聽秋聲館詞話》中已經發現的，一些詞調因爲脱、衍等詞句文字的差異而産生的字數、平仄不同，被列爲「又一體」，顯然已經背離了萬樹《詞律》同調分體的原則。丁紹儀的方法只能是治標不治本。

丁紹儀的《聽秋聲館詞話》是一部獨具特色的詞話，在詞話史乃至詞學批評史上均有其價值。

第一，文獻價值。《聽秋聲館詞話》有明確的詞學文獻建設意識，在詞史文獻領域，達到了他所在的時代所能達到的最高水準。《聽秋聲館詞話》對現有的《詞綜》系列所彙編的唐五代、宋、金元、明、清詞進行了全面系統的增補，爲後世編纂《全宋詞》、《全金元詞》、《全明詞》、《全清詞》打下了堅實的基礎。《聽秋聲館詞話》在詞律建設方面也取得空前的成就，無論在詞律的考辨、詞調的掌握等方面均跨上了新的高度，對詞律、詞譜的修訂有重要的積極作用。

第二，新型詞話形態。《聽秋聲館詞話》是第一部大型文獻型詞話。詞話從北宋産生之後，大體形成了三種類型：（一）詞本事爲主型，如北宋楊繪《時賢本事曲子集》，南宋楊湜《古今詞話》，清代葉申薌《本事詞》等；（二）鑒賞批評爲主型，如南宋沈義父《樂府指迷》，明代俞彦《爰園詞話》，清代王士禛《花草蒙拾》、宋翔鳳《樂府餘論》；（三）輯録型，如清代徐釚《詞苑叢談》、沈雄《古今詞話》、江順詒輯《詞學集成》等。《聽秋聲館詞話》與上述三種類型皆不相同，一是爲了增補朱彝尊《詞綜》、王昶《明詞綜》和《國朝詞綜》、陶樑《詞綜補遺》等詞籍，以補人補詞爲主要標志；二是爲了訂補萬樹《詞律》和《欽定詞譜》，以增補和正誤爲主要標志。雖然書中也不乏鑒賞批評輯録的內容，但總體還是突出的文獻意識，這種文獻意識使《聽秋聲館詞話》呈現了文獻輯録考辨特色的新的詞話形態。

〔一〕丁紹儀《聽秋聲館詞話》卷首，唐圭璋編《詞話叢編》，中華書局一九八六年版，第二五六一頁。説明：下引《聽秋聲館詞話》僅於文中注明卷數。

〔二〕李慈銘《越縵堂詞話》，孫克强主編《清代詞話全編》第十册，鳳凰出版社二〇一九年版，第一四五頁。

〔三〕譚獻《復堂詞話》，《詞話叢編》，中華書局一九八六年版，第四〇一七頁。

〔四〕《續修四庫全書總目提要·〈聽秋聲館詞話〉二十卷》，孫克强、楊傳慶、和希林編《民國詞話叢編》第五册，社科文獻出版社二〇二〇年版，第四〇二頁。

〔五〕謝章鋌《賭棋山莊詞話續編》卷一，《詞話叢編》，中華書局一九八六年版，第三四八七頁。

（作者單位：河南大學文學院）

同行切磋，博采衆長

——從王鵬運兩個詞社詞集看晚清詞集的傳播與校勘

陳雪軍

内容提要　王鵬運爲晚清四大家之首，詞學地位尊隆，作品甚夥，先後刊刻的别集有七稿九集之多。其詞的創作和刊刻實踐皆具有樣板作用，其詞集版本較多，留下了許多刊刻、校勘、編輯方面的經驗，值得總結。考察王鵬運等詞人在晚清詞集刊刻過程中的這種校勘、修訂，能幫助我們瞭解晚清詞集刊刻的原始形態，進而探索、還原其創作過程，從而推動晚清詞史研究向縱深進展。

關鍵詞　《王龍唱和詞》　《校夢龕集》　傳播　校勘

王鵬運爲晚清四大家之首，詞學地位尊隆，作品甚夥，先後刊刻的别集有七稿九集之多。晚年又手自删定《半塘定稿》，共一百三十九闋，交由朱祖謀寫定；王氏卒後，朱氏傷其删汰過甚，復補選五十五闋，爲《半塘賸稿》。七稿九集，尤其是早期詞集，或流佈影響不廣，或版本流變複雜，並未引起學界足够的重視，對於不同版本間的細微區别，研究不多，挖掘不深。本文擬選取其早年兩個社集作品《王龍唱和集》手稿本和《校夢龕集》稿本，通過分析其傳播過程，以及結集、刊印過程中的一些校勘細節，來考察晚清詞集傳

本文係浙江省文化研究工程重大招標項目「環太湖區域詞學研究」(19WH40043ZD)的階段性成果。

播與校勘的一些問題，從而推動晚清詞史研究向縱深進展。

一 《王龍唱和詞》、《校夢龕集》的傳播與刊刻

王鵬運在晚清詞壇的尊隆地位，跟他多次參加與主盟晚清詞社活動有關。同治十年（一八七一），他上京參加進士考試。也就在這一年，他第一次參加了晚清詩詞結社活動，即參與廣西籍文士聚合的「覓句堂」詩詞唱和活動，從此開始步入晚清詞壇。覓句堂是晚清臨桂詞人龍繼棟在北京寓所的堂名，是桂林籍官紳士子以詩詞會友的主要場所。覓句堂的唱和以詩爲主，兼及詞。唱和的主要人物以臨桂籍的龍繼棟、韋業祥、王鵬運、唐景崧、侯紹瀛、謝元麒爲主，其他則有浙江袁昶、安徽俞炳輝、山西王汝純、順天白子和等。覓句堂詩詞唱和，類似於一個小型的文人社集。

《王龍唱和詞》，係覓句堂詩詞唱和之作，共收王鵬運詞九首，龍繼棟詞二首。王鵬運這九首詞，是他的早期之作，約作於光緒五、六年間。

《王龍唱和詞》手稿王氏九首詞作中，排在第二、三、四的，分別是《臨江仙・待雨》、《踏莎行・苦雨》和《憶少年・賞雨》，並表明「覓句堂分詠三疊。槐廬詞伯拍正，四印生雕書於袖墨寮」。「賞雨」、「苦雨」的題目，在韋業祥的詞集中也有，即《鵲橋仙・覓句堂賞雨》、《鵲橋仙・苦雨》（見《粵西詞見》卷二），顯然是覓句堂的唱和之作。有時候，唱和不限於覓句堂裏面，如龍繼棟、王鵬運曾於九月二十五日有北京城東之遊，龍繼棟填《高陽臺・九月二十五日偕嚴鹿溪、王粹甫及王幼霞，薄遊城東隅之夕照寺、拈花寺、舊萬柳堂，出廣渠門，至武肅親王墓祠，觀架松之作，録以索和》，王鵬運即有奉和之作《高陽臺・奉和槐廬詞伯城東紀遊之作，即正，幼霞倚聲》，這兩首詞保存在《王龍唱和詞》手稿中。此外，還有事後唱和的，如王鵬運曾獨自遊玩積水潭，作《解語花・遊南泡子之次日，獨至積水潭。儷緑妃紅，花事甚盛，再前調呈覓句堂》，

呈送給龍繼棟，龍即有和作《解語花・同調和幼霞積水潭之作》。而王鵬運《解語花》詞序中提到了次日「遊南泡子」，而韋業祥有《陌上花・槐廬約西泡子之遊，兼訪覺生寺古鐘，未能赴也，拈此投之》，與王鵬運《解語花》同韻，或許也是唱和之作？

此外，韋業祥還有《綠意・立秋前三日，槐廬分詠種竹》，王鵬運還有《摸魚子・瑟軒以長歌見酬，再用前解答之》、《金縷曲・讀勒少仲中丞香塚詞，即用原解書後》二詞後署「近作二闋，敘請槐廬詞長大雅，並求和章」，詞寫於光緒六年庚辰（一八八〇年），也應屬於覓句堂的唱和之作，而且王鵬運的兩首詞也都收入了《王龍唱和詞》中。

如果說《王龍唱和詞》是王鵬運初涉詞壇的處女作，是真正的「少作」，那麽中間經歷了「薇省同聲」詞唱和和咫村詞社唱和之後，到了校夢龕社集，王鵬運則是以主盟者的姿態參與到詞社的詞學活動中。光緒二十五年（一八九九），王鵬運相約朱祖謀同校夢窗四稿，並借此舉行詞社，而命其社名爲校夢龕詞社。詞社的主要參與者有朱祖謀、張仲圻、王以敏、裴維侒、章華、成昌、左紹佐等人。校夢龕詞社的組織形式與咫村詞社類似，時間從正月初七持續到冬至日後。繆荃孫、夏孫桐亦參與了年底的校夢龕社集。

王鵬運將自己參與校夢龕詞社唱和的六十三首詞結集爲《校夢龕集》。《校夢龕集》現存三種版本：初定稿本（上海圖書館藏）、手抄本（廣西區圖書館藏）、陳柱刻本（上海圖書館藏）。初定稿本封面中間題「校夢龕集初定稿本」，其右側題「庚子正月録出，半塘僧鶩題記」，由此可見是王鵬運親自抄録的手稿本，時間是一九〇〇年正月。《校夢龕集》最後一首是《瑣窗寒・殘雪》，倒數第三首是《暗香・冬至逢雪，問琴閣社集，用白石詠梅韻》，可見是寫於光緒己亥（一八九九）十一月，距離這個初定稿本只有一個多月的時間。因此可以說《校夢龕集》最早的版本是上海圖書館藏的這個初定稿本，前面有王鵬運抄録致鄭文焯的短信：

除寄呈審定各本外，尚有乙稿《袖墨》、《蟲秋》二集，庚稿《庚子秋詞》（合《春蟄吟》爲一卷），辛稿《南潛集》，敝處皆無副本（《南潛》雖有手稿，而塗抹不堪入目），無從寄政。敬祈費神將寄呈各稿可存者，爲加標識。古微所録，其目已寄去，請公獨出手眼，不必問渠意云何。古微云夏間當開雕，並希早日閲訖擲下爲荷。

寄來各稿，在敝人爲較佳之作，乙爲少作，辛則退筆之言。[一]

由此可見此本乃王鵬運抄録而請鄭文焯斧正者。正文首頁第一行「半塘已稿」下面有朱文長方印「鶴記」，顯然是鄭文焯的印章。信中説，這個初定稿本和其他寄呈的各本「皆無副本」，可見這個寄呈鄭文焯修訂的《校夢龕集》是最早也是唯一的手稿本（按：「古微所録」即今藏廣西區圖書館的朱祖謀抄本，見後）。這六十三首詞，大多有鄭文焯的眉批，内容包括評語及删改字句者。卷末最後一首詞《鎖窗寒·殘雪》後面有鄭文焯題寫的兩行「鶴語」，左邊一行題作「甲辰四月三日校竟，時將有滬行」，甲辰，即光緒三十年（一九〇四），距己亥冬至已隔四年之久。右邊一行題作：「到滬又斠一過，略損益十數字。」下半頁末行又補充道：「甲辰五月廿六日刻，忽值老人於海上，遂持報。叔問並記。」而且也鈐有上述「鶴記」印。

《校夢龕集》抄本藏廣西壯族自治區圖書館，卷首題作「歸安朱彊邨先生孝臧舊藏本」，可見曾經被朱祖謀收藏。上述上海圖書館藏初定稿本抄録致鄭文焯的信中云：「古微所録，其目已寄去，請公獨出手眼，不必問渠意云何。古微云夏間當開雕，並希早日閲訖擲下爲荷。」或許這個抄本正是朱祖謀所抄録的？卷首還有「龍七」、「忍寒龍七」、「榆生舊藏」、「小五柳堂讀書記」等印，可知爲朱祖謀録自半塘，後留贈龍榆生者。

陳柱刻本，爲北流陳柱所刻，收入其所刻的《粵西詞四種》中，前有張爾田題簽和陳柱序，陳柱序云：

《校夢龕集》一卷，臨桂王幼遐鵬運先生撰。先生一字佑遐，中年自號半塘老人，又號鶩翁，晚號半塘僧鶩，遐軒必達先生次子也。前清同治庚午舉人，官至御史轉禮科給事中。所著詞有乙稿（《袖墨詞》）、《蟲秋集》），丙稿（《味梨集》）、丁稿（《鶩翁集》）、戊稿（《蜩知集》）、己稿（《校夢龕集》）、庚稿（《庚子秋詞》）、辛稿（《南潛集》）、《半塘定稿》、《剩稿》等，唯己稿尚未刊行，龍榆生兄云。今特刊佈之。民國二十三年七月北流陳柱。〔二〕

可見刻於民國二十三年（一九三四）七月。刻本收詞數量以及編排順序均同《校夢龕集》初定稿本，初定稿本中鄭文焯修改、删訂之處，刻本有些據此進行了修改，有些則依然採用初定本原文。如，《東風第一枝》「膏潤銅街」一闋，初定稿本的詞序爲「元夕雨中用梅溪均同夢湘作，並約次珊、古微和」，鄭文焯批訂時删去了「並約次珊、古微和」，陳柱刻本亦據此删去。值得一提的是廣西圖書館所藏抄本亦删去了「並約次珊、古微和」，可見抄本也部分採用了鄭氏的删改意見。

二　《王龍唱和詞》手稿在傳播中校勘與編輯

作爲王鵬運早期創作的詞集，《王龍唱和詞》一直沒有單獨刊刻，一直以手稿的形式存在，所以並沒有像刻本那樣得以廣泛傳播，可能只是在朋友之間傳閱。此手稿現爲廣西壯族自治區圖書館收藏，手稿前龍榆生有識語云：

《王龍唱和詞》六葉，臨桂王佑霞鵬運、龍松琴繼棟手稿，計有半塘詞九首、槐廬詞二首，惟《大江東去》一首題庚辰嘉平，確定爲光緒六年（一八八〇）作。二氏同在北京，此當出於一時遣興之筆，未及以刊本半塘諸集細勘，病中略檢一過，似兩家皆未存稿，豈悔少作耶？武漢大學劉弘度教授永濟曩歲舉以見寄，不及載入《詞學季刊》，迭遘亂離，幸未散佚。兹徵得弘度同意，並以寄獻南寧圖書館，以永其傳焉。

中華人民共和國建國十五年甲辰端午萬載龍元亮榆生敬識[二]

據此可見，手稿曾爲著名詞學者劉永濟先生收藏。劉永濟繫龍繼棟侄子。劉永濟在二十世紀三十年代曾將此手稿寄給龍榆生，希望通過《詞學季刊》，以廣傳播。但不知何故，龍榆生並沒有刊登到《詞學季刊》上，或許是因爲滬戰突發，刊物停刊的緣故吧？直至龍榆生先生去世前兩年的一九六四年，將此手稿捐贈給了廣西壯族自治區圖書館。

儘管如此，這九首詞除了《臨江仙》（麗景潛收日脚）、《踏莎行》（十日愁霖）二首僅見此手稿，其他七首都陸續刊刻到了王鵬運的其他詞集中，並通過這些詞集得以流傳。對比這九首詞作的刊刻（含收録的稿本、抄本等）和傳播情況，並考察各種版本之間的異文，可以歸納以下幾點：

首先，對於《王龍唱和詞》手稿本原來存在的明顯錯誤，在以後的刊刻和傳播中不斷得到了改正。如第一首《大江東去》（熙豐而後），後來分別收入《四印齋詞卷》本、《薇省同聲集》本《袖墨詞》、乙稿《袖墨集》等三個不同的詞集，因此至少得到了三次刊刻與傳播的機會。對於原稿中存在的問題，也在這個過程中得到了糾正，如上闋第二韻，《薇省同聲集》本作「奴輩紛紛惇與卞」，「卞」字，《王龍唱和詞》手稿、《四印齋詞卷》本作「忭」，皆誤。這句中的「惇與卞」，即指章惇與蔡卞。宋哲宗紹聖間，章、蔡二人主政，大肆打壓元祐黨人，蘇軾及蘇門弟子均在打壓之列。乙稿《袖墨集》稿本原作「忭」，後改作「卞」。由此可見，這處的錯誤，是王鵬運在薇省與況周頤等人一起唱和期間進行修正的。現在没有材料可證這種修改是王鵬運自己自覺的行爲，還是詞友在唱和切磋時的指正。

有的則在傳播中出現了反復修改的情況，如《王龍唱和詞》手稿本「鯖合諸侯」，乙稿《袖墨集》稿本原作「鯨」，後又改作「鯖」。《半塘定稿》等版本亦作「鯖合諸侯」。當以「鯖合諸侯」爲是，典出《西京雜記》。

其次是對於詞律、平仄的修改。如第五首《摸魚子》（鎮無聊），上闋第二韻，《王龍唱和詞》手稿原作

「妄説鳳修麐脯」，《薇省同聲集》本作「妄意鳳修麐脯」，據詞律，此句的平仄當爲「(仄)仄(平)平平仄」，如果用「説」，則爲入聲，不如「意」字去聲。後來收入《半塘定稿》時也採納了《薇省同聲集》本的修改。

當然也有修改稿不如原稿的，如《憶少年》「一爐煙篆」，三個本子最主要的異文是首句，手稿首句作「一爐煙篆」，《四印齋詞卷》作「一爐煙靄」，《袖墨集》稿本作「一爐煙穗」。很顯然，手稿「一爐煙篆」更好。「一爐煙靄」、「一爐煙穗」或許是傳抄過程的筆誤？這首詞後來没有刻入《半塘定稿》和《半塘剩稿》中，可見總體上來説，王鵬運對這首少作是不十分滿意的。還有一處異文是上闋第三句「一天愁緒」，《四印齋詞卷》本、《袖墨集》稿本皆作「絮」，顯然也是手稿原作爲優，「愁絮」，或許也是誤刻。這兩處的異文，極有可能是後來傳抄中失誤導致的。

還有一種情況是《王龍唱和詞》手稿原作優於後來傳抄本的，如第七首《金縷曲》（芳草城南地）。此詞後來也以抄本的形式出現在《四印齋詞卷》本袖墨詞中。此詞手稿本與《四印齋詞卷》本有幾處差異較大，總體而言，以手稿本爲優。如上闋第二韻，手稿本作「訪殘碑、怨紅凄碧」，《四印齋詞卷》本作「短碑殘、怨紅凄碧」，「訪殘碑」比「短碑殘」表達的意義更多，加入了人的活動。第三韻，手稿本作「斜日蒼黄鳴鳩冷」，《四印齋詞卷》本作「斜日低迷鳴鳩冷」，用「蒼黄」形容落日的蒼涼景象，緊承上一韻的「怨紅凄碧，斑斑凝淚」，比「低迷」更符合整首詞的氛圍。上闋第五韻，手稿本作「河滿聲中腸欲斷」，《四印齋詞卷》本作「譜列昭華腸欲斷」，顯然也是手稿本的「河滿聲中」更符合詞意。河滿，即《何滿子》。唐曲名，其聲凄厲。據葛立方《韻語陽秋》卷一五：「白樂天云：『《河滿子》，開元中，滄州歌者臨刑進此曲以贖死，竟不得免。』」下闋第一韻後，手稿本有小注：「問蓬萊誰是司香尉，詞中句也。」而《四印齋詞卷》本則無。第四韻，手稿本作「剩嬰母、無言相對」，《四印齋詞卷》本作「嬰武」，嬰母、嬰武同，即都是鸚鵡。第五韻，手稿本作：「何事干卿翻自笑，倚新聲、驚拍紅牙碎。」《四印齋詞卷》本作：「碎拍紅牙翻自笑，笑干卿、甚事風吹水。」後者用典略嫌直露，雕琢痕跡過濃。而前者則自然很多，粗看幾乎不知是在用典。末兩句，手稿作：「爲呼酒，且沉醉。」《四印齋詞卷》本作「且呼酒，爲沉醉。」前者詞意的表達更爲靈動多蘊，而後者略嫌質實。

綜上，總體而言，以手稿本爲更好。《四印齋詞卷》係北平圖書館館員張亞貞據南通馮翰飛藏該書副本過録，抄者不精詞學，難免有錯失。僅就此詞來看，《王龍唱和詞》手稿本在王鵬運詞集整理與傳播研究中具有重要的意義。

最後，值得一提的是，作爲最早的手稿本，這九首詞自然也是王鵬運的早期詞作，儘管後來也以各種形式傳播，但是總體而言，這九首詞作的藝術水準跟之後的詞作相比存在一定的差距，以至於最後只有一首入選《半塘定稿》。這一方面説明王鵬運對入選定稿中詞的標準很高，同時也説明早期詞作的確存在這樣那樣的問題。

版本之間不僅詞的正文存在異文，詞前小序之間的異文也存在不少差異。如第一首《大江東去》（熙豐而後），除了手稿，還收入《四印齋詞卷》本、《薇省同聲集》本《袖墨詞》、乙稿《袖墨集》等三個不同的詞集，因此至少得到了三次刊刻與傳播的機會。這三個不同版本的詞序也有差異：《王龍唱和詞》手稿序作：「庚辰嘉平十九，約同人拜坡公生日，敬賦。」庚辰，即光緒六年（一八八〇）。「嘉平十九」，即臘月十九，是東坡生日。「同人」，應該是覓句堂唱酬諸人。《四印齋詞卷》本序作：「嘉平十九日招同端木子疇年丈既粹甫、槐廬、伯謙、薇卿諸君子拜東坡生日，敬賦。」此序不言「庚辰」，而詳列「同人」名單，即端木埰（子疇）、王汝純（粹甫）、龍繼棟（槐廬）、韋業祥（伯卿）、唐景崧（薇卿）。而《薇省同聲集》本《袖墨詞》的序則補出了唱和地點：「坡公生日，招同疇丈、粹甫、槐廬、伯謙、薇卿，設祀四印齋，敬賦。」把三個序合在一起，則雅集的時間、地點、人物諸多要素就齊全了，而且《薇省同聲集》本《袖墨詞》强調唱和地點「設祀四印齋」，由此可見所謂覓句堂唱和，應該是指圍繞龍繼棟的詩詞唱酬活動，唱酬地點不一定固定在覓句堂，如本次

「庚辰嘉平十九」的唱酬就是在王鵬運的四印齋舉行的。同治十三年（一八七四），半塘以内閣中書分發到閣行走，旋補授内閣中書，寓所在北京宣武門外校場頭條胡同，即其四印齋。一直住到光緒八年（一八八二）離開北京。所以這幾個版本詞序的不同異文，對於我們瞭解此詞的創作、流傳等情況具有積極的意義。

《王龍唱和詞》手稿詞序往往比較簡單，如第三首《憶少年》（一爐煙篆），《王龍唱和詞》手稿詞序僅作「賞雨」，没有交代是在哪裏賞雨，跟誰賞雨。而《四印齋詞卷》和乙稿《袖墨集》的詞序皆作「聽雨覓句堂分詠」，可見是覓句堂的唱和之作。又如第七首《金縷曲》（芳草城南地），手稿詞序寫得非常簡略：「讀勒少仲年丈香塚詞，即用原解書後。」而《四印齋詞卷》本序就比較詳盡：「讀勒少仲年丈香塚詞，倚聲以和。塚在城南江亭迤北嬰武塚之西，封而不樹，短碣題云：『浩浩劫，茫茫月。鬱鬱佳城，中幽碧血。碧亦有時盡，血亦有時滅。一縷幽魂無斷絕。是耶非耶？化爲蝴蝶。』」不僅補出了香塚的地址，而且還交代了「短碣」上的題詞，此題詞對於半塘此詞的理解大有裨益。

三　《校夢龕集》在傳播中的校勘與編輯

鄭文焯與王鵬運、朱祖謀、況周頤合稱爲清季四大詞人。正如吴熊和先生所論：「鄭文焯校勘兩宋名家詞集，用力之勤，不下於王鵬運、朱孝臧兩家。戊戌政變前，鄭文焯在京任内閣中書，基於傾向維新與究心詞學的相同志趣，與王鵬運、朱孝臧過從甚密，校勘詞籍也成了他們此時的性所同嗜。鄭文焯一生校訂詞籍數十種，最初從事柳永《樂章集》、周邦彦《清真集》的校勘，就是與王鵬運、朱孝臧合校夢窗詞同一期間開始的。」[四]從鄭文焯光緒二十四年（一八九八）入京會試與王鵬運正式定交開始，其詞學造詣和詞籍校勘才能就得到了王鵬運的肯定和讚許，以至於王氏把包括《校夢龕集》在内自己的各種詞集交給鄭文焯審訂。而鄭氏也没有辜負這位詞壇尊長兼良友的囑託，極爲認真細致地校勘了王氏的各種詞集，一如他校勘《清真集》那樣認真。

我們只要比對各本版本之間的異同就能看出鄭氏的這種認真與執著。

在比對之前，有幾個數據先要説明一下，《校夢龕集》的初定稿本、朱祖謀抄録本以及陳柱刻本，收詞均爲六十三首，而且編排順序亦都一樣，可見這三個不同的版本其實源頭是同一個，即王鵬運自己初定的稿本。這六十三首詞，王鵬運將其中的二十四首刻入《半塘定稿》，朱祖謀將其中二十一首收入《半塘剩稿》，另外尚有十八首則爲兩者所不録。其次，收入《半塘定稿》的二十四首詞，其中十一首有異文，包括三首只是詞牌名不同；收入《半塘剩稿》的二十一首詞，其中有十二首有異文，包括一首只是詞牌名不同。

接下來，讓我們來比較一下初定稿本（上圖藏）、抄本（廣西區圖藏）和鄭文焯修改之間的異同情況。先來看一組對比數據：初定稿本與抄本一樣，而鄭文焯修改的有二十七調，即《東風第一枝》（句占花先）、《瑶華·水仙》、《探春慢》（琪樹生花）、《鳳池吟》（薄碾綃雲）、《東風第一枝》（膏潤銅街）、《蓦山溪》（塵緣相誤）、《齊天樂》（豔陽初破瓊姬睡）、《鳳凰臺上憶吹簫》（明月依然）、《水龍吟》（是誰刻意裁冰）、《石州慢》（滿目關河）、《滿庭芳》（清陰分蕉）、《渡江雲》（流紅春共遠）、《徵招》（幾年落拓揚州夢）、《祝英臺近》（掩荊扉）、《角招》（傍城路）、《掃地花》（柳陰翠合）、《掃地花》（綺霞散馥）、《滿江紅》（淚灑椒漿）、《月華清》（夜冷蛩疏）、《浣溪沙》（漸覺新寒上被池）、《醉花陰》（自斷閑愁抛棄久）、《八聲甘州》（記年時載酒説題糕）、《水龍吟》（夢中觸撥閑雲）、《惜秋華》（萬里長風）、《暗香》（水天一色）、《三姝媚》（春酣冰雪裏）、《鎖窗寒》（濕粉樓臺）。初定稿本單獨採用鄭文焯修改的有十調，即《鳳池吟》（薄碾綃雲）、《東風第一枝》（膏潤銅街）、《玉蝴蝶》（莫問南園風景）、《滿庭芳》（清陰分蕉）、《角招》（傍城路）、《掃地花》（柳陰翠合）、《掃地花》(綺霞散馥)、《浣溪沙》(漸覺新寒上被池)、《醉花陰》(自斷閑愁拋棄久)、《惜秋華》(萬里長風)。抄本單獨採納鄭文焯修改的有三調，即《花心動》(無賴東風)、《醜奴兒慢》(東風柳眼)、《點絳唇》(莫更憑高)。另有一個詞調(《三姝媚》)，初定稿本、抄本皆採納修改意見的一處，初定稿本採納修改意見的一處。還有一個詞調(《鎖窗寒》)，初定本、抄本兩處採用鄭文焯修改，初定稿本有兩處採用鄭文焯修改，抄本有一處採用鄭文焯修改。初定本與抄本差異的一調。《半塘定稿》改調名三個，改詞句一處。《半塘剩稿》改詞句一處。

王鵬運將其中的二十四首刻入《半塘定稿》。其中有七個詞調在刊刻時進行了修改，這些詞調是《東風第一枝》(句占花先)、《清平樂》(花間清坐)、《楊柳枝》(賦裏長楊舊有名)、《齊天樂》(豔陽初破瓊姬睡)、《鳳凰臺上憶吹簫》(明月依然)、《鷓鴣天》(注籍常通神虎門)、《南樓令》(掠鬢練花長)。另有三首詞對詞牌名有修改。

朱祖謀將其中另外二十一首收入《半塘剩稿》。其中有十三個詞調在刊刻時進行了修改，這些詞調是：《東風第一枝》(膏潤銅街)、《解連環》(謝娘池閣)、《水龍吟》(是誰刻意裁冰)、《醜奴兒慢》(東風柳眼)(序異文)、《氐州第一》(何事干卿)(序異文)、《角招》(傍城路)、《掃地花》(柳陰翠合)、《掃地花》(綺霞散馥)、《極相思》(悄風低颭煙痕)、《醜奴兒》(鬪春花底呢喃語)、《綠意》(涼生藻國)、《月華清》(夜冷蛩疏)和《暗香》(水天一色)。

通過比對這幾個版本之間的異文，我們可以得出如下結論：

第一，鄭文焯批注的意見，大多得到了王鵬運、朱祖謀的採納。六十三首詞中，鄭文焯批注的有二十八首，即：《東風第一枝》(句占花先)(《定稿》)、《瑤華》(盤虛暈月)、《探春慢》(琪樹生花)、《鳳池吟》(薄碾綃雲)、《東風第一枝》(膏潤銅街)(《剩稿》)、《驀山溪》(塵緣相誤)、《齊天樂》(豔陽初破瓊姬睡)(《定稿》)、

《鳳凰臺上憶吹簫》（明月依然）（《定稿》）、《玉蝴蝶》（莫問南園風景）、《水龍吟》（是誰刻意裁冰）（《剩稿》）、《石州慢》（滿目關河）、《滿庭芳》（清陰分蕉）、《渡江雲》（流紅春共遠）、《徵招》（幾年落拓揚州夢）、《祝英臺近》（掩荊扉）、《角招》（傍城路）、《掃地花》（柳陰翠合）（《剩稿》）、《掃地花》（綺霞散馥）（《剩稿》）、《滿江紅》（淚灑椒漿）、《月華清》（夜冷蛩疏）（《剩稿》）、《浣溪沙》（漸覺新寒上被池）、《醉花陰》（自斷閑愁拋棄久）、《八聲甘州》（記年時載酒説題糕）、《水龍吟》（夢中觸撥閑雲）、《惜秋華》（萬里長風）、《暗香》（水天一色）、《三姝媚》（春酣冰雪裏）、《鎖窗寒》（濕粉樓臺）。這二十八首詞，鄭氏的批注，少的有一處，如《浣溪沙》、《惜秋華》；多的有十二處，如《東風第一枝》（句占花先）。鄭氏的修改，從詞律、平仄的協調，意境的營造，到字句的調整都有。

下面先來看看平仄的修改。如《月華清》（夜冷蛩疏）上闋第二句，上圖稿本原作「天空星稀」，四字皆平聲，按律，末字應用仄聲，鄭氏將之修改爲「天空雁斷」，平仄就協調了。又如《醉花陰》（自斷閑愁拋棄久）下闋第一句，上圖稿本原作「寂寞庭院人歸後」，此句按律，平仄當爲「仄平仄仄平平仄」，第二字當作平，「寞」字入聲，不協律。因此，鄭氏將之修改爲「寂寥庭院人歸後」。有時候，鄭氏還在批注中就自己修改的依據直接説出來，如《暗香》（水天一色）第一句，上圖稿本原作「暗回春色」（區圖抄本同）。鄭氏以商量的語氣批注云：「『春色』，『春』字應易以入聲作平字。玉田於此全改平，未協。拙作曾和石帚，首句作『水天一色』，敢以奉貺，未知於意云何？」張炎此處作「無邊香色」，而姜夔作「舊時月色」，一用平聲，一用入聲，《欽定詞譜》將張炎此列爲第二體，也即平仄兩可。所以鄭氏才用商量的語氣跟王鵬運切磋。後來此詞被朱祖謀收入《半塘剩稿》，則採納了鄭氏的修改意見。

也有對於詞句意義上的修改。先來看一首詞句修改比較多的詞例，如《瑤華》（盤虛暈月）：

盤虛暈月，佩冷搖煙，幻楚雲千疊。香銷粉印，妝鏡裏、隱約眉黃新抹。凌波步遠，鎮凝想、微塵羅襪。

問斷魂、幽曲誰招，竟夜玉笙吹徹。　無言獨倚東風，算紙帳梅痕，堪並孤潔。冰心漫訴，春思渺、譜入琴絲愁絶。　峭寒禁慣，夢不到、西園蜂蝶。　是幾時、浄緑浮湘，一棹水天清闊。

以上是鄭氏修改後的，與上圖稿本（區圖抄本同）的異文列表如下：

詞調	《定稿》	《剩稿》	鄭氏改作	上圖稿本	區圖抄本
瑶華			香銷粉印	香融粉印	香融膩粉
			微塵羅襪	生塵羅襪	生塵羅襪
			問斷魂、幽曲誰招	問斷腸、誰與招魂	問斷腸、誰與招魂
			竟夜玉笙	静夜鶤笙	静夜鶤笙
			西園蜂蝶	翩翾蜂蝶	翩翾蜂蝶
			水天清闊	水天空闊	水天空闊

仔細品味以上七處的修改，在詞句意義的表達上，修改皆優於原作。有時候一字之改，就一下子使詞的意境靈動起來了，如最後一首《鎖窗寒》下闋第三韻，上圖稿本原作「看瘦入梅梢，一痕春小」，鄭氏將「看」字改作「又」字，作「又瘦入梅梢，一痕春小」，將梅梢殘雪的風韻寫出來了，顯得空靈有神韻。而有些的修改，看似只改動了一處，實則兼具詞律的協調和詞意的表達，如《驀山溪》詞：

塵緣相誤，大錯從何鑄。歸夢碧山遥，水雲空、人間難住。落梅如雪，拂面作春寒，登廣武、泣新亭，先我傷心許。　雨巾風帽，著酒長安路。老至厭悲歌，炙銀簧、玉靴寒沍。百年浩蕩，憔悴惜初心，飛鳥外、落霞邊，那是愁來處。

對於此詞，鄭氏的修改只有兩處。一處是上圖稿本存在的明顯錯誤「飛鳥外、落雯邊」，「雯」字是明顯的錯字。還有一處的修改，值得單獨分析，即「著酒長安路」，「著酒」上圖稿本原作「吟醉」，區圖抄本作「吹醉」，之後上圖稿本也改作了「吹醉」，可能是在抄録時，覺得「吟醉」更好，就修改了。最後，鄭氏將之改爲「著酒」。「著酒」，有被酒的意思，不僅意義表達更準確，而且「著」字仄聲，也更符合詞律的要求。周邦彦、賀鑄、黄庭堅和姜夔，此句平仄皆作「仄仄平平仄」，很顯然，此處改成「著酒」以後，這句的平仄就跟周邦彦等完全一樣了。

此外，鄭氏也改正了原作明顯的錯誤，如《探春慢》（琪樹生花）上闋末韻，上圖稿本原作「似憐芳信猶逢，天葩先爲飄散」，「逢」字，係明顯的錯誤，鄭氏將之改爲「遲」。又如《醜奴兒慢》（東風柳眼）下闋末韻，上圖稿本作「長歌欲和，玉闌怨曲，煙水迢迢」，「玉闌」明顯係「玉關」形似而誤，鄭氏將之改爲「玉關怨曲」。再如《浣溪沙》（漸覺新寒上被池）下闋第二句，上圖稿本原作「暗移裙釵惜腰肢」，據上下文句意，「釵」顯係「衩」字之誤，鄭氏將之改爲「暗移裙衩惜腰肢」。

第二，上圖稿本原作與廣西區圖抄本之間有差異的詞不多，兩者之間更多的是相似，由此可見，上圖稿本應該是區圖抄本的源頭。而上圖稿本改作（採納鄭文焯的修改意見）與《半塘定稿》相似之處頗多，可見王鵬運在刊刻《半塘定稿》時充分吸收了鄭氏的批注意見。我們選一首異文較多的詞來考察一下，如下面這首《東風第一枝》詞（鄭氏改作）：

句占花先，春歸雁後，銷歲物候如許。絶憐開寶詩人，感時幾縈別緒。多情梅柳，似解惜、城南幽旅。憶彩箋、迸淚題殘，頓觸亂愁千縷。　醉醒裏、盛年暗度，歌哭外、舊遊何處。已拚書劍飄零，老懷倦裁秀句。天閑一我，更愧爾、高三十五。只小窗、清夢橋西，約略歲朝吟趣。

此詞幾個版本之間的異文如下表：

詞牌名	《半塘定稿》	《半塘剩稿》	上圖稿本改作	上圖稿本原作	區圖抄本	備注
東風第一枝	句占花先		句占花先	句索春先	句索春先	
	銷凝歲事		銷歲物候	驚心節序	驚心節序	「歲」不協律
	春歸雁後		春歸雁後	歸遲雁後	歸遲雁後	
	幾縈別緒		幾縈別緒	幾牽別緒	幾牽別緒	
	多情梅柳		多情梅柳	依依梅柳	依依梅柳	
	城南幽旅		城南幽旅	天涯羈旅	天涯幽旅	「羈」字更佳
	迸淚題殘		迸淚題殘	迸淚幽吟	迸淚幽吟	
	醒醉裏、盛年暗度		醒醉裏、盛年暗度	彈指頃、歲華暗度	彈指頃、歲華暗度	
	歌哭外、舊遊何處		歌哭外、舊遊何處	抬眼望、故人何處	抬眼望、故人何處	「哭」字入聲
	老懷倦裁秀句		老懷倦裁秀句	悶懷倦題秀句	悶懷倦題秀句	
	天閑一我		天閑一我	龍鍾如我	龍鍾如我	
	慵夢橋西		清夢橋西	閑夢橋西	閑夢橋西	

這首詞是異文最多的一首，一共有十一處異文。其中上圖稿本與區圖抄本之間全部相同，而上圖稿本與上圖稿本鄭氏改作、《半塘定稿》之間則全部不同。上圖稿本鄭氏改作與《半塘定稿》之間則有九處相同，有差異的只有兩處。可見《半塘定稿》基本上採納了鄭氏的修改意見。而這相異的兩處，又跟上圖稿本、區圖抄本都不相同。那麼我們來比對一下這三者之間的修改、演變的痕跡。「驚心節序如許」，上圖稿本、區圖抄本皆如是，鄭氏將之改爲「銷歲物候如許」，鄭氏顯然是對於「驚心節序」四字不滿意；而最後王鵬運收入《半塘定稿》時並没有完全採納鄭氏的修改意見，改爲「銷凝歲事如許」，一方面是尊重鄭氏對「驚心節序」的修改，同時對於「銷歲物候」的平仄不協予以訂正。此處吴文英詞作「春風十里獨步」，爲「平平仄仄仄仄」，王鵬運將「銷歲」改成「銷凝」，平仄與吴詞一樣。由此可見王鵬運晚年對於詞律的嚴守，幾乎到了一字都輕易不放過的地步。至於下闋末韻，由原稿的「閑夢」，到鄭氏的「清夢」，再到《半塘定稿》的「慵夢」，則是意義和意境上的修改，與詞律無關。但是，鄭氏的修改中，也有平仄本身值得商榷的，如上闋第三韻，上圖稿本原作「多情梅柳，似解惜、城南羈旅」，鄭氏改爲「多情梅柳，似解惜、城南幽旅」，王鵬運收入《半塘定稿》時採納了鄭氏的意見。此處四字，吴文英作「平平仄仄」，史達祖作「平平平仄」。如果聯繫王鵬運創作此詞時正值結校夢龕詞社，顯然填此詞時，他應該是按照吴詞的平仄來填的，所以鄭氏所改「幽旅」顯然也不合吴詞之律，只是從表達的意義上來看，「天涯羈旅」似乎是泛泛之詞，没有「城南幽旅」更貼近實際情況。

還有值得討論的是下闋第二韻，上圖稿本原作「抬眼望、故人何處」，鄭氏將之改爲「歌哭外、舊遊何處」，原作第二字「眼」上聲，改作第二字「哭」入聲，此處吴文英詞作「曾被月、等閑留住」，史達祖詞作「明日動、探花芳緒」，不知何故，鄭氏和王氏皆選擇了史詞的入聲字。

第三，《半塘定稿》、《半塘剩稿》總體而言是精選了王鵬運生平詞作中的精華。僅就《校夢龕詞集》收入的六十三首詞來説，《半塘定稿》收入二十四首，《半塘剩稿》收入二十一首，應該是優中選優，而且也吸收了此前流傳過程中各種意見，從而可以保證後出轉精，實際情況也基本如此。

此外，有兩首《掃地花》詞值得特別提一下。《掃地花》「柳陰翠合」上闋末韻，上圖稿本作「一葉溯紅，爲載愁去」；《掃地花》「綺霞散馥」上闋末韻，上圖稿本作「白髮暗搔，愁被花惱」。皆爲兩個四字句。汲古閣本《片玉詞》「一葉怨題，今到何處」，「一」字上補刻字形小一點的「問」字，旁邊小字手寫補注：「《詩餘》『一』字上有『問』字；《陽春白雪》『一』字上有『想』字。」或許王鵬運依據的是汲古閣本原刻。朱祖謀刊刻《半塘剩稿》時，分别改爲「剩一葉溯紅，爲載愁去」和「奈白髮暗搔，愁被花惱」。這是填詞時所依據的文獻不同造成的。

總之，王鵬運作爲晚清四大家，其詞的創作和刊刻實踐皆具有樣板作用，其詞集版本較多，留下了許多刊刻、校勘、編輯方面的經驗，值得總結。詞是一種特殊的文體，尤其在形式方面，有許多特殊的要求。正如李清照《詞論》所云，詞要分五聲，分六律，分清濁輕重，連晏殊、歐陽修、蘇軾這樣的宋代大詞人尚且要被李清照批評爲「往往不協音律」，他們所填寫的詞「皆句讀不葺之詩」，更何況宋以後的詞人了。晚清民國詞家輩出，詞作數量不可勝數，刊刻的詞集亦難以枚舉。作爲一種特殊的文體，詞集的校勘方法自然與詩文不同，晚清四大家中王鵬運、朱祖謀、鄭文焯既是填詞大家，更是校勘詞集的大家，或者説在校勘宋人詞集，尤其是在校勘夢窗詞集的過程中，他們的「詞藝」亦隨之日進。這種「日進」其實是建立在他們對自己詞作不斷修改，精益求精的基礎上的。考察他們在晚清詞集刊刻過程中的這種校勘、修改，能幫助我們瞭解晚清詞集刊刻的原始形態，進而探索、還原其創作過程，從而更好地釐清晚清詞史發展的情況。

〔一〕王鵬運《校夢龕集》，上海圖書館藏初定稿本。
〔二〕《粵西四種詞》本《校夢龕集》，陳柱刻本。
〔三〕《王龍唱和詞》手稿本，廣西圖書館藏。
〔四〕吴熊和《鄭文焯批校夢窗詞》，《吴熊和詞學論集》，杭州大學出版社一九九九年版，第二九八頁。

（作者單位：浙大寧波理工學院）

胎息古人與別開世界
——論廖恩燾《懺盦詞》與其古巴經歷

徐　瑋

内容提要　廖恩燾《懺盦詞》八卷是詞人於一九二六至一九三一年第四次出使古巴時所寫，表現了詞人這段時期的所思所感。詞集於一九三一年結集出版，得到詞壇領袖朱祖謀的擊節讚賞，以爲其詞既胎息於夢窗，又能別開世界，表現出「驚采奇豔」的藝術效果，是廖詞中最獨特的部分。廖氏有意識地通過傳統的形式、風格、語言來書寫截然不同的時代經驗，這不但是當時所有詞人都面對的挑戰，也關繫到詞作爲一種獨立文體所展現出的書寫彈性。本文旨在分析廖恩燾如何將其情感經驗置於詞的特殊形式之中，聯繫古、今、中、外不同的時空，以及詞中傳統風格與當世意義的出入離合。

關鍵詞　廖恩燾　懺盦詞　詩詞分工　古巴

一　引言：詞的形式、話語與海外經驗

廖恩燾（一八六四—一九五四），字鳳舒，晚清民國時期著名的外交使節，足迹幾乎遍於五大洲，其文

基金項目：本文爲香港研究資助局（UGC）研究計劃「晚清民初詞家對吴文英詞的仿擬」（14605120）之階段性研究成果。

學創作亦爲一時之選，在晚清民國的文壇上自有其價值，其詞作尤其得到當時詞壇領袖朱祖謀的讚賞。〔一〕

然而，對廖氏之研究在近現代却相對冷清。夏曉虹較早注意到廖氏的文學創作，並爲其生平經歷、詩歌、戲曲等作出梳理。近年卜永堅、錢念民整理出版的《廖恩燾詞箋注》是現存最完備的廖氏詞作，爲研究廖詞提供了不少方便。〔二〕近十年以來，廖氏的《嬉笑集》和《粵謳新解心》得到學術界的關注。〔三〕不過，對廖氏而言，詞可能是他更引以自豪的文體。夏曉虹謂：「詞這一正統文人眼中的『雕蟲小技』，對於廖氏而言，反具有成爲其一生文學事業落脚點的鄭重意義。」〔四〕廖氏開始填詞的時間雖然較晚，但詞作頗豐，計有六百餘首，編爲四種。〔五〕

對於廖詞的成就，既有朱祖謀、龍榆生、夏承燾等人公開的大力揄揚，也有吴梅私下不客氣地批評，可見廖詞的藝術水平並非没有争議。〔六〕本文在討論詞作雖然會涉及這些評論，但無意判斷誰是誰非，評價高下畢竟有主觀因素及時代風氣的影響，各種意見，只要有其根據，不妨並存。本文所要探討的，乃是廖氏在一九二六至一九三一年寫成的《懺盦詞》八卷所反映的一些寫作現象及意義製造的過程。

在晚清民國的詞人之中，真正有海外經驗的作者不多，像廖恩燾這種在海外居住頗長時間的更屬少數。廖氏填詞時間較晚，《懺盦集》是其第一部詞集，動筆之時廖氏已經六十二歲，當時他第四次赴古巴任使節。廖氏一生曾四次出使古巴，一九〇三年第二次出使古巴時，有《灣城竹枝詞》、《紀古巴亂事有感》十首律詩。〔七〕但一九二六年第四次踏足古巴時，他却選擇了用詞這種文體，個中原因、其詩詞的異同和分工，都值得思考。

在晚清時期，當詩人要表達海外經驗時，一般會用古體詩、竹枝詞這些更具彈性的體式。〔八〕詞却是最講求格律的，作爲一種精嚴的韻文體式如何關及新事物、新經驗，其在意義製造的過程中經歷了哪些出入離合？廖氏的經歷和作品或者可以作爲一個適合的個案來考察。本文關注廖詞寫了哪些海外經驗，更著意於其呈現的過程，即如何在舊體式、舊風格中製造屬於詞人及其時代的新意義。與此同時，形式和話語本身具有强大的力量，甚至尚未下筆，前人的感慨已隨之强加於作者和讀者；更何況《懺盦詞》中有不少擬、和古人之作，可見詞人有意借用古人的框架來表達自己的感受。其中，廖氏最服膺的是吴文英，這在當時「夢窗熱」的潮流之下，本不算奇事。〔九〕但他能得到詞壇領袖朱祖謀的肯定，則又殊不容易。朱祖謀謂《懺盦詞》：

胎息夢窗，潛氣内轉，專於順逆伸縮處求索消息，故非貌似七寶樓臺者所可同年而語。至其驚采奇豔，則又得於尋常聽覩之外，江山文藻，助其縱橫，幾爲倚聲家别開世界矣。〔一〇〕

這段話雖未必無溢美、鼓勵後學的成分，但可爲研究者提供思考的基礎：廖氏如何有意識地通過舊形式、舊風格來書寫截然不同的當代經驗？這是當時所有詞人面對的挑戰。本文旨在分析廖恩燾如何將其情感經驗置於詞的特殊形式之中，連繫不同時空，發掘詞的書寫彈性。

二　詩詞辨體與《懺盦詞》之創意書寫

如果抱著介紹國外的宗旨來綜觀廖恩燾書寫古巴的詩和詞，對其詩詞之評價將有頗大差距。廖氏在晚清民初所寫的一系列「粵謳」式的詩作，旨在啟蒙與救亡，與晚清「詩界革命」的「鎔鑄新理想以入舊風格」詩論一脈相承，互爲呼應，因而得到梁啟超的擊節讚賞。〔一一〕廖氏的《粵謳新解心》、《灣城竹枝詞》也就廣受學術界的廣泛好評。然而，這些正面的評價都是建立在晚清「啟蒙」與「救亡」的語境下，而廖氏之於詞，却抱持著截然不同的書寫目的，因此也展現出截然不同的面貌。

廖氏填詞之始身在古巴，當時正值他接觸古巴的初期，合理地推測，他在這段時間必然也有寫一些在古巴的所見所聞的詞作，然而，這段時間的詞作却沒有被保存下來。大概廖氏對這些練筆之作是不滿意的。至一九二六年，廖氏第四次到古巴，才把詞作結集，名爲《攖盦詞》。當時，廖氏已是名符其實的「古巴通」，古巴對他來説已是第二故鄉，因此在《攖盦詞》中難得有像《灣城竹枝詞》一類獵奇式的風俗描寫，而是多了舊地重遊的人生感慨和對時局的反省和議論。再者，與《灣城竹枝詞》不同，《攖盦詞》並非旨在向國人介紹古巴，撇開了這層「爲社會而文學」的目的，詞人得到更多的空間來發掘其心之所向。從這個角度而言，《攖盦詞》對於廖氏個人而言反而比得到普遍讚賞的詩作更爲重要，標示了廖氏作爲晚清民初駐古巴領使的一段心路歷程，其中所表現的情感及思考，謂之「詞史」亦無不可。

廖氏現存的詩、詞寫於不同時期，但題材有重疊，大抵某些主題是他念兹在兹的，所以一再書寫。以下以廖氏在詩詞所述寫古巴華工問題及獨立戰争爲例，闡述其對文體的選擇取捨及其表達的分歧。

十九世紀中葉，西班牙的殖民地古巴以製糖業爲經濟支柱，須要大量勞力，因此從一八四七年開始輸入華工。這些華工雖然稱爲「契約華工」，但在古巴的生活有如奴隸，直至一八七四年陳蘭彬調查古巴華工之狀況，公開揭露華工的悲慘遭遇，迫古巴政府直視問題，情況才稍得改善。〔一二〕一八七七年清廷在夏灣拿（Havana，今譯哈瓦那）設領使館，目的就是保僑。販運華工雖然結束，但滯留在古巴的華工生活仍然很困難，即使契約期滿也只能做小商販，這種小商販形象非常突出，如《灣城竹枝詞》中就有寫及「華人業貨郎者」。〔一三〕廖恩燾自一八八七年任清廷駐馬丹薩（Matanzas）領使館翻譯官起在古巴多年，對這些現象了然於心。一八九五年，古巴發生獨立戰争，後美國向西班牙宣戰，迫使西班牙放棄古巴。一九〇二年古巴獨立，清政府與古巴正式建交，本來華工積極參與古巴的獨立戰争，應有望改善其受排斥的苦況，但是古巴受制於美國，反而頒佈排華法案。〔一四〕一九〇四年古巴變本加厲，對華人入境作出更嚴苛的規定，當時廖恩燾正值第二次赴古巴任總領事官，直接面對這些棘手的情況。

廖氏《粤謳新解心》有數首爲此而發，如《離巢燕》以燕子比喻華工，他們飄泊天涯，寄人籬下，受人欺淩，詩人哀痛之餘呼籲他們要群策群力，又引印度、波蘭、猶太亡國後遭人踐踏之歷史爲鑑，暗示國家應該振作，方能保護僑民。又如《争氣》則是告誡僑民、中國政府要光明磊落地爲自己的民族利益力争，不要寄望於旁觀者，最後感慨大部分國人依然如在夢中，不知國亡無日。〔一五〕這幾首詩以廣東方言書寫，明白如話，情緒激憤，對華工的處境既有哀其不幸，亦有怒其不争，但都以直抒胸臆的方式表達出來。詩人用粵謳的形式書寫，如用粵語誦讀，尤能得其韻味。

同樣是韻文，廖氏之詞却没有採用這種呼叫的方式來書寫華工和古巴獨立的主題。廖氏一九二六年再使古巴，自《粤謳新解心》刊登二十多年來，中國内憂外患，政權迭變，政府無暇顧及僑民，華人無論在美國還是古巴的情況都没有得到太多改善。〔一六〕廖氏身爲使節，亦難有作爲，撫今追昔，他在詞中表達的更多是深沉的思考，亦時見失望之情。這段時間，廖氏並無詩作留下，大抵幽怨低迴之情出之以詞，更稱其體。如剛抵舊金山市時，廖恩燾就想到四十年前黄遵憲在美國時正值頒行禁華工之法令，想見其爲華工據理力争的勇氣，而四十年過後，華人受排斥却「今則變本加厲矣」，遂心有感慨，寫下《側犯》一詞。〔一七〕詞的上片叙寫自己當下船至金門，「樓臺十二萬，總是黄金鑄」正是華人的「金山夢」的寫照，然而海上風起雲湧，象喻此處四十年前開始的排華風波，不禁感慨黄遵憲已經逝去；下片以「天與秦關阻」寫四十後年華人仍然受到排斥，自己既身爲使節，盼能「横劍待風雨」。此詞既是懷念黄遵憲的補天之功，也透露出自我期許，期望自己能繼承黄遵憲，「叱石成羊」，締造奇蹟。〔一八〕此詞頗有豪情，對自己出使充滿使命感，是廖恩燾剛抵埗之作。可惜的是，弱國無外交，他這次在古巴期間對華工之待遇似難有作爲，所以在之後的詞中提到華工問題，都是深感自責，而國家貧弱乃至未能護僑，是最令他哀痛不已的。

在關於華工的作品中，詞人往往會提及柳。柳諧音「留」，古人有折柳送行之俗，在古典詩歌中，柳向爲思鄉懷人之意象，柳絮亦常象喻飄泊遊子。在中國江南，垂柳隨水而生，十分普遍，但根據詞人的觀察，美洲各地皆有柳樹，偏偏古巴這個華人群體甚眾的國家却找不到柳樹，令詞人訝異之餘，轉生感慨。《長亭怨慢》遂借詠柳抒發華人寄身海外之孤苦無依之情。茲引詞如下：

石帚引桓温語度此曲，因次其均。美各地皆有柳，古巴獨無，原因不可考。

問蛛網何曾牽絮。礙著花飛，綠椰庭户。妒舞西風，漢宮腰細定難許。老夫耄矣。猶念切、垂柳樹。樹不見垂柳，只客鬢、蕭蕭如此。薄暮。笑藏鴉未穩，破驛冷楓慵數。城笳起也，漫還把、黛愁輕付。怕咽斷、故國江南，好春色、嬌鶯無主。勸記取樽前，休惜黃金歌縷。

美工黨因嫉華工奪食，倡禁垂四十年。古巴不排斥華工，顧亦有禁，則美干政時作俑，流毒至今。碎璧秦庭，使者之責，争之不獲已，負疚深焉。然而嗷鴻謀稻粱海外，招鷹鸇逐，誰實驅之？而尸其咎，不忍言也。懺盦附注。〔一九〕

古巴没有柳樹，身處當地的詞人連想感慨「樹尤如此」也不得憑藉，只能通過想像，無中生有。上片寫柳而實無柳，故蛛網未曾黏著柳絮，妨礙飛花的乃是椰樹，如漢宮細腰之柳只怕也難見，至「猶念切、垂條樹。樹不見垂柳」方才明白點出柳非眼前之物。下片承接蕭蕭客鬢，刻劃飄泊他鄉的主人公的心緒，而以藏鴉、眉黛等暗點楊柳。結拍就自身而言可以解讀爲詞人思鄉心切，就華工而言則有勸其歸國之意。

這首詞驟眼看來，小序、詞文本與附注似互不相關，將華工問題放到一首詠柳之作後，更感突兀。然而，正是這種突兀令讀者不得不重新閱讀這個以小序、詞、附注組成的文本，關注三者所呈現的效果。詞人利用小序和附注爲這首詠柳之作定立框架，小序把己作置於古人的傳統，由詞牌的選擇到詠柳的主題皆可上溯古人。附注則是將詞作置於晚清以來華工在美洲飄泊的艱難處境的語境中。這兩段副文本（para-text）的安排，令詞文本游離於古今之間，既承接了古人的傳統，也有屬於廖恩燾作爲古巴使者的、此時此地之意義。詞中詠柳之辭多承古人之而來，在技巧上並没有勝過前人，在主題和寫法上可以説是服從傳統的框架和話語，但將小序、詞文本、附注視爲一個創作整體來看，則詞人的主旨原不在詠柳，而以柳反觀無柳的古巴，從而寓其家國、民族之思考，由此巧妙地賦予這首詞作以當世之意義。

此詞之附注與《離巢燕》對照，兩者所用意象多有重疊之處，可以説附注就是從詩改寫而來的。詩、詞處理同一題材，而詞獨出機杼，以無寫有，十分巧妙；較之直白顯露的詩，詞低迴婉轉，藝術水平遠勝於詩。詞中的飄泊之苦、思鄉之情，既可以説是詞人個人的情感，也不妨視爲他所想像的華工思鄉之情。一九〇五年時，詩人呼籲華工要團結自强，然而經過多年的觀察，廖恩燾歸結華人在古巴受到歧視，主要是局勢所致，一爲中國貧弱，一爲古巴受到美國的干預，可見要改善華工的情況，殊非易事，自己身爲使者，更是愧疚。結拍雖然暗示華工或把握時機，及時歸國，似能稍加勸慰，然而附注却想到華工遠赴海外謀生也是迫不得已，「誰實驅之」的反詰把矛頭指向貧弱動盪的國家。如此則結拍的慰解反而加深了詞人的自責和對華工處境的失望之情。

至於廖恩燾另一組令人津津樂道的《紀古巴亂事有感》，則以一組十首律詩寫成。事緣一九〇六年美國藉古巴總統選舉紛争，趁機占領古巴。廖氏深以古巴的情況爲鑑，以爲「正不可不爲我國人警告也」，以十首律詩追述了古巴從西班牙殖民地到獨立的來龍去脈。〔二〇〕這組詩深得梁啟超的讚賞，以爲其能媲美杜甫詩史之作。〔二一〕

那麽這段歷史又是如何在詞中書寫的呢？二十多年後，廖恩燾重到古巴，參加其獨立紀念日，撫今追昔，寫下《望海潮》，云：

古巴革命軍與西班牙戰，不支。美艦名緬延者，巡洋至古巴海岸，爲人炸沈。美、班遂構戰釁。古巴革命功成，美有力焉。古巴人不忘德，因爲艦中士兵殉難者二百餘人建紀功碑，歲時致祭。今年鐙節後十日，爲三十年紀念，舉行慶祝。踵事增華，極一時之盛。顧美艦之沈也，有議美國自炸以圖干涉古巴内亂者。蓋當日艦中員弁，多已登岸，留守衛兵耳。疑竇至今未破。是日觀禮畢，歸撫斯曲。

沙都沈鐵，碑還留石，兵端忍問誰開。劫洗羊紅，濤翻馬白，飛灰恨島長埋。華表峙雲階。笑千秋疑案，幾點殘苔。是是非非，付他遥夜鶴歸來。鶯花換盡樓臺。只孤峰舊在，喬木新栽。横索斷江，摇旂蔽野，鐃歌拍帶笳哀。吹夢玉簫猜。過鬧鐙十日，猶趁裙釵。冷眼鷗邊斜照，百感酹蒿萊。〔二二〕

詞的小序簡潔地撮寫了古巴一八九八年至一九〇二年間獨立戰爭的史事，爲詞文本中所寫的歷史滄桑之感提供閱讀的框架，使詞人在篇幅有限、格律嚴整的詞中凝練地表達其「抒情瞬間」，而省去了不必要的細節。這首詞與《紀古巴亂事有感》多有互文之處，可謂是詩的濃縮版。〔二三〕寫詩之時，廖恩燾對古巴獨立之事多是直陳其事，而詞則包含了更多回顧、總結的意味。在填詞時，他不是以介紹時事、警戒國人爲目的，而是回歸自己的思考和感受。

二十多年後再看古巴獨立的歷史及其後續發展，詞人認爲美國的野心昭然若揭。詞起首用折戟沉沙的典故，旨在以魏、蜀、吴三國比喻西班牙、古巴及美國。赤壁之戰中，蜀聯吴抗魏，取得勝利，確定三分的局面。蜀、吴雖在一時間成爲盟友，但雙方實有利益衝突，戰後不久即反目。詞人以這段三國互相傾軋的古史來類比西、美和古巴敵對、聯盟的複雜關係。然而無論勝負，古巴作爲戰場，其民衆所受的苦難難以言喻。美國藉其船緬因號(USS Maine)在古巴被擊沉之事，向西班牙開戰，西班牙戰敗後三國達成協議，古巴正式脱離西班牙的殖民統治，成爲獨立國家。然而古巴却隨即受到美國的控制，至一九〇二年才肯撤兵。然美國於一九〇六年干預古巴總統選舉，出兵古巴，駐軍三年方罷。《紀古巴亂事有感》其四、五、六、七、八即圍繞這段歷史而寫，而詞却省去種種繁瑣事件，精煉地總括爲：「劫洗羊紅，濤翻馬白，飛灰恨島長埋。」其中「濤翻馬白」頗有深意，即詩之其六「爲踐當年白馬盟」之句，謂美國表面遵守承諾出兵協助，然而却藉此駐兵古巴，故詩人直呼美軍爲「寇兵」。〔二四〕詞以波濤起伏暗示盟約之不可靠，美國對古巴別有所圖。〔二五〕詞人回顧這段歷史，表面上感歎緬因號沉没爲千古疑案，是非難斷，只有天上的神仙才能知曉。然而小序中「蓋當日艦中員弁，多已登岸，留守衛兵耳」則已明白指出事件乃是美國製造的藉口。詞中的「笑」並非笑看歷史興亡，乃是詞人對事件有所判斷後對「古巴人不忘德」的無奈之笑，既有同情，亦含嘲諷。下片則發揮此意，前半寫古巴受制於人，「鐵索斷江，摇旍蔽野」，而「鐃歌拍帶笳哀」可能是暗喻其爲北方（美國）民族所占領，而可歎民衆尚不知自知，沉醉在熱鬧的慶典之中。詞人冷眼旁觀，乃有壯氣蒿萊之感。

綜上，廖恩燾在詩詞中都有寫及相同主題，但表現方式却大異其趨，其詩承接粤謳的民歌傳統，大聲疾呼，情辭直白，老嫗能解，但在藝術表現方面難免顯得比較單一。第四次出使古巴時，廖氏主要以詞抒寫當時的心緒，思考了古巴的歷史、旅居古巴華人命運和總體時局及自己作爲外交官的使命和限制。詩以言志，詞以抒情，詩情激昂，詞情幽約，在廖氏的詩詞取捨中得到最爲明確的示範，是作者通過對不同體裁的考量後，充分發揮文體特色的結果。其詩、詞可以互爲注脚，相輔相成，合而觀之，則可以見到一個更加全面、立體的廖恩燾，也有助讀者了解其出使古巴時的思考和情感變化。即就其詞而言，亦可見詞人在滿足傳統的表現形式之餘，匠心獨運，書寫其獨特的、屬於當世的所見所聞、所思所想。吴梅謂其《懺盦詞》「殊少性情」，乃是忽略了其詞中所藴含的多年作爲外交官的特殊經歷、識見和感觸的緣故。

三　《懺盦詞》中所描畫的古巴

從《懺盦詞》的寫作效果來看，詞人有意識地運用詞固有的一套形式和話語，甚至刻意强調自己的作品須置於傳統之中。他在寫作之前已爲其作品定位，在寫作的過程中運用自己（及其讀者）所熟知的一套來建構「古巴」。换言之，詞中「古巴」這個非傳統元素是由傳統構成的，而可以與真實的古巴相去甚遠。

這種説法並不否認詞人在域外的親身經歷，而是强調詞中的「古巴」是建構在他熟知的詞的傳統之中的。然而傳統體系畢竟不可能完全包納非傳統的古巴，因此某些細節又會提示讀者，將解讀的方向引向「非傳統」的一面。知此，則可以解釋《懺盦詞》給人一種忽古忽今，似近又遠，渾成又突兀的感覺。本節將從三類主題分析廖詞如何用傳統形式及話語書寫非傳統的古巴。

（一）以傳統的典故評論古巴歷史及時事

《懺盦詞》中有數首寫及古巴歷史及時事，頗能反映詞人作爲「古巴通」的識見。在這些作品中，詞人表面上採用傳統的形式和話語來書寫域外人事，但細讀下來，他並不滿足於遵從傳統的層面，而是巧用傳統來傳達新意義。其中最爲成功的作品當數《鶯啼序》一詞。茲引詞如下：

賀古巴總統在新建國會行蟬聯就任禮。是夕，赴國宴。用夢窗豐樂樓韻紀之。

泱泱大風表海，從藍天曳綺。向螭棟、引起飛雲，瑞鰐狂舞波際。驟日午、銅笳放暖，吹開鏡裏瑶顔霽。擁六州元首（古巴分省爲六），香飄萬卉車墜。　温玉崇階，軟幔廣坐，背笙屏乍倚。馬聲近、疊疊人山，雪毛遥颺冠翠。衙軍容、金麾畫纛，鬢蟬沁，釵光如水。俯層闌，染眼鶯花，紺塵何世。　仙浣履舄，上國賓僚，頌獻奂輪美。誰省記、初闢鴻昧，問鑾鯨手，仗劍何年，莫談前事。（謂哥倫布）樓臺形勝，川原改換，沈戈銷戟通文軌，賴丹青、粉飾荒炎地。高瞻遠矚，雄圖聳立新基，繡旗顯分纖緯。　鐃歌鬧夕，警蹕清塵，正輦迴户遲。勸旨酒、琉琉杯盞，鼎俎錯珍，扇映氍毹，麗鬟十二。奩鸞笑臉，檀蛾羞黛，玄宗休聽宫女道，淚痕雙、沾透羅衣袂。白頭早苦低垂，蠹墨題詩，謝娘舊里。

古巴脱西班牙羈軛三十年，庫藏充實。邇者蔗糖爲美利堅箝制，菸業受歐戰掊擊，負債漸重，顧猶糜帑千四百萬金幣建築國會，議者以爲過也。古巴總統近又傾心以事西班牙，訂協條約，豈未忘舊君歟？抑別有作用？弗可解已。懺盦附注。〔一二六〕

此詞作於一九二九年，當時廖恩燾代表國民政府爲祝賀專使，參加古巴總統赫拉爾多・馬查多（Gerardo Machado，一八七一—一九三九）連任及國會大樓（El Capitolio）落成的盛會。《鶯啼序》是最長的詞調，難度極高，吴文英之後元、明兩代極少人嘗試，直至晚清的「夢窗熱」後，《鶯啼序》才成爲熱門的詞調，然而以之寫外國政治的，則當數廖恩燾爲第一人。〔一七〕

此詞充分利用了《鶯啼序》的篇幅，又注明用夢窗「豐樂樓韻」，頗有深意。傳世的吴文英《鶯啼序》有三首，當中名最著者爲「殘寒正欺病酒」一詞，而「豐樂樓」則多因其歌功頌德的性質而不爲後人關注。廖恩燾刻意以和豐樂樓爲框架，導引讀者思考其與原作的關係。表面上，兩詞都用賦筆，洋洋灑灑地鋪陳了某建築物落成，各方賢達濟濟一堂的盛大場面。廖詞的第一、二、三片寫古巴國會大樓高聳入雲，氣勢不凡，而總統國則是宴衣香鬢影，盛極一時。然而廖詞却在結尾與夢窗原唱分道揚鑣，夢窗由樓及人，以人才薈萃，風流傳於千里爲豐樂樓畫上圓滿的一筆；而廖詞則在結尾作顛覆之筆，以唐玄宗的典故，透露出驕侈足以亡國，盛極不免中衰。如此一來，前面的盡力鋪張之筆就不無諷喻的意味了，且與其後記中對古巴過份依賴美國而感到憂慮鼓桴相應。廖恩燾久在古巴，對古巴、美國與中國之關係有深切思考和認識，在這首詞中表現得淋漓盡致。而他又能通過模擬夢窗原唱，將之作反向之發展，巧妙地融合了前人的經典之作和自身的當下思考。這首詞無論藝術水平和內容在晚清民國一衆《鶯啼序》的擬作中都是獨樹一幟的。

此外，詞人這次重回古巴，亦多生歷史興亡之感，時有提及古巴的殖民歷史，而其中的關鍵人物哥倫布在古巴仍有遺蹟，所以詞人一再以之入詞。哥倫布，又譯作「閣龍」、「可倫」，其事蹟最早在晚明時期已由西方傳教士介紹到中國，後在魏源（一七九四—一八五七）的《海國圖志》、徐繼畬（一七九五—一八七三）的《瀛環志略》中都有提及，直至王韜（一八二八—一八九七）、梁啟超則以其學識、毅力、進取的探險精神來解釋西方諸國富强的原因，志在激勵國人，形成晚清以來哥倫布叙述的主流。〔二八〕哥倫布在當時讀者的心目中的形象積極正面，他對美洲的發展亦備受中國叙述者的認同。廖恩燾憑著豐富的學識及對美洲親身且深切的認識，對哥倫布及其相關歷史則另有想法。如其《高陽臺》，詞云：

閣龍公園晚步，瞻石像有感。閣龍者，西班牙譯音哥侖布也。公遺蜕厝古巴三百餘年，古巴獨立後，輿櫬歸西班牙，正首邱矣。

煙拂花鬟，雨敲松子，山河一局棋枰。蜕劍凝塵，鶴歸華表瑤京。濃陰未放斜陽入，早蒼然、暮景侵亭。又飛鴉，亂影浮圖，射海紅鐙。　蕭條四百年人物，不帝秦島客，曾慕田横。喬木無端，廢池猶厭言兵。英雄事逐沙鷗去，賸敗殘、鱗早秋鯨。惱東風，那有垂楊，竟有啼鶯。（古巴襲美國故智，立例禁止華工入境。島中不種柳，故云。）〔二九〕

此處所寫的「閣龍公園」即今哥倫布公墓，園内除哥倫布外，還有不少名人的墓碑和雕像。上片寫眼前之景，棋枰既是描繪公墓的設計，也暗示了歷史如棋局般變化無常。「蜕劍凝塵，鶴歸華表瑤京」寫哥倫布的遺體已經運回故鄉，古巴只留下了一個雕像，一切與之相關的歷史渺如煙塵。接著，詞人以蒼然暮色、亂鴉繞塔渲染出今昔之感。下片寫哥倫布事蹟，大概四百多年前，哥倫布發現美洲新大陸，並向西班牙回報，古巴遂於一五一一年變成了西班牙的殖民地。「蕭條四百年人物」所指應爲此事，然而其中並没有讚許哥倫布，反而用了「不帝秦」和「田横」兩個典故來寫古巴人民反抗殖民者的歷史。在《紀古巴亂事有感》其一追述古巴殖民歷史時也有用到這兩個典故，詩云：「環島一萬一千里，紀年四百十四春。人傳羅馬舊遺種，地闢閣龍新殖民。突屹霸圖開鎖鑰，繁華夜氣泄金銀。劇憐海上田横客，隸作秦王羈旅臣。」詩作追述了哥倫布發現古巴，成就西班牙的霸業。所謂「霸圖」、「繁華」並不是指西班牙建設古巴，而是指責西班牙掠奪古巴的資源，强迫原著民爲奴淘金。結尾就古巴人民的生存狀況生發感慨。田横原爲齊國貴族，秦末之時乘陳勝、吳廣起義，與兄反秦自立，以故齊地爲根據地。漢劉邦統一天下後，田橫不願稱臣，率五百門客逃往海島。劉邦派使者招降田橫，但使者傲慢，田橫不堪受辱而自刎，其五百門客亦隨之自殺。〔三〇〕田橫不屈而自刎之事本與劉邦有關，然而廖恩燾却將之嫁接到「秦王」身上，這是因爲他把西班牙的殖民統治比喻爲秦之暴政。〔三一〕現在再回頭來看《高陽臺》的下半闋，則知「不帝秦」是指古巴自西班牙殖民以來，一直不甘爲奴隸，屢有反抗，而田橫之典則是歌頌那些争取古巴獨立的烈士。經過多年的抗争，古巴歷經苦難方才獨立，故有「廢池喬木，猶厭言兵」之歎。結拍兩句，詞人化用杜甫想像御園「石鯨鱗甲動秋風」之辭，回應哥倫布的雕像及其所代表的西班牙霸權如今已經敗落。〔三二〕秋去春來，正如古巴脱離西班牙後應有新氣象，然而詞人却著一「惱」字，並謂啼鶯無柳可以棲身，寫出對春天的失落之感。這種失落感的緣由可能與後記相關，後記中提及華工之事，然而古巴禁華工的徵結乃是受到美國的控制。詞人借之感慨古巴雖然擺脱了西班牙，却又落入美國的控制。

這首詞以閣龍公園爲背景，却並没有追隨當時頌揚哥倫布的主流話語，反而讚美了古巴人民對强權的反抗，鞭撻西班牙在古巴乃至美洲的殖民主義，而其始作俑者正是哥倫布。廖氏一再寫到哥倫布時，都是客觀冷静地思考其歷史意義，從功過是非的煙消雲散中表達出歷史滄桑之感。〔三三〕對於西班牙這段殖民歷史，詞人多有不以爲然之處，除了一再用「秦法」來比喻西班牙在古巴的統治外，《燭影摇紅》寫及夏拿灣的摩羅臺（即今莫羅堡 Morro Castle），即以春秋時期的吳國作比。莫羅堡乃西班牙占領古巴後所建，保護其海上貿易，然而隨著西班牙勢力退出古巴，莫羅堡亦遭廢棄。詞人以吳國霸業爲喻，越國爲麻痺吳王，投其所好，爲吳國送去上好的木材，促使吳王大興土木，然而一朝國亡，這些宫殿樓閣也淪爲荒野。所以在詞人看來，一切争名奪利實屬庸人自擾。〔三四〕當時詞人已經卸任領使之職，且或受到其女婿運毒案之困擾和連累，因此《懺盦詞》第六至八卷莫不透露出退隱回鄉之情。〔三五〕

（二）以夢窗式的奇情壯采寫古巴風景

《懺盦詞》前期的作品廣泛地模擬古人，但一九三〇年起則集中以吴文英詞爲學習對象。廖恩燾之後一直鍾情夢窗，可能是從這個時候開始。其中頗有一部分仿擬夢窗的作品是描畫古巴風景的。夢窗詞雖不以描寫山水地景著名，但其詞善於描繪、修辭偏於感性、結構以「空間邏輯」代替時間的綫性發展。〔三六〕廖恩燾的寫景之作在一定程度上借鑑了這些特點，借之突顯古巴風景的奇崛。以下舉《八聲甘州》及《西河》爲例。

《八聲甘州》寫於一九三一年，當時詞人已卸任古巴領使，但未有即時回國，而是在古巴渡過了一年多的閑散歲月。兹引文本如下：

夜登逆旅樓上最高層，島國風光奇瑰萬態。以夢窗遊靈岩均寫之。

引天梯縹緲，遡虹河、飛杯截行星。正纖雲連袂，華鐙低閣，寒蜃荒城。化杖驂風好喚，劍水洗鮫腥。鸞鶴煙中語，鈴塔千聲。　塵世漫漫長夜，問幾人繡幄，蝶夢初醒。笑温犀燃後，留得怪峰青。峭闌干，殘笳吹上，看雁猜弦月落遥汀。誰收了，半痕濤綫，江又奩平。〔三七〕

此詞仿擬吴文英《八聲甘州・陪庾幕諸公遊靈岩》。吴詞想象奇特，筆力矯健，奇情壯采，是夢窗名作，廖氏借之描寫古巴奇瑰的夜景。〔三八〕序中所説的「逆旅樓」似是指廖氏的舊居影樹亭。影樹亭當時已有新主人，廖氏在此借住，得到主人熱情招待。〔三九〕重臨舊居，詞人感慨不已，登樓仰觀蒼穹，思飄雲物之外。詞的上片仿擬夢窗原作，夢窗詞從靈岩「幻」化出山、樹、人、城，似實而虚，而懺盦則全從虚處著筆，神思直上太空。之後詞人浮想連翩，飄飄欲仙，運用了大量神仙話語，上天下海，縱横捭闔，描畫出奇幻夜景，至「鈴塔千聲」才回到人間。古巴早年爲西班牙殖民地，天主教堂甚多，故詞人有「千聲」之説。下片借鈴聲驚醒，回到現實，抒逆旅之情，中間仍勾連「蝶夢」、「燃犀」等意象。結拍則上承人生如夢蝶之疑幻疑真，寫時間推移，遠遠望去，月落水面，水天上下，混沌一片。此詞上片充滿了奇思異采，在筆法上亦有騰天潛淵之勢，但比起夢窗詞出入古今，感慨興亡，就顯得較爲單薄了。再看其《西河》：

游馬丹薩鐘乳石岩。次夢窗「陪鶴林先生登袁園」均。岩在古巴，距都城二百里，平地下百三十餘尺。道光末葉，吾國人墾地海岸，得隧道叢莽中。告居人，相率持火入，蜿蜒行十餘里。峭壁四起，滴水凝結，纍纍如貫珠，如水晶、如玉，作山川神佛珍禽異獸形狀。又肖笙磬琴筑，叩之鏗然有聲。美利堅人沿徑曲折環以鐵闌，澗谷則架橋通焉。電鐙照耀如白晝。洵奇觀矣。相傳岩由海底達美國邊界，迄未能窮其究竟也。

煙景霽。鈎藤瘦杖融泄。閑尋禹穴下瑤梯，凍岩滲水。素妝仙女散花回，千鐙猿鳥娟麗。繞危檻，看墮蕊。韈羅翦露層碎。晶虯細甲近嫏嬛，洞天似咫。有人擊壤按商歌，鸞簫吹又何世。汞成鶴氅半委地。沁殘雲、雕粉屏綺。壺裏沽春無計。向冰泉試約、長房一醉。青玉簪宜寒光洗。〔四〇〕

晚清民國之時，不少寫《西河》的作品都是模擬周邦彥《西河》(佳麗地)的，因此多以懷古、名城爲主題，吳文英的《西河》反而不是熱門的模擬對象。廖恩燾特意標明次夢窗詞韻，可能因爲夢窗之作不涉懷古，是純粹的紀遊、寫景之作，而且用詞峭麗，廖作更貼近夢窗的立意和風格。〔四一〕廖詞寫的是馬丹薩市郊的貝拉馬爾岩洞(Cuevas de Bellamar)。岩洞於一八六一年由華工無意中發現，至今仍爲熱門的旅遊景點。詞序中介紹了岩洞的基本資料，對其中的景色作了簡潔的勾勒，而詞文本則發揮小序中所說的形狀和聲音的特點，加以描畫、想象，構成一幅絢麗奇幻的圖像。詞分三片，亦跟從夢窗原唱的章法，由紀遊、寫景而抒情。第一片以禹穴喻岩洞，開始探險。岩洞中滴水凝結，形成各種形狀，或如仙女散花，或如猿猴禽鳥，在電燈的照射下栩栩如生，遊人如入幻境。第二片寫繞過蜿蜒的小徑，抬頭見到欲墜下的鐘乳石如花蕊一般。「韈羅翦露層碎」，形容鐘乳石層層疊疊，或整或碎，參差不齊，彷如被剪開的襪子一樣，用語生新而貼切。「晶虯細甲」極言鐘乳石晶瑩玲瓏的質感，遊人仿如置身嫏嬛福地。除視覺效果外，詞人又加入聽覺，

「擊壤」即序中「叩之鏗然有聲」。「擊壤」典出《繫壤歌》，是天下太平，人民自由自在的象徵。此處一語雙關，既取其字面的意思，也暗示在這個岩洞就像可以避難的桃花源，與世隔絶。第三片以羽衣委地、殘雲氾出、粉雕綺屏、酒壺來刻畫岩石的姿態，另一方面此處的場景狹小，彷佛詞人羽化登仙後，來到神仙的洞府，故有相約能縮地千里的費長房之奇想。此片由景及情，詞人在這個洞天世界一番遊觀後，洗滌心靈，暫忘世俗。廖氏筆下的岩洞光怪陸離，奇景紛呈，令人目不暇給，反觀夢窗原作所寫的袁園就稍覺平淡了。廖氏此詞在藝術上既不輸予原作，而且更具有屬於作者和時代的印記，朱祖謀謂其「驚采奇豔」乃是「江山文藻，助其縱横」，洵爲知言。

（三）似遠又近的古巴風物

除了以上這些明確書寫域外的人、地、事、物外，《懺盦詞》中亦有相當一部分作品是書寫個人在古巴的生活。這類作品的題材雖然算不上新鮮，但仍然可以放在結合傳統話語及個人特殊經歷的論述角度來考察。廖恩燾對音樂和花卉都很感興趣，《懺盦詞》中有多首寫音樂和詠花之作。如《月下笛》就是一首頗有戲劇性的作品。詞寫寒夜笛聲，詞人以「還疑人，在梨花院，舊時月溶溶照處。正踈陰繞夢，涼痕如水，暗裏飛度」形容曲調幽美悦耳，而且所用以形容樂聲的語詞也是中國讀者所熟悉的，這正是爲了表明這段笛聲在詞人聽來是「殆粤調也」。然而一問之下，吹奏的竟然是一位古巴黑人，詞人不由得大爲詫異，故謂「問此曲誰曾，鷓鴣傳譜」，甚至傳到域外的烏孫（借指古巴），讓他這個天涯遊子也可以聽到故鄉之音。〔四二〕黑人吹笛對中國讀者來説十分陌生，其音樂更是難以想像，通過詞人運用小序的説明及詞的傳統語言、意象的折射，讀者乃能從「粤調」的方向去領會，令人感到熟悉却又陌生。

古巴氣候與中國相異，其花卉自然也不一樣，《懺盦詞》中有詠大如碗的玫瑰、奇麗天然的巨型繡球、似紅棉的影樹花等。〔四三〕然而，詞人更有興趣書寫在古巴所見的熟悉的花，有些是從中國移植過來的，有些是詞人的妻子培育種植的，這都足以安慰他遠離故鄉的心情，使他雖然身在萬里之外，却在詠花的一刻回到故土。如《夜合花》寫的玉簪花，就是從廣東移植到古巴的，而且在古巴的上流社會變得非常流行，「士女投贈，非此不可」。全詞圍繞玉簪花的芬芳潔浄及其「移植」的特性展開，又以王昭君流落異域作比喻，表面上以人喻花，反過來亦是以花喻人，感慨自己的使節生涯也像移種他國的玉簪花一樣。〔四四〕另有一首《八歸》詠水仙花，十分特殊，作者借水仙花記述了中國因禁慶祝農曆新年，過年時没有水仙花，反而身處國外，可以在西方朋友家中見到。此詞雖謂詠花，其實是借題發揮，感慨中國的變化，不無反諷的意味。〔四五〕

四　總結

綜上所論，可以歸納出兩點：

其一，對中國讀者來説，古巴比起歐、美、日本等外國更陌生，而詞人所用的形式和語言則爲中國讀者所熟知，産生莫名的熟悉感。然而，熟悉的表達的方式却同時指向一個陌生的世界，這就造成一種可望而不可即的距離和遺憾。因此在閲讀文本時，讀者即使有相識之感，但現實的隔閡會將讀者（乃至作者）與詞中的人事和時空拉開，使之似近而遠，似實而虚。這在形式更傳統的詞中表現得尤爲明顯。

其二，詞人借用傳統的形式（如詞調的選擇、模擬或追和哪一首古人之作）、意象、典故去表達及詮釋新時代的情況，這種以古喻今，以中喻外的做法，使作品連繫了古、今、中、外不同的時空和事件，讀者通過傳統的、已知的部分去聯想新的、未知的部分。同時，由於作者又通過反用傳統、以小序、附注來設立閲讀框架，使文本具有特定的新指向，所以即使其形式、語言、意象看似傳統，在讀者解讀的過程中却能反過來對傳統的體系造成衝擊，使其形式、語言、意象傳達出有别於傳統的訊息，表現出掙脱固有傳統的書寫可能。

廖恩燾一九三一年離開古巴後，再沒有機會回去，遂對古巴産生了强烈的念想，其後的詞集多以古巴的舊居命名，如《半舫齋詩餘》、《影樹亭詞》等，可見古巴是其生命的重要印記。廖氏後來的詞作，鍾情於摸擬夢窗，亦多有詞友互相酬贈的作品，但很少再寫及古巴了。《懺盦詞》是廖氏在特殊機緣下的産物，可遇而不可求。就詞的寫作而言，詞人以其所擅長的傳統的形式、語言、意象、典故等，將「古巴」置於一套龐大的舊形式、語言乃至知識體系之中，新與舊的交錯造成多層次、多時空、多面向的效果，既揭示了舊形式的書寫可能，也反向地透露了新内容與舊形式的錯位。從這個角度而言，《懺盦詞》在近現代詞史也具有獨特的標示作用。

〔一〕〔一〇〕〔一七〕〔一九〕〔二二〕〔二八〕〔二九〕〔三四〕〔三五〕〔三七〕〔四〇〕〔四二〕〔四四〕〔四五〕 卜永堅、錢念民主編《廖恩燾詞箋注》，廣州廣東人民出版社二〇一六年版，第三頁、第三頁、第三〇頁、第三〇—三一頁、第四九頁、第七八頁、第十六頁、第一三八頁、第一一七九—一一八〇頁、第一四二頁、第一四四頁、第六六頁、第三八頁、第一二七頁。

〔二〕 本文所引《懺盦詞》俱依此書（第三—一五五頁），惟是編標點偶有錯誤，本文引詞時據詞譜校正。

〔三〕 關於廖恩燾的詩歌創作，較早的研究有夏曉虹《近代外交官廖恩燾的詩歌考論》（《中國文化》二〇〇六年第二期，第九六—一〇九頁）。近年的研究則以黄坤堯、姚達兑及胡全章較翔實。參黄坤堯《廖恩燾「廣東俗話七律詩」與詩律探索》，《文學論衡》二〇一二年二月總期第二十期，第二六—三六頁。姚達兑《離散、方言與啟蒙：〈新小説〉雜誌上廖恩燾的新粵謳》，《中國現代文學》二〇一七年六月第三一期，第五九—七四頁。胡全章《廖恩燾：詩界革命一驍將》，《嶺南學報（復刊第七輯）》，上海古籍出版社二〇一七年版，第二四三—二五四頁。至於廖氏的生平史料，則以朱曉龍《廖恩燾先生年譜簡編》最爲詳細，收於卜永堅、錢念民主編《廖恩燾詞箋注》，第一一三七—一二〇九頁。

〔四〕 夏曉虹《近代外交官廖恩燾的詩歌考論》，《中國文化》二〇〇六年第二期，第九九頁。

〔五〕 王韶生《紀香港兩大詞人》：「鳳舒先生曾對筆者云：『年五十，在古巴代辦任内，始學填詞。』」載《崇基學報》一九六四年五月第三卷第二期，第一一〇頁。

〔六〕吴梅於日記中評廖詞「殊少真性情」，又謂其：「塗金錯采，不知於意云何，此學夢窗而得其晦澀者也。」吴梅《瞿安日記》，載《吴梅全集·日記卷(下)》，河北教育出版社二〇〇二年版，第五一〇頁、第六九一頁。

〔七〕廖恩燾一生四次出使古巴。第一次是一八八七年，任清廷駐古巴馬丹薩領事館翻譯官、二等書記官，一八九〇年改任駐馬丹薩領事。第二次是一九〇三年任駐古巴二等參贊兼總領事官，此次任職時間較長，直至一九〇七年才卸去職務，《粤謳新解心》在這段時期寫成並發表。第三次是一九一四年至一九一七年代表北洋政府任古巴代辦使事兼總領事。第四次是一九二六年代表北洋政府出使，任古巴公使，一九二八年後則代表國民政府，至翌年年底離職，一九三一年返回上海。參朱志龍《廖恩燾先生年譜簡編》，《廖恩燾詞箋注》，第一一四二—一一四三頁、第一一四五—一一四九頁、第一一五七—一一六〇頁、第一一七七—一一八一頁。

〔八〕古體詩的彈性比近體詩更大，近代寫域外的詩歌頗多採用古體，如魏源的《澳門花園聽夷女彈洋琴歌》，黄遵憲的《今別離》、《逐客篇》、《以蓮、菊、桃雜供一瓶作歌》，康有爲《登巴黎鐵塔》，梁啟超《二十世紀太平洋歌》等名篇俱用古體，以求篇幅及格律上的彈性。至於竹枝詞，發源於民歌，在格律上有一定彈性。宋元以後，其形式主要遵從七言四句體式。竹枝詞既有吟詠風土的傳統，詩人即可便利地借之書寫域外風俗民情。這方面的文獻材料及研究都非常可觀。如王慎之、王子今輯《清代海外竹枝詞》，雷夢水等編《中華竹枝詞》「海外」部分，均收録了大量作品。研究方面，可詳參尹德翔《晚清海外竹枝詞考論》(中國社會科學出版社二〇一六年版)「緒論」中的述評，第一—四〇頁。

〔九〕廖恩燾自言開始填詞時，最喜柳永詞(見《添字采桑子序》，《捫蝨談室詞》，《廖恩燾詞箋注》，第六〇六頁)。《懺盦詞》的首四卷(一九二六—一九二九)模擬、追和古人之作除吴文英外，主要有周邦彦、姜夔、辛棄疾，後四卷(一九三〇—一九三一)則以吴文英爲主。詞人回國後撰續稿四卷，則主要是模擬、追和吴文英或用吴文英自度曲。終其一生，最拜服的也是夢窗詞。

〔一一〕〔二〇〕〔二一〕《飲冰室詩話》，《新民叢報》第四年第三十號(一九〇三年四月)《文藝》二，第一一五—一一七頁。

〔一二〕陳蘭彬等《古巴華工調查録》，上海書店出版社二〇一四年版。至於十九世紀古巴華工之情況，可參吴劍雄《十九世紀前往古巴的華工(一八四七—一八七四)》(臺北「中研院」三民主義研究所一九八八年版)、袁豔《融入與疏離：華僑華人在古巴》(暨南大學出版社二〇一三年版)第一至三章及 *Gregor Benton*「China，Cuba and the Chinese in Cuba：Emigration，International Relations and how they Interact」，*in China and International Relations：The Chinese View and the Contribution of Wang Gungwu*，ed. Zhang Yongnian，London：Routledge，2010，pp. 158 - 176. 尤其是 pp. 158 - 165 部分。

〔一三〕廖恩燾《彎城竹枝詞》，收於王慎之、王子今輯《清代海外竹枝詞》，北京大學出版社一九九四年版，第四一一頁。

〔一四〕關於華人參與獨立戰爭，參袁艷《融入與疏離：華僑華人在古巴》，第七十五—八十一頁及 Gregor Benton「China，Cuba and the Chinese in Cuba：Emigration，International Relations and how they Interact」講述華人參與古巴獨立運動，並受到古巴詩人 Jose Marti 的歌頌（廖恩燾《紀古巴亂事有感》其五就提及古巴文豪河西瑪帝，河西瑪帝後爲西班牙在古巴的總治者所殺，故廖氏謂「殉國離騷尚可風」）。獨立運動成功後，古巴人在紀念碑上亦有刻字紀念華人的功勞，詳見該文第一五八至一六一頁。古巴獨立後受到美國控制，美國在一九〇二年五月於古巴頒行「一五五號法令」，禁止華工入境。之後，古巴排華之事不絶。參袁艷《融入與疏離：華僑華人在古巴》，第三八—四一頁。

〔一五〕《離巢燕》「爲旅美華人而作」：「離巢燕飛向天涯。你飄泊到天涯。問你向邊一處棲。舊日你在王謝堂前就無乜掛繫，爲著杏林春好，故此把故國丟離。海上縱有珊瑚，總唔似舊巢咁可恃，寄人籬下難怪你不敢高飛。人地話你毛羽未豐，就係飛都唔得起。重怕鷹鸇同你爭食，逐得你魂魄唔齊，想你幾千年嘅種類凌夷問你知道未。烏衣門巷空聽個隻鷓鴣啼，都爲你箇主人總唔憐惜吓你，畫簾深處重有的篆煙迷。你若果念吓同群就要爭一啖氣，咪箇自相殘啄好似梟鴟。我想講到合群人物都係一理，你唔信睇吓咁多昆蟲水族，邊一樣唔合群嘅就邊一樣受異種嚟欺。唔信你又睇吓印度波蘭，與及猶太遭人踐踏，重甚過燕啄香泥。亡國個的慘悽都有得過你睇，故宮禾黍忍不住淚眼雙垂。咁好雕樑都係自己拋棄，上林有樹叫你點樣子搵得一枝。唉，唔好戲，燕雀安知鴻鵠嘅志，總要想吓燕巢危幕就唔好呢喃細語咁樣講嘻嘻。」《爭氣》：「咪話唔好爭氣，要爭得磊落光明。人若爭起氣翻嚟，萬事都當輕。有的氣唔著爭就怕理虧，及唔好頸一時爭氣闖出大禍臨身。如果爭得磊落光明，箇的氣就係乾坤咁正，忠肝義胆，咁就亘古流傳。我想人唔係畜生，都有點血性，若然唔爭得呢一啖氣，問你血性何存。縱使爭佢唔贏，亦都怨吓命。斷有話被人羞辱眼白白半句唔聲。自己爭氣唔嚟，重望旁觀來救應你，唔睇吓戲上箇箇二花面好打不平。唉，好光景，大眾都在夢中。唔叫得醒。唔信你睇吓國民受盡咁多氣，有邊一箇替佢爭過唔曾。」《新小説》第二年第四號（一九〇五年五月），「雜歌謠」專欄，第一七一—一七四頁。

〔一六〕廖恩燾《新粵謳解心》有《咪估話同你咁好》（一九二二年作），序云：「報載美國加拉佛尼省土洛埠驅逐日僑美政府，事後懲兇，日人頗爲滿意。因憶上年洛斯冷槐花園各案焚殺華僑千數百人，交涉經年僅以賠償了結。由今視廿日不禁慨乎言之。」該詩對美國政府對中、日的不平等待遇十分憤慨，謂「將人比己問你點得心甘」、「思前想後點叫你話心唔淡」。收於朱少璋輯《粵謳采輯》，廣東人民出版社二〇一六年版，第一八五頁。

〔一八〕廖恩燾對黄遵憲敬佩至極，除此詞外，又有《燭影摇紅》紀念黄氏，更曾一再和韻黄遵憲《雙雙燕》（羅浮睡了）一詞。《廖恩燾詞箋注》，第三三頁、第四四—四五頁、第一一九—一二〇頁。

〔二三〕詩中的意象多有在詞中出現，如其四「銕艦沈江」，其六「白馬盟」，其七「四年紀念留殘碣」，其八「寒沙當日曾埋戟」，其九「懶與閑鷗海上盟」，其十「今古興亡付酒杯」、「遼鶴」、「當年王氣半蒿萊」。其五寫古巴獨立，建紀念碑之事，詞之小序及詞文本俱有提及，只是用詞不同而已。

〔二四〕林立以吳亡伍子胥乘素車白馬在潮頭之事注「濤翻馬白」，亦解得通，不過筆者認爲此處與廖詩參照，似更確切。《廖恩燾詞箋注》，第五〇頁。

〔二五〕《紀古巴亂事有感》其四就以「鷸蚌相争，漁人得利」來昭示美國的用心，並以「門羅主義到今疑」來加以諷刺。「門羅主義」(Monroe Doctrine) 原爲十九世紀初，美國總統詹姆士·門羅 (James Monroe) 提出美國反對歐洲在拉丁美洲的殖民行爲。

〔二七〕拙文《〈鶯啼序〉的創作與「夢窗熱」》對吳文英《鶯啼序》的作法及晚清民國的仿作有相關分析。載《詞學(第四十二輯)》，華東師範大學出版社二〇一九年版，第二二八—二五八頁。本文不贅。

〔二八〕鄒振環《晚清漢文西學經典：編譯、詮釋、流傳與影響》，復旦大學出版社二〇一一年版，第二五五—二八八頁。王韜《哥倫布傳贊》，《萬國公報》第四十二期(一八九二)，第十一上—十二下頁。梁啟超《二十世紀太平洋歌》，《新民叢報》第一號(一九〇二年二月)，第一一一頁。梁啟超《張博望班定遠合傳》，《新民叢報》第二十三號(一九〇二年十二月)，第三九頁。關於哥倫布敘述由晚清到民國的發展，參崔文東《晚清英雄傳記譯介研究》，香港中文大學博士學位論文，二〇一五年，第六十三—一〇七頁。

〔三〇〕田横事見司馬遷《史記·田儋列傳》，中華書局一九八二年版，卷九十六，第二六四三—二六四九頁。太史公對田横之敗亡感到惋惜，但仍稱讚其「高節」及其門客義從其死的高義。

〔三一〕如《紀古巴亂事有感》其三中就有「魚麗于網雉罹羅，只怨嬴秦法太苛」寫古巴人不堪忍受西班牙的暴政，揭竿起義，争取獨立。

〔三二〕姜夔《揚州慢》及杜甫《秋興》的背景都涉及外族入侵，以之比喻古巴，有可比之處。

〔三三〕其《大酺》寫哥倫布故居亦是表達歷史滄桑爲主，對於哥倫布個人的功業並沒有推崇之意。

〔三五〕一九二九年六月，國民政府駐美國舊金山副領事高瑛(即廖氏長女廖承蘇之夫婿)因販賣煙土被美國海關查獲，高瑛及其妻被引度回國受審，案件於一九二九年至一九三一年間多次審理。詳見朱志龍《廖恩燾先生年譜簡編》，《廖恩燾詞箋注》，第一一七九—一一八〇頁。

〔三六〕葉嘉瑩《論吳文英詞》，《唐宋詞名家論稿》，河北教育出版社一九九七年版，第二四二頁。林順夫《南宋長調詞中的空間邏輯：試讀吳文英的〈鶯啼序〉》，《透過夢之窗口：中國古典文學與文藝理論論叢》，(新竹)清華大學出版社二〇〇九年版，第二五八頁。

〔三八〕〔四一〕吳蓓箋校《夢窗詞彙校箋釋集評》，浙江古籍出版社二〇〇七年版，第六七七—六八二頁、第二四六—二四八頁。

〔三九〕《懺盦詞》卷八《八聲甘州》前有《桃源憶故人》一詞，序云「逆旅主人，余十五年前舊宅居停也，重見甚歡」（第一三九頁），似可與《八聲甘州》相參照。影樹亭是廖恩燾於一九一五在古巴所置的別墅，具體位置不詳，但似是在夏拿灣市郊，其環境清幽宜人，廖氏自云「水木清華，饒亭臺池榭之勝」，曾徵人繪製影樹亭填詞圖十幀，並有圖記。惜筆者未曾寓目。資料詳參王韶生《紀香港兩大詞人》，《崇基學報》，第一一〇頁。

〔四三〕《絳都春》詠玫瑰，《滿庭芳》詠繡球，《夢芙蓉》詠影樹花，見《懺盦詞》卷五、卷七、卷八，《廖恩燾詞箋注》第八七頁、第一三一頁、第一四八頁。

（作者單位：香港中文大學中國語言及文學系）

偏師亦足壯吾軍〔一〕：論晚清民國雲貴詞壇

馬大勇

内容提要　西南三省中，雲貴詞壇與巴蜀相比一向較爲荏弱，然而晚清民國時期，兩地亦貢獻出趙藩、陳榮昌、姚華、鄧潛等頗具特色的詞家，推重蘇辛銅琶鐵琵之格，以性情爲旨歸，別有一種與地域特徵相照應的高陡險峻的意味，從而映射出珍貴的時代心音與獨到的藝術風貌。本文對這兩支「偏師」予以掃視梳理，以雲貴詞壇爲「壯吾軍」之可觀力量，足爲晚清民國詞史版圖湊成不可或缺之一隅。

關鍵词　晚清民國　雲貴詞壇　趙藩　陳榮昌　姚華　鄧潛

先師嚴迪昌先生撰著《清詞史》時，嘗根據詞在清代這個特定時空運行之特質，選定地域、家族、流派/群體等「中觀」視角進行史程構架〔二〕。考察晚清民國詞史歷程，以上幾大特點整體上走向消沉淡散，然而亦不失爲掃描梳理詞壇的重要截面。從地域角度掃視晚清民國時期的西南三省詞壇，巴蜀可謂「一頭獨大」。其前期以趙熙爲眉目，林思進、周岸登爲副帥，再加江椿、劉冰研、向迪琮等爲輔翼，已頗有薈萃之感；至抗戰起，大量流寓詞家更與巴蜀才人唱酬吟和，摩蕩激發出多聲部的詞壇交響。諸如喬大壯、龐俊、白敦仁、雷履平、鍾樹梁等，可謂極一時之盛，成爲近百年詞史的「高地」之一。對此，拙著《晚清民國詞

本文爲國家社科基金重點項目「晚清民國舊體詩史」(21AZW012)的階段性成果。

史稿》已有諸多論列〔三〕。相形之下，滇南、黔中無疑屬杳渺卑弱之區，但若詳細觀照的話，這兩支「偏師」亦在晚清民國詞風熾盛的大勢下頗具聲態，饒有獻替。或許正由於相對偏遠之故，這一時期的雲貴詞壇不大介入主流詞界的種種門户争持，亦極少受時尚的「夢窗風」浸染，其主調表現爲推重蘇、辛「銅琶鐵琵」之格，大抵以性情爲旨歸，别有一種與地域特徵相照應的高陡險峻的意味。故不妨借梁成柟詩，以雲貴詞壇爲「壯吾軍」之可觀力量，足爲晚清民國詞史版圖湊成不可或缺之一隅。

一 「一以性情爲依歸」的趙藩

與巴蜀相比，滇南文氣可謂「積貧積弱」。正如韓愈之啟潮汕、東坡之澤海南，滇南文運要遲至楊慎因「大禮議」事謫戍永昌衛始拓開荒蕪態勢。明詞整體中衰局面下，楊慎獨能逆風蔚起，不僅傾力爲之，更以《臨江仙・滾滾長江》一首揚名天下，從而拉開了滇地詞史的幕布。述明清詞史者，大抵不及滇南，然而有倪蜕（一六六八—?）、段昕（康熙庚辰進士）、魏定一（一七五九—一八五二）、謝瓊（嘉慶戊辰舉人）、嚴廷中（一七九五—一八六四）、戴絅孫（一七九六—一八五七）、趙瀚（一八一八—?）等詞家詞作，實亦不覺荒涼。真能振起骨力，足與蜀中趙熙相敵者還要推白族詞人趙藩（一八五一—一九二七）。

趙藩字樾村，號蝯仙，以晚號石禪老人與題武侯祠對聯最爲世所知〔四〕，劍川人，光緒元年（一八七五）舉人，兩試春官而不第，以教官起歷四川酉陽知州、四川按察使、廣州軍政府交通部長、雲南省圖書館館長等職。蔡鍔、李根源皆其門生，並由李根源結識南社中人，有「名譽社長」之説。著有《咸同滇中兵事紀》、《鷦巢小識》、《向湖村舍詩集》等，詞結爲《小鷗波館詞鈔》，凡二百餘。尤值一提者，趙藩晚年總纂《雲南叢書》，計編刻二百餘種，可謂集雲南文獻之大成。又痛感「吾滇僻處天南……作詞者鮮，即作，亦不喜標榜市名……加以咸同兵燹……澌滅幾盡」的狀況，「四十年中，隨時搜輯」，終成《滇詞叢録》，收詞人五十一，詞作三百八十五，是爲雲南第一部詞總集〔五〕，特有功於鄉邦文獻。

趙藩詩遠學蘇陸，近效宋（犖）翁（方綱），甚著聲名。《滇八家詩選》稱其「肅括宏深，風骨峻峭」、「有詩七十餘卷，不下萬數千首，視放翁尤過之……七律尤鍛煉入神」〔六〕，惜刊刻者僅一小部分，其餘手稿「文革」中均遭抄毁。與詩相比，《小鷗波館詞鈔》罕見稱述，惟陳永正以爲趙藩詞「不依傍門户，純任自然，一以性情爲依歸」〔七〕，印證以趙氏《自序》「聽夫人之覘知其面目」之語〔八〕，可謂知言。

趙藩少年高才而不得志，中爲名宦而未展才，晚歲退居治學而憂憤世事，舉凡此等「面目」在《小鷗波館詞鈔》六卷中呈顯得無疑是很清晰的。如作於民國初年的《高陽臺》：

白疊骸丘，紅淹血淚，湖湘浩劫堪憐。巨鎮名城，行來總斷人煙。南强北勝争蝸角，只同根、萁豆相煎。攫金錢，彈雨槍林，各飽腰纏。　倏和倏戰頻貽誤，是滿懷機詐，莽操心傳。木屐兒來，便愁席捲山川。一年容易中秋節，月朦朧、碧海青天。最淒然，世上流離，天上團圓。

不僅直言諸軍閥「彈雨槍林，各飽腰纏」、「滿懷機詐，莽操心傳」，更爲「白疊骸丘，紅淹血淚」、「世上流離，天上團圓」的生民苦難一發哽咽與浩歎。集中另有《瑣窗寒·題秣陵秋眺圖》云：「往劫休談，近事欲題先啞。自張家、辮子兵來，小兒衾底唬怕。」《蘇幕遮》云「鑿銅山，開鐵路……前後疆臣，大錯同心鑄」，《臨江仙》云「炮火轟天笳殷地，惠潮幣月鏖兵」，凡此或傷於切直，耿耿憂患之情則濃郁可感。雖不及趙熙之才調，那種「山中無歌哭之所，黯此言愁」的心事還是差相仿佛的〔九〕。

趙藩身世與風情之作也很可觀。前者以《滿江紅》爲最佳，詞云：

拂袖而行，又鼓棹、滄溟萬頃。歎滿目、蛟螭嘘氣，烏蟾匿影。智詎不如葵衛足，怒猶難遏榕生癭。負故山、猿鶴責前盟，歌招隱。　誰義俠，軹深井；誰夢幻，邯鄲枕。算何似糟丘，磊麴雲門〔一〇〕。嗽餅洞壑自應文，養豹於陵安用蚓〔一一〕。視瓦全、玉碎總堪悲，完吾鼎。

本篇作於晚年，一定意義上可視爲趙氏的詞體自傳。僅以入民國以後論，趙藩接受蔡鍔、李根源等電請，先任迤西自治機關部總理，電斥袁世凱復辟之舉。一九一八年任廣州軍政府交通部長後，又悉心擘劃，提出西南鐵路方案，力促南北議和，皆未果，只能灰心辭職回滇，集白居易「專掌圖書無忌地，閑尋山水自由身」之句榜門，不復過問政治。凡此豈不皆是「智詎不如葵衛足，怒猶難遏榕生癭」二句之由來？而數十年宦海漂泊，家國狂亂依舊，又何殊邯鄲枕上一場大夢！「視瓦全、玉碎總堪悲，完吾鼎」，這樣的句子誠也是充溢悲憤的。

後者如《浣溪沙》之「柳枝身段荔枝年……箇儂消得箇人憐」，《浪淘沙》之「隔年書斷衍波箋。那更寂寥今夜坐，夜也如年」，甚有納蘭滋味。《南鄉子》則能入能出，較納蘭又别具韻致：

笙韻静銅瓶，簾押低垂綠綺停。眉月初升纖又淡，冥冥，秋味涼生一點螢。梧葉滿空庭，淒切陰蟲不耐聽。閑向牽牛花下立，亭亭，驀地抬頭見二星。

另值得一提者，趙藩頗鍾情龔自珍詞，集中明確標示「次龔韻」者即多達十二首。雖因才性所限，大抵言情之什，亦略得定庵遺韻。如《減蘭》：「飄揚無據，問誰邊去誰邊住。抱月搓煙，空際邅回不計年。驀時千里，往來只在悲歡裏。天若憐他，禁斷諸天莫散花。」即脱剥龔氏同調名作「偶檢叢紙中，得花瓣一包，紙背細書辛幼安『更能消、幾番風雨』一闋，乃是京師憫忠寺海棠花，戊辰暮春所戲爲也，泫然得句」而得〔一二〕，此爲治定庵接受史所應注意者。

二　「撫髀悲歌不自聊」的陳榮昌詞

「一離一合，一興一廢，擾擾千奇百怪。青峰江上曲難終，聊寫向、殘箋剩紙。甚清甚濁，甚醒甚醉，拉雜狂言夢囈。吳歈楚調付歌唇，消不了、深愁淺淚。」這首《鵲橋仙・自題詞集》係與趙藩爲密友、並稱「滇南之傑」〔一三〕、繼之爲《雲南叢書》總纂、又編輯《滇詩拾遺》的陳榮昌（一八六〇—一九三五）所作。他亦是滇中詞壇飛將，其詞數量頗豐，憂患情懷與趙藩略同。雖名氣有所不及，奇肆乃遠過之。

陳榮昌字筱圃，號虛齋、桐村，晚號困叟，昆明人。光緒八年（一八八二）解元，翌年連捷成進士，授編修，歷任貴州提學使、雲南高等學堂總教習、山東提學使等，光緒二十三年（一八九七）以「終養」歸鄉，主經正書院，造就人材甚夥，「滇中文教得以與中原媲美，經正書院實啟蒙基地」〔一四〕。入民國，發願「終身爲民，不復言仕」〔一五〕，歸里隱居，以學術終局，門人私謚「文貞」。著有《虛齋文集》、《桐村駢文》等，其《虛齋詩集》十五卷，一千五百餘首，由雲龍《定庵詩話續編》稱其「勁氣直達，理勝於詞」〔一六〕，列名「滇八家」之中。其填詞則與趙熙相似，蓋辛亥、壬子之交，讀屈大均《騷屑》而興感，未百日而得三百餘闋。因「騷屑」欲名「騷淚」，又以「淚清而涕濁」，定名「騷涕」，「示爲靈均所唾棄也」〔一七〕。

陳榮昌中年爲詞，一揮而就，故不似趙藩之作能展現由風情至沉鬱的人生軌跡，然而積數十年學問閱歷噴薄而出，也令其詞避免了幼稚衰頽之類短處，一上手就呈現出壯健雄奇的風貌。如開篇不久之《一剪梅》：

撫髀悲歌不自聊，如叫如號，如笑如嘲。頗翻河漢洗牢騷，生亦鴻毛，死亦鴻毛。　鐘鼎山林一例抛，何禹和臯，何許何巢。但尋酒國醉酕醄，鵬也逍遥，鷃也逍遥。

在陳氏一輩「大清之遺民」看來〔一八〕，辛亥無疑是山崩海裂的大事變，「撫髀悲歌」，「如叫如號，如笑如嘲」，正生動地勾描出了這一群體的真實面相。與朱祖謀、鄭文焯等人的淒清晦密相比，陳榮昌的表達要激烈明確得多。他的《南歌子》八首把那種舊巢已覆、新枝難棲的迷茫心緒寫得格外深切，足可爲遺民詞某一層面的典型。姑讀其半：

聖帝遭洪水，明王苦旱乾。孰是太平年，問天天不語，奈何天。

絶塞紅顔棄，深宫白髮憐。若個是嬋娟，問天天不語，奈何天。

引類鷹招鶻，同盟蜃倚蛩。黨見幾時融，問蟲蟲不解，可憐蟲。

狸化能成豹，蛇飛亦作龍。變幻那能窮，問蟲蟲不解，可憐蟲。

組詞評語云「八闋似古謡諺，體兼比興」[一九]，誠然，但意旨並不模糊費解。對太平的祈願，對舊朝的憐念，對黨同伐異、朝秦暮楚之流的憤激，連同作爲「中國之良民」的高潔與善意[二〇]，都吐露在「不語」的「奈何天」與「不解」的「可憐蟲」中了。對於紛亂的時世，陳榮昌等遺民不僅没有遁入沙中埋起頭來，反而是非常敏鋭地攝入筆端的。他的《念奴嬌・憂心如醉》、《百字令・爲避地滬上者作》、《浪淘沙慢・江河水災未平》、《御街行・長安寶馬》、《蘇幕遮・因蘇亂，頗憂滇》、《解語花》等都是傷時念亂之作，尤以《念奴嬌》最具鋒鋭：

憂心如醉，忍開眸看此，風花塵界。昨日人奴真節鉞，笑買江南佳麗。豔女琵琶，妖童觱篥，消盡英雄氣。鵝池聲亂，恐驚楊柳春睡。　豈不托鉢沿門，一銖半兩，如刮毛龜背。百萬金錢隨手擲，又與泥沙無異。紫電車輕，翠雲裘暖，主將真驕貴。野營風緊，有人如蠟垂淚。

陳榮昌論詞，推崇蘇、辛一路。其《虚齋詞話》云：「東坡之詞……自有千古，不可泯滅……雖不盡合專家之格律，而氣象卓犖不群，或有過於專家者」，又稱「世間不可少此（稼軒詞）一種英邁文字」[二一]，可見心儀之致。然而他並不死於蘇、辛牖下，而常濟以生澀奇險，從而另成辨識度很高的一格，是即所謂「才情」也。如《漁家傲》：

罛姥夜呼舟尾簸，鯉魚風起休酣卧。撒網鳴榔乘月過，聊相賀，筠籃飽拾鸕鷀唾。　貰酒只他錢幾個，還須留取輸官課。歲餓民饑官亦餓，真無那，憑誰長鋏彈都破。

再如《憶少年》：

蒼蒼江色，蒼蒼山色，蒼蒼天色。蒼蒼默無語，任狂呼誰識。　天地生人生不息，奈之何、我生今日。還身與天地，免漂零無著。

《漁家傲》的字字生新，《憶少年》的有意複沓，皆如干將出匣，精悍逼人，庸手終一生亦不能道一句。滇南詞壇有此一人一格，即令人不敢小覷。

三　楊文斌、劉堯民：滇南詞壇餘響

與趙藩、陳榮昌約略同時的蒙自人楊文斌生平不詳，僅知其光緒十八年（一八九二）知浙江鄞縣，曾輯《海濱酬唱詞》等，但其人蹤跡稼軒、迦陵，功力亦非泛泛。《百字令·讀石頭記傳奇，次金華山樵韻》二首在「《紅樓夢》讀後感」序列中是值得關注的一家，《續滇詞叢録》所載其《沁園春·洋場詠物詞》四首分詠地火、電綫、馬車、輪船，題既新穎，筆法亦佳，可補詩界革命中「詞體缺席」之小空白〔二二〕。可讀「電綫」一首：

具大神通，經緯縱橫，匪夷所思。慣傳消遞息，捷於影響；穿河貫漢，事更離奇。欲報平安，暗牽綫索，入手行間墨尚滋。從今後，任洪喬善誤，那怕愆期。　何人費盡心機，縱萬里、關山信不遲。笑魚箋雁弔，無斯火速；簡書羽檄，枉説星飛。巧奪天功，能通造化，盼到還雲一霎時。　機樞動，貫蛟宮蜃窟，直達波斯。

現代詞學史上最早研究詞與音樂關係的劉堯民填詞亦當行本色，風情獨絶處不可輕忽。雖行輩較晚，亦附此談之。

劉堯民（一八九八—一九六八），字治雍，會澤人，中共早期黨員，曾創辦理論刊物《紅色戰綫》等，並擔任《雲南民眾日報》副刊編輯。一九四一年受聘雲南大學中文系教授，建國後任中文系主任、二級教授，與劉文典、李廣田等齊名。「知識份子思想改造運動」中，對劉文典批評頗激烈，迨劉氏一九五八年不堪「交心」突發腦溢血去世時亦不出席追悼會，立場相當激進〔二三〕。八年後「文革」橫起，劉堯民自己亦遭批鬥，被揪遊校園，未久即猝然去世。此亦特殊年代中一類典型命運之縮影也，思之令人唏嘘不已。

以學術而論，劉堯民的莊騷研究頗爲精深，最爲人所知者則是提出「詞是音樂之文學、抒情之文學」的觀念，開啟了一條詞學研究的重要路徑〔二四〕。而其填詞則與學術了不相關，大抵言情述病，以「坐春宵、一刻千金抵」的綺麗來對抗「迷離日月，模糊生死」的悲涼〔二五〕。如《夜合花》：

美意延年，相思入骨，瞢騰幾度青春。尋尋倦也，鶯邊收拾吟魂。傷往事，懺前因，一枝香、燒過黃昏。撲簾紅露，窺簾碧月，妒夢無痕。明知是夢非真。片晌低眉淺笑，暖雨涼雲。一點春心，已拚永劫沉淪。愁裏病，病中身，苦難忘、毒怨深恩。天涯雙鯉，天寒半臂，百種温存。

「一點春心，已拚永劫沉淪。……苦難忘、毒怨深恩。」如此細微決絕，非深情人不能爲，誠可謂「繪風手」也。《浣溪沙》則快筆剪影，擷取一段活色生香、令人怦然心動的細節：

纖月婷婷下碧梧，一方庭院影扶疏。今宵贏得繡工夫。吃吃貼窗偎臉笑，玻璃隔皺雪肌膚。者番還解吻儂無。

「者番還解吻儂無」的大方熱烈乃是古典詞史所未有，只有卸去了「女德」、「女誡」之類束縛的現代女性才能如此奔放，劉堯民的勾描誠也是具有社會史意義的。與上二詞相比，《行香子》又是一種視角，其所速寫出的現代都市的光怪陸離，今日讀之也不覺隔膜：

醉意輕鬆，秋水玲瓏，顫心心、跳入光叢。琴波漾漾，夜影朧朧，正雪茄香，瓦斯綠，珈琲濃。肉色天宮，鳶色穹窿，意騰騰、夢逐妖虹。甜愁萬種，美酖千鍾，在天之涯，海之角，夜之胸。

在詞史版圖上，滇南詞壇肯定是最不受重視的角落之一，然而近百年詞史上能湧現出諸多名不見經傳的高手詞家，實亦構成了地域視角下的一支「實力派」偏師。

四　黔中二詞人姚華、鄧潛

黔中山荒水險，向來文氣衰憊，更甚雲南。至晚清遵義鄭珍、獨山莫友芝出，始具與中原文士逐鹿爭雄之實力。鄭、莫以後，貴築（今貴陽）姚華（一八七六——一九三〇）紹繼光風，學兼雅俗，有「一代通人」之譽[二六]，是足可振領一軍的文苑名家。

姚華字一鄂，號重光，一號茫父，光緒二十三年（一八九七）中舉後東渡日本，就讀於法政大學。三十年（一九〇四）成進士，授工部主事，改任郵傳部主事。入民國任貴州省參議院議員、北京女子師範校長、京華美專校長及各大學教職。後隱居北京宣武門外蓮花寺，售賣詩詞書畫爲生。民國十三年（一九二四），泰戈爾來華，嘗與會晤，並以五言詩翻譯其《飛鳥集》，爲詩歌翻譯史「異軍特起」之事[二七]。年五十患偏廢，「仍據案揮殘臂作書畫，磅礴鬱積，意氣若不可一世，四五年中，無頹敗狀」[二八]。著有《弗堂類稿》三十一卷，其中詞三卷二百九十餘首，數量較豐。另有《蓮花庵書畫集》、《菉猗室曲話》、《小學問答》、《説文三例表》、《金石系》等，皆享重名。

姚華生長陡峭之區，遭逢崎嶇之世，詞中故無常見的山温水軟、花明月媚之氣，入手即是辛、陳一派的引吭高唱。如《沁園春·七月二十六日集雲和，酒後放歌……》與《如此江山·八月十六日感事》：

酒上心來，熱血汪汪，起落如潮。看人間萬事，都成鬼蜮；乾坤一指，只解酕醄。夢崇難親，詩魂易失，千疊愁心何處消。秋風起，更吹愁壓鬢，做盡刁騷。　無聊酒醒今宵。奈人散、更闌不可招。索歸尋蕭寺，閑門敲月；坐呼山鬼，長嘯干霄。狂處陵人，悲來駡世，袒臂科頭容我豪。君知否，有元龍尚在，湖海逍遥。

月墨星沉，英雄恨、太行千疊。都付與、曉雞聲裏，爲嗚悲咽。篝火幾曾真王楚，扁舟何事忘逃越。問大江、風雨許多潮，隨煙滅。　城下釣，清波冽；東門犬，驚塵歇。歎功名渾濬，劍花飛血。開國誰翻前史例，到頭悔負封侯骨。望中原、黯淡幾龍蛇，堪愁絶。

《沁園春》作於戊申（一九〇八），《如此江山》作於癸丑（一九一三），其時正當歷史劇變期，詞中「人間」、「乾坤」、「英雄」、「風雨」等語皆不是泛泛感慨，而是大有切膚之痛的。後首詞牌不用《滿江紅》而用《如此江山》即可見用心。《鷓鴣天·和倬盦韻》一組詞筆較爲清麗，而險峭不減，也是藏剛健於婀娜的佳作。讀其一、二：

蜀魄淒清夢也愁。林花無賴溷青邱。琴邊看鬢人曾妒，不信春風有白頭。　憐日暮，黯雲遊。三分談笑酒樽收。巴童僰女仍歌舞，零亂夕陽賽武侯。

春去春來不可名。潮生潮落打空城。東風一半誰輸了，夢裏梅花笛未橫。　春漸覺，夢頻驚。詞場重按酒中兵。十分春是梅和雪，才罷南枝一段爭。

《弗堂詞》中還有《題朽道人京俗畫册十七闋》、《續題陳師曾京俗畫册十七闋》兩組詞特別值得關注。姚華與陳師曾並稱「民初北京畫壇的雙子星座」（二九），以三十四首之篇幅題寫至友風情畫名作，自然傾盡才力，與畫作相得益彰，共同構成了對彼時「京俗」的生動記録：

官儀爲底寒酸，步蹣跚，幾劫胡塵猶剩漢衣冠。　執事裏，等儒丐，不堪看。仕宦今來君輩笑鯰竿。

——《烏夜啼·執事夫》

猶堪背影認前朝，山下焉支色暗銷。弄狗何曾知地厭，畫中一狗與人相向，吾鄉諺云：「天厭鴿，地厭狗。」生兒不復號天驕。　連鑲半臂紅衫狹，一字平頭翠髻高。最是歌臺爭學步，程郎華貴尚郎嬌謂玉霜、綺霞。

——《瑞鷓鴣·旗下仕女》

千丈淄塵和夢做，影迷離、是甚眉眼。黛裏搖唇，煙中著語，鎔銕粗成乍劃。説與蘇秦，縱金盡、無須顔赧。怎不如伊，存身向晦，聽人嘲難。海又揚塵今漸滿，最清處、蓬萊較淺。爨下餘焦，墨邊殘瀝，予亦無長短。幾人家堪舉火，才兵燼、炊煙淒斷。頭腦冬烘，待君來、一寒能暖連年戰事，冬則煤荒，故云。

——《氐州第一・煤掌包》

這組京俗詞也頗有就事論事、無大深意的，但上引這幾首感慨世相時局，甚有弦外之音，所以獨佳。安順楊恩元爲《弗堂詞》所作跋語甚精切，其先從地域文化角度指出世人所謂「僻陋」之黔地亦能有成就，「每淩駕乎中原」，那是「中原數千年來文物聲名發洩已甚，而邊省磅礴鬱積，名山大川之靈秀甫啟其端倪」的緣故。以下論明清黔中詞亦要言不煩，堪稱微縮版的貴州詞史提要：

溯黔中自明設省，三百年間詩人接踵，專集頗多，惟一詞則闃焉寡聞。清代詞家始有江辰六顯於康熙之際，延至中葉，倚聲漸盛，而附載各家集中者，要皆篇幅寥寥，略備一格，其有妙諧聲律，專精此道，以黎伯庸之葑煙亭爲最，陳息凡、鄧花溪兩家各體尚稱完備，而終不及（姚華）先生之造詣深醇，盡工盡善也。先生之詞在黔省諸詞人中固稱後勁，即在清代諸詞人中亦翼然翹楚。此殆如六朝結局之有庾子山，前明結局之有錢蒙叟，皆可謂集其大成。〔三〇〕

江辰六，即江闓（一六三四—一七〇一），先世本歙人而著籍貴陽，「三風太守」吴綺女婿〔三一〕，又於王漁洋稱詩弟子，與文壇老輩名流如龔鼎孳、曹溶、孫默、朱彝尊等皆有往來，其《春蕪詞》頗得時人好評，可謂黔中詞史的開山之作。黎伯庸，名兆勳（一八〇四—一八六四），遵義人，有《葑煙亭詞》；陳息凡，名鍾祥（約一八一〇—一八六五），貴築人，有《香草詞》，亦各有勝處，能遥接江闓之統緒。楊氏《跋》所未述及者尚有莫友芝《影山詞》、石贊清《飣餖吟詞》〔三二〕、黎庶燾《琴洲詞》、黎庶蕃《雪鴻詞》等多家，足見黔中詞壇未盡荒落，值得有心人梳剔之。

較姚華行輩爲高而晚歲填詞、聲譽稍遜者是鄧潛（一八五五—一九二八），即上文所説「鄧花溪」。鄧潛原名維琪，字花溪，貴築縣（今貴陽市）人，光緒十五年（一八八九）進士，選庶吉士，散館出爲四川富順知縣，遷邛州知州、過班道員。清亡後易名潛，流寓成都，與趙熙交密。鄧潛夙工詩，晚歲填詞，著有《牟珠詞》一卷〔三三〕、《補遺》一卷，凡一白七十餘篇。

鄧潛持清遺民形態，《木蘭花慢・題自藏八大山人畫幅》最能坦露此一心跡：

大明山一角，問誰解，畫中情。認款字親題，難分哭笑，墨界狂僧。飄零北蘭寺裏，對青門、書幾話殘生。多少彈棋心事，不言寫上吳繒。　前清。予亦望瑶京，白髮錦官城。是隔朝知己，夢中君國，門外公卿。丹青略求相似，只瘦瓢、一脈配元曾。小繫念家山破，哀蟬落葉秋聲。

可見，其晚年從事倚聲亦大抵消遣那種「隔朝知己，夢中君國，門外公卿」的「幽心」而已〔三四〕。其詞「各體尚稱完備」，而以詠物者最爲卓特。集中詠繩妓、水車、紙窗、湯婆子、冷布、茅臺酒、掃晴娘〔三五〕等皆是罕見題目，《聒龍謡・西洋留音機器》題材最稱新穎，辭采亦能副之：

若有人兮，呼之欲出，宛轉聲情都肖。掐到音波，絶技西來巧。開銀鑰、融蠟盤圓，接玉管、旋螺針小。感江南、舊識龜年，也同向，曲中老。　閑庭裏，廣場邊，並絲與竹肉，分明兼到。休黏粉汗，怕紅腔變了。許遥聽、不許圍看，莫再憶、京華風調。待歌殘啞樂，同班巾箱貯好。

《金縷曲・删舊詞題後》二首快人快語，風格沉厚，與姚華頗相近，從此能看出地域文化氛圍影響的一致性：

快雪時晴後。問壺公、壺中天地，菜畦荒否。白木長鑱堪託命，身是浣花溪叟。剷黄獨、新苗烏有。想爾禁寒如我樣，望官園、菜把直難够。生活計，靠三畝。　應官隴邸歸來久。奈奇礓、無多隙地，石田先瘦。掃徑呼童閑抱甕，霜氣冷侵衫袖。歎面色、蒼生如舊。且擱種梅鋤月事，待商量、老圃蔬香候。應爲我，翦春韭。

此債填難澈。似春蠶、命中自縛，一絲縈結。也笑工渠將何用，欹枕自然心切。當秋信、寒蛩生活。若有人兮燈欲語，想大晟、種下前生孽。南北宋，寸心血。　吾鄉樂府風流歇。算影山、如滕作長，葑煙如薛。我自一官芙蓉市，老去山河分裂。舍河滿、哀歌何説。夜夜牟珠空夢到，料今生、長守花潭月。知我者，趙松雪謂香宋。

黔中詞壇有姚華、鄧潛二位，亦足爲巴蜀、滇南之友盟，從而完善了西南版圖，爲本期之「分佈詞史」生色。

〔一〕梁成楠《殘稿》，《臺灣文獻叢刊》第二八〇種《臺灣詩鈔》，人民日報出版社二〇〇九年影印臺北大通書局版。

〔二〕如嚴先生在《筏上箋語》中談到：「我以爲流派、群體的研究是『中觀』研究。在形成大文學史前，必須有相當數量的斷代文學史、文體史的研究專著，而以作家論爲基礎的流派群體的研究則又是斷代文學史、文體史得以『全景式』展現文學歷史現象的必不可少的中介環節和重要組合。」《文史知識》一九九〇年第八期。

〔三〕马大勇《晚清民國詞史稿》，華中師範大學出版社二〇一六年版。

〔四〕按，即「能攻心則反側自消，自古知兵非好戰；不審勢即寬嚴皆誤，後來治蜀要深思」一聯。

〔五〕段炳昌《全滇詞·序》，黄山書社二〇一八年版，第一頁。

〔六〕王燦輯《滇八家詩選》卷六，民國三十一年（一九四二）刊本。

〔七〕陳永正《俠骨柔腸——趙藩〈小鷗波館詞鈔〉略論》，《趙藩紀念文集》，雲南美術出版社二〇〇四年版，第八八頁。

〔八〕趙藩《小鷗波館詞鈔》卷首，民國三十年（一九四一）刊本。

〔九〕趙熙《婆羅門令》小序。

〔一〇〕「門」爲平聲，此句疑誤。

〔一一〕此句《全滇詞》於「安用」後衍「操充」二字。

〔一二〕龔氏詞云：「人天無據，被儂留得香魂住。如夢如煙，枝上花開又十年。　十年千里，風痕雨點斕斑裏。莫怪憐他，身世依然是落花。」

〔一三〕時人稱趙藩、陳榮昌、吴式釗、朱庭珍爲「滇南四傑」。

〔一四〕閻秀冬、張誠《陳榮昌先生評傳》，《貴州文史叢刊》一九九四年第三期。

〔一五〕陳榮昌《復山東周都督書》，《虚齋文集》，林慶彰主編《民國文集叢刊》第二十七册，臺中文聽閣圖書有限公司二〇〇八年版。

〔一六〕張寅彭編《民國詩話叢編》第二册，上海書店出版社二〇〇二年版，第六一七頁。

〔一七〕陳大威《陳虚齋年譜》，一九八三年自印本。李生葂《陳榮昌傳》以爲取「離騷攬涕沾襟」之意，《雲南文史資料選輯（第三十六輯）》，雲南人民出版社一九八九年版。

〔一八〕《新纂雲南通志·陳榮昌傳》，《新纂雲南通志》，雲南人民出版社二〇〇七年版，第三五七頁。

〔一九〕評語見《全滇詞》本。按：趙佳聰《陳榮昌〈騷涕集〉初論》（《雲南師範大學學報（哲學社會科學版）》一九九九年第五期）首談陳氏詞，頗有創獲，但以爲詞後評語乃陳氏自作，疑誤。自作詩語如賣瓜王婆，不成體統，又與陳氏謙稱「騷涕」之作派不合。

〔二〇〕《新纂雲南通志·陳榮昌傳》，雲南人民出版社二〇〇七年版，第三五七頁。

〔二一〕陳氏《虚齋詞話》十二則，附於《騷涕集》而傳，該書未見，此轉引自趙佳聰《陳榮昌〈騷涕集〉初論》。

〔二二〕張宏生《詩界革命：詞體的缺席》，《南京大學學報（哲學·人文科學·社會科學）》二〇〇六年第二期。

〔二三〕張有京《國學大師劉文典之死》，《炎黄春秋》二〇一三年第九期。

〔二四〕具體可參見曾大興《劉堯民先生的詞學研究》，《詞學（第十八輯）》，華東師範大學出版社二〇一二年版。

〔二五〕劉堯民《金縷曲》（一卧三年矣）。

〔二六〕蘇華《姚華：舊京都的一代通人》，《書屋》一九九八年第三期。

〔二七〕葉恭綽語，見《五言飛鳥集·序》。潘建華《中國現代舊體譯詩研究》（上海三聯書店出版社二〇一七年版）有專節論述，可以參看。

〔二八〕周大烈《姚茫父墓誌銘》，《黔南叢書·第四集·第十册·弗堂詞》前附，貴陽文通書局民國刊本。按：周氏爲陳師曾業師。

〔二九〕顧雪濤《民初北京畫壇的雙子星座：姚華與陳師曾》，《貴州文史叢刊》二〇一四年第四期。

〔三〇〕《黔南叢書》第四集第十册《弗堂詞》後附。

〔三一〕汪超宏《吴綺年譜》以爲江闓係吴氏次婿，朱姝《吴綺長婿次婿辨疑》（《魯東大學學報（哲學社會科學版）》二〇一四年第三期）考證以爲是長婿，可從。

〔三二〕此乃集句詞集。

〔三三〕詞集命名見於鄧氏《自序》：「吾黔貴定山有牟珠洞，奇詭獨絶。余老矣，洎乎無寄，時時有鄉關之思，（趙熙）侍御曰：『是宜名詞』」。

〔三四〕鄧潛《牟珠詞自序》：「後乃交趙香宋侍御，侍御言詞不傳無意之色，以幽心爲主。」香宋，趙熙字也。

〔三五〕劉侗、于奕正《帝京景物略·春場》：「雨久，以白紙作婦人首，剪紅緑紙衣之，以苕帚苗縛小帚，令攜之，竿懸檐際，曰掃晴娘。」

（作者單位：吉林大學文學院）

易孺詞律觀探微兼論四聲詞之困境

趙王瑋　沈松勤

内容提要　作爲詞壇名流，易孺在四聲詞上進行了大規模創作，是民國四聲詞陣營的主將之一。其最出名的詞律理念表現在不僅嚴守四聲，還力辨清濁、虚實，不惜害辭意以協聲律，給詞戴上了重重枷鎖，引發了頗多争議。但在實際創作中，他限於操作難度，並不能完全達到其詞學理想，加之好友龍榆生等人的不斷批駁，其詞律觀産生了從嚴苛到通達的變化，其晚年作品最終擺脱了四聲的桎梏，詞風從晦澀轉向平易，也是詞壇風尚變化的縮影。

關鍵詞　易孺　詞律　四聲詞

晚清時期，傳統詞學迎來了最後的高峰，不僅在創作上名家輩出，在詞集的校訂、詞律的研討、詞譜的考定方面也卓有成就。而如何把對宋人詞作的考訂成果運用到創作上，成了一大主題。由於詞樂失傳，後世詞人不得不遵守前人詞作的平仄，亦步亦趨，照譜填詞。當時詞壇執牛耳者如朱祖謀、鄭文焯、況周頤等人，則在詞的聲律上發明頗多，他們填詞時在平仄基礎上還細分到了「平上去入」，無疑是想進一步探索倚聲之奧秘。自常州詞派以降，詞壇尚澀，於意則求寄託，於律則遠紹吴中詞派，講求四聲，均爲超邁前人，接武宋賢。如吴梅在《詞學通論》中所説：「近二十年中，如漚尹、夔笙輩，輒取宋人舊作，校定四聲，通體不改易一音。如《長亭怨》依白石四聲，《瑞龍吟》依清真四聲，《鶯啼序》依夢窗四聲。蓋聲律之法無存，製譜之道難索，萬不得已，寧守宋詞舊式，不致偭越規矩。顧其法益密，而其境愈苦矣。」〔一〕清代四聲詞雖初興於吴中詞派，但論規模則遠不及清末。在晚清詞壇名宿的倡導下，「四聲詞」這種不改一音的填詞風氣逐漸發揚開來。

而「四聲詞」創作群體裏最極端、最出名的，非易孺莫屬，故以其詞管窺近代四聲詞創作，是具有樣本意義的。易孺，廣東鶴山人，精研書畫，篆刻、碑版、音韻、文字源流、樂理，歷任北京高等師範學校、上海音樂院教授，著有《大厂詞稿》、《壽樓春課》、《和玉田詞》等。作爲晚近詞壇十分重要的一員，他也深受風氣影響。事實上，在當時聲律不僅是詞壇大佬們創作時注意的重點，也是進行詞學批評時的要點。譬如，況周頤批點門人陳運彰詞時，「若陳蒙庵《紫萸香慢》原詞平仄多誤，且意亦多未愜蕙風心意，故況周頤幾乎將原詞重寫一過，並特地批注云：『凡經改定之句，四聲均不誤』」〔二〕。又如不以詞律謹嚴聞名的郭則澐，其一九三一年起社與社友唱和時，也「公推數人以五色筆評點，雖不盡協四聲，要必合於紅友《詞律》」〔三〕。雖然這並非嚴格意義上的四聲詞，但也説明了當時人們在詞學評點時以四聲爲重要評判標準。

如果説一般意義上的四聲詞，僅是在每一字上校定「平上去入」而後照填，那麽易孺在一定時期的標準就更爲嚴苛，不僅取僻調全依四聲，還要講究「清濁」，乃至「虚實」。他小學功底紮實，又旁通音律，自稱：「詞第一，印次之，音韻又次之」〔四〕，在填詞時也不忘施展音韻學本領，加入「清濁」的考量。於是，「四聲」又分爲「八調」，每個字的可選擇餘地又一次縮小，填詞的難度更上一層。如此變本加厲，當時詞壇對他的評價無一例外是「審音琢句，取徑艱澀」〔五〕、「詞務爲生澀，愛取周、吴諸僻調，一一依其四聲、虚實而强填之，用心至苦」〔六〕、「託體既高，尤嚴於守律」〔七〕，其嚴苛可見一斑。這樣的苦吟，「自取蹊徑，迥不猶人，猶詩中之山谷、後山也。」〔八〕其詞風的「艱澀」，自然是「嚴於守律」的負面作用，這注定了他創作的艱辛。

一　易孺對「四聲詞」的學習

一九二八年前，易孺詞的創作仍處於探索階段，没有在聲律形成顯著的特徵。從一九二八年的《花鄰詞》開始，他開始有意依四聲填詞，《花鄰詞》至《依柳詞》一共留存四十七首詞中，有四十二首是四聲詞，僅有五首未理會四聲。龍榆生回憶二人因詞而生因緣的際遇時，説道：「在（民國）十八年的春夏間，他兼任民智書局的編輯，替書局校印了《北宋三家詞》、《伐檀集》，和他自己所輯的《韋齋活葉詞選》。他常託我向朱彊村先生處借書，並且要求朱先生批評他所作的詞。」〔九〕在那時，易孺已經開始寫四聲詞，並且愈演愈烈，導致朱祖謀在披閱他的詞作時，也批上易孺自題的「百澀詞心不要通」，説這是「如魚飲水，冷暖自知」，意在「規諷」。

易孺在其自訂《大厂詞稿》中回顧學詞歷程，是「少習之，垂老稍始悟」〔一〇〕，可見其在詞學上浸淫時間很長，有「歷數十年」之謂。但是這數十年的創作生涯，在易孺看來依舊是不足觀的，以至於要「芟存什一成稿」。不僅十去其九，他還以「由近而逮遠」倒序編次，「亦思誤之一義也」，而其去取的重要標準，就是詞律。刬除少作，易孺一九三五年刊印的《大厂詞稿》一共留存九集，按時間正序，分别應爲《湖夢詞》、《簡宧詞》、《絶影樓詞》、《花鄰詞》、《湖舠詞》、《宜雅齋詞》、《雙清館詞》、《歒眠詞》、《依柳詞》，共八十四篇。他評價早期的《湖夢詞》「中歲頗嗜四明覺翁詞……偶爲詞，不能工」，《簡宧詞》是「不成律度」，《絶影樓詞》則「究律多疏」，因此去蕪存菁，都只留下了十分之一，總計三十七首。

值得一提的是，易孺的四聲詞在詞題中並不點明「清濁四聲」，而僅僅用「依某某」、「和某某聲韻」的形式表示，或是依聲不次韻，甚至有時只字不提但仍守四聲。可見其以「四聲清濁」填詞的宗旨已經全然貫串其創作，並不需要特意指出。就具體文本來看，他多從吴文英、周邦彦、柳永三家詞中擇取僻調來填，确是淵源有自。吴梅説：「昔人製腔造譜，八音克諧。今雖音理失傳，而字格具在。學者但宜依仿舊作，字字恪遵，庶不失此中矩矱。凡古人成作，讀之格格不上口，拗澀不順者，皆音律最妙處。」〔一一〕在易孺的四聲詞中，三家的自度曲占了絶大多數，正是「字字恪遵」的最佳標本。《花鄰詞》至《依柳詞》包含的所有四聲詞中，分别依吴文英詞十九首，周邦彦十一首，柳永十首，三者皆是慢詞大家，故爲其所效法。在編訂《大厂詞稿》之際，易孺正揣摩柳永詞集，欲效仿楊澤民、方千里《和清真詞》，因而近作以《依柳詞》命名。

不過，其詞友陳運彰在爲《大厂詞稿》作序時對易孺的創作理念並不苟同：「夫以四聲清濁以求填詞，其説甚辯，吾知其無當，而不能非之。翁乃益之，以比合虚實，不恤律協言謬之譏，以就舊譜。事逾苦，志逾堅，獨行其是，果協於律耶？恐亦未必能自必也。」〔一二〕事實上，由於古今音韻的變革，要做到恪守四聲清濁，是很難實現的，易孺自作也不免疏漏。因此，並没有一闋詞能完全達到其詞律要求，且勉强之處不少。

如集中《安公子・依「遠岸」一闋，和榆生秋感》一闋，詞曰：

軟霧摧黄柳。柳黄轉抹風煙舊。乞醉衣裾塵歷亂，逐披披猩狖。賸幾許、明璫偃蹇荆榛藪。愁鄭堂、泯泯相人偶。話散桃春盡，紅死神桑墟囿。吟事慚敲厚。苦兒亡産誰潛負。義膽忠肝論晚近，使江山能秀。但學會、金鈿玉璲千拖逗。終澹容、了足縈懷久。對老圃枝枝，笑儂一同消瘦。〔一三〕

而柳永原詞如下：

遠岸收殘雨。雨殘稍覺江天暮。拾翠汀洲人寂静，立雙雙鷗鷺。望幾點、漁燈隱映蒹葭浦。停畫橈、兩兩舟人語。道去程今夜，遥指前村煙樹。遊宦成羈旅。短檣吟倚閑凝佇。萬水千山迷遠近，想鄉關何處？自别後、風亭月榭孤歡聚。剛斷腸、惹得離情苦。聽杜宇聲聲，勸人不如歸去。〔一四〕

通過比較可以發現，詞人在詞律上步趨柳詞，不肯分毫移易。不僅四聲清濁求吻合，虚實也試圖照搬。即所謂的原詞用虛詞處，易詞亦用虛詞，導致了原詞與易孺詞的句法結構高度相似，如一、二句的頂真手法，甚至柳詞中用疊詞的部分如「雙雙」、「兩兩」、「聲聲」，易詞也用「披披」、「泯泯」、「枝枝」對應，也是爲了保全原調的聲律之美。但事實上，倘若細論清濁（分別對應陰陽），「四聲」變成「八聲」，則差謬多矣。古聲紐中的全清、次清變爲陰平、陰上、陰去、陰入；全濁、次濁變成陽平、陽上、陽去、陽入。拋開方言的影響，中古音「摧」爲陽平、「收」爲陰平，「抹」爲陽入、「覺」爲陰入，「乞」爲陰入、「拾」爲陽入，「縈」爲陰平、「離」爲陽平，「圃」爲陰上、「宇」爲陽上，尚有不少參差。若以近古音覈驗，則失去了追和宋人的意義。易孺其餘的長調四聲詞，也都是此類情況，兹不贅述。

平心而論，其詞若儘論「四聲」，可謂大體吻合，加入清濁的考量則不然。儘管如此，他在創作時，仍堅持細究清濁。在他寄給好友龍榆生的信函中，曾標明姜夔《平韻滿江紅》每個字的四聲清濁（即清平、清上、清去、清入；濁平、濁上、濁去、濁入），並將它與吴文英和作的四聲清濁對照，「發見兩家相差有限，且最要緊之聲眼，如兩『翠』字及韻之清濁，又各去入等聲均無舛遣」〔一五〕。能見其平日鑽研詞律之苦心孤詣。但是在實際創作中，哪怕是同一個人所作，也不可能四聲陰陽完全一致，因此易孺在面對這種情況時，是把每一首詞都當成孤調處理的。易孺集中最長調爲次韻吴文英的《鶯啼序》，其小序云：「……爰竭三曉起之力，對花填成，亦次原韻，且勰其聲之清濁、字之虛實以殿東集，庶無盭邪。」〔一六〕如此長調，他亦力求比合清濁虛實，雖然終有紕漏，但其心可嘉。

事實上，他的四聲詞並不限於長調，甚至有極爲常見的小令。冒廣生在《四聲鈎沉》一文中曾對四聲詞大加批判：「今即音樂與文字久離，吾人不敢於古人所增所減所攤所破外，別有增減攤破，奈何爲四聲所束縛，開口清真，閉口夢窗，甚至非清真、夢窗集中所有之調不填，非清真、夢窗集中所有之難調亦不填？而小令及普通常填之調，若《念奴嬌》、《滿江紅》、《摸魚子》等，不幾廢耶？昔也曰辟國萬里，今也曰蹙國百里，名爲昌詞，實亡詞耳。」〔一七〕從中可見小令及一些常見詞調，一般是不用依四聲的。但易孺對常見的小令也盡力依四聲清濁，如《浣溪沙·依清真「竹徑」一首，湖樓又雨》，詞曰：

翠椀偏反碧意迷。新桐初引嫩枝低。一湖凉倚小樓西。　山抹雲尖蒸沸濕，水皴漲薾見塵澌。鳥聲濃葉夢前堤。〔一八〕

周邦彦原作如下：

翠葆參差竹徑成。新荷跳雨淚珠傾。曲闌斜轉小池亭。　風約簾衣歸燕急，水摇扇影戲魚驚。柳梢殘日弄微晴。〔一九〕

《浣溪沙》作爲極爲尋常的小令，易孺都换其「韻」，依其「聲」，仍然作「四聲詞」，這在當時是很極端的做法，未免有炫技之嫌。但是，通過細細核察，「初」爲陰平、「跳」爲陽平，「皴」爲陰平、「摇」爲陽平，「鳥」爲陰上、「柳」爲陽上，仍有差錯。可見在實際創作中，易孺最多只能顧全四聲，做不到嚴於清濁。此處仍有「比合虚實」的傾向，但由於没有疊詞，算不上考慮聲律，只能説是謀篇造句的模仿。

另外，四聲詞創作時，拋掉字義之分來「借音」合律，雖十分勉强，但並不少見。譬如易孺詞中《古傾杯·依「凍水消痕」一首。春去幾日，獨般桓兆豐園，感時而作》一首中，柳永原詞作「追思往昔年少」〔二〇〕，易孺詞作「拚教倉卒人散」〔二一〕，「倉」字爲了對應「往」字，兩字都被他視作《集韻》中收録的不常見的讀音——去聲，而拋去了兩字分别在此讀音下的意義。這類表現能説明，易孺在四聲詞的填寫時，亦是左支右絀，捉襟見肘。因此，儘管他一直試圖做到盡合四聲，也有不少詞在整體依四聲時，出現少數字並不吻合四聲的情況，想來這也是他在詞題中並不張揚點明「四聲清濁」的原因之一。

如果説上述例子，尚屬有據可查的借音。那麽，强行改變某字的讀音以合詞律，則純粹是走火入魔。他此集中的《雙清·和夢窗錢塘門外雙清樓一首聲韻……》中，給「閑照葛嶺煙鬟」〔二二〕一句中「葛」字下注明「濁」，改清入爲濁入，「飛僊緑萼」一句中「萼」字下注明「去」，則是借曲韻改入聲爲去聲，實際上是强改字聲。詞人自注中注明某字的四聲聲調，在近代四聲詞作中屢見不鮮。但是改變清濁，以合詞律，就較少見了。這樣削足適履的行爲，恰恰説明了聲律對易孺創作的束縛，這也促成了他的新變。

二　易孺於「四聲詞」的動摇

易孺在《依柳詞》的自序中説：「誰謂荼苦，知我罪我，干卿底事。」〔二三〕似謂自得其樂。但是不過短短數年，在一九三六年刊印的胡展堂的《不匱室詩餘》中，最後一首詞即爲《浣溪沙》，詞序中説：「聞大厂新詞有『百澀詞心已不支』之句，悲壯極矣，輒以尋常論調解之。」〔二四〕如今現存的易孺詞集中，已不見此句，但一定程度反映了易孺的心態變化。從中年的「百澀詞心不要通」到晚年的「百澀詞心已不支」，易孺對「四聲詞」的苦惱是顯而易見的。但其四聲詞觀念的鬆動，詞學觀念的變遷，是一個反復的過程，而不是單綫條的。

晚清四大家下世後，詞壇的話語權逐漸轉移。於一九三三年，易孺刊登了《韋齋雜説》：「唱詞之法亡，而填詞者愈衆，此可以謂之乘人之危，而巧取豪奪。填詞者衆，求唱詞之法者寡，是謂因陋就簡，畏難苟安。」又云：「作有好詞，填有好詞，大衆吟賞字句。不必管宫調配合與否，尤不必問聲韻協和與否，亦何嘗不是豪舉，不是快事？而且於所謂文學占一重要位置，依然加冕不墜。又何必自尋煩惱，摇破舟，追絶港耶。以上是許多人向我猷子不宣諸口而默示以意者也。但我現尚未能唱詞，即唱詞之法，亦未盡行搜集。雖然，不知老之將至，尚日日在繼續努力，單人努力。」〔二五〕此可證周圍的輿論環境如何。彼時，旁人對易孺作四聲詞持否定態度，易孺本人也心知肚明，只是仍在「單人努力」罷了，而努力的結果自然就是一九三五年刊印出來的《大厂詞稿》。

不過，一旦這種單人努力，成了小範圍的自娱，也就讓易孺爭勝之心變小了。一九三五至一九三六年間，易孺應《逸經》雜志之邀，發表以前自作題畫詩與詞稿，集成《守愚齋題畫詩詞殘存録》〔二六〕，其中有五十五首詞屬信手題畫的舊作，雖大多是四聲詞，但其中許多四聲詞是《烏夜啼》、《柳梢青》、《歸國謡》這樣的短調，所依的也是並不出名的宋代小詞人，可見其詞取法已逐漸從吴文英、周邦彦的束縛中脱開。更難得的是，他效仿宋賢，自度了《黄柳村》、《一丘一壑》、《秋池引》等詞調。合計他已删的往日自度的《聖塘引》、《湖雨》等詞（未收入集中，只能從《廣篋中詞》和《采風録》裏窺得一二），可以看出一種取捨傾向。這類自度曲雖然並沒有收入易孺正式刊刻的集中，却不妨視作他對詞律的一種另類反叛，即以自度曲的名目放開手脚。對於他這些題畫之作，龍榆生曾評價：「畫成，隨手題句，或詩或詞，立就不加雕飾，較其精心結撰之作，轉近自然，惜未能彙刻成編，傳之來葉耳。」〔二七〕可謂切中肯綮，又不失贊賞。但這些作品未能彙刻成編，也反映了易孺對這些作品並不看重，這種友朋評價與自我評價的錯位，讓易孺在詞壇顯得格格不入。

同是一九三六年，他還十分難得地填了兩首《滿江紅》，是與胡漢民、龍榆生一起次韻文天祥的感時之作，風格慷慨悲壯，亦不拘四聲，屬於易孺詞中的「别調」，可以説是易孺詞律觀轉變的重要標志。其中一首爲南京政府對日妥協政策而作（此詞一向被視作爲「南京淪陷」而作，然其發表在《詞學季刊》上時爲一九三六年，顯然不可能預言一九三七年的淪陷，詞中「倉皇辭廟」云云，應指一九三二年國民政府爲避日軍，臨時遷都洛陽之事，《詞學季刊》同期與易孺唱和的胡漢民《滿江紅・再和大厂》中寫到「思在洛陽應奮起，眠過白下曾欹側」可證），被其好友龍榆生收入《近三百年名家詞選》，詞曰：

一葉輿圖，慘换了、幾分顔色。誰忍問、二陵風雨，六朝城闕。雨粟哭從倉頡後，散花妙近維摩側。咽不成、鬲指念奴嬌，聲聲歇。塵根斷，無生滅。山河在，離言説。賸倉皇辭廟，報君以血。蜀道鵑

魂環珮雨，胡沙馬背琵琶月。莾乾坤、今日竟如何，同傾缺。〔二八〕

首先，其次韻對象爲文天祥，並不是以詞律謹嚴聞名的詞人，並無模仿四聲的必要。其次是龍榆生等人長期的勸導，已讓他在四聲詞上摇擺不定了起來。最重要的是，家國劇變，詞人激憤之下，似已無心思雕琢字句，以至於這首詞在《詞林新話》中被譏「多處不協律」〔二九〕，連基本的平仄都有出入。

此後，易孺雖不再堅守四聲（包括陰陽清濁）詞創作，但没有把舊作棄若敝履。一九三八年，易孺刊印了《壽樓春課》一集，共十三首詞，又多是四聲詞，乃一九三五年舊作。他在序中説自己與吕貞白、陳運彰兩人「暇輒赴市樓茗飲，詞外幾無他言。説聲説韻，雖有契有否，然大致均無舛盭也」〔三〇〕。集中所收即交流唱和的習作。無論是否在詞題中出現「依某某」、「依某某聲韻」之類的表述，他都把四聲清濁貫徹到了整個詞集中。如《翦牡丹·雖際中夏，正牡丹時。賦本意，次安陸韻》詞：

伏雨凝陰，風開連苑，秀質流麗初浄。圓藕離離，蕩新暖留影。軒階石白雲飛，金香玉艷，掇嬌摘翠方競。猶想沉香，浴脂水烟暝。鼠姑鶯粟都整。出故壚、暮簾竿定。清韻起三臺，描得多寡芳信曾省。緑蕤妙好萬須迸。錦做詩料，衣蕩漾方並。同聽。被杜鵑一滴，花陰笛静。

安陸，即北宋詞人張先，其原作如下：

野緑連空，天青垂水，素色溶漾都浄。柔柳摇摇，墜輕絮無影。汀洲日落人歸，修巾薄袂，擷香拾翠相競。如解凌波，泊煙渚春暝。彩絲朱索新整。宿繡屏、畫船風定。金鳳響雙槽，彈出今古幽思誰省。玉盤大小亂珠迸。酒上妝面，花艷媚相並。重聽。盡漢妃一曲，江空月静。〔三一〕

這是一首次韻之作，詞題雖並没有表述成「依安陸聲韻」，且在「聲」上有較爲明顯的差錯，譬如首句「野緑連空」，易孺詞作「伏雨凝陰」，「野緑」爲上入，「伏雨」爲入上，明顯倒置，應是錯看或誤排，但是在其餘部分，四聲全然無誤；虚實方面，也一一對應，清濁則依舊小有疏漏。除了長調，其一九三八年創作的《幻予小令》未刊稿，中有《瑞鷓鴣》二十八首，雖是小令，但平仄全依馮延巳，無一字以「可平可仄」自放。此等創作雖不是四聲詞，却也謹遵原作平仄，可見易孺彼時仍未完全放棄聲律上的追求。

那麽，易孺以往追求聲律，僅僅是藝術上的精益求精嗎？恐怕並非如此。鄭逸梅提及《壽樓春課》時說：「辭義晦澀，不易索解，或比諸義山《錦瑟》。蒙安爲予言，此中均有影事，非涉身其間者，固無從探討也。」〔三二〕則其自縛才思，應有現實因素。龍榆生哭易孺詩中有一句「寧爲古人縛，不受俗拘牽」〔三三〕，易孺的《大厂居士集宋詞帖》亦自有言：「借瑣耗奇，枯禪蠹夢，不嫌悲幻。」〔三四〕如是推測，易孺應是把詞的高難度創作，當作耗磨奇情的手段，可謂傷心人別有懷抱。那麽這奇情，是什麽情呢？屈向邦在給《大厂居士集宋詞帖》題詩時，首句便是「行國詩人感棘桃」，「棘桃」典出《詩經·園有桃》，此詩爲刺時之作，「大夫憂其君國小而迫，而儉以嗇，不能用其民，而無德教，日以侵削，故作是詩也」〔三五〕。那麽，這些外人看來炫技的做法，在某種意義上也是國事日下，自抑憂憤之産物，也隱含著「雅音淪亡」的憂患之心。

儘管深知好友心曲，主編《詞學季刊》的龍榆生對易孺的詞律觀仍有微詞，他曾說：「易先生是偏愛找這苦喫的，還要引誘我也去做他的同志，照樣去死填，我也上過幾次當，後來索性各行其是，聲明這種束縛性靈的笨事，我是不甘心再幹了。」〔三六〕並且，他還與易孺進行了一番論戰，引得冒廣生、胡展堂出面調解，「經過這番調解之後，易先生對於填詞的作風，也漸漸轉變了」。這樣的調解能成功，當然也離不開詞壇上冒廣生、龍榆生等人在三十年代對「四聲詞」進行深入研究後撰寫的一繫列批駁四聲詞的學術文章。在龍榆生的《詞律質疑》中，他曾說：「協律爲一事，四聲清濁又爲一事……究不可混爲一談。」〔三七〕當這類觀點日益揚聲，整個詞壇四聲詞的風氣便漸漸退去。

易孺逝世後，龍榆生把他的遺稿《和玉田詞》分刊在《同聲月刊》一九四二年第二卷二、三號上。這部詞集是在陳運彰敦促下産生的，易孺那時正在讀張炎的《山中白雲詞》，因此選擇喜愛的詞「專和」之。彼時其詞作不論長調小令，都已然完全脱去四聲的拘束了。不僅如此，連萬樹《詞律》體系中提到的緊要處，也一並抛去。如《臺城路·重覽〈湖夢詞〉，最後次樊榭九日韻一首，不覺黯黯》：

當時曾賦宛央浦。心隨嫩雲飛去。弱柳經風，纖菱逐浪，偕老湖山誰許。瑶琴獨撫。謾想象詞僊，半生清露。警夢頻年，羈魂從未到槐府。孤山曾見鶴舞。迴憐人不見，知逗秋雨。寒暈愁魚，平橋限燕，末劫將飛灰處。殘荷能語。定問我臨安，屐痕再否。塔影先沉，要人思往古。〔三八〕

吴梅在他所著的《詞學通論》中，提到《齊天樂》有四處必須連用「去上」聲，説「静掩」、「眺遠」、「照斂」等六字處「萬不可用他聲」。〔三九〕張炎原作亦是「謾撫」、「自語」、「太古」〔四〇〕，都作「去上」。這也是近代守律派詞人的通識，倘若他彼時尚有講究，便會在這些聲眼上打磨更細致。

對比易孺早年《簡宧詞》中的一首《齊天樂·戎諜搶攘……》，差別頓出：

銀雲猶濺驚心迭，鮫珠淚堆秋嶂。獸弩鳴弦，鴟夷去舸，編入吴兒潮唱。空摇碎響。奈璚闔瑶扉，蜃樓相望。舊識江山，亂煙和訊寄悲壯。填詞人又竟老，冷遊應不記，槎駕蓬閬。弄鷁帆縣，淩鰲綫伏，情缺人間天上。幽懷俊想。算分付寒流，翠漂紅葬。夢裏泉堂，步靈千萬丈。〔四一〕

這首詞寫成時，易孺尚未開始四聲詞的創作，却已經有了守要緊處的意識，詞中「碎響」、「俊想」、「萬丈」均爲「去上」聲。可見易孺早對此調緊要處有所認知，那麼龍榆生説的「彼此都貧病交迫……没有推敲字句聲律的餘閑了」〔四二〕，可算是大實話。憂國傷時、貧病交加之際，易孺詞風「變艱深爲平易，蒼凉變徵之音」，在恪守詞譜的基礎上，不再自添枷鎖，詞作也頓時清空流麗起來。

綜上可見，四聲詞的詞律要求很高，詞人在此束縛下，很難完成順暢的表達，如果一味追求詞律，則如龍榆生所言：「其流弊所極，則一詞之成，往往非重檢詞譜，作者亦幾不能句讀，四聲雖合，而真性已灕。」〔四三〕如此不僅毫無真氣，而且字句牽强，有悖文學創作的本心。

三　易孺詞韻之失兼論「四聲詞」的困境

易孺曾在《大厂詞稿自述》中引用《花草粹編》：「及久而傳習者衆，則人狃於恒所見聞，若以爲易辨，了不復顓顓措意，率以爛惡相尚。而其法浸衰，又久則法遂蔑不可追矣。」〔四四〕對於這樣的説法，他十分贊同。因此，他在詞道上刻意求難，是對詞創作濫化的反抗，客觀上是「學人之詞」走上歧途的產物。這未必代表其審美旨趣，却折射了一種尊重詞體的理念。那麽，這種理念從何而來？

縱觀易孺的創作歷程，詞壇風氣對其影響最爲深遠。易孺四聲詞創作最盛的階段，是「律博士」朱祖謀主掌詞壇之時。易孺時時託龍榆生幫忙，「要求朱先生批評他所作的詞」。在創作中，朱祖謀确然把聲律放在較爲重要的位置上，但是並未如易孺這樣膠柱鼓瑟，連清濁、虛實也一並沿襲，但在進行詞學批評時，聲律是彊村的重要著眼點。今未見彊村批點易孺詞，即以彊村批點門人林鶤翔詞爲例，如林鶤翔詞《鶯啼序》一首，彊村眉批云：「『蓬壺』與上『閬蓬』觸。『麗』字觸韻須改。」〔四五〕如此長篇，偶爾觸韻或犯復，亦屬情有可原，而彊村唯獨點出，此外不加片語，可見其批點之方向。究其原因，當是因爲聲律批評較爲機械，可就事論事，反而批點較易，非詞境之類見仁見智。

這樣的風氣，讓聲律主導了一部分詞人的創作，直以四聲不誤爲能事，且把模仿宋人四聲當成宋人法度。譬如張茂炯的《艮廬詞》，其自序云：「所爲詞喜拈僻調，調必依四聲，見者皆謂持律過嚴，徒自苦耳，非方壺之所謂樂也。予曰：『詞嚴四聲，宋法實然。』」〔四六〕又如蔡嵩雲所説：「詞守四聲，乃進一步作法，亦最後一步作法。填時須不感拘束之苦，方能得心應手。故初學填詞，實無守四聲之必要。」〔四七〕也就是説，作四聲詞被看作是高手具備的終極才能，這類觀點無形之中擡高了四聲詞創作者的地位。而一向被視作才子的易孺，自然也不甘落後。他在《簡宧詞》中一首《惜秋華・嘔血》的尾注中自嘲：「一角秋陽，已作殘山賸水。觀此境此情，方諸少日馳逐詞壇，今老矣，才盡江郎，甘泥首降心於當世青年之席，其悲怨靡異也。」〔四八〕這種自嘲，正是他後來於詞律分外苛刻的心理原因，一定程度上是其「争勝之心」的反映。

儘管守律派詞人努力用詞律重構評價體系，引得一批詞人争相效仿。但事實上，這樣的説法是有問題的。宋人所謂細分五音及其清濁輕重之别，是出於歌唱的需要，張炎云「每作一詞，必使歌者按之，稍有不協，隨即改正」〔四九〕，可見其詞的聲律和諧與否，是由演唱來完善的。且不論清季歌詞之法已絶，只觀各類四聲詞中爲了遷就字聲而組成的佶屈聱牙詞句，絶不能稱得上聲律諧美。更具有合理性的，應是張德瀛的看法：「詞之用字，凡同在一紐一弄者，忌相連用之，宋人於此最爲矜慎。」〔五〇〕即把詞作本身看作一個有機整體，所謂講求清濁陰陽，應做到一首詞中五音兼具且錯落有致，而非機械模仿。

就算以四聲詞最津津樂道的聲律不誤而論，其實也頗可推敲。近代四聲詞，向以易孺爲最苛，然即以其詞論，也不乏疏漏。事實上，詞律這個概念如果細分，可分爲「聲」與「韻」。「聲」的謹嚴體現在四聲詞上，韻的謹嚴則體現在暗韻無失，而最普遍的「四聲詞」往往代表著「依聲」且「次韻」。詞中有暗韻，早在宋代沈義父的《樂府指迷》中就有指出：「詞中多有句中韻，不惟讀之可聽，而歌時最要叶韻應拍，不可以爲閑字而不叶。」〔五一〕一些詞人細研聲律，於暗韻尤其講究。

統觀易孺詞集中，次韻之作頗多，然而於細微處，時有不察，會漏掉詞譜中未點出的暗韻，而這種暗韻的發掘，通常被恪守聲律的詞人引爲秘寶。如《壽樓春》調，首見史達祖集中，末句「相思未忘苹藻香」〔五二〕，「忘」字晚近詞人多作暗韻處理，然《欽定詞譜》並未説明。譬如，朱祖謀五首《壽樓春》，末句分别爲「瑶池綺窗春未央」、「江關鬢霜愁庾郎」、「青霜鬢催知幾回」、「雙扶杖鳩歌好逑」、「天涯斷魂襟上痕」〔五三〕，第四字都作暗韻，絶非偶合，名家如況周頤、夏孫桐、易順鼎、鄭文焯、程頌萬、吴梅、陳匪石等人所作亦如此處理。而易孺在《壽樓春課》的兩首《壽樓春》，下結分别作「相看定延梨棗香」、「飛灰盡陪槐楝新」，則全然不顧此暗韻。這類對「韻」的疏忽和他孜孜追求的「聲」的極致，是有明顯差距的。

再如首見於周邦彦集中的《西河》一詞，在《欽定詞譜》中末句作：「入尋常、巷陌人家，相對如説興亡，斜陽裏。」〔五四〕而其實歷代號稱守律的詞人多把最後一句，斷成：「入尋常巷陌、人家相對。如説興亡斜陽裏。」如此，則添一處「對」字韻。易孺《大厂詞稿》集中有次韻朱祖謀的一闋《西河・朱彊村先生挽詞，即用〈語業〉庚戌悼懷半塘一闋聲均》，如下：

悲泣地。横風動警長記。拔心掩抑老卷葹，亂煙乍起。浦湄情碎楫飄飛，霜飆侵占樓際。　大槐路，能更使。驕驄徧欲誰繫。歸英華表鶴難尋，緅翎故壘。命軺昔別越江珠，愁鮫應涕波水。　燕臺去後破敗市。賸吴門、閑住臣里。湛獨憑闌人世。夢觚棱、舊國殘雲，孤證千百哀詞，紅梨裏。〔五五〕

而朱祖謀原詞作：

歌哭地。殘燈事影能記。劫灰咫尺上闌干，夜笳四起。草堂人去薜蘿空，西山窺笑檐際。　舊庭樹，誰再倚。虚舟泛若無繫。爲君胥宇燕重來，退寒廢壘。夢華一覺玉京秋，閑鷗空戀煙水。　酒徒散盡醉後市。問黄壚、猶話鄰里。愁絶斜陽身世。怕銅駝斷陌、黄塵淒對。西北高樓浮雲裏。〔五六〕

易孺的和作將「倚」字韻更换，作「使」字，已違次韻之規則，但依然押韻，姑且不論。更重要的是，朱祖謀原詞有「對」這處韻脚。宋人方千里、楊澤民的《和清真詞》中，此處分别作「好相將載酒尋歌玄對」、「袖青蛇屢入都無人對」〔五七〕，此處都押韻。朱祖謀弟子楊鐵夫校訂的吴文英詞，於此處也作：「向沙頭更續、殘陽一醉。雙玉杯和流花洗。」〔五八〕儘管辛棄疾有别體並不於此押韻，但後世格律派詞人填此調，莫不遵循周邦彦此詞的聲律。而易孺次韻之作，「證」字明顯不叶韻，恐並未細察究竟。易孺一向被人詬病「律協言謬」，此時依四聲反倒落下兩韻，恐亦爲人所譏。比起他在詞律上自矜的「不肯放鬆一字」〔五九〕，其詞韻方面的表現顯得有些不如人意，可見聲律之難。

總之，四聲詞的創作，客觀上能推動作者細讀宋人詞作，推進詞律的校勘，也讓更多的僻調進入創作者視野，一定程度上甚至具有開示詞法的作用。這也就能理解，爲何張爾田在看到「雅音淪亡」局面時，擬輯録宋人「論律」、「論韻」、「總論作詞之訣」這三方面的論述〔六〇〕，其實就是對詞的「技術規範」進行整理，從而指導後學的創作，這比空談意境更具可操作性，對於維繫詞體十分關鍵。但規範走入極端，對於創作本身却是枷鎖，終變爲炫博逞才的工具。四聲詞的束縛頗多，或因不察而顧此失彼，或因遷就字聲而佶屈聱牙，皆徒招詬病。晚近四聲詞之風，原因清末四家倡導而大作，又因他們紛紛下世而式微。作爲晚近詞壇的著名詞人，易孺以其嚴苛的詞律觀聞名於世。但他和朱祖謀一樣衰年變法，一變詞風，脱去四聲、陰陽清濁、虛實的束縛。《和玉田詞》一卷，化晦澀爲疏雋，纔有了更强的文學感染力。易孺深通音律，作過許多新式歌曲，因而在效法的詞人上也有偏好，大體以通樂理的詞人爲主，其晚年效法張炎，也算最後的堅持。張炎雖然在《詞源》中倡導清濁四聲，但在具體創作上較爲寬鬆，至少在同詞牌文本對比後，四聲出入不少，或與其精通樂理，能够變通有關。易孺晚年在遵守詞譜的基礎上信手而作，是文學創作回歸本心的一種體現。其詞律觀的變化，深刻影響其詞風，也一定程度反映了民國詞壇風氣的移易，於近代詞學史有重要的標本意義。

〔一〕吴梅《詞學通論·緒論》，《吴梅詞曲論著四種》，商務印書館二〇一〇年版，第三二五頁。

〔二〕彭玉平《況周頤批點陳蒙庵填詞月課綜論》，《文藝理論研究》二〇一九年第二期，第一〇八頁。

〔三〕郭則澐《郭則澐自訂年譜》，鳳凰出版社二〇一八年版，第六五頁。

〔四〕陳國安編《南社舊體文學著述叙録初編》，上海古籍出版社二〇一六年版，第二一七頁。

〔五〕葉恭綽選《廣篋中詞》，人民文學出版社二〇一一年版，第二七七頁。

〔六〕〔二八〕龍榆生選《近三百年名家詞選》，上海古籍出版社二〇一二年版，第二一七頁、第二一六頁。

〔七〕龍榆生《詞籍介紹》，《詞學季刊》一九三三年四月創刊號，第二一八頁。

〔八〕陳聲聰《論近代詞絶句》，《填詞要略及詞評四篇》，廣東人民出版社一九八六年版，第一八二頁。

〔九〕〔三三〕〔三六〕〔四二〕龍榆生著《樂壇懷舊録續》，《龍榆生雜著》，上海古籍出版社二〇一七年版，第三五三頁、第三六〇頁、第三五三頁、第三五五頁。

〔一〇〕〔一二〕〔一三〕〔一六〕〔一八〕〔二一〕〔二二〕〔二三〕〔四一〕〔四四〕〔四八〕〔五五〕易孺《大厂詞稿》九卷，《民國詞集叢刊》第八册，國家圖書館出版社二〇一六年版，第二八頁、第二二頁、第三三—三四頁、第八〇頁、第七四頁、第四七頁、第七一頁、第三二頁、第一五四—第一五六頁、第二七—二八頁、第一五七頁、第九二—九四頁。

〔一一〕〔三九〕吴梅《詞學通論・論平仄四聲》，《吴梅詞曲論著四種》，商務印書館二〇一〇年版，第三二八頁、第三二九頁。

〔一四〕〔二〇〕柳永著，陶然、姚逸超校箋《樂章集校箋》，上海古籍出版社二〇一六年版，下册第七〇三頁、上册第三〇九頁。

〔一五〕楊傳慶、孫克强編選《詞學書札萃編》，南開大學出版社二〇一五年版，第二九一頁。

〔一七〕冒廣生著，冒懷辛整理《冒鶴亭詞曲論文集》，上海古籍出版社一九九二年版，第一一一頁。

〔一九〕周邦彦著，羅忼烈箋注《清真集箋注》，上海古籍出版社二〇〇八年版，第二七頁。

〔二四〕胡漢民《不匱室詩餘》一卷，民國二十五年（一九三六）寫印本。

〔二五〕易孺《韋齋雜説》，《詞學季刊》一九三三年四月創刊號，第一七一頁。

〔二六〕易孺《守愚齋題畫詩詞殘存録》，《逸經》一九三六年第二十期至一九三七年第二十一期。

〔二七〕龍榆生《忍寒漫録》，《龍榆生雜著》，上海古籍出版社二〇一七年版，第一一九頁。

〔二九〕吴世昌《詞林新話（增訂本）》，北京出版社二〇〇〇年版，第三九七頁。

〔三〇〕易孺《壽樓春課》一卷，民國二十七年（一九三八）鉛印本。

〔三一〕張先著，吴熊和、沈松勤校注《張先集編年校注》，上海古籍出版社二〇一二年版，第二三一頁。

〔三二〕鄭逸梅《逸梅雜札》，齊魯書社一九八五年版，第一三六頁。

〔三四〕易孺《大厂居士集宋詞帖》卷首，民國三十二年（一九四三）影印本。

〔三五〕毛亨傳，鄭玄箋，陸德明音義，孔祥軍點校《毛詩傳箋》，中華書局二〇一八版，第一四一頁。

〔三七〕龍榆生《詞律質疑》，《龍榆生詞學論文集》，上海古籍出版社一九九七年版，第一五一頁。

〔三八〕龍榆生編《同聲月刊》第五册，國家圖書館出版社二〇一六年版，第一六四頁。

〔四〇〕〔五二〕〔五七〕唐圭璋、王仲聞、孔凡禮等編《全宋詞》，中華書局一九九九年版，第四四二八頁、第二九九八頁、第三二〇四、三八二〇頁。

〔四三〕龍榆生《晚近詞風之轉變》，《龍榆生詞學論文集》，上海古籍出版社一九九七年版，第三八五頁。

〔四五〕林鵾翔《半櫻詞》卷一，上海圖書館藏稿本。

〔四六〕馮乾編《清詞序跋彙編》第四册，鳳凰出版社二〇一三年版，第二一二三頁。

〔四七〕蔡嵩雲《柯亭詞論》，唐圭璋編《詞話叢編》，中華書局一九八六年版，第四九〇一頁。

〔四九〕張炎《詞源》，《詞話叢編》，中華書局一九八六年版，第二五六頁。

〔五〇〕張德瀛《詞徵》，《詞話叢編》，第四一二〇頁。

〔五一〕沈義父《樂府指迷》，《詞話叢編》，第二八三頁。

〔五三〕〔五六〕朱孝臧著，白敦仁箋注《彊村語業箋注》，浙江古籍出版社二〇一五年版，第五一八、五二〇、五二六、五三〇、五三四頁、第二三六頁。

〔五四〕王奕清等編《欽定詞譜》，中國書店一九八三年版，第二三八七頁。

〔五八〕吳文英著，楊鐵夫箋釋《吳夢窗詞箋釋》，廣東人民出版社一九九二年版，第九九頁。

〔五九〕易孺著《「聲」「韻」是歌之美》，《樂藝》一九三〇年第一卷第一期，第五二頁。

〔六〇〕張爾田著，孫克强、羅克辛輯録《遁庵詞話》，《文學與文化》二〇一四年第一期，第一〇六頁。

（作者單位：杭州師範大學人文學院）

新見王國維手鈔詞籍文獻三種考論

梁帥

内容提要　王國維《南唐二主詞》手稿與手鈔馮延巳《陽春集》、陳子龍《湘真閣詞》向未見學界提及，是新見的王國維手鈔詞書。王國維編有兩部《南唐二主詞》，早先其以《全唐詩》爲底本，然舛誤頗多；後得吴昌綬協助，王國維又據彭元瑞知聖道齋傳鈔南詞本進行整理。王國維手鈔馮延巳《陽春集》是據王鵬運《四印齋所刻詞》過録，並用侯文燦《十名家詞集》作以補充。手鈔陳子龍《湘真閣詞》則是轉鈔自蔣光煦鈔本，與王昶《陳忠裕公全集・詩餘》所收詞多有出入。文章披露的三種新見王國維手鈔詞書，與静安詞學研究有着極爲緊密的聯繫，從中亦可得見王氏研治詞學之心得。

關鍵詞　王國維　手鈔　底本　詞學研究

一九二七年六月王國維逝世，爲海内外學界所痛悼：「海寧王先生之歿，海内學者同聲慟哭，乃至歐洲、日本諸學術團體，相率會祭表敬悼。」〔一〕此後羅振玉、趙萬里等開始搜述整理王氏遺稿。一九二八年羅振玉首先出版《海寧王忠慤公遺書》，一九四〇年趙萬里復加補輯而成《海寧王静安先生遺書》；至一九七六年，臺北大通書局又作增補，影印出版《王國維先生全集》。新世紀以來，謝維揚、房鑫亮還主

本文爲國家社科基金青年項目「清代宗室戲曲活動研究」（批准文號：20CZW016）的階段性成果。

持編纂皇皇二十巨册的《王國維全集》，是爲目前通行的王氏著述最完備的本子。不過在搜集遺稿的過程中，王國維早年所從事的詞曲研究，其相關文獻却所獲有限，這與詞曲藏書在王氏生前便早早流散有關。

王氏故去後不久，趙萬里即言：「先生於詞曲各書，亦多有校勘。如《元曲選》則校以《雍熙樂府》，《樂章集》則校以宋槧。因原書早歸上虞羅氏，今多不知流歸何氏，未見原書，故未收入，至爲憾也。」〔二〕光緒三十三年（一九〇七），王國維從對叔本華、尼采等人哲學的酷嗜中轉移至文學，此後長期沉潛於詞曲之道。逮至一九一二年底《宋元戲曲考》完稿，王氏又將研究領域調整至金石、甲骨諸學，此後便鮮有涉獵詞曲。王國維的詞曲藏書也開始陸續散出，待其故去後，難以彙聚一處。二十世紀七十年代末，日本學者榎一雄發表《王國維手鈔手校詞曲書二十五種》，學界方才得知原來王國維舊藏部分詞曲已歸入了東洋文庫。〔三〕近年黄仕忠也有撰文考察王國維舊藏詞曲的去向，其中多有涉及王氏手鈔手校詞曲書，然相關文獻多已見於《王國維全集》。〔四〕近來筆者留心於王國維的詞曲研究，相繼獲讀王氏諸多未刊稿鈔本。撰成此文，逐一披露，以饗學界。

一　王國維輯《南唐二主詞》

宣統元年（一九〇九）王國維校勘的《南唐二主詞》被收録在沈宗畸《晨風閣叢書》（下文簡稱「晨風閣本」）中。王氏故去後，羅振玉主持編纂《海寧王忠慤公遺書》，復將「晨風閣本」列爲《唐五代二十一家詞輯》之第一種，並將後者所收諸家詞悉數付梓。但無論是「晨風閣本」抑或《海寧王忠慤公遺書》，其所收《南唐二主詞》皆是王國維於宣統元年（一九〇九）三月的校本，施蟄存、彭玉平等學者便認爲《南唐二主詞》是《唐五代二十一家詞輯》中最晚出的一種：「《詞輯》除了《南唐二主詞》一種外，其餘十九種詞集跋文

均署「光緒戊申季夏」，即主要完成於一九〇八年夏季。」〔五〕

其實不然，早在光緒三十四年（一九〇八）五月王國維據《全唐詩》、《花間詞》、《尊前集》、《歷代詩餘》等輯録《唐五代二十一家詞輯》時，便已輯出《南唐二主詞》（下文簡稱「手稿本」），其與「晨風閣本」全然不同。「手稿本」今藏國家圖書館，首頁鈐「北京圖書館藏」朱文方印，文物出版社《王國維輯録南唐二主詞》即據此本影印。書後收有王國維三道跋語，不見於以往各種王國維全集，筆者將其迻録於此：

《南唐二主詞》一卷，宋長沙書肆曾刻入《百家詞》，國朝侯文燦復刻入《十名家詞》中。今日求侯本亦稀如星鳳，乃從《全唐詩》中録成一卷，復從陳暘《樂書》補《玉樹後庭花》，《尊前集》補《一斛珠》，《歷代詩餘》補《菩薩蠻》、《謝新恩》，《墨莊漫録》補《柳枝》，《花間續集》補《臨江仙》各一闋。又《擣練子》二闋，則從《詞苑辨證》補上半闋。此二半闋雖晚出，然神氣具在，非後人所能僞也。陳直齋《書録解題》曰：「卷首四闋，《應天長》、《望遠行》各一，《浣溪沙》二，中主所作，重光嘗書之，墨迹在旴江晁氏，題曰『先皇御制歌詞』。余嘗見之，於麥光紙上作撥鐙書。後有晁景迂題字，今不知何在矣，餘詞皆重光作。」茲據以改定。《全唐詩》本《蝶戀花》一闋，荆公謂李冠作，《花庵詞選》亦作冠，茲遇而存之。光緒戊申仲夏，海寧王國維記。

《古今詞話》載李後主《三臺令》一首云：「不寐倦長更，披衣出户行。月寒秋竹冷，風切夜窗聲。」《全唐詩》不載，附録於此。援《柳枝》、《竹枝》例，得入《詞集》中也。次月天貺節國維又記。

侯刻《二主詞》，余未得見。今讀漁洋山人《居易録》，知僅有中主四首，後主三十三首，則與《全唐詩》闋數相合，此輯固較侯本爲備矣。

——「手稿本」跋語〔六〕

據「手稿本」跋語所言，王國維以《全唐詩》爲底本，並從《樂書》、《尊前集》、《歷代詩餘》、《墨莊漫録》、《花間續集》、《詞苑辨證》等書補輯。其中，「手稿本」原是作《客座贅語》，後改爲《墨莊漫録》。翻檢「手稿本」，王國維據陳晹《樂書》所補《玉樹後庭花》，以及卓松齡《花間續集》所補《臨江仙》，是以眉批的形式補入；跋語中的「陳晹《樂書》補《玉樹後庭花》」、「《花間續集》補《臨江仙》」，亦爲後來添入。由此我們可以推定「手稿本」當經歷過一次補充。

光緒三十四年（一九〇八）七月，王國維纂成《詞録》，書中對於《南唐二主詞》輯録過程也有描述：

> 《南唐二主詞》一卷，南唐元宗李景、後主李煜撰。宋長沙書肆曾刻入《百家詞》，國朝侯文燦復刻入《十名家詞》中。侯本初印行而板即散佚，故傳世不多。余從《全唐詩》中録爲一卷，又從《尊前集》補《一斛珠》一闋，《客座贅語》補《柳枝》一闋，《歷代詩餘》補《菩薩蠻》一闋、《謝新恩》一闋，其《搗練子》二闋則從《詞苑辨證》補作。《鷓鴣天》此二半闋，後人不能僞也。陳直齋曰：「卷首四闋，《應天長》、《望遠行》各一，《浣溪沙》二，中主所作，重光嘗書之，墨迹在盱江晁氏，題曰『先皇御制歌詞』。余嘗見之，於麥光紙上作撥鐙書，有晁景迂題字，今不知何在矣。餘詞皆重光作。」余據以改定。《全唐詩》本《蝶戀花》一闋，荆公謂是李冠作，《花庵詞選》亦作冠，兹遇而存之。〔七〕

這段提要幾乎是襲録「手稿本」的第一道跋。不過相較於「手稿本」，《詞録》未記《樂書》《玉樹後庭花》、《臨江仙》（《花間續集》），且所輯《柳枝》仍慣用《客座贅語》的舊稱。因而關於「手稿本」跋與《詞録》提要間的關係，筆者可作出推定：王國維輯録《南唐二主詞》隨即撰寫跋語，王氏後對跋語作語言上潤色，並迻録在《詞録》内；之後王國維又從《樂書》、《花間續集》輯出李璟、李煜詞，並獲見《墨莊漫録》，遂對「手稿本」作修訂；《詞録》完稿於光緒三十四年（一九〇八）七月，王國維據《樂書》、《花間續集》的輯補當是在這之後完成。考察王國維所撰《唐五代二十一家詞輯》各種跋語，《詞録》内的各書提要均與之相同或相近，後者或調整前者的語言順序，或斟酌字句，語言也更趨簡潔。

作爲「手稿本」整理的底本，《全唐詩》長期以來多被學界詬病。周勛初對此總結道：「從《唐詩紀》起，也已存在着識别不精而誤收他人之作的情況。……比較起來，《御定全唐詩》中這種情況尤爲多見，特别是在中、晚唐詩部分，爲求『全』而輯入的不可靠的詩歌更多。」[八]《全唐詩》共收有李璟詞三首，然第一首實爲蘇軾《浣溪沙》（風壓輕雲貼水飛）。此外，「手稿本」雖未將此詞歸入李璟名下，但却將其誤認爲是李煜作。其餘兩首《浣溪沙》被編入「手稿本」。「手稿本」還著録了李璟《應長天》、《望遠行》：前者既見於馮延巳《陽春集》，又見於《全唐詩》李煜詞；後者則是被《全唐詩》誤歸入李煜名下。關於兩首詞的歸屬，王國維是在參考陳振孫《直齋書録解題》後才下的斷語：「《南唐二主詞》一卷，中主李璟、後主李煜撰。卷首四闋，《應天長》、《望遠行》各一，《浣溪沙》二，中主所作，重光嘗書之，墨迹在盱江晁氏，題云：先皇御制歌詞。」[九]整體來看，「手稿本」總計收有李璟詞四首，兩首《浣溪沙》是迻録自《全唐詩》，其餘兩首則是從他人的詞集中轉鈔而來。

至李煜詞，「手稿本」開篇即録《漁父》兩首，吴昌綬在眉批中則指出「《漁父》二闋，似非後主手筆」。在判斷作者時，「手稿本」常有王國維基於主觀的臆測。如《鷓鴣天》兩闋是據《詞苑辨正》所補，王國維寫道：「此下二闋，前半究係叔庵贋作。『誰知九月初三夜，露似真珠月似弓』，樂天句也，不應後主全襲之。」王氏雖然懷疑李煜不應全文襲録白居易之語，但他依然堅持認爲「此二半闋雖晚出，然神氣具在，非後人所能僞也」。[一〇]

王國維早期《南唐二主詞》的輯録工作的確存在許多缺陷，問題關鍵是底本選擇的不慎。這一問題也不局限於《南唐二主詞》，《唐五代二十一家詞輯》的其他家詞均有不同程度存在：如韋莊《浣花詞》據《全唐詩》録出五十四首，魏承班《魏太尉詞》據《全唐詩》得七首，孫光憲《孫中丞詞》據《全唐詩》得二十四首等。

較早認爲以《全唐詩》爲底本整理《南唐二主詞》不妥的是王國維學術密友吴昌綬。吴昌綬（一八六八—一九二四），字伯宛，甘遯，浙江仁和人。詞學是吴、王二人學術聯絡的重要紐帶：「貴池劉聚卿（世珩）、仁和吴耘存（昌綬）亦常與先生往返論學。二君好聚書，時有資異聞於先生。」〔一一〕吴昌綬一直措意於詞籍校勘，光緒末年他從董康處假借鈔得《南詞》副本：「吾友武進董比部得彭文勤知聖道齋舊藏《南詞》六十四家，汲古未刻詞二十二家，中多罕覯秘笈，昌綬盡獲其副。」〔一二〕董康（一八六七—一九四八），字授經，綬經，授金，號誦芬室主人，江蘇武進人。與吴昌綬相同，董氏亦留心於詞曲，光緒末年他幸得彭元瑞知聖道齋舊藏《南詞》。《南詞》原爲明李東陽輯，書中有「宋元諸名家所作詞本凡六十四家，計八十七卷」〔一三〕，該書長期以來僅以鈔本傳世。彭元瑞所得爲清鈔本，計有四十二種，其中便包括《南唐二主詞》。得董康相借，吴昌綬過録一副本：「余假觀頗久，乃非鈔本，字句與毛刻異同頗多。惜王給練及朱微侍郎、文叔問太守，均不在京師，未能一校耳。」〔一四〕吴昌綬遲遲未暇校理此書，他在寫與繆荃孫的信中不無遺憾：「兹以首册呈核，中有數種極佳，惜誤字太多，綬三四年來未遑遍校也。」〔一五〕得知王國維有意校勘《南唐二主詞》後，吴昌綬遂將所藏諸版本的《南唐二主詞》提供給王國維。

吴昌綬首先向王國維交付的是汲古閣鈔本、南詞本《南唐二主詞》：「《南唐二主詞》乃汲古寫定未刻之本，中多附注，尚是宋人之舊（侯刻即出此本）。似當據以爲主（《全唐詩》不甚可信），再取他書校補。『南詞本』同出一源。」〔一六〕不久他又將光緒十三年（一八八七）粟香室叢書復刻侯文燦本《十名家詞》交予王國維：「沈君欲刻詞當以曾見著録者爲佳，如南唐二主詞見《直齋書録解題》，今以重刻侯本奉上。」〔一七〕王國維早先「侯本亦稀如星鳳」的遺憾終於得解，更早的明末汲古閣未刻本、南詞本也相繼現於案頭，這讓王國維心中大快。

也是得沈宗畸之邀，王國維重新輯録《南唐二主詞》，這方才有了「晨風閣本」：

右南詞本《南唐二主詞》，與常熟毛氏所鈔、無錫侯氏所刻同出一源，猶是南宋初輯本，殆即《直齋書録解題》所著録宋長沙書肆所刊行者也。直齋云：「卷首四闋，《應天長》、《望遠行》各一，《浣溪沙》二，中主所作，重光嘗書之，墨迹在盱江晁氏。」今此本正同。……另爲《補遺》及《校勘記》附後。諸本得失，覽者當自得之。宣統改元春三月海寧王國維記。

——「晨風閣本」跋〔一八〕

「晨風閣本」由《南唐二主詞》以及《補遺》、《校勘記》組成。其中，《南唐二主詞》即是據《南詞》本爲底本進行整理，並從侯文燦《十名家詞》補入《阮郎歸》。《補遺》有以下幾首：《草堂詩餘》補李璟《浣溪沙》兩首及李煜《長相思》，《花庵詞選》補《烏夜啼》，《尊前集》補《更漏子》，《墨莊漫録》補《柳枝》，《樂書》補《後庭花破子》，《歷代詩餘》補《三臺令》、《浣溪沙》，《詞林萬選》補《搗練子》，《全唐詩》補《漁父》二首。

與「手稿本」相近，「補遺」部分依然存在諸多問題。蘇軾《浣溪沙》（風壓輕雲貼水飛）再度被認爲是李璟所作，只是此次根據的是《草堂詩餘》，一同補入的還有晏殊《浣溪沙》（一曲新詞酒一杯）。王國維還據《尊前集》補入温庭筠《更漏子》，據《歷代詩餘》補入馮延巳《浣溪沙》等。凡此種種，不一而足。不過相較於「手稿本」，「晨風閣本」更爲準確地反映了李璟、李煜詞作。

王國維《唐五代二十一家詞輯》手稿後被吴昌綬藏有，中華人民共和國成立前夕又被李一氓購得，今歸入四川省圖書館：「《唐五代二十家詞》，吴昌綬原藏，王國維輯，手稿，缺《南唐二主》。」〔一九〕首頁鈐「一氓五十」、「一氓七十」、「一氓搜藏此書種種／一九七七年記」等朱文方印。李一氓（一九〇三—一九九〇），原名民治，四川彭縣人。早年求學於大同大學、滬江大學、東吴大學，一九二五年加入中國共産黨。一九三三年李一氓來到中央蘇區，後跟隨紅一方面軍參加長征。之後歷任新四軍秘書長、中共淮海區行政公署主任、蘇皖邊區政府主席，中華人民共和國成立後歷任中國駐緬甸大使、中紀委副書記等職。李一氓也是知名藏書家，並擔任第二屆全國古籍整理出版規劃領導小組組長。在李一氓藏書中，最得其心的是詞：「實在的，我的書主要是詞。這是從一九四八年在大連就開始收起了，到『文革』爲止。以後看見我沒有的，也還收一些，現總計約二千三百餘册。……最好的是《唐五代二十一家詞》的王國維手稿本。」〔二〇〕李一氓在《唐五代二十一家詞》手稿後撰有一則跋語：

此《唐五代二十家詞》，王静安輯手稿本，實爲二十一家。《南唐二主詞》已佚，現存温庭筠以下十九家。除韓偓外，《花間集》十八家皆在其内。原藏雙照樓，總目中「《補遺》一卷附《校記》」七字，即吴昌綬筆。《二主詞》恐亦係吴氏所鈔出。王氏手稿，余別藏《陽春集》，皆足珍貴。一九四九年初冬記於東城寓廬。一氓。〔二一〕

不過該部手稿並不含《南唐二主詞》，所缺之册即爲國圖所藏「手稿本」，吴昌綬在目録中所補七字當是據「晨風閣本」的《補遺》與《校勘記》而來。關於此書之名稱，《唐五代二十一家詞》手稿第一頁確有王國維親筆手書「唐五代二十家詞」，趙萬里《王静安先生著述目録》亦是作此；直至羅振玉刊印《海寧王忠慤公遺書》時，才將其改稱爲「唐五代二十一家詞輯」。

《唐五代二十一家詞輯》手稿之所以被分藏於國家圖書館與四川省圖書館，這與李一氓藏書的流傳經歷有關。「手稿本」僅鈐有「北京圖書館藏」朱文方印，再無北京圖書館各歷史時期的藏書印，今考此款印鑒的啟用時間是在一九七五年之後，故「手稿本」流入國家圖書館的時間當是在這之後。關於李一氓藏書的流轉，王嘉陵有記：

李一氓的藏書最初從家中拿出去是遇上「文化大革命」鈔家，他被囚禁起來，他的一部分藏書進了北京圖書館，北京圖書館篩選了一陣，珍惜版本和館内缺藏的留下，其他部分則交首都圖書館。……有資料表明，李一氓當時從北京圖書館取回「鈔家沒收」的古籍時，不太滿意工作人員的態度，他後來執意要把自己的大部分古籍收回轉而捐贈四川省圖書館。〔二二〕「一氓七十」藏書印刻於一九七二年，可知在此時，《唐五代二十一家詞輯》尚未離開李一氓手。至一九七五年，李一氓向北京圖書館捐贈五百八十二種、一千五百五十八册珍稀古籍，《唐五代二十一家詞輯》手稿當在其中。未幾，李一氓又將「大部分古籍」收回，「一氓搜藏此書種種／一九七七年記」等鈐印方才得以加蓋。作爲第一册的「手稿本」留在了北京圖書館，其餘部分在之後入藏了四川省圖書館。

二　王國維手鈔《陽春集》

王国维論詞推重五代、北宋而不喜南宋：「予於詞，於五代喜李後主、馮正中，而不喜花間；於北宋喜同叔、永叔、子瞻、少游，而不喜美成；於南宋只愛稼軒一人，而最惡夢窗、玉田。」〔二三〕在五代詞人中，王國維對馮延巳最爲尊奉：「張皋文謂飛卿之詞『深美閎約』，余謂此四字唯馮正中足以當之。」更是稱其詞「堂廡特大，開北宋一代風氣」。〔二四〕在《人間詞》中，王國維亦多有可見化用馮延巳《陽春集》之處。如《蝶戀花》，馮延巳有「誰道閑情抛擲久」，王國維作「誰道江南秋已盡」；馮氏有「舊日花前常病酒，敢辭鏡裏朱顔瘦」，王國維則擬有「落日疏林光炯炯，不辭立盡西樓暝」，意象、詞法的承傳痕跡頗爲明顯。〔二五〕王國維認爲馮延巳詞是「深美閎約」，此語後來也被吴昌綬用來評價王氏的創作。〔二六〕馮延巳还成爲王國維標舉五代北宋詞風，一反南宋詞乃至清詞的重要支點。

王國維早年曾手鈔有一部馮延巳《陽春集》，劉蕙孫對此有回憶：「到書局後，又專力於唐五代詞，努力創作，摹擬南唐二主和馮延巳。當時馮延巳的《陽春集》只四印齋及六十家詞有刻本，没有單刊，就手鈔了讀。我父親與他有同好，也手鈔了一本，因係先人手澤，幸未散失，尚在我笥中。」〔二七〕劉蕙孫的祖父劉大紳，字季英，劉鶚子，羅振玉婿。劉大紳曾與王國維同學於東文學社，二人又在清學部圖書館共事，辛亥革命後羅振玉、王國維、劉大紳還一同避難日本，相交甚久。王國維、劉大紳均喜好馮延巳詞，於是分別手鈔一部《陽春集》。

王國維鈔本今藏四川省圖書館，索書號：李一〇〇六。此書由唐圭璋、李一氓題簽，首頁鈐唐圭璋、李一氓等印，書後有王氏所撰跋語：

> 余夙愛馮正中詞，謂爲古今樂府之冠，不獨前無温韋，即中主、後主亦當有難爲君之歎，況他人乎？四印齋刻本最爲完備，因手鈔一過，以備誦習。世之嗜馮詞者，同叔、永叔後，當以余爲第三人矣。光緒丁未冬十一月晦海寧王國維識
>
> 侯刻《陽春集》有案語「□□集，誤作某人」若干條。此猶是宋人案語。崔公度跋所謂《尊前》、《花間》，往往謬其姓氏者也，王刻盡行删去。茲從侯刻補録於闋下，宣統元年四月又記。
>
> ——《陽春集》王國維鈔本〔二八〕

鈔本是王國維據王鵬運《四印齋所刻詞》所收《陽春集》（下文簡稱「四印齋本」）過録，後者是經由況周頤（一八五九—一九二六）校理，王國維對這一整理本頗有稱道：「（《陽春集》）四印齋刻本乃汲古閣未刻詞本，有宋陳世修序，王半塘復補輯十數首，乃爲最完全之本矣。」〔二九〕王鵬運（一八四九—一九〇四），字幼霞，號半塘，廣西臨桂人。校刻詞籍是王鵬運詞學研究的重要工作，自光緒七年（一八八一）始，他先後刻五代、宋、金、元人詞別集、總集，以及有關詞學著作五十五種，彙輯而成《四印齋所刻詞》。王國維藏有多套《四印齋所刻詞》，早先《静庵藏書目》即著録：「《四印齋所刻詞》，三套。」〔三〇〕至《王静安手録詞曲書目》（下文簡稱《詞曲書目》）亦記有：「《四印齋所刻詞》，六十二卷，王鵬運，十三本；《四印齋彙刻宋元三十一家詞》，三十一卷，王鵬運，四本。」〔三一〕足見王氏對此書之鍾意。對於「四印齋本」，王鵬運記：「刻本久佚，從彭文勤傳鈔汲古閣未刻詞録出，斠勘授梓，並補遺若干闋。未刻詞前復有文勤朱書序目，茲附卷末，亦

好古者搜羅之一助云。」〔三二〕「四印齋本」是以彭元瑞知聖道齋傳鈔汲古閣未刻詞本整理，該本後歸董康，今入藏北京大學圖書館，是二〇一四年北京大學從日本大倉文庫所購之一種。

除「四印齋本」外，《陽春集》還有明吴訥《百家詞》、清侯文燦《十名家詞集》所收本。前者在明清時期只有鈔本流傳，至於後者，《詞録》曾提及「《陽春集》，侯文燦《十名家詞》本，四印齋本」〔三三〕，然彼時王氏並未得見《十名家詞》。因爲在此前數月輯録《南唐二主詞》時，王國維即言「今日求侯本亦稀如星鳳」〔三四〕。然而没過多久，吴昌綬便將「重刻侯本奉上」〔三五〕，王氏幸得以一觀。《詞曲書目》所記「《名家詞集》十卷，侯文燦，江陰金氏翻刻本，二本」〔三六〕，当爲吴氏持贈。

王鵬運言：「馮正中《陽春集》一卷，宋嘉祐戊戌陳世修輯。陳振孫《書録解題》云：『《陽春録》一卷，崔公度跋稱其家所藏最爲詳確。《尊前》、《花間》往往謬其姓氏，近傳永叔詞亦多有之，皆失其真也。』」〔三七〕崔公度、陳振孫已注意到《陽春集》誤收有其他家詞，不過知聖道齋傳鈔本並未對此加以甄别、著録。況周頤、王鵬運於此用力頗深，他們將《陽春集》與其他諸家詞作進行對比，共檢得重出者十八首〔三八〕，並在每首詞前標出「别作□□□」。早先的侯文燦還分别補出所據之《花間集》、《蘭畹集》，在得到《十名家詞》後，王國維便將其補記於相應詞作下。

王國維言：「世之嗜馮詞者，同叔、永叔後，當以余爲第三人矣。」晏殊、歐陽修詞深受馮延巳影響，劉熙載《藝概》總結：「馮延巳詞，晏同叔（殊）得其俊，歐陽永叔（修）得其深。」〔三九〕馮延巳《蝶戀花》十四首最爲膾炙人口，晏殊、歐陽修的詞中亦有多首《蝶戀花》。三人詞作也常有互見之處，馮延巳、晏殊、歐陽修一度成爲王國維標舉「五代、北宋之詞所以獨絶」的基礎〔四〇〕。與此同時，馮延巳詞既具有主觀之充沛情感，亦不乏外在客觀的細膩呈現，這也與王國維提出的「能寫真景物、真感情者，謂之有境界」理論相合〔四一〕。王國維自詡「以余爲第三人」，足見王國維對馮延巳的傾慕與追效。

三　王國維手鈔《湘真閣詞》

王國維對明詞評價不高：「有明一代，樂府道衰，寫情、扣舷，尚有宋元遺響，仁、宣以後，茲事幾絕。」〔四二〕在明代詞人中，王國維尤推重夏言與陳子龍。陳子龍論詞以《花間》、北宋詞的雅麗典飾爲旨歸，在明代詞學日趨勢微的情況下，與李雯、宋徵輿等幾社成員創立雲間詞派，爲王士禎、鄒祇謨、沈雄等人推賞。王國維論詞推北宋，陳子龍等雲間派詞人便得其青眼相加。王國維手鈔陳子龍《湘真閣詞》，即是基於這樣的詞學淵源。

陳子龍的作品多觸及清廷忌諱，時人遂將其文集深藏篋中，僅以鈔本形式流傳。待其殉國後，友人宋轅文、門人王沄雖遍搜陳氏遺著，但未雕版付梓。直至乾隆初年，吴光裕始刻陳子龍集，此本也不見傳。現在流傳的是嘉慶八年（一八〇三）王昶編定的《陳忠裕公全集》。對於詞部分，王昶言：「公詞有《湘真閣》、《江蘺檻》兩種。國朝王阮亭、鄒程村諸先生，極爲推許。又曾選入《棣萼香詞》、《幽蘭草》、《四家詞》，俱未之見。今録公高弟王勝時（沄）所輯《焚餘草》，益以散見别本者數闋，彙成一卷，並略採前人評語附之。俾讀者知公樂府，亦爲填詞家正宗，如宋廣平賦《梅花》，不礙鐵石心腸也。」〔四三〕《陳忠裕公全集》所收陳子龍詞是以王沄《焚餘草》爲基礎，再補之以其他散見作品而成。

王國維手鈔陳子龍《湘真閣詞》，《詞曲書目》著録：「《湘真閣詞》一卷，明陳子龍，鈔本，一本。」〔四四〕該書曾現於上海嘉泰二〇〇七年春季藝術品拍賣會，後被韋力以二十七萬元價格拍得。全書總計七葉，半葉十一行，行二十至二十二字不等。首頁鈐「大雲燼餘」朱文方印、「羅繼祖讀書記」白文方印，末頁鈐「王國維」朱文方印。從王國維迻録的蔣光煦《湘真閣詞》跋語來看，其來源與《陳忠裕公全集》確有不同：

陳黄門詞在明季雲間諸子中最爲傑出，蘭泉《明詞綜》稱黄門有《湘真閣》、《江蘺檻》詞二卷，此本

僅一卷。又但稱《湘真閣詞》，恐係後人鈔掇者。舊藏吾邑吴子律先生家，余從管子芷香轉鈔得之。咸豐乙卯秋仲光煦記。〔四五〕

王國維鈔本今不易見，然筆者在上海圖書館覓得蔣光煦鈔本，即王氏過録之底本。

上海圖書館藏蔣光旭鈔本《湘真閣詞》，索書號「綫善八 一五五五四」，首頁、末頁分别鈐「虞山沈氏希任齋劫餘」、「曾在沈芳圃家」朱文方印，此書曾藏於清末民初著名藏書家沈養孫、沈芳圃處。再據蔣光煦跋文所講，《湘真閣詞》的底本早先藏於吴衡照處，之後再經管廷芬、蔣光煦等人輾轉鈔録。王國維當是從沈養孫處鈔得了此書。

沈養孫（一八六九—一九三二），原名鍾英，字彦民、彦明等，晚號隱蟫居士，常熟人，光緒三十一年（一九〇五）庠生，有子芳畦、芳圃。沈養孫嗜書城癖，辟藏書室「希任齋」，多得本邑趙氏舊山樓、李氏静補齋、趙氏天放樓等家藏書。其兄沈煦孫，字成伯，晚號師米老人，光緒二十五年（一八九九）庠生，辟「師米齋」購置古籍。沈氏兄弟承襲明清以來虞山藏書流派，苦心搜藏古籍，是清末民國虞邑重要的藏書世家。民國十二年（一九二三）一月二十五日，沈芳圃曾造訪陳乃乾：「韻齋來，以新印《鄧析子》、《懷米山房吉金圖》托其帶贈静庵。」〔四六〕陳乃乾托沈芳圃攜《鄧析子》和《吉金圖》，轉交時在北京任南書房行走的王國維，後者在得書之後頗爲高興：「昨損手書，並荷惠贈新印明刊《鄧析子》並《懷米山房吉金圖》二種，拜謝拜謝。」〔四七〕王國維與沈家當有交往。

蔣光旭鈔本《湘真閣詞》共收陳子龍詞六十八首，除去與《陳忠裕公全集》本複出者，尚有四首不見於全集，即：

幾遍閑愁都過了，餘得三更少。轉覺碧澄澄，玉枕香綃，相對銀蟾小。　任他憔悴傷懷抱，尚怕憐雞早。倘有夢來時，辜負多情，一夜天涯繞。（《醉花陰》）

雨初晴，風驟起，漠漠一天雲在水。真似夢，也無愁，撩亂春心何日止。耐纏綿，空徒倚，此去誰家金屋裏。空蕩漾，莫沾泥，爲儂留却輕狂矣。（《木蘭花》）

黛角新調，紅潮疑泫，早斜對菱花半轉。壓明波，横翠鈿，似巫山不遠，朝雲初捲。織角匀稜，同心細偃，歎此地悲歡未辨。可濃添，仍淡掃，悶愁來幾件，亂他深淺。（《錦帳春》）

剪側輕風翠尾流。雨點梨花，捲上簾鈎。丁盂誰與到芳洲，訴與情人，分得紅樓。累就新巢自在遊。來便傷春，去又悲秋。玉窗重見舊風流，前歲多愁，今歲多愁。〔四八〕（《一剪梅》）

在所録詞的具體語言上，蔣光煦鈔本與《陳忠裕公全集》本也有許多差别。清初王士禛、鄒祗謨輯《倚聲初集》，共收陳子龍詞六十八首，較《陳忠裕公全集》亦是多出以上四首；蔣光煦鈔本與《倚聲初集》字句全部相同。故如蔣氏所言，吳衡照、管廷芬鈔本「恐係後人鈔掇者」，它當是據《倚聲初集》輯録而成。

吳昌綬亦喜好陳子龍詞，他在將粟香書屋復刻侯文燦《十名家詞》交付王國維後還提及：「沈君愗刻詞當以曾見著録者爲佳。……明人詞手頭無之，只有玉樊堂一册，鈔本太劣，不知可審正否？孟載《梅庵詞》，季叟《扣舷集》、《青田詞》，及弇州、升庵、湘真，若盡刻之亦嘉事也。」〔四九〕吳昌綬有意將陳子龍詞單刻行世，王國維手鈔《湘真閣詞》或許與吳昌綬的相邀有關。後來《晨風閣叢書》僅據《明初四家詩》鈔出楊基《梅庵詞》，而未收録《湘真閣詞》。

四　餘論

王國維手鈔《陽春集》、《南唐二主詞》、《湘真閣詞》，與王國維此後的詞學研究有着緊密聯繫。概括其關係，約有五端。

（一）對研究對象的赤誠情懷，是王國維的詞學研究不斷推進的情感基礎。王國維手邊已有三部《四印齋所刻詞》，閱讀《陽春集》當已極爲便利；但他仍然手鈔一部《陽春集》，並用「十名家詞集」本進行校勘，體現出王國維學術研究的純粹感情。王國維認爲學術研究應是投入全身心與力氣的事業，其在《教育小言》中講到：「然吾人亦非謂今之學者絶不悦學也，即有悦之者，然無堅韌之志、永久之注意。若是者，其爲口耳之學則可矣，若夫綿密之科學，深邃之哲學，偉大之文學，則固非此等學者所能有事也。」〔五〇〕王國維正是以飽滿的學術熱情從事研究，才使書籍、學術研究幾成爲其生活的全部，甚至是生存方式。畢樹棠《憶王静安先生》講到：「他的孩子很多，有幾個幼不懂事的，頑戲打架，在所不免，有時從後院追逐到前院，從院裏廝打到書房裏，從房這角滚到那角，最後纏逼到他老人家膝下，他只得拿着一本書，繞屋退避，而一心兩目却老不離開字裏行間，終至家人趕到，代爲驅除，始得肅清。」〔五一〕足見其熱情與專注。

（二）注重對詞籍版本的考察，精嚴校勘之學。早前的王國維濡染於康德、叔本華哲學：「若夫余之哲學上及文學上之撰述，其見識文采亦誠有過人者。」〔五二〕不過反思三十年的治學經驗，王國維也對沉潛於此多有憂慮：「余疲於哲學有日矣。哲學上之説，大都可愛者不可信，可信者不可愛。……知其可信而不能愛，覺其可愛而不能信，此近二三年中最大之煩悶。」〔五三〕在他將學術研究轉向詞學後，首先確立的即是從以直觀文獻爲基礎的研究方法：「真正之新知識，必不可不由直觀之知識，即經驗之知識中得之。」並認爲「直觀者乃一切真理之根本」，「而去直觀愈近者，其理愈真」。〔五四〕恰巧在此時，吴昌綬給予王國維詞學研究以極大幫助。首先是得吴氏倚重，王國維承擔了多種雙照樓景刊宋元詞籍的校勘工作；在這期間，王國維對歷代詞籍版本逐一熟識，並得以獲見善本秘笈。再如《詞録・序例》所講：「海内藏書家收藏詞曲者昔不多覯，近惟錢唐丁氏、歸安陸氏藏詞最富。……丁氏藏詞除元三數家外，仁和吴氏皆有副本；陸氏藏詞之與丁氏别出者亦不多，吴氏亦見録之。欲迻録者，尚可問津耳。」〔五五〕吴昌綬爲王國維的詞學研究提供版本支持，《詞録》中著録的多種詞籍便是其提供。王國維得以重新輯校《南唐二主詞》，這也是吴昌綬親自指點的結果。

（三）學術研究的精密化，這在王國維的手鈔《陽春集》、《湘真閣詞》中均有體現。在《詞録》中，王國維曾有表達：「諸家詞集或注佚，或注未見，然注未見者非無已佚，注佚者亦或能發見，固不能定精密之界限也。」〔五六〕關於校書，王國維也講：「校勘雖只是研究學問的一種手段，但其自身却是極精密而富有科學性的工作，涉獵不廣，校閲不精，便不能辨誤顯真。」〔五七〕精密是王國維讀書的重要特點，它直接影響到其學術研究的深度，《詞曲書目》中的手鈔本、批校本正是王國維反復研讀、使用的。這使王國維的詞學研究形成以對前人作品的妙悟理解爲基礎，相關理論的分析闡釋爲輔助的研究範式，以對陳子龍詞的評述爲例。《人間詞話》言及周濟、潘德輿、劉熙載等人論詞推崇北宋，這是導源自陳子龍領銜的明末清初雲間諸子。雖然陳子龍論詞推重北宋：「自金陵二主以至靖康，代有作者。或秾纖婉麗，極哀豔之情；或流暢澹逸，窮盼倩之趣。然皆境繇情生，辭隨意啟，天機偶發，元音自成。」〔五八〕但是王國維却堅持從陳子龍詞的創作入手，認爲：「唐五代北宋之詞，所謂『生香真色』。若雲間諸公，則『彩花』耳。湘真且然，況其次也者乎？」〔五九〕王國維從創作層面批評陳子龍詞，認爲其無非是徒具華表的外美罷了。基於對文本的細致解讀與闡釋，這使王國維多能發前人所未見。

（四）王國維詞曲研究的順利開展，實與繆荃孫、吴昌綬、劉世珩、羅振玉等學人的幫助有關。王國維的性情是極爲内斂的，沈默寡言是民國學人對其共同的印象。馬衡曾有回憶：「他平生的交遊很少，而且沈默寡言，見了不甚相熟的朋友，是不願意多説話的，所以有許多的人都以爲他是個孤僻冷酷的人。」〔六〇〕與王國維共事多年的袁嘉穀亦描述：「静安性情實在特别，當他在我下面做事的時候，自入局之日定一個坐位，每日衹見他坐在他的一個坐位上，永不離開。」〔六一〕不過每每遇到與學術研究有關的問題，王國維多願請教求問於好友同道，繆荃孫、吴昌綬等人無不慷慨幫助。王國維意欲校勘《録鬼簿》，便托羅振玉向繆荃孫借得尤貞起鈔本；王國維撰《清真遺事》，後又修訂增改，並呈繆荃孫審閱。當然王國維也爲他們提供幫助。吴昌綬見到王氏新購之淮南宣氏刊本《梅苑》：「温陵黄氏本，余從廠肆攜歸，論價未定。吴伯宛舍人見而酷戀之，遂歸雙照樓。」〔六二〕頻繁的學術往來，使王國維與學人建立了長久、深厚的友誼，亦哺育了其學術研究。

（五）羅振玉處是王國維舊藏詞曲的主要去向。趙萬里曾提及：「先生於詞曲各書，亦多有校勘。如《元曲選》則校以《雍熙樂府》，《樂章集》則校以宋槧。因原書早歸上虞羅氏，今多不知流歸何氏。」〔六三〕待王氏故去後，羅振常的蟫隱廬書店又刊印了《海寧王静庵國維手鈔手校詞曲書目》，共收録詞曲書目二十五種，二百十四册。最終經日本文求堂書店從中諧價，東洋文庫將其入藏。本文考察的《湘真閣詞》鈐有「大雲燼餘」、「大雲精舍」藏書印，即爲羅氏舊物。《陽春集》一書則爲唐圭璋所藏。考察一九五〇年秋至一九五三年秋，唐圭璋曾在東北師範大學任教，保管羅氏藏書的羅繼祖亦在長春供職。羅繼祖對唐圭璋十分看重：「得力於小時熟讀八家文之收益，非年高對文章下過功夫的人不能知。此地惟金景芳，南京惟唐圭璋。」〔六四〕想來唐圭璋覓得《陽春集》，當是基於同羅繼祖的關係。

王國維自稱「畢生惟與書册爲伴，故最愛而最難舍去者，亦惟此耳」〔六五〕，不過在他將學術志趣轉到金石、甲骨諸領域後，詞曲書却陸續散出。光緒末年王國維與陳士可互相鈔配的《傳奇彙考》，便是在王氏旅居日本後的不久讓於了董康。民國五年（一九一六）春迫於生計壓力，王國維攜家眷離開京都。臨行前他從羅振玉大雲樓書庫中取出多部典籍，而將自己早已不用的詞曲書目悉數盡讓與羅振玉：「復從韞公乞得復本書若干部，而以詞曲書贈韞公，蓋近日不爲此學已數年矣。」〔六六〕但是羅振玉的學術興趣本不在詞曲，且羅氏藏書也歷經多處輾轉遷徙；加之羅振常又開有蟫隱廬書肆，以售書爲業，這便導致無論是在王氏生前還是故去後，静安先生舊藏詞曲都難以完整統計。新近發現的三部王國維手鈔詞書，對於考察王國維相關學術工作的開展具有十分重要的價值，從中亦能得見王氏對於學術的勤勉努力。

〔一〕梁啟超《王静安先生紀念號・序》，《國學論叢》第一卷第三號，一九二八年，第一頁。

〔二〕〔六三〕〔六五〕 趙萬里《王静安手校手批書目》，《國學論叢》第一卷第三號，一九二八年，第一七九頁。

〔三〕 榎一雄《王國維手鈔手校詞曲書二十五種》，載吴澤主編《王國維學術研究論集（第三輯）》，華東師範大學出版社一九九〇年版，第三一三—三三八頁。

〔四〕黄仕忠《王國維舊藏善本詞曲書籍的歸屬》，載康保成主編《海内外中國戲劇史家自選集・黄仕忠卷》，大象出版社二〇一七年版，第三八九—三九八頁。

〔五〕彭玉平《王國維〈詞録〉考論》，《文學遺産》二〇一〇年第四期，第一〇六頁。施蟄存亦將「晨風閣本」誤認爲是《唐五代二十一家詞輯》的其中一種：「宣統元年（一九〇九），王國維得知聖道齋藏舊鈔李西涯輯《南詞》本《南唐二主詞》一卷，以諸選本相較，作《校勘記》，又輯録補遺詞十二首，寫定爲《南唐二主詞》一卷、《補遺》一卷、附《校勘記》，收入《唐五代二十一家詞輯》中。同時，番禺沈太侔又以此本收入《晨風閣叢書》中。」施蟄存《南唐二主詞叙論》，《中華文史論叢》一九八〇年第三輯，第六二頁。

〔六〕〔三四〕 王國維《南唐二主詞》，光緒三十四年（一九〇八）稿本，國家圖書館藏，國家圖書館《中華古籍資源庫》。

〔七〕〔二九〕〔三三〕〔五五〕〔五六〕 王國維《詞録》，學苑出版社二〇〇三年版，第四頁、第一頁、第二頁。

〔八〕周勛初《叙〈全唐詩〉成書經過》，《文史》一九八〇年第八輯，第一九四頁。

〔九〕陳振孫《直齋書録解題》，上海古籍出版社二〇一五年版，第六一四頁。

〔一〇〕〔三四〕 王國維輯《南唐二主詞》，光緒三十四年（一九〇八）稿本，國家圖書館藏，國家圖書館《中華古籍資源庫》。

〔一一〕趙萬里《王静安先生年譜》，《國學論叢》第一卷第三號，一九二八年，第九三頁。

〔一二〕吴昌綬《宋金元詞集見存卷目・序》，鴻文書局光緒三十三年（一九〇七）排印本。

〔一三〕李東陽《南詞・序》，董康誦芬室鈔本，國家圖書館藏，國家圖書館《中華古籍資源庫》。

〔一四〕吴昌綬《南詞・跋》，董康誦芬室鈔本，國家圖書館藏，國家圖書館《中華古籍資源庫》。

〔一五〕《吴昌綬致繆荃孫》，錢伯城、郭群一整理《藝風堂友朋書札》，上海人民出版社二〇一八年版，第一〇七二頁。

〔一六〕〔一七〕〔三五〕〔四九〕《吴昌綬致王國維》，馬奔騰輯《王國維未刊來往書信集》，清華大學出版社二〇一〇年版，第一七九頁、第一八〇頁。

〔一八〕王國維《南唐二主詞・跋》，沈宗畸編《晨風閣叢書》，清宣統元年（一九〇九）刻本。

〔一九〕李一氓《擊檝藏詞目録》，稿本，四川省圖書館藏。

〔二〇〕李一氓《李一氓回憶録》，人民出版社二〇一五年版，第三〇一頁。

〔二一〕李一氓《唐五代二十家詞・跋》，稿本，四川省圖書館藏。

〔二二〕王嘉陵《李一氓捐贈四川省圖書館藏書書目・序》，巴蜀書社二〇二〇年版，第五—六頁。

〔二三〕王國維《詞辨・跋》，謝維揚、房鑫亮主編《王國維全集》第十四卷，浙江教育出版社、廣東教育出版社二〇一〇年版，第五二七頁。

〔二四〕〔四〇〕〔四一〕〔五九〕王國維撰，彭玉平疏證《人間詞話疏證》，中華書局二〇一一年版，第一〇三—一〇八頁、第一八一頁、第一九四頁、第二六六頁。

〔二五〕馮延巳《陽春集》，上海古籍出版社二〇一二年影印王鵬運《四印齋所刻詞》，第三三二頁；王國維：《人間詞・人間詞話手稿》，浙江古籍出版社二〇〇五年版，第六頁。

〔二六〕吴昌綬《虞美人・眉批》，《人間詞・人間詞話手稿》，浙江古籍出版社二〇〇五年版，第二五頁。

〔二七〕劉蕙孫《我所了解的王静安先生》，吴澤主編《王國維學術研究論集（第三輯）》，華東師範大學出版社一九九〇年版，第四六二頁。

〔二八〕馮延巳《陽春集》，王國維鈔本，四川省圖書館藏。

〔三〇〕王國維《静庵藏書目》，謝維揚、房鑫亮主編《王國維全集》第二十卷，第一四五頁。

〔三一〕〔三六〕〔四四〕王國維《王静安手録詞曲書目》，民國稿本，四川省圖書館藏。關於此目録，拙作《〈王静安手録詞曲書目〉初探》、《新見〈王静安手録詞曲書目〉考論——兼談其與羅振玉藏書目録之關係》、《〈王静安手録詞曲書目〉箋注》有詳論，待刊。

〔三二〕〔三七〕王鵬運《陽春集・跋》，上海古籍出版社二〇一二年影印王鵬運《四印齋所刻詞》，第三四六頁。

〔三八〕其中歐陽修七首，温庭筠、張泌各二首，李煜、和凝、孫光憲、薛昭藴各一首，韋莊與歐陽修、温庭筠與牛嶠、李煜與歐陽修均收録者各一首。

〔三九〕劉熙載著，袁津琥箋釋《藝概箋釋》，中華書局二〇一九年版，第五三〇頁。

〔四二〕王國維《桂翁詞・跋》，謝維揚、房鑫亮主編《王國維全集》第二卷，第四四三頁。

〔四三〕王昶《陳忠裕公全集・凡例》，陳子龍著，施蟄存、馬祖熙標校《陳子龍詩集》，上海古籍出版社二〇〇六年版，第七七六頁。

〔四五〕蔣光煦《湘真閣詞・跋》，王國維鈔本，芷蘭齋藏。

〔四六〕陳乃乾《陳乃乾日記》，中華書局二〇一八年版，第七頁。

〔四七〕《王國維致陳乃乾》，房鑫亮主編《王國維書信日記》，浙江教育出版社二〇一五年版，第五六〇頁。

〔四八〕陳子龍《湘真閣詞》，蔣光煦鈔本，上海圖書館藏。

〔五〇〕王國維《教育小言》，謝維揚、房鑫亮主編《王國維全集》第十四卷，第一二四頁。

〔五一〕畢樹棠《憶王静安先生》，載陳平原、王楓編《追憶王國維》，中國廣播電視出版社一九九七年版，第二五二頁。

〔五二〕王國維《三十自序（一）》，謝維揚、房鑫亮主編《王國維全集》第十四卷，第一二一頁。

〔五三〕王國維《三十自序（二）》，謝維揚、房鑫亮主編《王國維全集》第十四卷，第一二一頁。

〔五四〕王國維《叔本華之哲學及其教育學説》，謝維揚、房鑫亮主編《王國維全集》第一卷，第四三、四五頁。

〔五七〕《王國維致劉世珩》，房鑫亮編《王國維書信日記》，第三一頁。

〔五八〕陳子龍《幽蘭草題詞》，載馮乾編校《清詞序跋彙編》第一册，鳳凰出版社二〇一三年版，第一頁。

〔六〇〕殷南《我所知道的王静安先生》，謝維揚、房鑫亮主編《王國維全集》第二十卷，第二六五頁。

〔六一〕袁嘉穀《我在學部圖書局所遇之王静安》，謝維揚、房鑫亮主編《王國維全集》第二十卷，第三三一頁。

〔六二〕王國維《梅苑・跋》，謝維揚、房鑫亮主編《王國維全集》第十四卷，第五三二頁。

〔六四〕《羅繼祖致陳鴻祥信札》，轉引自陳鴻祥《羅振玉大傳》，江蘇鳳凰文藝出版社二〇二〇年版，第七〇八頁。

〔六六〕王國維《丙辰日記》，房鑫亮編《王國維書信日記》，第七三五頁。

（作者單位：鄭州大學文學院）

饒宗頤詞學思想闡微

陳澤森　王兆鵬

内容提要　饒宗頤是二十世紀重要的詞學家，出生成長於民國這一傳統詞學終結與現代詞學興起的交匯時期，作爲傳統詞學的繼承者，在詞學思想上折衷浙、常二派，受常州詞派濡染的同時又吸收浙西詞派的審美取向，表現出一種兼容並包的氣度。他反撥王國維的《人間詞話》，肯定「清詞中興」的詞史價值，論詞兼容南北宋，對該著作的研究及詞學的認識具有重要的指導功能。由於廣聞博見的人生閱歷與中西結合的學識體系，他在吸收西方詩學創作經驗的基礎上嘗試創作「形上詞」，追求「幽敻」之境，試圖爲詞壇指出「向上一路」。

關鍵詞　饒宗頤　詞學思想　浙西詞派　常州詞派　人間詞話　形上詞

民國時期作爲古典詞學的終結期與現代詞學的發軔期，對詞體理論的批評既有傳承，又有新變，詞壇上呈現出新、舊二派詞學對立的局面〔一〕。當代學術泰斗饒宗頤（一九一七—二〇一八）正出生成長於這一時期，在經學、史學、敦煌學、甲骨學、考古學、楚辭學、文字學、藝術學、目録學等不同領域皆卓有建樹，同時也是二十世紀重要的詞學家，讀詞、填詞多有會心之處，治詞、論詞亦有獨造之詣。惜其詞學領域之貢獻與價值，往往爲其他領域的學術光芒所掩蓋，迄今尚未引起足够的重視。饒宗頤的詞學思想有何主要表現？對於前人又有哪些反撥與超越？本文擬就上述問題進行探究，撮其要點分述如下。

一　折衷浙、常二派

有清一代的詞學流派中，數浙西詞派與常州詞派聲勢最盛、影響最大，以嘉慶初爲限，可分爲前後兩個階段，前一階段以浙西詞派的興起與發展爲主，後一階段則以常州詞派的形成與壯大爲主。前者主「清空」、「醇雅」，宣導「家白石而户玉田」〔二〕；後者重「比興」、「寄託」，提出「問途碧山，曆夢窗、稼軒以還清真之渾化」〔三〕，二派的理論各有側重亦各有偏失。以晚清四大家爲代表的清季詞學，雖淵源於常州詞派，却不以常派之説自限，試圖融合浙、常二派之長，去粗取精，如鄭文焯就有「清空寄託」之説。〔四〕屬於舊派詞學陣營的饒宗頤在詞學思想上同樣不囿於一派之見，而是折衷浙、常二派，有意打破以往詞壇上非此即彼的派别偏見，既有利於自身視野的開闊，又得以促進詞學觀念的改善，表現出一種兼容並包的氣度。

舊派詞學的學術淵源實出常州詞派，歐明俊先生指出「常州詞派的師承是近代詞學師承的主綫，近代詞學史基本上就是常州詞派師承史」〔五〕，而孫克强先生對舊派的詞學學脈也有具體的闡釋〔六〕。從饒宗頤的諸多酬酢之作中，可知其交遊對象多爲文藝界與學術界名流，其中不乏葉恭綽、趙尊嶽、夏承燾、唐圭璋、詹安泰、羅忼烈等舊派詞學家，均尊奉常州詞派及朱、況之學，所謂「同聲相應，同氣相求」，饒氏自然也受常州詞派之濡染，主要體現在以下三個方面。

其一，「尊體」意識的高揚。饒宗頤指出「向者目詞爲小道，自張皋文而後，詞體始尊」〔七〕，張皋文即張惠言，正是常州詞派的開創者，從淵源上提升了詞體，對詞體有推尊之功，《詞選序》有云：「意内而言外謂之詞。其緣情造端，興於微言，以相感動。極命風謡里巷男女哀樂，以道賢人君子幽約怨悱不能自言之情。低回要眇以喻其致。」〔八〕而饒宗頤的「尊體」意識顯然受張氏之影響，對傳統視詞爲「小道」、「末技」的觀念不以爲然，指出詞的世界並非只限於談情説愛，大有爲其「正名」的意味。作爲傳統詞學的繼承者，饒宗頤自幼接受的是傳統的詩詞教育，重視寫詩填詞，論詞緊密聯繫創作，曾在接受采訪時表示：「我並未將某一種學問例如填詞，當餘事看待。我覺得，每一件事都是現實的存在，都能够成爲研究對象。我以生命融入，也就有所寄託。」〔九〕變「餘事」爲正事，以之探討本真。

其二，强調「比興寄託」。饒宗頤曾爲《全清詞·順康卷》作序云：「夫詞之爲物，要眇悱惻，可以寫一人一時之怫鬱。緣情之制，無須與聲樂結合，而淒心悄志，既哀以思，意内言外，合於《國風》好色、《小雅》怨悱之遺。」〔一〇〕「意内言外」顯然承襲自張惠言的詞學理念，而「合於《國風》好色、《小雅》怨悱之遺」也與常州詞派從内容質實的角度主張恢復風騷傳統相一致，將詞攀比風騷，謂有香草美人之托寓。他在《楚辭與詞曲音樂》一文中進一步指出詞與《楚辭》在作法與風格上的相通之處：「詞的特質，在於言情細膩，行筆婉曲」，「詞尚比興，喜歡以香草美人作爲譬喻，在材料的運用亦和楚辭一樣以女性爲中心」，「詞主含蓄，立意須有『寄託』，通常不把事情直説，而要用些風花雪月字眼，隱約其詞，使作者的情意在半吞半吐中表現出來。所謂『不敢放』又『不敢彰』，正是妙境。這亦和楚辭一樣以『隱』、『秀』爲美」〔一一〕，提倡含蓄藴藉，强調比興寄託，與傳統詞學的要求一脈相承。

其三，標舉「重、拙、大」。作爲一位既通書畫，亦能詩詞的學人，將不同學術領域打通，原是題中應有之義，饒宗頤在《論書十要》中精要地概括其書法之道，其中第一條爲：「書要重、拙、大，庶免輕佻、嫵媚、纖巧之病。倚聲尚然，何況鋒穎之美，其可忽乎哉？」〔一二〕顯而易見，在其看來，書法與倚聲一樣，都必須遵循「重、拙、大」三要。「重、拙、大」之説乃晚清四大家所倡，況周頤在《蕙風詞話》中更是將其作爲詞學理論的核心，卷一即開宗明義：「作詞有三要：曰重、拙、大。」〔一三〕並進一步做出解釋：「重者，沉著之謂，在氣格，不在字句」〔一四〕，「拙不可及，融重與大於拙之中」〔一五〕，所强調和追求的是静穆厚重、拙勁寬大的詞風。後來的詞學家諸如趙尊嶽、夏敬觀、蔡楨、唐圭璋、萬雲駿等因生逢亂世，家國動蕩的滄桑經歷加之與晚清諸家在詞學上的淵源關係，易於接受這一理論並將其付諸實踐。饒宗頤亦不例外，以「重、拙、大」爲填詞之旨歸，力圖矯正「輕佻、嫵媚、纖巧之病」，並將其引伸到書法等其他藝術領域，頗具創新精神。

饒宗頤走上填詞、論詞之路與清季詞壇的影響密切相關，受常州詞派詞學理論濡染的痕跡非常明顯，但對排除於常州詞派審美理想之外的姜夔詞亦格外推重，有意以「浙」濟「常」。南宋詞家中，饒宗頤尤服膺姜夔，對其詞史定位大力揄揚：「宋詞風格，大約如鼎三足：一爲柳、周的側媚穠豔；一方蘇、辛的馳騁古今；而白石却以格高韻響，别樹一幟。」〔一六〕指出姜夔於側豔與豪放風格之外另開風雅一派，爲詞壇注入一股清新之氣。常州詞派代表周濟爲扭轉清中葉詞壇餖飣的風氣，刻意貶低白石詞「以詩法入詞，門徑淺狹，如孫過庭書，但便後人模仿」〔一七〕，將浙派末流主清空而流於浮薄、主醇雅而傷於纖巧的弊病歸罪於此。饒宗頤却指出浙派末流只把握「清空」而忽視「高雅」，更忘記「言有物」的詞心，非白石之罪，並指出「雅」其實是從姜夔之人品、書品和詞品來作總評，以一己之感悟拈出「骨力」和「風神」來概括白石詞之勝處，認爲其作詞循著書法的路徑，「論書主風神，以疏爲貴，又要時出新意」，能够在美成稼軒之外獨創面目正由於「另覓途徑，向『風力遒』與『骨髓峻』方面發展」〔一八〕，故後人未得輕易模仿。這種折衷浙、常的思想也體現在其創作之中，他在音律上最遵循清真，下字用韻皆取其法度，「舍聲律無以爲詞，詞律莫細於清真」〔一九〕，而在格調上更親近白石，對其人品、詞品最爲賞識，深得白石風神。錢仲聯指出「其慢詞，密麗法清真，宋入其阻，清空峭折，得白石之髓，不落玉田圈績」〔二〇〕，羅忼烈拈出「律按清真，神契白石」〔二一〕一語作爲總結，誠爲知言。這既是對浙西詞派清空醇雅的審美取向之認同，又是對常州詞派思想中尚意輕格的理論偏向之修正。

二 對《人間詞話》的反撥

王國維作爲新派詞學的啟蒙者，於一九〇八年發表的《人間詞話》是一部具有里程碑意義的經典論著，一反傳統的詞學觀念，借助西方文藝思想，以嶄新眼光闡釋傳統詞學，樹立了詞學審美的新標準，開創了詞學研究的新時代。該書影響深遠，諸多觀點被新派詞學奉爲圭臬，但不可否認的是，其中不乏偏頗激進之語，對傳統詞學難免矯枉過正。因此，作爲傳統詞學繼承者的饒宗頤，對《人間詞話》一書進行了全面的審視，並提出了不同的詞學觀點進行反撥，至今對該著作的研究及詞學的認識仍有重要的指導功能。

清詞在詞史上號稱「中興」，如今業已成爲學術界公認的事實，然而在民國時期却富有爭議，以王國維爲代表的新派詞學就對「清詞中興」及清詞的價值持否定態度。《人間詞話》有云：「夫自南宋以後，斯道之不振久矣！元明及國初諸老，非無警句也。然不免乎局促者，氣困於雕琢也。嘉道以後之詞，非不諧美也。然無救於淺薄者，意竭於模擬也。」〔一二二〕無論是「國初」的浙西詞派，抑或「嘉道以後」的常州詞派，王國維一律否定，進而全面否定了清詞的價值。對此，饒宗頤頗有微詞：「清人之於詞，其始也，擷蘭荃之靈芬，綿逸韻於花草。繼則取途姜張，力追北宋。而終也『變化益多，取材益富』，仍以南宋爲依歸。而詞律之嚴識分銖，詞學之力求精覈，鄭聲弗競，真宰長存，遂使聲家小道，蔚成大國，則非宋人所可企及，此清詞在文學史上所以有不祧之地位也。王静安論詞，深抑南宋，似未見及此。」〔一二三〕梳理了清詞的演變軌跡，肯定其「不祧之地位」，並沒有因爲宋詞作爲一代文學之勝就對清詞輕視半分，而是努力發掘後者構成一代文學經典的內在美質與詞史價值。他深刻認識到：「有清一代，倚聲之業，如日中天。作者綦衆，淩越前古。」〔一二四〕詞學在清代已成爲一門專門之學，「學人之言與才人之言合軌，而恣其所詣，則駸駸乎視趙宋堂廡，更爲廣大焉」〔一二五〕，指出清詞對宋詞的繼承與超越，在題材、手法、意境、選政等多方面皆有開拓，從而不斷推動其自身的經典化。

值得一提的是，饒宗頤的詞學研究之路正始於對清詞的整理。二十世紀四十年代，饒宗頤因病滯留香港，機緣巧合之下協助葉恭綽編選《全清詞鈔》，《全清詞・順康卷》有序文追憶當年舊事：「一九三九年余在香港，嘗繼楊鐵夫後，佐丈考證清代詞人仕履，是爲余留心清詞之始。」〔二六〕在這一過程中，他得以遍讀葉氏的珍版藏書，「從葉老那裏知道了很多詞學的好東西」〔二七〕，對詞學研究產生了濃厚的興趣，由此進入當時該領域的最前沿，「爲他以後從事詞籍、詞目、詞樂、詞律，以及中國音樂史、中國音樂與宗教之關係，奠定了一個極爲重要的開端」〔二八〕。如果説起初留心詞學或許爲客觀情勢所需，那麼之後對詞學孜孜不倦的研究則完全是出於主觀意志的渴求。

作爲二十世紀較早涉獵清詞並熟稔文獻的學人，饒宗頤在清詞研究方面有過不少極具見地的論述，張宏生先生歸納爲重視清初和晚清詞、重視清詞的地域性、探討清詞的發展與清代社會文化發展的關係、總結清詞蓬勃發展的原因、清詞的發展與詞學理論的密切關係五個方面〔二九〕，對後來的學術界具有啟發之功。有關清詞之研究價值，饒宗頤認爲：「詞中之有宋與清，正猶詩中之有唐與宋，故清詞之地位，可與宋詩相比擬，應加以重視，不得因其時代較近而忽略，亦不可局限於研究少數幾個人而已。」〔三〇〕全然没有厚古薄今、重大家而輕小家的偏狹視野，指出了清詞廣闊的研究前景與不凡的學術價值，如今早已得到了驗證。

南北宋之争貫穿了整個清代詞學史，由於《人間詞話》多有涉及此重大論題，故饒宗頤在反思王國維的詞學思想時也會重點關注兩宋詞史，他於一九五五年發表了《〈人間詞話〉平議》一文，對王氏旗幟鮮明地伸北宋而黜南宋的詞史觀提出了異議。王氏提出「北宋風流，渡江遂絶」、「然南宋詞雖不隔處，比之前人，自有深淺厚薄之别」〔三一〕，認爲五代北宋時期是詞的極盛時代，南宋之後便不足稱道。南宋詞家除了辛棄疾享有較高評價外（如「其堪與北宋人頡頏者，唯一幼安耳」〔三二〕），其餘諸如姜夔、史達祖、吳文英、張炎等在近代備受推崇的典範詞人，均受到不同程度的貶損，如「南宋詞人，白石有格而無情」〔三三〕，「若夢窗、梅溪、玉田、草窗、西麓輩，面目不同，同歸於鄉愿而已」〔三四〕。饒宗頤却指出兩宋之詞實無高下之分：「故南北宋詞，初無畛域之限，其由自然而臻於巧練，由清泚而入於秾摯，乃文學演化必然之勢，無庸强爲軒輊。」〔三五〕認爲兩宋詞的風格和内容差異乃文學演變之必然，「先真樸而後趨工巧」〔三六〕，客觀看待了「真樸」與「工巧」兩種風格各異的美學特點。他還在《楚辭與詞曲音樂》一文中，對詞裏使用楚辭的字句、模仿楚辭的文體的頻率對比上，南宋詞甚於北宋詞等情形進行了分析，認爲北宋作爲太平盛世，難以産生屈原式的憤世嫉俗、悲天憫人的情緒，而南宋因中原陷虜、偏安江左的時局與屈原所處的時代類似，遷客放臣們借助楚辭，將身世之感打入詞作之中，由此肯定了南宋詞獨特的文化内涵與審美價值。

此外，在審美效果的要求上，傳統詞學認爲創作貴在含蓄藴藉，新派則强調直觀感受，能够迅速和直接打動讀者。王國維《人間詞話》標舉「境界」二字論詞，其理論核心在於「真」：「能寫真景物、真感情者，謂之有境界。否則謂之無境界。」〔三七〕孫克强教授指出王氏的「真」有「内在情感之真」與「外部表現之真」兩個層面，而後者正是其審美標準中的「不隔」——「語語都在目前，便是不隔」〔三八〕，即表達真切、直觀，那麽「隔」便是表達不真切、不直觀。〔三九〕饒宗頤對此同樣發表了自己的精彩論述：「王氏論詞，標隔與不隔，以定詞之優劣，屢譏白石之詞有『隔霧看花』之恨。又云：『梅溪夢窗諸家寫景之病，皆在一隔字』予謂『美人如花隔雲端』，不特未損其美，反益彰其美，故『隔』不足爲詞之病。……詞者意内而言外，以隱勝，不以顯勝。寓意於景，而非見意於景。」〔四〇〕認爲詞的特點是意内言外、言近旨遠，意境上含蓄幽隱更勝於直白淺露，「隔」非但不足爲病，反是詞之妙處。如王氏評白石詞「《暗香》、《疏影》，格調雖高，然無一語道着」〔四一〕，饒宗頤却認爲詞之優劣，在於能否由文字營造出一股蒼莽迷離、神明變化之境，從詞史發展的角度反駁道：「不知此兩闋佳處，在於行間運用杜句，而神明變化，直以古詩開闔之法爲詞，惝怳迷離，自然高妙，爲作詞開一門。」〔四二〕他特别注意到白石詞中虚字傳神的特點，認爲這種較之北宋詞家的又進一境是極爲難得的，也是評價一首詞優劣的重要參照標準。在其看來，詞之病其實在於「晦」：「彦和云：『情立詞外曰隱，狀溢目前曰秀。』王氏論詞，有見於秀，而無見於隱，故反以隔爲病，非篤論也。詞之性質，『深文隱蔚，秘響傍通』，故以曲爲妙，以複見長，不能單憑直覺，以景證境；故吾謂王氏之説，殊傷質直，有乖意内言外之旨。……質言之，詞之病，不在隔而在於晦。」〔四三〕王國維論詞，喜以真摯性情、濃烈情感爲考量標準，然而這種直指人心的旨尚是否符合詞這一文體要眇宜修、委婉屈曲的美學本質和客觀要求，值得商榷。饒宗頤對王氏詞學認識的修正無疑會對詞學的發展産生積極的影響。

三　創作「形上詞」

饒宗頤的詞學思想並未跳出傳統詞學的基本框架，但其一生因種種特殊經歷與機緣得以輾轉世界各地，接受過西方文藝學與美學的教育理念，因而融貫中西，故又有着别於傳統的創作格局與治學眼光，在二十世紀詞壇上與其他舊派詞學家相比顯得獨樹一幟。胡曉明教授將其治學經歷概括「本土傳統學術——海外漢學——舊學新知相融貫」〔四四〕三個階段，正有此特殊經歷，他才能在繼承舊派詞學的基礎上又超越舊派詞學，以實踐豐富理論，以理論指導實踐，從而樹立個性，嘗試創作「形上詞」，追求「幽敻」之境，致力於傳統詞學的現代轉型，試圖爲詞壇指出「向上一路」。

饒宗頤認爲中國傳統詩學向來重視情與景而忽視理與事，故在詞體創作中同樣忽視理與事，這種缺陷正是「中國詩歌重情文而不重理文的一種體現」〔四五〕，因而對詞壇的創作情況深感不滿：「有的並非指導思想不高明，而是創作水準跟不上，只是大題目，大帽子，没有感情，没有理智，因而没有人看；有的庸濫、沾滯，千篇一律，看了也令人生厭。」〔四六〕爲此，他從西方形上詩處借鑒創作經驗，結合自身的創作實踐，提出了「形上詞」的概念，即「用詞體原型以再現形而上旨意的新詞體」〔四七〕，意圖爲詞壇注入新活力，指明新方向。什麽是「形而上」？施議對先生對此解釋道：「是一種超乎形器之上、無聲無臭的理，亦即道也。」〔四八〕饒宗頤論詞特重「向上一路」，這一術語原見《傳燈録》，在佛教禪宗指不可思議的徹悟境界，這裏表現爲「重視道，重視講道理」〔四九〕，在詞體中思考宇宙人生，從而達致超越境界。受宋人王灼《碧雞漫志》評東坡詞的影響，他認爲詞史上能指出「向上一路」的詞人首推蘇軾，其《水調歌頭》（明月幾時有）已將思想境界上升到對宇宙人生的哲理性追尋，但蘇軾未曾主張創製「形上詞」，這也正是饒宗頤自覺創作「形上詞」的原因所在：「中國詩歌中的形而上部分，實在太缺乏。不但言情的詞如此，而且言志的詩亦如此。這是一個嚴重缺陷。我之所以由西洋之形而上詩，嘗試創造形上詞，其目的就在於，彌補這一缺陷。」〔五〇〕旨在情理合一，從詞境上對蘇軾進行繼承和超越，將傳統的詞體創作提升至一個新的境界。

拈出「幽夐」二字以論詞境，是饒宗頤的獨到之見。其《固庵詞・小引》有云：「詞異乎詩，非曲折無以致其幽，非高渾無以極其夐。幽夐之境，心嚮往之；而詞心醞釀，情非得已。……秉燭春深，如温前夢。」〔五一〕認爲「幽夐」包涵了曲折與高渾兩個方面，「既體現深度，又體現高度」〔五二〕，但又主張以高度爲主，因爲過於追求深度容易局限於一人一事，陷入狹隘之境，而追求高度則可以跳脱出一己之視野，上升到對宇宙人生的哲理思考。正如他雖然一生中的大部分歲月都在香港這一方「彈丸之地」度過，却不選擇偏安一隅：「我根本不會將自己局限於香港這個小地方。我的詞心，與整個宇宙是相通的。……我的活動空間却非常寬廣。」〔五三〕他在後半生「壯心不已」，走訪異國他鄉，於美國、加拿大、瑞士等地輾轉，每有閑暇，則放筆倚聲，隨著眼界不斷擴大，對宇宙人生的思考亦隨之加深，自覺向「形而上」之境靠近。黄坤堯先生評價道：「饒詞多成於旅途之中，刻畫異國風光，人傑地靈，每集代表一段經歷，一種全新的精神境界。」〔五四〕

饒宗頤認爲，詞在創作上欲達到「幽夐之境」，一方面須回歸詩騷傳統而對舊的語彙進行熔鑄，另一方面須在繼承舊有傳統的基礎上構成新的意境。在其看來，《詩經》與《楚辭》是中國有漢以來文學作品的源泉，回歸詩騷傳統可增加作品的厚度，而以理入詞、以詞言理則可爲詞的發展提供新的内容，此觀點可結合其《西子妝慢》一詞進行理解：

淺水挼藍，遥天繚白，海畔火雲千里。飛飛去鳥不知名，渺愁予、碧波了無際。林嵐乍霽。暫消受、江湖爽氣。泛中流、發棹歌吴榜，不知何世。　菰蒲裏。水佩風裳，輪與魚龍戲。此身忘却在天涯，蕩歸心，夕陽船尾。餘霞散綺。好商略、黄昏滋味。但淒迷藻國，羈懷莫寄。〔五五〕

作者在盛暑與諸生泛舟於異國，忽有渺然江海之思，遂寫下此詞，古人未曾涉及的異地風光，他用最古典之形式予以呈現。上片佈景兼抒情，「渺愁予」化用《楚辭・湘夫人》「帝子降兮北渚，目眇眇兮愁予」〔五六〕，營造了一種惆悵迷離之氛圍；「泛中流、發棹歌吴榜，不知何世」化用《秋風辭》「泛樓船兮濟汾河，横中流兮揚素波。簫鼓鳴兮發棹歌」〔五七〕，表達了一種幽約怨悱之心緒。下片則抒情兼造理，「此身忘却在天涯，蕩歸心，夕陽船尾」，回環之勢寓於平易之語中；「餘霞散綺」語出謝朓《晚登三山還望京邑》「餘霞散成綺」〔五八〕，用大筆渲染出江天絢爛澄澈之景；「好商略、黄昏滋味」語出姜夔《點絳唇・丁未冬過吴松作》「商略黄昏雨」〔五九〕，以擬人手法化静爲動，乃奇絶之筆；歇拍「但淒迷藻國，羈懷莫寄」點出羈旅懷抱，無所依托，不爲一時一地所縛。作品受《楚辭》的影響十分明顯，而諸多典故的運用亦增加了作品的厚度，將羈旅之感寄託於諸種意象之中，寓情於景，又不爲景物所束縛，意境曲折綿邈，不顯呆板凝滯，有超脱之致，還帶有如何尋找自己在宇宙人生中的位置的思考，即作者所言的「高度」。

實際上，「向上一路」藴含了哲理與精神超越兩個方面的要求。王國維論詞標舉「境界」，提出「詩人對宇宙人生，須入乎其内，又須出乎其外。入乎其内，故能寫之。出乎其外，故能觀之。入乎其内，故有生氣。出乎其外，故有高致」〔六〇〕，而其哲理詞的創作也的確將以理入詞發展到了一個新高度。但在饒宗頤看來，王國維雖然是一位了不起的學問家，但未能真正做到「出乎其外」，達不到精神超越的要求，並指出正是由於學識與修養的限制，其無論在做人、做學問，還是填詞、論詞方面，都只能局限於人間，即「專論人間，困在人間，永遠未能打開心中之死結」〔六一〕，故最終選擇了輕生。王氏所欠缺的正在於「對佛教未曾多下功夫，對道教也缺乏瞭解，不知道如何安頓自己」〔六二〕，如果能够在所做學問之中加入釋藏與道藏，或許就能較爲正確地安排好自身的位置。相比之下，饒宗頤創作的範圍更廣，層面更多，借助於禪來開拓境界，認爲「詞亦可爲儒者禪」，即「視禪爲安心立命之地，以理性情之正，尤近於儒」〔六三〕，更指出詞家以禪取譬有「求懺悔」和「求解脱」二義，前者「消極之論，聊以慰釋」，後者「其造論往往有新之體會，於詞境之開拓尤有功焉」〔六四〕，暗示其自身取之於後者。

饒宗頤認爲，如何在人世間正確安頓好自己這一點上，陶淵明比王國維要明白得多。他參考了王國維的「三重境界」説，從陶淵明的五言組詩《形影神三首》中深受啟發，於知命之年概括出三種境界——詩人境界、學人境界與真人境界〔六五〕，將一己對世界和人生的參悟，分别傾注到《六醜・睡》、《蕙蘭芳引・影》、《玉燭新・神》〔六六〕這一組詞當中，借助鮮活可感的意象將艱深端肅的哲理傳遞出來：第一境界爲「漫芳菲獨賞，覓歡何極」（《六醜・睡》），將詩人濟慈《睡與詩》一詩的内涵轉化爲詞體，表現爲光陰易逝，詩人皆有孤獨感，故獨賞芳菲，學會如何在孤獨裏思考和感悟；第二境界爲「看夕陽西斜，林隙照人更緑」（《蕙蘭芳引・影》），由尼采《道德之譜系》「日愈西下，則其影愈大」切入，結合《莊子・齊物論》中的「葆光」之説，指出有道的人都能做到善於葆光，但是一般人習慣於向外表露精神，「既經受不住孤獨寂寞，又不肯讓光彩受掩蓋；只是注重外表的風光，而不注重内在修養」〔六七〕，一旦雜念障目，便無法看見林隙間的「緑」；第三境界爲「紅蕎尚佇，有浩蕩光風相候」（《玉燭新・神》），意爲許多煩惱皆是枉然，死猶不亡，身雖消逝，神可永存，不爲形困，方可達致超脱。此三種境界層層遞進，便是所謂「向上一路」。

值得注意的是，「形上詞」之説雖對詞壇有開拓之功，但也確實不可避免地存在着「陳義太高、令人望而却步」〔六八〕的問題。有學者就指出，一方面目前學界對其研究多停留於知識描述與理論闡述的層面，而對其學術史意義與學術個性論説則有所欠缺；另一方面，其所揭示的理念當前難以轉化爲具體的實踐操作，回應者也寥寥無幾〔六九〕。饒宗頤指陳的「三種境界」，如果不具備其一般學識修養，實難臻此獨造之詣。儘管如此，正如饒宗頤自身所言明，「形上詞」不失爲一種實驗，目的是爲「古典的創造性轉化」指出路數，由後來者接續，這或許是二十一世紀詞壇可以嘗試的方向。

〔一〕〔六〕〔三九〕 參閲孫克强《民國詞壇新舊兩派分野論析》，《社會科學戰綫》二〇二一年第四期。

〔二〕《静惕堂詞序》，陳乃乾編《清名家詞》第一卷，上海書店出版社一九八二年版。

〔三〕周濟《宋四家詞選目録序論》，唐圭璋編《詞話叢編》，中華書局一九九一年版，第一六四二頁。

〔四〕參閲孫克强《晚清四大家詞學集大成論》，《文藝理論研究》二〇〇六年第三期。

〔五〕歐明俊《近代詞學師承論》，《上海大學學報（社會科學版）》二〇〇七年第五期，第七六頁。

〔七〕〔九〕〔一〇〕〔一六〕〔一八〕〔二三〕〔二四〕〔二五〕〔二六〕〔三〇〕〔三五〕〔三六〕〔四〇〕〔四二〕〔四三〕〔四五〕〔四六〕〔四七〕〔四九〕〔五〇〕〔五二〕〔五三〕〔六一〕〔六二〕〔六三〕〔六四〕〔六七〕 饒宗頤《饒宗頤二十世紀學術文集》卷十二，中國人民大學出版社二〇〇九年版，第二八六頁、第三〇八頁、第二九七—二九八頁、第一六八頁、第一六四頁、第二八八頁、第二四九頁、第二八六—二八七頁、第二九六頁、第二九四頁、第二二三頁、第二二三頁、第二一九頁、第二二一頁、第二三〇頁、第三一一頁、第三一四頁、第三〇〇頁、第三〇〇頁、第三〇二頁、第三〇九頁、第三〇九頁、第三〇六頁、第二〇六頁、第二一七頁、第二一二頁、第三〇五頁。

〔八〕張惠言《詞選序》，《詞話叢編》，第一六一七頁。

〔一一〕饒宗頤《饒宗頤二十世紀學術文集》卷十一，中國人民大學出版社二〇〇九年版，第二七二頁。

〔一二〕陳韓曦《饒宗頤：東方文化座標》，花城出版社二〇一五年版，第二一四頁。

〔一三〕〔一四〕〔一五〕況周頤《蕙風詞話》，《詞話叢編》，第四四〇六頁、第四四〇六頁、第四五二七頁。

〔一七〕周濟《介存齋論詞雜著》，《詞話叢編》，第一六三四頁。

〔一九〕〔五一〕〔五五〕〔六六〕 饒宗頤《清暉集》，海天出版社二〇一一年版，第二七三頁、第二三五頁、第二三九頁、第二六七頁。

〔二〇〕錢仲聯《近世名家詩詞平亭——饒宗頤〈選堂詩詞集〉序》，《蘇州大學學報（哲學社會科學版）》一九九二年第二期，第五一頁。

〔二一〕羅忼烈《〈晞周集〉序》，饒宗頤《饒宗頤二十世紀學術文集》卷十四，中國人民大學出版社二〇〇九年版，第四七七頁。

〔二二〕樊志厚《人間詞話・人間詞甲稿序》，《詞話叢編》，第四二七五頁。

〔二七〕林倫倫《饒宗頤研究》，暨南大學出版社二〇一二年版，第一六八頁。

〔二八〕陳賢武《略論葉恭綽對饒宗頤治學道路的影響》，《韓山師範學院學報》二〇〇七年第二期，第二一頁。

〔二九〕張宏生《饒宗頤先生的詞學研究及其成就》，香港浸會大學饒宗頤國學院編《饒宗頤學術研究論文集》，中華書局（香港）有限公司二〇一五年版，第一六三—一六六頁。

〔三一〕〔三二〕〔三三〕〔三四〕〔三七〕〔三八〕〔四一〕〔六〇〕 王國維《人間詞話》，《詞話叢編》，第四二四八頁、第四二四九頁、第四二四九頁、第四二五〇頁、第四二四〇頁、第四二四八頁、第四二四八頁、第四二五三頁。

〔四四〕胡曉明《饒宗頤學記》，香港教育圖書公司一九九六年版，第四八—五一頁。

〔四八〕施議對《濠上縱譚：施議對講堂實録》，上海古籍出版社二〇一五年版，第一三〇頁。

〔五四〕黄坤堯《畫趣琴心——論饒宗頤詞的幽敻境界》，曾憲通編《饒宗頤學術研討會論文集》，香港翰墨軒出版有限公司一九九七年版，第四三五頁。

〔五六〕郭竹平注譯《楚辭》，中國社會科學出版社二〇〇二年版，第五四頁。

〔五七〕〔五八〕許淵沖《漢魏六朝詩選》，五洲傳播出版社二〇一八年版，第二二〇頁、第三一二頁。

〔五九〕姜夔著，夏承燾箋校《姜白石詞編年箋校》，上海古籍出版社一九八一年版，第二六頁。

〔六五〕參閱施議對《落想、設色、定型——饒宗頤「形而上」詞法試解》，《詞學（第十三輯）》，華東師範大學出版社二〇〇一年版。

〔六八〕馬大勇《二十世紀詩詞史論》，時代文藝出版社二〇一四年版，第二三三頁。

〔六九〕參閱殷學國《饒宗頤「形上詞」論分析》，《暨南學報（哲學社會科學版）》二〇一二年第八期。

（作者單位：武漢大學文學院；中南民族大學文學與新聞傳播學院）

和刻本《事林廣記》中所見宋詞

——《全宋詞》未收《迎仙客》詞六首

[日]萩原正樹 撰　靳春雨 譯

内容提要　《事林廣記》是南宋陳元靚編纂的日用類書，此書在元明時期有多種版本刊行。現存最早泰定二年(一三二五)刊本《事林廣記》在中國本土很早就已散佚，而日本所藏元禄十二年(一六九九)刊和刻本即此元刊本的覆刻本。唐圭璋先生編纂《全宋詞》之際就曾請中田勇次郎先生調查此和刻本，並抄得宋詞九首。和刻本《事林廣記》對於《全宋詞》的編纂乃至宋詞的研究，其作爲資料的重要性不言而喻。且和刻本《事林廣記》中録有《全宋詞》未收詞六首，可補其遺漏。本文重點就此《迎仙客》詞六首進行細致的分析和考論。

關鍵詞　和刻本《事林廣記》　《全宋詞》　《迎仙客》

一

唐圭璋(一九〇一——一九九〇)先生所編《全宋詞》在宋詞研究中占重要的地位，這點毋庸置疑。此書收録一九九〇〇餘首宋詞，按時間順序排列並附校訂和標點。此書作爲研究宋詞的基礎文獻被詞學研究者頻繁翻閲引用，將來也會被繼續使用。此書中還補入了一些未輯録作品以對詩人的傳記和作品正文進行補訂。〔一〕這些增補和修訂也恰好證明了《全宋詞》的價值之所在，這種價值將會隨著後人的增補和修改不斷提高。

《全宋詞》的編纂，據一九六五年初印本（中華書局一九六五年六月版）的《編訂説明》，該書着手於一九一三年，一九三七年完成初稿。〔二〕一九四〇年（民國二十九年）長沙國立編譯館出版《全宋詞》三百卷。〔三〕

《全宋詞》三百卷本出版之前，國立編譯館已出版唐圭璋先生編輯的《全宋詞草目》，目録中列所收詞人的作品數量和底本。《全宋詞草目》至少有兩種，一種按作者時代順序排列（僧侣、道士、女性附末尾）；另一種按作者姓名筆畫順序排列。〔四〕二者均未記載出版年份，但從開頭的《例言》、《輯印全宋詞緣起》的内容以及所録詞作品數量的增加情况可得知，先出版的是時代順序排列本，此後爲筆畫順序排列本。〔五〕

《全宋詞草目》的刊行目的在於《全宋詞》出版前能得諸家的批評指正，《輯印全宋詞緣起》的末尾云：「茲先寫定目録以明采輯之所自，海内學人如承以佚詞見示，則不啻百朋之賜矣。」〔六〕有宋一代詞的輯録，即《全宋詞》的編纂正可謂「不朽」之事業〔七〕，爲完善此本，正編面世前至少曾刊行過目録兩次並將此分發給研究者，準備不可謂不周到。《全宋詞》最終得以完成，編者唐圭璋先生的卓絶努力毋庸置疑，但同時我們也需要注意到應唐先生之請求而提供輯佚和補訂意見的衆多協助者的存在。

一九四〇年的《全宋詞》三〇〇卷本所載唐圭璋《緣起》云：「草目寫定後，復承趙斐雲、周泳先、朱居易諸先生補遺，夏瞿禪、劉子康、王仲聞諸先生辨譌，酈衡叔先生等參校。」〔八〕當時國立編譯館館長陳可忠（一八九八—一九九二）在《全宋詞跋》中云：「本館既授梓問世，凡贊襄厥業共與校訂者，列臺銜於左，庸識敬佩之忱。」所列除劉子康之外的前述六名外，另舉「吴瞿安先生梅」、「汪辟疆先生國垣」、「任中敏先生訥」、「葉玉甫先生恭綽」、「盧冀野先生前」之名。此處列記的學者們之外，尚有衆多有名和無名的協助者。

唐圭璋先生曾致函日本的中田勇次郎（一九〇五—一九九八）先生以求得協助之事，以前曾涉及過（芳村弘道、萩原正樹《唐圭璋先生「全宋詞」編纂之一過程——唐氏致中田勇次郎先生的兩封信函》〔九〕，收《學林》二〇〇二年第三十五號）。兩封信中，一九三五年七月十九日的第一封中，唐圭璋先生就和刻本《事林廣記》和衍慶堂刊本《喻世明言》中是否有「宋人佚詞」，靜嘉堂所藏本《群賢梅苑》和李祖年刻本《梅苑》所收有無異同的問題曾托中田先生調查。對此，中田先生不遺餘力，於八月五日回信並附相關資料。此事據唐先生八月二十日的第二封信可知。第二封信中記載，中田先生自和刻本《事林廣記》中抄出詞九首寄送，作爲答謝，若購得李祖年刻本《梅苑》將贈呈中田先生。〔一〇〕

中田先生提供的「宋人佚詞」的相關資料，早在一九四〇年的《全宋詞》三〇〇卷本中就已收録且流傳至今。

二

唐圭璋先生對和刻本《事林廣記》産生興趣則是受到況周頤（一八五九—一九二六）的影響。他在與中田先生的第一封信中云：

貴國貞亨初（雙行注：當我國清康熙初）所刻《事林廣記》（雙行注：宋陳元/靚編）內有宋人佚詞，吾國無此書，便乞先生代查一過賜寄可乎？吾國《蕙風簃隨筆》中録得五首，度其他必仍有也。〔一一〕

況周頤的隨筆中所引詞五首輯自和刻本《事林廣記》〔一二〕，由此，唐圭璋先生認爲另有「宋人佚詞」存在。《事林廣記》是南宋陳元靚編纂的日用類書，據金文京《〈事林廣記〉之編者陳元靚》（《汲古》二〇〇五年第四十七號）〔一三〕，此書刊刻於南宋咸淳年間（一二六五—一二七四）之前，或最遲不晚於元大德年間（一二九七——一三〇七)。日用類書指元明以降民間書坊大量出版的「具有平民化民間化的形式和内容的通俗日用類書」〔一四〕,並時時依讀者的需求做出内容和體裁上的各種改變。元明時期《事林廣記》曾刊刻多種版本,其中現存的元刊本如下:

一、西園精舍本　元·至順年間(一三三〇——一三三二)刊。内閣文庫所藏。

二、椿莊書院本　元·至順年間(一三三〇——一三三二)刊。臺北故宮博物院所藏。《續修四庫全書》所收。

三、鄭氏積誠堂本　元·後至元六年(一三四〇)刊。北京大學圖書館、宮内廳書陵部、佐賀武雄市教育委員會所藏。

四、對馬宗家舊藏本　元刊本。長崎縣立對馬歷史民俗資料館所藏。

五、零本　元刊本。金澤市立圖書館所藏。

較以上元刊本更多保留其原貌的是元禄十二年(一六九九)刊的和刻本。和刻本目録末尾牌記云:「此書因印匠漏失版面,已致有誤　君子、今再命工修補外、新增添六十餘面以廣其傳、收書　君子幸垂鑒焉/泰定乙丑仲冬　增補」。可知其所據底本,也即此和刻本爲泰定乙丑(二年,一三二五)刊本的覆刻本。泰定二年刊本不僅刊刻時間上早於西園精舍本和椿莊書院本數年,内容亦存在較大不同,且作爲《事林廣記》的最早刊本倍受重視。〔一五〕泰定二年刊本在中國很早就已散佚,至清末無此刊本存世。故唐圭璋先生云「吾國無此書」。

此種日用類書中多引用詩詞,唐圭璋先生在編纂《全宋詞》之際,亦從《翰墨全書》等輯録大量的詞。他由此推測,和刻本《事林廣記》中除有況周頤所引五首外,應收録其他未見詞。此推測是正確的,唐圭璋先生通過中田先生的幫助又發現九首詞。

一九六五年初印本之後的《全宋詞》中收録和刻本《事林廣記》中所見詞共計十五首。其中的部分詞在録入《全宋詞》之際，疑曾經過文字變動或有誤植，以下附若干注例示以供參考。詞之正文及排列順序依《事林廣記》。各詞後記《全宋詞》卷數和頁數以及與《全宋詞》校勘的文字異同。「民國本」指一九四〇年刊三〇〇卷本，「初印本」指一九六五年本，「横排本」指一九九九年改版重印簡體横排本《全宋詞》。關於文字異同，簡體、繁體、俗體字等雖字體不同，此處均看作同一漢字不另標出。※以下内容爲備考。

○戊集卷二「文藝類」：

㈠滿庭芳

若論風流、无過圓社、拐臁蹬躡搭齊全。門庭富貴、曾到御簾前。灌口二郎爲首、趙皇上、下脚流傳。人都道、齊雲一社、三錦獨争先。　花前。並月下、全身綉帶、偷側雙肩。更高而不遠、一搭打鞦【＊】韆。毬【＊＊】落處、圓光臁拐、雙佩劍、側躡相連。高人處、翻身佶料、天下總呼圓。

民國本卷二九九、初印本第五册三七三四頁、横排本第五册四七三四頁所收。

＊　民國本、初印本、横排本，「鞦韆」均作「秋千」。

＊＊　横排本，「毬」作「球」。

※況周頤《蕙風詞話續編》卷一引。椿莊書院本《事林廣記》續集卷七文藝類中亦見。

㈡滿庭芳

十二香皮、裁成圓錦、莫非年少堪收。緑楊深處、恣意樂追遊。低拂花梢慢下、侵雲漢、月滿當秋。堪觀處、偷頭十字拐、舞袖拂銀鉤。　肩尖、並拐搭、五陵公子、恣意忘憂。幾回沈醉、低築傍高樓。雖不遇文章高貴、分左右、曾對王侯。君知否、閒中第一、占斷是風流。

民國本卷二九九、初印本第五册三七三五頁、横排本第五册四七三四頁所收。

※況周頤《蕙風詞話續編》卷一引。椿莊書院本《事林廣記》續集卷七文藝類中亦見。

㊂ 鷓鴣天　遏【＊】雲致語筵會用

遇酒當歌酒滿斟。一觴一詠樂天真。三盃五盞陶情性、對月臨風自賞心。　環列處、總佳賓。歌聲嘹亮遏行雲。春風滿座知音者、一曲教君側耳聽。

民國本卷二九九、初印本第五册三七三五頁、横排本第五册四七三五頁所收。

＊　民國本，小序無「遏雲致語筵會用」七字。

※況周頤《蕙風詞話續編》卷一引。椿莊書院本《事林廣記》續集卷七文藝類中亦見。

㊃ 滿庭芳　集曲名

共慶清朝、四時歡會、賀筵開會集佳賓。風流鼓板、法曲獻仙音。鼓笛令、無【＊】雙多麗、十拍板、音韻宣清。文序子、雙聲疊韻、有若瑞龍吟。　當筵、聞品令、聲聲慢處、丹鳳微鳴。聽清風八【＊＊】韻、打拍底、更好精神。安公子、傾盃未飲、好女兒、齊隔簾聽。真旡比、最高樓上、一曲稱人心。

民國本卷二九九、初印本第五册三七三五頁、横排本第五册四七三五頁所收。

＊　民國本，「無雙」作「雙無」。

＊＊　民國本，「八韻」作「入韻」。

※況周頤《蕙風詞話續編》卷一引。椿莊書院本《事林廣記》續集卷七文藝類中亦見。民國本文字「雙無」、「入韻」均爲誤字，初印本以降分別修正爲「無雙」、「八韻」。

㈤　水調歌頭

八鑾朝鳳闕，四境絶狼煙。太平无事、超烘聚哨傚梨園。笛弄崑崙上品、篩動雲陽妙選、畫鼓可人怜。亂撒真珠迸、點滴雨聲喧。　韻堪聽、聲不俗、駐雲軒。諧【＊】音節奏、分明花裏遇神仙。到處朝山拜嶽、長是争籌賭賽、四海把名傳。幸遇知音聽、一曲讚堯天。

民國本卷二九九、初印本第五册三七三五頁、横排本第五册四七三五頁所收。

＊　民國本，「諧音」作「詣音」。

※民國本此詞末記：「以上五首見事林廣記戊集卷二」。況周頤《蕙風詞話續編》卷一引。椿莊書院本《事林廣記》續集卷七文藝類中亦見。民國本「詣音」爲誤字，初印本以降作「諧音」。

㈥　西江月　打雙陸例

么六把門已定、二四三五成梁【＊】。須知四六做煙梁。五六單行无障。　擲得么三采出、填胲此處高强。到家先起妙旡雙。號曰全【**】贏取賞。

民國本未收録。初印本第五册三七三五頁、横排本第五册四七三五頁所收。

*　初印本，「梁」作「樑」。

**　初印本、横排本，「全贏」作「金贏」。

※初印本、横排本，此詞末尾均記「以上事林廣記戊集卷二」。此首不見於況周頤《蕙風詞話續編》、椿莊書院本《事林廣記》，中田先生抄出九首中亦不得見。民國本不録而始見於初印本，應係民國本刊行後唐氏自行補入。另初印本、横排本「全贏」誤作「金贏」。

○癸集卷十二「玳筵行樂」

㊆卜筭子令　先取花一枝、然後行令、口【*】唱其詞、逐句指點。舉動稍誤、即行罰酒、後詞准此。

我有一枝花〔指自身復指花〕、斟我些兒酒〔指自令斟酒〕。唯願花心似我心〔指花指自身頭〕、歲歲長相守〔放下花枝叉手〕。　滿滿泛金盃〔指酒盞〕。重把花來唤【**】〔把花以鼻齅〕。不願花枝在我旁〔把花向下座人〕、附與他人手〔把花附下坐接去〕。

民國本卷二九九、初印本第五册三七三六頁、横排本第五册四七三五頁所收。

*　民國本、初印本、横排本，「口唱」均作「唱」。

**　初印本、横排本，「唤」作「〔齅〕(唤)」。

※自此詞始，以下共九首爲中田先生抄出詞。中田先生爲回應唐圭璋先生所囑，曾留下四〇〇字作

文稿紙備忘録六頁〔一六〕，稿紙上抄録和刻本《事林廣記》所收詞九首。詳見前揭《唐圭璋先生〈全宋詞〉編纂之一過程——唐氏致中田勇次郎先生的兩封信函》。《全宋詞》諸本序中「口唱其詞」作「唱其詞」，缺「口」字，有誤。中田先生的抄録中作「口唱」。備忘録基本用鉛筆書寫，但本詞後闋第二句「重把花來唤」之「唤」字用鋼筆書寫附圓圈，於上欄空白處以同樣的鋼筆記作「嗅」。中田先生或認爲「唤」爲「嗅」之誤。

㈧ 浪淘沙令

今【*】日□筵中〔指席上〕。酒侣相逢〔指同餘人〕。大【**】家滿滿泛金鍾〔指衆賓指酒盞〕。自起自斟還自飲〔自起身自斟酒學盞〕、一笑春風〔止可一笑〕。　傳語【***】主人翁〔執盞向主人〕。倆【****】且饒儂〔指主人指自身〕。儂今沈醉眼矇矓〔指自身復拭目〕。此酒可怜先伴飲〔指酒〕、附與諸公〔指酒附鄰座〕。

民國本卷二九九、初印本第五册三七三六頁、横排本第五册四七三六頁所收。

*　民國本，作「今日筵中」四字句。

**　民國本，「大家」作「六家」。

***　民國本、初印本、横排本，「傳語」均作「傳與」。

****　民國本，「倆」作「權」，初印本、横排本亦作「權」，加注「原誤作『倆』」。

※中田先生備忘録中第一句記作：「今日　筵中」，空格部分附注記：「勇云、一字空」。「大家」、「傳語」、「倆」均依原文。《全宋詞》諸本「傳語」作「傳與」，抑或因音同而誤。

㊈ 調笑令

花酒〔指花指酒〕。滿筵有〔指席上〕。酒滿金盃花在手〔指酒指花〕。頭上戴花方飲酒〔以花插頭上舉盃飲〕。飲罷了〔放下盃〕高叉手〔叉手〕。琵琶撥盡相思調〔作彈琵琶手勢〕。更【＊】向當筵舞袖〔起身舉兩袖舞〕。

民國本卷二九九、初印本第五冊三七三六頁、横排本第五冊四七三六頁所收。

＊ 民國本，作「更向當筵□舞袖」七字句。

※此詞與《詞律》卷二、《欽定詞譜》卷四十所收毛滂三十八字體同，末句當爲六字句。

㊉ 花酒令

花酒〔左手把花右指酒〕。是我平生結底親朋友〔指自身及衆賓〕。十朵五枝花〔以手伸五指反覆應十朵又舒五指應五枝仍指花〕、三盃兩盞酒〔伸三指又伸二指應三盃兩盞數指酒〕。 休問南辰共北斗〔伸手作休問狀指南北〕。任從他烏飛兔走〔以手發退作任從狀又作飛走狀〕。酒滿金巵花在手〔指酒尊指酒盞指花〕。且戴花飲酒〔左手插花右手持酒飲〕。

民國本卷二九九、初印本第五冊三七三六頁、横排本第五冊四七三六頁所收。

※民國本末尾記：「以上四首見事林廣記癸集卷之十二」。初印本、横排本記：「以上四首見事林廣記癸集卷十二」。

○癸集卷十三「花判公案」

㈡張魁　花【*】判踏行沙

鳳髻推【**】雅、香酥瑩膩。雨中花占街前地。弓鞋濕透立多時，无人爲問深深意。　眉上新愁、手中文字。如何不【***】猜鱗鴻去。想伊只訴薄情人，官中不【****】營閑公事。

民國本附録一、初印本第五册三八五〇頁、横排本第五册四八八四頁所收。

*　民國本、初印本、横排本，詞牌名均作《踏莎行》。

**　民國本、初印本、横排本，「推雅」均作「堆鴉」。

***　初印本、横排本，「不猜」作「不倩」，注記：「原誤作『猜』」。

****　初印本、横排本，「不營」作「不管」，注記：「原誤作『營』」。

※此詞的詞牌正確應爲《踏莎行》，中田先生備忘録欄外記：「作行沙、當誤」。「推雅」之後的異同，應爲《全宋詞》修正之故。此詞與《中吴紀聞》卷四録仲殊《踏莎行》詞（首句「濃潤侵衣」、初印本第一册五四五頁）類似，《全宋詞》仲殊詞末尾云：「案事林廣記前集卷十引作張魁判詞，文字稍有改易」。〔一七〕此詞「不猜」改作「不倩」，應依照仲殊詞後闋第三句「因何不倩鱗鴻寄」。「不營」，《全宋詞審稿筆記》（一六六頁）中王仲聞指出：「附録詞卷中張魁踏莎行末句疑有誤，平仄不叶，亦不可解。請　查示應如何改正文字」。對此，唐圭璋以朱筆記云「不營改作不管」。可能依據仲殊詞後闋末句「官中誰管閑公事」。〔一八〕民國本此詞末尾記：「事林廣記癸集卷三十三」，「案此首僧仲殊詞，見中吴紀聞卷四。事

林廣記誤引」。王仲聞就此提出疑問云：「事林廣記張魁踏莎行一首引自癸集卷三十三。按事林廣記元刻本分前後續別集，尊據爲何種本子？卷數似較多。」（《全宋詞審稿筆記》四五八頁）王仲聞當時知曉分爲前、後、續、別集四集的椿莊書院本等元刊，但可能不知分十天干卷名共十集的和刻本《事林廣記》的存在。唐圭璋就此疑問告知王仲聞自己曾通過日本人的抄寫使用過該和刻本。但民國本「卷三十三」之記載，正確應爲「卷之十三」，將「之」誤作「三」之故。後來的初印本、橫排本中卷數得以訂正：「事林廣記癸集卷十三」，「案此首原爲僧仲殊詞，見中吴紀聞卷四。事林廣記改爲張魁判詞，實出依託」。

㈢ 蘇軾　踏沙行

這個禿奴，修行忒煞。雲山頂上持【＊】齋戒。一從迷戀玉樓人，鶉衣百結渾无奈。　毒手傷人，花容粉碎。空空色色今何在。臂間刺道苦相思，這回還了相思債。

民國本卷四十、初印本第一册三三三頁，橫排本第一册四二九頁所收。

＊　民國本、初印本、橫排本，「持齋戒」均作「空持戒」。

※此詞末尾，民國本注記：「事林廣記癸集卷之十三」，初印本、橫排本注記：「事林廣記癸集卷十三」，「案事林廣記所載，多出傅會或虚構，此首未必爲蘇軾作」。此詞除《事林廣記》以外，另見於《緑窗新話》（卷上《蘇守判和尚犯奸》，上海古籍出版社一九九一年版，第七十三頁），《新編醉翁談録》（庚集卷二，第七十九頁），《花草粹編》（卷六，民國二十二年影印本），《堯山堂外紀》（卷五十二，《續修四庫全書》所收本），《情史》（卷十八《僧了然》，《馮夢龍全集》第三十八卷所收本，上海古籍出版社一九

九三年版，第一五四五頁）。[一九]《綠窗新話》、《新編醉翁談録》前闋第三句作「雲山頂上持齋戒」，《花草粹編》作「雲山頂上曾持戒」，《堯山堂外紀》、《情史》作「雲山頂上持戒」六字句，未見有作「雲山頂上空持戒」。不明《全宋詞》諸本因何「持齋戒」作「空持戒」。

㊂ 望江南

江南竹，巧匠織成籠。贈與吾師藏法體，碧潭深處伴蛟龍。色即是成空。

民國本未録。初印本第五册三七四七頁、横排本第五册四七五〇頁所收。

※此詞亦中田先生抄出詞，但民國本未録。初印本、横排本此詞末尾有：「案此首别又見留青日札卷二十一，作元人方國珍詞。蓋傅會之説。」抑或民國本編纂之際認爲此詞是方國珍之詞，故未録入《全宋詞》。初印本、横排本注明本詞與《西江月》詞（首句「早晚以成行色」，初印本第五册三七四七頁）「以上二首羅燁新編醉翁談録庚集卷二」，引自《新編醉翁談録》。

㊃ 張樞密　聲聲慢　判道士還俗

星冠懶帶，鶴氅慵披，色心頓起蘭房。离了三清歸去，作個新郎。良宵自有佳景，更燒甚、清香德香。瑶臺上，便玉皇親詔，也則尋常。　常觀裏、孤孤令令，争如走【＊】宂韋、夜夜成雙。救苦天尊，你且遠离他方。更深酒闌歌罷，殢玉人、雲雨交相。問則甚，咱門這裏拜章。

民國本卷二八二、初印本第五册三八五〇頁、横排本第五册四八八四頁所收。

＊　民國本、初印本、橫排本，「走兇韋」均作「赴鴛闈」，初印本、橫排本附注記：「原誤作『走兇韋』」。

※民國本末尾有：「事林廣記癸集卷之十三」，初印本、橫排本末尾有：「事林廣記癸集卷十三」。

○癸集卷十三「嘲戲綺語」

㊄ 申二官人　踏沙行　嘲建康妓李燕燕

蔥草身才，燈心脚手。閑時與蝶花間走。有時跌倒屋檐頭，蜘蛛網裏翻筋斗。　水馬馳來，藕絲纏就。鵝毛般上三盃酒。等閑試把秤兒秤，平盤分上何曾有。

民國本卷二八二、初印本第五册三八五一頁、橫排本第五册四八八五頁所收。

※民國本末尾有：「事林廣記癸集卷之十三」，初印本、橫排本末尾有：「事林廣記癸集卷十三」。

以上十五首，初印本之後的《全宋詞》所收與和刻本《事林廣記》同。雖引自《事林廣記》，但今後仍需注意的是與《事林廣記》存在文字上的異同。

產生這種異同的原因大概是，對當時的中國研究者而言，和刻本《事林廣記》屬於稀覯書的緣故。夏承燾《天風閣學詞日記》「一九三六年四月十一日」條云：「發叔雍函。問借《增類群書類要事林廣記》，以《蕙風詞話續編》謂其卷二文藝類有注旁譜之詞，可與姜詞印證也。」據況周頤《蕙風詞話續編》得知《事林廣記》卷二文藝類有注旁譜的詞[二〇]，夏承燾因此致函叔雍（趙尊嶽）借閱《事林廣記》。六日後的四月十七日，趙叔雍寄來《事林廣記》，《天風閣學詞日記》中云：「叔雍寄來《事林廣記》一册。此書全十册、沈寐叟

（曾植）、況蕙風各有一部。叔雍從蕙風只抄得一册，其卷二文藝類《願成雙令》、《願成雙慢》、《獅子序》等，皆正宫曲，有譜而無詞，工尺與姜白石旁譜同，惟無沓二字者。另抄得五詞，可入《全宋詞》。」據此記載，沈曾植〔一一〕與況周頤各藏《事林廣記》全十册，趙尊嶽從況周頤處借得且僅抄寫一册。《天風閣學詞日記》「四月十八日」條云「抄《事林廣記》」，「四月二十日」條云「還《事林廣記》於叔雍」，可知夏承燾利用兩天左右的時間抄寫《事林廣記》一册。和刻本《事林廣記》對研究姜白石旁譜的夏承燾而言，其重要性不言而喻，即便如此，他依然没能見到全十册的足本。

唐圭璋〔一二〕和王仲聞先生應該也經歷過同樣的狀况。正如金程宇《和刻本中國古佚書叢刊》解題中云「國内所藏多爲零本，僅中國科學院圖書館藏足本一部」，公共圖書館藏足本者似僅此一處，且閲覽較難。《全宋詞》的《引用書目（九）類書類》（初印本三十九頁）有：「新編群書類要事林廣記十卷　宋陳元靚撰　日本天禄十二年〔一三〕刊本　中國科學院圖書館藏」。可知編集初印本之際確實參考過中國科學院圖書館所藏本，但因無法常置案頭以供翻閲，故只能靠手抄記録。

當然，不僅《事林廣記》，其他書籍亦是如此。這樣的條件下完成具有如此規模和内容的書籍，不得不説唐圭璋和王仲聞先生之勞苦功高。當時，王仲聞在北京中華書局，他查閲了北京圖書館的大量資料。關於這點，沈玉成《自稱「宋朝人」的王仲聞先生》（《全宋詞審稿筆記》所收）有如下記述：

> 王先生在中華書局所附出勞動最多的工作無疑是《全宋詞》的訂補。自從唐先生交稿以後，王先生就接手這一工作。（中略）據我所知，在王先生訂補期間，這兩位學者之間的書函往來一直不斷，商量切磋，無非都是爲了把這部書出得更好。王先生没有辜負老友的囑託，傾其全部心力足足工作了四年，幾乎踏破了北京圖書館的門檻，舉凡有關的總集、别集、史籍、方志、類書、筆記、道藏、佛典，幾乎一網打盡，只要翻一下卷首所列的引用書目，任何人都會理解需要花費多少日以繼夜的辛勤。王

先生的勞動，補充了唐先生所不及見到或無法見到的不少材料，並且以他山之石的精神，和唐先生共同修訂了原稿中的若干考據結論。應當實事求是地説，新版《全宋詞》較之舊版的優勝之處，是唐、王兩位先生共同努力的結果。

如上所云，他們調查了所有資料，幾乎「一網打盡」。《全宋詞》初印本（新版《全宋詞》）便是唐、王兩位先生嘔心瀝血的成果。

三

和刻本《事林廣記》對於《全宋詞》的編纂乃至宋詞的研究，其作爲資料的重要性，通過上述例舉的十五首不言而喻。且和刻本《事林廣記》中收録《全宋詞》未收詞六首，可補其遺漏。以下介紹未收詞《迎仙客》六首。

《迎仙客》六首見於和刻本《事林廣記》壬集卷二「婚姻燕喜」。「婚姻燕喜」中以「東京夢華録云」引宋代孟元老《東京夢華録·娶婦》（卷五）全文。〔二四〕《娶婦》中按時間詳細記述姻緣開始至婚後一個月的婚姻環節和各種禮數，是瞭解宋代婚俗的重要資料。但和刻本《事林廣記》引用此文後，又有云：「然近代所尚風俗，不同禮書所載，未免除村紂。京都乃禮儀之所自出也，倘録之不書，則竟泯矣。」言近年流行風俗與此不同，淪爲粗鄙之物，如不記録留存終將消泯不傳。其後便載《迎仙客》詞六首。

另外，此和刻本《事林廣記》「婚姻燕喜」中所見内容與至順年間刊西園精舍本、椿莊書院本（均爲前集卷十）的部分内容相同，但此兩種至順本較基於泰定二年本的和刻本晚，且兩種至順本中無《東京夢華録》之引文與《迎仙客》詞。

《迎仙客》詞，周玉波先生在其著作《喜歌札記》（「中國歷代民歌整理與研究叢書」，社會科學文獻出版社二〇一一年版，第二十八頁）中指出「和刻本中有《迎仙客》（中略）、查《全宋詞》未予收録」，周玉波編《中國喜歌集》（「中國歷代民歌整理與研究叢書」，社會科學文獻出版社二〇一一年版，第十二頁）中收録《迎仙客》詞六首。但因發現文字和句讀存在一些問題，所以此處以和刻本《事林廣記》爲底本舉六首詞，以明確和刻本與《中國喜歌集》（以下簡稱《喜歌集》）的異同。

〇壬集卷二「婚姻燕喜」

㈠ 迎仙客　入席

小登科、好時節【*】。合座【**】欣欣皆喜色。醉又歌、手須拍。且請大家、齊唱迎仙客【***】。麝蘭香、綺【****】羅側。燭影摇紅月華白。引新郎、離綺席。步入桃源、尋訪神仙宅。

*　《喜歌集》作六字一句。

**　「座」，《喜歌集》誤作「歡」。

***　「且請大家、齊唱迎仙客」，《喜歌集》誤作十字：「且請大家齊歡唱、迎仙客」。

****　「綺」，《喜歌集》誤作「倚」。

㈡ 迎仙客　出席

人間世、歡娛地【*】。玳筵珠躄三千履。語聲喧、簫韻止。拍手高歌、齊唱嘀囉哩【**】。少年郎、逡巡起。酒紅微襯眉間喜。逞容儀、縱佳麗。兩行絳蠟、引入蓬壺裏。

* 《喜歌集》作六字一句。

** 「拍手高歌、齊唱嘀囉哩」，《喜歌集》誤作「拍手高歌齊唱、嘀囉哩」六字句、三字句。

㊂ 迎仙客　開門

綉簾垂、同心結【*】。祥煙靄靄迷仙闕。送芳音、憑巧舌。一簇笙歌、賓客都排闥。請開門、莫宅說。劉郎進步歡悦【**】。脚兒輕、心兒熱。綺羅叢裏、儘【***】放些乖劣。

* 《喜歌集》作六字一句。

** 《喜歌集》注記：「疑有缺字」。所言是，缺一字，應爲七字句。

*** 「儘」，《喜歌集》誤作「盡」。

㊃ 迎仙客　門開

門已開、怎奈向【*】。彩霧祥雲遮絳帳。也須知、莫惆悵。但借【**】清風、千里來開放。仙郎來、是雄壯。得見姮娥欲偎傍。惱情懷【***】、莫相放。眼去眉來、做盡些模樣。

* 《喜歌集》作六字一句。

** 「借」，《喜歌集》誤作「管」。

*** 「惱情懷」，《喜歌集》作「惱情□」，「懷」字爲空格。

㊄ 迎仙客　開帳

頸交鴛、儀舞鳳【*】。芙蓉綉遍紅羅幌。鬢雲低、花霧重。子細看來、便是桃源洞。　好郎君、真出衆。玉蝴蝶戀花心動。朮身低、先目送。看看歡合、不數襄王【**】夢。

* 《喜歌集》作六字一句。「舞鳳」之「舞」字，《喜歌集》誤爲空格，作「□鳳」。

** 「襄王」，《喜歌集》誤作「秦王」。

㊅ 迎仙客　下床

夜將深、催玉漏【*】。新郎帳外專祇候。倩雙娥、扶窈窕。款下牙床、步步金蓮小。　鞋兒弓、裙兒鈎。這個新人誠要峭【**】。玉能行、花解笑。便是真妃、乍出蓬萊島。

* 《喜歌集》作六字一句。

** 「峭」，《喜歌集》注記：「『峭』當爲『俏』」。

如右所舉，《迎仙客》詞六首爲連作詞，依次描寫「入席」至「下床」的婚儀流程。〔二五〕除第三首後闋第三句缺一字外，其餘均爲前闋二十八字，後闋二十八字，各七句四仄韻。

但是，《詞律》、《欽定詞譜》中不見《迎仙客》詞牌名，以曲牌收録在《欽定曲譜》（卷二）等曲譜中。〔二六〕受唐圭璋先生所托調查和刻本《事林廣記》的中田先生或者也認爲，《迎客仙》非詞，而是散曲，故未抄録此六首。

《迎仙客》究竟是否是詞？曲牌《迎仙客》基本爲二十八字體，並非前文所示，上下兩片，均爲雙調。〔二七〕例如，唐圭璋《元人小令格律》（上海古籍出版社一九八一年版，第二十一頁）中，《迎仙客》的例作便舉如下小令：

迎仙客　元・李致遠

吹落紅。楝花風。深院垂楊輕霧中。小窗閑，停繡工。簾幕重重。不鎖相思夢。

三三七三三四五，二十八字。與上舉《迎仙客》詞前闋或後闋句式相同。

詞與曲的界限，衆説紛紜，常被舉出的如襯字的有無和音韻體系的異同，以及白話詞匯的多寡等。李昌集《中國古代散曲史》（第四章「散曲之篇制」，華東師範大學出版社一九九一年版，第一四六頁）中指出散曲的特徵，首先是「單片」形式，其次是「每一曲牌有規定的句數和基本字數」、「句句用韻」、「有一定的聲律」三點。又趙義山《修訂本元散曲通論》（第一章「北曲的形成」，上海古籍出版社二〇〇四年版，第三十一頁）中亦云：「詞，除極少數令詞爲單調，絶大多數均爲雙調，而曲之小令，則幾乎全爲單調，故來源于詞之小令曲，僅截取詞之一闋而用之。」云曲之小令幾乎都是單調。〔二八〕正如兩者所説，在北曲和南曲中，基本是僅一段就結束的「單片」（「隻曲」），這一點和刻本《事林廣記》所收《迎仙客》六首與曲牌《迎仙客》有異。

田玉琪《詞調史研究》（第四章「元明清詞調」，人民出版社二〇一二年版，第一八七頁）中引用上述李昌集之説和王力《漢語詞律學》的記載〔二九〕，概括云：「諸家所論，頗爲允當，且可相互補充」。又論説道：「區別元曲與詞體，完全可以從多個角度考察，但是否可以有一最直接、最明確、最方便的辨析方式呢？我們以爲即可從是否三聲通協的用韻角度來做考察。」作爲詞和曲的新識別基準，他還提出用韻「三聲通協」的觀點。〔三〇〕

如田先生所説，上述舉李致遠《迎仙客》，平聲韻「紅、風、中、工、重」和去聲韻「夢」通押。但和刻本《事林廣記》所收《迎仙客》均押仄聲，無平聲通押。從這點亦可知《迎仙客》六首并非曲《迎仙客》，當視作詞。

其實《迎仙客》詞，《全宋詞》（初印本第二册一二七一頁）中收録南宋史浩的一首：

迎仙客　洞天　南宋・史浩

瑞雲繞。四窗好。何須隔水尋蓬島。日常曉。春不老。玉蕊樓臺，果是無塵到。没智巧。没華妙。箇中只喜風波少。清尊倒。朱顔笑。回首行人，猶在長安道。

唐圭璋編《全金元詞》（中華書局，二〇〇〇年重印本），《全金詞》部分中收録王喆七首（其中三首爲重複刊載，實則四首），馬鈺、侯善淵各一首，共九首《迎仙客》。此處僅舉王喆的作品一首（《全金詞》一九一頁）：

迎仙客　金・王喆

做修持，須搜索。真清真静真心獲。這邊青，那邊白。一頭烏色，上面殷紅赫。共同居，琉璃宅。瓊苞瓊蕊瓊花折。玉童歌，金童拍。皇天選中，山正是仙客。

南宋史浩的一首和《全金詞》九首均爲雙調五十六字仄聲韻體。參照上述基準的話，可都看作是詞。既然《全宋詞》和《全金元詞》中均有收録，唐圭璋先生應該默認這些作品都是詞。而唐先生如此判斷的理由之一便是這些作品均爲雙調。《全元詞》（一三〇三頁）自《鳴鶴餘音》卷七中舉無名氏詞後注記：「以上《鳴鶴餘音》卷七，卷七中尚有《風入松》單片十九首、《金字經》九首、《迎仙客》單片二十五首，皆曲調。」「《風入松》單片十九首」和「《迎仙客》單片二十五首」等皆爲曲調，反之，雙調《風入松》和《迎仙客》則非曲調而是詞。此見不免譾陋、過於單純化之嫌，而唐圭璋先生又何嘗不是按照《迎仙客》單片爲曲、雙調爲詞這一識別基準？

接下來從側面舉例來説明《迎仙客》是詞牌。

雜體詞中有一種「集曲名詞」。句中寫入複數曲名，多數場合下吟詠祝頌之意。先前所引和刻本《事林廣記》所收《滿庭芳》詞（首句「共慶清朝」）即是如此。此《滿庭芳》詞中依次詠入《慶清朝》、《集佳賓（集賢賓）》、《風流（風流子）》、《法曲獻仙音》、《鼓笛令》、《多麗》、《十拍（十拍子）》、《宣清》、《瑞龍吟》、《品令》、《聲聲慢》、《丹鳳（丹鳳吟）》、《安公子》、《傾盃》、《好女兒》、《隔簾聽》、《最高樓》〔三一〕等詞牌名。詞在宴席上經常被唱誦，所以曲名多含吉祥之意。通過組合曲名能否實現巧妙表達，這還得看「集曲名詞」作者的功力。當然，如果不認爲詞中所用曲名是樂曲名的話則無從談起。因此，此處所用是當時周知的曲調名。「集曲名詞」的讀者不僅可以瞭解詞，而且還可能聯想到曲調和比較有特徵的詞句，從而實現雙重鑒賞。

下列所舉哀長吉（生卒年不詳）《水調歌頭》詞（初印本第四册二七一六頁）亦是「集曲名詞」，其中就有《迎仙客》。

水調歌頭　賀人新娶、集曲名　南宋・哀長吉

紫陌風光好，繡閣綺羅香。相將人月圓夜，早慶賀新郎。先自少年心意，爲惜殢人嬌態，久俟願成雙。此夕于飛樂，共學燕歸梁。索酒子，迎仙客，醉紅粧。訴衷情處，些兒好語意難忘。但願千秋歲裏，結取萬年歡會，恩愛應天長。行喜長春宅，蘭玉滿庭芳。

本詞如序文「賀人新娶」所云，是一首祝賀新婚的詞。全篇皆是應此内容的詞匯。全句中都嵌入曲調名，旁綫所示曲名有：《風光好》、《綺羅香》、《人月圓》、《賀新郎》、《少年心》、《殢人嬌》、《願成雙》、《于飛樂》、《燕歸梁》、《索酒》、《迎仙客》、《醉紅粧》、《訴衷情》、《意難忘》、《千秋歲》、《萬年歡》、《應天長》、《長春》、《滿庭芳》共十九調。其中除《願成雙》外，餘十八調均見於《全宋詞》。〔三二〕元好問《願成雙》亦收録於《全金詞》。〔三三〕可見是以詞録於其中的。

但是，元好問的《願成雙》詞，周玉魁《金元詞調考》（《詞學（第八輯）》所收，華東師範大學出版社一九九〇年版）中云：「此調實即北曲《願成雙》，「高」、「深」、「效」皆爲襯字，「翠眉」句爲么篇换頭。（中略）《全

金元詞》以詞收之，似誤。《全元散曲》失收，當補。」將此看作北曲。（周玉魁《略談「全金元詞」的校訂問題》，《文學遺産》一九八九年第五期所收。文中舉《願成雙》爲「詞曲混收例」。）《劉知遠諸宫調》中將《願成雙》歸入曲名「黄鐘宫」（藍立蓂《劉知遠諸宫調校注》，巴蜀書社一九八九年版，第十二、一一三頁）。《事林廣記》（和刻本戊集卷二，椿莊書院本續集卷七）中刊載賺詞《願成雙》套數的俗字譜（藤田優子《明代詞的受容　文字之文學與音之文藝》第三部第一章「南北藝能與詞」第一節「套數的發生」，第一七八頁）。可知《願成雙》是當時民間藝能的樂曲之一。

實際上，《迎仙客》樂曲亦用於諸宫調。《董解元西廂記》（卷三）有如下唱詞：

宜淡玉、稱梅粧、一箇臉兒堪供養。做爲掙、百事搶，只少天衣、便是捻塑來的觀音像。○除夢裏、曾到他行。燒盡獸爐百和香。鼠窺燈、偎著矮牀。一箇孽相的蛾兒，遶定那燈兒來往。

（赤松紀彦等《「董解元西廂記諸宫調」研究》，汲古書院一九九八年版，第二〇九頁）

此《迎仙客》的基本句式亦爲三三七三三四五，但多用襯字，關於這點，《〈董解元西廂記諸宫調〉研究・解説》（二八頁）中云：「《董西廂》中所用樂曲，詞牌曲牌中多用襯字。（中略）一般認爲詞中不使用襯字，所以，《董西廂》中襯字的大量使用就意味著，諸宫調中已在使用大幅傾向北曲的格律。（中略）在這點上，可以説諸宫調的樂曲較詞更接近北曲。」

《董西廂》中所用樂曲爲雙調形式，對此，同書中有如下説明：

諸宫調所用樂曲一般由前段和後段兩段構成。此處取【點絳脣】樂曲之例，《董西廂》所用【點絳脣】格律爲「四、七。四・五。○四、五。三。四・五」。實則與詞完全相同。但是若北曲，則「四、七。四・五。」即僅前段就可成爲一曲而不用後段。北曲有以【么篇】爲後段的情況，【點絳脣】亦是如此，不過一般是隻曲。再者，【么篇】通叙全篇，如附後段定有明示。但《董西廂》中隻曲的使用却是例外，能確認僅使用前段的樂曲不足全曲牌的兩成。諸宮調的樂曲與多數詞牌一樣，基本皆是前段後段合爲一曲，而兩者分離的習慣估計尚未完全形成。（中略）可以説諸宮調的樂曲位於詞和北曲之間。

（同書第二十八，第二十九頁）

即襯字多用方面接近北曲，雙調形式上與詞近似。也即《董西厢》中的《迎仙客》既不屬於詞也不屬於北曲，而是具有諸宮調獨特特徵的樂曲。

哀長吉的集曲名詞《水調歌頭》中所詠《願成雙》、《迎仙客》，或指見於諸宮調的民間的歌曲名。但據《嘉靖建寧府志》（卷十五「選舉上」，《天一閣藏明代方志選刊》第二十八册所收，上海古籍書店一九八二年版），哀長吉爲南宋寧宗朝嘉定十三年（一二二〇）劉渭榜進士，「字叔巽。調静海軍掌書記，秩滿，遂致仕。徜徉林泉，托興吟咏，雖老，手不釋卷，至道釋書亦嘗歷覽，後學多師事之。有《鷄肋集》」。〔三四〕雖未至顯官，但亦是踏足官場的高級知識分子。很難將如此人物與俗曲和詞相關聯。再者，哀長吉《水調歌頭》之前就已存在具備雅詞形式的史浩的例作，詞之《迎仙客》和民間傳唱的《迎仙客》，如諸宮調同時存在。而哀長吉應有可能更注重作爲詞的《迎仙客》，因而將此寫入集曲名詞中。〔三五〕

哀長吉《水調歌頭》中所詠詞牌名，在當時都是膾炙人口的曲名。《迎仙客》也爲人們所熟知傳唱，現雖不存，但南宋時仍有一定數量的作品被創作，而且其中一部分收録於陳元靚編日用類書《事林廣記》中，因留存於舶來日本的泰定二年（一三二五）刊本中流傳至今，即和刻本《事林廣記》所收《迎仙客》六首。

四

如前文所述，詞牌《迎仙客》不見於《詞律》和《欽定詞譜》，但近年出版的數版詞譜中均收録《迎仙客》。例如，羊基廣編《詞牌格律》（巴蜀書社二〇〇八年版，第二一六〇頁）中以仄韻格舉《迎仙客》，「例一」舉史浩的作品，「例二」舉王喆詞（前揭），「例三」舉侯善淵詞（首句「道非遥」）〔三六〕，且有如下論述：

> 全詞五十六字，上下片各二十八字、六仄韻。例二例三減少韻脚是不對的。標出的格律完全以例一爲準，因爲例二例三的格律實在不行。不管是押韻也好，句中的平仄也好，它們的隨意性很大，這也是部分金元詞人的通病，不堪效法。

上述以史浩的作品爲基準，云王喆、侯善淵之作「不堪效法」。也即宋人例作僅史浩一首，此外所存詞皆是金代道士的與道教相關的內容。《詞牌格律》所述之例較極端，亦有詞譜舉王喆等作品進行較爲恰當的分析。〔二七〕但爲便於分析詞體，例作多者爲優選。目前所知宋金代的《迎仙客》詞有史浩一首，王喆四首（除重複作品），馬鈺、侯善淵各一首，共七首，另加和刻本《事林廣記》所收六首，合計十三首，數量幾乎倍增。即便如此，仍然偏少，但宋代的作品也由此增加六首，可謂不少。以下將《事林廣記》六首納入論述範圍，就《迎仙客》詞的詞體問題稍作探討。

首先《迎仙客》的早期作品〔三八〕，舉前述史浩作品的平仄（平聲○，仄聲●，仄韻▲。爲方便起見，前闋列一行，後闋列入第二行。以下同）：

迎仙客　洞天　南宋・史浩

瑞雲繞。四窗好。何須隔水尋蓬島。日常曉。春不老。玉蕊樓臺，果是無塵到。

●○▲　●○▲　○○●●○○▲　●○▲　○●▲　●●○○　●●○○▲

沒智巧。沒華妙。個中只喜風波少。清尊倒。朱顏笑。回首行人，猶在長安道。

●●▲　●○▲　●○●●○○▲　○○▲　○○▲　○●○○　○●○○▲

此首爲前後段各二十八字的五十六字體，七句六仄韻。《迎仙客》十三首中，六仄韻體還有一首。如下所示：

迎仙客　　金・王喆

這曲破。先入破。迎仙客處休言破。勘得破。識得破。看看把我、肚皮都憋破。

●●▲　○●▲　○○●●○○▲　●●▲　●●▲　●●●●　●○○○▲

會做麽。是恁麽。奈何子午貪眠麽。説甚麽。道甚麽。自家暗裏、獨自行持麽。

●●▲　●●▲　●○●●○○▲　●○▲　●○▲　●○●●　●●○○▲

七句六仄韻同史浩詞，但前段「破」字、後段「麽」字，前後段各僅用一韻字，即所謂的獨木橋體。〔三九〕三字句、四字句中仄聲字較史浩作多，七字句與史詞平仄同，因此可將兩詞看作同體。

和刻本《事林廣記》所收六首，如前所述，均爲前後段各四仄韻體。現舉第一首《迎仙客・入席》詞如下：

迎仙客　入席　《事林廣記》無名氏

小登科、好時節。合座欣欣皆喜色。醉又歌、手須拍。且請大家、齊唱迎仙客。

●○○　●○▲　●●○○○●▲　●●○　●○▲　●●●○　○●○○▲

麝蘭香、綺羅側。燭影摇紅月華白。引新郎、離綺席。步入桃源、尋訪神仙宅。

●○○　●○▲　●●○○●○▲　●○○　○●▲　●●○○　○●○○▲

再舉第六首《迎仙客・下床》詞如下：

迎仙客　下床　《事林廣記》無名氏

夜將深、催玉漏。新郎帳外專祇候。倩雙娥、扶窈窕。款下牙床、步步金蓮小。

●○○　○●▲　○○●●○○▲　●○○　○●▲　●●○○　●●○○▲

鞋兒弓、裙兒鈞。這個新人誠要峭。玉能行、花解笑。便是真妃、乍出蓬萊島。

〇〇〇 〇〇▲ ●●〇〇〇●▲ ●〇〇 〇●▲ ●●〇〇 ●●〇〇▲

此兩首，尤其後段非常類似。其餘四首雖平仄有異，但前後段五字句平仄皆一致，應看作同體。另外，王喆三首，馬鈺一首，侯善淵一首，此五首亦前後段各四仄韻〔四〇〕，平仄亦與前文所舉兩首類似。接下來舉侯善淵作如下：

迎仙客　　金·侯善淵

道非遥、崑山隔。宴坐神思密探賾。箇中修、非籌策。一點晶金，寶璨炎爐赫。

●〇〇 〇〇▲ ●●〇〇●〇▲ ●〇〇 〇〇▲ ●●〇〇 ●●〇〇▲

靈芝折。蟠桃摘。瑞氣通流盈紫陌。玉龍吟、金童拍。皓鶴青鸞、閑簇迎仙客。

〇〇● 〇〇▲ ●●〇〇〇●▲ ●〇〇 〇〇▲ ●●〇〇 〇●〇〇▲

如文中所示，《迎仙客》的詞體，現存十三首均由雙調五十六字，前後段各二十八字各七句構成，大致可分爲前後段各六仄韻之兩首和四仄韻之十一首。

但是，關於此《迎客仙》，田玉琪《北宋詞譜》（《擷芳詞（惜分釵、釵頭鳳）》，第一九一六頁）中云：「另金人王喆、南宋史浩《迎仙客》詞，與無名氏詞（筆者注：指古今詞話無名氏《擷芳詞》）「同調異體」，斷定爲《擷芳詞》的同調異體。同書舉史浩詞爲《擷芳詞（惜分釵、釵頭鳳）》之體例（同書一九一九頁），其「注釋」記：「史詞名《迎仙客》。此與無名氏詞相校，惟上下結句均添一字作五字一句異，前後句拍、字聲嚴謹，可堪效法，金代王喆、馬鈺等人詞即依此體小有變化。」指出《古今詞話》無名氏的《擷芳詞》上下段結句僅一字異。

現録《擷芳詞》如下：

擷芳詞　　《古今詞話》無名氏（《全宋詞》初印本第五册三八四〇頁）

風搖蕩。雨濛茸。翠條柔弱花頭重。春衫窄。香肌濕。記得年時、共伊曾摘。
○○▲　●○▲　○○○●○○▲　○○▲　○○▲　●●○○　●○○▲
都如夢。何曾共。可憐孤似釵頭鳳。關山隔。晚雲碧。燕兒來也、又無消息。
○○▲　●○▲　○○○●○○▲　○○▲　○○▲　●○○●　●○○▲

正如田玉琪先生所云，前後段結句均爲四字句，雙調五十四字，前後段各二十七字七句六仄韻。此詞體與史浩《迎仙客》詞非常相似。但前後段前半三句用上去聲韻，後半押入聲韻用兩種仄聲韻，這點與史詞不同。

萬樹《詞律》(卷八)云：「案此調較《釵頭鳳》，只少結處三疊字。查《擷芳詞》中一句云『可憐孤似釵頭鳳』，竊恐此兩體，本是一調，原名《擷芳詞》，人因取句中三字，名曰《釵頭鳳》，而增三疊字于末。」如萬樹所云，《擷芳詞》是《釵頭鳳》和《惜分釵》的原型，但《釵頭鳳》、《惜分釵》各段的前半和後半的詞韻發生變化，可以説這也是《擷芳詞》一體的特徵。以下舉著名的南宋陸游的《釵頭鳳》和北宋末南宋初吕渭老的《惜分釵》(省略平仄表示)：

釵頭鳳　　南宋・陸游(《全宋詞》初印本第三册一五八五頁)

紅酥手。黄縢酒。滿城春色宫牆柳。東風惡。歡情薄。一懷愁緒、幾年離索。錯。錯。錯。
春如舊。人空瘦。淚痕紅浥鮫綃透。桃花落。閑池閣。山盟雖在、錦書難托。莫。莫。莫。

惜分釵　　北宋末南宋初・吕渭老(《全宋詞》初印本第二册一一三三頁)

重簾掛。微燈下。背蘭同説春風話。月盈樓。淚盈眸。覷著紅裀、無計遲留。休。休。
鶯花謝。春殘也。等閑泣損香羅帕。見無由。恨難收。夢短屏深、清夜悠悠。悠。悠。

陸游的《釵頭鳳》，各段前半押上去聲韻「手、酒、柳」，「舊、瘦、透」，後半用入聲韻「惡、薄、索、錯、錯、錯」，

「落、閣、托、莫、莫、莫」，與《擷芳詞》同。又吕渭老《惜分釵》前半押上去聲韻「掛、下、話」，「謝、也、帕」；後半换「樓、眸、留、休、休」，「由、收、悠、悠、悠」，平聲韻。〔四一〕而這種押韻特徵與史浩《迎仙客》詞異。上文所見《迎仙客》詞多爲前後段各四仄韻〔四二〕。從這點來看，若將《迎仙客》看作是《擷芳詞》的同調異體的話，仍需慎重討論。

另外還需考慮到詞的内容和曲調。關於《擷芳詞》的由來，宋代楊湜《古今詞話》（唐圭璋編《詞話叢編》第一册所收本，中華書局一九八六年版，第四十五頁）云：

又政和間，京都妓之姥曾嫁伶官，常入内教舞，傳禁中《擷芳詞》以教其妓。（中略）人皆愛其聲，又愛其詞，類唐人所作也。張尚書帥成都，蜀中傳此詞競唱之。却於前段下添「憶憶憶」三字，後段下添「得得得」三字，又名《摘紅英》。

據此段記述可知，《擷芳詞》是禁中的歌謡，青樓的老鴇將此傳給妓女。歌詞描寫女性獨自思念萬水千山之外杳無音信的男性。此類内容在唐代的閨怨詩和唐五代的小令中屢屢出現，而此詞因主題「類唐人所作」爲人們所喜愛歌唱。但如前文所述，和刻本《事林廣記》所收《迎仙客》六首爲慶祝婚姻之歌謡，歌詞内容與《擷芳詞》相反。若《迎仙客》和《擷芳詞》爲同調異體，那麽有可能聽到《迎仙客》後會由此旋律聯想到《擷芳詞》的歌詞。若是如此的話，由《擷芳詞》的歌詞想到男女勞燕分飛相會無緣，這與結婚宴席的氛圍完全不相符。

前文所引哀長吉的「集曲名詞」《水調歌頭》詞，序文云「賀人新娶」，亦是一首賀新婚的作品。其中寫入的詞牌名有十九調，《人月圓》、《賀新郎》、《願成雙》、《千秋歲》、《萬年歡》、《應天長》、《長春》，除包含字面上的吉祥之意外，各調的旋律和各詞牌下的代表歌詞都較喜慶且適用於祝賀。其實，翻檢《全宋詞》可知，《迎仙客》之外的其餘十八調中，除《風光好》、《少年心》、《願成雙》、《于飛樂》、《索酒》、《醉紅粧》、《意難忘》七調外，餘十一調中有賀長壽、慶生日，賀新婚或生産的附序文的賀寿詞。〔四三〕賀壽詞所用詞牌的旋律至少不能暗沉和哀傷，應在穩重大氣的同時又飽含歡欣祝賀之意。〔四四〕《迎仙客》應是適用於賀壽詞的詞牌之一，很難想像其與描寫深閨哀怨女性的《擷芳詞》是同一旋律。

由《擷芳詞》派生出來的《釵頭鳳》詞，關於其句式，有如下考述〔四五〕：

這一曲調，上下闋各疊用四個三言短句、兩個四言偶句、一個三字疊句，而且每句都用仄聲收脚，儘管全闋四换韻，但不使用平仄互换來取得和婉，却在上半闋以上换入，下半闋以去换入，這就構成整體的拗怒音節，顯示一種情急調苦的姿態，是恰宜表達作者當時當地的苦痛心情的。

（龍榆生《詞學十講》第四講「論句度長短與表情關係」，《龍榆生全集》第二卷所收本，上海古籍出版社二〇一五年版，第三十三頁）

上述云《釵頭鳳》詞的句式構成顯示「一種情急調苦的姿態」，是適合表達「作者當時當地的苦痛心情」的詞體。從著名的陸游詞〔四六〕中所描寫的心情和兩段結句中令人印象深刻的疊句表達「錯、錯、錯」、「莫、莫、莫」來看，龍榆生之説值得首肯。

綜上，很難斷言《迎仙客》與《擷芳詞》諸體屬同調異體。關於這點，現階段尚未確證，僅有上文所舉例證，期待今後能有進一步的闡釋論證。

五

以上，和刻本《事林廣記》中所收《迎仙客》，《全宋詞》初印本收録其中十五首，尚有六首未收詞存在，爲研究宋詞提供了重要資料。舶來日本的元代泰定二年（一三二五）刊本《事林廣記》，因在江户時期元禄十二年被覆刻得以保存流傳，由此今天我們才能得知《全宋詞》存六首未收詞。

南宋末至元代刊行的此類日用類書，如文中所述，亦得到唐圭璋和王仲聞的重視，但早已散佚，一部分僅留存於海外，在《全宋詞》的編纂上并未得到充分利用。因當時資料所限，實屬無奈，但仍需通過今後的調查研究來查缺補漏，訂正遺誤。

日本所藏日用類書中發現大量《全宋詞》未收詞的研究，如佘筠珺《静嘉堂文庫本〈新編通用啟劄截江綱〉中所見宋詞——〈全宋詞〉輯補一百四十首》（《風絮》第十四號所收，二〇一七年）〔四七〕，補録一百四十首作品，成果豐碩。但是，日用類書中很可能仍收録未知詩詞和相關資料，需要更廣泛細致的研究。

〔附記〕

本稿執筆後得知《事林廣記》所收諸詞，包括文中介紹的《迎仙客》六首收録於劉崇德編《全宋金曲》（中華書局二〇二〇年版）。粗疏不精，愧怍不安，願讀者諸君能同時參考《全宋金曲》。《全宋金曲》卷六「宋散曲」中收録《事林廣記》的《迎仙客》，同書卷七「金散曲」中收録金代王喆的《迎仙客》詞三首。

〔一〕《全宋詞》的增補和修訂，有以孔凡禮《全宋詞補輯》（中華書局一九八一年版）爲首的多數研究，此處僅舉部分成果。鍾振振《全宋詞斠訂》（《重慶工商大學學報（社會科學版）》二〇〇三年第二十卷第一期所收），周裕鍇《全宋詞輯佚補編》（《詞學（第十五輯）》，二〇〇四年），姚惠蘭《〈全宋詞〉訂補》（《南京師範大學文學院學報》二〇〇八年第三期），周篤文《全宋詞輯佚增補》（《詞學（第二十二輯）》，二〇〇九年），湯華泉《〈全宋詞〉拾補九十二首》（《詞學（第四十輯）》，二〇一八年），張碩《〈全宋詞〉補遺三首》（《詞學（第四十四輯）》，二〇二〇年）等。

〔二〕《編訂説明》有：「舊版《全宋詞》在一九三一年着手編纂，至一九三七年初稿竣事，商務印書館曾予排印，一九四〇年抗戰時期在長沙出版」。《全宋詞》存諸種版本，主要有以下四種：（一）一九四〇年三〇〇卷本（國立編譯館）。（二）一九六五年初印本（中華書局）。總頁數三九四一頁，一九六四年五月一日，附「訂補附記」。（三）一九七九年重印本（中華書局）。一九六五年初印本後附《〈全宋詞〉訂補續記》十六頁。（四）一九九九年改版重印簡體字横排本（中華書局）。署名：「唐圭璋編纂、王仲聞參訂、孔凡禮補輯」，末尾附孔凡禮《全宋詞補輯》。

〔三〕國立編譯館刊行《全宋詞》，一九三五年左右既定。夏承燾《天風閣學詞日記》（《夏承燾集》第五册所收，浙江古籍出版社、浙江教育出版社一九九七年版）「一九三五年一月十九日」條云「接圭璋片，編譯館有意爲印其《全宋詞》」，又「一九三五年三月二日」條見：「接圭璋函，謂編譯館已通過印其《全宋詞》，舉五事與予商榷，並欲予與趙萬里爲校閱人。」

〔四〕立命館大學文學部所藏詞學文庫中收藏中田勇次郎先生舊藏本。

〔五〕如按筆畫順序排列的《輯印全宋詞緣起》中有：「且頃從同邑酈衡叔兄處獲睹毛斧季陸敕先手校六十種詞其間是正原刻者不一而足尤令人忻慰無似」，此四十二字時代順序排列本中無。兩書正文末尾所列無名氏的作品數，時代順序排列本爲九百五十四首，筆畫順序排列本爲九百七十一首。又後文論及的唐圭璋先生與中田勇次郎先生的一九三五年七月十九日的第一封信中云「弟輯《全宋詞草目》，罅漏頗多，尚望先生不吝賜教」，之後同年八月二十日的第二封信中云「此次分筆畫詞目印成，將再乞貴國學人指教也」，云筆畫順序排列本的刊行晚於七月十九日第一信中所云《全宋詞草目》。

〔六〕一九三五（民國二十四）年七月十六日刊《詞學季刊》第二卷第四號「詞壇消息」欄有記事「《全宋詞草目》之刊佈與《詞話叢編》之出版」，云：「唐圭璋君所輯之《全宋詞》，曾交國立編譯館，商定印行。惟以茲事體大，尚慮不免遺闕，爰由該館先將《草目》印布，廣徵海内詞學專家及藏書家之批評與補正。（中略）其他舊鈔精槧，或零章斷句，有爲草目所未收者，如承指示，請逕與南京山西路國立編譯館周其勳先生函洽。事關趙宋一代文獻，想亦海内學者所共樂助其成也。」

〔七〕夏承燾《天風閣學詞日記》「一九三七年一月十四日」條：「接圭璋片，問賀方回詞事，繙各書作一片答之，竟耗半日工夫。圭璋《全宋詞》已編成附印，此不朽之業也。」

〔八〕此七名中的王仲聞在一九六五年中華書局初印本刊行之際，貢獻良多。中華書局初印本徐調孚《前言》中云：「依照唐先生的建議，書局古典文學組又指定專人對全稿進行訂補覆覈，作了必要的增修。」其中「專人」指王仲聞。唐圭璋和王仲聞兩先生爲修訂《全宋詞》交流的大量原稿，刊行爲《全宋詞審稿筆記》（中華書局二〇〇九年版）。關於王仲聞和《全宋詞》，《全宋詞審稿筆記》所收沈玉成《自稱「宋朝人」的王仲聞先生》、徐俊《「王仲聞——一位不應被忘却的學者」之外，請參考陳尚君《逆境中成就大事業——讀〈全宋詞審稿筆記〉以紀念王仲聞先生逝世四十周年》（《書品》二〇一〇年第一期）等。如注〔二〕中所引，《全宋詞》一九九九年改版重印本署名爲「王仲聞參訂」。

〔九〕日文原題：《唐圭璋氏〈全宋詞〉編纂の一過程——中田勇次郎先生宛二通の唐氏書函を通して——》

〔一〇〕李祖年刻本《梅苑》（宣統元年武進李氏聖譯樓刊本）爲稀覯本，管見所及日本無此本。中田先生應未得見李祖年刻本《梅苑》，故未能回答唐圭璋先生的此本與静嘉堂藏本的異同問題。所以唐先生在第二封信中云：「李祖年梅苑係自印分送者，現渠已死，無從問得，坊間如有發見，當購奉台端。」另一關於調查衍慶堂刊本《喻世明言》的請求，唐先生第二信中未曾提及，或未發現「宋人佚詞」。衍慶堂刊本《喻世明言》（内閣文庫所藏二十四卷本），孫楷第《中國通俗小説書目》（人民文學出版社一九八二年版）中云：「按原本《喻世明言》，當爲四十卷，與《古今小説》爲一書。所謂《明言》、《通言》、《恒言》三言者，實即《古今小説》（即四十卷本《喻世明言》）、《警世通言》、《醒世恒言》。此二十四卷本《喻世明言》，乃殘缺不完書賈勉强湊合之本，非第一刻之《明言》也。以下凡言三言，概指《古今小説》、《通言》、《恒言》，不取二十四卷本《喻世明言》。」《全宋詞·引用書目》「（八）話本、小説類」中僅舉「古今小説四十卷」，無「喻世明言」，應未從衍慶堂刊本《喻世明言》中輯録詞。

〔一一〕參照前述《唐圭璋氏〈全宋詞〉編纂の一過程——中田勇次郎先生宛二通の唐氏書函を通して——》（《學林》二〇〇二年第三十五號）。如芳村弘道、萩原正樹此論文注⑦（一〇四頁）中所云，和刻本《事林廣記》刊行年作「貞亨初」，有誤，正確應爲元禄十二年。

〔一二〕唐圭璋先生信函中云「蕙風簃隨筆」，有誤。此五首見《蕙風詞話續編》（卷一，王仲聞校訂，人民文學出版社本第六十六條，一九八二年版）。況周頤藏和刻本《事林廣記》。詳細請參照注〔一一〕所引拙稿的注⑧（一〇四頁）。

〔一三〕日文原題：《〈事林廣記〉の編者、陳元靚について》。

〔一四〕［日］酒井忠夫《中國日用類書史の研究》，國書刊行會二〇一一年，第二六一頁。

〔一五〕以上《事林廣記》的諸本，參照森田憲司《〈事林廣記〉の諸版本について——國内所藏の諸本を中心に》（宋代史研究會研究報告第四集《宋代の知識人——思想·制度·地域社會》所收，汲古書院一九九三年版），同《王朝交代と出版——和刻本事林廣記から見たモンゴル支配下中國の出版》（《奈良史學》二〇〇一年第二十號所收）。宮紀子《叡山文庫所藏の〈事林廣記〉寫本について》（《史林》二〇〇八年第九十一卷第三號），宮紀子《對馬宗家舊藏の元刊本〈事林廣記〉について》（《東洋史研究》二〇〇八年第六十七卷第一號所收）。金程宇編《和刻本中國古佚書叢刊》第三十三卷解題（鳳凰出版社二〇一二年版）等。本稿所用和刻本《事林廣記》爲芳村弘道所藏今井七郎兵衛、中野五郎左衛門刊本《新編群書類用事林廣記》，此書收録於金程宇編《和刻本中國古佚書叢刊》第三十三、三十四卷。

〔一六〕立命館大學文學部所藏詞學文庫收藏《和刻本事林廣記詞學資料抄》（假定題目）。

〔一七〕「事林廣記前集卷十」應指椿莊書院本《事林廣記》，但椿莊書院本前集卷十中未見詞。

〔一八〕宋代羅燁《新編醉翁談録》（庚集卷二，古典文學出版社一九五七年版，第七十五頁）中以張魁作引本詞：「鳳髻堆鴉，香酥瑩膩。雨中花占街前地。弓鞋濕透立多時，無人爲問深深意。　眉上新愁，手中文字。如何不猜鱗鴻去。想伊只訴薄情人，官中不管閑公事。」

前闋第一句「堆鴉」，後闋末句「不管」，或據《新編醉翁談録》。

〔一九〕鄒同慶、王宗堂《蘇軾詞編年校注》（中國古典文學基本叢書，中華書局二〇〇二年版）「附編二、蘇軾存疑詞十一首」（九二三頁）之「考辨」，據此，除上記五書外，《草堂詩餘》續集卷下亦見本詞。《蘇軾詞編年校注》的《主要引用書目》中有「草堂詩餘正集六卷續集二卷」，例舉明代沈際飛評明刊本，筆者檢閲立命館大學文學部詞學文庫所藏沈際飛評本（聚錦堂本），仍未得確認。

〔二〇〕《蕙風詞話續編》（卷一，第十四條）云：「宋燕樂譜字，流傳至今者絶尠。日本貞享初（當中國康熙初）所刻《增類群書類要事林廣記》。（吾國西穎陳元靚編輯）卷八音樂舉要，有管色指法譜字，與白石所記政同。（中略）卷二文藝類有黄鐘宮散套曲，爲《願成雙令》、《願成雙慢》、（已上係宮拍）、《獅子序》、本宮《破子》、《賺》、《雙勝子》、《急三句兒》等名。首尾完具。節拍分明。讀白石詞者，得此可資印證。」

〔二一〕關於沈曾植所藏之説，金程宇編《和刻本中國古佚書叢刊》第三十三卷解題中云：「此本清末已傳入中土，楊守敬（《日本訪書志》著録）、沈曾植（《海日樓書目》著録）均有收藏，沈氏竝以其中「音樂」二卷與《白石道人歌曲》一併影印，時在宣統二年（一九一〇），可謂較早利用該書治學者。」

〔二二〕《天風閣學詞日記》「一九三六年五月二十日」條云「接圭璋復，鈔來《風雅遺音》敍跋及《事林廣記》酒令詞」，此《事林廣記》酒令詞」，或據中田先生所抄資料。

〔二三〕此「天禄十二年」爲「元禄十二年」之誤。一九九九年改版的簡體字横排本中亦作「天禄十二年」，未作修正。

〔二四〕［日］入矢義高、梅原郁譯注《東京夢華録　宋代の都市と生活》（東洋文庫五九八，平凡社一九九六年版，第一九〇頁）卷五「嫁むかえ」注（一）中云：「この一章全文は元代の類書《事林廣記》壬集卷二に引用されているが、さほど重要な字句の異同はない（元代類書《事林廣記》壬集卷二中引此一章全文，未見重要字句有異）」。

〔二五〕結婚具體流程和環節，《東京夢華録》（卷五）「娶婦」之外，南宋的吴自牧《夢粱録》（卷二十）「嫁娶」中有詳細記述。梅原郁《夢粱録三　南宋臨安繁昌記》（東洋文庫六八一，平凡社二〇〇〇年版，第三二九頁）卷二十「嫁むかえ」注（一）中云：「南宋末の杭州の上流階級、富人の婚儀の詳細が知られる上では重要な史料であろう（是瞭解南宋末杭州上流階級、富人婚儀詳細情況的重要史料）」。《夢粱録》「嫁娶」中記述：「然後樂官作樂催妝，克擇官報時辰，催促登車，茶酒司互念詩詞，催請新人出閣登車。既已登車，擎檐從人未肯起步，仍念詩詞，求利市錢酒畢，方行起檐作樂，迎至男家門首，時辰將正，樂官妓女及茶酒等人互念詩詞，攔門求利市錢紅。」（浙江人民出版社一九八四年版，第一八八頁）描寫樂官演奏，茶酒司和妓女歌唱詩詞的樣子。宋代的婚姻儀禮，請參照伊永文《行走在宋代的城市》（《婚育之俗》，中華書局二〇〇五年版）。另外，話本《花燈轎蓮女成佛記》（程毅中《清平山堂話本校注》，中華書局二〇一二年版，第三一七頁）中描寫蓮女出嫁的場景，蓮女乘轎至夫家時，司公催蓮女下轎的詩云「香風度，迎仙客唱迎仙客，樂遏雲低」，言迎新婦唱「迎仙客」。

〔二六〕《迎仙客》之曲名亦見於唐代崔令欽《教坊記》大曲名。任半塘《教坊記箋訂》（中華書局一九六二年版，第一六四頁）中云：「『仙客』二字，或指羽士，或指仙鹿，本爲開天間常用語，乃取爲曲名。」又南宋曾慥《類説》卷五十二引《秘閣閑談》云：「建州武夷山上忽有仙樂聲，其曲似迎仙客，而無節拍。」

〔二七〕詞中，通常將由前後二段構成的作品稱「雙調」，僅一段則稱「單調」。對此，田玉琪《北宋詞譜》（《凡例》，中華書局二〇一八年版，第五頁）中云：「以往詞譜言詞調結構多以雙調、單調等名之，此説始自《詩餘圖譜》，《詞律》、《詞譜》諸書沿用，影響甚廣。宋人言詞體結構無單調、雙調之名，雙調者，本唐宋宮調之語。王灼《碧鷄漫志》言『今雙調《雨霖鈴》』、『今雙調《鹽角兒令》』皆爲宮調之名，言詞體結構，則以『段』、『遍』稱之，清代詞人撰譜不論宮調，竟以雙調、單調言詞體，殊不可取。本書於『體略』皆以『片』稱之。」將歷來的「雙調」改爲「雙片」。「雙調」一語確實與宮調名「雙調」較難區分，今後「雙片」之呼稱有可能會普遍化。但拙稿仍依以前的説法「雙調」。

〔二八〕引用部分之前趙義山曾云：『儘管由詞牌演變到曲牌已有程度不同的變化，然而，仍有不少的曲牌保留了詞牌的句式特徵，明顯地呈現出淵源關係。如〔一半兒〕、〔小桃紅〕、〔水仙子〕、〔迎仙客〕、〔滿庭芳〕等，均可從句式上尋找出曲與詞的淵源關係。其更加顯著的是，部分曲牌與詞牌的句式結構竟完全相同，如〔人月圓〕、〔風入松〕、〔憶秦娥〕等。但詞、曲二體，仍有顯著不同。」趙先生認爲曲牌《迎仙客》與詞牌《迎仙客》有淵源關係，但亦論及詞曲二體之不同。趙先生在同書第二章「北曲的曲牌宮調」（六十六頁）又云「出於唐宋詞者有以下一一八調」，舉其中之一中吕調《迎仙客》。

〔二九〕王力《漢語詞律學》（第四章「曲」，上海教育出版社一九七九年新二版，第七〇七頁），中所見，引三項：「詞的字句有一定，曲的字數没有一定，甚至在有些曲調裏，增句也是可以的」，「詞韻大致依照詩韻，曲韻則另立韻部」，「詞有平上去入四聲，北曲則入聲被取消了，歸入平上去三聲」。

〔三〇〕田玉琪《北宋詞譜》（《凡例》，八頁）中亦云「今以三聲通協（含入派三聲）用韻與否作爲詞曲辨别之根本」。以上，詞和曲之異同以及連續性等，參照時俊静《元曲曲牌研究》（「燕趙古典學術叢書」，上海古籍出版社二〇一八年版），藤田優子《明代における詞の受容　文字の文學と音の文藝》（汲古書院二〇二〇年版）等。

〔三一〕以上十七調名及例作均見於《全宋詞》，此外亦有詠入曲名的可能性。例如《文序子》、《雙聲疊韻》便是見於《董解元西廂記》和《劉知遠諸宮調》的諸宮調的曲牌。或許當時存在與這些曲牌同源的詞牌，抑或作者未區分詞和諸宮調，均以曲名編入詞中。《好精神》曲名見於元代劉伯亨的散曲《〔雙調〕朝元樂》（隋樹森《全元散曲》，中華書局一九六四年版，第一四〇五頁）。《四時歡》見於明代沈德符《顧曲雜言》，其《南北散套》中云：「今南曲如四時歡、窺青眼、人別後諸套最古，或以爲元人筆，亦未必然。」（《中國古典戲曲論著集成》第四册所收本，中國戲劇出版社一九五九年版，第二〇二頁）《稱人心》見於明代王驥德《曲律·論調名第三》，其中云「長調如《鵲橋仙》、《喜遷鶯》、《稱人心》、《意難忘》類」（湖南人民出版社一九八三年版，第三十八頁）。以上爲元明代的北曲和南曲的曲名，或許當時存在這些曲調的原型。

〔三二〕以下僅列例子較少的作品之所在。《風光好》，初印本第五册三六八五頁作無名氏作。《少年心》，黄庭堅作二首見第一册四一〇頁。《索酒》，第二册一二二〇頁有曹勳詞。《醉紅粧》，第一册七十頁有張先詞。《長春》爲《引駕行》之別名，第一册五七四頁有晁補之詞一首，序文「亦名長春」。

〔三三〕元好問《願成雙》詞：「繡簾高卷沈煙細。燕堂深、玳筵初開。階下芝蘭勸金卮。有多少、雍容和氣。　翠眉偕老應難比。效鸞鳳、鎮日於飛。惟願一千二百歲。永同歡、如魚如水。」（《全金詞》一三四頁）仍爲賀新婚詞。

〔三四〕《全宋詞》小傳云：「長吉字叔巽，又字壽之，晚號委順翁，崇安人。嘉定十三年（一二二〇）進士，授邵武簿，調靖江書記，歸隱武夷，有鷄肋集。」清代李清馥《閩中理學淵源考》（卷三十七「建寧熊勿軒先生禾學派」，鳳凰出版社二〇一一年，第五〇四頁）中有：「安實，字子仁，崇安人。哀長吉曾孫也。以哀爲嫌，遂易今姓。」可知有曾孫安實。《全宋詞》中引哀長吉的作品六首均據自《翰墨大全》，皆壽詞或賀詞。

〔三五〕關於《願成雙》，因現在無法確認南宋人的作品，僅靠想象。亦有可能存在一些作品，由金傳至南宋並被創作成雅詞。既然已被編入集曲名詞，在當時應爲更多的人所熟知，即使南宋時曲調和歌詞内容發生變化，在知識分子間還是廣泛流傳過的。但是當時崇尚雅詞的高級知識分子和文人之外，更多的人可能未對詞和唱賺以及諸宫調等民間藝能的曲作嚴密的區分。參考前注〔三一〕中所舉《文序子》、《雙聲疊韻》之後的例子可知，一部分「集曲名」詞的作者未區分詞和唱賺，很可能將此作爲同樣的歌曲名稱編入詞中。關於「集曲名」詞的狀況，將在別稿論述。

〔三六〕侯善淵的《迎仙客》詞云：「道非遥、崑山隔。宴坐神思密探賾。箇中修、非籌策。一點晶金、寶璨炎爐赫。　靈芝折。蟠桃摘。瑞氣通流盈紫陌。玉龍吟、金童拍。皓鶴青鸞、閑簇迎仙客。」

〔三七〕例如，盛配編《詞調詞律大典》（中國華僑出版社一九九八年版，第四四八頁）中舉史浩詞和王喆《做修持》詞。史浩詞注記：「此體除史浩詞外，尚有金人王喆三首，大致同之。」關於王喆的《做修持》詞，記云：「然其四聲安排，均與史體有異。」潘慎《詞律辭典》（山西人民出版社一九九一年版，第一四二九頁）中將王喆《這害風》詞、《做修持》詞、《這曲破》詞列作《迎仙客》之三體，但未言及史浩詞。

〔三八〕此首史浩《迎仙客》詞附序文「洞天」，對此，時俊静《元曲曲牌研究》（第二章「元曲曲牌與詞牌的互傳」，第一二六、一二七頁）中云：「淳熙十年（一一八三）史浩致仕後，宋孝宗在竹洲建了一座『真隱館』作爲史浩府第，壘石爲山，引泉爲池，又御書『四明洞天』四字相贈。史浩在府第時有吟詠，本詞就是其中之一。（中略）由此推知，此詞當寫於一一八四年史浩致仕後、大致相當於金大定、明昌間。」關於王喆的首句爲「五旬五」的詞論道：「王喆，生于政和二年（一一一二），由上引詞序及詞中所云『五旬五』可推知該詞作於一一六六年，即金大定六年，早於史浩所作十幾年，也是今見最早的《迎仙客》詞。該詞可作爲金地新詞調南傳入宋的例證之一。由該詞最後一句『便是迎仙客』來看，也不排除此首即爲始辭的可能。」指出王喆「五旬五」詞有可能是《迎仙客》的最早的作品。但如時先生在同書（一三六頁）所云：「宗教徒爲了神化教主，不乏附會之説，如唐五代詞中就有不少傳爲吕洞賓的作品，顯爲後人僞托。這些出自王喆、馬鈺等人之手的道士詞，很可能也存在這樣的情況，所以我們對這些作品的著作權、產生時間需持審慎態度。」不排除後人僞托的可能性，因此很難斷定史浩和王喆作品的先後順序。

〔三九〕獨木橋體亦稱福唐體，指交互或通篇押同一韻字。黄庭堅《阮郎歸》詞（《全宋詞》初印本第一册，第三九〇頁）有序文：「效福唐獨木橋體作茶詞」，詞云「烹茶留客駐金鞍。月斜窗外山。别郎容易見郎難。有人思遠山。歸去後，憶前歡。畫屏金博山。一杯春露莫留殘。與郎扶玉山。」韻字爲「鞍、難、歡、殘」和隔一韻的「山」字。又辛棄疾《柳梢青》詞（《全宋詞》初印本第三册，第一九二八頁）云「莫煉丹難。黄河可塞，金可成難。休闢谷難。吸風飲露，長忍飢難。勸君莫遠游難。何處有、西王母難。休采藥難。人沈下土，我上天難。」韻字爲「難」。關於獨木橋體，參照羅忼烈《宋詞雜體》（《兩小山齋論文集》所收，中華書局一九八二年版）及饒少平《雜體詩歌概論・獨木橋體》（中華書局二〇〇九年版）。

〔四〇〕王喆首句爲「五旬五」的詞，前闋第五句作「耳如聞」，不押韻（前段「百、索、白」，後段「黑、麥、摘、客」，爲入聲韻），前段三仄韻後段四仄韻。

〔四一〕陸游前妻唐婉的作品《釵頭鳳》亦爲仄韻換平聲韻的詞體。詞云：「世情薄。人情惡。雨送黄昏花易落。曉風乾。淚痕殘。欲箋心事，獨語斜闌。難。難。難。　人成各。今非昨。病魂嘗似秋千索。角聲寒。夜闌珊。怕人尋問，咽淚裝歡。瞞。瞞。瞞。」（《全宋詞》初印本第三册，第一六〇二頁）

〔四二〕田玉琪氏《北宋詞譜》（一九二一頁）中舉前後各四仄韻的王喆的《這害風》詞，云：「此與史浩詞相校，惟上下片第一、四句均不押韻異。王喆『做修持』詞、馬鈺詞正與此同。按王喆『五旬五』詞上片第五句不押韻，注出不另列。」

〔四三〕例如，張輯《綺羅香》詞（《全宋詞》初印本第四册，第二五五六頁）序「壽趙太卿」。丁幾仲《賀新郎》詞（《全宋詞》初印本第五册，第三五七四頁）序「賀人妾生子」。葛勝仲《訴衷情》詞（《全宋詞》初印本，第二册七一七頁）序「友人生日」等。另外，即使無序文，亦有如注

〔三三〕所引元好問《頤成雙》詞，內容上較喜慶的詞存在。

〔四四〕［日］青山宏《宋代自壽詞について》（《沼尻博士退休記念中國學論集》，汲古書院一九九〇年版）中云：「壽詞は元來人の長壽を祝い壽ぐものであるから、それが歌われる曲調—即ち詞牌—も當然それに應じて明るく樂しいものであったに違いない。（中略）好んで壽詞に用いられている曲調が如何なるものであるかを見れば、どんな曲調が明るく樂しいものであったかの、凡その推測を立てることは可能である（壽詞本來就是用來祝賀人們長壽的，歌唱壽詞的曲調，即詞牌，理所當然也是明快歡愉的。（中略）若是查看一下壽詞中用何種曲調的話，那麽，哪種曲調是比較明亮歡快的，大概會心中有數。」「占前十五位」的是：《水調歌頭》、《念奴嬌》、《沁園春》、《滿江紅》、《鷓鴣天》、《賀新郎》、《水龍吟》、《西江月》、《滿庭芳》、《臨江仙》、《醉蓬萊》、《鵲橋仙》、《朝中措》、《瑞鶴仙》、《感皇恩》。其中的《水調歌頭》爲哀長吉「集曲名詞」的詞牌名，《賀新郎》、《滿庭芳》均被編入《水調歌頭》詞。

〔四五〕謝桃坊編《唐宋詞譜校正》（上海古籍出版社二〇一二年版，第一六二頁）中就《釵頭鳳》分析道：「此體前後段各四個三字句、三個一字疊句，短句較多，仄韻交互變化，音節急促。縱觀各家所作，前後段第一、二、三句所用之仄韻宜用上去聲韻，前後段應同一韻部。自第四句以下換韻當用入聲韻，亦前後段應同一韻部。此是重頭曲，雖用韻富於變化，但前後段之仄韻與入聲韻乃同一韻部，故有回環之藝術效果。此調宜於抒發激切與熱烈之情，且最宜表達孤獨、悲傷或沉痛之情。」

〔四六〕陸游的《釵頭鳳》，一般認爲是陸游思念前妻唐氏在紹興沈園所作，但吴熊和先生引前文楊湜《古今詞話》中「張尚書帥成都，蜀中傳此詞競唱之。却於前段下添『憶憶憶』三字、後段下添『得得得』三字」，認爲此詞是陸游在蜀地時的作品。此詞存在諸種異論，詳見高利華《陸游〈釵頭鳳〉詞研究綜述》（《文學遺産》一九八九年第二期），高利華《陸游〈釵頭鳳〉是「僞作」嗎？——兼談文本中「宫牆」諸意象的詩詞互證》（《學術月刊》二〇一一年第四十三卷四月號）等。

〔四七〕日文原題：《静嘉堂文庫本〈新編通用啟劄截江網〉に見える宋詞——〈全宋詞〉輯補一百四十首》。

（作者及譯者單位：日本立命館大學）

詞學三人談：二十一世紀詞學研究現狀及未來

施議對　張仲謀　朱惠國

施議對：

現在，由我充當一回主持人，先來確定《二十一世紀詞學研究現狀及未來》這一題目應當怎麽講。二十一世紀詞學，這是詞學之作爲一種特定事物的一個特定概念，不同於一般時間概念，不能以一般時間概念的斷限爲斷限。即其起點並非二〇〇〇年，而是一九九五年。這是我依據詞學歷史發展過程中人物世代傳承及事件推演變换所作斷限。今天的講題，亦以此爲斷限。自一九九五至二〇二〇，二十五年，既代表二十一世紀詞學的現狀，亦展示二十一世紀詞學的未來。「三人談」就構成歷史的人物和事件兩大要素，討論二十一世紀詞學的現狀及未來，將以一九九五年爲立足點，對於詞學本體研究、詞學學科建設以及詞學的自覺與自覺的詞學等問題漸次加以推進。現在開始我們的話題。

一　二十一世紀詞學現狀

張仲謀：

施先生對二十世紀詞學作分期劃代，我的印象中在十幾年之前就已經提出來了。施先生的分期劃代

本文原刊登於《中華讀書報》二〇二一年六月二十三日、六月三十日、七月七日文化周刊版。

建立了二十世紀詞學的一個基本框架，我感覺是非常有道理的，是經過深思熟慮的。十幾年以來這個基本框架没有大的改變，只是局部細節有所調整。

今天施先生出的這個題目，《二十一世紀詞學研究現狀及未來》，我覺得非常好。從一九九五年算起，二十幾年了，需要做一個小結。這二十幾年的詞學，有一些比較明顯的發展變化。

首先，新世紀以來，詞學發展最明顯的表徵，就是詞學由一個比較小衆的學科領域，成長爲一個較爲發達的學科，由「六藝附庸，蔚爲大國」。比如在一九九五年之前，我參加過兩個詞學會議，一個會議是一九九四年的秋天，在襄樊由王兆鵬先生召集的「詞學研究的回顧與展望」的研討會，應該説研究詞學的大部分人都出席了。再一個是一九九五年春天，在華東師範大學召開的「海峽兩岸詞學研討會」，我印象中臺灣地區來了十來個人，大陸地區詞學家大概二十幾個人，施先生當時剛到香港，没能參加這個會。他們説詞學界的人差不多都已經到了。這是當時的詞學研究規模。

這幾年和施先生、朱教授我們一起參加詞學的會議，我印象中間還不能説完全到齊了，一般都在二百人以上。主辦方印製會議的論文集，要厚厚的五六册。詞學研究的人，跟過去相比是人多得多了。當然不光是人多的問題，是薪火相傳，詞學研究隊伍形成了梯隊。包括一九二四年出生的葉嘉瑩先生、馬興榮先生，三十年代出生的謝桃坊先生，八十多歲了都還在做，施先生也還在做。所以我們現在詞學的隊伍非常壯大。當年在上海會議上，吴熊和先生講話，提出了一個著名的説法，叫「環太湖文化區」，就是説過去寫詞的人，一直到現代研究詞的人，主要是江南地區的，尤其是江浙滬的比較多。當時外地來的詞學家，就是四川的謝桃坊先生，還有湖南出生、在北京工作的周篤文先生，東北來了一個陶爾夫先生，其餘的人幾乎全是南方的，尤其上海人比較多。現在則是各地都有研究詞學的人，包括比較偏遠的地方，詞學研究者的隊伍也擴大了，也可以説是普及了。

其次，新世紀詞學的内在的一個大變化是詞學觀念的進步，從研究理念一直到技術方法的一個改變。二〇〇三年在杭州大學召開宋代文學的國際研討會，當時我非常有幸跟施先生在一個組主持討論，當然我就是報一下幕，施先生來做點評。施先生在會議中間非常感慨地對我説，我們現在有些論文，散文和韻文都没有分清，不管什麽文體，都是一種分析方法，那怎麽行。確實那時候還存在這種現象。比如寫詞學論文，論辛稼軒，論文的結構就是時代背景、思想内容、藝術特色這樣的三段式。而且談到藝術特色也是談用典、比喻等修辭手法，這種方法放到散文也可以，放到詩也可以，放到别的文體也都可以。作爲一篇詞學論文，要把詞當詞來讀，比如談選聲，擇調，分析詞的義脈、過片，等等，要结合詞内在的文體個性來解读。而現在不同了，我們看到現在詞學會議的論文，包括很年輕的学者，都具有比較專業的眼光。因爲年輕人他們所受的學術訓練比較完整，本科階段可能對詞學還没有太深的瞭解，但是經過碩士、博士階段，正宗的詞學訓練基本完成。与上個世紀詞學研究相比，這是一種新的氣象，一種詞學觀念到技術層面的進步。我就先説這麽多。

朱惠國：

謝謝施先生的邀請，有了這樣一個機會。剛才施先生談了今天詞學三人談的主題，張教授又談了詞學研究的新變化。我覺得施先生的劃代，在詞學界基本上已被大家認同，確實是有道理的。這個問題施先生已經談了很多，按施先生人物與事件並重的思路，我下面主要就「事件」來多講一些。要講二十一世紀，從時間上來看，就是二十年，施先生有他獨到的看法，從一九九五年開始，那就是二十五年。我們現在的二十一世紀詞學，是沿著二十世紀走過來的。關於二十世紀的詞學，胡明先生曾寫過一篇文章，有一個非常完整的梳理。其實一九七六年前後，中國的詞學發生了非常大的變化。因此確切地講，二十一世紀詞學，是在一九九五年之前二十年的基礎上發展過來的，當然這個發展也是有變化的。施先生講事件和人物，從事件上來講，變化非常大，也非常明顯。我們不妨先對一九九五年之前的二十年作個簡單的回顧，從一九七六年到一九九五年，實際上是復興的二十年。這時期詞學研究推進較快，是相對於一九六六年到一九七六年特殊階段的一個全面的復興，其中又有兩點給人的印象比較深：一是關於宋詞風格問題的討論。施議對先生的老師吴世昌先生，以及施蟄存先生、萬雲駿先生對這個問題的貢獻比較大。因爲歷史的原因，以往對豪放派作了過度褒揚，豪放派當然值得肯定，但過度的褒揚，對其他的詞學流派就不太客觀了。這項糾偏工作在那個時候是必須要完成的，他們這一代人把這個工作做了，是他們對歷史的貢獻。二是詞學理論研究比較發達，出版了一些重要的詞學批評史著作。其中我們學校（華東師範大學）四位老師的《中國詞學批評史》，謝桃坊先生的《中國詞學史》，都是有影響的詞學理論著作，有一定的開創性。此外，八十年代中後期，隨著西方文藝理論的引入，一些新方法、新理念也對我們的文學研究産生了一定的影響，當時詞學界也有一些學者嘗試從新的角度，用新的方法去研究詞，産生一些影響。總體上看，當時詞學研究是比較活躍的。按施先生劃定的時間，一九七六年到一九九五年，我覺得上述兩點是比較明顯的，當然那個時候文獻考訂工作也在做。

從一九九五年開始到現在的二十五年，我們的詞學繼續在發展，從研究隊伍的規模上來講，很明顯地擴大了，這點剛才張教授已經講得比較充分了；另外從研究的方法、對象來看，開始關注到詞的本體研究了，這是很明顯的，我後面還會談到。但如果説這二十五年裏有什麽能給人留下比較深刻的印象，我個人覺得有兩點比較突出：首先是清代詞學研究的比重顯著增加了。從詞學研究上來看，這是一個比較大的變化，剛才施先生也談到了這一問題。因爲之前研究的基本上都是唐宋詞，到了這一代學者，繼續進行唐宋詞研究恐怕會面臨一些困難，很多問題人家都已經研究過了，再要去補充完善，甚至重新開拓都是可以的，但是難度在不斷增加。所以在這樣的背景下，以往關注不够的清詞開始進入到大家的研究視野。最近十多年不僅是清詞，民國時期的詞也已進入了研究視野。民國詞以前較少被關注，這兩年也成爲熱點，但是真正研究到位其實也不容易。這方面施先生起步也比較早，從《當代詞綜》開始，到這次出版的《今詞七家説略》，都是此方面的優秀成果。我覺得這是二十五年來比較明顯的變化。因爲我現在在編《詞學》，對這一點有比較直觀的感受。如果是在一九九五年之前，《詞學》上發表的文章，總體上唐宋的比較多；以後清代的稿件漸漸多起來了，從十年前開始，尤其到這兩年，清代和民國的文章明顯增加，也就是説新的內容進入到詞學研究者的視野了。

其次是詞的文獻研究推進較快，取得的成果較多。施先生剛才也講到考訂的問題，其實和考訂密切相關的，更多的恐怕就是文獻資料。這二十幾年，詞學研究給我們留下比較深刻印象的，或者説推進比較快的，大概就是詞學文獻的收集和考訂了。文獻的收集與考訂，實際上從一九七六年到一九九五年的前二十年已經開始了，但從廣度和深度來説，這二十五年推進得很快。從詞的總集來講，《全唐五代詞》是這二十五年間完成的，《全宋詞》雖然没有什麽變動，但《全宋詞》的補充、作者的考訂工作還是有人在做，而且這幾年做的也是比較多的。最近有人提出，是不是要重編《全宋詞》？重編《全宋詞》這個工作其實也很困難，因爲當時唐先生編《全宋詞》時，大家是公認的。儘管現在又發現了不少新材料，需要作補充和修訂，但再要重編，也會面臨一些挑戰。《全金元詞》也是唐圭璋先生編的一部重要的詞總集。金詞目前還没有太多人關注，《全元詞》已經重編了，收詞數量比之前有增加。楊鐮先生的《全元詞》還能不能補充？其實還是能够補充的，因爲文獻總是在不斷的補充修訂當中。最近《詞學》收到一篇文章，就是補充《全元詞》的，有幾十首，馬上會刊發出來。《全明詞》也是之前就有的，到了這二十五年，恐怕不久就會有新的《全明詞》出來。饒宗頤、張璋先生的《全明詞》有開創之功，但是編出來不久就有人增補，補了厚厚兩大册。現在周明初等先生在做重編的工作，可能對版本的選擇，收詞的範圍都有一些新的考量。相信新的

《全明詞》出來以後，對明詞的研究會有一個推進。這方面張仲謀先生是專家，可以談得更深入一些。《全清詞》的編纂工作也是在前面二十年開始的，是程千帆先生做起來的，但是主要工作是這二十五年完成的。從順康卷、雍乾卷一路編過來，主要就是香港浸會大學的張宏生先生在主持。張先生人在浸會大學，但這項工作是屬於南京大學的。編纂詞總集方面的工作這幾年很有成效，這一點我們都能看到，可説是詞學研究方面很明顯的推進。總集之外，編訂詞别集的工作也取得明顯的進展。編訂詞别集的工作在十九世紀末、二十世紀初就已經很發達了，比如説王鵬運編《四印齋所刻詞》、朱彊村編《彊村叢書》，也正是他們的工作，爲唐圭璋先生編《全宋詞》打下了一個很好的基礎。但文獻總是不斷的發現，不斷的修訂，不斷的補充的，這樣才能够發展。最近十來年，一些比較重要的詞集，如柳永的《樂章集》、周邦彦的《清真詞》、吴文英的《夢窗詞》、張炎的《山中白雲》等等，都有新的校注、校箋本出來，有的還出了不止一種，我們講後出轉精，這也是必然的。所以不管是從總集的角度，還是從别集的角度，詞學文獻工作在這二十五年裏，可以説給我們留下了比較深刻的印象。

施議對：

當下詞界，張仲謀、朱惠國作爲二十一世紀第一代詞學傳人，都在詞學第一綫。張教授做明代詞學研究，既注重詞史之學，亦兼顧圖譜之學。朱教授承擔詞集專題及詞調詞律研究課題，豔科與聲學並重。二位對於詞學這一專門學科均有較爲全面的把握。聽過二位講了之後，我現在提出一個問題。二十一世紀詞學，從一九九五年到現在，已經二十五年，這二十五年應該怎樣定性，比如叫什麽時期，或者階段？當下狀況如何？接下來應該怎麽走？就目前學界看，對於這二十五年當如何論定，還没提出討論。

張仲謀：

剛才朱教授講了這些年的發展變化，我也想再梳理一下這二十五年的變化，我想是否可以概括爲以下五個方面。

首先一個是剛才講的從「六藝附庸，蔚成大國」，體現了研究隊伍規模的拓展。

第二是詞學研究、詞學批評方法，有點「詞學自覺」的意味。以前大家把詞和其他文體，都是一鍋煮的。按施先生的觀點，就是要把詞當詞來讀，把詞當詞來研究，這就是詞學的自覺。

第三是詞學文獻的整理與研究，近二十多年確實成就比較突出。包括總集、尤其是唐宋別集的整理，這是實實在在的真工夫。還有一個就是詞學理論的資料整理，當然是狹義的不含創作的詞學，這方面的資料整理成果更明顯一些。體現爲唐圭璋先生的《詞話叢編》的續補之作，包括朱崇才編纂《詞話叢編續編》、葛渭君編纂《詞話叢編補編》、屈興國編纂《詞話叢編二編》、孫克强編《民國詞話》等等，再擴展一下包括《論詞絶句二千首》，還有論詞書札、論詞詞等，都有人專門在做，詞學文獻收集得非常全。詞學文獻建設，這是二十幾年來研究成果比較突出的。當然總集還有《全明詞》、《全清詞》。最近看到施先生已經給張宏生主教授編的《全清詞・嘉道卷》寫了書評了，我們還没有看到，還没有上市。

第四是從詞學的斷代研究來看，明清詞及民國詞研究，推進得比較快。當時我寫《明詞史》的時候，實際上是不具備條件的。那時手頭上還没有《全明詞》，只有一個《明詞彙刊》。後來見到傅璇琮先生，問到《全明詞》書稿，據説在中華書局，傅先生講什麼時候出版還很難説，你可以到中華書局來，拿稿子給你看，當然不能借出。明詞研究到現在發展非常快，已經都很難找題目了。余意教授寫了一個《明代詞史》，是國家社科後期資助項目，非常不容易。我先出了《明詞史》，他的《明代詞史》後期資助項目能通過，説明確實有新東西。還有浙江大學的葉曄，非常年輕，研究的勢頭非常好。吴熊和先生當年出了《唐宋詞通論》，然後吴先生的弟子陶然出了《金元詞通論》，葉曄現在要做的，就是《明詞通論》。大概明後年可以出版。他已經一直堅持做了這麼多年，肯定會有非常新的面貌。還有這幾年國家社科成果文庫，詞學入選的幾本著作全在明清和民國，包括我的《明代詞學通論》、彭玉平教授的《王國維詞學及其學緣研究》，陳水雲教授的《中國詞學的現代轉型》，曹辛華教授的《民國詞史考論》，都是明清及近代的研究成果。

第五就是詞的音韻譜律之學，確實這幾年發展速度比較快。二〇一二年田玉琪教授《詞調史研究》出版，謝桃坊先生給他寫序，其中有這麽一句話，詞的譜律之學，是我們當代詞學研究比較薄弱的環節。當然老一輩詞學家，像夏承燾先生、唐圭璋先生，都做過相關的工作，但是没有這樣成規模的集群式的推進。如謝桃坊先生的《唐宋詞譜校正》，田玉琪教授的《詞調史研究》和《北宋詞譜》，還有朱惠國教授、蔡國强先生目前正在進行的詞譜叙録與校證，等等。我印象中這五六年來，國家社科基金的重大招標課題，每年都有關於詞譜詞律方面的課題。可以預見，今後一段時間，有關詞譜詞律的研究還會推出一批重要成果。

朱惠國：

確實，這二十五年的變化很大，取得的成果，遠遠超出了前二十年，剛才張教授總結的五個方面，都是比較客觀的。其實從學術風氣上看，這二十五年與前二十年也有些不同：前二十年思想相對活躍一些，對宏觀的問題考慮比較多，這二十五年則更加重視文獻資料的收集與利用，比較多地採用文史相結合的研究方法。注重文獻和考據，詩史互證，要求實事求是，等等，本來就是中國的學術傳統，因此從某種程度上講，這也是一種回歸。這種學風顯得更踏實些，有利於弄清事實真相，這對詞學研究非常重要。但如果我們將詞學研究從整體上視爲一個系統工程，那麽還原歷史事實只是研究過程中的一個階段，雖然很重要，却還不是最終目標，我們還是要在弄清事實真相的基礎上討論問題，探索一些文學發展的規律。學術界這幾年提出反對碎屑的考證，提倡有思想的學術，也有這方面的考慮。因此，這兩種學風本身並無高下之分，都是需要的，關鍵是如何將兩者結合起來。

總起來看，兩個時間節點，一個是一九七六年，一個是一九九五年，對詞學研究都有重要的意義。前一個時間節點因爲和社會政治事件聯繫在一起，容易被察覺；後一個則是詞學研究發展到一定階段自身發生的變化，不易被察覺。如果要對前二十年和後二十五年作定性分析，目前還有一些困難，因爲後二十五年的詞學研究還在繼續推進，但是兩者的差別還是能看出來的，相對而言，前二十年比較側重於反思與探索，後二十五年則在探索中更加注重學科自身的基礎性建設。

施議對：

剛才朱教授講述一九七六年以來的詞學發展。一九七六年，這是個重要年份。在這之前十年，詞學研究基本停頓。再往前推移，即自一九四九年至一九六五年，這是一般所説十七年，這段時間的詞學應當怎麼評價？張教授剛才所説詞學論文結構的三段式：時代背景加思想内容加藝術特色。這是十七年間普遍流行的公式。一九七六年之後，二十年間，經過另外兩個階段，再評價階段及反思探索階段，詞學領域的一些問題，在一定程度上得到了糾正，有些項目被推上日程。例如朱教授所説宋詞風格問題的討論以及詞學理論著作的出版。從整體上看，這二十年是對於之前十七年批判繼承的重新評價及思考。但這二十年，實際詞學尚未因一九七六年的糾偏而步入正途。真正回歸本位，應自一九九五年開始。這就是當下這二十五年的詞學開拓及創造。例如，二位教授所説詞學本體研究及詞學聲學研究，就是這段時間所取得最重要的成果。所以，討論現狀，對於這二十五年，應當有個準確的論定。

張仲謀：

剛才施先生講，對這二十五年能不能做定性的一個概括，我覺得現在可能還比較困難，可能要拉開一點時間距離，以後再來看可能會更精準一些。現在我們好多領域，都開始以「新時代」來定性，那麼如果稱「新時代詞學」，看看是否能成立，有沒有前所未有的特殊内涵。

二十世紀的詞學研究，剛才施先生講的一些例子，以前叫文學社會學，是基於「文學是社會生活的反映」的命題來做的，是偏重社會學的或反映論的研究。相比之下，八十年代以來，逐步過渡，到著重於藝術審美的研究。那麼現階段的詞學，或者可以説是詞學的本體研究的時代，或者是詞學的自覺時代。有點這個意思，看看能否成立。

朱惠國：

對於人物和事件，遠一點看，慢一點下結論，恐怕更合適一些。很多事情，要經過時間的洗禮，大浪淘沙，才能留下真正有價值的東西。中國的習慣是後代爲前代寫史，這很有道理。身處於當代做判斷，可能比較困難，遠一點會更準一點。

施議對：

正如二位教授所説，二十一世紀詞學，自一九九五年以來，二十五年間，確實做了大量工作，出現不少新的成果。二十五年，在二十一世紀詞學歷史發展進程，正是由開拓期步入創造期的時間段。這一時間段，擔負兩個不同的歷史使命。開拓期的詞學，在於實現由變到正的轉換；創造期的詞學，在於開闢帶有新時代特色的學科理論及佈局。前者針對二十世紀詞學蜕變所進行的一種批判或否定，著眼點在於破；後者針對二十一世紀詞學學科建設的一種創造與發明，著眼點在於立。從開拓期的破，到創造期的立，二十一世紀詞學即從蜕變期注重豔科、廢棄聲學，以外部研究替代內部研究，脱離本位，轉而返歸詞學之正。兩個時期的運轉，表示二十一世紀詞學進入一個新時代。张教授说，这是詞學本體研究時代，也是詞學自覺時代，這就是二十一世紀詞學的現狀。

二　二十一世紀詞學未來

（一）關於詞學本體研究問題

張仲謀：

關於詞學未來的展望，剛才朱教授講的我非常贊同，應該進一步加强詞的本體研究，當然我所理解的詞的本體研究，更多的是有關詞作文本的解讀與研究。以清詞來説，近二十年發表了大量論著，取得了很大成績。但我總的感覺是，相對於我們在詞學文獻方面所做的基礎建設工作，我們在詞人詞作的深入研究方面還是比較欠缺的。關於詞學文獻的清理考證當然永遠不嫌其多，而且應該走在一代詞學研究的前頭；但詞學研究的核心還是應該落脚到文學藝術的研究，在詞作文本的細讀、分析與品賞方面。這幾年我一直在讀清詞，四年來讀了清詞別集九百餘家，深感清詞與宋詞的差異之大。現在學界估計清詞大概有三十萬首，我讀下來有什麼感受呢？因爲清詞總量甚大，成就自然不容小覷，像唐宋詞中那些膾炙人口、歷久彌新的經典之作可能不是很多，但可讀之作還是非常之多的。但是披沙揀金，其中有很多佳作，但也有很多垃圾。我最近在寫的一篇文章叫《清詞中的七種垃圾》，每一種垃圾都舉些例子。有的人略識之無，就敢於照葫蘆畫瓢的來填詞，語句幾乎不通，更談不上意境情調。有的人以詞爲日課，一天可以寫數十首，幾天就編成一個詞集。清代有數以萬計的詠物詞，除了清初清末的多有感興寄託，很多就是鋪陳故實，割截成長短句而已。清代還有很多「美人組詞」，從清初的沈謙、徐石麒到晚近的況周頤，如果是欣賞女性美或亦無可厚非，但其中確有不少是近乎色情的庸俗無聊之作。其他還有各種各樣的無聊應酬之作、文字遊戲之作，等等。如果説過去數十年的清詞研究，如先師嚴迪昌先生的《清詞史》、《陽羨詞派研究》、《近代詞鈔》，等等，更多的是致力於清詞精品的爬羅剔抉、刮垢磨光的工作，那麼隨著《全清詞》的快速推進，數量至夥的整個清詞即將全部呈現在我們面前，選優與汰劣兩方面的工作都需要有人來做。在這方面，關於清詞的文本研究當然是非常重要的。

這裏想附帶介紹明清詞學課題情況。在近年來立項的國家社科基金課題中，明清詞學所占比重較大，這也從一個側面反映了當下詞學研究的發展趨勢。舉例來説，如沈松勤《明清之際詞壇中興史論》，周明初《〈全明詞〉重編及文獻研究》，葉曄《通代視域下的明詞研究及其思維範式》，胡元翎《明代詞曲互動研究》，岳淑珍《明代詞學理論研究》，王靖懿《明詞特色及其歷史生成研究》，還有我個人近期出版的《明代詞人群體和流派》等等。清代以及民國詞學的課題更多，比較有特色的如彭玉平「王國維詞學與學緣研究」，朱惠國「明清詞譜研究與《詞律》、《欽定詞譜》修訂」，曹辛華「民國詞集編年叙録」，沙先一「清詞經典化研究」，曹明升「清代宋詞學研究」，陳昌强「清代詞學編年研究」，葛恒剛「京師詞壇與清代詞學的演進研究」，劉深「清詞自度曲研究」，高春花「清代詞選學史」，等等。這當然不是近年來國家社科基金立項的全部課題，但已足以展示明清詞學研究全面推進的態勢了。

這方面我有一個想法，爲了加强詞學研究領域的溝通與協調，《詞學》雜志或詞學研究會或可定期發佈詞學課題立項與進展情況。雖然查找相關課題並不困難，但加强溝通本身也是學科建設的題中應有之義。因爲從課題研究到論著出版還有一個時間過程，如果在兩年一度的詞學會議上設置一個板塊，讓相關課題主持人談談課題進展情況，對與會人員特別是年輕學者來説，應該不無裨益。

朱惠國：

張教授剛才談到文本細讀的問題，確實很有道理，對於清詞，雖然現在已經有很多研究，但相對於數量龐大的清詞文獻，我們仔細閲讀與研究過的其實只是一小部分。清詞研究，還有很多工作要做。除了詞作本身的研究外，對明清時期詞譜、詞律問題的研究也是如此。我最近在做一個明清詞譜的研究項目，對之前的詞譜研究情況做了初步的梳理，發現一些問題。首先從好的方面看，這幾年的詞譜文獻研究做得較好，其中張仲謀先生作了比較多的開拓工作，貢獻較大。張先生是做明代詞學研究的，詞的格律譜産生於明代，屬於明代詞學的一部分，他就做了詞譜基礎文獻的發掘與研究工作。文獻工作很重要，因爲詞譜研究到最後，關鍵還是要落實到文獻上。但是作爲詞譜學本身的研究，目前還是存在不少問題：第一，詞譜的基礎性研究非常薄弱，對於明清詞譜的基本情況至今還比較模糊。詞譜，這裏主要是指格律譜，是從明中葉開始産生的，周瑛的《詞學筌蹄》現在被認爲是中國第一部詞譜，對此張先生有專門的文章論述過。但是從《詞學筌蹄》到清末，總共有多少詞譜？收藏的情況怎麽樣？各自的作者情況如何？這個家底其實至今還没有摸過。也就是説，我們到現在爲止，還不清楚中國編過多少詞譜，留存多少詞譜？更没有對詞譜做過大規模的整理工作。因此説，詞譜的基礎性研究很薄弱。我想是不是應該編出一份相對齊全的明清詞譜收藏目録，如果在目録的基礎上，撰寫明清詞譜叙録就更好了。第二，理論研究很薄弱。我們現在研究詞譜，比較多的就是把它看成工具書，實際上詞譜爲什麽會産生？産生以後效果怎麽樣？這些問題没有很好地思考過。爲什麽會産生詞譜？因爲詞的音樂已經消失了，因爲整個明代的詞的創作越來越不規範，這種情況下需要有詞譜去規範創作，所以詞譜跟詞的創作關係是比較緊密的。現在討論清詞的中興，我們總結了很多因素，這些都有道理，那麽清詞的中興，和詞譜的發達有没有關係？這裏邊的問題也是值得深入思考的。在詞譜的研究中，理論的研究和思考，也要跟上去。也就是説，對詞譜的學術價值，我們要有一個更加全面的考量。第三，重要詞譜的修訂。這項工作現在開始做了，不過也是剛剛進入到我們的視野。在座的諸位寫詞，一般都是要依靠詞譜，但是有没有想過，詞譜可能有錯誤，有的錯誤還很嚴重。詞譜中錯誤的産生，大部分跟它所依據的文獻有關，我們現在採用的格律譜並不是宋代就有的。宋代詞人寫詞，是没有格律譜的，明中葉之後爲了規範詞的創作才産生詞譜。那麽詞譜是怎麽編定的？是依據已有的經典詞作，通過同調名之作來進行互校、歸納、總結，形成詞譜。也就是説，依據的文獻很要緊，文獻有錯誤，那麽詞譜必然有錯。我們現在發現詞譜錯誤還是不少的，對重要詞譜的修訂，也是要開展的，但是這項工作才剛剛開始。還有對詞韻的研究，也是同樣的情況。

施議對：

龍榆生對於詞學聲學研究的一大增添，在其於諸家圖譜之學外，別爲聲調之學。就科目自身看，明清二代的圖譜之學，至萬樹《詞律》，已相当完备。但其題曰「詞律」，並非律呂之「律」，只是於形式格律，排比平、仄之出入以及斟酌字句之分合（參龍榆生評萬樹語）。龍榆生的增添，著重在於考辨詞中所表之情與曲中所表之情之是否互相應合的問題，也就是聲情與詞情如何配搭的問題。龍榆生的聲調之學，通過具體事例，辯駁聲情與詞情之合與不合問題，他的考辨並非孤立靜止地看待形式格律，死守平仄四聲，而是通過創作實踐，將同一詞調的不同作品加以比勘，對其聲情與詞情相合或者不相合的狀況進行周密的論辨。諸多事證，對於擇腔填詞具有示範作用，對於詞學聲學研究，亦具指導意義。

張仲謀：

有一些從篇幅上看不是很厚重的書，比如龍榆生先生的《唐宋詞格律》，在有些詞調下面注明了，這個詞調適宜於表達什麽感情，這些在古代的書上一般也是有依據的。吴熊和先生的《唐宋詞通論》裏面也有這樣專門一節，談詞調的聲情特點。龍榆生先生另有一本書叫《詞曲概論》，這本書我比較看重。這本書上編十章，主要探討詞曲的起源，論述詞曲的發展和演變，介紹唐宋詞、元曲、明清傳奇重要作家的藝術成就和作品的思想内容，並評價這些作家、作品在文學史上的地位和影響。下編六章，着重探討聲韻對詞曲的作用，根據同聲相應、异音相從和奇偶相生、輕重相權諸法則，廣舉例证，闡明詞曲中平仄四聲的安排、韻位的疏密和平仄轉换對表達思想感情的關係。我個人認爲，該書的價值尤在下編。上編各章中論詞曲的發展與嬗變，雖然也有作者的生平研究心得，而近數十年來新問世的詞史、散曲史等，即使説不得後出轉精，至少在材料的豐富翔實與論述的細密程度上已有過之，而下編各章所論述的内容，如「論平仄四聲在詞曲結構上的安排和作用」、「韻位疏密與表情的關係」、「韻位的平仄轉换與表情的關係」，等等，近數十年來幾乎無人提起，仿佛斯人一去，此話題亦如《廣陵散》成爲絶響了。而這一方面也許恰恰是作者當年從朱祖謀、況周頤問詞受業時的真傳所在。詞畢竟是「倚聲之學」，節奏與聲情的關係也正是作詞者與讀詞者都必須面對的基本命題。對於一般讀者來説，也許一下子很難理解爲何句脚字多用仄聲，就往往會構成一種拗怒的情調，吟唱起來就要發生一種激越淒壯的感覺。但這不妨事。一方面作者在文中提供了不少詞作可供我們嘗試；另一方面，即使嘗試了没有找到感覺，而有了從節奏體會聲情的意識也是好的，在此後閱讀與欣賞的實踐過程中，這方面的能力會漸漸培養起來的。

朱惠國：

兩位先生剛才都講到聲調之學，這也是詞學研究的一個難點。我們現在看到的詞調，其實最初的時候就是一個旋律的名稱，我們知道旋律肯定有悲傷的，也有歡快的，有豪邁的，也有婉轉的。這是它最初的情況，但旋律在演變的過程當中，在流傳過程當中也會發生變化。有的詞調最初的旋律是比較悲哀的，這由它表達的内容所決定，但在以後的流傳過程當中可能逐漸逐漸變了，變成舒緩的了，比如《臨江仙》就是如此。詞調也在發展，這是個很有意思的問題。並不是説詞調一開始這樣，後來還是這樣，它有一個發展過程，在發展過程當中它的情調也會發生變化。我們現在看有些資料，記載了某詞調最初的情感特徵，但實際上以後它也會發生變化，不一定與最初的時候保持一致。落實到具體的詞人，他爲什麽選這個調？一個可能取決於詞調的本身，跟他所要表達情感之間是不是比較一致，另外還涉及到他對這個詞調是不是熟悉，所以這個也是比較複雜的。這的確是一個很有意思的話題，也涉及到音樂和文學的關係問題。

詞學研究一個比較困難的地方，就是詞的音樂基本消失了，很難復原了，現在只能看到一些記載。根據這些記載去揣測大概情況怎麽樣，這在理論研究上可以，但在實際中要恢復詞樂就比較困難了。當然我們還保留了個別的一些音樂譜，比如説姜夔的「旁譜」，但也有一個翻譯的問題。我們中國古代記譜的方式比較特殊，不像現在西方的音樂，五綫譜記録比較準確，有了這個譜，就可以把它很完整地演奏出來。我們的需要轉換成現在通行的譜，就是翻譯。已經有學者在姜夔旁譜等音樂譜的翻譯方面做了很多富有成效的工作，令人敬佩，但翻譯的準確度還需要經過時間的檢驗。

詞的音樂基本上是消失了，但是配合音樂的歌詞還在。現在聲調之學要做的工作，就是通過留下來的歌詞，來反推它當初的音樂樣貌大概怎麽樣。比如説韻位，是稀還是密？如果是比較稀的，可以想象大概當時聲情是比較悠長的；比較密的，一句一韻的，會不會類似於我們現在進行曲這樣。這個就是現在聲調之學要研究的，但因爲詞樂消失了，聲調之學的研究就有不準確性。這的確是一個問題，詞的研究難，恐怕就難在它的音樂消失。

施議對：

詞學本體研究，與之相對應的就是非本體研究。本體、非本體，如何測試？從整體上看，是對於詞在格律形式和思想内容兩大構成要素聲學與豔科的重視程度，看其是否二者兼顾；從個體上看，是對於體現詞的本體存在及其構成要素的物件及物件類型，亦即詞調及詞調類型的熟悉程度。在整體上，就龍榆生所説，大致包括圖譜之學、音律之學、詞韻之學、聲調之學這幾個科目；在個體上，則須一個詞調、一個詞調，看其如何體現詞的各種構成方法及樣式，大致包括詞調與詞名、篇法與片法、句式與句法、韻部與韻法、字聲與字法五個方面。整體、個體合而觀之，應當可稱之爲詞學聲學研究。

張仲謀：

我們講每一種詞調和哪一種感情相對應，不能絶對化。比如説剛才講蘇東坡的《江城子》，他用這個詞調寫了「老夫聊發少年狂」，這是東坡豪放詞的代表作，但他同樣也用這個詞調寫了「十年生死兩茫茫」，情調與風格是不一樣的。

另外剛才朱教授講了，我們現在沒有音樂資料了，寫音樂史的人非常困難，楊蔭瀏先生的《中國古代音樂史稿》，其中講《詩經》中包含的各种曲式，就是採用我們現在的這個方法，因詞求聲。《詩經》音樂不存在了，當然我們現在傳下來的音谱，清代的關於《詩經》的音樂是不可信的。楊先生通過《詩經》的詞句分段等，歸納爲十種曲式。這十種曲式，沒有樂譜資料，全是看《詩經》的文字分段。比如這一種是主歌加副歌模式，這一種是男女對唱模式。以前説這首詩的主人公到底是男生還是女生，一會兒在外邊從軍，一會兒在家裏面，一會兒男人的感覺，一會兒女人的感覺，楊先生説這是男女對唱，問題就都解決了。還有我二〇〇一年去雲南麗江，看到納西族古樂演出，演奏了兩首宋詞，一首是周邦彦的《大酺》。主持人是納西族的文化奇人宣科，他説你們都説宋詞音樂失傳了，我這裏還在。「禮失而求諸野」，中原的樂工散到我們雲南來了。

朱惠國：

詞調是一個樂調的名稱。《滿江紅》也好，《憶秦娥》也好，就是旋律的名字，比如《滿江紅》這個曲，就是這樣唱的，這本身就有的。但詞的音樂後來失傳了，我們現在看到的《滿江紅》只是歌詞。這個歌詞怎麼填？雖然可以模仿前人之作，所謂依詞填詞，但失去音樂之後，總是不太方便，也容易不規範。於是我們根據留存的經典作品，通過同調名之作的互校，把它總結出來，變成格律譜。所以詞譜是後來才出現的，更準確地説，是明中葉以後才有的。詞譜就是一個個詞調的集合體，所以詞調研究和詞譜研究是一致的。

施議對：

（二）詞學學科建設問題

龍榆生説，中國倚聲填詞至張炎始有專門之學。張炎《詞源》二卷，上卷專論宫律，屬於樂曲方面之事；下卷專論作法，屬於填詞方面之事。基本上依詞體在聲學與豔科兩個構成要素立論。張炎之後，歷經元明以及清朝民國，直至二十世紀三十年代，龙榆生撰著《研究詞學之商榷》一文，將歷來有關詞的學問歸結爲八個方面，號稱詞學八事。曰：圖譜之學、音律之學、詞韻之學、詞史之學、校勘之學、聲調之學、批評之學、目録之學。所謂詞學八事，標志着詞學學科的正式確立。二十世紀五十年代，趙尊嶽將八事減爲六事，有詞中六藝之議；至二十世紀八十年代初，圭璋于八事平添二事爲十事，詞界亦頗推崇。但諸家所歸納及劃分，其實只是牽涉到詞的兩個方面學問，一爲詞的批評，另一爲詞的考訂，就是没有將詞的創作算進去。二十世紀八十年代中，我撰著《夏承燾與中國當代詞學》，將龍榆生的詞學八事縮減爲三事。曰：詞學論述、詞學考訂、詞的創作。當時，詞界對於詞學範圍究竟應當包括哪一些，也曾有過討論。大致而言，經過龍榆生的綜合與提升，千年詞學已從張炎所創立的專門之學轉變成爲一門獨立的詞學學科。進入二十一世紀，人物世代發生變换，但作爲歷史進程中的事件，詞學自身仍在繼續推進當中。這就是説，二十世紀由龍榆生所開創的詞學學科，仍將繼續成爲二十一世紀詞學研究的主要課題。這是我對於詞學研究的當下及未來走向所作的推斷。

張仲謀：

提到詞學的學科建設問題，正如剛才施先生所説，人們會首先想到龍榆生的《研究詞學之商榷》。如果説傳統的詞學還是自然而散漫的，那麼二十世紀的詞學家已經在著意於詞學體系的建構了。應該承認，龍榆生在二十世紀三十年代勾勒出詞學的八個分支學科，對於詞學體系的科學化建設具有重要意義。然而在今天看來，其所謂「詞學八事」中大多屬於考信征實的文獻工作，屬於理論研究的只有「詞史之學」和「批評之學」。如果就傳統詞學的梳理總結來説大致不差，那麼從新時代詞學的發展祈望而言，我們更希望進一步加强理論研究之一翼。文獻工作當然是一切研究工作的基礎，我們現在所做的許多工作，都有賴前輩學者提供的文獻基礎，這是毫無疑義的，我們也確實對前輩學者的文獻建設工作充滿敬意；但從新時代詞學的學科體系的建構來説，我們承認在詞的文體個性探索、詞的創作與發展規律以及歷代詞學批評範疇等理論研究方面，現當代詞學家也作出了很大貢獻，但相對於文獻建設方面取得的巨大成就，我們的理論研究還是偏弱的。

從研究的意義與價值來説，理論研究與文獻建設至少具有同等重要的意義。我曾經説過，現當代詞學家可以大别爲兩類：一類屬於學問家，所做的工作偏重於詞的文獻學研究，包括詞樂、詞律、詞韻的考訂，詞人生平考證與年譜編纂，詞集版本、校勘、箋注與詞作輯佚，等等；另一類才是狹義的詞學家，所做的工作偏重於詞的藝術學研究，包括詞的藝術個性或審美特質的探討，詞的創作規律與表現手法之分析，等等。這兩類詞學家的分别，有點近似於史書中「儒林傳」與「文苑傳」之别。因爲現當代多崇尚實學，所以前一類詞學研究成就突出，掩映前人，而後一類則稍顯薄弱。以葉嘉瑩先生的詞學研究爲例，和當代很多詞學家不同的是，葉先生的詞學不在於做「學問」，不在文獻的考信徵實，而在於對詞之藝術與審美特質的持續探索。雖然在這方面，古人已經有許多真知灼見，有許多精到的表述，但這些只能是向著終極目標的無限接近，在詞學本體論方面，仍有探索與提升的空間。比如葉嘉瑩先生近年來把詞的審美特質概括爲「弱德之美」，就是她近二十年覃思精研的結晶，也可以説是當代詞學最重要的理論成果。後之視今亦猶今之視昔，將來的詞學家評説現當代詞學，文獻方面的成就或被超越，而「弱德之美」的説法却是繞不過去的。

朱惠國：

現在的問題是，詞學研究如何來進一步推進？施先生今天的話題除了現狀之外，恐怕還要談談未來怎麽做。現在詞學研究一方面越來越有希望，另外一方面又越來越難。我有時候跟老師們交流，都説現在的博士選題越來越難選。爲什麽越來越難選？好寫的別人都寫過了。比如説我們現在做秦觀詞的研究，徐培均先生編了《秦少游年譜長編》、《淮海居士長短句箋注》、《淮海集箋注》，基本的文獻工作差不多都做完了，要把研究再推進一步，有大的突破，真的非常困難。所以詞學接下來到底怎麽做，到底要從哪些方面來繼續推進？這恐怕要從戰略上來思考一下。我也在思考這個問題。剛才講詞學文獻的編纂與修訂，這是看得到的成績，那麽當下的詞學研究有没有問題，問題在哪裏？這是需要深思的，尤其是我現在在編《詞學》，更要考慮。

剛才施先生把詞學作了一個很好的解釋，這個學科是龍榆生先生定下來的，就是他在《詞學季刊》創刊號上發的一篇文章《研究詞學之商榷》，規定了詞學研究的八事。當然後面還有不同的説法，比如唐圭璋先生就在這個基礎上加了一些。施先生對此也是有考慮的，他昨天也講到千年詞學的兩個關鍵詞，聲學與豔詞。我覺得施先生的提法非常好，我理解這兩個關鍵詞就是音樂和文學，這也是施先生最早研究的詞與音樂關係的一個拓展。因爲詞本身就是音樂文學，核心就是這個因素。從研究的層面講，還有一部分，是施先生剛講到的考訂，就是詞學文獻。我理解詞學的研究，從大的方面講，就是詞本體的研究、文學的研究、文獻的研究這樣三塊。那麽，現在的詞學研究在這三塊裏邊缺少了什麽？

就文學的研究而言，剛才講到的上世紀後期詞學的全面復興，包括風格、内容的討論，詞學理論的研究等，都是屬於文學的範圍。至於詞學文獻的研究，如上所言，已經取得明顯的進展。這兩塊目前還不能説已經做得很好了，事實上可做的工作還有很多，但是初步的成果已經看到了。那麽現在缺什麽？我覺得缺少的就是詞的本體的研究，包括詞譜、詞樂、詞韻等的研究。這一塊現在有没有？肯定是有的，施先生的成名作《詞與音樂關係研究》就可歸屬於這一塊。另外這幾年也有一些學者一直在做這方面的研究，如謝桃坊先生、田玉琪先生、江合友先生、蔡國强先生，還有在座的張教授，等等，都出了不少成果。但是和詞的文學、文獻研究相比，這一塊整體上還有不少距離。我覺得目前這一塊的研究主要存在兩方面的不足：一是從整個詞學研究的格局看，所占比重太小。以《詞學》爲例，《詞學》現在收到的文章，百分之八十集中在詞史和詞論方面，但這兩方面恰恰是不太能體現詞體本質的部分。詞史研究的一些內容和方法，同樣可以用在詩歌上，甚至用在散文上。比如關於作者生平、創作背景的研究，詞和詩歌、散文並没有太大的區别，體現不出詞的文體特色，所謂「别是一家」，到底「别」在哪里？雖然詞史和詞論的研究是必須的，而且從目前來看，還會是主體，但這塊研究的比重太大，難以體現詞學本身的特色。二是詞的本體研究本身也存在諸多不足，我剛才已經講了詞譜研究的三方面問題，這裏就不再展開了。因此説，今後一個時期的詞學，本體研究恐怕是最需要加强的一個領域，我們對此非常期待。

（三）詞學的自覺與自覺的詞學

施議對：

詞學的自覺與自覺的詞學，兩個不同的概念合説一個問題。表示詞學既已成爲一門獨立學科，研究詞學的人也當有所建立。詞學的自覺，從温庭筠開始，經過張炎，一直到龍榆生，表示作爲倚聲填詞的專門之學，已成爲一門屬於填詞與詞學所独有的詞學學科；而自覺的詞學，則表示從倚聲填詞的專門之學到獨立的詞學學科的确立是一種有意識的創造與發明。例如，龙榆生的詞學八事，分開來看，是八個分散的科目，但合在一起却成爲一完整學科。龍榆生的綜合與總結，是從多到一的歸納與提升。龙榆生的「商榷」，屬於研究之研究，他所確立的學科，屬於研究詞學的學問，我稱之爲詞學學，並將其推尊爲中國詞學學的奠基人。

張仲謀：

施先生提出的「詞學的自覺與自覺的詞學」，很有思辨意味，而這提法本身就正彰顯著以施先生爲代表的當代詞學家的自覺意識。我想，當李清照《詞論》提出詞「别是一家」時，其有意强調詞與其他文體不同的另類特徵，就已經標志着詞學的自覺了。當朱彝尊編纂《詞綜》時，那種指點今古、重開詞學正朔的氣概，也顯示了清初詞家的使命與擔當。當然，到了二十世紀，龍榆生先生發表《研究詞學之商榷》，初步勾勒出詞學的學科體系，就更代表着現代詞學的自覺。然後到了這個世紀初，施先生連續發表了一批有關詞學史反思的文章，包括《傳統文化的現代化與現代化的傳統文化——關於二十一世紀中國詞學學建造問題》（載《葉嘉瑩教授八十華誕暨國際詞學研討會紀念文集》，南開大學出版社二〇〇五年版），《詞學的自覺與自覺的詞學——關於建造中國詞學學的設想》（載《詞學》（第十七輯）》，華東師範大學出版社二〇〇六年版），《中國今詞學的開闢與創造——彭玉平〈王國維詞學與學緣研究〉書後》（載《暨南學報（哲學社會科學版）》二〇一六年第四期），還有今年發表的《千年詞學通論——中國倚聲填詞的前世今生》（載《西北師範大學學報（社會科學版）》二〇二〇年第三期），一直到近期上海古籍出版社出版的《施議對論詞四種》之《詞學科目述要》，施先生在宣導詞學自覺、打造詞學學方面，近二十年來是一以貫之的。

説到「自覺的詞學」，我個人以爲，體現在詞學研究方面，應該至少具備四種意識。其一，是詞體個性意識，就是我前面説過的，要尊重詞的文體個性，把詞當詞來讀，把詞當詞來研究，這是「别是一家」之説在詞學中的延伸。其二，是詞學本體意識，就是詞學研究首先應當圍繞詞學本體展開。這就是朱惠國教授前面一直在强調的問題。當然，如《全宋詞》一直到《全清詞》這些總集，可以説是資料淵藪，所以有人憑藉其研究樂舞、民俗，也有人從中打撈小説、戲曲的研究史料。這就像陳寅恪先生《金明館叢稿》中《以杜詩證唐史所謂雜種胡之義》，或是《元白詩中俸料錢問題》，以詩證史或詩史互證，當然均無不可。但是，作爲詞學學科中人，自然應以詞的本體研究爲中心。其三，是詞學學科意識或整體意識。作爲一個詞學研究者來説，你可以只研究詞譜、詞韻或詞學史等等某一分支，也可以只做宋代或清代的斷代詞學研究；但作爲一代詞學的學科帶頭人，包括詞學研究會的領導集體，以及《詞學》這樣的專門刊物，應該有統攬全域的意識與綜合調度的能力。其四，是發展創新意識。一代有一代之詞學。如何構建新時期詞學的學科體系、學科特色與話語體系，就是擺在我們這一代詞學家面前的重要課題。而且，這已不僅是意識之有無問題，而是眼光和能力問題。能否目光如炬，預見詞學發展的走勢，能否革故鼎新，引導詞學的發展，正是我們這一代詞學家能否有所作爲的關鍵。

朱惠國：

「詞學的自覺與自覺的詞學」是一個很有意思的話題，體現了施先生對詞學發展的一些思考。「詞學的自覺」主要突出詞學的獨特性和獨立性，而「自覺的詞學」則更多表現爲對詞學學科建設的創造性，對此施先生剛才已經作了簡要的闡釋。其實詞學作爲一種專門的學問，已經存在很長時間了，龍榆生先生的貢獻，主要在於將它系統化，並明確作爲一門學科提出來。龍先生之後，其他學者也在此方面作過努力，比如唐圭璋先生等，至於施先生自己，更是作了比較深入的思考。現在要對這門學科重新加以審視，並有意識地創新，其實並不容易。張教授提出「四種意識」很有眼光，對今後的詞學研究具有指導意義。我現在想到的是，從詞學學科建設的角度出發，是否可以有意識地作三方面的努力：一是學科的精細化和具體化，就是將龍先生描述的詞學八個方面作進一步的細化。龍先生當年提出詞學八事，只是一個粗略的框架，許多方面還來不及精細闡述，如果我們將其作更加全面、深入、細致的規劃，可以使這門學科更加科學、更加周全。二是學科發展的均衡化，就是在總結最近幾十年詞學研究狀況的基礎上，看看哪些方面存在不足。龍先生提出詞學八事，構成詞學學科的主要内容，這八個方面都很重要，不可偏廢。三是學科發展的與時俱進。龍先生發表《研究詞學之商榷》一文，距今差不多有九十年了，其間社會發生了很大的變化，我們現在提出詞學學科的建設，一方面要遵循學科自身的特性，另一方面也要融入現代社會的科學理念，體現出社會的進步、研究方法的改善對詞學研究帶來的新變化。剛才張教授四點意識中的最後一點，其實也是這個意思。

要講今後的詞學研究，現在也很難説會走到哪一步，因爲決定一個社會發展的因素是非常多的，學術研究也是如此。但近期來看，在文學的研究、文獻的研究相對成熟的情況下，詞的本體研究，也就是與聲學關係比較緊密的這一塊，包括詞譜、詞樂、詞韻、聲調之學，等等，今後的比重會逐漸增加。這也是剛才説的均衡發展的問題。從施先生當年寫《詞與音樂關係研究》開始，聲學的研究實際上是很沉寂的，二十一世紀的詞學，這一塊應該逐漸加强，這樣才能使整個詞學的研究更加平衡、更加豐滿。

施議對：

二十一世紀詞學，經歷第一代傳人及第二代傳人，已由開拓期進入創造期。當下一九九五年之後出生的第三代傳人也已登場。作爲不同世代的詞學傳人，相信都能明確各自的承擔。期待創造期的二十一世紀詞學，返本歸真，獲得更加豐盛的成果。今天的「三人談」就談到這裏。謝謝大家。

（北京知今堂　吴昊、史曉明記録整理）

曹爾堪年譜(下)

陳昌强

清聖祖康熙元年(一六六二)壬寅　四十六歲

馮甦(字再來,浙江臨海人)將赴任雲南永昌府推官,先生有詩送之。(《八家詩選》卷二)

春,先生在杭州,某日舟行臨平縣,時將及清明,桃李盛放,有詩紀之。(《八家詩選》卷二)

三月五日,先生過鏡檻小憩,有詩,適前日爲穀雨。(《八家詩選》卷二)

五月二十一日,先生招同諸子於杭州西湖畫舫觀荷,用舫名爲韻賦詩。(《八家詩選》卷二)

六月初八日,先生復招同鄭景會(字丹書,一字慕韓,又字聚瞻,號海門,浙江慈溪人)、余懷等五人消夏西湖畫舫中,是日舟名尋煙語,遇驟雨,先生有《水龍吟》詞紀事。雨後登孤山,尋林逋放鶴處,先生有詩紀之,余懷亦有詩。(《八家詩選》卷二;厲鶚《湖船録》;《南溪詞》)

初十日,同人復邀先生並諸子集湖舫,是日舟名星萍社,登湖心亭遠眺,夜深先生方返回昭慶寺宿處,賦詩紀之。(《八家詩選》卷二)

是夏,先生在杭州,遍遊西湖諸寺,皆有詩:《野庵》、《孫家庵》、《宗印庵》、《留雲精舍》。(《八家詩選》卷二)

本文係國家社科基金一般項目「清代詞學編年研究」(17BZW112)階段成果。

夏，先生與朱彝尊、余懷等泛舟西湖，待曹溶不至，彝尊有詩。即於此時，先生有《念奴嬌》詞同余懷詠湖上夏景。（朱彝尊《曝書亭集》卷五；《南溪詞》）

先生家居，童奴徐賓廷與縣卒角，觸縣尉怒，縣尉怨長吏語過激，遂逮先生下獄。先生於獄中慨賦《蠛蠓行》檃栝其事，其小序云：「哀盧柟也。柟著有《蠛蠓集》，余讀之而重傷其志也。」（《八家詩選》卷二；《武塘野史》）

案盧柟著有《蠛蠓集》。盧柟，字少楩，明正德、嘉靖時河南濬縣人。家素封，輸貲爲國學生，博文强記，落筆數千言。以細故忤縣令，令恨之。適柟僕被榜，他日墻壓死。令即捕柟，繫獄論死，破其家。柟於獄中作《幽鞫》、《放招》二賦。謝榛讀之感動，至京師，爲鳴其冤。平湖陸光祖遷得濬縣令，因榛言，平反其獄。傳見王世貞《弇州史料後集》卷八（明萬曆四十二年刻本）。又馮夢龍《醒世恒言》卷二九有《盧太學詩酒傲王侯》一篇，即衍其事。

十月，先生以罹案北遊。過山東沂州府郯城縣，有詩紀之。（《八家詩選》卷二）

十一月，過德州，寓田需（字雨來，德州人）南園，有詩。（《八家詩選》卷二）

寓居僧寺，遇本爾和尚。本爾自福建來，將赴關中，先生爲賦《終南結茅歌》贈之。（《八家詩選》卷二）

二十三日，冬至，先生在直隸真定府，賦詩感懷。（《八家詩選》卷二）

先生自保定府滿城縣渡滹沱河，有詩懷余允光，時允光爲滿城知縣。（《八家詩選》卷二）[二]

過順德府邢臺縣，賦詩懷古。過李都五西園，爲賦詩二首。（《八家詩選》卷二）

冬暮，先生有詩寫懷，並柬里中錢棻、徐遠（字屆甫，嘉善人），有句云：「失路驊騮元易困，遭時鶯燕亦成媒。」重傷慨也。（《八家詩選》卷二）

清聖祖康熙二年（一六六三）癸卯　四十七歲

先生以去年事，拘繫於京師請室，張一騤（字石岩，號石帆，又號石樵，浙江仁和人）來探視，扼腕歎息之。（《南溪文略》）

四月，先生以去年案，被判流徙寧古塔。尋設法以城工贖罪，未出關。初，案起時，先生以不交公府，又自恃無罪，不謁吏求解，故受懲猶厲。乃被徵京師，至本年冬，方得生出都門。（《曹爾堪墓銘》；《武塘野史》；《南溪文略》）

夏，先生在京師陸舫，霖雨倒屋，於頹垣敗瓦中聽蟋蟀之聲，因作《陸舫蟋蟀記》。（《南溪文略》）

七月一日，廷命以王曧（字次重，直隸大興人）、王曰高（字北山，號槐軒，山東茌平人）爲是科江南鄉試正、副主考。先生聞之，爲作《送王北山給諫典試江南序》。（《南溪文略》）

先生在京時，與宋犖（字牧仲，河南歸德人）相識。（《南溪文略》）

冬暮，先生訪翰林同館張永祺於其金灘署中，留憩匝月，賦《水調歌頭》報之，有句「君能憐我失路，永夜醉秦筝」，是行殆求援也。（《南溪詞》）

先生招同史可程及諸同人集金灘旅舍，分韻賦詩，先生有詩紀之。（《八家詩選》卷二）

寒夜，先生同友人宴集，限韻賦詩。並嘗賦《臨江仙》志感。（《八家詩選》卷二；《南溪詞》）

過淮提庵，與又圓和尚茶話，有詩紀之。曹鍾浩（字持遠）將還鄭州，先生賦詩送之。先生同史可程賦詩，懷彭而述（字禹峰，河南鄧州人）、曹溶。高于雲（字漢思，江南山陽人）移居，先生偕同人過飲，適于雲得家書，有詩，先生步其韻作詩賀之。無聲和尚還鄞縣，先生賦詩送之，並詠《滿庭芳》詞送之。（《八家詩選》卷二；《南溪詞》）

在金灘，先生有《金灘竹枝詞》紀其風俗。（《八家詩選》卷二）

本年前後，先生有詞懷魏學渠，即《念奴嬌·寄懷魏子，時官成都司李》。（《南溪詞》）

清聖祖康熙三年（一六六四）甲辰　四十八歲

正月初四日，先生同史可程集張永祺署中觀劇，可程有詩，先生和之。（《八家詩選》卷二）

初五日，是日雪，友人某還河南開封府鄢陵縣，先生賦詩送之。（《八家詩選》卷二）

張繡山招同先生並龔雲起（字仲震，號耕天，江南武進人）、張繼鑣（字季超，直隸大興人）、沈蘭（字丹穎，浙江德清人）等晚集，適白夢鼐（字仲調，江南江寧人）以赴會試至，先生即賦詩紀之。先生在大名府元城縣，賦《元城竹枝詞》。（《八家詩選》卷二）

先生過直隸廣平府魏縣，同縣丞葉淥洲夜集王三之别業，有詩。（《八家詩選》卷二）

二月，先生至河南，途經衛輝府五龍崗，是處本明潞王府，已改爲寺，慨而賦詩懷之。過輝縣蘇門山名勝百泉、嘯臺，各賦詩詠之，並於嘯臺賦《蘇幕遮》懷古，且作《嘯臺賦》。有詩爲許作梅題《蘇門百露圖》。過蘇門山下邵雍故園桃株園舊址，有詩詠之。過衛源寧境寺，有詩題其壁。（《八家詩選》卷二；《南溪詞》；《南溪文略》）

先生遊直隸時，同沈禹錫交遊，别後作《與沈禹錫箕疇》寄之，俱道其直隸、河南遊蹤。（《家集》卷三）

三月初三日，先生在衛源，有詩寫懷。（《八家詩選》卷二）

初九日，清明，李碧虛招飲於衛輝府西郊園亭，先生有詩紀之。（《八家詩選》卷二）

初十日夕，孫奇逢（字啟泰，號鍾元，直隸保定人）適至，與先生及弟爾埏夜話甚歡，時先生寓居寧境寺，賦詩紀之。（《孫徵君日譜録存》卷二一；《干巷志》卷二；《八家詩選》卷二）

十一日，孫奇逢將歸輝縣夏峰村，先生兄弟送行，談笑而别，先生並賦詩留别。（《孫徵君日譜録存》卷二一；《八家詩選》卷二）

至新鄉縣，宿公館中，觀題壁詩，賦詩紀之。過懷慶府寧郭驛，有詩。過河内縣明儒何塘（字粹夫，號柏齋，又號虚舟）墓，賦詩。（《八家詩選》卷二）

二十四日，縠雨，先生過張和雅村居，有詩紀之。（《八家詩選》卷二）

懷慶知府王某邀先生飲於其園亭，先生爲賦《沁園春》詞紀之。（《南溪詞》）

陳道（字路若）卒，先生賦《輓陳山人路若》挽之。有詩紀懷慶府風俗，即《覃懷竹枝詞》。過穀旦鎮、過孟縣，各有詩紀之。過開封府鄭州，有詩題陰氏亭子。（《八家詩選》卷二）

先生遊歸德府。至商丘，軒車落落窮途，晤劉榛，榛有詩慰先生。即於此時，劉榛出其詩文集求正，先生爲評定數語還之。讀侯方域（字朝宗，商丘人）遺集，有詩志感。（劉榛《虚直堂文集》卷一八；《八家詩選》卷二）

先生在歸德府，適宋犖外放黄州别駕，歸里治裝，出示《柳湖草》一卷，先生因爲作跋。（《南溪文略》）

仲夏，先生至夏邑，晤陳稷，有《滿庭芳》題其溪南草堂。陳稷過訪，先生且有詩贈之。先生在夏邑過郎中崔某友園，賦詩題之。有詩送曹猶雲遊楚。與同人晚集於練雅臣可軒中，作詩紀之。李萬宗求先生爲其草堂題額，先生並爲賦《資清草堂歌》。先生有《東畲草堂歌》爲李遐原賦。（《南溪詞》；《八家詩選》卷二）

别李萬宗後，先生有《復李萬宗孝廉》信札一首謝之。（《家集》卷三）

五月二十四日，錢謙益卒。（《錢謙益年譜》）

二十八日，先生有跋題張風（字大風，江南上元人）繪《懶雲像》。（《南京博物館珍藏大系：明末清初金陵繪畫》）[二]

六月，先生在夏邑時，晤張一騤，别後，爲作《别侍御張公石帆序》。（《南溪文略》）

夏，先生在蘇州顧予咸雅園，同周季琬、沈荃、丁澎（字飛濤，浙江仁和人）歡飲，並賦詩二首。（《百城煙水》卷三）

夏，先生有書信達梁羽明，羽明慰之。（《南溪文略》）

秋夜，先生有詩示曹子祐、曹傳夕。倪西來將還福建侯官，先生送之以詩。賦《三峰拾橡行》。（《八家詩選》卷二）

八月十四日，先生在廬州廣華寺，賦《搗練子》志感，有句云：「梧雨滴殘蛩語咽，他鄉明日是中秋。」（《南溪詞》）

二十一日，先生孫源郃生，鑑章長子。（《族譜》卷五）

秋，先生讀王士禛紀年詩選，士禛詩中兼及先生二子，先生遂賦詩四首寄之，並懷王士禄。（《八家詩選》卷二；《王漁洋事跡徵略》）

九月九日，龔鼎孳招邀先生於廬州府郊外水亭登高，先生賦詩紀之。（《八家詩選》卷二）

同里計能（字無能）、錢士賁（字岩燭）至廬州，和先生九日登高詩，先生用前韻，復作詩紀之。（《八家詩選》卷二）

先生赴江寧，寓居鷲峰寺，感懷其地舊友邢昉（字孟貞）、顧夢游（字與治）、趙天鎮、丁訒庵、范幟等，有《鷲峰寺感舊》組詩。同汪士式（字梅墩，江南休寧人）、問旭和尚等秋日野望，同人有詩，先生次其韻。同年周而淳邀先生晚集，馬玉霽、吴宏安、王民（字式之，江南江寧人）在座，先生賦詩紀之。遇林古度，不相見已二十餘年，古度已八十五高齡，仍精神不衰，先生撫今追昔，爲賦《金陵耆舊行》贈之。（《八家詩選》卷二）

先生在江寧，賦《浪淘沙》志秋感。（《倚聲初集》）

十月，先生同龔賢（又名豈賢，字半千，又字野遺，號柴丈，江南江寧人）、問旭、静鑑二僧過江寧清涼山寺，有詩二首紀之，並有《錦堂春》詞詠掃葉上人山樓。先生過清涼山下烏龍潭，憶及亡友韓詩及唐時（字宜之，浙江烏程人）皆曾卜居潭上，爲賦詩志感。是月在江寧，先生始聞孫默（字無言，號桴庵，江南休寧人）之名。（《八家詩選》卷二；《南溪詞》）

冬，先生於江寧訪方文（原名孔文，字爾識，改字爾止，明亡更名一耒，字嵞山，江南桐城人）草堂，方文有詩贈先生，旋回訪先生於其寺寓，先生賦詩答之。龔賢有詩贈先生，先生賦詩酬之。先生於承恩寺對月，有詩懷紀映鍾、余懷。讀施閏章所刻顧夢游詩，爲賦詩，有句：「好詩何必非中晚，多少高岑誤後生。」賦《金陵竹枝詞》詠江寧風俗。聞錢謙益卒，有詩悼之。嚴熊（字武伯，江南常熟人）過訪先生寺寓，有詩，先生以詩酬之。（李聖華《方文年譜》；《八家詩選》卷二）

冬夜，先生歸鄉，於蘇州虎丘遇翰林同館周季琬，乃同步月，賦《浪淘沙》紀之；並有《念奴嬌》遣興。（《南溪詞》）

先生於歲暮歸里，與同里詞人錢繼章、錢繼振、王屋遊處，以《沁園春》調唱和，凡四疊韻，且悼沈麐（字天麑，江南華亭人）之喪，並自嘲仕途蹭蹬。（《南溪詞》）

案四詞之末闋有句「鼎湖攀髯難從。偕慟哭、褒公與鄂公。竟一朝放廢，塞翁失馬，百年瞬息，山穴尋龍。……真險絶、幾飄零異域，萬里扶笻」，提及順治帝崩、己身罹案罷免及險致流放關外事。可知當作於康熙二年以後。又首闋題爲「殘臘里居寫懷，用爾斐韻，柬孝峙」，可知此次唱和時，先生在里中度歲，考先生去年遊金灘，故此組詞最早作於是年。

本年，吴景旭有詩贈先生。先是，先生去年於湖寺壁上見景旭詩，稱道之，景旭因續有所作。

案吴景旭《南山堂自訂詩》卷四《曹顧庵内翰見過湖寺廼云山腰漸滅蒼煙起日脚初沉遠水開此非

壁上詩耶里言忽荷齒及即疊前韻投謝》，有句：「昨歲正逢春信催，偶于臨眺久淹徊。……詎料聚蚊鳴瓦缶，錯將市駿禮金臺。他家風月三千首，孰是蓮芬舌本來。」此詩編在《甲辰元旦》後。

清聖祖康熙四年（一六六五）乙巳　四十九歲

春，先生在杭州，爲城工之役。（《武塘野史》）

先生遊大佛寺，有詩同公順和尚賦之。（《湖上近體》）

鏡檻南村梅花盛放，先生賦詩詠之，並觀鸕鶿捕魚，感慨係於詩。（《八家詩選》卷二）

二月十九日，清明，先生於西湖有詩懷許作梅、蘇環中。（《湖上近體》）

雨後，先生與宋琬、沈荃同遊杭州西湖，於湖心亭有詩，宋琬和之。時先生方爲城工之役，宿湖邊某寺中。（《湖上近體》；宋琬《安雅堂未刻稿》卷三）

二十日，先生坐湖舫雨泛西湖，同遊者孫世遠（字子毅，嘉善人）、沈燕、周宸藻、沈鱄（字木門，嘉善人），先生賦詩二首紀之。（《湖上近體》）

湖樓苦雨，先生有詩柬同年戴京曾（字岵瞻，浙江錢塘人）、胡亶（字保叔，號勵齋，浙江仁和人）。（《湖上近體》）

三月二日，先生與同人羅靈章（字鏡庵，江南江都人）、韓則愈（字叔夜，河南鄢陵人）、計南陽（字子山，江南華亭人）、馮緯人、翁曆（字紀長，江南華亭人）、何文水等集沈荃寓樓，分韻賦詩。（《湖上近體》）

四日，宋琬招同先生、林嗣環（號鐵崖，福建晋江人）、沈荃、王追騏（號雪洲，湖廣黄岡人）雨中泛舟西湖，先生有詩四首紀之。（《湖上近體》）

四月，王士禄侍父遊杭州，居于湖上，與先生、宋琬相遇，宋琬有詩二首贈之，先生和之，士禄答以詩並呈先生。先是，先生有《滿江紅·江村》詞，押「漲、恙、上、餉、漾、唱、釀、杖、狀」諸韻，士禄嘗於憂患中一再和之，至是出以相示，先生乃更疊前韻爲報，宋琬亦和之。三人賡唱疊和，共歎劫後餘生〔三〕，各選詞八首，輯成《三子倡和詞》一卷，是年刻行。是爲「江村唱和」，亦稱「湖上唱和」。嗣後，徐士俊（字野君，浙江仁和人）爲作序評：「蓋三先生胸中各抱懷思，互相感歎，不托諸詩，而一一寓之於詞，豈非以詩之謹嚴，反多豪放，詞之妍秀，足耐憂思者乎？」並步韻和之，有句贊曰：「八詠一時清福地，三人百尺高樓上。看齊將、風雅作資糧，猶堪餉。」毛先舒（字稚黄，浙江仁和人）爲作《題三先生詞》：「俱極工思，高脱沉壯，至其悲天憫人、憂讒畏譏之意，尤三致德焉而不能已。嗚呼，何其厚也！」此外，聞而和者數十家。〔四〕先生嘗同王士禄、宋琬至陸進（字蓋思，浙江仁和人）家，同陸進父話舊，陸進亦次江村唱和韻作《滿江紅》紀之。（《湖上近體》；《安雅堂未刻稿》卷三；《十笏草堂上浮集》卷二；《漯書》卷二；《徐卓晤歌》；陸進《付雪詞》）

案先生「江村唱和」《滿江紅》八題：（一）江村。（二）王西樵考功見和江村詞，用前韻示孫無言。（三）湖上書懷，再柬西樵考功、阮亭祠部。（四）酬西樵再和。（五）湖上即景，同王西樵賦柬宋荔裳。（六）同荔裳觀察、西樵考功湖樓小坐，因憶阮亭祠部。（七）湖上坐雨，同西樵賦。（八）柬王西樵考功，兼懷陳學山、胡又弓、王北山館丈。考之，陳敳永，字雖期，一字學山，浙江海寧人。胡簡敬，字又弓，江南沭陽人。嗣後和先生韻作《滿江紅》詞者，凡陳維崧八首、鄭俠如二首、鄭熙績二首、吳綺一首、汪懋麟一首、黄永八首、陳玉璂一首、吴綃四首、徐釚三首、周銘一首、周廷諤一首、郁承烈一首、王策一首、陳大成一首、孫致彌一首、周稚廉一首、周綸一首、周在建五首、王晫十首、徐士俊一首、方炳七首、曹士勛四首、周之道二首、夏基一首、許虬一首、楊通佺一首、唐夢賚四首、劉榛二首、宋犖二首、朱中楣一首、謝超宗一首。另沈荃、蕭晨、劉震修、鄧漢儀等和詞亡佚。〔五〕

先生與宋琬、王士禄同客西湖時，一夕集宋琬寓中看演《邯鄲夢》傳奇，酣飲達旦，先生嗣後寄宋琬短札曰：「邯鄲傀儡，聚首達曙。吾輩百年間入夢出夢之境，一旦縮之銀燈檀板之中，可笑亦可涕也！」是夕，林嗣環、王追騏亦在座，宋琬即席賦《滿江紅》詞，即步江村倡和韻，亦曰：「殆爲余五人寫照也！」詞成，座客傳觀屬和，爲之欷歔罷酒。先生、士禄並各有詩紀之。（《十笏草堂上浮集》卷二；《今世説》卷二；《二鄉亭詞》；周在浚等編《賴古堂尺牘新鈔二選藏弆集》卷一六；《詞苑叢談》卷九）

先生有詩步余懷韻贈閨秀王端淑（字玉映，號映然子，浙江山陰人）。龔雲起出示史可程所贈移居西氿詩，先生次韻和作二首。先生有詩二首和王士禛、彭孫遹。先生於昭慶山房夜雨之時，有詩懷張永祺、耿介。（《湖上近體》）

約此時，先生有詩、詞送孫默歸黄山，並示王士禄、彭年（字鴻叟，江南錫山人），詩即《送孫無言歸黄山歌兼示王西樵彭鴻叟》，詞即《念奴嬌·贈孫無言還黄山》。其後，尤侗、王士禄、陳世祥（字善百，號散木，江南通州人）、董俞、汪懋麟（字季角，號蛟門，江南江都人）、吴綺（字園次，江南江都人）、鄭俠如（字士介，安徽歙縣人）、孫枝蔚（字豹人，陝西三原人）、李良年（字武曾，號秋錦，浙江秀水人）、李符（字分虎，浙江秀水人）等紛紛次先生韻作《念奴嬌》送孫默歸黄山。（《八家詩選》卷二；《全清詞》）

宋琬招同先生、王士禄、林嗣環、孫默、陸進、毛先舒、王嗣槐、王晫（字丹麓，浙江仁和人）、張壇（字步青，浙江仁和人）等遊西湖之孤山。陸進有詩紀之。先生同宋琬游西湖，唱和頗多，宋琬並曾和先生《湖舟泛雨》四首。先生將暫返嘉善，有書别宋琬，宋琬有詩送行。王晫讀江村唱和諸詞，有詞步韻贊之。（汪超宏《宋琬年譜》；陸進《巢青閣集》卷三；《安雅堂未刻稿》卷三；《峽流詞》）

王士禄於湖樓坐雨，有詩柬先生。（《十笏草堂上浮集》卷二）

先生同王士禄、宋琬、林嗣環等悠游西湖兩月，别時有短札寄宋琬謂：「留連湖上者幾及兩月，山水面目，數十年常在目前。此來獨稱快意者，有荔裳暨西樵、鐵崖諸公，詩酒倡和，爲人間樂事。況皆以奇禍得免，天復安頓之湖山之間，不愈感彼蒼之賜耶？弟刻下放棹言旋，望若河漢，回首不禁惘然。」王士禄有詩

送先生。(《賴古堂尺牘新鈔二選藏弆集》卷一六;《十笏草堂上浮集》卷二)

先生春夏在西湖時,同余懷縱遊唱酬,詩篇綦夥,其後輯成《西陵唱和集》,余懷序之,嗣後刻行。(《嘉善曹氏族譜附録》〔六〕)

五月五日,宋實穎招先生作汎蒲之會,先生因作《滿江紅》詞爲贈,即步江村唱和韻,和者尚有陸壽名(字處實,江南長洲人)、姜宸英(字西溟,浙江慈溪人)等。(《南溪詞》)

十日,尤侗在蘇州招邀先生、沈荃、陸壽名、宋實穎、宋宓(字御之,江南長洲人)等同集看雲草堂,尤侗有《滿江紅》步韻江村唱和詞,先生和之,宋實穎亦與之,此唱彼和,並端午唱酬及事後追和之作,復各得八首,以成《後三子詞》,是爲「後江村唱和」。刊行時,三人互作評點,沈荃亦評之。丁澎以疾,未與此會。(《南溪詞》)

案先生「後江村唱和」《滿江紅》八題:(一)乙卯午日,宋既庭見招汎蒲,同陸處實、姜西溟。(二)沈繹堂、陸處實、宋既庭、御之同集尤悔庵看雲草堂,元韻次答,乙巳五月初十日。(三)即席酬贈悔庵司李。(四)酬贈既庭,兼示吴敬生兄弟。(五)即席送同年沈繹堂入都,兼懷汪千頃、楊地一,同展成、既庭賦。(六)同悔庵、既庭賦柬荔裳觀察。(七)憶西樵湖上,兼寄阮亭,同展成、既庭賦。(八)展成、既庭雨中見示新詞,用原韻奉答。 考之,吴愉,字敬生,江南長洲人; 汪度,字千頃,號山圖,江南歙縣人。

十九日,先生觀尤侗《西堂樂府》,爲文題之。(《西堂樂府》)

約此時前後,先生有《滿江紅》和尤侗思隱詞二首。(《南溪詞》)

是夏,先生與尤侗商量詞學,各出本集互勘,先生既爲尤侗《百末詞》作序,尤侗亦爲先生《南溪詞》作序。(《百末詞》;《南溪詞》)

尤侗以小像見示，先生賦《滿江紅》二首題之；宋實穎亦以小像見示，先生回用前韻賦《滿江紅》二首題之。（《南溪詞》）

約是年盛夏，先生遊常熟，覽吾谷之盛，賦《遊吾谷》。嚴熊招飲，陳祺芳、顧楫侯、蘇于九在座，嚴熊賦詩四首，以「新秋蘭花」爲韻，先生賦詩紀之。（《八家詩選》卷二；《嚴白雲詩集》卷三下）

秋，先生在京師，賦《滿江紅・長安秋思》詞。（《南溪詞》）

十月十八日，先生晤梁羽明於河南蘭陽，羽明設宴，約同張石平、朱霞寓，高談縱論，歡飲達旦。先是，先生暫憩汴梁，羽明折簡來招，會大風雪阻之，至是乃晤。（《南溪文略》）

十一月上旬末，先生別梁羽明，羽明祖送於蘭陽西郊之河伯廟。（《南溪文略》）

約是年或稍後，先生與錢繼登（字龍門，嘉善人）、孫世遠、周宸藻、郁之章、沈燕、盛筠齋等效爲耆英會，以詩酒爲樂。（《槜李詩繫》卷二六）

清聖祖康熙五年（一六六六）丙午　五十歲

春，先生在京師，遇丁耀亢，其時先生城工尚未畢。耀亢以續書之罪於去秋被逮一百二十餘日，去冬方釋，滯留京師，因有詩贈先生。（《歸山草》卷二）

七月二日，先生五十壽辰。余懷有《滿江紅・壽曹子顧學士五十》來賀。（《玉琴齋詞》）

十月七日，先生與姜鶴儕（字子翥，江南丹陽人）、姜稼（字遵養，江南丹陽人）、孫枝蔚、范國禄（字汝受，號十山，江南通州人）、孫金礪（字介夫，浙江慈溪人）、鄧漢儀（字孝威，江南泰州人）、方章鉞（字式玉，江南桐城人）、方雲拖（字彦博，江南桐城人）、宗元鼎（字定九，號梅岑，江南江都人）、吴崑（字暉吉，號西崕，江南上海人）、朱一是、宋實穎、宋琬、王追騏、顧苓（字雲美，江南吴縣人）、王槩（字安節，浙江嘉興人）、談允謙（字長益，江南丹徒人）、程邃（字穆倩，江南歙縣人）、張度（字仲方，號月鹿，東臯人）、姚景明（字仲潛，江南江都人）、葉藩（字桐初，號南屏，江南太倉人）、張儼（字若思，江南當塗人）、吴嘉紀（字賓賢，號埜人，江南泰州人）、汪楫（字舟次，號耻人，江南江都人）、靈幹（字中發，號石民，江南蘇州人）、弘修（字梵林，號五癖，浙江山陰人）、沈泌（字方鄴，江南宣城人）、季公琦（字希韓，江南泰興人）、王士禄、陳世祥、陳維崧（字其年，號迦陵，江南宜興人）、李以篤（字雲田，湖廣漢陽人）、孫默、冒襄、冒丹書（字青若，江南如皋人）、杜世農（字輟耕，號湘民，湖廣黄岡人）、杜世捷（字武功，湖廣黄岡人）等四十六人同集於揚州紅橋，分韻各賦五律二首，先生分得「洲」、「中」二字。集成《紅橋唱和第一集》，其後屬龔鼎孳（字孝升，號芝麓，江南合肥人）序之，孫金礪爲之記。（《紅橋倡和第一集》；汪楫《山聞詩》；《十笏草堂上浮集》卷四）

紅橋雅集後，四方之客次第散去，惟先生與宋琬、王士禄、孫金礪、談允謙、陳維崧、李以篤、沈泌等仍留滯揚州，益以本地士人宗元鼎，並揚州屬縣士人冒襄、陳世祥、鄧漢儀、范國禄、季公琦，及僑寓揚州之孫枝蔚、程邃、汪楫等，凡十七人，復舉倡和之會，讌集於紅橋。初集時同賦五言近體詩，稍後王士禄首唱，賦「屋」韻《念奴嬌》，諸人和之，「詩酒讌聚，交驩浹月」，以「屋」字韻《念奴嬌》倡予和汝，迭相酬贈。多者十餘首，少者七八首，「抽新領異，各出心裁」。諸人散後，亦多有續步「屋」韻作詞者。嗣後輯選成《廣陵倡和詞》，孫金礪序之，龔鼎孳爲作《小引》，刻本以傳。今存是書凡輯存王士禄、曹爾堪、陳維崧、陳世祥、季公琦、鄧漢儀、宗元鼎七人，人各一卷十二首。（《廣陵倡和詞》）

先生與冒襄、宋琬、王士禄、陳維崧集於劉師峻（字峻度，江南江都人）葭園，分韻賦詩。王士禄得「舒」、「安」字，冒襄得「川」、「吴」字，陳維崧得「山」字，汪楫得「陳」、「舟」字。（《十笏草堂上浮集》卷四；《巢民詩集》卷五、《湖海樓詩集》卷二；汪楫《山聞詩》）

先生與冒襄、宋琬、王士禄、陳維崧等再集葭園，詠懷廣陵古跡，賦《廣陵懷古》詩。（《巢民詩集》卷一、《湖海樓詩集》卷二；《十笏草堂上浮集》卷四）

先生有詞贈陳維崧，維崧依廣陵倡和韻，作《念奴嬌》酬之。稍後，先生與王士禄、陳世祥皆和維崧此詞，並邀諸人同和。（《廣陵倡和詞》）

朱一是將自揚州還海寧，吴崑將自揚州赴紹興。先生與王士禄、陳維崧、陳世祥、季公琦、鄧漢儀、宗元鼎各依廣陵倡和韻作詞贈之，兼懷已赴江寧之丁澎、已返蘇州之宋實穎。（《廣陵倡和詞》）

某日席上，陳維崧被酒，有依廣陵倡和韻《念奴嬌》詞贈同席之宋琬、先生、王士禄、孫枝蔚、鄧漢儀、宗元鼎、汪楫、沈泌、季公琦、范國禄、陳世祥等。（《廣陵倡和詞》）

先生以《南溪詞》贈宗元鼎，元鼎步廣陵倡和韻賦詞謝之。或於此時，先生有《百字令》題宗元鼎東原草堂，仍步廣陵倡和韻。其後題元鼎東原草堂者，如朱裴、朱範、徐喈鳳、仇兆麟、釋宏倫、曹溶等，多步先生韻。（《廣陵倡和詞》；《詩餘花鈿集》）

十四日，王士禄以詩預送陳維崧歸宜興，先生與王士禄、鄧漢儀、沈泌、汪楫、季公琦、李以篤、陳世祥等皆有詞相送，維崧乃作《念奴嬌》留别，仍步廣陵倡和韻。（《廣陵倡和詞》、周絢隆《陳維崧年譜》）

十六日，龔鼎孳北上京師，舟至淮陰，得先生與宋琬、王士禄等所寄《紅橋倡和第一集》，遂爲之序。（《紅橋倡和第一集》）

李以篤將還漢陽，先赴蘇州迎其侍兒掃鏡，先期依廣陵倡和韻作《念奴嬌》留别諸同人，先生與王士禄、陳維崧、汪价（字介人，江南嘉定人）、鄒祇謨等各有詞和之。（《廣陵倡和詞》）

宋琬將北上入京，先生與王士禄於舟中設宴餞之，陳維崧在座。先生與士禄即席各有依廣陵倡和韻《念奴嬌》詞贈别，陳維崧别作《水調歌頭》一首贈行。（《廣陵倡和詞》；《宋琬年譜》）

宋琬將行，先生即席步廣陵倡和韻作《念奴嬌》贈之，並呈在座之李長祥、王士禄，詞注謂：「荔裳將發廣陵。」陳世祥有同韻詞和先生。先生有步廣陵倡和韻《念奴嬌》柬冒襄、陳世祥，詞中憶及辛巳春與冒襄相別於杭州西湖，至此已二十六年矣； 世祥稍後次韻奉答，季公琦亦次其韻作詞贈世祥、范國祿。 先生於揚州客中，有步廣陵倡和韻《念奴嬌》呈戴明説、梁羽明、裴希度，詞中有求援意，蓋三人皆先生父曹勳崇禎七年會試所拔之士。 先生過王士禄寓園夜話，有步廣陵倡和詞韻《念奴嬌》贈之，兼懷王士禛、林嗣環、趙鑰（字千門，山東萊陽人）。 吴嘉紀、汪楫、吴麐（字仁趾，江南新安人）將往江寧，先生有步廣陵倡和韻《念奴嬌》贈行，並寄周亮工（字元亮，號櫟園，河南祥符人）。 紀映鍾將入京師，杜濬（初名詔先，字于皇，號茶村，湖廣黄岡人，居江寧）將赴淮陰，先生步廣陵倡和韻賦《念奴嬌》寄之。 先生以《南溪詞》寄宗元鼎，元鼎有詞酬之。（《廣陵倡和詞》）

張恂（字稺恭，陝西涇陽人）自東北戍地放還，流寓揚州。 鄧漢儀步廣陵倡和韻作《念奴嬌》贈之，並柬丁澎及先生。（《廣陵倡和詞》）

某日，先生同孫枝蔚、鄧漢儀、雷士俊（字伯籲，陝西涇陽人，居江都）、孫金礪等集飲於王士禄寓園，聽女史雲然度曲，分韻賦詞，枝蔚有「六」字韻《燭影摇紅》紀之。（《溉堂詩餘》）

八月十九日，先生爲王士禛《漁洋山人抱琴洗桐圖》題辭：「未幾見矣。 已美而髡耶？ 瓊花觀主入爲典禮之司耶？ 循吏耶？ 才子耶？ 名滿海内，而自處恂恂兮。 琴清而桐直，斯得其真兮，彼美人兮！ 丙午中秋後四日曹爾堪拜書。」此圖爲戴蒼（字葭湄，湖南常德人）所繪。〔七〕

秋時，先生在揚州，住天寧寺，吴學炯（字星若，號南溪，江西南城人）訪之，有詩酬贈。〔八〕（《百名家詩鈔》卷八六）

十一月二十六日，先生讀鄧漢儀廣陵倡和諸詞，爲作跋，盛贊其詞「洵陳思王賦中所云『穠纖得中，修短合度』者也」，且謂：「吾輩邗溝唱酬，意氣雲上，不減十五年前狂叫莿高酒壚旁。 日月逝於上，此樂亦何可多得！ 異日把斯集，回憶紅橋酒夜筆墨縱橫時，不更發屋梁明月之歎耶？ 旅燈評跋，因附數語。 並示

西樵，爲之同慨。丙午長至顧庵曹爾堪識。」（《廣陵倡和詞》）

十二月八日，王士禄招先生、雷士俊、孫枝蔚、鄧漢儀、陳世祥、孫金礪、范國禄、沈泌夜集其寓園，限「燈」字韻賦詩。（《十笏草堂上浮集》卷四）

歲暮，先生自揚州歸里。歸鄉前，陳世祥賦《意難忘》調送之。先生有《蝶戀花》詞留别程邃、杜濬、孫默，三人各次韻和之。時沈泌將歸宣城，王士禄、陳世祥、鄧漢儀、范國禄、孫金礪等同賦詩送先生並沈泌歸鄉。（《廣陵倡和詞》；《含影詞》；《南溪詞》；《十笏草堂上浮集》卷四）

清聖祖康熙六年（一六六七）丁未　五十一歲

正月初一日，孫金礪應王士禄之請，在揚州客舍爲《廣陵倡和詞》作序，具道倡和源起。其後是書刻成。（《廣陵倡和詞》）

是春，先生游蘇州。

二月，陳維崧至蘇州，聞先生及丁澎亦在蘇州，未及一晤，作《疏影》詞寄懷。（《陳維崧年譜》）

是月，孫默於揚州將《三家詩餘》益以王士禄《炊聞詞》、先生《南溪詞》、尤侗《百末詞》三家，續刻作《六家詩餘》，是月中，孫金礪爲作序。（《國朝名家詩餘》）

四月，署吴縣知縣林鼎復（字天友，福建侯官人）招同先生及丁澎、胡獻徵（字存人，湖廣武陵人）、吴彦芳（字友聖，號香爲，福建閩縣人）、吴綺、吴懋謙、余懷、尤侗、宋實穎、錢中諧、顧苓、顧湄（字伊人，江南太倉人）、顧彩（字天石，江南無錫人）、趙旦兮、毛端士（字行九，江南武進人）、陳維崧等，雨中集蘇州虎丘平遠堂，以「煙」字作詞，陳維崧有《水調歌頭》紀事。（《迦陵詞全集》）

八月一日，先生孫源郊生，鑑平長子。（《族譜》卷五）

九月九日，先生在蕪湖赭山登高，憶及里中戚友，爲賦《滿庭芳》詞。（《東白堂詞選》）

秋，先生自楚中歸，過江寧，聞宋琬亦在江寧，不及晤，作書留别，宋琬賦《臨江仙》詞奉答。（《宋琬年譜》）

十月二十八日，五弟爾埏卒。（《族譜》卷四）

先生遊湖州，與吴綺、余懷等交遊。陸進是秋亦遊湖州，將别，吴綺設宴餞之，先生、余懷、徐嘉炎（字勝力，浙江秀水人）、羅坤（字弘載，浙江會稽人）、陳玉璂（字賡明，號椒峰，江南武進人）、梅庚（字耦長，江南宣城人）、吴參成（字石葉，江南江都人）等在座，陸進因賦《水龍吟》詞爲别。（《付雪詞》；《吴綺年譜》）

元配吴夫人卒，先生遂不再娶。先生時與朱一是同客湖州，聞吴夫人訃即歸，一是有《長亭怨慢》送之。（《曹爾堪墓銘》；《族譜》卷四；《梅里詞》卷三）

秋暮，先生赴河南，途徑安徽鳳陽府宿州包家集，戚珥（字綏耳，安徽泗州人）有詩來寄，先生賦題《過包家集却寄戚綏耳》。晚宿於河南開封府鄭州縣須水鎮，賦《須水鎮晚宿》。在河南府洛陽縣，賦《洛陽竹枝詞》詠其風俗。（《八家詩選》卷二）

清聖祖康熙七年（一六六八）戊申　五十二歲

先生與宋琬同遊萬竹庵，先生有詩四首，宋琬依韻和之。（《安雅堂未刻稿》卷三）

問旭和尚自揚州來赴先生約，同遊浙東，行前，孫枝蔚有詩送之。（《溉堂集》續集卷二）

秋，先生重過揚州，晤汪懋麟，懋麟於席上有《滿庭芳》詞贈之。（汪懋麟《錦瑟詞》）

八月十七日，先生孫源酆生，鑑平次子。（《族譜》卷五）

十七日，先生於蘇州虎丘爲王曰高《槐軒集》作序。（《槐軒集》卷首）

九月九日，先生同孫枝蔚、程邃、吴麐、汪玠（字長玉，江南江都人）等同登無熚寺，各用「重陽登高」爲韻作詩四首，汪懋麟、孫枝蔚各存詩四首。是日，先生策杖過紅橋，登法海寺，遥望平山堂，因小雨而未及

造訪。嗣後汪懋麟以《錦瑟詞》求序，先生應之。（汪懋麟《百尺梧桐閣詩集》卷六；《錦瑟詞》；《溉堂集》續集卷二）

先生與汪懋麟冒雨登康山，限韻賦詩，各作二首。（《百尺梧桐閣詩集》卷六）

冬，先生在揚州，見孫默所刻之董俞《玉鳧詞》二卷，回憶往昔交遊，爲作序。（《玉鳧詞》）

清聖祖康熙八年（一六六九）己酉　五十三歲

是年，先生有山西之行。呂崇烈（字見齋，山西安邑人）屬先生題其仍園，先生有詩。另有詩題贈郝寧尹陸逸園。旅居山西平陽府襄陵縣，公館有泉石之勝，先生爲賦詩紀之。（《八家詩選》卷二）

春，先生客山西平陽府臨汾縣，王永命（字九如，山西臨汾人）招集先生並席教事（字覺海，山西臨汾人）、李毓華、蔣持三同集澹園，先生爲賦詩。（《八家詩選》卷二）

行經太原，有《太原道中》詠春日風景。自平定州東行至柏井驛，用杜甫法鏡寺詩韻賦詩。入直隸，春夜宿定州，賦詩。（《八家詩選》卷二）

春，先生過河南汝寧府，晤知府金鎮（字又鑣，號長真，河北宛平人）及在幕之毛奇齡，夜宴，互有詩酬答。（《西河集》卷一五一、一五三）

案此條，胡春麗以爲當繫於康熙十年[九]，考先生康熙九年末至京，康熙十年春夏未出京，復揆諸毛奇齡行跡，知二人相遇當在康熙八年春。

五月，侯方岩（字叔岱，河南商丘人）將取道山東泰安府歸河南歸德府商丘縣，先生有詩送之，兼寄其兄侯方岳（字仲衡，河南商丘人）。（《八家詩選》卷二）

先生居京師，有詩懷同門余恂、楊兆魯、李來泰。（《八家詩選》卷二）

秋，錢棻有詩志秋感，先生和之。（《八家詩選》卷二）

冬，徐崧（字松之，號臞菴，江南吴江人）留宿於先生家，先生賦詩紀之。（《八家詩選》卷二）

是年，孫枝蔚賦樂府《少年行》，詠蕩子破家，先生嗣後評曰：「透心剜骨之言，爲癡人劈頭棒喝，可惜北邙人不早爲廉吏耳。」（《溉堂集》續集卷二）

董俞有《寄曹顧庵學士》七古長詩贈先生。（《樗亭詩稿》卷六）

是年，次子鑑章貢入成均，侄鑑倫入嘉善縣學爲庠生。（《族譜》卷五）

清聖祖康熙九年（一六七〇）庚戌　五十四歲

三月十三日，先生與友人集於許承家（字師六，江南江都人）園亭，分韻賦詩，先生作七律二首。（《八家詩選》卷二）

十八日，先生同汪楫、吴嘉紀、孫枝蔚、吴麐、王槩晚集於天寧寺杏園，共用七遇韻，分賦五言古體八韻。（汪楫《山聞詩》）

錢繼章有園居詩，先生和之。（《八家詩選》卷二）

四月，先生與徐喈鳳（字竹逸，江南宜興人）、姜宸英、錢繼章、錢棻、蔣玉立、莫大勳（字魯岩，江南宜興人）等冒雨游沈受祺（字憲吉，嘉善人）、沈辛劉（字未公，嘉善人）北山草堂，限「寒」韻賦詩。莫大勳有五古長詩，姜宸英和之。先生有詩二首，徐喈鳳亦有同作。（《八家詩選》卷二；《葦間詩集》卷二；《光緒重修嘉善縣志》卷三三）

十五日，王曰高至嘉善拜謁先生，有詩紀之。（《槐軒集》卷一、三）

秋，先生北行。至蕪湖，賦《蕪湖識舟亭》。至山東青州府蒙陰縣，有詩。入直隸，過保定府高陽縣，有詩吊孫承宗（字稚繩，號愷陽，高陽人），詩即《過高陽》。有詩詠京畿風俗，即《漁陽竹枝詞》。（《八家詩選》卷二）

有詩贈郝浴(字雪海,直隸定州人)。李縉明自山東新城來信,先生爲賦詩代柬。讀明金毓峒(字鶴冲,北直隸保定府完縣人)殉難傳,有詩題之。翰林前輩李呈祥(字其旋,又字吉津,山東霑化人)有詩見寄,先生賦詩答之。(《八家詩選》卷二)

十二月二十五日,立春,先生有組詩寄里中諸友,詩即《漁陽立春日書寄里中遊好六首》。(《八家詩選》卷二)

二十九日,除夕,先生在京師,賦《庚戌漁陽除夕》七律一首感懷。(《百名家詩選》卷一六)

清聖祖康熙十年(一六七一)辛亥　五十五歲

正月十九日,先生孫源鄗生,鑑平三子。(《族譜》卷五)

先生在京師,過春風亭,是處本爲元代侍郎蘇天爵別墅,爲賦《春風亭》。(《八家詩選》卷二)

暮春,陳維崧致書王士禛,索其新詞,士禛作書並寄舊作三四首報之,並承諾代向先生、宋琬索稿。(《王士禛全集·集外文輯遺》卷二)

四月,先生在京。陳祺芳將遊紹興,先以新詞示先生,先生爲賦《沁園春》長調;時朋從多在京師,先生喜,步前韻復作《沁園春》柬紀映鍾、李嵋雪(河南永城人)、曾燦(字青藜,江西寧都人)、李枝翹(字條侯,江南睢寧人)、陳祺芳。(《京華詞》)

先生有次汪懋麟韻《賀新郎》詞贈柳敬亭(本姓曹,江南泰州人),汪詞本和曹貞吉(字升六,號實庵,山東安丘人)韻。有《百字令》寄題錢肅潤(字礎日,江南無錫人)十峰草堂。有《滿江紅》詞書壁志感。(《京華詞》;《珂雪詞話》)

五月五日,先生在京,柯聳招作汎蒲之會,先生遂作《水調歌頭》謝之。(《京華詞》)

十四日,宋琬於京師邸第招邀先生、王士禄、王士禛、余司仁(字岱嶼,直隸宛平人)、王廷璧(號蒼嵐,河南祥符人）、秦鉽（字補念，江南無錫人）、王追騏、余國柱（字佺廬，湖廣大冶人）、劉師峻、鞠珣（字觀玉，山東大嵩衛人）、周燦（字星公，陝西臨潼人）等觀其自撰《祭皋陶》雜劇，是劇激楚悲涼，先生因作《賀新涼》紀之。（《京華詞》；《王漁洋事跡徵略》）

先生與程康莊（字坦如，號崑崙，山西武鄉人）、劉師峻、汪懋麟、曾燦、周在浚（字雪客，河南祥符人）等宴集喬萊（字子静，號石林，江南寶應人）寓齋，限韻各有詩。（汪懋麟《百尺梧桐閣詩集》卷九）

先生有《賀新涼》詞感舊柬王士禄。有《臨江仙》二首寄題南村，柬友，有《南歌子》憶故居，三詞中對句皆用前賢成句。（《京華詞》）

六月九日，王士禄、王士禛兄弟招同先生與宋琬、沈荃、程可則諸人小集，爲剛至京師之施閏章接風，限「初」字韻賦詩，先生有作，復有《水調歌頭》詞紀事。（《百名家詩選》卷一六、三三；《京華詞》；《王漁洋事跡徵略》）

夏秋間，先生同宋琬、王士禄兄弟、沈荃、施閏章、程康莊、陳廷敬（字子端，山西澤州人）、李天馥（字湘北，河南永城人）、曹貞吉、曹禾（字頌嘉，號峨嵋，江南江陰人）、汪懋麟等皆在京師，常有文酒之會。（《王漁洋事跡徵略》）

夏秋間，錢澄之過嘉善，有詩懷先生。（《田間詩文集·詩集》卷一七）

先生有《踏莎行》次韻答友人。有《醉太平》題王士禛畫卷。有《漢宮春》詠九香蟲柬宋琬。有《百字令》次陳維崧韻二首，其一詠燕山旅懷，寄黄虞稷（字俞邰，福建晋江人）、王槩；其二於雨後遣興，寄姜梗（字鐵夫，號桐柏，浙江會稽人）、陳維岳（字緯雲，江南宜興人）。宋琬贈以九香蟲，先生戲作《滿江紅》奉謝。（《京華詞》）

施閏章有《醉來歌》贈先生，詩中極慰先生蹉跎失路之感，先生爲賦《醉來歌贈施愚山大參》還之。

（《學餘堂集》詩集卷二一；《八家詩選》卷二）

二十日，先生於孫承澤秋水軒賦《賀新涼》詞，慰周在浚之病，並柬紀映鍾、曾燦、杜首昌（字湘草，江南山陽人）、王豸來（字古直，浙江錢塘人）等，韻押「卷、遣、泫、繭、淺、展、顯、扁、犬、免、典、剪」，是即「秋水軒倡和」之首唱。龔鼎孳、宋琬、程可則、紀映鍾、周在浚、王豸來、杜首昌、王士禄、王士禛等先後步其韻，此唱彼和，少則數首，多則數十首，後輯成《秋水軒倡和詞》。（《秋水軒倡和詞》）

周在浚病起，先生往訪之，有步秋水軒韻《賀新涼》贈之，並懷其父周亮工，在浚和韻作答。

二十七日，龔鼎孳招先生與宋琬、王士禄、紀映鍾、施閏章、王士禛、程可則、沈荃、曾燦、陶季（本名澂，字季深，江南寶應人）、姜梗、冒嘉穗等晚集京師黑龍潭，以「二儀清濁還高下，三伏炎蒸定有無」分韻賦詩，先生得「清」字，王士禛得「下」字，陶季得「蒸」字，程可則得「定」字，王士禄得「有」字，沈荃得「無」字。先生另有《水調歌頭》詞同王士禄兄弟賦贈鼎孳。（《京華詞》；《八家詩選》卷二、五；《一研齋集》卷一一；《海日堂集》卷一；《舟車集》卷六；《王漁洋事跡徵略》）

程可則招同先生、宋琬、施閏章、沈荃、王士禄、王士禛諸公集海日堂，送蔡湘（字竹濤，江南上海人）赴太原，限「屋」字韻賦詩，先生有詩，同仁亦各有詩。先生並有《百字令》詞送蔡湘，龔鼎孳步韻和之。（《八家詩選》卷二；《帶經堂集》卷二三；《京華詞》；《定山堂詩餘》）

龔鼎孳席上步秋水軒韻作詞送曾燦南歸，先生聞而步韻和其詞。（《秋水軒倡和詞》）

宋琬招先生、施閏章、程可則、沈荃、許之漸（字青嶼，江南武進人）、陳廷敬、王士禄、王士禛集王崇簡園林，分韻賦詩。（《王漁洋事跡徵略》；《百名家詩選》卷一六）

七月，立秋後，先生同宋琬、王士禛、施閏章、程可則、沈荃等集王士禄邸舍，分韻賦詩。（汪超宏《宋琬年譜》）

先生有《西江月》題《湖山晚棹圖》。初秋，先生有《鷓鴣天》書邸壁志感。有《踏莎行·長安遺興》詞志感。某日，觀女劇，有《高陽臺》贈歌者。（《京華詞》）

某日，宋琬復招同人觀《祭皋陶》雜劇，先生與王士禛、曹貞吉、龔鼎孳、梁清標（字蒼岩，號棠村，直隸真定人）、汪懋麟等皆與之，各有詞，王士禛首唱「纈」字韻《蝶戀花》，先生和之，貞吉、懋麟、鼎孳、清標亦皆有和作。先生並賦《古銀槎歌贈荔裳》爲謝。（《京華詞》；《香祖筆記》；《王漁洋事跡徵略》；《百名家詩選》卷一六；《珂雪詞》；《錦瑟詞》；《定山堂詩餘》；《棠村詞》）

先生步秋水軒韻作《賀新涼》詠懷，並柬郭棻、沈荃、金鋐、項景襄（字去浮，浙江秀水人）等。（《秋水軒倡和詞》）

宋琬招先生、王士禄、王士禛、施閏章、沈荃、程可則、陳廷敬等集王方樸寓亭，以銀槎行酒，分韻賦詩。先生賦詩紀之，並賦《古銀槎歌》贈宋琬。陳廷敬亦有詩。（汪超宏《宋琬年譜》；《八家詩選》卷二；《午亭文編》卷一〇）

王士禄、王士禛、謝重輝（字方山，號匏齋，山東德州人）、沈允笵（字康臣，號肯齋，浙江山陰人）等過飲於先生京邸，分韻賦詩，先生得「寺」字。（《八家詩選》卷二）

某夜，沈允笵、曹禾、汪懋麟、喬萊四位中書舍人公宴先生、許之漸、宋琬、施閏章、陶季、沈荃、程可則、王士禄、王士禛，分韻賦詩，王士禄有詩紀之。（《八家詩選》卷五）

施閏章將遊嵩山，先生與梁清標、許之漸、宋琬、沈荃、王士禄、王士禛、汪懋麟、陶季、沈胤范（字康臣，浙江山陰人）、曹禾、陶季、喬萊、程可則等雨夜宴集，分韻賦詩，先生得「原」字；其後諸人復於雨夜相會，再送施閏章，閏章亦賦《金魚池歌》留别諸同仁，先生亦有《金魚池歌仿杜樂遊園體》。（《百名家詩選》卷一六；《八家詩選》卷二、五；汪懋麟《百尺梧桐閣詩集》卷九；汪超宏《宋琬年譜》；施閏章《學餘堂集》卷

二一）

某日雨後，先生同諸友集喬萊京邸，分韻賦詩二首。（《八家詩選》卷二）

陸慶臻（字集生，金山衛人）貧甚，泣曰：「得墓田一笏營葬足矣。」故又自號笏田。衆人感之，紛紛爲賦《一笏墓田歌》，施閏章有作，先生亦同作，即《一笏墓田歌贈陸集生同施愚山賦》。慶臻將赴雁門，先生賦詩送之。（《學餘堂集》詩集卷二七；《八家詩選》卷二）

施閏章有詩贈姜梗，先生同作，即《抱書歎同施愚山賦贈姜鐵夫》。（《八家詩選》卷二）

八月十四日，王士禛有詩懷施閏章，並呈其兄士禄及先生、宋琬、沈荃、程可則等。（《帶經堂集》卷二四）

十六日夜，王士禛有詩懷及先生、宋琬、陳廷敬、李天馥。（《王漁洋事跡徵略》）

秋初以來，先生另有詞多首：某日醉後，作《滿江紅》自嘲。賦《滿江紅・愁》。有《八聲甘州》懷舊，並寄練雅臣、李嵋雪。賦《雙雙燕・秋燕》。史官陳志紀（字雁群，江南泰州人）直言賈禍，長流寧古塔，先生爲賦《鷓鴣天・秋夜偶感》。有《鷓鴣天・燕邸即事》感懷。旅夜聞蟋蟀，感賦《意難忘》。有《浪淘沙》題畫。偶賦《踏莎行》寄宋琬、王士禄、程可則、王士禛。秋雨不止，有《漢宮春》遣興。有《滿江紅》次梁清標韻爲其題《柳村漁樂圖》[一〇]。旅次感懷，賦《滿江紅》次梁清標韻寄懷嘉善同仁錢繼章、錢棻、郁之章、蔣玉立。施閏章出都，有札留别，先生賦《風入松》寄懷。有《賀新郎》詞爲趙沂題畫。晚坐有感，賦《八聲甘州》志之。（《京華詞》）

先生在京師時，當道公卿頗欲爲建白、復其官，阨於有司，未果行。先生亦掉頭興盡曰：「六十老人，豈復夢金馬門哉？」遂有歸意。（《曹爾堪墓銘》）

先生將南歸，有步秋水軒韻《賀新涼》詞留别翰林後輩秦弘（號緘齋，江南無錫人）、張英（字夢敦，又字敦復，江南桐城人）、吴本立（字菽原，又字意輔，江南武進人）。徐倬（字方虎，浙江德清人）、紀映鍾、王豸來、周在浚等聞先生將歸，各步秋水軒韻作《賀新涼》贈行。嗣後王士禄聞之，亦效其韻作詞寄贈。（《秋水軒倡和詞》）

宋琬有《送曹顧庵歸檇李二首》送先生歸鄉。（《安雅堂未刻稿》卷四）

王士禄、王士禛有詩送先生，先生次其韻，作《秋日南還留別西樵阮亭次來韻》。程可則亦有詩送先生歸鄉，其句「既有門生能抗疏，不妨夫子獨垂綸」，提及先生門生張貞生（字干臣，號簣山，江西廬陵人）抗疏遭貶，將還鄉之事，先生次其韻有詩。（《八家詩選》卷二、六；《光緒重修嘉善縣志》卷三三；《十朝詩乘》卷六）

三十日，龔鼎孳有步秋水軒倡和原韻《賀新涼》詞送先生南歸。（《秋水軒倡和詞》）

九月初一日，先生離京南還。沈荃有詩二首爲先生送行，後張永祺和其韻作《和繹堂送顧庵南歸原韻》。（《一研齋集》卷一二；《八家詩選》卷四；《國朝畿輔詩傳》卷一一；《百名家詩鈔》卷二三）

初二日，先生離京南還，龔鼎孳追送張灣，以長調贈別，先生有《賀新涼・張灣將發，芝麓宗伯追送，饋贐長調寵行，疊原韻謝別》詞和其韻，並作《答龔芝麓》啟謝之。先生另有詩留別王士禄、王士禛兄弟。（《秋水軒倡和詞》；《王漁洋事跡徵略》；《家集》卷三）

初八日，先生於瓠河舟次作《秋水軒倡和詞紀略》，具道本次唱和原委。（《秋水軒倡和詞》）

初九日，程康莊謫耀州知州，將赴任。先是，宋琬約同先生、王士禄、王士禛、王崇簡、程可則各賦詩送行，先生亦有詩同諸人送之。是日，高珩、沈荃並招宋琬、程康莊、程可則、王崇簡、王曰高、王士禄、王士禛、陳廷敬登高於梁園，以「秋菊有佳色」爲韻分賦，先生未及與。（《八家詩選》卷二；《安雅堂未刻稿》卷三〔一一〕；王崇簡《青箱堂詩集》卷二六；《午亭文編》卷三；《百名家詩鈔》卷一六）

是秋，先生裒本年四月赴京至八月離京途中所作詞三十三調凡四十闋而爲《京華詞》一卷，自作《詞引》題之，秋水軒倡和諸詞不在其列。（《京華詞》卷首）

十月，先生至揚州，道遇宗元鼎，即出秋水軒韻《賀新涼》詞示之，元鼎有步韻詞奉贈。（宗元鼎《新柳堂集》卷七）

十六日，鄧漢儀爲先生《京華詞》作序。（《京華詞》）

先生在揚州時，晤朱彝尊，彝尊出近詞一帙求序，先生應之，即作《江湖載酒集序》。先生將歸鄉，彝尊有《百字令》次韻詞及《沁園春》集句詞送之。（朱彝尊《江湖載酒集》、《蕃錦集》）

十二月，王士禛同宋琬、吴之振（字孟舉，浙江石門人）雪夜會飲於京師梁園水樓，論詩甚暢。士禛囑之振編刻諸公詩，之振乃薈萃宋琬、先生、施閏章、沈荃、王士禄、程可則、陳廷敬及士禛作爲《八家詩選》，内所選先生詩，經王士禛評定。（《八家詩選》）

《秋水軒倡和詞》約始刻於是年，收先生詞七首。全書共收二十六家：先生七首、龔鼎孳二十二首、梁清標二首、紀映鍾十七首、徐倬二十二首、王豸來十二首、陳維岳十二首、沈光裕（字仲連，直隸順天人）二首、宋琬一首、王士禄六首、龔士稹（字伯通，江南合肥人）八首、陳祚明（字胤倩，浙江仁和人）三首、張勄（字敬止，奉天遼陽人，漢軍正黄旗）三首、曹貞吉四首、吴之振一首、汪懋麟二首、杜首昌四首、周在浚十六首、王槩四首、王蓍（字宓草，浙江秀水人）五首、宗元鼎四首、蔣文焕（字維章，江南江寧人）六首、馮肇杞（字幼將，浙江紹興人）五首、吴宗信（字冠五，江南休寧人）一首、黄虞稷七首、張芳（字鹿牀，江南句容人）一首。（《秋水軒倡和詞》）

是年末，王士禛有懷先生七絶詩一首。（《帶經堂集》卷二六）

周在浚歸後，晤馮肇杞，肇杞讀《秋水軒倡和詞》，有次韻《賀新涼》懷先生及宋琬。（《秋水軒倡和詞》）

嘉善城内慈雲寺荒廢已久，先生約鄉紳共邀淨挺禪師（號俍亭，俗名徐世恩，浙江仁和人）主持住錫，寺因而復興。（《家集》卷三）

是年，長子鑑平貢入成均。（《族譜》卷五）

清聖祖康熙十一年（一六七二）壬子　五十六歲

錢澄之至嘉善，先生招之飲，魏學渠、蔣玉立、朱輅、王辰（字天市）、錢士賁（字岩燭）等亦同集是會。澄之有長詩紀之。（《田間詩文集·詩集》卷一八）

龐文玆（江南吴江人）將慶五十壽，遍徵詩詞壽文，錢澄之有詩，先生有詞，魏學渠次先生韻作《浣溪沙》壽之。（《田間詩文集》；《青城詞》）

六月，先生長子鑑平至京，同朱邇邁（字人遠，浙江海寧人）、周在浚、宋思玉（字楚鴻，江南華亭人）、周綸（字鷹垂，江南華亭人）、王鴻緒（字季友，江南婁縣人）、卓允域（字永瞻，浙江武康人）、葉舒崇（字元禮，江南吴江人）、徐釚（字電發，江南吴江人）置酒津亭雅集，並送在浚歸河南、徐釚遊浙江。（《詩餘花鈿集》）

八月，壬子科順天鄉試舉行，主考官翰林院修撰蔡啟僔（字石公，號崑暘，浙江德清人）、編修徐乾學。鑑平於是科中舉，列第四名。（《清代職官年表》；《曹爾堪墓銘》；《族譜》卷八）

鑑平及第後歸里。先是，先生有札寄王曰高，曰高遂因鑑平之歸，有詩寄呈先生。（《槐軒詩集》卷一）

九月一日，吴之振匯刻《八家詩選》成，作序冠之，中録先生詩二百首。（《八家詩選》）

暮秋，先生有《滿江紅》詞贈陳維崧、徐喈鳳，二人步韻答之，並及近况；且各有詞賀先生長子鑑平中舉，喈鳳且約明春共游嘉善。陽羡諸子共步該詞韻唱和，分次韻、回韻，各得詞如次：陳維崧八首、徐喈鳳十二首、董元愷（字舜民）十首、史惟圓（字雲臣）三首。（《陳維崧年譜》；《全清詞》）

是秋，先生卧病里中，爲王晫《峽流詞》作序，盛稱其詞，並稱昔年同遊西湖，未得王晫同和江村唱和爲恨。然王晫集中實有步江村唱和韻詞十首，先生蓋偶未省也。王晫得先生序後，賦《滿江紅》詞以謝，即步先生與陽羨諸子倡和之韻。稍後，王晫並有《滿江紅》詞賀鑑平中舉，回用先生與陽羨諸子倡和之韻，並呈先生。此外尚有《滿江紅》詞四首，亦步先生同陽羨諸子倡和之韻。（《峽流詞》）

是秋，鄧漢儀輯選《詩觀初集》成，自《杜鵑亭稿》録先生詩十六首。（《詩觀初集》卷七）

陸進有詩寄懷先生，並賀鑑平中舉。（陸進《巢青閣集》卷六）

是年，先生頻與史鑑宗（字遠公，江南金壇人）以詞相倡和。冬，鑒宗歸寓宜興，亟與陳維崧、史惟圓、徐喈鳳等談詞。（陳維崧《青堂詞序》，《陳迦陵文集》卷二）

朱彝尊著輯《江湖載酒集》成，凡三卷，收詞二百十首，以先生序冠之。（楊謙《朱竹垞先生年譜》）

是年，黃虞稷閲《秋水軒倡和詞》，有次韻《賀新涼》詞贈周在浚，並懷先生。（《秋水軒倡和詞》）

是年，先生作《贈聲初叔祖序》。（《家集》卷三）

案《贈聲初叔祖序》：「吾宗祖行，惟聲初公爲殿，舉族之以祖稱者，今止四人，而公之年又方五十。」考《族譜》卷三：「榮，字聲初，號知非，青浦庠生。……天啟癸亥五月十二日生，康熙丙寅五月十一日卒，年六十四。」可知此文作時。

是年，侄鑑倫補嘉善縣學廩生。（《族譜》卷五）

清聖祖康熙十二年（一六七三）癸丑　五十七歲

春，錢肅潤將自宜興歸無錫，陳維崧、史惟圓送之以詞，各步康熙十年先生之寄題十峰草堂《百字令》韻。（《陳維崧年譜》）

三月十九日，立夏，王晫約先生、韓魏（字醉白，江蘇江都人）、陸進同飲於其家。別後，王晫有札寄先生，邀先生賦詞紀事，且曰：「先生倘有意首唱，某當期兩君子倚聲和之，庶不使蘭亭上巳，獨作美談也。」

先生嗣後遂賦《念奴嬌》詞。（《霞舉堂集・尺牘偶存》卷下、《霞舉堂集・行役日記》；《蘭言集》卷八）

七月二十二日，王士禄以丁内艱過哀，罹疾卒於里第。（《王考功年譜》）

十二月，吴三桂反於昆明，三藩之亂起。四川按察使宋琬朝覲於京，寄妻孥於成都，聞三藩亂起，成都陷，驚悸卒。（《清史稿》卷六；《宋琬年譜》）

約是年前後，先生與從弟曹偉謨等續舉小蘭亭詩社，倡和頗盛。（《晚晴簃詩匯》卷三四）

清聖祖康熙十三年（一六七四）甲寅　五十八歲

三月三日，先生在揚州，士人於平山堂宴集，送先生入都。先生有《東風第一枝》感懷，汪懋麟、黄雲（字仙裳，江南江都人）和之。（汪懋麟《錦瑟詞》；《詩餘花鈿集》）

先生至京，同黄茝若（字石笥，直隸元城人）等社集分韻，茝若有詩紀之。〔一二〕（《百名家詩選》卷五〇）

秋，先生將歸，黄茝若有詩送之。（《百名家詩選》卷五〇）

十月二十六日，先生在里中，王晫來謁，求先生爲其父王湛（字澄之，號瑞虹）作墓表。先生頷之，且出一箑示王晫，其上所題，即先生去年立夏後應王晫之請所作《念奴嬌》也。嗣後先生爲作《文學瑞虹王公墓表》。（《霞舉堂集・行役日記》；《南溪詞》；《幽光集》卷一）

清聖祖康熙十四年（一六七五）乙卯　五十九歲

春，先生在揚州，彭桂賦《東風第一枝》送先生入都。（《初蓉詞》）

三月三日，先生在揚州，爲王崇簡《青箱堂詩集》作序。（《青箱堂詩集》卷首）

四月，先生在京師。金鉉（字悚存，浙江山陰人）招同先生、楊永寧、沈荃、張永祺、項景襄、郭棻等雅集分韻各賦五言、七言律詩。郭棻有詩紀之。（《學源堂詩集》卷四、卷六；《國朝畿輔詩傳》卷一二）

二十九日，郭棻邀先生並諸同館雅集寄快園，先生有詩六首，郭棻遍和之。（《學源堂詩集》卷四）

六月十七日，立秋，先生與王士禛、沈荃、李天馥、王又旦（字幼華，號黃湄，陝西郃陽人）過陳廷敬宅宴集賦詩限「立」字韻，天馥、廷敬各有詩。（《容齋千首詩》；《午亭集》卷六、一九；《午亭文編》卷三；《王漁洋事跡徵略》）

八月，李天馥招先生與王士禛、陳廷敬、沈荃、郭棻宴集，分韻賦詩，天馥、廷敬、郭棻各有詩。（《容齋乙卯詩》；《午亭集》卷一九、《午亭文編》卷一一；《學源堂詩集》卷四；《王漁洋事跡徵略》）

秋，先生侄鑑倫與北闈鄉試，以第三名中舉。是科主考翰林院修撰韓菼（字元少，江南長洲人）、編修王鴻緒。（《光緒重修嘉善縣志》卷一九；《族譜》卷五）

九月，李天馥招邀先生、郭棻、沈荃、王士禛、陳廷敬等過其寓齋小飲，即席分韻賦詩，天復得「東支先蕭」四韻，賦五律四首。（《容齋千首詩》）

三藩亂起，軍餉所需孔急。户部擬定議捐開復順治十七年分江寧撫屬奏銷案罷案者身份之例，罷案時現任官據其品級，納銀六千兩至五百兩不等。先生居京時，循例納銀起復。（《閱世編》卷六；《武塘野史》）

冬杪，先生自京歸鄉。嘉善縣令莫大勳自康熙八年涖任，已歷七載。將奉詔赴闕，臨去，從邑民之請，裒《魏塘政略》一編，徵序於先生，先生乃爲作《魏塘政略序》。（《光緒重修嘉善縣志》卷三二）

新任嘉善縣令楊廉（字澹庵，直隸永平人，奉天遼陽籍）邀先生主修縣志，先生遂與同里諸子郁之章、魏學濂，暨明年冬歸里之柯聳，充裁定之役，發凡起例，討論潤色，開始纂輯。參與分纂者尚有：毛蕃、郁廣、顧珵美（字輝六）、郁蘅、沈辰垣（字紫翰，一字芷岸）、蔣之瑩等。（《康熙嘉善縣志》卷首；《光緒重修嘉善縣志》卷三六）

清聖祖康熙十五年（一六七六）丙辰　六十歲

七月二日，先生六十壽辰。先是，先生子鑑平、鑑章具書幣，求尤侗爲壽序，尤侗因爲作《曹顧庵六十

壽序》。（《西堂雜俎》三集卷五）

十一月十七日，冬至，陸棻（字次友，浙江平湖人）爲先生補壽六十生日，並賦《齊天樂》爲賀。（《雅坪詞譜》）

嘉善慈雲寺重建成，先生爲作《重建慈雲寺記》。（《家集》卷三）

六弟曹爾埴本年拔貢，其後選授江南淮安府桃源縣教諭。（《族譜》卷四）

清聖祖康熙十六年（一六七七）丁巳　六十一歲

二月，《嘉善縣志》全書告竣，先生、魏學濂、柯聳、郁之章並縣令楊廉各爲序以冠之。（《光緒重修嘉善縣志》卷三六）

三月，先生同吴綺、丁澎、沈珩（字昭子，浙江海寧人）、龔翔麟（字天石，號蘅圃，浙江仁和人）、宋實穎等集尤侗看雲草堂，同賦「三月正當三十日」詩。（《西堂詩集·看雲草堂集》卷八）

十二月，陳維崧晤孫暘（字赤霞，號蔗菴，江南常熟人）於蘇州，爲賦《賀新郎》詞題其小像，即步先生詞韻，是則先生當亦有詞題之。（《陳維崧年譜》）

是年，長子鑑平授内閣中書。（《族譜》卷五）

是年，先生孫源郇生，鑑章次子。（《族譜》卷五）

清聖祖康熙十七年（一六七八）戊午　六十二歲

先生鄉居。

八月十八日，四弟爾垣卒。（《族譜》卷四）

是年，康熙帝命舉博學鴻儒科，先生之友多人因與其薦，先生婿柯崇樸（字寓匏，浙江嘉喜人）並其弟柯維楨（字翰周，一字緘三）亦得薦赴京。（《振雅堂詩集》卷三）

先生仲女卒，婿柯崇樸有詩悼之。（《振雅堂詩集》卷二）

鄧漢儀編選《詩觀二集》成，自《南溪詩集》録評先生詩十六首。（《詩觀二集》卷三）

約是年，先生有《沁園春》詞題吴歷（字漁山，江南常熟人）爲王晫所繪《聽松圖》小像。（《聽松圖題辭》；端方《壬寅消夏録》）

清聖祖康熙十八年（一六七九）己未　六十三歲

正月二十六日，柯聳卒。凶問至京，其子柯崇樸、柯維楨踉蹌歸里守制。（墓志銘，朱彝尊《曝書亭集外詩文補輯》卷七）

二月，清廷行己未科會試，以文華殿大學士馮溥、兵部尚書宋德宜爲正主考，翰林掌院學士葉方藹、左副都御史楊雍建爲副主考。三月殿試。先生侄鑑倫中是科，爲二甲第七名。五月二日，選授庶吉士。（《清代職官年表》；《聖祖仁皇帝實録》卷八〇、八一；《族譜》卷五）

三月，王晫泊舟無錫，與蔣鑨同遊惠山，作《重遊惠泉記》。先生嗣後閲之，評曰：「惠山泉爲天下名人共賞，而此獨説得幽閑自在。覺兩人風味，與清波流瀉俱出几案眉睫之間。」（《霞舉堂集・南窗文略》卷三）

四月一日，博學鴻儒科榜發，凡取中一等二十人、二等三十人，先生舊交彭孫遹、陳維崧、錢中諧、朱彝尊、汪琬、施閏章、尤侗、毛奇齡等並取中。先生婿柯崇樸及其弟柯維楨，以丁艱，自京奔還，未及與試。孫棨、魏學渠應試未取中。（毛奇齡《制科雜録》；《光緒重修嘉善縣志》卷一七）

十一月二十七日，先生卒於里第。（《曹爾堪墓銘》）

先生腹笥廣博，多識掌故。喜詼諧談辯，善飲。性强記，所過山川阨塞，無不指畫形勢；士大夫與之遊者，積久不忘，貴賤皆能識其姓氏爵里家世。工書善畫，以不輕與人，故世罕覯之。（《曹爾堪墓銘》；

《族譜》卷八；《杏村詩集・壬午詩》

先生著述宏富，常編年刻集，然生前未自收拾，身後多散佚。文今存者則有《南溪文略》一卷〔一三〕。詩今存者則有《客裝》一卷、《里音》一卷、《槐憩集》一卷、《曹學士近詩》一卷、《湖上近體》一卷、《杜鵑亭殘詩》四卷並《西陵倡和集》不分卷而已；又當時選家，多選先生詩，如王士禛輯《八家詩選》、魏憲輯《皇清百名家詩》、鄒漪輯《名家詩選》各輯録先生詩一卷；孫默輯《十六家詞鈔》、聶先、曾王孫輯《百名家詞鈔》，各輯録先生《南溪詞》一卷，篇目或有繁簡異同。詞集則今存《未有居詞箋》五卷、《南溪詞》二卷、《京華詞》一卷。〔一四〕先生所與之倡和今存專集如《三子唱和詞》、《廣陵倡和詞》、《秋水軒倡和詞》，亦各録先生詞一卷。先生詞集，尚有《塵屑詞》，其婿柯崇樸嘗和之多首，並賦詞題之，已佚。先生零篇殘簡，往往見於方志、朋從別集並鄉邑總集如《檇李詩選》、《柳洲詩集》、《柳洲詞選》中。民國間，先生族裔孫曹葆宸、曹秉章輯刻《干溪曹氏家集》凡二十四卷，其卷三録先生文二十三篇、制藝三篇；卷七録先生制藝三篇；卷九、卷一〇録先生《南溪殘詩》四卷；卷二二録先生《南溪詞》並補遺；卷二三録先生《京華詞》、《秋水軒詞》各一卷。〔一五〕先生曾與尤侗閱定陸進所輯《西陵詞選》八卷，今存。〔一六〕

又世傳先生有《浮山後集》一卷，實非先生作，乃方以智著，而後世藏家誤與先生集編類者。〔一七〕

先生放廢後，與四方文士遊從，喜評騭詩古文詞，其批語往往附見於所評詩文詞集中，如王士禄《炊聞詞》，宋琬《二鄉亭詞》，陳維崧《迦陵詞》，尤侗《百末詞》，李漁《耐歌詞》，陸進《付雪詞》，丁澎《扶荔詞》，王晫《峽流詞》、《霞舉堂集》，劉榛《虛直堂文集》，孫枝蔚《溉堂續集》等。孫默輯刻《十六家詞》，先生亦與其事，多有批語。

先生有子二：鑑平（字掌公，號桐暘，舉人，候補內閣中書舍人，娶陳氏，嘉善陳龍正孫女，陳略女也）、鑑章（字達夫，號適園，杭州府學生員，入國子監，改知縣候選，道光三十一年授江西萬載知縣，在任三年歸，邑民爲立去思碑。娶周氏，嘉善周宗文孫女，周瓚女也）。〔一八〕有女四：長女適孫復煒，孫籀子也；次女適錢燡（一作錢曄），錢栻子，錢棅嗣子也；仲女適柯崇樸，柯聳子也；季女許字錢焯，錢士晋孫也。有孫男五人、孫女十一人。（《曹爾堪墓銘》；《族譜》卷四、五）

先生訃至京師，施閏章、徐乾學先後往先生侄鑑倫邸弔之。鑑倫擬成服設位受弔，以近世未見侄遇伯喪而行此禮，猶豫未決。乾學乃兩度寓書鑑倫，辨析喪禮，力促鑑倫行之。（《曹爾堪墓銘》；徐乾學《憺園文集》卷三四）

康熙十九年正月，尤侗聞先生卒，有詩哭之。（《西堂全集・于京集》卷三）鑑平、鑑章將合葬先生與吴夫人，先作書，求鑑倫索銘於施閏章，閏章應之，是即《翰林院侍講學士曹公顧庵墓志銘》。嗣後先葬先生於嘉善南關外，復遷葬於其祖曹穗塋側昭位，墓在嘉善縣遷中區北翠圩白龍潭。（施閏章《學餘堂集・文集》卷一九；《族譜》卷三、四；《光緒重修嘉善縣志》卷四）

康熙二十年十月，王士禛於京師重過黑龍潭，憶及昔年同遊者如先生、龔鼎孶、王士禄、紀映鍾、宋琬皆已逝去，愴然有詩。（《帶經堂集》卷三六）

康熙二十二年冬，柯崇樸在廣東，嘗閲先生遺集《塵屑詞》，遍和其《望海潮》懷古十闋，並賦《塞翁吟》題其集。約同時或稍後，柯煜亦有《減字重疊金》題《塵屑詞》。（柯崇樸《振雅堂詞稿》；柯煜《擷影詞》）

康熙四十一年，謝重輝有《感舊》六首分詠宋琬、先生、施閏章、王士禄、程可則、沈荃。（《杏村詩集・壬午詩》）

〔一〕政協保定市滿城區委員會編《滿城人文輯萃》，河北大學出版社二〇一五版，第一二三頁。

〔二〕案是圖今存，先生墨筆題跋署款「甲辰夏日西浙曹爾堪題於兔園客次」，其後曹爾埏署款「甲辰夏至日西浙曹爾埏彦博氏拜題」。

〔三〕王士禄、宋琬其時亦方脱縲紲：順治十八年（一六六一）春，山東棲霞于七爲亂，牽連甚衆。康熙元年（一六六二），宋琬族子宋一炳誣告宋琬家人與于七勾結，清廷下宋琬全家於獄，琬兄宋璠瘐死獄中，其案至康熙二年十一月始解，宋琬無罪獲釋。參汪超宏《宋琬年譜》，人民文學出版社二〇一〇版，第一五六—一六八頁。康熙三年三月三日，禮部摭王士禄去年典河南鄉試時詩文語句疵誤，拘之於考功之署，至當年十月三日方獲釋，詳參蔣寅《王漁洋事跡徵略》，人民文學出版社二〇〇一版，第一〇五—一一七頁。

〔四〕吴熊和《〈柳洲詞選〉與柳洲詞派》，《吴熊和詞學論集》，杭州大學出版社一九九九年版，第三九七頁。

〔五〕朱秋娟《「江村唱和」考述》，《中國韻文學刊》二〇〇九年三期，第三五—三八頁。

〔六〕曹葆宸輯《嘉善曹氏族譜附録》不分卷，民國鈔本，嘉善圖書館藏。

〔七〕中國嘉德國際拍賣有限公司編《嘉德二十年精品録一九九三—二〇一三·古代書畫卷》，二〇一四版，第二册，第六二二—六二三頁。題辭前後鈐「陸舫」、「曹爾堪」、「顧盦」三印。

〔八〕案吴學炯《過天寧寺訪曹顧庵學士》：「君留蘭若日，我客邗溝城。……林疏黄葉下，寺古白雲生。」殆作於秋日，因繫於此。

〔九〕胡春麗《毛奇齡年譜》，復旦大學出版社二〇二一版，第一六二頁。

〔一〇〕《柳村漁樂圖》今存，爲樊圻所繪，今藏故宫博物院，曹爾堪題詞後款：「調名《滿江紅》，辛亥秋日爲承老老年翁題《柳村漁樂圖》，次前輩玉翁先生韻請正。西渼弟曹爾堪。」詳參中國文物學會主編《新中國捐獻文物精品全集·張伯駒潘素卷》中册，文津出版社二〇一五版，第三〇五—三一二頁。

〔一一〕案宋琬此詩，《安雅堂未刻稿》題作「送程崑崙謫刺耀州」，魏憲《百名家詩選》（康熙魏氏枕江堂刻本）卷二一亦録此詩，題作「九日送程崑崙謫刺耀州同顧庵西樵周量阮亭賦」。案是年九月一日，先生已在歸鄉途中，故爲程康莊送行事，當稍早；或者爲先生在途中得諸人詩而遥作。

〔一二〕案此詩爲《社集喜曹顧庵太史至分韻》，作年未詳。考該詩編在《七夕立秋》一首之前。康熙十三年（一六七四）七夕爲一六七四年八月八日立秋，故繫於此。

〔一三〕據施閏章爲先生所撰墓誌銘，《南溪文略》二十卷、《詞略》二卷於先生身後行世，然久佚。

〔一四〕先生别集，王靖懿《曹爾堪别集叙論》（《明清文學與文獻（第五輯）》，社會科學文獻出版社二〇一六年版，第二八三—三〇二頁）考述較詳，可參看。

〔一五〕徐雁平《清代家集叙録》，安徽教育出版社二〇一七版，第三〇〇—三〇五頁。

〔一六〕陸進、俞士彪輯《西陵詞選》八卷，清康熙間刻本。

〔一七〕《浮山後集》一卷，上海圖書館藏，與《曹學士近詩》一卷、《槐憩集》一卷、《南溪文略》一卷合裝，分《石鼓遊》、《九漈遊》、《武夷遊》三部分。其中《石鼓遊》闕1a頁，後二者全，各署「浮廬愚者隨筆」著，後有「岱嶂學人游藝」所撰跋。考「浮廬愚者」爲方以智號，則此書當爲方以智遊福建福州石鼓山、莆田九漈、建寧武夷山時所作詩集。考之任道斌《方以智年譜》（安徽教育出版社一九八三版，第二四七—二五三頁），方以智漫遊福建事在康熙六年（一六六七）；又詳參顧聖琴《方以智孤本〈三游詩〉及其晚年行實考論》，待刊稿。

〔一八〕丁輝、陳心蓉《嘉興歷代進士研究》，黄山書社二〇一二版，第二七〇頁。

（作者單位：蘇州大學文學院）

龍榆生《歷代詞選》講義手稿

倪春軍 録入整理

龍榆生未刊詞學手稿《歷代詞選》，又名《五代宋詞研究》，係龍氏任教上海國立暨南大學時期手寫講義。據張暉《龍榆生先生年譜（增訂本）》，一九二九年九月龍榆生升任暨南大學中國語言文學系教授，並開設詞選、專家詞和各體文選（與劉賾合開）等課程，可知《歷代詞選》應爲詞選課所編講義。該講義一直由龍厦材先生保存，後歸北京風雨龍吟文化研究中心所藏。因年代久遠，講義已散爲殘稿，原題「五代宋詞研究」，後經作者塗抹改作「歷代詞選」，今存六十二頁（含「目録」一頁），署龍榆生述。目録頁端有作者批注云：「下星期五用。講稿十二頁請即繕印，原稿發還。選課者十三人，請印二十份或十八份。」結合《年譜》記載，當爲《詞選》課程講義無疑。據首頁目録，講義原分爲上（晚唐五代詞）、中（北宋詞）、下（南宋詞）三篇，共計十六章，然今僅存上篇及中篇前兩章，其餘内容則不知去向。其中，上篇「南唐二主詞」一章與龍氏《南唐二主詞叙論》一文相同；中篇「北宋詞壇概況」和「歐陽修」兩章，與龍榆生《宋詞講義》之相關内容一致，以上三章均已收入《龍榆生全集》（上海古籍出版社二〇一五年版）。其餘章節之内容，則屬首次披露，不僅可補《龍榆生全集》文獻之缺失，而且反映了龍榆生對於晚唐五代詞全面系統之研究。今據以整理刊發，爲避免繁冗，凡原稿誤字、衍字均以（）標出，改正字、增補字則以〔〕標示，不再另出校記。今

【項目資助】上海市哲學社會科學規劃青年課題「《宋詞三百首》及相關文獻匯編、整理與研究」（批准號：2018EWY002）。

年適逢龍榆生先生誕辰一百二十周年，謹此紀念和緬懷一代詞學大師。春軍小識。

五代宋詞研究目録

上篇

中篇

下篇

一、南宋詞壇概況
二、豪壯派詞：辛棄疾—張孝祥等
三、峻潔派詞：姜夔
四、麗密派詞：吴文英
五、淒婉派詞：王沂孫—劉辰翁—張炎等

導論

「詞」爲「曲子詞」之簡稱，其所依之聲，乃爲隋唐以來之燕樂雜曲。明乎此，則詞體上與「詩」畫界，下與「曲」分鑣，灼然易明，無庸嘵嘵置辯。

依詞體之進展階段，約可分爲下列三期：

一、牽詞就曲時期
二、聲詞吻合時期
三、詞體脱離音樂獨立時期

就上述三時期，推究詞體進展之步驟，則詞之起源問題，亦不難迎刃而解。王灼《碧雞漫志》：

蓋隋以來，今之所謂曲子者漸興，至唐稍盛。今則繁聲淫奏，殆不可數。古歌變爲古樂府，古樂府變爲今曲子，其本一也。

此所謂「今曲子」，即後來所謂「詞」。「今曲子」既興於隋，至唐漸盛。何以世傳之「詞」，竟少開元、天寶間作品？此其故亦有可言：大抵一種新興樂曲之輸入，强半有聲無詞。其始流播民間，即或依其聲而實之以歌詞，亦鄙俚不堪入目。隋唐間所用燕樂，率從西域傳來。在今日所存詞牌中，猶保留一部分外來樂曲，如《菩薩蠻》、《蘇幕遮》、《婆羅門引》之類。我國舊時文人，對外族文化，往往存卑視之心。迨相習既久，漸容納而起消化作用，一切乃於不知不覺中，與相挾而俱變，争奇鬥靡，氣象一新。詞體産生，亦同此例。

依崔令欽《教坊記》所載隋唐間雜曲與郭茂倩《樂府詩集》所録《近代曲辭》，可證燕樂雜曲在隋唐間已傳遍中國全部。或自創新調，或沿用西來舊曲。《舊唐書·音樂志》所謂「自開元以來，歌者雜用胡夷里巷之曲」者是也。文人好自尊大，以新樂出於「胡夷里巷之曲」，寧肯降格相從？而大勢所趨，又不得不謀調劑之法，故在新曲大行之際，乃有以五七言詩爲樂章，中加泛聲，以湊合曲調，爲過渡辦法者。《朱子語類·論詩篇》云：

古樂府只是詩，中間却添許多泛聲。後來怕失了泛聲，逐一添個實字，遂成長短句，今曲子便是。

古樂府之歌法，是否與唐人歌法相同，非本編範圍所及，姑不具論。而以「胡夷里巷之曲」，歌當時文人學士之詩，牽詞就曲，配合豈能完美？爰有先覺，爲創新詞。雖今所傳李太白《菩薩蠻》、《憶秦娥》諸闋，未必可信，而以敦煌石室所藏唐寫《雲謡集雜曲子》觀之，則詞至開元、天寶間，已大有發展之可能性。惟同一曲調，而句度長短之數，聲韻平上之差，大有出入。其爲初期作品，較之以詩入曲者，固有長足之進步，然彼此不能無所遷就，亦可推知。謂爲牽詞就曲之下半期，宜無不可。

中唐詩人，如劉禹錫、白居易輩，咸能注意民間文學。居易和禹錫《春詞》，序稱「依《憶江南》曲拍爲句」，是爲文人「倚聲填詞」之祖。流風所扇，下逮於温庭筠、韋莊，以及南唐、西蜀諸作者，駸以「六義附庸，蔚爲大國」。聲詞吻合，盛極一時。惟所傳皆小令，求如《雲謡集》之長調曲子，了不可得，則以小令雖長短其句，而風調與絶句無殊。文人嘗試精神，猶不及無名作者之敢於解放也。庭筠「能逐弦吹之音，爲側艶之詞」(《唐書·文苑傳》),亦無長篇製作,則時爲之也。北宋詞人柳永、周邦彦,並知音能自製曲,所創長調特多。他如秦七、黄九之流,所作亦多長調,一時傳唱,遍於南北,則所依曲拍,必爲流行已久之舊曲無疑。非柳永之「好爲淫冶謳歌之曲」(《能改齋漫録》),「骫骳從俗」,導其先河,誠恐長調之發展,將永沉溺於娼館酒樓間,不得於文學史中占此重要地位。代表數百年文藝之新體歌詞,推其所以進展之原因,間接乃受娼館酒樓之賜,非咄咄怪事歟?

自唐末以迄北宋,爲詞之黄金時代,亦即聲詞吻合時期。秦柳之詞,遐邇傳唱。其普遍性直令雅俗共賞,蓋自有「曲子詞」以來,未有若斯之盛者也。迨徽、欽北狩,文物蕩然,樂譜散亡,不絶如縷。其或悲歌慷慨之士,作爲激昂蹈厲之詞,莫不遠祖東坡,所謂「曲子律縛不住」(晁无咎語)者。至是歌詞又漸與樂離,直爲「句讀不葺之詩」(李清照語)。南渡衣冠,倉皇戎馬,誰暇究心樂律,注意聲歌?即偶有「舊家秋娘」,能歌舊曲,已不免「此曲只應天上有,人家能得幾回聞」之歎。偏安局定,有美湖山,臨安一隅,沈酣歌舞。高門世胄,容有舊譜流傳。如張炎《詞源》所稱「先人曉暢音律,有《寄閑集》旁綴音譜,刊行於世」者,已足反證南宋歌詞,除少數能協音律外,民間歌曲,又有新聲代之而起。即就各家作品觀察,亦相率尚麗密,務精深,偏重個人哀樂之表情,對歌曲之普遍效能,鮮所留意。姜夔最精音律,能自製曲,今所傳《白石道人歌曲旁譜》,最足爲吾輩研尋詞樂之資。然得此適足證知當時入樂之詞,僅爲少數特殊階級所獨享,如夔爲范成大製《暗香》、《疏影》二曲,即令家姬肄習。姜詞所稱「小紅低唱」,具見得意之情,知此樂非尋常所能有矣。胡適謂南宋詞之特徵,第一是重音律而不重内容(《詞選》序),結果適得其反。胡氏特爲張炎所欺耳。南宋詞側重「詠物」,又多用古典(胡序),失却歌曲之普遍性。而其意境之沉鬱,情緒之悲涼,曲折盤旋,令人低徊詠歎而不能自已。詞既脱離音樂而獨立,或爲蘇、辛之豪放,或爲吴、張之淒婉,吾人賞鑒,正宜於此留心。

歌詞與樂曲之關係既明，學者由此研尋各階段之進展與各作家之特殊風格，必能瞭然於詞體變化之由，不爲新説所欺，不爲舊説所囿，斯可與言詞學矣。

第一編　唐詞

黄花庵《唐宋諸賢絶妙好詞》，首録李白《菩薩蠻》、《憶秦娥》二闋，稱「爲百代詞曲之祖」。然二詞之是否果爲白作，尚成疑問。自《中國文學史》之慣例言之，凡一種新文體之産生，恒出於無名作者之嘗試，行之既久，乃有文人出而採用之，以日進於精巧。倚聲製曲，未能例外。李詞既真僞難定，餘如唐明皇之《好時光》，劉毓盤氏謂：「疑亦五言八句詩，如偏、蓮、張、敞、箇等字，本屬和聲，而後人改作實字。」（《詞史》）張志和之《漁歌子》（《樂府詩集》作《漁父歌》），亦七言絶句，但化第三句爲兩三字句耳。蓋偶仿民歌體格，於當時盛行雜曲無關。依雜曲之聲，爲製歌詞，宜莫早於敦煌石室新發現之唐寫卷子本《雲謡集》。其理由有三：

（一）凡歌曲最初作品，其先決條件，爲富有普遍效能。《雲謡集雜曲子》三十首中，大抵皆男女思慕，或一般嬌艷之詞。其寫征婦懷念遠人之情，尤與盛唐詩人之閑情閨怨等作，足相映發。此從内容上，可決定其爲最早作品者一。

（二）凡後起之「詩客曲子詞」，於原調之句度長短，非身通音律者，大率不敢有所出入。《雲謡集》則同一詞牌，長短參差，其間或不免仍雜「和聲」，或因作者與樂家接近，「從而宛轉其聲，以腔就辭」（《蓮子居詞話》引吴穎芳説）。要必出於「依曲拍爲句」者之先。此從形式上，可決定其爲最早作品者二。

（三）貴古賤今，爲中國文人之通病。標題名號，亦各趨避不遑。詞本出於「胡夷里巷之曲」，文人學士，往往用其實而惡其名，如《花間集》必稱「詩客曲子詞」，宋人詞集或稱樂府，或稱琴趣，以至別調、詩餘、漁笛譜、長短句之類。晏殊對柳永，且以「賢俊作曲子麽」相譏。《雲謡集》獨無所避忌，徑題曰《雜曲子》。此從名稱上，可決定其爲最早作品者三。

根據上引三種理由，《雲謡集》「洵倚聲中椎輪大輅」（朱孝臧跋）。其爲詞樸拙可喜，足證其時代或當在開元、天寶歟？

《雲謡集雜曲》選

鳳歸雲

（怨）緑窗獨坐，修得爲君書。征衣裁縫了，遠寄邊虞。想得爲君貪苦戰，不憚崎嶇。終朝沙磧裏，只憑三尺，勇戰奸愚。 豈知紅臉，淚滴如珠。枉把金釵卜，卦卦皆虚。魂夢天涯無暫歇，枕上長噓。待〔公〕卿回故（里）〔日〕，容顔憔悴，彼此何如。

天仙子

燕語啼時三月半。煙蘸柳條金綫亂。五陵原上有仙娥，攜歌扇。香爛漫。留住九華雲一片。 犀玉滿頭花滿面。負妾一雙偷淚眼。淚珠若得似珍珠，拈不散。知何限。串向紅絲應百萬。

洞仙歌

悲雁隨陽。解引秋光。寒蛩響，夜夜堪傷。淚珠串滴，旋流枕上。無計恨征人，争向金風漂蕩。擣衣嘹亮。 懶寄回文先往。戰袍待穩，絮重更熏香。殷懃憑驛使追訪。願四塞來朝，明帝令我客，休施流浪。

浣溪沙

髻綰湘雲淡淡妝。早春花向臉邊芳。玉腕慢從羅袖出，捧杯觴。 纖手令行匀翠柳，素咽歌發遶雕梁。但是五陵争忍得，不疏狂。

拜新月

蕩子他州去，已經新歲未還歸。堪恨情如水，到處輒狂迷。不思家國，花下遥指祝神明，直至於今，抛妾獨守空閨。上有穹蒼在，三光也合遥知。倚幈幃坐，淚流點滴，金粟羅衣。自嗟薄命，緣業至於斯。乞求待見面，誓不辜伊。

漁歌子

洞房深，空悄悄。虚把身心生寂寞，待來時，須祈禱。休戀狂花年少。淡匀妝，（周旋）〔固施〕妙。只爲五陵正渺渺。胸上雪，從君咬，恐犯千金買笑。

喜秋天

潘郎妄語多，夜夜道來過。賺妾更深獨弄琴，彈盡相思破。寂寂更深坐，淚滴濃煙翠。何處貪歡醉不歸，羞向鴦衾睡。

第二編　五代詞

陸放翁云：「詩至晚唐五季，氣格卑陋，千人一律，而長短句獨精巧高麗，後世莫及。此事之不可曉者。」然推尋其故，實有可言。兹分别述之：

（一）「詩客曲子詞」，至温庭筠已漸進於成熟時期，五季乃適承其風會也。雜曲歌詞之作，民間作品，較文人學士，爲得風氣之先，其説已略見《導論》中。在温庭筠之前，詩人偶製歌曲，率皆一仍舊體，以五七言詩，令樂工雜「泛聲」歌之。如《何滿子》、《烏夜啼》、《長相思》、《江南春》、《漁歌子》、《鳳歸雲》等曲，後來所作，皆爲長短句之歌詞，而唐詩人如薛逢、聶夷中、張繼、令狐楚、劉禹錫、李夢符、滕潛所爲上列諸篇，又並爲五七言絶句。他如《離别難》、《金縷曲》、《水調歌》、《白苧》各有七絶，雜以虚聲，亦多可歌者。（説詳《古今詞話》）以此知「詩客曲子詞」，在貞元、長慶間，尚未充分進展。至庭筠「士行塵雜，不修邊幅，能逐弦吹之音，爲側艷之詞」（《舊唐書·文苑傳》），而又「與新進少年，狂游狹邪」（同上），聲色歌舞之場，乃爲歌詞策源之地。庭筠殆已不復措意於詩人之高貴身分，倚聲填詞，蔚爲大家，有《金荃》、《握蘭》二詞集，遂爲「詩客曲子詞」，「開山作祖」。趙崇祚纂録《花間集》，即首列温詞，亦足窺見五代詞學昌盛之由與其淵源之所自矣。

（二）五季時西蜀、南唐，幸致偏安之局，文人墨客，得所依歸，喘息既蘇，遂得出其全力以從事於歌詞之創作也。唐末之亂，文人奔走流離。中歷梁、唐、晋、漢、周，雖曾據有中原，而所謂帝王，率出於武夫走卒，除後唐莊宗外，幾不知音樂文藝爲何事。其他十國，如吴、南唐、閩、前蜀、後蜀、南漢、北漢、吴越、楚、南平，除南唐、前蜀、後蜀、吴越外，亦皆喪亂頻仍，不遑寧處。南唐擁有江東之地，金粉繁華；西蜀據有天府之土，山川秀麗，文人薈萃，極競聲歌，風會所趨，朝野一致。其初不過當筵命筆，爲高等娱樂之資。殆相習成風，運用日趨純熟，乃有假斯體以表現詩人之性格，抒寫作者之懷抱，遂如群花之怒放，以臻於絢爛光華矣。

（三）西蜀、南唐之君主，類皆注重音樂，以爲之提倡也。《十國春秋》稱：「蜀王衍自製《甘州曲》，令宫人唱之，其辭哀怨，聞者悽慘。」《北夢瑣言》亦載：「衍嘗自製《醉妝詞》，又嘗宴於怡神亭，自執歌板，歌《後庭花》、《思越人》曲。」「後蜀孟昶好學，爲文皆本於理，居恒謂李昊、徐光溥曰：『王衍浮薄而好輕豔之詞，朕不爲也。』然昶亦工聲曲，有《相見歡》詞。」（《十國春秋》）上行下效，西蜀詞風之盛，實王衍、孟昶，有以倡之。至於南唐二主，風流文彩，照映一時。馬令《南唐書》稱：「後主少聰悟，喜讀書，工書畫，知音律。」且夫婦並工度曲。（《填詞名解》稱：「《念家山破》，後主煜所作。昭惠后亦作《邀醉舞破》、《恨來遲破》。」）中主與馮延巳，亦互贊所爲詞。（詳陸游《南唐書·馮延巳傳》）蓋此時歌詞所依之聲，已多文人自度之曲，往日「胡夷里巷之曲」，一轉移而被採用或改造，至五代遂登「大雅之堂」矣。此固由於風氣之變移，亦當世君主提倡之力也。

以上三種原因，爲造成五代詞風之盛。而韋莊飽經憂患，轉徙流離，久乃定居蜀中，葺工部草堂遺構，隱然爲一時盟主。歌詞種子，乃由庭筠以後，廣播於萬里橋邊。韋詞已多身世之悲，非同凡艶之作。《花間》諸賢，除庭筠、皇甫松及和凝外，皆久居西蜀，殆聞韋相之風而起者也。西蜀君臣，頗沈酣於聲色，歐陽炯《花間集序》所謂「綺筵公子，繡幌佳人，遞葉葉之花箋，文抽麗錦；舉纖纖之玉指，按拍香檀。不無清絶之辭，用助嬌嬈之態」。則蜀中作品，原以應歌。《花間》派之多艶詞，良有以也。南唐中主，宅心仁厚，而力不足以抗外患之侵襲，嘗有悲愍之懷。讀「風裏落花誰是主」之辭，思深情苦，堂廡特大，感慨遂深，蓋不僅後主歸宋之後所作，爲「血和淚所凝成」（參用王國維語），南唐詞格之高，中主實啟之。近人馮煦序《陽春集》云：「南唐起於江左，祖尚聲律，二主倡於上，翁（馮延巳）和於下，遂爲詞家淵叢。翁頫仰身世，所懷萬端，繆悠其辭，若顯若晦，揆之六義，比興爲多。若《三臺令》、《歸國謡》、《蝶戀花》諸作，其旨隱，其詞微，類勞人思婦羈臣屏子鬱伊愴怳之所爲，翁何致而然耶？周師南侵，國勢岌岌。……翁負其才略，不能有所匡救，危苦煩亂之中，鬱不自達者，一於詞發之。其憂生念亂，意内而言外，迹之唐五季之交，韓致堯之於詩，翁之於詞，其義一也。世亶以靡曼目之，誣已。」此雖爲馮詞説法，而南唐作風，迥異《花間》諸賢，亦可由此窺知其故。「詩客曲子詞」，至此遂臻上乘，學者分别觀之可矣。

（一）《花間集》研究

言五代詞者，必稱《花間集》。《直齋書録解題》「歌詞類」：「《花間集》十卷，蜀歐陽炯作序，稱衛尉少卿字宏基者所集，未詳何人。其詞自温飛卿而下十八人，凡五百首，此近世倚聲填詞之祖也。」《四庫全書總目》據《古今詞話》定此集爲後蜀趙崇祚所編。且謂：「詩餘體變自唐，而盛行於五代。自宋以後，體製益繁，選録益衆，而溯源星宿，當以此集爲最古。唐末名家詞曲，俱賴以僅存。」據上述二書，知《花間》爲最早「詩客曲子詞」之總匯。其書結集於後蜀廣政三年（九四〇），以蜀人而選集當代歌詞，故其間作者，亦以宦遊或占籍西蜀者爲多。而首冠温助教，則以温詞爲《花間》派詞淵源之所自也。

文人倚聲填詞，至温庭筠出，乃號專家。史稱「庭筠士行塵雜，不修邊幅，能(吹)〔逐〕弦吹之音，爲側艷之詞」。(《舊唐書》卷一九)《唐詩紀事》亦言：「庭筠最善鼓琴吹笛，云有絲即彈，有孔即吹。」庭筠既知音，應工製曲，觀《花間集》所存諸調，除《菩薩蠻》等少數牌名爲出於胡夷之曲外，類少鄙(倍)〔俗〕之言。知時至晚唐，所有歌曲已多爲音樂專家或文人之知音律者所自造，不復專採「胡夷里巷之曲」。庭筠適逢其會，乃以詩人筆調，倚聲填詞。婉曲其辭，藻務精艷，其結構務謹嚴，其情意務含蓄，不復如初期作品之直率淺露，乃進登大雅之堂。此風開自庭筠，而蜀中諸作者，聞聲而起，承流揚波，遂啟五代詞壇之盛，此研究五代詞者所不宜忽也。

《北夢瑣言》稱：「温詞有《金荃集》，蓋取其香而軟也。」「香軟」二字，豈特爲温詞特具之風格？《花間》諸作品，幾全可以「香軟」二字概括之。於此須知：《花間集》之編次，蓋爲當時上流社會娛樂之資。歐陽炯所謂：「綺筵公子，繡幌佳人，遞葉葉之花牋，文抽麗錦；舉纖纖之玉指，拍按香檀。不無清絶之辭，用助嬌嬈之態。」所謂：「將使西園英哲，用資羽蓋之歡；南國嬋娟，休唱蓮舟之引。」(《花間集》序)皆足證明吾説。此一派詞，正合十七八女郎，執紅牙板歌之。(借用《吹劍録》評柳永詞語)務使聲詞並美，婉曲多態，爲上流社會所樂聞。命之曰「詩客曲子詞」，正所以别於「胡夷里巷之曲」，而所以貴乎「香軟」，而又多爲離情閨思、流連光景之作者，則仍根據於普遍情感，以能引起唱者與聽者大多數之共鳴爲原則者也。

復次，《花間》派詞之特點，爲絶對入樂，聲詞吻合之作品。觀所標曲調，與歌詞中所抒寫之情感，一一相應，不似後來之調外標題，即可信其全爲本曲而作也。如《更漏子》必寫夜長無寐之情，《浪淘沙》必寫遷流無定之感，《女冠子》詠女道士生活，《南鄉子》詠南方風土，《定西番》寫邊塞愁思，《夢江南》寫天涯離恨。(以上略採鄭振鐸説)如此之類，遽數不能悉終。然要皆合於普遍情感，不爲一人一事而作，即作者個人抱負不容滲入其中。故知此一派詞，固以適於歌喉，聲情相稱爲主者也。

惟是一種曲調，既經普遍流行，文人倚聲填詞，亦既運用成熟，一旦遇有刺激，不期然而流露於曲子詞中。《花間》作者，如鹿虔扆、李珣並多感慨之音。（見《樂府紀聞》及《茅亭客話》）唐昭宗《菩薩蠻》（登樓遥望秦宫殿）一闋，蓋已開用詞體自抒懷抱之先河矣。然在《花間集》中，此種作品，究非所尚。

《花間》既以適合上流社會娛樂之資爲主。陸游稱：「斯時天下岌岌，士大夫乃流宕如此，或者出於無聊。」（汲古閣本《花間集》跋）當世文人，身經喪亂流離之痛，幸托身西蜀，足以苟安，孰不思放情聲色之中，以遣憂生之感？況當日朝野歡娱，固以歌詞相尚乎？《花間詞》之風光細膩，旖旎動人，使千載下人讀之，猶不免被其陶醉。惟内容既狹，後之學者，往往徒襲其貌，專以艷辭麗句相矜，流弊不可勝言，殆非花間諸賢始料之所及矣。

花間作者表

姓名	籍貫	仕履	作品	附注
温庭筠	太原	唐進士，官方城尉	六六	本集稱「温助教」
皇甫松			一一	松爲皇甫湜子，《花間集》稱先輩，當爲晚唐人
韋莊	杜陵	唐進士，事前蜀，官至吏部尚書，同平章事，謚文靖	四七	本集稱「韋相」
薛昭藴		前蜀，官侍郎	一九	本集稱「薛侍郎」
牛嶠	隴西	唐進士，王建鎮蜀，辟爲判官，仕蜀，爲給事中	三一	本集稱「牛給事」

續表

姓名	籍貫	仕履	作品	附注
張泌	淮南	南唐内史舍人，隨後主歸宋	二七	本集稱「張舍人」，胡適謂此人非南唐之張泌
毛文錫	南陽	唐進士，事蜀官至司徒，隨衍降後唐，供奉内庭	三一	本集稱「毛司徒」
牛希濟		王衍時官翰林學士，降於後唐	一一	本集稱「牛學士」，嶠之兄子
歐陽炯	益州	前蜀爲中書舍人，後蜀官翰林學士，後歸宋	一三	本集稱「歐陽舍人」
和凝			二〇	本集稱「和學士」，詞名《紅葉稿》
顧敻		前蜀官刺史，後蜀累官太尉	五五	本集稱「顧太尉」
孫光憲	貴平	官荆南節度副使、檢校	六〇	本集稱「孫少監」
魏承班		前蜀官至太尉	一五	本集稱「魏太尉」
鹿虔扆		事前蜀，爲永泰軍節度使	六	本集稱「鹿太保」
閻選	蜀		八	本集稱「閻處士」
尹鶚	成都	前蜀累官參卿	六	本集稱「尹參卿」
毛熙震	蜀	後蜀官秘書監	一三	本集稱「毛秘書」
李珣	波斯人，家梓州		三七	本集稱「李秀才」，蜀昭儀李舜絃兄，有《瓊瑶集》

右表所列十八家，據《歷代詩餘》詞人姓氏，計晚唐有温庭筠、皇甫松二家，南唐張泌一家，前蜀韋莊、牛嶠、牛希濟、毛文錫、薛昭藴、魏承班、尹鶚、李珣八家，後蜀歐陽炯、顧敻、鹿虔扆、閻選、毛熙震五家，荊南孫光憲一家，而韋莊、牛嶠、毛文錫皆唐進士，流寓蜀中，孫光憲居江陵，與蜀中相距甚近。《花間集》，蓋代表蜀中一世之作風。惟南唐作者亦多，何以獨收張泌？胡適以爲另係一人，殊爲有理。

韋莊

《花間》作者，温韋並稱，温屬晚唐，俟更別論。周濟稱：「韋端己詞清艷絶倫，初日芙蓉春（日）（月）柳，使人想見風度。」（《介存齋論詞雜著》）近人況周頤亦曰：「韋詞熏香掬艷，炫目醉心，尤能運密入疏，寓濃於淡，花間群賢，殆尠其匹。」（《蕙風詞話》未刊稿）總之韋詞之特點，在能以清疏之筆，寫濃摯之情，注重白描，不尚藻飾。其與温詞不同之處，亦即在此。於此有應附帶聲明者，即所謂白描，貴言淺而意深，必情致婉曲，令人把玩不已，乃爲小詞中之上乘。張炎云：「詞之難於令曲，如詩之難於絶句，不過十數句，一字一句閑不得，末句最當留意，有有餘不盡之意始佳。當以唐《花間集》中韋莊、温飛卿爲則。」（《詞源》卷下）所謂「弦外餘音」，正見運用之妙，韋詞之高在此。胡適稱爲「開山大師」，信然。

莊經黄巢之亂，轉徙江南，後復歸唐，舉乾寧進士，以才名寓蜀，蜀主建羈留之。（參用《古今詞話》）《詞話》又稱「莊有寵人，資質艷麗，兼善詞翰。建聞之，托以教内人爲詞，强奪去。莊追念悒怏，作《荷葉杯》、《小重山》詞，情兼悽怨，人相傳播，盛行於時。」莊佐王建建國，建亦委以相位，而奪其所歡。其一種無可奈何、抑鬱不平之氣，一於小詞發之。所謂「未老莫還鄉，還鄉須斷腸」，所謂「此度見花枝，白頭誓不歸」。（皆韋莊《菩薩蠻》詞句）言中必有事在，非泛寫男女相思之情者可比。又其《歸國謠》云：「別後只知相愧，淚珠難遠寄。」丹徒陳廷焯以爲皆留蜀後思君之辭（説見《白雨齋詞話》），其實莊感去住兩難，不能無所幽憤，於思君乎何有？ 茲録《荷葉杯》、《小重山》詞如下：

荷葉杯

絶代佳人難得。傾國。花下見無期。一雙愁黛遠山眉。不忍更思惟。 閑掩翠屏金鳳。殘夢。羅幕畫堂空。碧天無路信難通。惆悵舊房櫳。

記得那年花下。深夜。初識謝娘時。水堂西面畫簾垂。攜手暗相期。 惆悵曉鶯殘月。相別。從此隔音塵。如今俱是異鄉人。相見更無因。

小重山

一閉昭陽春又春。夜寒宮漏永，夢君恩。卧思陳事暗銷魂。羅衣濕，新揾舊（《花間集》作「紅袂有」，此從《堯山堂外紀》）啼痕。 歌吹隔重閽。繞亭芳草緑，倚長門。萬般惆悵向誰論。凝情（《外紀》作「凝望」）立，宮殿欲黄昏。

《荷葉杯》寫今昔悲歡之感，《小重山》則出之以想像，假對方情景，以抒惘惘之情。《堯山堂外紀》稱此詞「流傳入宮，姬聞之，不食死」。知韋氏生平大憾，當爲此事。其他作品，牽涉此事者必多。惟所寫仍爲兒女之情，猶不失其普遍性。如此等可歌可泣之事，亦繡幌佳人之所樂聞也。

復次，當一論韋詞之藝術。韋詞純用白描，既如上述。其作品稱心而言，恰到好處。如《女冠子》：

四月十七。正是去年今日。别君時。忍淚佯低面，含羞半斂眉。 不知魂已斷，空有夢相隨。除却天邊月，没人知。

昨夜夜半。枕上分明夢見。語多時。依舊桃花面，頻低柳葉眉。 半羞還半喜，欲去又依依。覺來知是夢，不勝悲。

舊事尋思，宛然心目。其描寫手段，何等清婉而自然。其狀美人之嬌艷，亦以清疏摇曳之筆出之，不徒尚粉黛，而神情具足。如《浣溪沙》：

惆悵夢餘山月斜。孤燈照壁背紅紗。小樓高閣謝娘家。　暗想玉容何所似，一枝春雪凍梅花。滿身香霧簇朝霞。

斜月孤燈，紅紗高閣，其所取背景，何等華美而淒清。下半以「暗想」二字領起全神，仍用譬喻，將美人標格托出。在本曲爲變調，而神來之筆，讀之令人沈醉。又前調：

夜夜相思更漏殘。傷心明月憑闌干。想君思我錦衾寒。　咫尺畫堂深似海，憶來惟把舊書看。幾時攜手入長安。

以極尋常詞句，描寫癡情，歷歷如繪。韋詞善用淡筆，無論寫景抒情，莫不如此。如《謁金門》：

春雨足。染就一溪新緑。柳外飛來雙羽玉。弄晴相對浴。　樓外翠簾高軸。倚遍闌干幾曲。雲淡水平煙樹簇。寸心千里目。

空相憶。無計得傳消息。天上嫦娥人不識。寄書何處覓。　新睡覺來無力。不忍把君書迹。滿院落花春寂寂。斷腸芳草碧。

《清平樂》：

野花芳草。寂寞關山道。柳吐金絲鶯語早。惆悵香閨暗老。　羅帶悔結同心。獨憑朱欄思深。夢覺半床斜月，小窗風觸鳴琴。

皆疏疏落墨，有含蓄不盡之情。小詞固以含蓄爲佳，亦有作決絶語而妙者。（參賀裳《皺水軒詞筌》説）蓋當熱情高漲時，又須用奔迸表情法，方能充分表現。韋詞中此類作品，如《思帝鄉》：

春日遊。杏花吹滿頭。陌上誰家年少，足風流。　妾擬將身嫁與，一生休。縱被無情棄，不能羞。

層累而下，將懷春少女之熱烈情緒，毫無顧忌，赤裸裸的盡情傾吐，另具一種風格。在韋詞中亦生面別開者。

此外傷離念遠之詞，無不清俊入骨，精麗而不流於堆垛，疏朗而不失之徑露。惜其詞無專集，仍不免有「窺豹一斑」之憾耳！

《花間》派其他詞人

《花間》詞人，除温、韋卓然大家外，其他作者，艷詞居多。温、韋已自異流，蜀中人士，受二家影響，不免分道揚鑣。大抵温馨細膩、專言兒女之情者，類從温出。其清婉淒怨，時有悱惻之音者，則韋相之流波，而皇甫松實其先導也。兹爲分别論述之。

《花間集》稱松爲先輩，疑其人或因避亂隱居蜀中。松父湜受業韓愈之門，文名藉甚。松承家學，宜當一掃浮艷。黄昇稱其以《天仙子》詞著名（《詞林紀事》），而其傳作，類多感懷今昔，哀婉動人。如《浪淘沙》：

灘頭細草接疏林。浪惡罾舡半欲沉。宿鷺眠鷗飛舊浦，去年沙觜是江心。

歎物態之無常，悲朱顔之易變，無窮感喟，一以唱歎出之。湯顯祖所謂「滄海桑田，一語破盡」（湯評《花間集》）者也。又如《夢江南》：

樓上寢，殘月下簾旌。夢見秣陵惆悵事，桃花柳絮滿江城。雙髻坐吹笙。

不著一傷心語，而讀之惘惘難以爲懷。其技術之高在此。

薛昭藴，保遜之子。孫光憲稱其「恃才傲物，亦有父風。每入朝省，弄笏而行，旁若無人。好唱《浣溪沙》詞」。（《北夢瑣言》）然所作殊清婉，無兀傲粗疏之氣。則當世小詞體製，固以婉約爲主也。其《浣溪沙》八首之一云：

傾國傾城恨有餘。幾多紅淚泣姑蘇。倚風凝睇雪肌膚。吴主山河空落日，越王宫殿半平蕪。藕花菱蔓滿重湖。

感慨興亡，爲後來「懷古」詞之祖。其《小重山》云：

春到長門春草青。玉階華露滴，月朧明。東風吹斷玉簫聲。宮漏促，簾外曉啼鶯。　愁極夢難成。紅妝流宿淚，不勝情。手挼裙帶繞階行。思君切，羅幌暗塵生。

則又淒涼怨慕，唐人「宮怨」詩之遺音也。

牛嶠以艷詞見稱。況周頤云：「昔人情語艷語，大都靡曼爲工。牛松卿（嶠字）《西溪子》……《望江怨》……繁絃促柱間，有勁氣暗轉，愈轉愈深。」（《餐櫻廡詞話》）其《西溪子》云：

捍撥雙盤金鳳。蟬鬢玉釵搖動。畫堂前，人不語。絃解語。彈到昭君怨處，翠娥愁。不擡頭。

《望江怨》云：

東風急。惜別花時手頻執。羅幃愁獨入。馬嘶殘雨春蕪濕。倚門立。寄語薄情郎，粉香和淚泣。

前闋直將美人情態，活畫紙上。欲將心事訴哀絃，乃反增其怨抑，寫來何等纏綿而細膩！後闋由送別而還入羅幃，復戀戀不忍分捨。「馬嘶殘雨」，猶聞其聲；「倚門立」，凝望征塵，百般癡念，結乃微作怨語，轉見情深，可謂抒寫離情之最高作品矣。其溫柔狎昵，備極「搖魂蕩魄」之致者，則有《菩薩蠻》：

玉樓冰簟鴛鴦錦。粉融香汗流山枕。簾外轆轤聲。斂眉含笑驚。　柳陰煙漠漠。低鬢蟬釵落。須作一生拚。盡君今日歡。

王士禎以結二語，與南唐後主「奴爲出來難，教郎恣意憐」相提並論（見《花草蒙拾》），妖艷而不流於鄙褻。閉目一思其情態，乃不免搖蕩精魂。其《夢江南》云：

紅繡被，兩兩間鴛鴦。不是鳥中偏愛爾，爲緣交頸睡南塘。全勝薄情郎。

結句著一「薄情郎」，便覺別有風趣。世所稱「花間派」，要以此等作品爲歸者也。

張泌爲李後主內史，以《江城子》二闋得名。（《古今詞話》引《才調集》）而《江城子》詞，即有「浣花溪上」之語，則其人或曾寓蜀中，後乃轉入江南，或竟如胡適所説，《花間集》中之張泌，與南唐張泌，别是一人，殊難臆斷。其詞佳者，能藴藉有韻致。亦時有幽艷語。大抵以唐人絶句法，移作小詞者也。其《江城子》云：

浣花溪上見卿卿。臉波秋水明。黛眉輕。緑雲高綰，金簇小蜻蜓。好是問他來得麽，和笑道，莫多情。

《浣溪沙》云：

枕障燻鑪隔繡幃。二年終日兩相思。杏花明月始應知。天上人間何處去，舊歡新夢覺來時。黄昏微雨畫簾垂。

在張詞中，頗能就目前之景，寫不盡之情。然其粗劣之句，亦復不少。如《河傳》之「被頭多少淚」，《酒泉子》之「酒香噴鼻懶開缸」，直是墮入惡道矣。

毛文錫詞，在當世不甚爲人所重。諸人之評庸陋詞者，必曰：「此乃仿毛文錫之《贊成功》而不及者乎？」（《古今詞話》引葉石林語）大抵毛詞多流於率露。然能作壯闊語，如《甘州遍》之「秋風緊，平磧雁行低。……鐵衣冷，戰馬血沾蹄」；能作輕清沈著語，如《醉花間》之「昨夜雨霏霏，臨明寒一陣。偏憶戍樓人，久絶邊庭信。」並有獨到之境，特少完璧耳。

牛希濟爲嶠兄子，作艷詞有家風。仇遠稱其《臨江仙》：「芊綿温麗極矣！自有憑吊淒涼之意，得詠史體裁。」（《歷代詞話》引）兹録一闋如下：

江繞黄陵春廟閑。嬌鶯獨語關關。滿庭重疊緑苔班。陰雲無事，四散自歸山。簫鼓聲稀香燼冷，月娥斂盡彎環。風流皆道勝人間。須知狂客，判死爲紅顔。

賀黄公以「狂惑」二字評之(《皺水軒詞筌》),可想見其風流標格。又如《生查子》:

春山煙欲收,天澹稀星小。殘月臉邊明,別淚臨清曉。語已多,情未了。回首猶重道。記得緑羅裙,處處憐芳草。

清疏之筆,頗以韻勝。

歐陽炯性坦率,無檢操,雅善長笛(《宋史·歐陽炯傳》),曾爲趙崇祚序《花間集》,每言愁苦之音易好,歡愉之語難工。其詞大抵婉約輕和,有欲强作愁思者也。(《蓉城集》)炯爲益州華陽人,而所作《南鄉子》詞,多言嶺南風土,不知何故?炯既不作愁苦語,不免寄情聲色之間,其艷詞乃有絶佳之作。如《浣溪沙》云:

相見休言有淚珠。酒闌重得敘歡娱。鳳屏鴛枕宿金鋪。蘭麝細香聞喘息,綺羅纖縷見肌膚。此時還恨薄情無。

其妖艷較牛嶠《菩薩蠻》,猶有過之。直是大膽描寫,而語自細膩。

和凝歷仕梁、唐、晋、漢、周五朝。《舊五代史》稱:「凝生平爲文章,長於短歌艷曲。」《古今詞話》亦謂:「凝好爲小詞,布於汴洛,洎入相,契丹號爲曲子相公。」後乃專托人收拾焚毁(《北夢瑣言》説),然尚有《紅葉稿》傳世,惜今已散佚。其詞多言兒女情事,時有歌頌昇平之作。其人雖不曾入蜀,作風則純爲《花間》體。然《花間集》所録和詞,殊少佳作。惟《全唐詩》所收《江城子》:

斗轉星移玉漏頻。已三更。對棲鶯。歷歷花間,似有馬啼聲。含笑整衣開繡户,斜斂手,下階迎。

較有情致耳。

顧敻專作艷詞,然多質樸語。妙在分際恰和。況周頤云:「顧太尉,五代艷詞上駟也。工致麗密,時復清疏。」(《餐櫻廡詞話》)今觀《花間集》所録顧詞,尤以白描作品,爲入神入骨。如《訴衷情》:

永夜抛人何處去，絶來音。香閣掩。眉斂。月將沉。争忍不相尋。怨孤衾。换我心、爲你心。始知相憶深。

《荷葉杯》：

記得那時相見。膽戰。鬢亂四肢柔。泥人無語不擡頭。羞摩羞。羞摩羞。

並能將兒女情態，曲曲傳出。

孫光憲遘兵戈之際，以金帛購書萬卷。著《北夢瑣言》，亦多採詞家逸事。（《詞林紀事》引《花間集》）《花間集》收孫詞至六十闋，知爲專門作家。其詞亦清婉，的是雅人吐屬。如《浣溪沙》：

半踏長裾宛約行。晚簾疏處見分明。此時堪恨昧平生。早是銷魂殘燭影，更愁聞着品絃聲。杳無消息若爲情。

輕打銀箏墜燕泥。斷絲高罥畫樓西。花冠閑上午墻啼。粉籜半開新竹逕，紅苞盡落故桃蹊。不堪終日閉深閨。

婉麗輕和，怨而不怒。至《謁金門》：

留不得。留得也應無益。白紵春衫如雪色。揚州初去日。輕别離，甘抛擲。江上滿帆風疾。却羨彩鴛三十六，孤鸞還一隻。

則情哀調促，仿佛韋莊之「未老莫還鄉，還鄉須斷腸」矣。

況周頤云：「五代人小詞，大抵奇艷如古蕃錦，唯李德潤詞有以清勝者。」珣本波斯人，而與歐陽炯並喜作《南鄉子》詞，詠嶺南風物，意當時歌詞必求合曲中情意，故不妨以想像出之，原不必親臨其地，始得如實抒寫。兹録二闋如下：

蘭棹舉，水紋開。競攜藤籠採蓮來。迴塘深處遥相見。邀同宴。淥酒一巵紅上面。

傾緑蟻，泛紅螺。閑邀女伴簇笙歌。避暑信船輕浪裏。閑遊戲。夾岸荔枝紅蘸水。

至其清疏之作，如《酒泉子》云：「秋雨連綿，聲散敗荷叢裏。那堪深夜枕前聽，酒初醒」；《浣溪沙》云：「翠疊畫屏山隱隱，冷鋪文簟水潾潾，斷魂何處一蟬新」，則又況氏所謂「下開北宋體格」者也。

《花間集》中之重要作家，略如上述。餘如魏承班、鹿虔扆、閻選、尹鶚、毛熙震，亦時有佳句，未暇詳述。惟「鹿公抗志高節，偶爾寄情倚聲，而曲折盡變，有無限感慨淋漓處」（《古今詞話》引倪元鎮語），玆録《臨江仙》一闋，以殿此篇：

金鎖重門荒苑静，綺窗愁對秋空。翠華一去寂無蹤。玉樓歌吹，聲斷已隨風。煙月不知人事改，夜闌還照深宫。藕花相向野塘中。暗傷亡國，清露泣香紅。

後半寫興亡之感，與李後主「想得玉樓瑶殿影，空照秦淮」，同一悲慨。《花間》以艷詞始，以哀音終，繁華事散，而詞境乃益高矣。

（二）南唐二主詞[一]

（三）《陽春集》

五代詞家專集，流傳至今者，除南唐二主外，僅馮延巳《陽春》一集。據四印齋本陳世修序：「公以金陵盛時，内外無事，朋僚親舊，或當燕集，多運藻思，爲樂府新詞，俾歌者倚絲竹而歌之，所以娱賓而遣興也。日月寖久，録而成編。觀其思深辭麗，均律調新，真清奇飄逸之才也。……公薨之後，吴王納土（謂後主歸宋），舊帙散失，十無一二。今採獲所存，勒成一帙，藏之於家云。」是延巳詞集，本出自編。今之所傳，已非全帙。王刻（即四印齋本）出宋長沙本，連補遺共一百二十八闋。五代人詞流傳之豐富，無以復加於此矣。

延巳字正中，一名延嗣，廣陵人。歷事南唐烈祖元宗，位至丞相。建隆元年五月乙丑卒，年五十八。陸游《南唐書》稱：「延巳工詩，雖貴，且老不廢。如『宫瓦數行曉日，龍旗百尺春風』，識者謂有元和詞人氣格。尤喜爲樂府詞，元宗嘗因曲宴内殿，從容謂曰：『「吹皺一池春水」，何干卿事？』延巳對曰：『安得如陛下「小樓吹徹玉笙寒」之句。』時喪敗不支，國幾亡稽首稱臣於敵，奉其正朔，以苟歲月，而君臣相謔乃如此！」元宗延巳，以文字相契合，聰明才智，寧無亡國之憂？　徒以國勢凌夷，回天無力，乃不得不藉文藝，以遣煩憂。　亦《唐風》所謂「子有酒食，何不日鼓瑟。　聊以喜樂，聊以永日」而已。　惟其心懷憂戚，而强作歡娱，矛盾攻於中，而性情流於外，此其詞雖爲娱賓遣而作，而其内容乃不免有憂生念亂之嗟。　馮煦所謂「類勞人思婦羈臣屏子鬱伊愴怳之所爲」者。　此南唐詞格，所以高於《花間》諸賢也。　《花間》稱「曲子詞」，南唐乃改稱「樂府詞」，蓋以此體自抒懷抱，雖作於舞筵歌席，多非普遍情感，不復爲伶工之詞矣。

《陽春》一集，影響於北宋詞壇者最深。　王國維云：「馮正中詞，雖不失五代風格，而堂廡特大，開北宋一代風氣。　與中後二主詞皆在花間範圍之外。」（《人間詞話》）況周頤亦稱：「《陽春》一集，爲臨川《珠玉》（晏殊臨川人，有《珠玉詞》）所宗，愈瑰麗，愈醇樸。　而南渡名家，沾丐膏馥，輒臻上乘。」其實直接受馮詞影響者，當爲北宋初期作家，劉熙載所謂「晏同叔得其俊，歐陽永叔得其深」（《藝概》）者是也。

至言《陽春》詞格，從其内容上觀之，則有劉熙載所評「流連光景，惆悵自憐，蓋亦易飄颺於風雨者」（《藝概》），固弱者之呼聲也。　從其品格上觀之，則有王國維所評「和淚拭嚴妝」（《人間詞話》），是能以危苦之辭，掃浮艷之習。　其聲淒厲，别開一宗。　其言情之作，最爲悽黯者，則有《三臺令》：

春色。　春色。　依舊青門紫陌。　日斜柳暗華嫣。　醉卧誰家少年。　年少。　年少。　行樂直須及早。

南浦。　南浦。　翠鬟離人何處。　當時攜手高樓。　依舊樓前水流。　流水。　流水。　中有傷心雙淚。

《鵲踏枝》：

煩惱韶光能幾許。　腸斷魂銷，看却春還去。　祇喜墻頭靈鵲語。　不知青鳥全相誤。　心若垂楊千萬縷。　水闊華蜚，夢斷巫山路。　滿眼新愁無問處。　珠簾錦帳相思否。

《采桑子》：

華前失却遊春侶，獨自尋芳。滿目悲涼。縱有笙歌亦斷腸。　林間戲蝶簾間燕，各自雙雙。忍更思量。緑樹青苔半夕陽。

《歸自謡》：

何處笛。終夜夢回情脉脉。竹風檐雨寒窗滴。　離人數歲無消息。今頭白。不（瞑）〔眠〕特地重相憶。

味其絃外之音，乃有無限感愴。即如《三臺令》勸年少之行樂，正以反映自己之辜負青春。其他諸闋，亦用透過一層寫法，而悲鬱之氣，流露於字裏行間。其用筆清疏，略與韋莊風格相近者，則有《清平樂》：

雨晴煙晚。緑水池塘滿。雙燕飛來垂柳院。小閣畫簾高捲。　黄昏獨倚朱闌。西南新月眉彎。砌下落花風起，羅衣特地春寒。

《醉花間》：

林雀歸棲撩亂語。階前還日暮。屏掩畫堂深，簾捲蕭蕭雨。　玉人何處去。鵲喜渾無據。雙眉愁幾許。漏聲看却夜將闌，點寒燈，扃繡户。

《應天長》：

當時心事偷相許。宴罷蘭堂腸斷處。挑銀燈，扃朱户。繡被微寒值秋雨。　枕前和淚語。驚覺玉籠鸚鵡。一夜萬般情緒。朦朧天欲曙。

疏疏落落，襯出懷人情緒。《清平樂》與《應天長》兩結筆，正與韋莊之「夢覺半牀斜月，小窗風觸鳴琴」，同一機杼。其轉折最多者，則有《謁金門》：

風乍起。吹縐一池春水。閑引鴛鴦香徑裏。手挼紅杏蕊。　鬥鴨闌干獨倚。碧玉搔頭斜墜。終日望君君不至。舉頭聞鵲喜。

風起波皺，因而觸撥離懷，閑引鴛鴦，由羨而怨，手挼紅蕊，愛極自憐。兩句備寫無聊消遣，而自有三重意思。獨倚欄干，百無聊賴，搔頭斜墜，正見凝情。終日望君，全將上文收束，乍聞鵲喜，爲希望之詞，與「斜墜」句相映，亦聊以自慰而已。温馨細膩，何等動人。其不用含蓄，而自見真摯，風格似南朝小樂府者，則有《長命女》：

春日宴。緑酒一杯歌一遍。再拜陳三願。一願郎君千歲，二願妾身長健。三願如同梁上燕。歲歲長相見。

令十七八女郎，執紅牙板歌之，不令人移志蕩魂耶？馮詞不作妖艷語，而曲折盡情，尤工哀怨。其方面之多，略如上述，宜晏歐諸子，仰挹清芬，遂在北宋詞壇，成一宗派也。

惟《陽春》風格，既下開晏歐，乃其流傳作品，遂不免與其他作家相混。集中所載，如《鵲踏枝》「誰道閑情」闋，「幾日行雲」闋，「庭院深深」、「六曲闌干」諸闋，《應天長》「緑槐陰裏」闋，《芳草渡》「梧桐落」闋，《更漏子》「風帶寒」闋，《醉桃源》「南園春半」闋，別本並作歐陽修。《酒泉子》「楚女不歸」一闋，《歸國謡》「雕香玉」一闋，《更漏子》「玉鑪煙」一闋，別亦作温庭筠。《清平樂》「春愁南陌」一闋，《菩薩蠻》「人人盡説江南好」一闋，別作韋莊。《應天長》「一鉤新月」一闋，《醉桃源》「東風吹水」一闋，別作李後主。《謁金門》「秋已暮」一闋，別作牛希濟。《拋球樂》「盡日登高」一闋，《鶴沖天》「曉月墜」一闋，別作和凝。《浣溪沙》「桃杏相逢」一闋，別作孫光憲。又「春色迷人」一闋，別作顧敻。《相見歡》「羅幃繡袂」一闋，別作薛昭藴，《江城子》「曲闌干外」、「碧羅衫子」二闋，別作張泌。凡此諸闋，學者分別觀之可已。

北宋詞壇概況〔二〕

歐陽修〔三〕

〔一〕整理者案：此章内容，與作者《南唐二主詞叙論》一文同，已見《龍榆生全集》第叁卷《論文集》，故從略。
〔二〕整理者案：根據目録，此章應爲中篇内容，已見《龍榆生全集》第壹卷《宋詞講義》之「北宋詞壇概説」，今存目。
〔三〕整理者案：根據目録，此章應爲中篇内容，已見《龍榆生全集》第壹卷《宋詞講義》之「歐陽修」，故存目。

（作者單位：華東師範大學中文系）

任中敏致唐圭璋詞學書札十通考釋

程希

任中敏（一八九七—一九九一）與唐圭璋（一九〇一—一九九〇）皆爲近現代著名文史學家，在詞曲學界久享盛名，被尊爲一代宗師。二位同爲曲學大師吴梅先生弟子，情好甚篤。二〇二一年恰爲任先生逝世三十周年暨唐先生誕辰一百二十周年，抉發兩位先生身後學術遺存，闡揚其既博且專的學術品格，當爲對兩位先生最好之紀念。

任先生的遺札，在其身後散落較爲嚴重，香港浩德出版社二〇〇六年版《任中敏先生詩詞集》及鳳凰出版社二〇一四年版《任中敏文集》等雖偶有存録，但不過吉光片羽，大量任氏遺札尚待搜集、整理、刊佈、研究。此外，任先生的集外詩文、手稿、日記、書法、篆刻等珍貴資料等未刊著述亦不在少數，筆者近年注意發掘之，片言隻語亦不放過，所積漸夥，已先後撰成並刊發《任中敏致唐圭璋遺札十通考釋》（《詞學（第四十一輯）》）、《新見任中敏致唐圭璋信札六通考釋》（《詞學（第四十四輯）》）等文。

近期，筆者又在揚州大學檔案館發現任先生致唐先生書信十通，其寫作時間集中於一九八一年春至一九八五年秋，正是任先生晚年學術集大成之黄金時期。其中涉及文史學界學林掌故、學術争鳴、中外學人交往等珍貴歷史細節，頗爲稀見，極具文獻、文學、史學、書法、收藏等多重價值，對加深任、唐兩大家之

基金項目：江蘇省高校哲學社會科學研究項目「任中敏學術信札整理與研究」(2021SJA1872)。

交遊往來、學術探討、著作出版，當代學術史之建構及對任、唐二先生全面綜合之研究均不無裨益，亦可助他日全集之出版，故不容束之高閣、埋没故紙堆。今重新釋讀點校，考訂年月，注釋疑難，公諸同好，以便學界同仁研究之參考。信札編次以寫作時間先後爲序，天頭、地脚、邊欄、紙背、信封等處有文字者亦忠實照録，以儘量保持原貌。個别涉及隱私或不便公佈處，以省略號處理。限於眼界及學力，加之信札多爲行草書，辨識及考訂不易，容有疏誤之處，敬希方家斧正。

其一（一九八一年四月十一日）

圭璋兄：

《元人小令格律》及大札，均收到，謝謝。看文字，認爲兄體氣尚充，不患竭蹶。若安常守故，生活上勿多變化，可以無憂。客來，談中國藥「紅茶菌」，起死回生，其效如神。附簡報一方，希察。一説日本藥，不知孰是。弟體力日虧，不見恢復，下月住院，割前列腺，能於平穩渡過，方有前途。寫作方面，心餘力絀，不易收場圓滿。《唐聲詩》稿五十萬言（後半收一百五十餘格調，每調前半似詞譜，後半無非考證）一月初即向古籍出版社交稿，頃又結束《敦煌歌辭總編》稿，交北京中華，辭千二百首而已，而考證也弄出四十萬字。二年後，此二稿問世，雖辭去，亦瞑目矣。兄八十大壽在何日？乞告。

敏上

四月十一日

程按：此札原件現藏揚州大學檔案館，件號：KY14·11—5，卷號：二十。原札兩頁，頁十一行，行十六字左右，毛筆行書，用揚州師範學院講稿紙。據正文唐圭璋先生「八十大壽」及《唐聲詩》一月初交稿可知，此札當寫於一九八一年四月十一日。

任先生《唐聲詩》一書一九八二年由上海古籍出版社出版，而《敦煌歌辭總編》原計劃由中華書局出版，後因故轉由上海古籍出版社於一九八七年出版。

其二（一九八一年十月十七日）

圭璋兄：

兩示敬讀，《詞話》也收到。《詞話》編得好！《雲謠》伯希和確有一本寄給羅振玉，法京人因伯未有副本交給他們，否認有此本。其實伯搞的卷子很多，並未全部繳公。《雲謠·柳青娘》有「伴小娘」三章，連《彊村叢書》也用的羅氏《零拾》補足，不過未注明出處，不合。弟在稿内，列全辭，分析數十處，有羅雖欲改而改不出的，如「伴小娘」便是。弟稿列社會辭五百餘首，宗教辭六百餘首，合千二百首。惟校訂太繁。打算割前列腺後，到歲終時，交給北京中華付印。明年年底，不知能出版否。

江蘇新辦《江淮月刊》，明年一月開始出版，硬要弟投稿，弟所投甚長，主張國内敦煌學開第三時期，王重民等所爲，可以作第二時期，結束吧。

弟開刀在本月底，恐年内尚恢復不了體力。開刀能正常過關，便幸事矣！此間各事難言，病入膏肓。弟以「群衆監督」從旁大聲疾呼，無能爲力。明年有文稿，擬投南師《學報》，能收用否？施蟄存嫌我火氣太重，我行我素。明年如有體力，決計寫一文斥葉德均之辱我師門及昆腔。

新居可賀！

敬祝百事勝常。

弟中敏拜

十、十七

程按：此札原件現藏揚州大學檔案館，件號：KY14·11—5，卷號：十。帶封，上款爲：南京北東瓜市新一幢二〇一室唐圭璋先生收，下款爲：揚師院任，十、十七。有郵戳，時間顯示爲一九八一年十月十七日。據此則此札當作於是日。原札兩頁，頁十行，行十九字左右，毛筆行書，用普通紅色方格稿紙。第二頁地脚處用鋼筆書云：「弟記得玄宗向道士元辨正，樂道士有録，表在《全唐文》，已頌玄宗於樂辭嚴分上去。」

《詞話》當指唐圭璋先生所編《詞話叢編》，該書一九三四年初刊，收詞話類著述六十種，一九五九年增補二十五種，一九八六年十一月由中華書局出版精裝五册本。

《江淮月刊》，疑爲《江海學刊》，任先生曾在該刊一九八二年第一期發表《敦煌學在國内亟待展開第三時期》一文，引發較大反響。甘肅敦煌學界基於任先生此文，專門組織了「敦煌文學研究筆談」專欄，編發《關隴文學論叢·敦煌文學專集》（甘肅人民出版社一九八三年版），刊載了王慶菽、劉君寄、蔣禮鴻、劉銘恕、程毅中、張錫厚，張鴻勳、李永寧、吴肅森、顔廷亮等十位學者的多篇文章，對敦煌學研究「展開第三時期」無疑産生了較大的推動作用。

「開刀」云云指任先生因病於一九八一年十一月十四日到南京就醫，二十五日動手術，前列腺開刀，手術成功，效果良好。

施蟄存（一九〇五—二〇〇三），名德普，筆名施青萍、安華等，浙江杭州人。現代著名學者、作家、翻譯家、教育家，華東師範大學中文系教授，時任《詞學》主編。

葉德均（一九一一—一九五六），江蘇淮安人，早年畢業於復旦大學中文系，曾任湖州中學教員、湖南大學教授、雲南大學教授，戲曲理論家，著有《戲曲論叢》、《宋元明講唱文學》等，其遺著由趙景深、李平校訂，連同已出版二書，合爲《戲曲小説叢考》，由中華書局於一九七九年出版。其中《吴梅的〈霜崖曲跋〉》一文對王國維甚爲推重，對吴梅則頗有微詞，引發任先生不滿，遂撰文予以駁斥。「斥葉德均之辱我師門及昆腔」之文，其後以《回憶瞿安夫子》之名發表於《文教資料簡報》一九八四年第一期。

其三（一九八二年七月二十二日）

圭璋兄：

來書兩紙，並封背附言，均讀。謹條答如下：——

㈠臺灣有王德毅者，編《王國維年譜》，於書内紀一九一九年「八月，法人伯希和教授寄敦煌所出古寫卷子本（原文如此）至，羅振玉等乃有《敦煌石室遺書》之輯」。應即伯希和寄給羅以資料，羅印《敦煌零拾》一事之由來。（惟所印書名，僅及《沙州圖經》，未舉出《雲謡》。）

㈡《尊前集》雖被顧梧方（記不清）糟得不成模樣！但它確是一部選集，而《花間集》不成選本，好比今天開會後之發言記録，限於一地、一時，若干從黄巢發難，在長安大屠殺中幸而逃出性命，入蜀後又十之幾乎？「官復原職」在樂不可支情形中，狂歡自慶，玩弄女伎，恣意輕薄的曲子記録本子而已。其拉進温作數十首，乃借作冠冕，以壯觀瞻而已，實實在在不是什麽選本。從這一點看去，《尊前集》絶非一時一地一群人之作品記録，不可能産生於《花間》以後，且將明皇之《好時光》列在集前，是一件具有「衝力」之大膽行動！歷經明代最善疑亂猜、嘩衆取寵的混亂時代，也從未有一人疑此詞是僞詞。我於是相信此集的氣魄大！是真選集。雖後面裝上許多「李王」的作品，不足以抵銷它前面的規模與性質。何況這首《好時光》本身，充滿了唐曲子的韻味，比李白《菩薩蠻》等還要新穎活躍，硬是嵌在帽子上的一塊寶玉！光彩顯赫。只能發生在東南地區，不會是西蜀後小朝廷的産物。可恨此集的初本，未經明人插手搞亂的原始善本，終未發現。

㊂弟的「敲鑼賣糖」已精簡範圍，爲八種：半舊編，半新編，總名曰《唐藝發微》，詳目如後。恨我精力已衰，從本年九月份起，得一助手，一書手，連我三人，在兩間窗明几浄的屋内，埋頭苦幹，或可幹出點成績來。惟望天假我年，到八十九歲，庶幾粗粗卒業。

㊃弟還有一方面的消耗體力，兄必極不贊成的，乃我於此別名「揚州老鄉」，努力捍衛揚州的「全國二十四文化名城」的榮譽之地位。常和此間一班非揚州人糟蹋揚州聲明［名］文物的壞人壞事作鬥争！……我毫不客氣的以魏徵自命，要一些李世民認錯、改錯。因此得罪了許多人，我毫不介意。我發誓當魏徵到底，常常喊「府裏不見局裏見！」「府」指省政府，「局」指高教局。……必須有錯即糾！——這方面，我耗費了不少氣力，奈何奈何！身體過得去，設法再活四年。兄如怕暖，何妨辦一電風扇吹吹。祝好！

敏拜

一九八二、七、廿二

《唐藝發微》八種——

唐戲弄——增出四五萬言，已附録四五種，如蔣星煜發現明人方某七古詩，詠唐人勾欄園，其中已有雜劇，打破南宋臨安瓦社爲我國戲劇搖籃之保守看法。

唐聲詩——已付排印，年内准可出書，弟於此頗自豪！創造性很强。

唐大曲——要寫。

唐短歌——上卷選李靖《兵要望江南》，下卷選唐詩中的短歌。

唐著辭（酒筵小歌唱辭）——要寫，資料甚豐。

教坊記箋訂——修補一番。

敦煌曲研究考辨——取消《敦煌曲初探》而另主此書。

敦煌歌辭總編——録唐曲子一千二百首，經過十年的慘澹經營，稿已交給出版社，一快！「總編」原對《敦煌變文實録》一稿而言，精力不濟，變文決計不搞了。

程按：此札原件現藏揚州大學檔案館，件號：KY14・11—5，卷號：十四。帶封，上款爲：南京北東瓜市十二號三幢二〇一室唐圭璋先生收，下款爲：揚師院任，七、廿二。原札四頁，頁十二行，行二十字左右，毛筆行書，用普通紅色方格稿紙。據信末落款可知此札寫於一九八二年七月二十二日。

王德毅（一九三四— ），號志强，江蘇豐縣人，曾任臺灣大學歷史系教授。其《王國維年譜》一書，一九六七年由臺灣地區「中國學術著作奬助委員會」資助出版。

顧梧方，當爲顧梧芳，嘉興人，明萬曆年間曾刻《尊前集》二卷。

《好時光》，李隆基自度曲，以結句「莫負好時光」末三字爲名。清人陳廷焯《白雨齋詞話》稱該作「俚淺極矣，而顧梧芳《尊前集》首録此篇，稱爲音婉旨妙，妙絶千古，豈非癡人説夢！」[一]而任先生站在俗文學的立場上肯定該作之俚俗淺白，稱：「充滿了唐曲子的韻味，比李白《菩薩蠻》等還要新穎活躍，硬是嵌在帽子上的一塊寶玉！光彩顯赫。」

「敲鑼賣糖」，糖、唐諧音，此爲任先生所開創的唐代音樂文藝學之戲稱。一九八六年六月十三日，任先生九十壽辰，著名學者譚佛雛先生即席口占賀辭「巴蜀維揚，九十星霜。半生事業，敲鑼賣糖。」並被人寫於來賓留言簿上，任先生旁批曰：「此譚佛雛兄代爲回憶，予已恍如隔世矣！」並於幾日後致函譚先生稱「承賜四句嘉言，頗有意趣，尤其『敲鑼賣糖』云云，實獲我心。但僅僅留在簽名簿上，難以光顯。兹特送上宣紙一幅，墨汁半瓶，敬請大筆一揮，並可略略紀事抒情。……」[二]譚先生收信後請同事許紹光先生代書並裱好送任先生，其後任先生將此壽辭一直掛於書房。

另，據《唐藝發微》詳目可知，任先生亦曾致力於敦煌變文研究，且有《敦煌變文實録》一書成稿，惜年事已高，精力有限，計劃不及展開，該手稿亦湮没不彰，不明存否，有待查訪。

其四（一九八二年八月二十七日）

圭璋兄：

示讀。王灼、張炎皆稱《尊前》爲「唐本」。弟前函又稱《尊前》有衝力，敢獨傳盛唐李隆基的《好時光》，都不受束縛，不作任何倚傍，那［哪］得不在《花間》前？弟月來苦苦校古籍出版社排版《唐聲詩》校樣，因體力不濟，躁甚！而所校之排樣，錯得又太幼稚！出版社不自校，却累老年知識份子爲他們年輕人服務，真可恨！此稿争在年内出版。「敲鑼賣糖」糖質硬朗，其正爲唐藝生了色，創造性很明顯。頂出一干前人未戴之天，鋪出一塊前人未踏之地，文學史不能不買賬。弟自信自慰如此。

兄之厚貺，弟無以爲報，擬買一揚州玩具給你頑頑，祝你返老還童。有便人當即帶來。匆匆不盡，即頌

健康長壽！弟想再活三年半，弄成《唐藝發微》的八稿之後再死。

敏上

廿七

程按：此札原件現藏揚州大學檔案館，件號：KY14·11—5，卷號：十五。帶封，上款爲：南京南師院中文系唐圭璋先生收，下款爲：揚師院任，廿七。原札一頁，頁十三行，行二十字左右，毛筆行書，用普通紅色方格稿紙。據信封郵戳、信末落款及前函推知此札或寫於一九八二年八月二十七日。揚州玩具，或指揚州特産毛絨玩具，於此可見任先生晚年童心不减。

其五（一九八二年十二月十二日）

圭璋兄：

手書敬讀，弟雖朽病兼至，知「返老還童」是没有的事，但天天清理信債，從不間斷，何獨不能復兄之信！兄如信到，盡可放言，弟必有報，不以爲苦也。惟耳聾眼花，記憶力發表力都鋭減，不能暢所欲吐耳。王明孝是何人？已想不起。大作《讀詞三記》已讀，所見謹嚴細密。有一驚人消息，兄已知否？上月廿三日，上海《文匯報》載：開封大相國寺發現宋代樂譜並辭的抄本。辭見《菩薩蠻》、《望江南》、《駐雲飛》、《涼州詞》，近五百首，佛曲居多，其足補《全宋詞》者，必不在少處，兄可要求學院具公函、派專人去開封複製，務求由頭到尾，一頁不漏，一字不缺。複製回來後，兄務必掌握到手，一面就函告弟，弟當奮力前來過目，抄録有關唐樂唐辭部分。據北京來人云：報上發表太遲，東西發現則在去年，不知果否。此事非常重要！兄意如何行動，務必隨時見告。

李清照史跡，曾有人編爲電視劇，弟曾看過，並無歪曲侮慢處，其結局是清照晚年，策杖臨江，哭祭明誠，惜已不記電視月日，不知其劇本是何人所編，可托京友設法調查。弟處工作繁重，朽病之軀，實在不勝負擔！弟私人科研八種，目前專攻「唐著辭」[三]，擬明春完成專著，交齊魯書社（在濟南，出書快）印行。上海所印《唐聲詩》，乃六十年代在成都舊稿，却豐滿盡致，須八三年一月半出書。彼時弟當痛飲三杯，此種開懷，一生難得幾次也。此函務望快復。即頌

清健長壽！

弟敏草

十二、十二

程按：此札原件現藏揚州大學檔案館，件號：KY14·11—5，卷號：十六。帶封，上款爲：南京北東瓜市十二號三幢二〇一室唐圭璋先生，下款爲：揚師院任，十二。原札兩頁，頁十三行，行十八字左右，毛筆行書，用揚州師範學院科研稿紙。據信末落款及正文「八三年一月出書」云云可知此札寫於一九八二年十二月十二日。

王明孝（一九一三—？），安徽蕪湖人，上海光華大學國文系畢業，一九六三年由鹽城師專調揚州師院中文系任教，曾任古代文學教研組副主任，一九八一年調南京。

《讀詞三記》，唐圭璋先生於一九八二年第四期《南京師院學報（社會科學版）》發表的學術隨筆，計十三條，第十條題爲「記任中敏《唐藝發微》」，稱任先生「自隨瞿師治詞曲，一直刻苦鑽研，勇猛精進，除經常發表有關古典文學論文外，先後出版《詞學研究法》、《詞曲通義》、《散曲叢刊》、《新曲苑》諸書，貢獻頗大。解放後，專攻唐代文藝，體大思精，尤爲世所稱道。早期出版《敦煌曲初探》、《敦煌曲校録》、《教坊記箋訂》、《唐戲弄》諸書，新境獨辟，用力特勤；近年出版《優語集》，超過王國維所著《優語録》十倍。方今渠已八十有五，雄心壯志，不減往昔，仍擬完成《唐藝發微》八種，兹著其目，以志景仰之忱……」〔四〕

《文匯報》一九八二年十一月二十三日載「開封大相國寺發現宋代樂譜並辭的抄本」，當指《大相國寺佛樂手抄秘譜》，該譜原藏於被遣散的專職樂僧釋安倫、釋安修之手，二僧圓寂後又由商富元先生保存，其後傳諸原大相國寺和尚釋佛撣，留存至今。一九五四年，河南省藝術研究院從民間搜集到此譜，一九八三年底，該譜正式公諸於世，一九九四年河南省藝術研究院對樂譜進行了全面整理，後藏於該院藝術檔案中心。二〇〇七年該院將樂譜贈與大相國寺，次年「佛教音樂·大相國寺梵樂」先後獲批省級、國家級非物質文化遺産。

李清照相關影視劇，或指由張景隆執導，謝芳主演，一九八一年由西安電影製片廠攝製的人物傳記影片《李清照》，其編劇爲安徽著名作家王英琦女士（一九五四—　）。

其六（一九八三年六月六日）

圭璋兄：

來教已讀，率復如下：

（一）羅本《雲謡》得自伯希和，是可信的。全部異文四十多條，初不止「伴小娘」一條，羅不會作僞作出四十多條之理。茲已將四十多條列爲一表，共三頁，奉上，希察。惜複製糊塗，看來費力。

（二）上海馬茂元及南師文史資料編者，先後要我表態：究竟瞿師對詞曲的造詣何在，我不能不交卷。茲先寫了一份「回憶」，特附此函内，望兄代我「字斟句酌」一番寄回，由我謄清後，向南師交卷。

（三）另附葉德鈞文一篇，希細看，惡毒狂悖已極！我已另草一篇，和他針鋒相對地幹了一場，俟脱稿後，再寄上。茲先附葉的原文，希察，該如何駁爲是？盼即復，當遵辦。

我的腦力已竭，體力也没了，頭暈不止，恐不久了！少陪了！南揚是否吴門弟子？我不了解，盼告。李一平將瞿師搬到大姚，送了終，又將遺體盤回蘇州，實在可敬！王季思也是同門，見諸文字，思想還正，要承認他。候安。

敏上

六、六

附件㈠：葉德鈞《跋〈霜崖曲跋〉》（略）。

㈡一九八三年十一月十一日《文匯報》載《進一步繁榮和革新昆曲藝術》一文（略），右下角有任氏批注：以曲文合譜合律爲主，自己的立場爲出發點，對於治戲曲史者並無多大關係。

㊂ 羅本《雲謡》異文四十六條(略)。

程按：此札原件現藏揚州大學檔案館，件號：KY14・11—5，卷號：二十四。帶封，上款爲：南京北東瓜市十二號三幢二〇一室唐圭璋先生，下款爲：掛號，揚師院任中敏，六六。信封左下角用鉛筆標明八三年六月，則此札當寫於一九八三年六月六日。原札一頁，頁十五行，行十八字左右，毛筆行書，用揚州師範學院箋紙。

馬茂元(一九一八—一九八九)，字懋園，安徽桐城人，著名文史學家，於唐詩、楚辭等領域頗有造詣。一九三八年畢業於無錫國學專修學校。曾任安徽省教育廳編審、秘書。新中國成立後，歷任上海第一師範學院教師、上海師範大學教授。著有《古詩十九首初探》、《晚照樓論文集》，編有《楚辭選》、《唐詩選》等。

南京師文史資料，即指上文已提及的南京師範學院所編《文教資料簡報》。

葉德鈞文一篇，即指《跋〈霜崖曲跋〉》一文，該文最早刊載於一九四四年二月《風雨談》雜誌第九期，後收録於《戲曲小説叢考》一書。該文對王國維甚爲推重，對吴梅則頗有微詞，且稱昆曲爲殘骸，無甚發展前途，隨吴梅習曲學者亦爲走入歧途，引發任先生强烈不滿。一九八二年八月，任先生撰就《回憶瞿安夫子》一文，刊載於一九八四年《文教資料簡報》第一期，在文後長注中對葉氏進行了嚴詞斥責，稱其「荒謬」、「狂悖」。

南揚，指錢南揚(一八九九—一九八七)，原名紹箕，别署錢箕，字南揚，以字行。浙江平湖人。一九一九年入北京大學國文系，曾從吴梅先生習詞曲。與任先生、盧前、王玉章、蔡瑩並稱「吴門五學士」。著名南戲專家，著有《宋元南戲百一録》、《漢上宧文存》等。曾先後於浙江大學、武漢大學、杭州大學、南京大學任教。

李一平(一九〇四—一九九一)，雲南大姚人，無黨派愛國民主人士，曾任國務院參事、中國佛教協會常務理事。一九二四年入東南大學，師從吴梅先生習詞曲。一九三九年初，吴梅先生應李一平之邀，由昆明至大姚避難養病，得到李一平的悉心照料，是年三月十七日，吴梅先生因病不幸於大姚去世，李氏沉痛哀悼乃師，並爲其召開上千人的追悼會。一九五〇年，在李氏的協助下，由大姚地方政府經辦，吴梅先生骨灰運往蘇州葬於木瀆公墓，一九八六年，蘇州市政協將其骨灰遷葬於吴中穹窿山。李氏的義舉得到包括任中敏先生在内的吴門弟子的高度讚揚。

王季思（一九〇六—一九九六）名起，字季思，以字行。浙江温州人。一九二五年考入東南大學，師從吴梅先生習詞曲。一九四一年後，先後任教於浙江大學、杭州之江文理學院，一九四八年起任中山大學教授。校注有《西厢五劇注》、《西厢記》等，著有《玉輪軒曲論》、《玉輪軒古典文學論集》、《王季思詩詞選》等。一九八五年曾應任先生之邀，擔任其首届博士生王小盾博士論文答辯委員會主席。

其七（一九八三年七月七日）

圭璋兄：

頃接日本友人波多野太郎寄贈該國印行的專册，題曰：《先聖司馬温公翰墨真跡神品》，内列司馬光手書長短句一首，既非光自作，亦非光同時幾個北宋詞人所作。弟於宋詞不熟，特寄給兄看，請指出是何人作之長短句？何以《全宋詞》内不收？是否國内已經發表過、談論過，爲弟所不知？兄是寢饋於此者，當一看便知作者何人，或補入光集，或另辟無名氏容之。惟日人信爲光詞，而不敢深論，亦應批評。日人另出《追懷司馬温公專册》，列年譜甚詳，兄如須看，當寄奉。匆匆不盡，候示到再論。藉頌

著安！

敏

七、七

程按：此札原件現藏揚州大學檔案館，件號：KY14·11—5，卷號：二十二。原札一頁，頁十二行，行二十字左右，毛筆行書，用揚州師範學院稿紙。據此下一札推知，此札當寫於一九八三年七月七日。

波多野太郎（一九一二—二〇〇三），日本神奈川人，自稱湘南老人，曾任日本中國語學會會長，著名漢學家、中國古代戲曲史專家，著有《老子王注校正》、《中國地方志所録方言彙編》、《中國小説戲曲辭彙研究辭典》、《遊仙窟新考》、《關漢卿現存雜劇研究》、《宋詞評釋》、《粤劇管窺》、《中國文學史研究——小説戲曲論考》、《近三十年代京劇研究文獻精要書目》等，與任中敏先生交誼甚篤，曾親赴北京、揚州等地拜訪任先生，並時有信札往還，就敦煌曲辭相關問題進行深入探討，傳爲中日學術、文化交流史上之佳話。〔五〕

《先聖司馬温公翰墨真跡神品》，經折裝一册，内有《温公自題畫像》、《朱子題温公畫像贊》、《司馬太師温國文正公像》、落款爲司馬光之草書書法一幅及後人題跋、印章等。考其所書内容，實爲金聖歎批點王實甫《西廂記》第一折唱詞「向《詩》《書》經傳」至「有幾個意馬心猿」部分，並非司馬光所作詞。今《全宋詞》收録司馬光詞三首，亦並無此作。

其八（一九八三年八月十一日）

圭璋兄：

來書讀。弟第二書，説明清初戲文，不能寫上宋初的屏條（大意如此）一層，曾收到否？日本人的陷阱，不止一二處。從前即知他們曾把《遊仙窟》中的十娘，指爲武則天，張鷟曾與武早具姻緣，認爲日本人荒唐；今日人又將司馬光派成金聖歎的秘書，其荒唐程度似更有進。日人因認定清故宫舊藏金聖歎所批《西廂記》確有司馬光寫本，於是爲此附編了司馬光的年譜等，與所寫《西廂記》屏條，合併發行於東京，初不以爲怪謬，其「精神」亦有可佩處也。波多野惠我這套資料，我們只能感謝，不能有他。

候安！

敏拜

八、十一

程按：此札原件現藏揚州大學檔案館，件號：KY14·11—5，卷號：二十五。帶封，上款爲：南京北東瓜市十二號三幢二〇一室唐圭璋先生，下款爲：揚州任，十一。信封左上角用鉛筆標明一九八三年八月，則此札當寫於一九八三年八月十一日。原札一頁，頁十一行，行十八字左右，毛筆行書，用揚州師範學院稿紙。

此札内容爲解釋前札而言，「將司馬光派成金聖歎的秘書」即指前函提及的，日本所出《先聖司馬温公翰墨真跡神品》及《追懷司馬温公專册》將清初金聖歎批點《西廂記》之戲文加諸司馬光之手，張冠李戴，前後顛倒，頗多荒謬。

其九（一九八四年十月三十一日）

圭璋兄：

來書及件已讀，他日再奉復。兹有一急務相求：我十一月七日准到蘇州赴會，惟覺一人名義去，無大意義，乞兄早晚即寫一篇眾門生名義對老師誕生百年的小文，趕在七日弟到場機會，代表大家，朗讀一下。文末可列入到場與否，只要是在寧在申，熟悉的同門，有感情而不能及期親臨致祭的人名，如錢、段……都可列入，李一平名也可列。弟腦力全喪，有志無力，惟兄有力，務望拼一天一夜之力，當可成篇，録一清稿，宣紙謄寫，於十一月六日下午前，專人送下，或交查君帶蘇，手交，萬萬玉成。

敏上

十一、卅一

程按：此札原件現藏揚州大學檔案館，件號：KY14・11—5，卷號：十二。用揚州師範學院信封，上款爲：南京北東瓜市十二號三幢二〇一室唐圭璋先生，下款爲：任，卅一夕。有郵戳，惜漫漶不清。原札一頁，頁十一行，行十六字左右，毛筆行書，用普通紅色方格稿紙。

信中所云「老師誕生百年」當指吴梅先生百年誕辰，時在一九八四年，該年十一月由江蘇省文化廳、中國戲劇家協會江蘇分會、蘇州市文化局、蘇州市文聯在蘇州舉辦了「紀念吴梅先生誕辰一百周年學術討論會」，任先生爲此次會議的籌備多所呼吁，並以八十八歲高齡親自赴會發表主題演講。然據此札落款，時間爲十一月三十一日，十一月本無三十一日，則落款時間顯誤。據信封郵戳顯示有「11.1」字樣，則此札當作於一九八四年十月三十一日晚。

錢，當指錢南揚，前有紹介，兹不贅。

段，當指段熙仲（一八九七—一九八七），安徽蕪湖人，著名文史學家。在東南大學中文系讀書期間，師從胡小石、吴梅等著名學者，研治古代文學。後曾任教於中央大學師範學院國文系，中華人民共和國成立後任南京師範學院中文系教授。著有《春秋公羊學講疏》、《水經注疏》等。曾於吴梅先生百年誕辰之際在《江海學刊》一九八四年第四期發表《吴梅先生二三事》一文，深情追憶乃師。

查君，指查全綱（一九三二—二〇〇一），安徽當塗人。任先生早年學生。曾先後在南京軍管會、南京人事局、南京市文委，江蘇省新聞出版局、省委宣傳部、省文化廳及《江蘇戲曲》等部門工作，一九八四年任《劇影月報》副主編並主持工作。曾於《江海學刊》一九八四年第四期發表《論吴梅的戲曲批評》一文。

其十（一九八五年九月十八日）

圭璋兄：

有一瑣事奉求：我早年編過一本《元曲三百首》和一本《盪氣迴腸曲》，現在均買不到，而弟正收輯過去亂寫的一些散篇文字，欲編爲一部總集，曰《甘泉集》，雖不像樣，留著自己看看，殘年有限，看也看不久了。聞南京市圖書館藏有《盪氣迴腸曲》，乞兄托人辦個手續，求該館將此小書的編者所有序跋，複製一份給我，複製費及寄費，乞兄先墊，我只要知道約數後，即寄還不誤。因胡忌已去喝洋水，南揚半死半活，不敢接洽，這等小事，求兄實出無奈，兄可就近派一人代辦一下，自己不必多勞動，泥首謝謝！

候安！

敏上

九、一八

程按：此札原件現藏揚州大學檔案館，件號：KY14・11—5，卷號：二十七。原札一頁，頁十二行，行十八字左右。毛筆行書，用揚州師範學院稿紙。

《盪氣迴腸曲》，署王悠然編，上海大江書鋪一九三三年初版。按，王悠然即任中敏先生夫人王志淵之筆名，此書實爲任先生所編，托名王悠然。

《甘泉集》，一名《回甘集》，曾計劃由巴蜀書社出版，後被一名爲「任小敏」的女子將書稿從出版社騙爲己有，至今下落不明。〔六〕

胡忌（一九三一—二〇〇五），字仲平，原籍浙江奉化，生於紹興上虞，戲劇學家。曾從趙景深等先生問學，一九五六年後，歷任中山大學助教，中國戲劇出版社編輯，遼寧省社科院文學研究所研究員，江蘇省昆劇院編劇等。著有《宋金雜劇考》、《古代戲曲選注》、《昆劇發展史》等。一九八八年秋曾應任中敏先生及揚州師範學院之邀，擔任任中敏先生博士生指導小組副組長，參與指導第二届博士生季國平。

「胡忌已去喝洋水」，當指胡先生赴美國耶魯大學訪學事。據解玉峰《斯人已逝，斯文長存——紀念著名學者胡忌先生》一文介紹，一九八四年十一月至次年十一月，胡忌先生應耶魯大學之邀，任該校盧斯基金訪問學者一年。〔七〕據此推知，此札當寫於一九八五年九月十八日。

〔一〕陳廷焯《白雨齋詞話》卷五，人民文學出版社一九五九年版，第一二七頁。

〔二〕佛雛《任半塘書札一束並跋》，《揚州師院學報（社會科學版）》一九九四年第三期。

〔三〕「唐著辭」一書，後由任先生弟子王昆吾增訂爲《唐代酒令藝術》於一九九五年在東方出版中心出版。

〔四〕唐圭璋《讀詞三記》，《南京師院學報（社會科學版）》一九八二年第四期，第四十六頁。

〔五〕程希《任中敏致波多野太郎遺札三通輯釋》，《敦煌研究》二〇二〇年第二期，第一一四—一一九頁。

〔六〕黃俶成《任中敏傳》，陳文和、鄧傑主編《從二北到半塘——文史學家任中敏》，南京大學出版社二〇〇〇年版，第十七頁。

〔七〕解玉峰《二十世紀中國戲劇學史研究》，中華書局二〇〇六年版，第二四二—二五三頁。

（作者單位：鹽城師範學院文學院）

新見宛敏灝與唐圭璋往來書信十七通考释

胡傳志

去年三月，承宛敏灝先生親屬楊修蘭老師的信任，授權本人整理宛先生手稿，從中發現唐圭璋先生書信七通，宛敏灝先生致唐先生書信底稿五通。後又承湯華泉教授見示所摘録唐先生書信一通，承曹辛華教授見示宛先生書信七通，去其重複，合計十七通。这些書信主要討論南宋詞人張孝祥生平及其詞研究、宛先生應邀赴南京師範學院講授詞學課程、《全金元詞》等相關話題。時間起訖爲一九六五年至一九八七年，兹以時代先後排列，篇末以案語形式，略加考釋。原信有個別字跡模糊，難以辯認，姑以□代替。原信中阿拉伯數字，除個別特殊情況予以保留外，統一改爲漢字，書名則統一加書名號。

一

圭璋吾兄：

春間來此學習，於孫望主任處，略悉尊況爲慰。最近接小兒信，始悉月前曾損書，經於四月底加封轉寄，其時弟適因參觀城鄉社教運動離校，可能被「集郵君子」連信没收。小兒係中學生，僅能轉述主要談于湖卒年問題，囑檢某書，因生疏，已無從追憶。

按于湖卒年，曩誤信集後附録《宣城張氏信譜傳》，定爲三十九歲。猶憶抗戰期間曾將拙稿《于湖評傳》呈教求序，後僅存文通書局清樣一本，實未刊行。一九五九年八月間，弟由蕪湖搬家合肥，搬家檢點未定,《安徽史學通訊》編輯同志索于湖年譜稿甚急,不得已,即將《評傳》内舊稿略改重抄交卷,事後發現錯誤很多,因另撰一文發表於《合肥師範學院學報》一九六二年第一期,題目似爲《張孝祥及其于湖詞》,其中有一大段指出《宣城張氏信譜傳》的種種錯誤,並列舉多條證據,斷定于湖卒年爲三十八歲。時間約爲夏秋間。(當時因《安徽史學通訊》發行面不廣,且早停刊,記未提及。)嗣爲于湖詞作注,稍稍翻書,又得若干資料爲該文未曾引及者(如《南澗集》即有兩處)。尊示某書,當亦未曾寓目,仍求惠教爲感。

于湖詞注系中華書局五九年提出,原約次年(?)交稿,曾有意將年譜修訂作附録之一,又一度打算與《吴潛年譜》(初稿曾在《合師院學報》上發表,錯誤處亦待修改)合刊爲專册,但頻年忙於教務行政工作,于湖詞注久未完稿,中華亦不催,至於年譜單行本只是一種不切實際的空想,當前這類東西誰也不會要,終將棄之而已。

《全宋詞》整理情況如何? 新版何時可以印出? 近年又從事何種著述? 據聞尊恙影響寫字,未審確否?

弟去秋原擬隨同大批學生赴皖北壽縣參加農村社教運動,以肺疾未能成行。春初復查,已吸收好轉。領導同意到此學習半年,大約七月上旬可結束回合肥,知注附及。

匆此,並請

撰安!

弟敏灝上　五·二二晚

復示請寄上海嘉定外岡鎮社會主義學院三一一室宛敏灝,請勿用舊時别號,以免又遺失。

案:此信據曹辛華教授提供宛敏灝書信整理而成。據宛敏灝《浣溪沙》(風壓雲低夾岸飛)小序:「一九六五年春暮,自太倉浮橋歸嘉定外岡,舟中口占。」該信作於一九六五年五月二十二日。到此學習:指參加上海市社會主義學院組織的培訓班。小兒：指其子宛炳生（一九四九—二〇二一），時爲合肥師範學院實驗中學學生。損書：敬稱，指唐圭璋先生來信。城鄉社教運動：指二十世紀六十年代開展的社會主義教育運動。《于湖評傳》：指《張于湖評傳》，清樣現存，前有唐圭璋序，作於一九四三年。該書後由貴陽文通書局一九四九年四月正式刊行，作者後有該書複印本。《張孝祥及其于湖詞》：原文題作《張孝祥和他的〈于湖詞〉》。《南澗集》：指韓元吉《南澗甲乙稿》。忙於教務行政工作：宛敏灝自一九五六年起擔任安徽師範學院、合肥師範學院副教務長。

二

書城兄：

弟病不能興，等於廢人。研究生無人講詞，擬請兄來講一下，即就兄對研究生所講的，來我系復講一次，亦省另起爐灶，如何？如蒙惠允，當再由我系公函敦聘。時間、題目一概不拘，都隨兄定。瞿禪未通函，但他的詩、詞及論詞絶句都能看到，不日《月輪樓説詞》也要印出。大概他不回杭大，就在北京定居了。聞身體精神尚好，曾遨遊承德、洛陽、桂林，想見意氣甚豪。聞文學研究所聘爲顧問，不知有何具體工作。弟輯《全金元詞》，孤陋寡聞，所輯缺略定多，姑出版再説，不日想可出來，已經三校，共兩册，今年可出。金詞幸有《中州樂府》，此外主要搜輯《道藏》中七真道士詞，實際以詞傳道，完全非詞之本色，輯以供研究。當年朱彝尊《詞綜》見過，他是不要的。他連魏了翁都不要，其他傳道之詞更屏棄了。

鄧編稼軒，夏編白石，大致完備。故弟激望兄速速完成于湖。

七月二十日，李一平過舍，説曾見兄。王錫九返校説，兄在黄山未回。近日秋涼，想已返校，能否賜示，惠允爲六位研究生幫助弟講一番，給他們一些知識，無任感荷。兄身體想好，望爲國珍重，爲四化貢獻

力量。弟不能有爲，尚望兄大有爲。匆此，敬上，並祝

佳樂

弟圭璋上　九月九日

案：根據信封郵戳，此信寫於一九七九年。瞿禪：夏承燾。《月輪樓説詞》：當指《月輪山詞論集》，中華書局一九七九年九月出版。鄧編稼軒：指鄧廣銘《稼軒詞編年箋注》。夏編白石：指夏承燾《姜白石詞編年箋校》。李一平（一九〇四—一九九一），又名玉衡，雲南大姚人，吴梅先生弟子，曾任雲南省人民政府委員，國務院參事，並發起成立中國佛教協會。王錫九（一九五三—　），安徽天長人，一九七八年畢業於安徽師範大學中文系，一九八一年畢業於南京師範學院，獲文學碩士學位。現爲江蘇第二師範學院中文系教授，安徽師範大學中國詩學研究中心兼職研究員。著有《唐代的七言古詩》、《皮陸詩歌研究》、《陸龜蒙》、《松陵集校注》等。時爲南京師範學院中文系研究生。

三

圭璋兄：

九月九日，手書早誦悉。上周又發了一次冠心病，稽復爲歉！

承囑爲六位研究生講詞，班門何敢弄斧？但考慮到尊體近況及兄弟學校關係，亦不得不勉爲其難。弟原答應給此間兩研究生講些基本知識，由於十月裏他們正爲政治、外語兩門課過關忙。我想趁此期間擬個大綱寄請審閲。如荷同意，將於十一月裏來講。至於你系和這裏聯繫，希望直接致函校長辦公室（因在文革晚期，我曾拒絶到工作最久的中文系和教務處，後來同意兩單位委託工作，酌情接受，無隸屬關係）。此不過例行手續而已。

夏老久未通信，其新著都未看到，不知何處可求！幸便中見告！日前在一個追悼會上偶遇戴岳同志（安徽省委宣傳部副部長兼省文化局局長），詢及夏老對白石詞中所稱「合肥赤闌橋」曾否考證，今在何處？據云應在今合肥市北郊的雙崗，其地有生産隊，尚名古城，並有古磚出土。

屢承督促早日完成《于湖詞》研究，今夏在黄山療養院較閑，曾考慮有關問題，初步肯定張同之生母李氏，系孝祥十餘歲時在建康的情人。集中《念奴嬌》（「風帆更起」）及兩首《木蘭花慢》（「送歸雲去大雁」及「紫簫吹散後」）都是送别和懷念李氏之作。尚未見前人有作如此解釋者，稍暇容將小文謄清寄呈教正。

《漢語大辭典》在蘇州開編委會，弟請病假未去，近日身體尚可，承注附及。

匆復，敬祝近安！

弟敏灝上

九月廿一日

案：此信寫於一九七九年。戴岳，江蘇泗陽人，中共黨員。歷任豫皖蘇邊區文協常務理事，安徽省文聯主席、黨組書記，中共安徽省委宣傳部副部長，安徽省文化局黨組書記、局長。

四

書城兄：

曾奉九月廿一日手示，蒙允於十一月裏可來我系爲研究生講些詞學基本知識，無任欣感，想學校敦請公函業已收到。不知下月兄擬於幾時來講？預計講幾次？是否需人來蕪迎接，弟當通知我系往迎。尊示擬個大綱審閱，這完全不必要了，吾兄自有權衡，研究生可自行筆記。

夏老聞在北京文學研究所與吴世昌編《大百科全書》，所中胡念貽同志協助他搞。我當寫信給胡同志轉，想夏老會存餘的，請其徑寄兄收。夏老托人帶給我的是瞿髯詞、瞿髯詩、《瞿髯論詞絶句》（《論詞絶句》是中華印的）。聞中華還將印他的《月輪樓説詞》。

夏老《姜白石詞編年箋校》三五頁《淡黄柳序》云：「客居合肥南城赤闌橋之西……」關於赤闌橋，夏老無箋，當告以兄言。

張同之生母李氏文，最好寄與《文物》發表，因過去《文物》有張同之夫婦墓的發掘報告。

匆此望復，並候光吟。即頌

近安！

弟圭璋上　十月二十五日

案：此信寫於一九七九年。張同之夫婦墓的發掘報告：《文物》一九七三年第四期刊有《江浦黄悦嶺南宋張同之夫婦墓》一文。

五

書城兄：

前聞施蟄存先生言，先生生病，甚以爲念。

後問王錫九同學，他説已經好了，可以歡度春假，可以爲慰。

頃接施先生函言，兄交《張孝祥年譜》稿，有四萬字，可以連載，支援幾期。

承函寄您校《學報》，特申謝忱。

弟以半年來皮炎奇癢，影響睡眠，睡眠不好，影響體力大衰，不能閱書，大有朝不保暮之感，但人事還是注意以聽自然規律擺佈的。

匆此，即頌

春節康强！

弟圭璋上　二月三日

案：此信寫於一九八〇年。

六

書城兄：

本月二日手書敬悉。南京《新華日報》一月十日曾有同題報導，大體尚可，《光明》一稿，既未經系看也未經我看，因此措詞有不當處，我系已去函更正。首先把孫望排成孫生，其次把《全金元詞》説成幾百萬字，哪裏有這麼多字呢？

夏老處我也未通信，他送我的書都是托人帶來，文學研究所胡念貽同志，□他編《大百科全書》，我曾有信託胡轉去，告訴他合肥事及兄住處，請贈大著，可能夏老忘記了。既然購得那也很好。他的地址我也不知。聽説他住的是他愛人無聞家中，樓上屋很小，研究所擬爲他遷屋，亦不知遷成否。好在他詩、詞、論著、年譜，都已問世，揚休國際，亦一樂也。

施蟄存先生心雄志壯，久擬謀復《季刊》，我實以身體不好，無能爲力，我極力請他以夏老爲主最好，我如有途徑當奉告介紹。前刊多夏老年譜，兄之《張孝祥年譜新稿》，務望給之，以贈光彩。我系曹濟平同志也寫了一篇《張元幹及其詞》給之。二張可謂辛之前驅人物，影響不小。近見《李清照集校注》，材料甚詳備，惜其多引明人，未免有泥沙俱下之感，謂清照遠在柳、周之上，又似有入主出奴之見。近見《南開學報》一二期，文字過長，論夢窗，我不理解這種現代觀，現代人論前人總是現代觀，還是别的什麼現代觀？且實際分析不過《禹廟》與《八聲甘州》，後期只是空論賈似道與吴潛關係。前周後吴，自有淵源，現代帽子、外國帽子，大可不必戴在夢窗頭上。葉先生女同志，大概從（中國）臺灣到加拿大教書，去年來南大講，看書多，書也很熟，聽説在南大講三小時，無講稿，聽者動容，自然可佩，後聞去南開、北大講曹操、陶詩、杜詩、義山詩、宋詞、清照、夢窗，後又往西南、西北歸國。在南師來見過一面，略談一二時，她已在《大公報》卅周年紀念會上寫過王碧山長文。我有這本書還未看，故她題（提）到，我還不知。近有函寄《從〈人間詞話〉看温韋馮李四家詞的風格》，文字很長，總有五萬字，她有《迦陵論詞集》，不知國外或（中國）臺灣印過否？聽説她進過輔仁，趙萬里教過她，具體情況我也不詳，有詩詞寄來，看來少時很苦，如此專攻詩詞，今日女界也是難能可貴的。因此，我想到，胡雲翼的《宋詞選》固然看不到夢窗勝處，但葉君論夢窗詞，何不多舉一些例子啟發啟發。就拿《祝英臺近》來説吧，「自憐兩鬢清霜，一年寒食，又身在雲山深處」，「有情花影闌干，鶯聲門徑，解留我、霎時凝佇」，這種深厚宛轉處，情韻兼勝，何減周、秦。她之所謂現代觀，或者與我輩守舊傳統不同耶？

兄究竟比我强多了，還望多做識途老將，聽説夏老説話往往重複，可見記憶力也差了。我不能單獨行路，不能多看多用腦多説話，力不從心。甚望兄多注意千金之軀。二晏也有人論，小晏精力尤勝，宋人小令以小晏爲極則，恐不爲過分。柯山序有「清壯頓挫」語，但有作「精壯頓挫」，不知是否版本問題。鄙意「精」比「清」勝，苦無佐證，尚望見教！此祝

近安！

弟圭璋上四月十四日

中敏精神甚好，可是問題搞得太泛，難以收拾。本説五月回揚州師院，恐要推遲了。巴黎開國際敦煌學會，有「中華民國」饒宗頤、潘重規參加，真令人啼笑皆非。

案：該信寫於一九八〇年。《李清照集校注》：王仲聞校注，人民文學出版社一九七九年十月出版。該書後記有云：「她較之柳永、周邦彦，固然遠在他們的上面。」《南開學報》一二期：指《南開學報》一九八〇年第一期和第二期，刊有葉嘉瑩先生《拆碎七寶樓臺——談夢窗詞的現代觀》。《禹廟》：指吴文英《齊天樂・登禹陵》，《八聲甘州》：指《八聲甘州・靈岩陪庾幕諸公遊》。王碧山長文：指《碧山詞析論——對一位南宋古典詞人的再評價》。柯山序：當是山谷序之誤，詳第十通書信。

七

書城兄：

聽王錫九同學説，兄在此間講稿，擬分四期在您校學報發表，那也很好，不知可否抽印幾份與聽講的研究生？

淮陰師專出一《活頁叢刊》，抽印一紙，奉陳一閲。

施蟄存先生以出版社無着，恐要到明年才能實現復刊計畫。《全宋詞》收于湖詞，但未用有宫調本校，以致于湖詞缺少宫調。記得當年夏敬觀著《詞調溯源》也未及于湖詞的宫調，那時雙照樓已印出，不知夏老何以視而不見？

于湖興酣著筆，頗以嚮往東坡爲領帥，自在稼軒之前，頗盼爲完成《于湖詞編年箋校》而儘快進行。

任中敏於五月廿八日過寧回揚師，以路上勞頓，身體不好，弟亦未能謀面，可能帶了北京敦煌資料回揚整理。四月，日本波多野過此，晤談甚快，他們條件太好，印刷精美，他寄來分類《宋詞評釋》，考證頗詳。去年去北京、昆明、成都，今年過滬、杭、寧，對我國内研究語言文學很熟習，也很熱忱，供給我們資料，中青學者正應乘年富力强之時，急起直追，不然就落後于外人。

勿上並頌近安！

弟圭璋 六一

案：該信寫於一九八〇年。《活頁叢刊》：指《活頁文史叢刊》，第十七期刊有唐圭璋《宋喬行簡〈奏請謚陳龍川劄子〉發覆》一文。《詞調溯源》：商務印書館一九三一年初版。雙照樓，指吴昌綬編纂《雙照樓景刊宋金元明詞》，内有《景宋本于湖居士樂府》四卷。波多野：指波多野太郎（一九一二—二〇〇三），自稱湘南老人，日本的中國語學會會長，著名漢學家，在訓詁校勘之學、中國古代戲曲史研究等方面卓有成就，著述甚豐。一九七九年後，多次來華訪問。《宋詞評釋》，日本櫻楓社一九七一年出版。

八

圭璋兄：

六月一日手示敬悉。

關於抽印事請囑王錫九同學，函托祖保泉同志（此間中文系副主任）試代聯繫。記不清祖是副主編或編委之一，此稿亦依照祖的意見，給學報刊載。……此間學報今年第一期印出，既而已住入醫院，第二期諒不久亦可出，擬俟到手時即一併寄請教正。

讀《發覆》，聯繫到昔年我懷疑《于湖集》所附《譜傳》非本來面目，益信所以未提及張同之，是被遷宣城的一支後裔以其無關而抹去的。

弟四月廿十日夜曾一度病危，係被一值班庸醫折騰延誤至急性左心衰竭。近雖已回家休息，每日起床時間仍短，其後遺症是慢性左心功能不全。

案：此信底稿無落款，左側標明「六．十一日寫，六．十二發」，可見寫於一九八〇年六月十一日。祖保泉(一九二一—二〇一三),安徽巢縣人。一九四七年畢業於四川大學,曾任安徽師範大學中文系主任、教授,著有《文心雕龍解説》、《司空圖詩品解説》、《司空圖詩文研究》、《王國維詞解説》等。

九

書城兄:

讀十一日手示,知兄住院搶救獲安,無任欣慰,但仍宜特别注意休養,以策萬全。好在兄較弟年輕,恢復較易,尚望爲國珍攝,力戒前車。弟不能抗熱,亦將暫去就近療養(可能湯山),以度難關。抽印(本)弟擬請錫九用系名義函祖主任協商,望勿念。如不便,即賜學報亦可。于湖卒於蕪湖,何以葬于南京?問之博物館人,謂不知何時夷爲平地,已無從蹤跡,可慨也。匆此,敬祝

痊安!

弟圭璋　六月十五日

案:該信寫於一九八〇年。

十

圭璋兄:

承惠贈《全金元詞》昨奉到,拜領祗謝!吾兄以數十年時間,從事名山事業,先後成巨著多種,深佩雄心毅力。

前悉擬赴湯山避暑,近日漸涼,觀親寫寄書封面,諒已回寧。蕪湖今年約有一周時間酷暑,弟悔未赴

黄山，但此後即多雨，不再熱。在家究比療養院爲便。

記前書提及「清壯頓挫」，或作「精壯頓挫」，是否版本不同。按此語見小山詞山谷序（尊示作柯山，諒誤記或筆誤），《彊村叢書》小山詞、四部叢刊影印宋乾道本《豫章黄先生文集》及清康熙間顧氏辟疆園刻本《宋文選·小山集序》俱作「清壯頓挫」，疑山谷采陸機《文賦》「箴頓挫而清壯」語而未用其意。

關於張于湖墓，蕪湖及和縣誌俱無記載，當從《景定建康志》。安國當暑卒於蕪湖舟中，似在江干入殮後，即舟載至建康安葬，或出自乃父張祁主張，不僅由於安國曾任建康留守，而且渡江後在建康郊外原有住宅（十八歲從蔡清宇爲學及前此與李氏同居都在建康），墓地可能就在附近。此不過猜想而已。至於蕪湖住宅，近在城邊，接連陶塘低窪之地，時金兵猶常逾淮南，勢難歸葬歷陽祖塋（今在江浦縣境）。張祁殆亦知不久于人世，故遺安國幼子依宣城諸父，此後惟張同之繼室章氏曾歸蕪湖舊宅以終。安國嘗自稱「某有田在青山下」，「謝家屋十餘間，下俯江流」，倘葬青山，或可與李白墓得保並存，獨怪張祁當時何以没有想到，或以建康爲龍蟠虎踞勝地歟？

專此致謝，並頌著安！

弟敏灝匆上
八月十七日

前寄奉此間學報兩本，諒早到。拙稿錯誤處，至希見教爲感。又及

案：此信據曹辛華教授提供書信整理而成，寫作時間爲一九八〇年。

十一

書城兄：

收到兄惠贈學報，無任欣感。弟一夏忽四肢皮炎，秋來又患右側偏頭痛，各事俱廢，日忙於打針服藥，

企圖苟延殘喘。

錢仲聯《後村詞箋注》已由上海古籍出版社出版，非熟于史部、集部無能爲力。雖後村詞在稼軒詞之後，並不太高，但有典必注出，亦于學者大爲有益。偶閲《賀新郎》一首，「向車中，閉置如新婦」，胡適《詞選》及胡雲翼《宋詞選》俱未能注出，錢注引《梁書》注，誠欲快心浮白。吾兄心沉于湖詞已久，其詞飄飄有淩雲之氣，蘇後辛前要人，誠不可不亟爲問世，以益讀者。弟屢以爲請，時光如水，弟可不能，尚盼能者如兄爲四化獻智獻力。《全宋詞》遺落于湖詞宫調，未能以兩宋本校刊，是一憾事。夏敬觀《詞調溯源》不會不見到于湖詞宫調，不知何以未采及。時地人想已理清，用典似不如辛、劉之多；如果以複印加注，似亦不太難，兄何不急圖之？究竟兄較爲年輕，注意保養，防病于未然，尚可多做貢獻。萬里已過世，夏老今已思亂無序，中敏本來很好，最近回到揚州，聞病尚未復原，弟亦未敢干擾。敦煌治者人少，向達、王重民均去世，亦欲他帶研究生搞一搞這方面東西，巴黎開敦煌學會，只有歐美、日本、（中國）臺灣、（中國）香港學者參加，我國（内地）即無人去，可爲浩歎。匆謝並頌撰安。

弟圭璋上　十月廿九日

案：該信寫於一九八〇年。

十二

圭璋兄：

關於承擔二晏詞校注事，古籍社總編室早已來信，略謂：「成稿時間可由尊便安排，但勿過遲即可。」另兩稿「俟研究後再作聯繫」。知注特奉聞。

曩見二晏詞版本，只毛刻、晏刻及鑒止水齋明鈔本。小山詞尚有趙氏星鳳閣明鈔本（朱刻即據此）。不知近年曾否發現更好的版本？尚乞便中見示。

去年以來，惠贈尊著多種，至深感佩。《元人小令格律》實補當前出版之缺，年輕人常有問及散曲格律及曲韻者，有此專著可舉，大爲方便。爲《叢談》注明出處，非博覽而又細心者不能辦。早聞兄有此作，今始得見出版，殊爲快事。《唐宋詞簡釋》似曾相識（大約見過你寫的講義），我贊成這樣的做法，既給讀者以啟發，也要留些内容，任其自行思索。近年盛行「賞析」文章，其中不乏無中生有，失之辭費也。

目前同事劉藩鈞來寓，從報載兄將培養博士研究生談起，因詢及近來尊況如何，我答以年事雖高，壯心未已。他非常高興，並囑代爲道候，劉是學教育的，今年八十有一，健康狀況甚好，白内障手術後又能從事閱讀寫作。解放初，你們在蘇州革大同期學習，尚記得否？

兩年來，我都在春季發病，因此特别小心，盡可能休息不幹事，争取今年不住醫院，後天即將立夏，希望能漸入佳境，附及聊博一笑。

匆此，順請

著安！

弟敏灝上

五月四日

案：此信據曹辛華教授提供書信整理而成，寫作時間爲一九八二年。鑒止水齋：清人許宗彦室名。趙氏星鳳閣：清人趙之玉室名。《元人小令格律》：唐圭璋著，上海古籍出版社一九八一年二月出版。《叢談》：指《詞苑叢談》，清人徐釚撰，唐圭璋校注，上海古籍出版社一九八一年四月出版。《唐宋詞簡釋》：唐圭璋著，上海古籍出版社一九八一年七月出版。似曾相識：宛敏灝藏書有兩冊未署名的油印本，内頁題名《詞選》，内容即是《唐宋詞簡釋》，現存。劉藩鈞（一九〇二—一九八三？），别名劉介夫，安徽阜陽人，民盟會員，安徽師範大學教育系副教授，著有《鄉村教育》等。蘇州革大：指蘇州華東革命大學。唐圭璋先生曾于一九五〇年九月至次年二月在該校政治研究院學習。

十三

頃閲一九八三年第二期《復旦學報》，其中有《白石卒年考》一文，頗有新見。瞿禪謂白石約卒於嘉定十四年，年六十七，卒於西湖。復旦文謂卒於嘉定二年，比瞿禪説早十二年，言之似亦有理。謂白石詩詞無嘉定後事，《吴履齋詩餘别集》有《暗香序》云……復旦文謂吴潛與姜夔交遊，純屬子虚烏有，此序是吴潛編造的謊言，弟頗疑吴履齋何爲要造此謊言呢？復旦文又以爲吴潛自己的詞作不高，他圖藉白石的聲名來提高自己的詞譽。弟以爲吴氏弟兄都能作詞，且地位很高，吴夢窗詞序稱「奉陪」履齋，履齋何致於要藉白石以造謊言呢？記得兄寫《安徽詞人小傳》時曾提過吴潛，對履齋此序可有高見？是否是造謊言，是否是履齋記憶有誤？白石卒年究在何年？不知兄曾考過否？瞿禪曾考白石非石帚，白石與夢窗時代不相及。白石時代既與夢窗不相及，則與履齋時代不相及自屬事實。索居無力，不能閲書，聊抒所疑請教。

案：唐圭璋先生此信原件未見，此爲湯華泉一九八四年所摘録「唐老致宛老信（五月五日）」。《暗香序》：指《暗香疏影序》，原文：「猶記己卯、庚辰之間，初識堯章於維揚。至乙丑嘉興再會，自此契闊。聞堯章死江湖，嘗助諸丈爲殯之。」《安徽詞人小傳》：指宛敏灝系列文章《安徽兩宋詞人小識》，刊於一九三六年至一九三七年《學風》雜志，其中《詞人周紫芝暨吴潛兄弟》刊于《學風》第七卷第一期（一九三七年）。

瞿禪曾考白石非石帚：指夏承燾《姜石帚非姜白石辨》，載《詞學季刊》第一卷第四號。吴夢窗詞序稱「奉陪」履齋：吴文英有《賀新郎·陪履齋先生滄浪看海》。

十四

圭璋兄：

月前奉手教敬悉。起居清勝，至深快慰。

承告兩文俱未見，擬稍遲到圖書館查閲（因尚掛有名譽圖書館長銜，暫時少去，表明已不過問館務）。

吴潛生於慶元元年乙卯（一一九五），卒于景定三年壬戌（一二六二），自稱「己卯、庚辰間（一二一九—一二二〇）初識堯章於維揚」，其時應爲二十五六歲，如謂白石卒於嘉定二年（一二〇九），則履齋最早只能於丁卯戊辰間（一二〇七—一二〇八）相見，年甫十三四歲。潛成進士在嘉定十年丁丑（一二一七），十七年甲申（一二二四）丁父憂，通判嘉興是服除以後事。就吴潛出處言，己丑確在嘉興，故曩作《吴潛年譜》（載《合師學報》一九六三年一期）仍據序系年，避免涉及白石卒年的争論（未翻檢，給上届畢業研究生湯華泉帶到阜陽師院去了）。在我的印象中，吴潛有及見白石的可能，夢窗稍晚於潛，由於是四明人，潛久宦於此，互相唱和是事實，復旦文謂潛編造謊言以提高自己，不但没有必要，恐亦無此厚臉。四明人文薈萃，潛以丞相兼樞密使的經歷去當沿海制置大使判慶元府，公然説謊，不怕交遊如夢窗等冷齒嗎？湯華泉在搞《履齋詩餘編年箋注》，月初因公來蕪，已囑在翻檢資料時注意這一問題，看有無新的發現。

前年承囑鄧小軍轉告江浦發現張孝祥墓，經向發現人進一步瞭解，據所寄示殘碑照片，殆清代張氏裔孫文化程度不高者所爲。函劄往返多次，很難取得一致意見，最後其人謂「不妨大膽假設」，初葬建康，後遷祖塋，我答復請他留心遷葬的證明資料，否則將永遠是個「大膽假設」而已。弟原爲冠心病所累，現又發現患白内障，以此工作時間日益減少。　順頌

著祺！

弟敏灝上
六月七日

案：此信據曹辛華教授提供宛敏灝書信整理而成，時間爲一九八四年。

十五

圭璋兄：

五月十三日手示敬悉，承推薦數稿，近已有出版社總編室聯繫決定下來：㈠《詞學概論》今年第三季度交稿；㈡《于湖詞編年箋注》在第四季度；㈢《珠玉詞》、《小山詞》要到明年第一季度。以上都是我自己提出來的，有個限期也好，否則又將拖下去。去日苦多，要做的事尚多也。

陳君回滬後，總編室即同時來兩封信，一談《概論》，一談《二晏》及《于湖》。從分別編號看，顯因責任編輯不同。有關《概論》的信，只需簡復本年第三季度可整理完成。惟《于湖》由於索閲全稿，據稱有人聯繫爲《叢刊》作注中。我既無法辦到，只好縷述研究于湖詞經過及《編年箋注》本擬包括的内容，最後建議兩條：（一）將此兩事分開，編年本俟稿成後寄請審處（意即可以爲叢刊另外找人）。（二）兩種都讓我搞（《叢刊》可以陶刻本爲底本，取其成書較早並注有宫調），事實上，一成兩者都成，惟繁富與簡明可能略異。上周得復，同時出兩種差别不大的校注本似無必要，擬即將拙稿作爲《宋詞别集叢刊》的一種，不再與其他作者聯繫，特徵詢意見，昨已簡復，完全同意矣。

此事一再瀆神，至深感悚。今後稿成時，如兄台精力許可，擬次第寄請惠予先行審閲。黄梅時節，諸希珍衛。順請

著安！

弟敏灝匆上

六月十五日

案：此信據曹辛華教授提供宛敏灝書信整理而成。據曹光甫一九八四年四月十日致宛敏灝書信，該信寫作時間爲一九八四年或一九八五年。

十六

圭璋兄：

奉南師大請柬，敬悉將於月内爲兄台舉行八旬有五壽辰慶祝會，而不克前來參加，特獻俚詞一首，請唐宋文學教研組趙其鈞同志代爲而來，藉伸祝悃，並乞哂正！

另懇者：此間根據省領導意見，要將原來的中國古代文學碩士學位點，申請改爲博士學位授予點，上級決定，只好勉强照辦。劉學鍇同志與我合作指導碩士研究生多年，著有成績。此次規定副教授作爲博士研究生的副指導教師，須經具有博士授予權的教授推薦。而劉同志的學術職稱雖預定提爲教授，尚未辦完手續，爲此擬請吾兄惠予推薦，感同身受！簡歷附奉，請察閲。

近年賤恙較穩定，精神尚好，惟以視力減退爲苦，《詞學概論》古籍社已發排，其餘約稿尚待交卷，知注附及。

專此，敬祝

健康長壽！

弟敏灝上

八五．十一．二十二

附：調寄浣溪沙·圭璋先生八十有五大慶

早歲神交仰霽光。巴山初晤話西窗。只今緑鬢兩蒼蒼。　盛世詞壇推祭酒，老年教澤湧長江。梅花香裏獻霞觴。

案：八旬有五壽辰慶祝會：指由南京師範大學、江蘇省作家協會、中華書局等聯合舉辦的「文學家詞學家唐圭璋先生從事教育工作六十五周年暨八十五壽辰慶祝會」。請柬現存。趙其鈞（一九三四—　），安徽繁昌人。一九五九年畢業於華東師範大學中文系，後爲安徽師範大學文學院副教授，著有《唐代絶句賞析》等。

十七

圭璋兄：

奉三月二十六日手教，敬悉春來臺候勝常，至深欣慰。

承示上海古籍出版社有意囑爲二晏詞作校注，倘限期不過於緊迫，弟可試行擔任。由於年來爲冠心病所累，對工作時間已有影響，兼手邊的《詞學通論》（或改稱「概論」，避免與瞿安先生著作同名）及《于湖詞編年箋注》未整理完畢，棄之似可惜。此兩稿尚未與出版社聯繫，不審古籍社可否接受，擬請便中賜代一詢（古籍社八〇年出版徐鵬校點的《于湖居士文集》有待商榷之處不少），瑣瀆感悚！

李清照改嫁之説，前人早已辨誣。在未發現新的有力證據以前，翻案恐系徒勞，也許僅爲古人「清查户口」，聊以消遣，大可一笑置之也，尊意以爲何如？
《宣城吴氏宗譜》，記曩撰《吴潛年譜》時，舍侄曾爲翻過，擬去信囑有空再爲一檢。
匆復不盡，順請
著安！

弟敏灝上
四月二日

案：此信據曹辛華教授提供宛敏灝書信整理而成，寫於一九八七年。

（作者單位：安徽師範大學中國詩學研究中心）

詞　苑

浣溪沙　悼編審劉淩先生

程觀林

噩耗傳來淚滿衣。奈何晤面夢中期。卅年往事换餘悲。　伏案一生精撰事，皇皇成果筆爲犁。修書功業學林知。

蘭陵王　略依清真四聲有懷墨谷詞人

施議對

雨絲直。園柳鳴禽乍碧。長安道，聞説只今，奼紫嫣紅競春色。歌吟動古國。曾識。温陵墨客。皇城下，寒去暑来，歲暮江頭雪三尺。　重尋舊行跡。記策杖柴扉，初敞琴席。遲遲功課忘餐食。漸四野光接，滿庭花白，蕭蕭楓葉落遠驛。夢猶在潭北。　憂惻。看填積。正皓月當窗，池閣幽寂。緑楊芳草情何極。算萬劫煩惱，盡歸横笛。那堪檐外，更夜雨，斷又滴。

解連環　上元夜對月不眠，和清真

王蟄堪

素魂難託。凴幽窗竟夕，夜聲綿邈。算未肯、裁取天心，便晴弄好春，尚餘寒薄。坐冷清宵，故人遠、别懷蕭索。惹塵蹤浪跡，晚更共誰，茗話欄藥。　沈吟漫還自若。認當年皓月，閑掛樓角。念浩劫、芳約黄昏，總難把遺痕，對酒抛却。短燭牽情，幻舊影、重摇紅萼。怕冰輪、桂華暈減，又教看落。

八聲甘州　春柳

前　人

漸朦朧嫩緑轉嬌黄，柔條弄晴煙。記依依南浦，神馳灞岸，漫舞回鸞。幾日晨昏夢染，婀娜拂吟肩。空許山眉擬，張緒當年。　消與渭城朝雨，便亞夫營裏，也自堪憐。怕新鶯啼亂，惹恨説樊川。縱相思、莫教攀折，解送春、三起復三眠。花期近、過清明了，又看吹綿。

水調歌頭　題《鬼谷子出山圖》

胡迎建

修道在雲夢，世事盡蟠胸。兵戈烽火未已，七國競爭雄。學究天人淵博，只爲金甌一統，不計運亨通。唤虎出山去，開路嘯松風。　謀多智，戰能勝，守還攻。觀時順勢，奇策妙術變無窮。指授門生萬法，合縱連横捭闔，入海各成龍。詭譎非真相，浩氣養心中。

注：鬼谷子本名王詡，隱居雲夢山鬼谷洞。爲戰國時期縱横家、兵家鼻祖。相傳孫臏、龐涓、蘇秦、張儀皆其弟子。元代青花瓷瓶繪有《鬼谷子出山圖》，禦虎駕車下山。

西江月

寧都金精洞與雪騁、石金、帆雲、海霞、曉林諸友茶坐

前　人

洞外雨絲飄灑，洞中茶叙清談。寧都文脈試尋探。恍見傳燈閃閃。石鼓歌銘憤激，易堂氣象森嚴。古今品鑒與徐酣。不覺寒衣緑染。

注：洞口石鐫西漢張麗英《石鼓歌》，附近翠微峰巔有清初魏禧易堂遺址。

清平樂

十七夜秋分，時氣温連續數天三十六攝氏度

段曉華

只銷冰月。渾不銷雲熱。早是煙深兼水闊。飄墜分秋紅葉。遥知此夜初長。木犀半斂幽香。叩檻何須頻問，静思猶道尋常。

彩鸞歸令

當筵

前　人

滿飲流光。手旋紅螺夢一場。春塵撲袖踏歌長。醉淋浪。燈明唇暖笙吹影，水赴雲歸衣散香。縱拈詩句不成行。味初凉。

鷓鴣天　詠荷

周裕鍇

邂逅無言柳影長。亭亭摇曳意彷徨。已愁怯露風裳薄，争忍凌波舞袖涼。　消翠蓋，褪紅妝。曉來秋雨過池塘。玉容斜墜千行淚，不待回眸已斷腸。

水龍吟　己丑八月初九夜，錦城月色清明，異於常日，有感作此

前　人

娟娟半璧撩人，小庭深院黄昏後。輝分玉桂，影摇銀竹，馨涼滿袖。宿鳥頻驚，吟蛩初怨，夢寒詩瘦。記夜屏網斷，柔情難訴，偏照處、愁時候。　千里雪明如晝。歎離愁、古今依舊。碎凝南浦，斜傾西嶺，遍彌宇宙。想極天涯，應憐遠客，平林煙岫。待靈犀心透，寶蟾光滿，作團圓秀。

浣溪沙　二首

龐　堅

欹枕徒肩惘惘情。更深未有夜鐘鷩。仍思簾月爲誰凝。　終是目瞑銀漢近，那教魂壓碧崑平。起來最怕亂風腥。

萬事蒼茫剩碧闌。停辛佇苦便爲酸。不關食蓼望梅難。　一瞬依違歸電笑，幾回俯仰到雲頑。半疑莊蝶半疑禪。

浪淘沙 次和穆儔入夏有感

前人

居困忘非常。慼雨飞揚。一時惟喜信来忙。屏缩掌中千里目，簾閉無妨。　夢豈到霓裳。月顫雞窗。騷人總恨戲逢場。避夢逃酸誰有幸，葬送春光。

定風波 偶成

前人

人境回眸刻劍船。鷦枝一夢了遊仙。句越天涯非昔賦，誰顧。狎鷗銀浦水成田。　蝴蝶輕痕消別院，微倦。可堪深卧氣尤孱。笑我情長終是病，天定。掩燈還避月來憐。

浣溪沙 驚蟄即興

魏新河

昨夜春温向小園。六街無力挽殘寒。那年芳思又澶湲。　一片雛黄微暈影，幾痕鶯色淡成煙。詩愁長在燕來先。

一江蘭雨 雪溪泛月圖

前人

采銀缸。展梨花夢久，雙槳溯寒光。清遠疑睢，澄明似剡，乘興誰續疏狂。匹練倒拖林壑渺，孤帆上拂斗箕翔。剪中宵三十六陂雲，和冷香。　空江。一白無方。千疊霧，半天霜。襯桂華，幾筆遥山不見，霽埜都荒。似藍田、妙分幽暈，把雪溪橫幅掛篷窗。搖微影，向虛痕外，去引蒼茫。

水龍吟　燈窗話舊，喚夢詞社第五十一課　前　人

無端早戀窮途，殊方可與言人幾。老來翻羨，學鳩斥鷃，亦飛之至。燈幻前塵，天憐此夕，要卿同醉。縱溪山清遠，煙靄淒迷，都難付、平生意。　不記當年俊賞，記當年、焚心煮泪。幾番醉醒，幾多哀樂，小窗眠起。痛哭西門，悲歌燕市，盡成凝睇。問世间多少，夢華文錦，被多情累。

長相思　題《魔俠傳》　鍾　錦

人蒼黄。馬玄黄。一僕從之癲若狂。風塵驅四方。　言荒唐。態頹唐。相識何人天地茫。歸來就死亡。

小梅花　賦得忘八　前　人

爾形憨。爾心貪。負甲趨趨何莫占。化玄黿。化玄黿。漦在老龍，流爲童妾奸。吁嗟周史聞之哭。龜頭其丑千年縮。四維寬。四維寬。伊忘八端，囂囂人口傳。

瀟湘神　題勞倫斯小說

前　人

風割膚。光漾膚。冷如心底暖如軀。冷亦不辭貞者動，暖而仍隔海之隅。

滿江紅　雪夜城中獨步再次湖海樓韻

潘樂樂

細雪街頭，燈影渺、如穿荒漠。看一片、亂車來織，迴樓成削。誰怕風寒眸易濕，已經夢過懷難惡。最無賴、多事舊梅花，檐邊落。　曾酒後，歌贈芍。曾竹裏，門羅雀。付炎涼萬態，筆間嘲噱。我不藏身孤棹去，天教入世長歌作。笑回首、俱是獨行人，無輕諾。

滿江紅　遊湖上再次湖海樓韻

前　人

頹石荒波，曾記否、雨狂風惡。重到處、樹猶如此，歲華倏霍。天際空傳芳草信，花邊早誤佳人約。是渺渺、漚影與萍蹤，都無著。　看歸雁，輕彈雀。悲喜劇，須忘却。祇安心一味，更無良藥。斷續幾聲飄汽笛，溟濛何地求靈鑰。又疏疏、欄外落梅花，添蕭索。

減字浣溪沙　南墻畔薔薇漸見凋落

馮永軍

時序警心只自嗟。不關風雨化塵沙。高枝長憶罥明霞。　盡有繁陰供嘯咏，誰教一片損芳華。有花飛處即天涯。

虞美人　車赴馬鞍山道中書所見

前人

人生南北惟長路。其奈流年度。路旁時見菜花黄。知是幾番風雨又春陽。　相逢共道春光好。生怕春先老。春風何事太無情。吹放黄花白髮一齊生。

清平樂　晚歸所見

前人

幾番芳訊。生怕春光盡。須信韶華都一瞬。看取點霜兩鬢。　緑章却叩青蒼。衆芳爲底興亡。誰會繁櫻心事，匆匆肯負斜陽。

一萼紅　紅豆山莊

徐源

輞川圖。念春風一剪，曾與嫁蘼蕪。幾樹梨渦，四山蛾黛，煙隱江總青廬。問紅豆、何年花放，近百載、消息都無。蘇小樓臺，謝公絲竹，難覓當初。　千古傷心興廢，憶秦淮殘夢，燈影模糊。生不同時，死無他恨，此身月冷星孤。十三疊、哀吟和杜，有南朝、淪落老尚書。留待盲翁獨探，滄海沈珠。

齊天樂 留園

前人

一園秋意婆娑滿，楓亭門霜如火。雪綴蘆汀，鷗眠蓼渚，山鬼獻來佳果。嵯峨髻墮。問誰削芙蓉，插成婀娜。玉立峰奇，月涼羽客偶飛過。　琴尊要呼勝侶，野航欣恰受，三五人坐。知己難逢，浮生易老，幸有清音同和。休愁霧鎖。望浩淼湖波，尚容蘭舸。若遇漁家，放歌還共我。

洞仙歌 獅子林

前人

江南舊圃，似雲林遺畫。照眼幽花翠藤掛。更生公座畔，環繞狻猊，聽説法，花雨紛飄臺榭。　松風吹爽籟，空谷跫音，如訴高僧六朝話。立雪一燈傳，轉世人來，寒正透、綺窗鴛瓦。挹萬象、紛紜納靈襟，望片月晶瑩，獨懸清夜。

清平樂

徐曉帆

黄昏無趣。遁世雲華煮。減盡情懷思幾許。愁隱落花飛處。　不慣人鎖江東。江头細雨濛濛。問取伊家滋味，春風不似秋風。

蝶戀花

前人

五月纏綿成舊賞。草樹煙迴，花落琴臺上。一曲高山飛楚浪。幽人感慨三千丈。　抵死温柔成過往。再對江湖，風月應無恙。白袖闌干空自望。薔薇愁絶深深巷。

行香子

前人

陸沈往事如塵。幽綰長巾。對西江、涼月煙痕。浮生情苦，誰主誰賓。正影依微，山飄渺，水氤氲。　物外，閑愁抛彈，任秋風、暗淡花門。瑶琴三弄，香冷無因。憶那時月，那時雪，那時人。

臺城路

清明後一日南京紅樓茶館與夢雨、芸館分韻「脂硯齋」得「硯」字

王希顔

舞闌歌謝風流地，烟江斷魂誰挽。檐底花深，舫間笙細，流水殷殷輕浣。閑襟漫揀。伴墮地清陰，領寒雙燕。依約東風，新來還向蔣山滿。　塵垣心契最久，古梅僊更化，麗人清婉。填海精魂，補天殘石，總付紅樓相款。暗慚分硯。正爇燭豚肥，泛觴麟粲。怕得歸時，别懷和夜剪。

國香

女兒香

閆趙玉

窈嫋佳人，曳霞裳霧佩，六幅湘裙。昔時蕊宫曾植，古木仙根。自分幽棲湯嶺，倩薰風、暖護晴雲。無端白

燕子，暗向人間，漏泄盟春。　香魂消幾度，伴縈簾篆影，月杵清芬。　寒溪歸路，應念玉潤脂温。　記取偷藏心事，尚依依、沈水留痕。　盈盈小窗畔，爇燼相思，碾夢成塵。

霜花腴　菊

前人

舊叢淚浥，看故園、東籬净洗秋妝。　攜酒辭青，放歌容醉，佳辰且趁疏狂。　白衣折芳，倩晚風、珍重遺香。　慰年華、一袖馨芬，一箋深淺惜流光。　今夕捲簾人澹，歎餐英飲露，未解愁腸。　零落飛霙，牽縈寒蝶，清歡自覺難强。　漫吟素商，好夢尋、還入幽窗。　怕明朝、碧意泠泠，鬢簪千點霜。

露華　霜

劉孟奇

肆風極浦，併溥空露影，老盡蒹葭。　楓丹夜染，愁衾厭聽啼鴉。　別有數聲清唱，伴孤吟、寒意些些。　和月認，雲英搗碎，萬瓦流華。　依稀板橋前迹，算倦客飄零，無夢尋家。　關河沍眼，羈心與雁橫斜。　貼地一番低語，告威棱、休到天涯。　酥玉坼，梅梢正欲著花。

玉漏迟　夜

前人

訴風蛩語細。　階空檻冷，露濃煙霽。　夢穩千家，耽寂總成無寐。　賴有偎窗片月，共消領、獨清滋味。　閑料理。　駛魂如縷，暗飛天尾。　一晌占斷明河，任犯斗心期，與秋遊戲。　萬籟聲沈，坐到殘星將墜。　惟恐亂鴉噪曉，日華轉、香街塵沸。情漸已。回頭又添憔悴。

渡江雲　江邊觀鷗

前人

煙皋凝望久，舊盟欲續，借問締何方。棹聲摇漸遠，兩岸潮回，暝色印寒江。聯拳未静，恍振翼、沙際徊翔。千萬點、貼雲如雪，取次拂波光。　微茫。閑同鶴夢，倦逐鴻蹤，睨魚吹細浪。機已息、蘋洲風末，招得成行。悠悠此興無人領，便一嘯、聊縱清狂。蟾影下、歸翎竟染新霜。

迦陵佚詞考論

渠嵩烽

陳維崧生前刊刻的個人詞集，流傳下來的只有孫默刻於康熙七年（一六六八）的《國朝名家詩餘》本《烏絲詞》，收詞二六六首。身後則主要是陳宗石刻於康熙二十九年（一六九〇）的《迦陵詞全集》，收詞一六二八首，數量最多，近世陳詞整理本多據此爲底本。《烏絲詞》全部包括在《迦陵詞全集》裏。另外，還有康熙二十三年（一六八四）蔣景祁刊刻的《陳檢討集》中的《詞鈔》，收詞七七八首，及乾隆六十年（一七九五），陳宗石長孫陳淮刊刻的《湖海樓全集》中的《詞集》，收詞一六一四首。這兩種之中，都收有《渡江雲·寒夜登城頭吹笛有感作》一首，蔣景祁刻本裏有《瑣窗寒·和梁棠村先生寒食悼亡之作》一首，爲陳宗石刻本所未收。但前者《草堂嗣響》已選，後者《百名家詞鈔》本《迦陵詞》、《古今詞選》均有收録。《百名家詞鈔》本《迦陵詞》爲聶先、曾王孫刊刻於康熙二十五年（一六八六），僅收詞七十八首，還有一首《滿江紅·溪上感舊》，陳宗石刻本未收，不過《古今詞選》、《今詞初集》、《詞匯三編》都有選録。此外，南開大學圖書館還藏有一部《迦陵詞稿》，應是陳維崧手書，存詞一三九一首，其中有二十七首重出，另有兩首詞《瑣窗寒·夏夕驟涼快作》和《絳都春·詠雞冠花》爲諸本未收。這樣，陳維崧留下的詞作已有一千六百多首，但這仍不是全部。《百名家詞鈔》中聶先説：「太史前十年刻《烏絲詞》，後十年爲《迦陵詞》，合千八百闋。」（《迦陵詞》卷末）那就比上述留存者，尚多出一百多首。陳維崧康熙十四年（一六七五）《與王阮亭先生書》中説：「數年以來，大有作詞之癖。《烏絲》而外，尚計有二千餘首。」（《陳迦陵文集》卷四）他寫這封信時距下世還有七年，因而不傳之詞無疑就更多。這些詞究竟是陳維崧自己存稿時删除的，還是散佚了，現已無法考證。

迦陵詞的輯佚，始於一九三六年開明書店排印陳乃乾編輯《清名家詞》本《湖海樓詞》，以陳宗石刻本爲底本，僅增補蔣景祁刻本、陳淮刻本中的《渡江雲・寒夜登城頭吹笛有感作》一首。直到二〇〇二年中華書局出版《全清詞・順康卷》，及二〇〇八年南京大學出版社出版《全清詞・順康卷補編》，才進行了大幅輯佚。二〇一〇年上海古籍出版社出版陳振鵬標點、李學穎校補的《陳維崧集》，也做了全面輯佚，但不知何故，未能利用《全清詞》的輯佚成果，曾受到批評。但是兩種輯佚仍可互補，均有貢獻。輯佚的主要部分來自《倚聲初集》，集中是陳維崧早期的作品，在編定《烏絲詞》時被删去，共有三十首。但《陳維崧集》之中，漏輯《踏莎行・晏起》一闋，實有二十九首；《全清詞》雖有三十一首，却重出《蓦山溪・感舊》一闋。上面提到蔣景祁刻本、《百名家詞鈔》本、陳宗石刻本的三首佚詞，《陳維崧集》都已輯録，《全清詞・順康卷》漏輯《滿江紅・溪上感舊》一首。《陳維崧集》的輯佚就是上面的三十二首，《全清詞・順康卷補編》還自南開大學圖書館藏《迦陵詞稿》補輯上面提到的二首，自《（康熙）揚州府志》補輯《浣溪沙・紅橋感舊和阮亭韻》二首（《（康熙）揚州府志》實際卷三十六引《浣溪沙》此題三首，「其二」一首已見《倚聲初集》），《全清詞》共輯三十六首。另外，《全清詞》自《烏絲詞》輯《憶秦娥》和《玉人歌》二首，係重出，因爲《烏絲詞》已全部包含在其底本之内。《陳維崧集》據《古今詞選》輯録《過秦樓・汴城晚眺》一首，也係重出，只是此詞在集中正文的詞調名寫作了《蘇武慢》而已。

《全清詞》另輯三首，雖不能算是重出，但只是異文稍多的别寫而已。一是據《草堂嗣響》補入一首《簇水・病馬》，實爲《簇水・見古寺放生馬而歎之》一詞的别寫；一是據南開大學圖書館藏《迦陵詞稿》補入《渡江雲・江南憶和蘧庵先生韻》和《賀新郎・作家書後題芝蘭堂壁間蘆雁圖》二首，均見於底本，只是異文稍多。嚴格地説，這些内容應該屬於校勘之列。據蔣景祁的説法：「愚見其年所爲稿本，多塗乙至不得一字。」（《刻瑶華集述》第五頁）但今見陳維崧詞的異文並不很多，他生前的選本中保存了一部分，南開大學圖書館藏《迦陵詞稿》保存了一部分。大多只是個别字句的調整，如《渡江雲・江南憶和蘧庵先生韻》一首，就是爲了更合詞律而作的調整。確有個别近乎「塗乙至不得一字」的改本，如《簇水・病馬》和《賀新郎・作家書後題芝蘭堂壁間蘆雁圖》即如此。其實，後一首的《賀新郎》，也不必從《迦陵詞稿》輯録，因陳宗石刻本《迦陵詞全集》卷二十六中《賀新郎・作家書竟題范龍仙書齋壁上蘆雁圖》，就是此詞定稿，詞末陳宗石跋文記録了原稿，並説明：「宗石校刊先伯兄詞集將竣，忽於敗簏中檢得《賀新郎》一闋，乃『作家書後題范龍仙書齋壁上蘆雁圖』詞，急讀之，與刊本題同，調同，韻同，起落同，中多異，亦先兄自書者，王西樵先生所評騭，因并録楮尾。」幸運的是這一手稿就保存在《迦陵詞稿》中，今日還可得見，也就更能知道陳維崧改定的具體細節。

類似的情況，還可以提供一個例子，就是《賀新郎・贈高内翰澹人》：

家傍紅墻裏。羨薇郎、桃花綬帶，翩何清綺。白玉闌干黄金鑰，别殿秋晴似水。頻宣召、綵毫才子。塵世那知天上景，但微聞、奏賦天顔喜。眉子硯，澄心紙。鄙人瑣瑣吴蒙耳。悵生平、潛踪屠釣，埋名井里。一領緑蓑三弄笛，伎倆如斯而已。只合向、江南閑睡。深感雲霄憑問訊，筭人生、幾度逢知己。燕市上，浩歌起。

這首詞寫給高士奇，又見蔣景祁刻本、《百名家詞鈔》本、陳淮刻本，並没有很特别的異文。但《古今别腸詞選》裏選録者，文字却有差異。近日筆者又得胡愚先生提供《愛日吟廬書畫别録》卷一著録了「陳維崧楷書詞一闋」，末署「右調《賀新郎》奉贈澹翁老先生兼求和正，陽羨陳維崧具草」，其中也有一些異文。大概《愛日吟廬書畫别録》裏的是初稿，《古今别腸詞選》收録的是改稿，本集中的則是定稿。現將此詞校記詳細列下：

詞題，《古今别腸詞選》作「寄高學士」；

「羨」，《愛日吟廬書畫別録》作「正」；
「何」，《古今別腸詞選》作「翩」；
「黄金」，《古今別腸詞選》作「金鎖」；
「召」，《愛日吟廬書畫別録》作「索」；
「塵世」句，《古今別腸詞選》作「江海何知廊廟事」；
「奏賦」，《古今別腸詞選》作「賦奏」；
「眉子硯，澄心紙」，《古今別腸詞選》作「歌與拜，古如此」；
「瑣瑣」，《愛日吟廬書畫別録》作「江表」；
「潛踪屠釣」，《愛日吟廬書畫別録》作「藏踪傭保」；
「井里」，《愛日吟廬書畫別録》作「駔儈」；
「江南」，《愛日吟廬書畫別録》作「溪山」。

類似這種異文較多的作品，儘管更妥善的方法應該是將異文保存在校記中，但是作爲資料，異文之作確實又與佚作有類似的價值。《全清詞》予以收入，大概也是考慮到了這一點，不過，既然收了那三首異文較多的作品，而別的異文之作却不收，難免顯得體例不純。

在《陳維崧集》出版後的十二年裏，迦陵詞的輯佚也没有很大的發展，笔者根據友朋的指點，列出以下所知的四首，以作引玉。

《古今詞匯》三編中有《柳梢青·贈友》一首（此承鍾錦先生所示）：

燕市相逢，酒樓斜日，彈劍傷心。我已吹篪，君還賣醬，一樣沉吟。　荊卿墓上同尋。閑立處、盧溝葉深。千里寒雲，幾行哀雁，弔古論今。

清代在陳維崧生前所刊刻的一些詞選，應該是迦陵詞輯佚重點關注的對象，根據筆者調查，收入陳維崧詞的清代早期詞選共計有九種：《倚聲初集》、《廣陵倡和詞》、《今詞苑》、《見山亭古今詞選》、《今詞初集》、《荊溪詞初集》、《清平初選後集》、《東白堂詞選初集》、《古今詞匯》。而在他身後，收録其詞的清康熙年間的詞選還有八種：《瑶華集》、《亦園詞選》、《詞覯續編》、《草堂嗣響》、《古今別腸詞選》、《古今詞選》（沈時棟）、《古今詞選》（沈謙、毛先舒）以及《詩餘花鈿集》。十七種的數量並不太多，而且現在公共圖書館查閱文獻也較以前大爲便利，不該遺漏。這首出自《古今詞匯》三編的佚詞，居然一直未進入研究者視野，令人頗感意外。根據詞意，此首應作於康熙七年（一六六八）陳維崧第一次到京城時期，那時他困苦潦倒，在京難於安身，年底就被迫離開。至於所贈友人爲誰，無法考證。但詞確有陳維崧的風格，只是不算很好，本集未收自在情理之内，但總算令人見到「《烏絲》而外，尚計有二千餘首」之一斑了。

又，朱彝尊《曝書亭集》裏有一首聯句詞，其中含陳維崧一句，即《浣溪沙・郊遊聯句》：

出郭尋春春已闌（宜興陳維崧其年）。東風吹面不成寒（無錫秦松齡留仙）。青村幾曲到西山（無錫嚴繩孫蓀友）。　並馬未須愁路遠（慈溪姜宸英西溟），看花且莫放杯閑（秀水朱彝尊錫鬯）。人生別易會常難（長白成德容若）。

這首詞曾被《國朝詞綜》選入，在朱彝尊名下，陳廷焯《詞則・別調集》則直接隸在陳維崧名下，較爲知名。此詞當作於康熙十八年（一六七九）三月，陳維崧由諸生舉博學宏詞時。時博學鴻儒科試畢，應張純修招邀，與朱彝尊、秦松齡、嚴繩孫、姜宸英、納蘭成德等同遊西山，聯句賦詞。毛際可《安序堂文鈔》卷九《張見陽詩序》：「曩者歲在己未，余謬以文學見徵，旅食京華。張子見陽聯騎載酒，招邀作西山遊。同遊者爲施愚山、秦留仙、朱錫鬯、嚴蓀友、姜西溟諸公，分韻賦詩，極一時之盛事。」施閏章《施愚山集》詩集卷十三《潭柘分得柘字》、卷四十《同毛會侯曹賓及梅耦長宿張見陽西山別業》、卷五十《山中喜遇朱錫鬯嚴蓀友姜西溟秦留仙諸遊好》亦及此事，依編次在本年春。又《施愚山集》補遺《試鴻博後家書十四通》其一云：「大抵居□□□□所忘，行則茫茫不知□□往，惟友人招游西山，往還四日，稍以疲頓遣之耳。」末署「三月十五日字」。則此次郊遊在是年三月十日左右。梅庚詩《潭柘寺分得柘字》題下小注：「同游爲毛會侯、姜西溟、嚴蓀友、朱錫鬯、秦留仙、朱品方、曹賓及、施愚山，主人張見陽。」

此外，上海敬華二〇〇三年春季拍賣會第五七九號拍品沈關關髮繡《顧茂倫雪灘濯足圖》，其上有陳維崧《鳳樓春》一首（此承胡愚先生賜告），末署「丁未暮春宜興陳維崧其年題」，詞曰：

霧縠冷如銀。春水無塵。碧粼粼。問誰濯足向溪濱。漁唱岸紗巾。我欲買絲君已繡，何處薛靈芸。小針神。傅粉休文。閑憑水墨，漫拈刀尺，寫來色色清新。斜蹙修蛾，更拖殘綫綉回文。游龍臥虎，柳骨顔筋。

其中「漁唱岸紗巾」一句，文字稍嫌滯礙，此處依律應是兩個三字句，不知是否誤奪了一字。「休文」的「休」字，係拍賣圖録釋文，然原圖圖片清晰度不够，故難於辨識和確認。此句意思也似乎不太順暢，故疑。顧有孝《雪灘濯足圖》頗有名，陳維崧集内有《念奴嬌·雪灘釣叟爲松陵顧茂倫賦》一首，可以與此佚作互證。且可貴的是，此首還有確切紀年「丁未」，即康熙六年（一六六七），對於陳詞編年極爲有用。

最後可附説的是，《詞覯續編》中録有署名爲陳維崧所作《水調歌頭·重九前二日將入城先寄兄弟》一首，實爲陳維岳詞，見《瑶華集》。至於《南昌大學學報（人文社會科學版）》二〇一六年二月所載叶修成《〈查氏七烈編〉中所见清代佚词九首》一文，據乾隆五年（一七四〇）宛平查氏刻本《查氏七烈編》録出署名陳維崧所作《瀟湘夜雨》一詞，則辭氣鄙俚，恐爲託名之作，應不足據。

（作者單位：上海大學文學院）

朱祖謀手批稿本《蟄庵詞録》小札

何振

曾習經（一八六七—一九二六），字剛甫，廣東揭西人，著有《蟄庵詞》，朱祖謀校改後編入《滄海遺音集》。然中山大學圖書館藏朱祖謀手批稿本《蟄庵詞録》與刻本《蟄庵詞》之間不僅存在諸多差異，而且反映了作者和編者不同的詞學理念與創作實踐。

中山大學圖書館藏稿本《蟄庵詞録》（編號：二八一七），共一卷，收録詞作六十七首。封面題有「蟄庵詞録」，鈐「剛父」印，左右單邊，每半頁九行，每行計十五至十七字不等，行楷，版心署「秋翠齋」。附有朱祖謀眉批計十六條，鈐有「秋翠齋」、「蟄庵」、「剛盦審定」、「龍元亮印」、「榆生長壽」、「中山大學圖書館藏書」、「中山大學圖書館善本」印。其中「秋翠齋」、「蟄庵」、「剛盦審定」是曾習經的藏書印。「龍元亮印」、「榆生長壽」則是龍榆生的藏書印。扉頁有龍榆生題跋：「此亦彊村先生舊藏本，眉端作顔體書者，即出彊村手。謹以歸之中山大學圖書館。丙午中春龍榆生。」

據龍榆生題跋及龍、曾、朱三人年譜可知，朱祖謀寓居上海期間，著手編纂《彊村叢書》、《滄海遺音集》等文獻。其中，《蟄庵詞》乃朱祖謀「晚年删定手寫本」，「恒手自校録蟄庵一集，積至四五通」（《滄海遺音集》總目後記），後刊入《滄海遺音集》。但直到朱祖謀病逝前，《滄海遺音集》的編纂工作也未完成。在其逝世前二日，朱祖謀將《彊村語業》和《滄海遺音集》的付刻託付給弟子龍榆生完成。與此同時，朱祖謀爲刊刻《滄海遺音集》而收集的諸家詞稿也一併交由龍榆生保管，其中就包括曾習經的《蟄庵詞録》。一九六六年春，龍榆生將朱祖謀遺物中的《海綃詞》稿本、《海綃手札三種》和《蟄庵詞》稿本等寄獻中山大學圖書館，並保存至今。

稿本《蟄庵詞録》附有朱祖謀批注十六條，茲附部分詞作異文與朱批文字如下：

詞調	稿本《蟄庵詞録》	朱祖謀批注	刻本《蟄庵詞》
《浣溪沙》	送情流媚有深卮。王孫酒渴起更衣。未成沈醉已成泥。	「送情」句失律。「成泥」，「成」字擬易「如」字。	送媚流情小屈卮。王孫酒渴起更衣。未成沈醉已如泥。
《倦尋芳》	靈犀輕悔通明相	「相」字失韻，擬易「靈犀今始玲瓏見」。	靈犀似悔玲瓏見
《南歌子》	晚渡遲桃葉，斑駮送陸郎。小樓尊酒暫留歡，不道見時容易別時難。	「郎」、「難」韻不叶，擬易「小樓尊酒幾迴腸，不道銀潢依舊是紅牆」。	晚渡遲桃葉，春機惱若蘭。小樓尊酒暫留歡，不道別時容易見時難。
《蝶戀花》	掩亂春愁無意緒	「掩」疑「撩」。	撩亂春愁無意緒
《摸魚子》	記小江風月	「小江」下脱二字，疑是舊時。	記年時，小江風月
《水龍吟》	冬郎詞筆	「筆」字不協，易「意」字。	冬郎詞意

從朱祖謀的批注以及稿本與刻本的對比中可以看出，朱祖謀的批注多集中在對原作詞律和錯漏的初步校改，而這些批注的很多内容最終都直接體現在刻本《蟄庵詞》之中。此外，稿本《蟄庵詞録》除《春蟄吟》中的《摸魚子・冬筍》、《桂枝香・銀魚》二首未見收録外，其餘詞作順序均與刻本一致。因此基本可以斷定，稿本《蟄庵詞録》是朱祖謀校刻《滄海遺音集》所用的底本。

除眉批外，稿本中很多詞作在字、詞、句、題等内容上也與刻本有所出入，其差異當出自朱祖謀之手〔一〕。大致而言，朱祖謀對稿本《蟄庵詞録》的校改主要分爲以下三個方面：

第一，校改原稿中明顯錯漏的字句與詞律。如稿本《南鄉子》首句「無計留春」漏一字，朱批：「《南鄉》『無計』下似漏一『可』字。」刻本據此增補。又如稿本《浣溪沙》「送情流媚有深卮」失律，朱祖谋改为「送媚流情小屈卮」。事实上，不止批校中提及的幾處錯漏，其他作品亦有出律之處，朱祖謀都據《詞律》加以改正。如《金縷曲》上闋結句格律爲「中仄仄，仄平仄」，而稿本「看點點，楊花淚」是「仄仄仄，平平仄」，朱祖謀易之爲「看點點，絮花淚」。又如《摸魚子》下闋第二句格律爲「平平平仄平仄」，稿本「天涯倦遊滋味」作「平平仄平平仄」，朱祖謀易之爲「天涯游倦滋味」。

第二，精細原稿中的詞律。如稿本《齊天樂・鴉》結句「歲華愁一箭」，《詞律》亦作「仄平平仄仄」，原作本未出律，然朱祖謀批曰：「『一箭』易『去遠』，依《詞律》此等句以用去上聲爲正。」但事實上，《詞律》僅說：「『過雨』、『更苦』，去上聲，妙！萬萬不可用平仄，而『萬縷』尤爲要緊，前後結平仄，一字不可更改。」朱祖謀便依據《詞律》正格例王沂孫的《齊天樂》「柳絲千萬縷」而將入去聲的「一箭」易爲去上聲的「去遠」，以使音律更加協調。又如稿本《倦尋芳》結句「莫歸遲，待零落，鈿蟬金鴈」中「待零落」三字，《欽定詞譜》作「仄中中」，宋人亦有用三仄音者，然朱祖謀批曰：「『待零落』擬易『待飄零』，此三字以用平爲正。」嚴格按照《詞律》「正格」調整原字句間的韻律。可見朱祖謀校詞之細膩與用律之嚴格。

第三，潤色原稿中的字句。朱祖謀曾四校《夢窗詞》，其遺詞造句深得夢窗神髓，亦可謂「無一字無來歷」，故其校改《蟄庵詞》時經常注意化用典故。如稿本《蘭陵王》「暗恨深顰鎮相憶」，僅寫女子相思時之心理和情態，而未用典故。朱氏易爲「淺笑深顰鎮相憶」，化用納蘭性德「須知淺笑是深顰」，相憶之神態便躍然紙上。又如稿本《六醜・桃花謝後作》下闋結句作「漸黄昏、只淡黄新月，柳梢映著」，結句以景結情，頗有餘味，然未用典，易爲「漸樓西、淡淡昏黄月，半稍映著」，同樣是以景結情，化用戴復古《送滕審言歸長沙别無聊》「西樓獨倚黄昏月，欲倩飛鴻寄斷魂」以及文徵明《滿江紅》「池面盈盈清浅水，柳梢淡淡黄昏月」。夏敬觀《風雨龍吟室詞序》云：「侍郎（朱祖謀）詞藴情高夐，含味醇厚，藻采芬溢，鑄字造詞，莫不有來歷。」由此觀之，夏敬觀評彊村言可謂不虚。

當然，朱祖謀對《蟄庵詞》的校改也偶有疏漏之處。如《齊天樂・鴉》上闋第二句，稿本作「野水彎環，斜陽掩映」，朱祖謀易之爲「野水彎環，斜陽身世」。但實際上，《詞律》正格王沂孫《齊天樂》「乍咽涼柯，還移暗葉」，「暗葉」二字俱作仄聲，未有作「平仄」者，此處改爲「身世」，實屬出律，當是其誤改。又如稿本《蘭陵王》上闋結句三字短語「黯攜手」，改易爲「悄攜手」，但歷來詞譜作「平平仄」，《詞律》云「平仄如此，無字可移」。朱祖謀爲避免用字重複，易「黯」爲「悄」，但忽略了此處的平仄問題。

更遺憾的是，朱祖謀對《蟄庵詞》的校改並未全部完成。如稿本《鷓鴣天》首句作「蝴蝶思花不思草」，依《詞律》，第六字未有用平聲者，故朱祖謀批曰：「『蝴蝶思花拋却草』擬易此句，似與律協。」又如稿本《醜奴兒令》上闋第二句「有愛無明，滿眼東風淚滿巾」，在《詞林正韻》中，「明」、「巾」二字分屬「庚」部和「真」部，依例不能通押，而此處或是依其家鄉方言押韻，故朱祖謀批曰：「『有愛無明』句擬易『拋擲穠春』，南宋如玉田、碧山、草窗多以真、元通到庚、青，究竟以土音協，似不必從。」明確反對以方音押韻。再如批注中的「先生扶醉」易爲「倚燈扶醉」、「一箭」易爲「去遠」、「待零落」擬易「待飄零」諸例。雖然朱祖謀在批注過程中注意到了以上這些問題，但在校改《滄海遺音集》過程中，因「氣體就衰」，校改「方成三種，而疾不可爲」，只得在其去世前便將友人詞集匆匆付與梓人，仓促出版，這些疏漏未能及時改正，今人整理《蟄庵詞》時亦未注意到這些細小的問題。無論是對《蟄庵詞》的校改者朱祖謀，亦或是對《蟄庵詞》的整理者和讀者來説，這些疏漏都未免是一種缺憾。

此外，關於稿本《蟄庵詞録》的意義與價值。稿本和刻本的差異反映了作者和編者之間不同的審美趣味，朱祖謀對稿本《蟄庵詞録》的潤色與删改，有助於我們重新了解曾習經詞作的價值與不足。曾習經之詞在廣東近世詞壇具有較高的地位，然而從朱祖謀的批校來看，稿本《蟄庵詞》確實存在不少疏漏之處，其中尤以詞律爲多，六十七首詞作中有十五首出現詞律錯誤，这是需要讀者注意的。

而且，朱祖謀對稿本《蟄庵詞録》的校改反映了曾、朱二人不同的詞學旨趣。曾習經作詞最喜周邦彦、姜夔，林清揚《秋翠齋詞》云：「（曾習經）詞取徑清真、白石，不躪入宋以後語。」如曾習經《尉遲杯・題半塘老人〈春明感舊圖〉詞》、《齊天樂・鴉》、《倦尋芳・臘梅》諸作，時常化用周邦彦筆句。而朱祖謀學詞則多取法夢窗，故其在校改《蟄庵詞》時喜化用夢窗字句。如稿本《六醜・桃花謝後作》：「正試花桃樹，道簾外、夜來風惡。……爲問人何在，悄垂珠淚，記愔愔坊陌。」化用周邦彦《瑞龍吟・章臺路》：「還見褪粉梅梢，試花桃樹。愔愔坊陌人家，定巢燕子，歸來舊處。」朱祖謀易之爲：「正吹笙散髻，道簾外、夜來風惡。……爲問人何在，悄垂珠淚，傍玉奴屏箔。」典出吴文英《水龍吟・用見山韻餞别》：「攜手同歸處，玉奴喚、緑窗春近。」原稿化用周邦彦詞，與「桃花」主旨更爲貼切，而吴文英此詞寫於秋季，唯「怕煙江渡後，桃花又汎，宫溝上、春流緊」句，與「桃花有關」，但終究隔了一層。詳觀其意，當是因爲原稿中「殢寒猶在池閣」一句出律，朱祖謀易之爲「愔愔殢寒池閣」，爲避免重複，又將原作中的「記愔愔坊陌」易爲「傍玉奴屏箔」。但無論二人孰優孰劣，從中可以明顯看出曾、朱二人詞學觀念之異趣。

〔一〕夏承燾《天風閣學詞日記》一九三〇年十月九日：「並貽新刻揭陽曾習經剛公《蟄庵詞》一册，新會陳洵述叔《海綃詞》卷二一册。」（夏承燾《天風閣學詞日記》，浙江古籍出版社一九八四年版，第一五一頁）而朱祖謀彙刊朋舊詞集一事「閲時三載」，後因「氣體就衰」，乃付梓

人刊刻，其校改《蟄庵詞》當在一九二七年左右。時曾習經已去世，身邊又無其他版本《蟄庵詞》，僅能根據稿本《蟄庵詞録》據以校改。因此，稿本和刻本在字、詞、句、題等方面的差異，應均出自朱祖謀之手。

（作者單位：安徽師範大學文學院）

編輯後記

目前學界對晚清詞家丁紹儀的相關研究成果並不算多，孫克强先生《丁紹儀〈聽秋聲館詞話〉的文體特點和價值》一文認爲，丁紹儀的《聽秋聲館詞話》是一部以文獻輯録考辨爲特點的新的詞話形態，在中國古典詞話史乃至詞學批評史上具有特殊的地位和價值。該文刊出，相信讀者對丁紹儀《聽秋聲館詞話》的文體特點與價值會有更直觀的了解，同時也能進一步推動學界對這位詞家的關注。

詞調樂律、填詞技法等問題，是詞學研究的一個難點。作爲詞學專業刊物，本輯我們繼續推出《詞作章法的藝術辯證法講究》、《論詞樂「均拍」對詞體格律之投影》、《上下分片與詞的時空佈局》、《朱敦儒〈樵歌〉的填詞選調及其聲情》等多篇論文，意在引導更多的研究者能關注和推動詞的本體研究。

本輯刊載程希《任中敏致唐圭璋詞學書札十通考釋》和胡傳志《新見宛敏灝與唐圭璋往來書信十七通考释》兩篇詞學書札，這些新見書札涉及詞林掌故、學人交往、詞學研究與學術探討等珍貴史料，從中可見詞學前輩們的治學精神與人格魅力，對於豐富詞林記憶和對老先生本身的詞學思想研究，具有重要的史料價值。《論詞書札》是《詞學》的重要欄目之一，我們也誠摯地希望各位方家不吝賜稿。

本刊資深編輯劉凌先生於二〇二一年十一月八日在其寓所離世。劉先生在本刊創刊之初協助主編施蟄存先生，工作盡心盡力。編輯部全體同仁不勝悲戚。日本著名詞學專家、本刊的老朋友村上哲見先生，於二〇二二年三月十二日在日本仙臺去世。先生生前對本刊關心支持，並屢賜大作，本輯特刊載其手蹟一幀，以致哀悼之情。

編者　二〇二二年三月

稿約

本刊各欄歡迎惠稿，并請參照如下體例排版：

一、來稿要求格式規範，專案齊全。按順序包括：文題、作者姓名、工作單位、内容摘要、關鍵詞、社科基金號（如有）、正文、附注。

二、作者姓名：署真名，多位作者之間用空格分隔。在篇尾處加作者簡介，按順序包括：姓名（出生年月），性别，籍貫，工作單位，職稱，學位。

三、内容摘要、關鍵詞：用五號仿宋體；關鍵詞之間用空格分隔。

四、正文繁體横排（正式刊印時由出版社統一改爲直排），用五號宋體。文中小標題用四號黑體。如在正文中引用其他文獻的段落或句群，且需另起一段列出者，該段請用五號仿宋字體打印，並請首尾各收縮兩格。

五、標點：詞調名、書名、篇名用書名號。全文録詞只用三種標點：無韻句用「，」點斷；韻句用「。」點斷；逗處用「、」點斷。

六、附注：本刊注釋一律採用尾注形式，以中文數位順序編碼，用方括號標引。譯著須標明原著者國别，並在國别外加方括號。要求按順序準確標明：作者，書（篇）名，出版社，出版時間及頁碼，如是刻本須標出版本與卷數。

中文注釋格式示例如下：

［一］王昶編《明詞綜》卷四，遼寧教育出版社一九九七年版，第五六頁。

［二］鄒祗謨、王士禛合選《倚聲初集》二十卷前編四卷，清初大冶堂刻本。

[三][日]村上哲見《〈楊柳枝〉詞考》，王水照、保苅佳昭編選《日本學者中國詞學論集》，上海古籍出版社一九九一年版。

[四]謝桃坊《張炎詞論略》，《文學遺産》一九八三年第四期，第八三頁。

[五]楊義《詩魂的祭奠》，《中華讀書報》二〇〇一年十一月二十八日，第三版。

如有不同注釋引自同一出處，請如下示例標注：

[六][一一][三五]胡适《〈詞選〉自序》，《胡适古典文學研究集》，上海古籍出版社一九八八年版，第一〇頁、第一三頁、第一九—二〇頁。

來稿請務必附上作者聯繫地址及郵政編碼、作者電話號碼、手機號碼和電子信箱，以方便聯繫。

本刊審稿期限爲三個月，收到投稿後，我們會安排初審、復審、終審，最終形成「同意發表」、「修改後發表」、「不發表」三種意見。若爲「同意發表」或「修改後發表」，則會有編輯與您進一步溝通；若爲「不發表」，則回復《退稿通知》。本刊不允許一稿多投，故在接到本刊《退稿通知》前，請不要另投他刊。

本刊不收取版面費。來稿如被録用，發表後敬致薄酬，聊表謝意。

來稿請寄：上海市閔行區東川路 500 號華東師範大學中文系《詞學》編輯部，郵編 200241；同時將電子稿發至：cixue1981@126.com